成語典故影

侯君明 侯詩彤 石瑞怡 —— 編著

中華書局

前言

本書是我為自己的女兒寫的，經過實踐檢驗，效果還算不錯。在我小時候看過的書裏，印象最深的是林漢達先生的《春秋故事》《戰國故事》和《上下五千年》等。尤其是前兩本書，裏面大部分故事的標題都是成語，比如千金一笑、管鮑之交、老馬識途、脣亡齒寒、退避三舍，等等。讀完這幾本書，我記住了很多歷史故事，也記住了很多歷史人物，還記住了很多成語，真是受益匪淺。

有了女兒，我就給她講述林先生編寫的歷史故事和《上下五千年》，她也像我小時候那樣愛聽。講着講着，我突發奇想：能不能把成語典故和與其有關的人物連到一塊兒編成便於誦讀的歌謠？於是，我就找出成語詞典，把有主人公的成語挑選出來，試着編成韻語。在編的時候，我注意到以下幾件事情：一是把跟某個人有關的成語集中在一起，像劉邦、項羽、韓信、諸葛亮、關羽等，都是「有故事的人」，每個人都有好幾條相關的成語，編的時候就讓這些成語相對集中。二是儘量把意思相近或相反的成語排成一組，這樣便於對比記憶，比如「倚馬可待晉袁虎，衙官屈宋杜審言」，這一組說的都是文才出眾；「指囷相贈吳魯肅，一毛不拔是楊朱」，這一組說的是一個慷慨大方，一個吝嗇自私；「魯褒稱錢孔方兄，王衍稱錢阿堵物」，「孔方兄」和「阿堵物」都是錢的代稱。三是儘可能按照年代的順序排列，特別是有關聯的人物，能排在一起則排在一起，比如「荊軻圖窮而匕見，烏白馬角太子丹」，荊軻刺秦王是受太子丹的派遣，故放在一起；「綈袍戀戀是范睢，擢髮難數魏須賈」，范睢原來是須賈家的門客，後來成為仇人。

編好成語典故歌謠以後，我就教給女兒背，結果孩子很有興致，過了一段時間，她說話經常用成語，而且幾乎從來沒用錯過，那時候她才四五歲。於是，我又分享給幾個家裏有孩子的好朋友，他們反饋說孩子非常喜歡，希望多編一些。接下來，我就找了一本更全的成語詞典，又蒐集了一些成語素材，補充了不少成語。然後，我先後把這些材料打印出來送給近百位朋友試用，他們都說孩子很願意學，這對我是個很大的安慰，我相信這些材料從長遠看對孩子一定有積極的影響。

幾年前，我去海口旅遊，結識了幾個當地的朋友，其中一位朋友說他的兒子高考時語文得了全省最高分，我就隨口問他是怎麼教育孩子的，他說:「我覺得成語是漢語的精華，很多成語本身又是一個歷史故事，所以對學習語文和歷史都有幫助，我就挑了兩百多個成語，編成故事給孩子講，後來他就特別喜歡文史。」他的想法竟然與我不謀而合，我就告訴他我編了一些成語歌謠，他幾乎喊起來:「這就是我想做的呀！你回北京一定要給我寄一本。」經過這番交談，我對編寫的這些材料更有信心了。

有一次，我和妻子帶女兒回河南老家。在火車上，妻子拿出打印的成語歌謠讓女兒背，一位列車員大姐看到了，非常感興趣，問我們有沒有多餘的給她一本，妻子說就帶了一本讓孩子回老家時有空背，她又問能不能借給她抄一下，妻子同意了，她就拿過去抄了一路。直到我們要在安陽下車了，她還沒抄完，就問能不能以後給她寄一本，妻子把 QQ 號留給了她，說給她發電子版，但後來不知道什麼原因沒加上她。為這件事我深感遺憾，因為我希望這些材料能惠及更多的人。

在此書編寫過程中，我女兒侯詩彤做了大量補充和修改，石瑞怡女士對全書做了把關和校對，沒有她們，這本書不可能面世。

侯君明

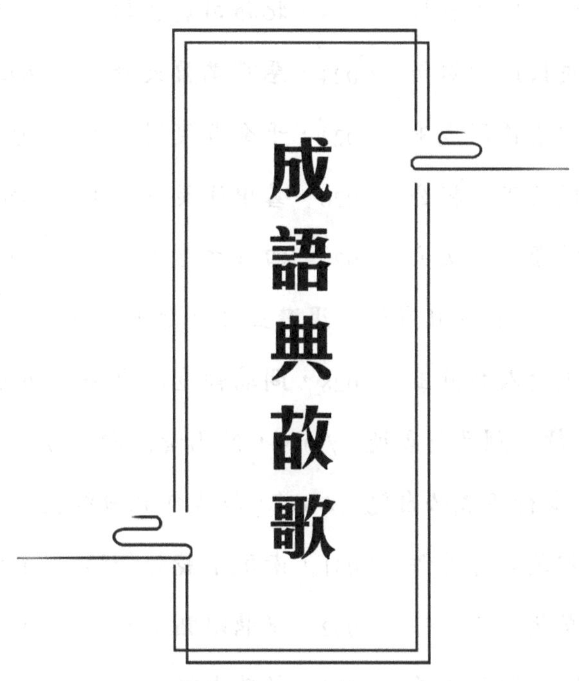

成語典故歌

（一）

不肖子孫堯舜後　/ 067，**弱不好弄**晉惠公　/ 068。

道路以目周厲王　/ 068，**狗竇大開**張吳興　/ 069。

老馬識途齊管仲　/ 070，**管鮑分金**後世稱　/ 070。

渭陽之情秦康公　/ 071，**臨潼鬥寶**秦穆公　/ 072。

殺妻求將是吳起　/ 073，**絕甘分少**漢李陵　/ 073。

莫餘毒也是子玉　/ 074，**病入膏肓**晉景公　/ 075。

毛遂自薦脫穎出　/ 076，**一言九鼎**立大功　/ 076。

紙上談兵是趙括　/ 077，**膠柱鼓瑟**坑趙兵　/ 078。

洞見癥結是扁鵲　/ 078，**諱疾忌醫**蔡桓公　/ 079。

曲高和寡楚宋玉　/ 080，**開卷有益**宋太宗　/ 080。

朽木糞牆是宰予　/ 081，**仰屋著書**梁蕭恭　/ 082。

招搖過市衛靈公　/ 082，**炙手可熱**楊國忠　/ 083。

屠腸決眼是聶政　/ 083，**談笑自若**吳甘寧　/ 085。

義形於色是孔父　/ 086，**處之泰然**元許衡　/ 086。

鴻鵠之志秦陳勝　/ 087，**揭竿而起**抗暴政　/ 088，

奮臂大呼傳千古　/ 089，王侯將相寧有種？

高陽酒徒酈食其　/ 089，**長揖不拜**對沛公　/ 090，

三寸之舌說田廣　/ 090，指揮楚漢如旋蓬。

蕭規曹隨漢曹參　/ 090，**終南捷徑**盧藏用　/ 092。

面折廷爭漢王陵　/ 093，**骨鯁之臣**是范增　/ 094。

不得要領漢張騫　/ 094，**切中肯綮**是庖丁　/ 095。

姍姍來遲李夫人　/ 096，**倒屣而迎**漢蔡邕　/ 097。

門可羅雀是翟公　/ 098，**戶限為穿**僧智永　/ 099。

（二）

略識之無有夙慧　/204，**老嫗能解**是好詩　/205。

前度劉郎劉禹錫　/205，**司空見慣**尋常事　/206。

逢人說項楊敬之　/207，**高山流水**鍾子期　/208。

曾經滄海唐元積　/208，**分釵斷帶**夏侯氏　/209。

鑄成大錯羅紹威　/210，引狼入室悔已遲。

黃袍加身趙匡胤　/211，**三朝元老**漢趙憙　/212。

精金良玉程明道　/212，**一團和氣**待弟子　/213。

胸有成竹文與可　/214，**程門立雪**宋楊時　/215。

香車寶馬李清照　/216，**綠肥紅瘦**空歎息　/216。

倒打一耙豬八戒　/217，**上下其手**伯州犁　/217。

喪心病狂宋秦檜　/218，罪大惡極通強敵，

羅織罪名**莫須有**　/219，**東窗事發**泄奸計　/220，

最終**樹倒猢猻散**　/221，遺臭萬年遭唾棄。

慶父不死，魯難未已　/221。

里克權重，惠公殺之，

欲加之罪，何患無辭　/223？

天下無雙　/224，李廣才氣，

桃李不言，下自成蹊　/224。

歎為觀止觀舜樂　/225，**皮相之士**是季札　/226。

從善如流晉欒書　/226，**千萬買鄰**宋季雅　/227。

一字千金呂不韋　/229，**奇貨可居**待高價　/228。

不覺技癢高漸離　/229，**趾高氣揚**楚屈瑕　/230。

掛冠歸去漢逄萌　/231，**鶉衣百結**是子夏　/231。

(三)

（四）

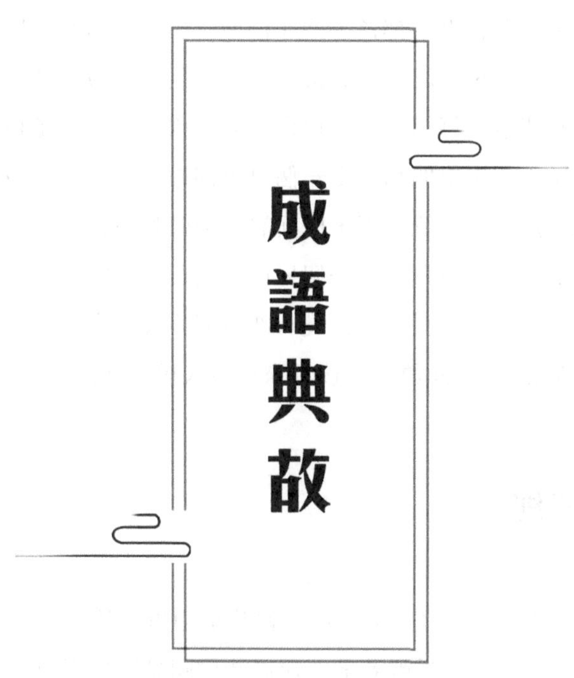

成語典故

（一）

◎ 銅頭鐵額

蚩尤是上古時代九黎部落聯盟（河南、山東、河北交界處地區被稱為「九黎之都」）的酋長，與黃帝、炎帝並稱「中華三祖」。九黎部落聯盟共有九個部落，每個部落又包含九個兄弟氏族，蚩尤和八十一個氏族酋長結為兄弟。相傳他和八十一個兄弟都是銅鑄的頭、鐵打的額，個個本領非凡。蚩尤想一統天下，出兵討伐炎帝和黃帝。炎帝與黃帝聯合起來共抗敵手。蚩尤率領八十一個兄弟和炎黃部落在涿鹿展開激戰，結果被炎黃部落的應龍斬殺，隨後炎黃部落與黎民融合，從此開啟了中華文明的輝煌歷史。「銅頭鐵額」後用來形容人勇猛強悍。

◎ 篳路藍縷

熊繹，羋姓（羋讀作 mǐ，是周朝時楚國貴族的祖姓，後分衍為諸多其他姓氏），熊氏，謚號若敖，西周諸侯國楚國始封君。熊繹的曾祖父鬻（yù）熊曾侍奉周文王，他的祖父熊麗、父親熊狂曾侍奉周文王之子周武王。周武王之子周成王在位時，感念鬻熊三代輔佐朝政的功績，於是將熊繹封在南方蠻荒之地，賜給他擁有五十里土地的子爵爵位，居於丹陽。熊繹到南方後，努力發展生產，擴大疆土，「篳路藍縷，以啟山林」，「篳路」是柴車，「藍縷」是破舊的衣服，意思是駕着簡陋的柴車，穿着破爛的衣服去開闢荊山。熊繹還跋山涉水向周天子進貢，與齊、魯等國國君輔佐周康王。經過熊繹等楚國數代君主的努力，楚國由一個小國最終發展成地跨長江、漢水、淮河三江的大國。「篳路藍縷」後用來形容創業的艱苦。

◎ 酒池肉林

商紂王名受，是商朝的最後一個國君。紂王登基之初，也稱得上勵精圖治。可是隨着取得的功績越來越多，紂王變得驕橫起來，荒淫無道。有一年，紂王鎮壓有蘇氏暴亂，有蘇氏兵敗，知紂王好色，就獻出自己的愛女妲己，並叮囑妲己一定要報喪國之仇。妲己長得天姿國色，紂王對她非常寵愛。他在商都附近建了一座豪華壯麗的鹿台，還讓人挖了一個大池子，池中倒滿美酒，又讓人宰殺了數百頭牲畜、飛禽，把它們身上最鮮嫩的肉切下來，精心烤炙，懸掛在周圍的樹枝上，紂王和妲己天天就這樣通宵達旦地尋歡作樂，「為長夜之飲」，這就是古代傳說中的酒池肉林。成語「酒池肉林」指荒淫腐化、極端奢侈的生活，後也形容酒肉極多。

◎ 暴殄天物

商紂王奢侈無道，建鹿台，造酒池，懸肉為林，過着奢華的生活，加上連年征戰，兵力不足，國庫空虛。他剛愎自用，聽不進正確意見，殺了觸怒他的忠臣比干，囚禁了反對他的箕子，逐漸失去人心，激起了人民的反抗。周武王趁機發動各路諸侯討伐紂王，一舉滅商，改立周朝。周武王發佈文件，宣告戰事結束，武功告成，後來記載在《尚書》裏，即流傳至今的《武成》篇。據這篇文章記載，周武王指責商紂王：「今商王受無道，暴殄天物，虐害烝（zhēng）民。」「暴」的意思是糟蹋，「殄」的意思是滅絕，「烝」的意思是眾多，「暴殄天物」的意思是殘害滅絕天生萬物，後指任意糟蹋東西，不知愛惜。

◎ 惡貫滿盈

商紂王在位時，每天只知道吃喝玩樂，對忠臣們的話毫不理會，只聽信妃子妲己的話。公元前 1046 年，周武王帶兵討伐紂王，在牧野誓師時説道：「牝雞無晨，牝雞之晨，惟家之索。今商王紂，惟婦言是用。」「牝雞」就是母雞，「司」是掌管，「司晨」就是報曉。母雞一般是不在早晨啼叫的，偶爾有像雄雞那樣報曉的是生物的性變異現象，但古人迷信地認為，如果母雞在早晨啼叫，這是不祥的徵兆。周武王上面幾句話的意思是説，過去沒有母雞報曉的事情，母雞代替雄雞報曉家境就要衰落，婦人奪取政權國家就要滅亡，商紂王一味聽信妲己的讒言胡亂施政，是亡國的根本。周武王還列舉了商紂的種種罪行，説他所做的壞事已經到頭了，應該受到懲罰，「商罪貫盈，天命誅之」。「貫」是穿錢的繩子，「盈」是滿，這是説商紂王的罪惡多得像穿錢一樣，已經穿滿了一根繩子。周武王還説：「獨夫受洪惟作威，乃汝世仇。」「獨夫」指暴虐無道、眾叛親離的統治者，意思是説商紂王受這個人人厭棄的統治者，大行威虐，是你們的大仇。牧野之戰中，商軍中的奴隸和戰俘都對紂王不滿，紛紛起義，「皆倒兵以戰，以開武王」，都掉轉矛頭，幫助周武王作戰。紂王見大勢盡去，登上鹿台自焚而死。「牝雞司晨」本義為母雞代公雞報曉，古時比喻婦女竊權亂政。「惡貫滿盈」形容罪大惡極，已經到該受懲罰的時候了。「獨夫民賊」指暴虐無道、禍國殃民的統治者。

◎ 懲前毖後

周朝早期，周武王登基不久就去世了，由兒子周成王繼位。由於成王年齡小，由武王的弟弟周公旦攝政，幫助處理國家大事。對此，武王的另外兩個弟弟管叔鮮、蔡叔度非常不滿。他們四處造謠，説周公想找機會廢除成王自己上台。周公是個謙謙君子，心胸開闊，為了闢謠，就離開周朝都城，到別的地方隱居。管叔和蔡叔看到周公離開了成王，便聯合商紂王的兒子武庚，發動叛亂，企圖奪取王位。周成王得到消息，急忙召集羣臣商議對策，一位大臣說：「這件事只有周公才有辦法處理。」成王聽後，立即派人把周公旦請回來。周公回來後，成王命令他率領軍隊東征，討伐管叔、蔡叔、武庚等人。經過長達三年的戰爭，周公終於平息了叛亂。隨後，周公繼續忠心耿耿地輔佐成王處理國家大事。到成王成年之後，周公還政於成王，讓他自己處理朝政。成王正式接管政權這天，他回顧過去的歷史教訓，並總結經驗說：「予其懲而毖後患。」意思是說，我一定要從以前所受的懲戒中吸取教訓，小心謹慎地辦事，以免再遭禍害。成語「懲前毖後」即由此而來，表示從所受的懲戒中吸取教訓以便將來不再重犯錯誤。

◎ 千金買笑

西周時期的周幽王是個昏君，他沉湎酒色，重用奸臣虢石父主持朝政，在位期間各種社會矛盾急劇尖銳化，百姓極度不滿。《呂氏春秋》講述了這樣一則故事：西周時期為防禦京城，在驪山置烽火台多處，如果有敵人來，就在台上點燃幹透的狼糞，用濃煙和火光來傳遞消息，召諸侯發兵相救。幽王娶了一個名叫褒姒的美女做妃子，褒姒很不喜歡幽王，進宮後從來不笑，幽王就出了一個賞格：有誰能讓褒姒笑一下，就賞他千金。虢石父向幽王獻計，命人點燃了烽火，各國諸侯以為有敵人來進攻，趕緊帶領人馬匆匆來救，結果幽王告訴他們並沒有敵人，只是為了讓褒姒一笑，這幫人只好無奈撤走。褒姒看到這幫人被無故戲弄來戲弄去，就輕蔑地笑了一下。幽王說：「愛妃一笑，百媚俱生，這是虢石父的功勞。」於是重獎虢石父。後來敵人真的打進來了，幽王讓人點起烽火，但諸侯們以為幽王還是開玩笑，都不來救，幽王被殺，西周就此滅亡。成語「千金買笑」指不惜重價，博取美人歡心。

◎ 一匡天下

春秋時期，齊國的齊僖公駕崩後，留下三個兒子：太子諸兒、公子糾和公子小白。太子諸兒即位，即齊襄公。當時，管仲和鮑叔牙分別輔佐公子糾和公子小白。後來，齊國內亂，齊襄公被殺，在外逃亡的公子糾和公子小白都急忙設法回國，以奪取國君寶座。管仲率兵截擊小白，遇見小白的大隊車馬，就操起箭來對準小白射去，一箭射出，小白應聲倒下。管仲見狀，就率領人馬回去。其實小白並沒有死，管仲一箭射在他的銅製衣帶鈎上，他急中生智裝死倒下。小白後來登上君位，就是齊桓公。齊桓公殺死了公子糾，但又不計前嫌，任用管仲為相，管仲輔佐他成就春秋霸主地位，齊國越來越強大。孔子與弟子子路、子貢分析管仲這個人，子路與子貢都認為公子糾被齊桓公殺死後，管仲作為公子糾的師傅非但沒有以身殉難，反而去輔佐仇人，不能算有仁德。孔子卻耐心地開導他們說:「管仲相桓公，霸諸侯，一匡天下，民到於今受其賜。微管仲，吾其被髮左衽矣。」意思是說，管仲輔佐齊桓公使天下安定下來，百姓也因此而受益。沒有管仲，我們都要披頭散髮，衣襟左開，被異族人統治。「匡」的意思是拯救，「一匡天下」的意思是消除混亂局面，使天下安定下來。

◎ 雪中送炭

楚懷王熊槐是戰國時期楚國的國君。他在位早期，破格任用屈原等人進行改革，大敗魏國，使楚國成了當時最大的諸侯國。有一年冬季的一天，楚國到處下起鵝毛大雪，天寒地凍，楚懷王命人在宮裏點上爐火，穿上皮襖還是覺得冷，他沉思一會兒，想到窮苦的百姓在這樣寒冷的冬天無法禦寒，於是下令給他們送去取暖的木炭，使許多人避免了被凍死的命運，百姓為此對楚懷王非常感激。這就是成語「雪中送炭」的由來，後用來比喻在困難或危急時，給人物質或精神上的幫助。楚懷王執政後期，誤信秦國宰相張儀，毀掉齊楚聯盟，導致國土淪喪，楚國從此由鼎盛走向衰亡。

◎ 備嘗艱苦

晉文公，姬姓，名重耳，是春秋時期晉國的第二十二任君主，晉獻公之子。公元前 672 年，晉獻公討伐驪戎，驪戎首領把他的兩個女兒（大的叫驪姬、小的叫少姬）送來求和，獻公欣然笑納。後來獻公準備立驪姬的兒子奚齊為太子，驪姬又乘機進讒言，導致太子申生被害，重耳也被迫離開晉國，到各國流亡，多次被刺客追殺，經常餓肚子，直到六十二歲才在秦穆公支持下回晉國當國君。楚成王曾評價説：「晉侯在外十九年矣，而果得晉國，險阻艱難，備嘗之矣。」意思是，重耳在外國流亡了十九年，然後才當了晉國國君，可以説是嘗盡了艱難困苦。重耳在逃亡期間深諳民間疾苦，因此當上國君後實行通商寬農、明賢良、賞功勞等政策，作三軍六卿，使晉國國力大增，成為「春秋五霸」中第二位霸主，與齊桓公並稱「齊桓晉文」。成語「備嘗艱苦」，意思是受盡了艱難困苦。

◎ 四方之志

晉文公重耳逃亡到齊國的時候，齊桓公對他很優待，還給他娶了妻子姜氏。重耳對這種生活很滿足，不想再作什麼遠大的打算，但隨行的人對此不滿，商量如何離開齊國，恰巧被一個女奴聽到了，稟告給了姜氏。姜氏把女奴殺了，對重耳説：「子有四方之志，其聞之者，吾殺之矣。」意思是説，你有遠大的志向，這是很好的，偷聽到這件事的人，我已經把她殺了。重耳卻說他沒有這樣的打算。姜氏說：「你走吧，懷戀妻子和安於現狀，會毀壞你的功名。」重耳還是不肯走。姜氏與狐偃（重耳的舅舅，隨從重耳一起逃亡）商議，用酒把重耳灌醉，然後把他送出了齊國。「四方之志」指遠大的志向，也作「志在四方」。

◎ 退避三舍

重耳為躲避驪姬之亂四處逃亡，到達楚國後，楚成王熱情款待，問他將來怎樣報答。重耳說：「晉楚治兵，遇於中原，其辟君三舍。」意思是，如果將來晉國和楚國在中原打仗，我會退讓三舍。古代行軍計程以三十里為一「舍」，退讓三舍就是主動退讓九十里。重耳即位成為晉文公後，公元前 632 年，晉楚兩國為爭奪中原霸權而進行交戰。晉文公攻入曹國都城（位於今山東省定陶區）後，對楚軍統帥成得臣稱要兑現諾言，命令晉軍自曹國後撤三舍，駐紮在城濮（山東省鄄城縣西南）。晉文公這樣做，實際上是一石三鳥：一是報答以前楚成王給予的禮遇，道義上佔了分；二是對成得臣使用驕兵之計，使他輕敵冒進；三是晉軍在城濮已做了充分準備，城濮實際上就是晉軍的埋伏陣地。成得臣果然中計，率軍急進，兩軍在城濮展開一場大戰。在晉軍的強力衝擊下，楚軍很快大敗，成得臣羞憤自殺。城濮之戰是中國古代戰爭史上以少勝多、以弱勝強的著名戰例之一。成語「退避三舍」比喻主動退讓，避免衝突。

◎ 一鳴驚人

《韓非子》記載，春秋時期，楚莊王熊旅統治楚國三年，沒有發佈一項政令，也沒有一樣政績上的作為。大臣伍舉對楚莊王說：「有一隻鳥停駐在南方的阜山上，三年不展翅，不飛翔，也不鳴叫，這是什麼鳥呢？」楚莊王說：「三年不翅，將以長羽翼；不飛不鳴，將以觀民則。雖無飛，飛必沖天；雖無鳴，鳴必驚人。」意思是說，這只鳥三年不展翅，是為了生長羽翼；不飛翔、不鳴叫，是為了觀察民眾的態度。雖然它現在不飛，它一飛就必然會飛到高高的天上；雖然它不鳴叫，它一鳴叫必須會驚動世人。此後楚莊王開始認真治理國家，使楚國稱霸天下，自己也成為「春秋五霸」之一。「一鳴驚人」的原意是一叫就使人震驚，比喻平時沒有突出的表現，一下子做出驚人的成績。

◎ 問鼎輕重

相傳大禹成為古代中國的統治者之後，天下太平，他就鑄造了九個大鼎，象徵冀、兗、青、徐、揚、荊、豫、梁、雍九州，以示江山永固。大禹鑄的九鼎，夏、商、周三代相沿為傳國之寶。到了春秋時期，楚莊王為討伐外族入侵者來到周都洛陽，在周天子境內檢閱軍隊。周定王派大夫王孫滿去慰勞，楚莊王藉機詢問九鼎的大小輕重，顯示了覬覦王室之意。王孫滿說：「在德不在鼎。今周德雖衰，天命未改，鼎之輕重，未可問也。」意思是，擁有天下的基礎是德政而不是鼎，周朝的德政雖然衰退，天命還未更改，九鼎的輕重，是不可以詢問的。楚莊王知道此時取代周王室的時機未到，只好收兵回楚國。「問鼎輕重」後用於比喻有奪取國家政權的野心，由這個成語又引申出了成語「問鼎中原」。

◎ 屨及劍及

春秋時期，楚莊王派大夫申舟出使齊國，申舟路過宋國時，被宋國國君派人給殺了。楚莊王聽到消息立馬就狂奔出去，「屨及於窒皇，劍及於寢門之外，車及於蒲胥之市」。意思是說，侍從追到院子裏才給楚莊王送上了鞋子，追到了宮殿的門外才給楚莊王送去了他的佩劍，駕車的人追到蒲胥之市，才追上他。為了給申舟報仇，楚莊王調兵遣將攻打宋國，圍困了宋國九個月，宋國抵抗不住，表示臣服。「屨及劍及」後用來形容人行動果斷迅速。

◎ 多行不義必自斃

春秋時期，鄭武公在申國娶了一個妻子，叫武姜，她生下莊公和共叔段。莊公出生時腳先出來，武姜受到驚嚇，因此給他取名叫「寤（古同「牾」，表逆之意）生」，很厭惡他。武姜偏愛共叔段，想立他為世子，多次向武公請求，武公都不答應。到莊公即位的時候，武姜就替共叔段請求分封到制邑去。莊公說：「制邑是個險要的地方，其他城邑我可以照吩咐辦。」武姜便請求封給共叔段京邑，莊公答應了，讓他住在那裏。共叔段到京邑以後就修城築池，擴張領地。大夫祭仲說：「分封的都城如果城牆超過三百丈長，就會成為國家的禍害。京邑的城牆不合法度，恐怕對您有所不利。」莊公說：「姜氏想要這樣，我怎能躲開這種禍害呢？」祭仲回答說：「姜氏哪有滿足的時候！不如及早處置，別讓禍根滋長蔓延。」莊公說：「多行不行必自斃，子姑待之。」意思是說，多做不義的事情，必定會自己垮台，你姑且等着瞧吧。過了不久，共叔段使原來屬於鄭國的西邊和北邊的邊邑也歸於自己。公子呂也請求莊公採取措施除掉共叔段，莊公說：「不用除掉他，他自己將要遭到災禍。」共叔段聚集百姓，修整盔甲武器，準備好兵馬戰車，將要偷襲莊公。武姜打算開城門作內應。莊公打聽到共叔段偷襲的時候，說：「可以出擊了！」命令公子呂率兵討伐京邑，終於把共叔段趕出鄭國。成語「多行不義必自斃」意思是說，不義的事情幹多了，必然會自取滅亡。

◎ 馬首是瞻

春秋時期，晉悼公即位後，成功復興了晉國霸權。但在晉悼公積極與楚國爭霸的過程中，秦國人卻不斷襲擊晉國後方。為了教訓秦國，公元前 559 年，晉悼公聯合了十二個諸侯國攻伐秦國，指揮聯軍的是晉國中軍將荀偃。聯軍浩浩盪盪地開入秦國，強渡涇水，很快便推進到秦國的腹地，秦景公頂住壓力，不肯屈服。荀偃決定繼續前進，但他一時情急，沒有和各諸侯國的將領商量，就下達了一道命令：「雞鳴而駕，塞井夷灶，唯余馬首是瞻。」意思是說，明天早晨，雞一叫各軍就開始駕馬套車出發，都要填平水井，拆掉爐灶。作戰的時候，全軍將士都要看我的馬頭來定行動的方向，不許有半點違抗。時任晉國下軍佐的欒黶（yǎn）卻跳出來反對：「什麼？看着您的馬頭？我們晉國從沒有這樣的軍令。我的馬頭就要朝着相反的方向！」於是帶着自己的下軍（相當於晉軍的半數）提前回國了。其他各國將領看到這種情況，誰也不跟隨荀偃進攻秦國了，頓時混亂起來。荀偃看到晉國人自己整出這樣一出鬧劇，在天下諸侯面前丟盡顏面，此時也後悔不已，說：「我的命令下錯了，已經追悔莫及。如今軍心渙散，士兵沒有一點兒鬥志，將領們也都不想作戰，已經是未戰先敗了。如果再強行進攻秦國，只會白白犧牲。」於是下令全軍撤退。就這樣，這場聲勢浩大的伐秦戰爭不了了之，晉國人戲稱為「遷延之役」。成語「馬首是瞻」意思是說，看着我馬頭的方向決定進退，比喻追隨某人行動。

◎ 南風不競

晉國有個音樂家叫師曠，傳說他能以樂通神，以樂占卜。有一次楚國出兵攻打鄭國，晉國因和鄭國有互助條約，聽到了這個消息就擔心起來。這時，師曠吹起樂曲來占聽楚軍的強弱，然後說：「不害，吾驟歌北風，又歌南風。南風不競，多死聲，楚必無功。」「南風」就是南方的音樂，「不競」指樂音微弱。師曠的意思是說，沒有妨害。我屢次歌唱北方的曲調，又歌唱南方的曲調。南方的曲調不強（楚國在南方），象徵死亡的聲音很多，因此楚國一定不能建功。果然沒過多久，楚軍因天氣寒冷凍死不少士兵撤兵了。「南風不競」原指楚軍戰不能勝，後比喻競賽的對手力量不強。

◎ 安忍無親

州吁是春秋時人，衛莊公之子，衛桓公異母弟。衛莊公非常寵愛州吁，州吁喜好武事，莊公也不禁止，反而讓他帶兵。莊公死後，州吁的哥哥衛桓公即位，州吁殺了衛桓公，自己當上了國君，成為春秋時期第一位弒君篡位的公子。魯隱公問大夫眾仲對這件事情怎麼看，眾仲說：「夫州吁阻兵而安忍。阻兵無眾，安忍無親。眾叛親離，難以濟矣。」「安忍」就是習於殘忍，不以為異，「安忍無親」就是安心於做殘忍的事情，因而無所謂親人。眾仲的意思是說，州吁這個人，仗恃武力而安於殘忍。仗恃武力就沒有羣眾，安於殘忍就沒有親附的人。大家背叛，親近離開，難以成功。果然，州吁當年就被大臣石碏（què）殺死。

◎ 舉鼎絕臏

秦武王是戰國時期秦國國君，很有抱負，重武好戰，有問鼎中原之志。他在位期間，平蜀亂，設丞相，拔宜陽，置三川，更修田律，修改封疆，疏通河道，築堤修橋。秦武王天生有神力，從小就喜歡與勇士們做有關力氣方面的遊戲。烏獲、任鄙二將作戰英勇，秦武王對二人更是寵愛有加。齊國有個名叫孟賁的人，憑藉力氣大而聞名於鄉里，也前往秦國投奔秦武王。秦武王經過測試，也授予他官職。公元前 307 年，秦國攻佔韓國重鎮宜陽。秦武王大喜，帶領任鄙、孟賁一班勇士到宜陽巡視，然後進入周都洛陽。周赧王遣使郊迎，並聲稱天子在王城將備盛禮迎接秦武王。秦武王謝辭使者，不敢與周王相見。他知道大禹所鑄九鼎在太廟之中，就前往觀看。九鼎鼎腹有冀、兗、青、徐、揚、荊、豫、梁、雍（即古九州名）九字相別。秦武王指着雍字鼎說：「這個雍州鼎是秦鼎，寡人準備把它帶回咸陽。」守鼎的官吏說：「自從周武王把鼎放到這兒後，從來沒有移動過，每個鼎有千鈞重，沒有人能舉得起。」秦武王回頭問任鄙、孟賁道：「你們二位，能不能舉起這個鼎？」任鄙推辭說：「我只有百鈞之力，這個鼎重千鈞，無法舉起。」孟賁笑道：「我試試。」於是用兩根粗繩繫在鼎耳之上，伸開雙臂，套入繩索之中，狠狠喝道：「起！」那個鼎離地半尺，重重砸在地上。由於用力過猛，孟賁眼珠迸出，眼眶流血。秦武王笑道：「雖然勉強舉起，也太吃力了。你既然能舉動，難道寡人舉不動？」任鄙進諫道：「大王萬乘之軀，不可輕試！」秦武王不聽，任鄙拉着他的袖子苦苦勸諫，秦武王大怒道：「你自己不能舉，難道妒忌寡人之力嗎？」任鄙見秦武王發怒，不敢再諫。秦武王大踏步向前，將兩臂套入繩索中，想道：「孟賁勉強舉起，我偏要舉起再行走幾步。」於是盡平生之力，屏一口氣，喝聲：「起！」那鼎也離地半尺，秦武王正要邁步，不覺力盡失手，鼎掉下來，正壓在他右足上，喀嚓一聲，將脛骨壓斷，血流不止，等到半夜，氣絕而亡。這就是「舉鼎絕臏」這個成語的由來。「絕」是折斷，「臏」是脛骨，「舉鼎絕臏」比喻能力小，不能負擔重任。

◎ 不恥下問

孔文子是衛國大夫，姓孔名圉，「文」是謚號，「子」是尊稱。據《左傳》記載，衛國公族太叔疾娶了宋國子朝的女兒，她的妹妹隨嫁。後來，子朝因故逃出宋國。孔圉就讓太叔疾休了子朝的女兒，然後把自己的女兒嫁給了太叔疾。但太叔疾卻派人把他前妻的妹妹安置在「犁」這個地方，還為她修了一處住所，就好像他的第二個妻子。孔圉為此事大為惱怒，準備派兵攻打太叔疾。孔子勸說孔圉打消念頭。最後孔圉把女兒強行要了回來，讓她嫁給了太叔疾的弟弟遺。作為一個臣子，孔圉攻打公族是以下犯上，還隨意地將女兒嫁來嫁去，都是不符合禮的行為。孔圉死後，孔子給孔圉命謚（「命謚」意思是給予逝者謚號），給他的謚號是「文」。孔子的學生子貢不服氣，問孔子：「孔圉憑什麼可以被稱為『文』呢？」孔子回答：「敏而好學，不恥下問，是以謂之『文』也。」意思是，孔圉聰明又勤學，不以向職位比自己低、學問比自己差的人求教為恥辱，因此可以用「文」字作為他的謚號。成語「不恥下問」，形容一個人謙虛、好學，真誠地向別人提問請教。

◎ 勃然大怒

齊威王是戰國時期齊國（田齊）的第四代國君，姓田，名因齊。他在位時期，針對卿大夫專權、國力不強之弊，任用鄒忌為相，田忌為將，進行改革，國力日強。經桂陵、馬陵兩役，齊國大敗魏軍，開始稱雄於諸侯。齊威王還禮賢重士，在國都臨淄（今山東省淄博市東北）稷門外修建稷下學宮，廣招天下賢士議政講學，齊國成為當時的學術文化中心。齊威王曾率領天下諸侯去朝拜周天子，但那時周王室已經名存實亡，所管轄的地區也僅僅是洛邑附近而已，天子控制諸侯的權力和直接擁有的軍事力量，也日漸喪失。隔了一年多，周烈王去世，各地諸侯都去弔喪，齊威王也去了，只是到得較晚，新登基的周天子便發怒，派使臣責備齊威王說：「天子逝世，這是如同天崩地裂般的大事，新繼位的天子也得離開宮殿居喪守孝，睡在草薦上，東方屬國之臣田因齊居然敢遲到，該處以斬足的重罰。」齊威王「勃然大怒」，臉色大變，非常生氣，很粗魯地罵道：「叱嗟，而母婢也！」直譯就是：「呸！你的母親是個婢女！」如果意譯，恰好等同於現在的一句罵人話：呸！你這個丫頭養的！成語「勃然大怒」，形容突然變臉大發脾氣。

◎ 捉襟見肘

春秋時期，孔子的弟子曾參隱居不仕，過着逍遙自在的生活。他住在衛國的時候，面容憔悴，手腳都長滿了繭子，衣服破爛不堪，正一正帽子，帽上的纓繩就會斷開，「捉襟見肘」。「襟」是衣服胸前的部分，「捉襟」就是整理衣襟。「見」同「現」，露出。「捉襟見肘」是說整理一下衣襟，就露出了胳膊肘。儘管如此困頓，但曾參卻毫不悲觀，他時常拖着破鞋，高聲吟詠《詩經》中的詩歌，洪亮的聲音溢滿了天地之間，高亢的歌聲就像敲打金石那樣美妙動聽。正是這種甘貧樂道的態度，使曾參最終成為一代學者和儒家文化的代表人物。「捉襟見肘」原形容衣服破爛，生活窘困；後比喻顧此失彼，窮於應付。

◎ 牛衣對泣

漢朝時期有個讀書人，名叫王章，人很聰明，性格耿直。他的妻子通情達理，非常賢惠，經常鼓勵丈夫發憤讀書，為國效力。有一年，王章和妻子一起住在京都長安讀書求學，日子雖說很清苦，但夫妻恩愛，生活也還快樂。王章學問長進挺快，妻子心裏當然很高興。有一天夜裏，王章突然病了，渾身發燒，家裏衣物被褥很不齊全，沒有什麼東西給王章蓋，妻子只得把平日裏用亂麻編織的席子給他蓋在身上。這樣的麻席子是用來給牛披蓋的，農戶稱它是「牛衣」。妻子心裏很不是滋味，暗暗地流下了幾滴眼淚。王章病得昏昏沉沉，想到自己的病一定很重，家裏又無錢治病，很可能會病死，不禁嗚嗚咽咽地哭泣起來。王章妻子心情更是淒楚萬分，可她想，哭泣有什麼用呢？應該勸丈夫鼓起勇氣，打起精神來。所以她狠了狠心，嚴厲地批評丈夫說：「現在在朝廷做官的人，論才能有幾個能比得上你呢？得了一點病就這樣失魂落魄，像女人一樣哭哭啼啼，這是多麼卑怯呀！有志向的人，應該百折不屈！」妻子的激勵產生了效力，從此王章更加發憤，不久便被朝廷召為官吏，後來當上了京兆尹。成語「牛衣對泣」，意思是睡在牛衣裏，相對哭泣；形容夫妻共同過着窮困的生活。

◎ 墨守成規

墨子名翟，是中國古代思想家、教育家，墨家學派創始人，主張「兼愛」與「非攻」，到處推廣他的學說。墨子原本是木匠出身，建造過車輛和防守城池的器械，技術十分高超，和當時著名的巧匠魯班（原名公輸班，魯國人，因此世人稱他為「魯班」）一樣有名。有一回，楚國要攻打宋國，魯班為楚國特地設計製造了一種雲梯，準備用來攻城。當時墨子正在齊國，得到這個消息，急忙趕到楚國去勸阻，走了十天十夜到了楚國都城，立刻找到魯班一同去見楚王。墨子竭力說服楚王別攻宋國，楚王有些動搖，但是又捨不得放棄新造起來的攻城器械，想試試它的威力。墨子說：「那好，咱們就當場試試吧。」說着，解下衣帶，圍作城牆，用木片作為武器，讓魯班同他分別代表攻守兩方進行表演。魯班多次使用不同方法攻城，都被墨子擋住了。魯班攻城的器械已經使盡，而墨子守城計策還綽綽有餘。魯班不肯認輸，說道：「我有辦法對付你，但是我不說。」墨子說：「我知道你要怎樣對付我，但是我也不說。」楚王聽不懂，問是什麼意思。墨子說：「公輸盤是想殺害我。他以為殺了我，就沒有人幫宋國守城了。他哪裏知道我的三百門徒早已守在宋國等着你們去進攻。」楚王歎了一口氣，無奈地說：「好吧，我們取消攻打宋國的計劃。」這時墨子才帶着勝利的微笑，告別楚王而去。因為墨子善守，後來就把牢守稱為「墨守」。「成規」是指現成的或久已通行的規則、方法。「墨守成規」指思想保守，守着老規矩不肯改變。

◎ 以卵投石

有一年，墨子前往北方的齊國，途中遇見一個算命先生，他對墨子說：「您不能往北走啊，今天天帝在北邊殺黑龍，您的皮膚很黑，去北方是不吉利的呀！」墨子說：「我不相信你的話！」說完，他繼續朝北走去。但不久，他又回來了，因為北邊的淄水氾濫，無法渡過河去。算命先生得意地對墨子說：「怎麼樣？我說您不能往北走嘛！遇到麻煩了吧？」墨子微微一笑，說：「淄水氾濫，南北兩方的行人全都受阻隔。行人中有皮膚黑的，也有皮膚白的，怎麼都過不去呀？」算命先生聽後支吾着說不出話來。墨子又說：「假如天帝在東方殺了青龍，在南方殺了赤龍，在西方殺了白龍，又在中央殺了黃龍，豈不是讓全天下的人都動彈不得了嗎？所以，你的謬論是抵擋不過我的道理的，就好比拿雞蛋去碰石頭，把普天下的雞蛋全碰破了，石頭還是毀壞不了。」算命先生聽後羞愧地走了。「以卵投石」指拿雞蛋去打石頭，比喻不自量力，自取滅亡。這句話是墨子說的，但並不是形容墨子本人。

◎ 持籌握算

孟子，名軻，戰國中期魯國鄒（今山東省鄒城市）人，古代著名哲學家、教育家，是孔子之後、荀子之前的儒家學派的代表人物。孟子宣揚「仁政」，最早提出「民貴君輕」思想，被韓愈列為先秦儒家繼承孔子「道統」的人物，元朝時被追封為「亞聖」，與孔子並稱「孔孟」。漢朝枚乘《七發》裏有這樣的話：「孔老覽觀，孟子持籌而算之，萬不失一。」意思是請孔子、老子這類人物審察評説，請孟子這類人物籌劃算計，這樣一萬個問題也錯不了一個。後人據此而總結出成語「持籌握算」。「持」是拿着，握着；「籌」和「算」都是計算用具。「持籌握算」原指籌劃，後稱管理財務。

◎ 吞炭漆身

豫讓，春秋時代晉國人，最初是范氏家臣，後又給中行氏做家臣，都是默默無聞。後來他做了智伯的家臣，受到重用，和智伯關係很密切。再後來，智伯向趙襄子進攻，結果反而被趙襄子、魏桓子、韓康子合謀滅掉了，智伯在晉國的領地也被三家瓜分了。趙襄子最恨智伯，就把他的頭蓋骨塗漆後做成了酒杯。豫讓萬分悲憤，立誓要為智伯報仇，刺殺趙襄子。他先是改換姓名，混入罪犯之中，懷揣匕首到趙襄子宮中做雜活，因行跡暴露而被逮捕，審問時他直言要為智伯報仇，趙襄子覺得他忠勇可嘉，將他釋放。豫讓獲釋後仍不甘心，他將漆塗在身上，使皮膚腫爛，剃掉鬍子眉毛，同時吞吃炭塊，使嗓子變啞，讓人認不出他的本來面目。豫讓摸准了趙襄子要出來的時間和路線，提前埋伏在一座橋下。趙襄子過橋的時候，馬突然受驚，猜到很可能有人行刺，手下人去搜索，果然抓到了豫讓。趙襄子責問豫讓：「你不是曾經侍奉過范氏、中行氏嗎？智伯把他們都消滅了，而你不替他們報仇，反而成為智伯的家臣。為什麼智伯死了，你卻如此執着地要為他報仇？」豫讓說：「我侍奉范氏、中行氏，他們都把我當作一般人看待，所以我像一般人那樣報答他們。至於智伯，他把我當作國士看待，所以我就像國士那樣報答他。」趙襄子很受感動，但又覺得不能再把豫讓放掉，就下令兵士把他圍住。豫讓知道生還無望，就請求趙襄子脫下一件衣服，讓他象徵性地刺殺，以滿足誓願。趙襄子答應了，派人拿着自己的衣裳給豫讓，豫讓拔出寶劍多次跳起來擊刺它，仰天大呼道：「我可以去見九泉之下的智伯了！」然後自殺。成語「吞炭漆身」的意思指故意變形改音，使人不能認出自己。

◎ 完璧歸趙

戰國時候，趙惠王得到了一塊寶玉「和氏璧」。秦昭襄王知道了，就寫了封信，派人去見趙王，說秦王願意用十五座城來換和氏璧。趙王看了信，就跟大臣們商量。大臣藺相如說：「臣願奉璧往使，城入趙而璧留秦；城不入，臣請完璧歸趙。」意思是說，我願意帶着和氏璧去見秦王，如果秦王給趙國十五座城，我就把和氏璧給秦國；如果秦王不肯用十五座城來交換，我一定把和氏璧完整地帶回來。趙王同意他去了。藺相如到了秦國，秦王在王宮裏接見了他。藺相如雙手把和氏璧獻給秦王。秦王接過來左看右看，非常喜愛。他看完了，又傳給大臣們一個一個地看，然後又交給後宮的美女們去看。藺相如站在旁邊等了很久，也不見秦王提起割讓十五座城的事兒，知道他根本沒有用城換璧的誠意。可是和氏璧已經到了秦王手裏，怎麼才能拿回來呢？他想來想去，想出了一個計策，就走上前去，對秦王說：「和氏璧看着雖然挺好，可是有一點小毛病，讓我指給大王看。」秦王一聽有毛病，趕緊叫人把和氏璧從後宮拿來交給藺相如。藺相如拿着和氏璧往後退了幾步，「怒髮衝冠」，憤怒得頭髮豎直，把帽子都頂起來了，他對秦王說：「當初大王差人送信給趙王，說情願拿十五座城來換和氏璧。趙國大臣都說，千萬別相信秦國騙人的話，我可不這麼想，我說老百姓還講信義，何況秦國的大王！趙王聽了我的勸告，這才派我把和氏璧送來。方才大王把和氏璧接了過去，隨便交給下面的人傳看，卻不提起換十五座城的事情來。這樣看來，大王確實沒有用城換璧的真心。現在和氏璧在我的手裏，如果大王硬要逼迫我，我情願把自己的腦袋跟和氏璧一塊兒碰碎在柱子上！」說着，藺相如舉起和氏璧，對着柱子，就要摔過去。秦王本來想叫武士去搶，可是又怕藺相如真的把和氏璧摔碎，連忙向他賠不是，說：「大夫不要着急，我說的話怎麼能不算數呢！」說着叫人把地圖拿來，假惺惺地指着地圖說：「從這兒到那兒，一共十五座城，都劃給趙國。」藺相如自然不信，就跟秦王說：「和氏璧是天下有名的寶貝。我送它到秦國來的時候，趙王齋戒了五天，還在朝廷上舉行了隆重的儀式。現在大王也應該齋戒五天，在朝廷上舉行接受儀式，我才能把和氏璧獻上。」秦王說：「好！就這麼辦吧！」他就派人送藺相如到公館去休息。藺相如到了公館裏，就叫手下人打扮成一個買賣人的樣子，把和氏璧藏在身上，偷偷地從小道跑回趙國去了。後來秦王發覺這件事，後悔已經來不及了，想發兵攻打趙國吧，趙國在軍事上作了準備，怕打不贏。最後秦王只好放藺相如回趙國。成語「怒髮衝冠」和「完璧歸趙」就是從這兒來的。「怒髮衝冠」形容憤怒之極。「完璧歸趙」比喻把原物完好地歸還本人。

◎ 千金買骨

燕昭王是戰國時燕國第三十九任國君。燕國在戰國七雄中最小，屢次敗於齊國，燕昭王即位後，發誓報仇，決心要令燕國強大起來，因此花重金吸引人才，但並沒有多少人投奔他。於是，燕昭王就去向一個叫郭隗（wěi）的人請教。郭隗給燕昭王講了一個故事，説從前有一位國君，願意用千金買一匹千里馬，可過了三年，千里馬也沒有買到。這位國君手下有一位不出名的人，自告奮勇請求去買千里馬，國君同意了。這個人用了三個月時間，打聽到某處人家有一匹良馬。可等他趕到時，馬已經死了。於是，他就用五百金買了馬的骨頭，回去獻給國君，國君很生氣。買馬骨的人説，這樣做是為了讓天下人都知道，大王是真心實意地想出高價買馬，並不是欺騙別人。果然，不到一年時間，就有人送來了三匹千里馬。郭隗講完上面的故事，對燕昭王説：「大王要是真心想得到人才，也要像買千里馬的國君那樣，讓天下人知道您是真心求賢。您可以先從我開始，人們看到像我這樣的人都能得到重用，比我更有才能的人就會來投奔您。」燕昭王認為有理，就拜郭隗為師，給他優厚的俸祿，並讓他修築了「黃金台」，作為招納天下賢士的地方。消息傳出去不久，就有一些有才幹的名人賢士紛紛前來，如武將劇辛從趙國來，謀士鄒衍從齊國來，屈庸從衛國來。其中最傑出的人物要數樂毅。樂毅是名將樂羊之後，才學出眾，深通兵法，燕昭王任其為亞卿，委以國政和兵權。公元前 284 年，燕國聯合趙、楚、韓、魏諸國大舉伐齊，樂毅攻陷齊城七十餘座，齊國疆土只剩莒、即墨二城。另一個傑出人物是秦開，他統率大軍北擊東胡，大獲全勝，東胡向北退卻逃遁，燕國北境大展，號稱「拓地千餘里」。燕軍又乘勝東擊遼水一帶的朝鮮，奪取了遼東的廣大地區，「直至滿番汗（古地名，距鴨綠江入海不遠處）為界」。成語「招賢納士」和「千金買骨」即由此而來。「招賢納士」意思是網羅人才。「千金買骨」比喻重視人才，求賢若渴。

◎ 擁彗先驅

鄒衍是戰國時陰陽五行家，當時名聞天下。他在齊國受到格外尊重；周遊魏國時，魏惠王親自跑到郊外去迎接；到趙國時，平原君側着身子走路來迎接他，並用衣袖替他拂去座席上的灰塵，畢恭畢敬。後來燕昭王招賢納士，鄒衍就來到燕國。燕昭王親自迎接鄒衍，用衣袖裹着掃把，退着身子邊走邊掃，為鄒衍清潔道路，掃把在古代叫作「彗」，這一舉動叫作「擁彗先驅」。入坐時昭王主動坐在弟子席上，敬請鄒衍以師長身份給自己授業。燕昭王特意為鄒衍修建了一座碣石宮，供其居住講學。後人因此便用「擁彗先驅」這個詞語來比喻用優厚待遇尊禮賢才。

◎ 東門黃犬

李斯，秦代著名的政治家、文學家和書法家。他生於汝南上蔡，年輕時曾做過掌管文書的小吏。為了達到飛黃騰達的目的，李斯辭去官職，到齊國求學，拜荀子為師。荀子的思想很接近法家的主張，也是研究如何治理國家的學問，即所謂的「帝王之術」。後來李斯到了秦國，向秦王獻上離間各國君臣之計，並提出「先滅韓，以恐他國」的吞併順序。於是他得到了秦王的賞識，被提拔為長史，後來又被封為客卿。秦朝建立後，李斯當上了丞相。秦始皇巡遊全國時於沙丘暴卒，宦官趙高脅迫李斯發動「沙丘之變」，他們合謀篡改了始皇的傳位詔書，廢公子扶蘇，改立胡亥為新帝，為秦二世。胡亥準備繼續修建阿房宮，李斯勸阻，胡亥十分惱怒，下令將他逮捕入獄。李斯在獄中多次上書，都被趙高扣留。趙高反誣陷李斯謀反，對他嚴刑拷打。李斯屈打成招被判死刑，在行刑前對兒子說：「吾欲與若復牽黃犬俱出上蔡東門逐狡兔，豈可得乎！」意思是我想和你牽着黃狗到上蔡東門外去打獵，卻再也沒有機會了！「東門黃犬」後泛指官吏遭禍時，悔恨自己沒及時隱退，與家人一起過逍遙自在的日子。

◎ 狂奴故態

嚴光本姓莊，後人避漢明帝劉莊諱改其姓，字子陵，東漢著名隱士。嚴光少有高名，與東漢光武帝劉秀同學，關係很親密。公元 25 年劉秀建立東漢後，思賢念舊，就下令按照嚴光的形貌在全國查訪他，派人將他聘至京都洛陽。司徒侯霸與嚴光是老相識，派人送信給嚴光。送信的人對嚴光說：「侯公聽說先生到了，想立刻就來拜訪，但限於朝廷的有關制度不便過來。希望能在天黑後，親自來向你表達歉意。」嚴光不說話，將書簡扔給送信的人，口授說：「君房先生，官位到了三公，很好。懷着仁心輔助仁義天下都高興，拍馬屁看人臉色辦事可就要身首異處了。」侯霸收到信看過後，封好了上奏劉秀。劉秀笑着說：「狂奴故態也。」意思是，這狂家伙還是老樣子。劉秀當天就親自來到嚴光居住的館舍，嚴光睡着沒起來，劉秀就進了他的臥室，摸着嚴光的肚皮說：「唉呀！子陵，就不能幫我做點事兒嗎？」嚴光過了好一會兒才睜開眼睛，說：「過去唐堯那樣顯著的品德，巢父、許由聽說要授給自己官職尚且去洗耳朵。讀書人本各有志，何必要強迫人家做官？」劉秀無奈離開了。嚴光後來歸隱富春山（今浙江省桐廬縣境內）耕讀垂釣，後人把他垂釣的地方命名為嚴陵瀨。他這種不慕富貴、不圖名利的品格，一直受到後世稱譽。宋朝范仲淹撰《嚴先生祠堂記》，有「雲山蒼蒼，江水泱泱。先生之風，山高水長」的讚語，使嚴光以高風亮節聞名天下。成語「狂奴故態」，舊稱狂士的老脾氣。

◎ 孺子可教

張良，字子房，戰國末期韓國人，傑出的軍事家、政治家，與韓信、蕭何合稱「漢初三傑」。秦朝時期，張良因為行刺秦始皇未遂，逃到下邳隱匿。有一天他在圯水橋上散步，碰到一個老人坐在橋上，一隻鞋掉到了橋下，老人看到張良走來，便叫道：「喂！小夥子！你替我去把鞋撿起來！」張良看到對方年紀很大，便下橋把鞋撿了起來。結果老人又將鞋扔下去讓張良再去撿，如此反覆三次。最後老人又對張良說：「來！給我穿上！」張良很不高興，但轉念想到鞋都撿了起來，又何必計較，便恭敬地替老人穿上鞋。老人站起身，對張良說：「挺好！五天後的早上到橋上來見我。」張良覺得這個老人有些與眾不同，就答應了。第五天早上，張良趕到橋上，老人已先到了，生氣地說：「跟老人有約，應該早點來。再過五天，早些來見我！」又過了五天，張良起了個大早趕到橋上，不料老人又先到了，老人說：「你又比我晚到，過五天再來。」又過了五天，張良剛過半夜就摸黑來到橋上等候。天矇矇亮時，他看到老人走上橋來趕忙上前攙扶。老人這才高興地說：「孺子可教也。」「孺子」就是小孩子，這句話意思是說這個小孩子是可以教誨的。老人拿出一部《太公兵法》交給張良，然後揚長而去。後來張良刻苦研讀這部書，成為漢高祖劉邦手下的重要謀士，為劉邦建立漢朝立下了巨大功勞。這位老人就是傳說中的隱士黃石公，也稱「圯上老人」。「孺子可教」現用來比喻年輕人有培養前途。

◎ 借箸代籌

楚漢相爭時期，劉邦與項羽難分高下，有個叫酈食其的儒生給劉邦出主意，讓他分封戰國時期六國國君的後代，以壯大反項羽的勢力。劉邦舉棋不定，趁吃飯時，詢問張良這個主意如何，張良堅決反對，從劉邦的食案上抓過一把筷子說：「請讓我用這把筷子來為大王籌劃。」接着從八個方面力駁這種主張的危害，每提出一個理由，就擺出一根筷子。竹筷在古代叫作「箸」，這就是成語「借箸代籌」的由來，亦可稱之為「張良借箸」。劉邦接受了張良的意見，沒有採納酈食其的主張，避免了分裂割據現象的出現。「借箸代籌」現用來喻指代人籌劃。

◎ 運籌帷幄

張良深明韜略，足智多謀。秦末農民戰爭中，他協助劉邦平定關中；劉邦西入武關後，張良在嶢下用計破敵；在鴻門宴上他力勸劉邦卑辭言和，保存實力，並疏通項羽季父項伯，使得劉邦順利脱身；灞上分封時他「為漢王請漢中地」，並勸劉邦往漢中時燒毀棧道，以消除項羽的猜忌，同時也可防備他人的襲擊。楚漢戰爭期間，張良提出不立六國後代，聯合英布、彭越，重用韓信等策略，又主張追擊項羽，殲滅楚軍。漢朝建立後，他見劉邦封故舊親近，誅舊日私怨，力諫劉邦封夙怨雍齒，釋疑羣臣。劉邦曾稱讚説:「夫運籌帷幄之中，決勝於千里之外，吾不如子房。」「運籌」就是謀劃，「帷幄」是軍用帳幕，「千里之外」指戰場，這句話的意思是説，在小小的軍帳之內做出正確的部署，決定了千里之外戰場上的勝利，這一點我不如張良。

◎ 千金一諾

季布是秦末漢初時人，曾效力於西楚霸王項羽。項羽敗亡後，歸順劉邦，被拜為郎中。漢惠帝時，官至中郎將。漢文帝時，任河東郡守。季布為人仗義，好打抱不平，以守諾言、講信用而著稱。楚地有個叫曹丘生的人，擅長辭令，能言善辯，多次借重權勢獲得錢財，與一個叫竇長君的高官有交情。季布聽到了這事便寄信勸竇長君説：「我聽説曹丘生品德不好，您不要和他來往。」後來曹丘生想要竇長君寫封信介紹他去見季布，竇長君説：「季將軍不喜歡您，您不要去。」曹丘生堅決要求竇長君寫介紹信，終於如願，便起程去拜訪季布。曹丘生先派人把竇長君的介紹信送給季布，季布接了信果然大怒，等待着曹丘生的到來。曹丘生到了，就對季布作了個揖，説道:「楚人有句諺語説:『得黃金百，不如得季布一諾。』您是怎麼能在梁、楚一帶獲得這樣的聲譽呢？我是楚地人，您也是楚地人，如果我到處宣揚，您的名字天下人都能知道，難道我對您的作用還不重要嗎？您為什麼要拒絕我呢？」季布非常高興，留曹丘生住了幾個月，把他當作最尊貴的客人，送他豐厚的禮物。「千金一諾」這個成語就是從這兒來的，指守信用，不輕易許諾。

◎ 尺布斗粟

劉長是漢高祖劉邦的小兒子，漢惠帝劉盈、漢文帝劉恆的同父異母兄弟。劉長力能扛鼎，於公元前 196 年被封淮南王。文帝時，劉長驕縱跋扈，常與文帝同車出獵，在封地不用漢法，自作法令。公元前 174 年，劉長與匈奴、閩越首領聯絡，圖謀叛亂，朝廷發覺此事，治罪謀反者。朝臣討論後請求文帝判劉長死罪，但文帝赦免了他，廢掉王號，把他貶到蜀郡嚴道（今四川省雅安市），劉長在貶謫途中絕食而死。一些不明真相的百姓誤認為是文帝害死了劉長，就編歌謠唱道：「一尺布，尚可縫；一斗粟，尚可舂；兄弟二人，不能相容。」意思是説，一尺的布也捨不得扔掉，要把它縫做衣服；一斗穀子捨不得浪費，也要把它舂為米；而至親的兄弟卻不能相容，要把他害死。漢文帝聽到後，就歎息説:「堯舜放逐自己的家人，周公殺死管叔蔡叔，天下人稱讚他們賢明，為什麼呢？因為他們能不因私情而損害王朝的利益。天下人難道認為我是貪圖淮南王的封地嗎？」於是改封城陽王劉喜去統領淮南王的故國，而將劉長謚封為厲王，並按諸侯儀制為他建造了陵園。根據這首民謠，後人引伸出「尺布斗粟」這句成語，常用來比喻兄弟不和，也用來比喻數量極少。

◎ 巧發奇中

漢武帝好道術，招募天下懂道術的方士。有個叫李少君的山東人，從著名方士安期生那裏得到了煉丹的祕方，但由於家裏窮，買不起煉丹的原料，就對弟子們説：「我又老又窮，就是再賣力氣種田，也湊不上買藥煉丹的錢。聽説當今皇上愛好道術，我想去朝見他，求皇上和我一起煉丹，他一定會願意。」於是他把安期生的煉丹祕方上奏漢武帝説：「丹砂可以煉出金丹，吃了金丹就能成仙。我曾經在海上漫遊，遇見了仙人安期生，他經常吃一種像瓜一樣大的棗子。」漢武帝對李少君很尊重，賞給他不少東西。李少君曾經和武安侯田蚡一起宴飲，座上有一位九十多歲的老人，李少君問老人的姓名，老人説了姓名後，李少君就説：「你小的時候，我曾經和你祖父在某地遊玩，我還記得你的名字。」這個老人也恍惚記得這回事兒，在座的人都很驚奇。有一次，李少君看見漢武帝有一件舊銅器，就説：「我認識這件銅器，春秋時期的齊桓公曾把它擺在自己的牀頭。」漢武帝細看銅器上刻的字，果然是春秋時齊國的銅器，從而猜想李少君已活了幾百歲了。司馬遷在《史記》中把李少君這種時時發言並能説中的才能稱之為「巧發奇中」，後來演化為成語，形容善於乘機發表意見，後能被事實證明。

◎ 少年老成

韋康，字元將，東漢末年至三國時期的政治人物。他十五歲的時候，就擔任郡主簿（主簿是古代官名，是各級主官屬下掌管文書的佐吏，郡主簿負責為郡守掌管文書）。名士楊修的父親楊彪就稱讚韋康：「韋主簿年雖少，有老成之風，昂昂千里之駒。」「老成」的意思是經歷多，做事穩重。這句是誇韋康雖然年輕，但做事很穩重，有千里馬的氣象。公元 207 年，曹操命令韋康代替他的父親韋端擔任涼州刺史。212 年，馬超攻取隴上諸郡，各縣紛紛響應，唯有涼州州治冀城在韋康領導下仍在堅守，其間韋康曾派手下突圍求援，但被馬超擒獲。到了 213 年八月，援軍仍然沒有來到，韋康不想讓百姓受飢餓之苦，因此不顧手下勸阻，出城投降。但事後馬超違背約定，指使手下把他殺害，當地百姓在得知他的死訊後無不淒然憤慨。值得一提的是，韋康和他的弟弟韋誕都是當時著名的書法家。和韋康的父親韋端有關的一個成語是「明珠生蚌」，見本書。「少年老成」用來形容年輕人舉止穩重，處事老練；有時也指年輕人缺乏銳氣和朝氣。

◎ 不學無術

霍光是西漢名將霍去病的同父異母兄弟，歷經漢武帝、漢昭帝、漢宣帝三朝，官至大將軍、大司馬。在霍去病幫助下，霍光仕途順利，侍奉漢武帝左右，深得武帝信任。武帝臨終時指定霍光和金日磾、上官桀、桑弘羊一同輔佐時年八歲的漢昭帝。在昭帝時期，霍光獨攬大權，採取休養生息措施，多次大赦天下，鼓勵農業，使得漢朝國力得到一定恢復；對外也緩和了同匈奴的關係，恢復和親政策。漢昭帝駕崩後，霍光迎立漢武帝的孫子昌邑王劉賀即位，但不久就以淫亂無道為由廢除了他，並從民間迎接武帝曾孫劉病已（後改名劉詢）繼承帝位，這就是漢宣帝。漢宣帝即位初，霍光表示要歸政於宣帝，但宣帝沒有接受，朝廷事務的決策仍先經霍光過問再稟報宣帝。宣帝對霍光表面上很信任，但內心十分忌憚，因此沒有依照羣臣提議立霍光之女霍成君為皇后，而是立元配妻子許平君為皇后。霍光的妻子霍顯對女兒沒有成為皇后非常不滿，背着霍光趁許皇后生產的機會買通醫生淳于衍毒死了她。許皇后死後，宣帝追究醫生責任，淳于衍下獄受審，霍顯害怕而向霍光坦白了此事。霍光驚駭之餘，還是礙於夫妻情分替她掩蓋了過去。霍成君被立為后。霍光死後，霍顯謀害許皇后的事情敗露，再加上霍氏家族有意謀反，霍家遭到滿門抄斬。班固評論說，霍光輔佐三朝皇帝，功勞可以和古代的伊尹、周公相比；但他「不學亡術，暗於大理」，袒護妻子，立女兒為皇后，導致他的家族野心膨脹，他死後才三年就招來了滅族的悲劇。「學」是學問，「術」是技能。「不學無術」原指沒有學問因而沒有辦法；現多用於形容沒有學問，沒有本領。

◎ 臨池學書

張芝，字伯英，敦煌郡淵泉縣（今甘肅省瓜州縣）人，東漢書法家。張芝的祖父和父親都是高官，但張芝年輕時就很有氣節，勤奮好學，當朝太尉屢次徵召他出來做官，都被他嚴辭拒絕，故有「張有道」之稱。他潛心研究書法，家裏的布帛，都是先用墨寫了然後再去染。他在水池邊寫字，寫完字就用池水洗筆，結果池水都變黑了，後被稱為「墨池」。張芝擅長草書，將古代字字區別、筆劃分離的草法，改為上下牽連富於變化的新寫法，富有獨創性，在當時影響很大。他沒有真跡傳世，僅存《冠軍帖》《八月帖》等刻帖。三國時的著名書法家韋誕將張芝稱為「草聖」，「書聖」王羲之對張芝也很推崇。值得一提的是，張芝的弟弟張昶也是著名的書法家，和張芝的書法很相似，當時人稱之為「亞聖」。成語「臨池學書」，指刻苦練習書法。

◎ 舉案齊眉

東漢平陵人孟光，長得很肥胖，膚色黝黑，容貌欠佳，但力氣極大，能力舉石臼。有人為她作媒，她都謝絕了，她父母一問，才知道她已經有了意中人。原來，孟光早就聽說同縣有個叫梁鴻的，家貧而博學，品德高尚。孟光向父母表示，一定要找到像梁鴻那樣的人才肯出嫁。當時有不少人家敬慕梁鴻的高風亮節，想將女兒嫁給他，梁鴻都謝絕了，但當他聽説孟光的志向後，卻主動請人去行聘。剛過門時，孟光像普通新娘那樣，裝飾打扮得漂漂亮亮，誰知梁鴻卻對她愛理不理的。孟光問他：「我聽説夫君高義，回絕了多門親事。我也謝絕了不少行聘之人。今天承蒙夫君娶了我，只是不知何處得罪了夫君，望能明告。」梁鴻説：「我想娶的是一位簡樸勤勞的女性，可以與我一起到深山憑自己的勞作去隱居。現在見你穿着打扮如此講究，還塗脂抹粉的，這哪裏是我所希望的呢？」孟光説：「太好了，我這樣穿着打扮，是故意考察夫君的志向啊！其實，我早就準備好隱居所需的衣服及器具了。」於是她換了髮式，穿上布衣，在梁鴻面前操持起家務來。梁鴻一見，非常高興，後來兩人共入霸陵山中，以耕織為業並以詩琴自娛。相傳梁鴻每天幹完農活回家，孟光都為他準備好飯，給他遞飯時把盛飯的托盤舉得跟眉毛一樣高，以表示尊敬。「舉案齊眉」後用來形容夫妻互相尊敬。

◎ 伯仲之間

傅毅與班固都是東漢扶風郡人，在讀太學時兩人是同窗，一起在太學中嶄露頭角，後來的經歷也極為相似。傅毅學問很淵博，漢章帝時被封為蘭台令史，拜郎中，和班固、賈逵一起校勘皇室書籍。車騎將軍馬防擅權時，請傅毅為軍司馬，並以師友禮待他，等馬防因奢侈敗家，傅毅也被免官歸鄉。班固於儒家經典及歷史無不精通，他的父親班彪過世後，他在班彪《史記後傳》的基礎上撰寫《漢書》，歷時二十餘年終於完成。公元 89 年，大將軍竇憲率軍北伐匈奴，班固隨軍出征，參議軍機大事。竇憲大敗北單于後，班固撰下著名的《封燕然山銘》。後竇憲因擅權被殺，班固受株連，死於獄中。漢明帝時期，神雀羣集，明帝要求百官作《神爵頌》（雀、爵音近），班固、傅毅獻賦，都得到了漢明帝的稱讚，平分秋色。在反對遷都長安問題上，班固作《兩都賦》，傅毅也作了《洛都賦》《反都賦》。魏文帝曹丕評價二人說：「傅毅之於班固，伯仲之間耳。」伯、仲是兄弟排行中的老大和老二，「伯仲之間」的意思就是兩者不相上下。

◎ 明珠生蚌

韋端，東漢大臣，曾任涼州牧。他有兩個兒子都很優秀，大兒子韋康（和他有關的成語是「少年老成」，見本書），字元將，小兒子韋誕，字仲將。名士孔融是韋端的好朋友，韋康和韋誕都去拜訪過孔融，並受到器重。孔融給韋端寫信說：「前日元將來，淵材亮茂，雅度弘毅，偉世之器也；昨日仲將來，文敏篤誠，保家之主也。不意雙珠，近出老蚌，甚珍貴之。」意思是說，前天韋康來過了，他的能力很突出，器量也非常寬宏，是當代傑出的人才；昨天韋誕又來了，他博學聰敏，切實忠誠，是能夠保有家業的人。沒想到你竟然生出這麼優秀的兩個孩子，很難得啊。「明珠生蚌」比喻傑出的兒子生於出色的父親。

◎ 變生肘腋

吳大帝孫權的妹妹曾為蜀先主劉備之妻，史書《三國志》稱之為孫夫人，正史及野史均未提到她的真實名諱，孫尚香一名出現於戲劇《甘露寺》（又名《龍鳳呈祥》）和《別宮．祭江》。為鞏固孫劉聯盟，赤壁之戰後，孫夫人嫁給劉備。她才智敏捷，剛強勇猛，有她兄長們的風範，身邊的一百多個侍婢，個個都執刀守衛在她身邊。即便是劉備這等人物，每次進入內房時，也都感到害怕恐懼。後來，劉備在公安城西的孱陵（今湖北省荊州市公安縣）建了一座城，稱作「孱陵城」或「孫夫人城」，讓孫夫人與她的侍女及衛隊住在一起。公元 211 年，劉備採納法正的建議，進兵蜀地，奪取了益州。於是劉備封法正為蜀郡太守。法正任蜀郡太守後，從個人恩怨出發，濫施職權。有人將法正濫施職權的事實報告給丞相諸葛亮，請他啟奏劉備，讓劉備抑制法正的威權。諸葛亮卻說：「主公之在公安也，北畏曹公之強，東憚孫權之逼，近則懼孫夫人生變於肘腋之下，當斯之時，進退狼跋，法孝直（法正字孝直）為之輔翼，令翻然翱翔，不可複製，如何禁止法正使不得行其意邪！」「變」是事變，「肘腋」指手肘和腋下，比喻極近的地方，「生變於肘腋之下」指事變發生在內部或身邊。諸葛亮的意思是說，主公以前在公安的時候，北邊畏懼曹操的強大，東邊忌憚孫權的威逼，近處則擔心孫夫人在身邊製造事變，那時多虧了法正建議進兵益州才有了今天。主公現在正信賴他，我怎麼禁止得了他呢？成語「變生肘腋」，指變故或禍患常發生在身邊或內部。

◎ 身在曹營心在漢

關羽，字雲長，河東解良（今山西省運城市）人，三國時期蜀國名將。關羽早期跟隨劉備輾轉各地，公元 200 年，曹操親率大軍攻打劉備，劉備敗逃，關羽在下邳被生擒。為保全劉備家屬，關羽不得已而投降，曹操為籠絡關羽，贈予金銀美女，任命為偏將軍。關羽雖身居曹營，但仍然思念劉備，作詩以明志：「不謝東君意，丹青獨立名。莫嫌孤葉淡，終久不凋零。」後袁紹派大將顏良、文醜等攻東郡太守劉延於白馬，曹操親自率軍救援，並命張遼與關羽為前鋒。關羽望見顏良的麾蓋，策馬衝鋒，斬殺顏良於萬軍之中，梟首而歸，袁軍將領無人能擋，白馬之圍被解，關羽被封為漢壽亭侯。當時，曹操為知道關羽有沒有久留的心意，叫張遼試探。關羽對張遼歎息道：「我知道曹公對我的厚愛，但我受劉備將軍的厚恩，發誓共死，不可背棄。我終不會留下，在為曹公立下功勞後我便會離去。」曹操聽張遼彙報後，反而對關羽重加賞賜，想要留住他，但關羽盡封曹操的賞賜，留書告辭，回到劉備身邊。曹操左右欲追殺之，但被曹操阻止。《三國演義》中據此演繹出了「過五關斬六將」的故事，民間叫作「千里走單騎」。成語「身在曹營心在漢」，比喻身處對立的一方，但心裏想着自己原來所在的一方。

◎ 秉燭待旦

關羽在下邳戰敗，和張遼約定投降曹操的事項，然後帶了人馬來見曹操。第二天曹操班師回許昌。關羽收拾車仗，請劉備的兩位夫人上車，親自護車而行。路上在館驛休息時，曹操故意想讓關羽破壞君臣之禮，只給他和兩位嫂子安排了一個房間。關羽就手持蠟燭在門外給兩位嫂子站崗，站了一晚上也毫無倦色。曹操見關羽這樣，對他更加佩服。到了許昌以後，曹操就專門找了一個宅子給關羽居住。關羽把這個宅子分為兩院，內院由兩位嫂子居住，並派了十個老軍站崗，關羽自己住在外面的院子。成語「秉燭待旦」，指手持點燃的蠟燭等待天亮。

◎ 單刀赴會

赤壁之戰後，兵家必爭的荊州七郡被劉備、曹操、孫權三家瓜分，曹操佔據荊州北部最大的南陽郡和長江以北的江夏郡，孫權得到長江以南的江夏郡和大部分南郡，劉備得到一小部分南郡及荊州南部四郡（長沙、零陵、桂陽、武陵）。後劉備以土地稀少不利於發展為由，向孫權請求都督荊州，魯肅極力主張借地，並説服孫權同意，於是劉備便佔據了整個南郡。公元 215 年，劉備取益州，孫權令諸葛瑾找劉備索要荊州。劉備不答應，孫權極為惱恨，便派呂蒙率軍取長沙、零陵、桂陽三郡。長沙、桂陽蜀將當即投降。劉備得知後，親自從成都趕到公安（今湖北省公安縣），派大將關羽爭奪三郡。孫權也隨即進駐陸口，派魯肅屯兵益陽，抵擋關羽。雙方劍拔弩張，孫劉聯盟面臨破裂，在這緊要關頭，魯肅為維護孫劉聯盟，不給曹操可乘之機，決定當面和關羽商談。關羽只帶了周倉過江與魯肅會面，酒過三巡，菜過五味，魯肅迫不及待地直奔主題，索還南郡。關羽以飲酒莫談國事為由將話題叉開，魯肅步步緊逼，周倉插話：「天下土地，有德的人就應該擁有，難道只有你們東吳才配擁有嗎？」關羽變色，從周倉手中奪過大刀，假裝怒叱道：「這是國家大事，休得多嘴，快快給我退出！」接着，關羽右手提刀，左手挽住魯肅的手，說：「今天飲酒，我已經醉了，莫要再提荊州之事，擔心我這刀傷了故舊之情。改日請到我營中赴會，再作商議。」魯肅掙脫不得，暗藏的刀斧手也沒有辦法。到了船邊，關羽才放了魯肅，拱手道謝而別。雙方經過會談，緩和了緊張局勢。隨後，孫權與劉備商定平分荊州，「割湘水為界，於是罷軍」，孫劉聯盟因此能繼續維持。這次「單刀會」，經戲劇家、小說家敷衍，關羽成了英雄，魯肅成了鼠目寸光、骨軟膽怯的侏儒。這是藝術家們的創作，並非歷史真相。魯肅一手促成了孫劉聯盟，而且一輩子沒有改變這個策略，「守之終身而不易」（王夫之語），劉備、孫權都逐漸強大，建立了與曹魏抗衡的蜀、吳二國，中國歷史上才出現了三國時期。成語「單刀赴會」，後泛指一個人冒險赴約。

◎ 味如雞肋

公元 215 年冬季，魏王曹操派遣守衛漢中的征西將軍夏侯淵在定軍山被蜀將黃忠斬殺，漢中失守。曹操親率二十萬大軍從鄴城趕來增援，與劉備的軍隊相持了幾個月，曹軍將士傷亡的人數日益增多，糧草供應也出現了問題。曹操面對這種情況，心裏非常焦急。一天傍晚，廚師給他送上晚餐，其中有一碗雞肋湯。曹操看到雞肋，若有所思。突然，將軍夏侯惇來請示值夜的口令，曹操就隨口講了「雞肋」二字。夏侯惇聽了，就按原話傳下去了。行軍主簿楊修是一位很有學問的人，一聽到「雞肋」二字，略微一沉思，手掌往大腿上一拍，自言自語地說：「要回鄴城了。」就馬上叫自己的隨行人員收拾行裝，準備動身趕路。這件事，很快就有人報告了夏侯惇，夏侯惇鬧不清是咋回事，就派人把楊修請到營中，不解地問道：「漢中還沒有收復，你為什麼就說要班師回鄴城了呢？」楊修語意深長地說：「你還看不出來嗎，這是魏王的主意啊。今晚的口令他說了『雞肋』二字，是有所指的。雞肋這東西丟掉有點可惜，想吃又吃不到什麼肉，這好比如今的漢中，不打吧，丟了可惜，但攻又攻不下來。所以我知道魏王要準備回師了。」於是夏侯惇也安排手下收拾行裝。曹操知道此事後，非常生氣，以蠱惑軍心之名將楊修斬首，但第二天就向全軍將士發佈了回師的命令。「味如雞肋」原意是與雞的肋骨一樣無味，後用來比喻事情不做可惜，做起來又沒有多大好處。

◎ 萬里長城

檀道濟是東晉末年名將，南北朝時期南朝第一個朝代劉宋的開國元勛。東晉末年，檀道濟跟隨劉裕起兵討伐篡位的桓玄，立下不少戰功。公元 416 年，檀道濟成為劉裕北伐的前鋒，連克許昌、洛陽、潼關，進軍長安，滅後秦。劉裕稱帝建立宋，檀道濟被封為永修縣公，擔任南兗州刺史。424 年，檀道濟參與廢黜宋少帝、迎立宋文帝；426 年，平荊州刺史謝晦叛亂；431 年，率軍攻魏，連戰多捷，進至歷城（今山東省濟南市），糧盡而返。檀道濟威信名望特別高，左右及心腹都身經百戰，幾個兒子也很有才氣，因而朝廷對他產生疑忌。436 年，宋文帝生重病，擔心檀道濟日後會謀反，就召他入朝。臨行前，檀道濟的妻子勸他説：「震世功名，必遭人忌，古來如此。朝廷今無事相招，恐有大禍！」檀道濟不聽勸告，説：「我率師抵禦外寇，鎮守邊境，從沒有辜負國家，國家又怎麼會辜負我呢？」結果，檀道濟一到都城建康，就被逮捕。檀道濟被抓時，狠狠地把頭巾拉下摔在地上，説：「乃復壞汝萬里之長城！」意思是説，這是破壞你的萬里長城！最後，檀道濟與其子十一人都在建康被處死。檀道濟被殺十五年後，宋文帝曾發起北伐，卻被北魏擊敗。北魏軍隊長驅直入，一度控制長江北岸的瓜洲，宋文帝登石頭城北望，面有憂色，長歎道：「如果檀道濟還在，怎麼會到這個地步！」成語「萬里長城」，指中國長城，也比喻國家所依賴的大將，現也比喻人民軍隊。

◎ 唱籌量沙

公元 431 年，檀道濟率軍伐魏，連戰連捷，兵至歷城（今山東省濟南市），當時魏軍勢力強大，宋軍糧食用完，不得不退兵。檀道濟軍中有個兵士逃到魏營投降，把宋軍缺糧的情況告訴了北魏將領。魏將就派出大軍追趕檀道濟，想把宋軍圍困起來。宋軍看到大批魏軍圍上來，軍心動搖。檀道濟卻命令將士就地紮營休息。當天晚上，檀道濟親自帶領一批管糧的兵士在一個營寨裏查點糧食。一些兵士手裏拿着竹籌唱着計數，另一些兵士用斗子在量米。魏軍探子偷偷地向營裏望了一下，只見一隻隻米袋裏面都是滿滿的。他回去報告魏將，説檀道濟營裏軍糧還綽綽有餘，現在不能跟檀道濟決戰。魏將得到情報，以為來告密的宋兵是假投降來誘騙他們上當的，就把他殺了。其實，檀道濟在營裏量的並不是米，而是一斗斗的沙土，只是在沙土上覆蓋着少量米罷了。檀道濟最終順利退兵。「唱籌量沙」原指把沙當做米，稱量時高呼數字，以表示存糧充足；後用以形容為安定軍心，製造假象，迷惑敵人。

◎ 走為上計

檀道濟戰功赫赫、極善兵法，相傳有「三十六計」或「三十六策」，但原書無傳。明清時期有人根據我國古代卓越的軍事思想和豐富的鬥爭經驗總結出《三十六計》，成為中華民族悠久文化遺產之一。「走為上」是其中的一條計策，指敵我力量懸殊的不利形勢下，採取有計劃的主動撤退，避開強敵，尋找戰機，以退為進。這在謀略中也應是上策。其實，在我國戰爭史上，早就有「走為上」運用得十分精彩的例子，檀道濟也確實使用過這一計。公元 431 年，檀道濟率軍伐魏，因後方軍糧接濟不上，最後不得不退兵，保全實力。南齊建立後，齊高帝蕭道成的輔國將軍王敬則雖然不識字，卻為人奸猾，野心很大。蕭道成的兒子齊明帝蕭鸞在位時，王敬則起兵造反。那時明帝病重垂危，明帝的兒子蕭寶卷假裝準備逃走，王敬則聽到消息，很是得意，嘲諷地說道：「他父子倆估計沒有什麼辦法了，檀公三十六策，走為上計，當然還是趁早逃走的好。」但王敬則準備太不充分，最終兵敗被殺。「走為上計」原指無力抵抗敵人，以逃走為上策；也指事情已經到了無可奈何的地步，沒有別的好辦法，只能出走。

◎ 生吞活剝

唐朝初年，棗強縣（今河北省棗強縣）尉張懷慶喜歡抄襲著名文人的詩文。當朝大臣李義府曾寫了一首五言詩，原文是：「鏤月成歌扇，裁雲作舞衣。自憐回雪影，好取洛川歸。」張懷慶將這首詩改頭換面，在每句的前頭加上兩個字，變成一首七言詩：「生情鏤月成歌扇，出性裁雲作舞衣。照鏡自憐回雪影，來時好取洛川歸。」人們讀了張懷慶的這首詩，無不譁然大笑，有人譏諷他這種手段是：「活剝王昌齡，生吞郭正一。」王、郭都是當時以詩文聞名的朝中要人，唐高宗的詔書和朝廷文告，多半出自他們的手筆。後來，人們根據這個故事引申出成語「生吞活剝」，原指生硬搬用別人詩文的詞句，現比喻生硬地接受或機械地搬用經驗、理論等，又比喻以迅猛沉重的打擊一下子消滅掉。

◎ 深文周納

張湯，西漢時期官員，初習律令，擔任過小官吏，後受丞相田蚡推薦，得到漢武帝賞識。張湯與另一個負責律令的官員趙禹制定《越宮律》《朝律》，用法嚴峻苛刻，治獄以皇帝意旨為準繩，並以《春秋》古義加以文飾。當時漢武帝偏愛有文才學問的人，張湯斷決大的案件，欲圖附會古人之義，於是請求以博士弟子中研習《尚書》《春秋》的人補任廷尉史，以解決法令中的疑難之事。上奏的疑難案件，漢武帝肯定的，便著為讞決法，作為廷尉斷案的法律依據，以顯示漢武帝的英明。奏事受到斥責，張湯便向武帝拜謝，並揣摸武帝意圖，引證下屬的正確言論，說：「他們本來曾為臣提出來建議，如果聖上責備臣，認為臣沒有採納他們的建議，臣下愚昧，也無話可說。」因而錯誤常被原諒。他斷決的罪犯，若是武帝欲圖加罪，他便讓手下窮治其罪；若是武帝欲寬免其罪，他便減輕罪狀。所斷決的罪犯，若是豪強，定要運用法令予以詆毀治罪；若是貧弱的下等平民，則當即向漢武帝口頭報告，雖然仍用法令條文治罪，漢武帝的裁決，卻往往如張湯所說。張湯對於高官，非常小心謹慎，常送給他們的賓客酒飯食物；對於舊友的子弟，不論貧富，照顧尤其周到。張湯最後受到御史中丞李文及丞相長史朱買臣（「馬前潑水」「覆水難收」的典故和朱有關）等的陷害而自殺，死後家產不過五百金，皆得自俸祿賞賜。因此，張湯雖然用法嚴峻，後人常以他作為酷吏的代表人物，但他為官清廉儉樸，不失為古代廉吏。「深文周納」是指儘量歪曲地或苛刻地援用法律條文，給人定罪；也指不根據事實給人妄加罪名。

◎ 干卿何事

馮延巳是五代十國時期著名詞人，仕於南唐烈祖、中主二朝，三度拜相，為人胸襟寬廣、宅心仁厚，在其主政期間對政敵也多採取包容態度。他的詞多寫閒情逸致，文人的氣息很濃，對北宋初期的詞人有比較大的影響，有詞集《陽春集》傳世。他的詞留傳下來的比較多，有一首《謁金門》比較著名：「風乍起，吹皺一池春水。閒引鴛鴦香徑裏，手挼紅杏蕊。鬥鴨闌幹獨倚，碧玉搔頭斜墜。終日望君君不至，舉頭聞鵲喜。」南唐中主李璟有一次向馮延巳開玩笑說：「『吹皺一池春水』干卿何事？」意思是，「吹皺一池春水」跟你有什麼關係？馮延巳脫口而出：「陛下不是也有『小樓吹徹玉笙寒』嗎？」從此以後，「干卿何事」就成為一句成語，用以戲笑別人多管閒事。也作「干卿甚事」「干卿底事」或「底事干卿」。

◎ 甘之如飴

文天祥是南宋末年政治家、文學家，抗元名臣，民族英雄，與陸秀夫、張世傑並稱為「宋末三傑」。公元 1256 年，年僅二十一歲的文天祥中進士第一，成為狀元，後因為直言斥責宦官董宋臣並譏諷權相賈似道而遭到貶斥，數度沉浮，在三十七歲時自請致仕。「致仕」就是辭官退休。1275 年，元軍南下攻宋，文天祥散盡家財，招募士卒支持朝廷。在援救常州時，因內部失和而退守餘杭。隨後升任右丞相兼樞密使，奉命與元軍議和，因面斥元主帥伯顏被拘留，於押解北上途中逃歸。不久後在福州參與擁立益王趙昰為帝，又自赴南劍州聚兵抗元。1277 年，文天祥率軍再攻江西，終因勢孤力單敗退廣東，後在五坡嶺被俘，押至元大都，被關入土牢，漢奸張弘範勸他投降，被他堅決拒絕。文天祥被關了整整三年，經歷了一切威脅利誘，受盡了各種折磨，可是他殺身成仁盡忠報國的決心始終沒有動搖，並在牢中寫下了傳誦千古的《正氣歌》。詩中寫道：「鼎鑊（huò，大鍋）甘如飴，求之不可得。」大意是，為了堅持崇高的氣節，即使把我放到鼎鑊裏去烹煮，我也會感到像吃糖那樣甜，正是求之不得，絕不會畏懼屈服。「甘」是甜，「飴」是麥芽糖，「甘之如飴」指感到像糖那樣甜，後形容為了從事某種工作，甘願承受艱難困苦。1283 年初，文天祥從容就義，終年四十七歲。文天祥還有一首著名的詩，就是《過零丁洋》，其中的名句「人生自古誰無死，留取丹心照汗青」，氣勢磅礴，情調高亢，激勵了後世眾多為理想而奮鬥的仁人志士。

◎ 鮮有其比

宋偓是五代至北宋初年將領、外戚。他出身官宦之家，是後唐天德節度使宋瑤之孫、後晉汜水關使宋廷浩長子，後唐莊宗李存勖（xù）的外孫，後漢高祖劉知遠的女婿。其母為後唐義寧公主，長女為宋太祖趙匡胤第三任皇后孝章皇后。《宋史》記載：「偓，莊宗之外孫，漢祖之婿，女即孝章皇后，近代貴盛，鮮有其比。」「鮮」的意思是少，「鮮有其比」的意思就是很少有能夠同他相比的。宋偓的主要成就有以下兩項：一是屢督水師。後周世宗柴榮親征淮南時，宋偓任壽州四方巡檢，958 年率水軍大破南唐水師。同年，淮南歸於後周，宋偓率水師三千沿江巡警各州。960 年，北宋建立後，宋偓再度受命督帥水師。二是征遼防北。979 年，宋偓隨宋太宗趙光義親征北漢；又從征幽州，率軍一萬餘人進攻幽州城南。後宋偓被派遣鎮守霸州（今河北省霸州市），藉以穩定邊境局勢。宋偓箭術過人，後周世宗柴榮曾在野外遇虎，宋偓引弓射擊，一箭便將其斃命。

◎ 豹死留皮

王彥章是五代時期後梁的將領，打仗很勇猛，但沒有讀過書，經常對人說：「豹死留皮，人死留名。」意思是，豹子死了，要把皮留在世間；人死了，要把好名聲傳於後世。他年輕時跟隨梁太祖打仗，立下不少戰績，太祖死後又為末帝鞏固了梁朝江山。當王彥章攻打後唐連續兩次失敗後，向來對他有反感的人趁機向梁末帝進讒言，最後王彥章被罷免了兵權。不到半年，後梁被後唐兵圍困，梁末帝只好再度請出王彥章。一次，王彥章被後唐兵活捉了，後唐莊宗很賞識他，想讓他做將領，王彥章說：「哪有當將領的人，早上替這個國家效力，晚上又為另一個國家做事的？請給我一刀，我沒有怨言，只會感到很榮幸。」他用生命捍衛了自己的理想，死後留下了很好的名聲。王彥章使用的武器是一條鐵槍，人稱「王鐵槍」，他死後人們在浙江嘉興為他塑了一座鐵槍廟，《射雕英雄傳》中的楊康就死在鐵槍廟中。「豹死留皮」比喻將好名聲留傳於後世。

◎ 半部論語治天下

趙普，北宋政治家、開國功臣。趙普早年在後周擔任低級官員，後來成為後周大將趙匡胤的幕僚。公元 960 年，趙普策劃發動陳橋兵變，幫助趙匡胤推翻後周，趙匡胤建立宋朝後趙普任宰相。宋太宗趙光義（本名趙匡義，避宋太祖諱，改名光義，即位後改名炅）分別於 981 年、988 年拜趙普為相。趙普出身小吏，比起一般文臣來，他的學問差得多。他當上宰相以後，宋太祖勸他讀點書。趙普每次回家，就關起房門，認真讀書，後來處理政事，總是十分敏快。宋太宗有一次和趙普閒聊，隨口問道：「有人說你只讀一部《論語》，這是真的嗎？」趙普老老實實地回答說：「臣所知道的，確實不超出《論語》這部書。過去臣以半部《論語》輔助太祖平定天下，現在臣用半部《論語》輔助陛下，使天下太平。」趙普病逝後，家人打開他的書箱，裏面果真只有一部《論語》。成語「半部論語治天下」，舊時用來強調學習儒家經典的重要性。

◎ 胸無城府

傅堯俞，北宋官員，是仁宗、英宗、神宗、哲宗四朝重臣。傅堯俞忠正耿直，不阿不諂，厚重寡言，為人「不設城府」。「城府」是城池和官署，比喻難於揣測的深遠用心。「不設城府」形容待人接物坦率真誠，心口如一。由於傅堯俞胸懷坦盪，別人也不忍心欺騙他。他論起朝廷大事，在皇帝面前一向知無不言，言無不盡。他曾上奏章說：「每個人都各有所長，假如讓我舉薦正直，處置奸佞，我雖才疏學淺，但怎敢不盡心盡力而為？如果讓我窺探別人隱私，吹毛求疵，實在不是我的志向。」他反對王安石變法，導致由諫官外調為地方官員，眾人都認為他到地方任職後一定不會執行新法，可是他卻認真執行。有人問他為什麼這樣做，他說：「君子要根據所處的職位來行事。諫官有向朝廷進言的責任，郡守則應該按照朝廷的法令政策處理事務。」成語「胸無城府」，指對人直爽率真，不用心機。

◎ 口若懸河

晉朝時，有一位學者名叫郭象，字子玄。他在年輕時，就已經是一個很有才學的人，無論對什麼事情都能說得頭頭是道，立論新穎，條理清楚，講得深刻、生動，每當人們聽他談論時，都覺得津津有味。南朝劉義慶《世說新語》記載：「郭子玄語議如懸河瀉水，注而不竭。」意思是郭象發表議論時，就好像一條懸起來的河流，滔滔不絕地往下灌注，沒有枯竭的時候。後人就用「口若懸河」來形容人能言善辯，說起話來滔滔不絕。

◎ 不治生產

漢高祖劉邦，是漢朝開國皇帝，中國歷史上傑出的政治家、卓越的戰略家，對漢族的發展以及中國的統一有傑出貢獻。劉邦字季（劉邦在兄弟中排行最末，古代把同輩中年齡最小的稱為「季」），出生於沛郡豐邑中陽里（今屬江蘇省徐州市豐縣），他的家庭是一個較為富裕的中等人家。父親和兩個哥哥都耕田種地，勤勞樸實，但劉邦卻遊手好閒，好吃懶做，不光是不勞動，還經常到酒店賒酒喝，成了村裏有名的無賴漢。他的父親非常生氣，對這個不知道治理家業的不肖之子的前途十分擔憂。但劉邦也有他的長處，他性情仁厚愛人，心胸寬敞、豁達，且志存高遠，因此成就了一番事業。劉邦當上皇帝後，置酒於未央宮，大宴賓客。他端起酒來為父親獻禮祝壽，說：「父親大人常常認為我是無賴，不能治理產業，不像兄長一樣勤快實幹。我今天成就的業績難道不比兄長多嗎？」這就是「不治生產」這一成語的來歷。「治」是管理，「不治生產」意思是指不注意或無暇料理自己的生計。

◎ 不勝杯杓

公元前 206 年，劉邦攻入咸陽後不久，撤到咸陽附近的霸上。項羽進入函谷關後，駐軍鴻門，范增獻計設鴻門宴除掉劉邦。劉邦與張良率一百多隨從趕往鴻門赴宴。項羽在宴席期間卻猶豫不決，錯失了殺掉劉邦的機會。劉邦藉口上廁所，溜出軍帳，乘上快馬，從山間小道返回自己的駐地，留下張良應付局面。張良估計劉邦安全脱險後，泰然自若地進入軍帳，對項羽説道：「沛公不勝杯杓，不能辭。謹使臣良奉白璧一雙，再拜獻大王足下；玉斗一雙，再拜奉大將軍足下。」「不勝」就是經不起，「杓」是舀東西的器具，「杯杓」泛指酒器。「不勝杯杓」的意思是酒量有限，已經醉了，不能再飲。意思是説，沛公（劉邦起兵於沛，故稱沛公）不能再喝了，不能當面辭謝，吩咐讓我向大王獻上白璧一雙，向大將軍（范增）獻上玉斗一雙，請收下。項羽收下了白璧，范增氣得渾身發抖，拔劍將玉斗擊得粉碎。由於項羽缺乏當機立斷的能力，導致鴻門宴計劃失敗，也埋下了自己日後敗亡的伏筆。

◎ 分一杯羹

楚漢相爭時期，劉邦的父親和夫人從老家來投奔劉邦，走到半道被項羽的人俘虜了。公元前 203 年，項羽和劉邦在成皋（今河南省滎陽市）附近對峙。楚軍的後勤力量沒有那麼強，日子一長，軍糧不夠了，劉邦又躲着不打，項羽就派人去罵劉邦。劉邦不理他。項羽實在沒招，想起劉邦的父親還在自己手上，就把他綁起來，擱在一個殺豬的案子上，向劉邦傳話：「如果不投降，就把你爹給宰了，剁了煮成肉羹吃。」劉邦從容地説：「吾與項羽俱北面受命懷王，曰『約為兄弟』，吾翁即若翁。必欲烹而翁，則幸分我一杯羹。」意思是説，我跟你項羽曾經敬告天地，同飲血酒，結為異姓兄弟，那麼，我爹也就是你爹了。你如果非要把咱們的爹殺了吃，那請分我一杯羹。這就是「分一杯羹」這個成語的來源。項羽聽到劉邦這樣説，也不知道如何是好，後來聽從了項伯的勸告，沒有動手殺人。「分一杯羹」後來指從別人那裏分享部分利益。

◎ 置酒高會

秦朝末年，項羽佔領咸陽之後，自號西楚霸王，實行分封制，封滅秦功臣及六國貴族為王。但沒過多久，各路諸侯王相繼叛楚，項羽不得不各處平亂。公元前 206 年八月，劉邦攻下關中大地。項羽中張良計北上擊齊，兵陷齊國。第二年春天，劉邦統率大軍向東攻伐楚國。項羽獲悉，令其他將領率兵擊殺齊國，自己帶三萬精兵從魯地出胡陵。四月，漢軍進入楚國都彭城，擄掠那裏的財寶、美人，「置酒高會」，每天舉辦慶功會，各位文臣武將日日醉酒高歌。他們以為天下已定，接下來就是加官進爵、封妻蔭子了，沒想到項羽疾速南下，先切斷了劉邦西歸的道路，又切斷了南逃的通道，形成關門打狗的態勢。會戰的地點是彭城靈璧東，僅僅半天時間，項羽的軍隊就大敗漢軍。一時間，血流成河，十萬屍體進入睢水，睢水為之斷流。就在關鍵時刻，突然狂風大作，飛沙走石，正在作戰的軍隊紛紛躲避。劉邦有如神助，得以逃跑。成語「置酒高會」，指舉行盛大的酒席宴會。

◎ 四海為家

漢朝初年，經過秦末動亂後，天下剛剛安定，朝廷打算在都城長安建造宮殿。後來漢高祖劉邦要帶兵消滅齊王韓信的殘餘勢力，建造宮殿的事就交由丞相蕭何處理。蕭何把未央宮建造得富麗堂皇。劉邦回來看到後，很不高興，責怪蕭何說：「天下不安，連年戰亂，還沒完全平定，成敗也很難預料，怎麼把皇宮建造得這麼豪華？」蕭何回答說：「就因為天下還沒平定，才乘機會建造宮殿。天子富有四海，天下一家，不將宮殿建得壯麗，無法彰顯出天子的尊嚴。況且現在就將皇宮建得廣大些，以後子孫就不需要再擴建了。」劉邦聽了覺得很有道理，才轉怒為喜。後來「四海為家」被用來形容帝業宏大富有，一統天下；也轉用於形容人志向遠大，或比喻人漂泊無定所。

◎ 約法三章

秦始皇統治時期，法律嚴苛，賦役繁重，民不聊生，爆發了農民起義。公元前 208 年，劉邦率領大軍攻入關中。秦始皇的孫子子嬰在當了四十六天皇帝後，率領秦國大臣向劉邦投降了。劉邦的大將主張殺了子嬰，但是劉邦卻説：「當年懷王叫我攻打咸陽就是相信我一定會以德服人，寬厚待人，子嬰已經投降了，就放過他吧。」於是就將子嬰交給士兵看管。劉邦進入咸陽後，看到富麗堂皇的宮殿，看到美如天仙的宮女妃子，就不想走了，但心腹樊噲和張良告誡他別這樣做，免得失掉人心，秦國就是沒有為百姓着想才滅亡的。劉邦接受他們的意見，下令封閉王宮，並留下少數士兵保護王宮和藏有大量財寶的庫房，隨即駐紮在離秦都咸陽幾十里的霸上。為了取得民心，劉邦把老百姓召集起來，鄭重地向他們宣佈道:「秦朝的嚴刑苛法，把眾位害苦了，應該全部廢除。現在我和眾位約定，不論是誰，都要遵守三條法律：第一殺人者償命，第二傷人者要抵罪，第三盜竊者也要判罪！」父老鄉親們都表示擁護，紛紛取了牛羊酒食來慰勞劉邦的軍隊。成語「約法三章」就是從這裏來的，原指約定三條法律；後泛指約好或訂立簡單的條款相互遵守。劉邦又派出大批人員，到各縣各鄉去宣傳這三條法令。他手下的軍隊也嚴格遵守法令，對人民做到了秋毫無犯。「秋毫」是鳥獸在秋天新長出的細毛，比喻微小的事物。「犯」是侵犯。「秋毫無犯」意思就是絲毫不加侵犯。由於堅決執行約法三章，劉邦得到了百姓的信任、擁護和支持，最後取得天下，建立了西漢王朝。「秋毫無犯」後來常用來形容軍隊紀律嚴明，不侵犯老百姓的利益。

◎ 禍起蕭牆

季孫氏是春秋時期魯桓公的後代，任魯國執政，史稱季桓子。在孔子時期，季孫氏當權，顓臾（zhuān yú）是魯國的附屬國，季孫氏編造了一個藉口，說是顓臾靠近自己的封地而且城牆非常堅固，恐怕對自己不利，要派兵攻打它。孔子猜出季孫氏的用意所在，說：「吾恐季孫之憂，不在顓臾，而在蕭牆之內也。」「蕭牆」是古代國君宮室大門內面對大門的屏門，又稱「塞門」，也就是後世所說的照壁。孔子這句話的意思是，我擔心季孫氏的目的不是為了懲罰顓臾，而是在於擴大自己的地盤，進而圖謀王權啊。「禍起蕭牆」指禍亂發生在家裏，比喻內部發生禍亂。

◎ 不肖子孫

丹朱是堯帝的兒子，出生時全身紅彤彤，因而取名「丹朱」。相傳丹朱個性剛烈，做事堅決有主見，欠和順和政治智慧，被堯視為「不肖乃翁」，意思是說丹朱不像自己。堯還說丹朱「心既頑嚚，又好爭訟」，意思是內心冥頑不靈，又喜歡和人爭吵，所以沒有將治理天下的重任交給他，而讓位於舜。商均是舜帝的兒子，舜妃女英所生。商均從小智力平平，舜甚至認為他很愚蠢。禹繼位前，欲讓位於他，商均避居陽城（今河南省太康縣北）；禹繼位後，以國賓待他。《孟子．萬章上》記載：「丹朱之不肖，舜之子亦不肖。」成語「不肖子孫」，指品德差、沒出息、不能繼承先輩事業的子孫或晚輩。

◎ 弱不好弄

晉惠公，名夷吾，春秋時期晉國君主，晉獻公的兒子，翟國狐氏之女小戎子所生。因晉獻公寵倖驪姬，欲立驪姬所生之子奚齊為君，夷吾就逃到了梁國（位於今陝西省韓城市南）。晉獻公去世後，繼位的奚齊和卓子（也作悼子）先後被大臣里克殺死。里克派人到梁國迎接夷吾，夷吾的隨從大臣郤芮建議夷吾給秦國饋送重禮，以請求秦國幫助他回國，夷吾就派郤芮送重禮賄賂秦穆公，許諾說：「如果得以回國，願將晉國河西地區割讓給秦國。」秦穆公問郤芮：「夷吾公子是個什麼樣的人？」郤芮回答說：「夷吾小時候不喜歡玩耍，即使與人爭鬥也不過分，年紀大了也不改變，其他我就不知道了。」秦穆公於是派兵送夷吾回晉國。夷吾回國即位以後，史稱晉惠公。他背信棄義，未將河西地區割給秦國。後來晉國發生災荒，秦穆公不計前嫌幫助晉國，可等到秦國發生災荒時，晉惠公卻恩將仇報，趁機進攻秦國，最終被秦國俘虜。成語「弱不好弄」，形容年幼時不愛玩耍。

◎ 道路以目

周厲王是西周的第十位君主，他暴虐成性，奢侈專橫，貪圖財物，任用榮夷公實行「專利」，即以國家名義壟斷山林川澤，藉以剝削人民。大夫芮良夫勸諫厲王說：「作為君王，應該是開發各種財物分發給羣臣和百姓，如果獨佔財利，歸附他的人就會減少。」厲王不聽勸諫，還是任用榮夷公掌管國事。百姓都公開議論厲王的過失。召公勸諫說：「百姓不能忍受暴虐的政令。」厲王大怒，找到一個衛國的巫師，讓他來監視那些議論的人，巫師告發誰，厲王就殺掉誰。這樣一來，議論的人逐漸減少，百姓沒有誰再敢開口説話，路上相見也只能互遞眼色示意而已。

厲王非常高興，告訴召公說：「我能消除百姓對我的議論，百姓再不敢有怨言。」召公說：「這只是把他們的話堵塞回去而已。堵住百姓的嘴巴，要比堵住河流的害處更嚴重。水蓄積太多，河流一旦決口，所傷害的人一定很多；不讓百姓説話，道理也是一樣。所以，治水的人要疏通河流，使流水暢通；治理百姓的人要開放言論，使百姓敢説話。百姓把話從嘴裏説出來，善事加以推行，惡事加以阻止，這就相當於產生財物衣食。百姓心裏想什麼嘴裏就説什麼，心裏考慮好就去做。如果堵住他們的嘴巴，那麼贊同你的、跟隨你的能有幾個呢？」厲王不聽勸阻。公元前 841 年，發生了國人暴動，都城的百姓包圍了王宮，襲擊厲王，他倉皇而逃，後來死於彘（在今山西省霍州市）。「道路以目」原意是指在路上遇到不敢交談，只是以目示意，後用來形容人民對殘暴統治的憎恨和恐懼。

◎ 狗竇大開

張玄之，一作張玄，東晉人。年輕時就以學問出名，曾任吏部尚書、吳興太守，世稱張吳興，與謝玄齊名，並稱「南北二玄」。張玄之八歲時掉了牙，大人們知道他不是一般的孩子，就故意逗他說：「你嘴裏怎麼開了狗洞？」張玄之應聲回答：「就是為了讓你們這些人從這裏出入。」這段故事被編入《幼學瓊林》：「笑人齒缺，曰狗竇大開；譏人不決，曰鼠首僨事。」魯迅先生的《從百草園到三味書屋》裏也曾提到：「於是大家放開喉嚨讀一陣書，真是人聲鼎沸。有唸『仁遠乎哉我欲仁斯仁至矣』的，有唸『笑人齒缺曰狗竇大開』的，有唸『上九潛龍勿用』的，有唸『厥土下上上錯厥貢苞茅橘柚』的。」成語「狗竇大開」，用以嘲笑人缺少牙齒。

◎ 老馬識途

公元前 663 年，齊桓公應燕國的要求，出兵攻打入侵燕國的山戎，相國管仲和大夫隰（xí）朋隨同前往。齊軍是春天出征的，到凱旋時已是冬天，草木變了樣。大軍在崇山峻嶺的一個山谷裏轉來轉去，最後迷了路，雖然派出多批探子去探路，但仍然弄不清楚該從哪裏走出山谷。時間一長，軍隊的給養發生困難，再不找到出路，大軍就會困死在這裏。管仲思索了許久，有了一個設想：既然狗離家很遠也能尋回家去，那麼軍中的馬尤其是老馬，可能也會有認識路途的本領。於是他對齊桓公說：「大王，我認為老馬有認路的本領，可以利用它在前面領路，帶引大軍出山谷。」齊桓公同意試試看。管仲立即挑出幾匹老馬，解開韁繩，讓它們在大軍的最前面自由行走。也真奇怪，這些老馬都毫不猶豫地朝一個方向行進，大軍就緊跟着它們東走西走，終於走出山谷，找到了回齊國的大路。成語「老馬識途」，指老馬能認識走過的道路，比喻年紀大的人富有經驗。

◎ 管鮑分金

管仲是「春秋五霸」之首齊桓公的相國，是當時數一數二的人才。管仲二十來歲時就結識了鮑叔牙，二人合夥做點買賣，因為管仲家境貧寒就出資少些，鮑叔牙出資多些。生意做的還不錯，可是鮑叔牙手下的人卻發現管仲用掙的錢先還了自己欠的一些債，更可氣的是到年底分紅時，鮑叔牙分給管仲一半的紅利，他也就接受了。這個人對鮑叔牙說，管仲出資少，平時他開銷又大，年底還照樣和您平分效益，顯然他是個十分貪財的人，我要是管仲的話，一定不會厚着臉皮接受這些錢。鮑叔牙斥責他手下道：「你們滿腦子裏裝的都是錢，就沒發現管仲的家裏十分困難嗎？他比我更需要錢，我和他合夥做生意就是想要幫幫他，我情願這樣做，此事你們以後不要再提了。」後來管鮑二人又一起參軍打仗，更是相依為命。有一次齊國和鄰國開戰，雙方軍隊展開了一場大廝殺，衝鋒的時候管仲總是躲在最後，跑得很慢，而退兵的時候，管仲卻跟飛一樣地奔跑。當兵的都恥笑他，説他貪生怕死，鮑叔牙又替管仲辯護道：「管仲的為人我是最了解不過了，他家有年邁的老母無人照顧，他不能不忍辱含羞地活着以盡孝道。」管仲聽了鮑叔牙的這番話，感動得流下了熱淚，説道：生我的是父母，而了解我管仲的，唯有鮑叔牙啊！成語「管鮑分金」，比喻情誼深厚，相知相悉。

◎ 渭陽之情

春秋時期，秦穆公為求將來與中原友好，與當時力量強大的晉國聯姻，向晉獻公求婚，晉獻公就把大女兒穆姬嫁給了他。秦穆公和穆姬所生之子名罃（yīng），就是後來的秦康公。晉獻公年邁昏庸，要立小兒子為國君繼承人，就殺死了當時的太子申生，另外兩個兒子夷吾和重耳跑到別國避難。後來夷吾得到姐夫秦穆公的幫助，做了晉國國君，但不久與秦國失和。秦穆公又決定幫助重耳當上晉國國君，就把逃到楚國的重耳接過來，還把女兒懷嬴改嫁給他（懷嬴原來曾嫁給重耳之姪公子圉）。第二年，重耳在秦穆公幫助下當上了晉國的新國君，也就是晉文公，後來成為「春秋五霸」之一。當重耳離開秦國返回晉國的時候，罃親自去送他，送到了渭水之北，並作詩：「我送舅氏，日至渭陽。」古代把水的北邊叫作「陽」，「渭陽」就是渭水之北。這首詩後來被收入《詩經》，題目就叫《渭陽》。「渭陽之情」後用來指甥舅間的情誼。

◎ 臨潼鬥寶

春秋時期，天下大亂，諸侯相爭，秦國經過數代的努力，到秦穆公時，已經成為諸侯中的強者。相傳秦穆公為了顯示霸業，便邀請其他各國諸侯，帶着本國頂尖的寶貝來臨潼比試，勝者為王，敗者稱臣。楚國的國君楚平王赫然在受邀者的名單上，這可把楚平王愁壞了。要說楚國王家的寶貝也不少，可是要與強大的秦國比寶貝，總覺得這個不行，那個不夠。楚平王就召集屬下大臣進行商議，商量來商量去，也沒想出什麼好辦法，於是就下令，舉國獻寶，一經錄取必有重賞。民間的寶貝獻上來不少，可哪一樣都不中楚平王的意。這時候楚國大夫伍奢的二兒子伍子胥進宮求見，說有寶物相贈。當時伍子胥還很小，楚王不屑地說：「你個黃毛小子，能有什麼好東西？」伍子胥用手一拍胸膛說：「我就是楚國最好的寶貝！」楚平王生氣地說：「小小兒童，竟敢口出狂言戲弄本王。左右侍衛給我推出宮去！」可是上來幾個侍衛都推不動伍子胥分毫，楚王大驚。伍子胥緩緩地說：「臣自幼天生神力，能舉千斤，大王就把我當寶貝帶到臨潼吧！」到了鬥寶的當天，秦國派重兵把守住函谷關，各國諸侯只能帶着寶物和幾個隨從進關。等到所有諸侯都到齊了，臨潼行宮內燈火通明，各國的寶物齊聚一堂，一時難分高下，大家都盯着主辦的秦穆公，只見秦王派人取出一根蜡燭，各國諸侯莫名其妙，蜡燭也是寶貝？秦王說：「這叫萬年燭，能燃燒一萬年，多大的風都吹不滅。」說罷讓人把蜡燭拿出宮殿，面對烈烈的北風，蜡燭依然熊熊燃燒。看着風中的蜡燭，各國諸侯都嘖嘖稱奇，心想這次怕是要俯首稱臣了。這時楚王身邊，突然轉出一個小孩兒，大步走向萬年燭，對着秦王說：「這算什麼寶貝，看我的！」猛地一口氣就把萬年燭給吹滅了。秦王大為震驚，喝道：「你是何人？竟敢到這裏來搗亂！」伍子胥回答說：「我就是楚國的寶貝，為什麼不能來？」說罷走到殿外一個大鼎旁邊，輕輕鬆鬆地把千斤之鼎舉起，繞殿三周後，輕輕放下，面不改色，氣不發喘。秦王歎服，只好把借寶稱霸念頭按下，大宴來賓，與楚國結下互不侵犯的盟約。這個故事不見於正史，而是出自元雜劇《臨潼鬥寶》。後來從這個故事演變出了成語「臨潼鬥寶」，比喻誇耀豪富、爭強賭勝的行動。

◎ 殺妻求將

吳起是戰國時期衛國人，喜好用兵，一心想成就大名。《史記》記吳起在魯國「嘗學於曾參」，後又拜子夏為師。公元前 412 年，齊國進攻魯國，魯國國君想用吳起為將，但因為吳起的妻子是齊國人，對他有所懷疑。吳起渴望當將領成就功名，就殺了自己的妻子，表示不傾向齊國，魯君於是任命他為將軍。吳起率魯軍到達前線，沒有立即同齊軍開仗，而是表示願與齊軍談判，並以老弱之卒駐守中軍，給對方造成一種又弱又怯的假象，以麻痹齊軍將士，然後出其不意地以精壯之軍突然向齊軍發起猛攻。齊軍倉促應戰，一觸即潰，傷亡過半，魯軍大獲全勝。吳起一生歷仕魯、魏、楚三國，在內政、軍事上都有極高的成就，仕魏時屢次破秦，盡得秦國河西之地，成就魏文侯的霸業；仕楚時主持改革，史稱「吳起變法」。吳起創立了中國第一支職業軍隊，是中國歷史上第一位常勝將軍，後世把他和孫武並稱為「孫吳」。吳起的軍事著作《吳子》，在中國古代軍事典籍中佔有重要地位。成語「殺妻求將」，比喻為了追求名利而不惜做滅絕人性的事。

◎ 絕甘分少

李陵，西漢名將李廣之孫。李陵善騎射，愛士卒，頗得美名。公元前 99 年，李陵奉漢武帝之命出征匈奴，率五千步兵與八萬匈奴兵作戰，最後寡不敵眾兵敗投降。後來，漢武帝誤聽信李陵替匈奴練兵的訛傳，夷滅李陵三族，致使其徹底與漢朝斷絕關係。但司馬遷卻為李陵鳴不平，認為李陵是假投降，說他「素與士大夫絕甘分少，能得人之死力，雖古名將不過也」，意思是，李陵平素生活節儉而待人優厚，所以手下願意為他賣命，可以和古代的名將相媲美。司馬遷的仗義執言觸怒了漢武帝，被判了腐刑。傳為李陵所作的《答蘇武書》《與蘇武詩》在文學史上地位重要，使得他也以文學家的形象出現在古代文獻典籍中。在評書《楊家將》中，楊令公最後就撞死在李陵碑之前。成語「絕甘分少」意思是把好吃的東西讓給大家，將不多的東西與人共享；形容自己生活節儉而待人優厚。

◎ 莫餘毒也

公元前 632 年，晉國和楚國發生了一場爭奪霸權的戰爭。晉國軍隊在城濮擺開陣勢；楚國聯合陳、蔡兩國的軍隊，氣勢洶洶地攻打過來。楚軍的統帥是令尹（相當於其他諸侯國的相國）成得臣，他率領着同族的六百名親兵坐鎮中軍，左軍由楚國掌管軍事的司馬子西統帥，右軍由大夫子上統領。在這次出征之前，楚成王一再告誡成得臣，千萬不可輕敵，晉國的國君晉文公在國外流亡多年，經受過很多磨練，經驗豐富，跟他打仗千萬不要輕率。可是成得臣一到陣前就把這些話全忘了，他看見自己的隊伍旌旗森嚴、列隊整齊，就誇耀說：「今天消滅晉軍再吃早飯！」晉軍這一方，經過周密籌劃後，晉文公親率中軍指揮戰鬥。他派大夫胥（xū）臣使用奇計，把虎皮蒙在馬身上，首先進攻陳蔡兩國的軍隊。陳蔡兩軍，還沒有弄清是咋回事，就被打得四散奔逃。接着，晉將狐毛又把自己率領的左軍裝扮為中軍，開戰不久，就接連往後敗退，誘敵深入；晉軍還在戰車的後面拖着樹枝，弄得路上塵土飛揚，假裝着逃跑很狼狽的樣子。楚軍果然中計，子西當即緊跟追擊。這時，晉文公率中軍出其不意地截擊楚軍，狐毛也回轉身來夾攻子西，於是楚國的左軍又被擊敗了。緊跟着所有楚軍都被打得大敗。成得臣打了大敗仗，楚成王非常生氣，就派使臣對他說：「你帶兵打了敗仗，身邊的同族親兵都戰死了。你如果回國，對他們的父母怎樣交代呢？」成得臣便在回國途中自殺了。楚成王隨後也想到成得臣畢竟是一名能征善戰的將帥，又派使臣去阻止他自殺，但已經來不及了。晉文公聽說成得臣自殺的消息後，非常高興，覺得這一下子可除掉心腹之患了。他情不自禁地對身邊的將士說：「莫餘毒也已。」意思是說，今後沒有人危害我了！成語「莫餘毒也」正是由此而來，現在多用來比喻目空一切，狂妄自大。

◎ 病入膏肓

春秋時期，晉景公得了重病，向秦國的醫緩（秦緩，字越人，號扁鵲，又號盧醫）求醫。醫緩還沒到，晉景公做了個夢，夢見他的病變成了兩個小孩，一個說：「那人可是良醫呀，恐怕會傷害到我們，需要逃跑嗎？」另一個小孩說：「我們在肓的上面，膏的下面，無論他怎樣用藥，都奈何我們不得。」古人把心尖脂肪叫「膏」，心臟與膈膜之間叫「肓」。「膏肓」在這裏特指包裹保護心臟的脂膜，也就是心包，是人體最後一道防線，艾灸、針刺、服藥都達不到。果然，醫緩到了以後，替晉景公診斷了半天，說：「這病在肓之上，膏之下，已經無法醫治。」醫緩所說，果然驗證了夢中兩個小孩的對話。晉景公認為他是良醫，贈以厚禮護送他回國。過了沒多久，晉景公就死了。「病入膏肓」這個成語，原來是形容病情十分嚴重，無法醫治，後來比喻事情非常嚴重，到了無法挽救的地步。

◎ 毛遂自薦

毛遂，戰國時期趙國人，趙公子平原君趙勝的門客，在平原君那兒呆了三年也沒有機會展露鋒芒。公元前 257 年，秦昭王派兵圍攻趙國都城邯鄲。趙孝成王派平原君去楚國請求救兵，與楚國簽訂「合縱」的盟約。平原君決定挑選二十位文武兼備的門客一同前往，但找來找去，只找到十九個。這時毛遂走上前來，向平原君自我推薦說：「我聽說您要挑選二十位門客到楚國去，如今還少一個人，讓我湊足人數出發吧！」平原君問：「先生來到我門下有幾年了？」毛遂說：「三年了。」平原君說：「賢能的士人處於世上，好比錐子處在囊中，它的尖梢立即就要顯現出來。你在我門下已經三年了，左右的人們對你沒有稱道的話，我也沒有聽到關於你的一言半語，這是因為你沒有什麼才能的緣故。先生不能一道前往，請留下吧！」毛遂說：「我不過今天才請求進到囊中罷了。如果我早就處在囊中的話，我的整個鋒芒都會顯露出來，不單單僅是尖梢露出來而已。」平原君被毛遂說服了，同意毛遂前往楚國。成語「毛遂自薦」和「脫穎而出」都是從這段故事而來。「毛遂自薦」比喻自告奮勇，自己推薦自己擔任某項工作。「脫穎而出」比喻本領全部顯露出來。

◎ 一言九鼎

毛遂隨平原君出使楚國，在路上與同行的十九個門客談論，十九個人都折服了。平原君與楚考烈王談判「合縱」的盟約，反覆說明利害關係，從一大早談到太陽當空還沒有決定，那十九個人對毛遂說：「先生上去！」毛遂登階而上，大聲說：「『合縱』的利害關係，兩句話就可以決定。今天，太陽出來就談論『合縱』，日到中天還不能決斷，這是為什麼？」楚王對平原君說：「這個人是幹什麼的？」平原君說：「這是我的門客。」楚王怒斥道：「下去！我是在同你的君侯說話，你算幹什麼的？」毛遂手握劍柄上前說道：「大王敢斥責我毛遂的原因，是由於楚國人多。現在，十步之內，大王不能依賴楚國人多勢眾了，您的性命，懸在我毛遂的手裏。我的君侯在眼前，您憑什麼斥責我？況且，我聽說湯以七十里的地方統一天下，文王以百里的土地使諸侯稱臣，難道是由於他們的士卒眾多嗎？而是由於他們能夠憑據自身條件而奮發他們的威勢。今天，楚國土地方圓五千里，持戟的士卒上百萬，這是霸王的資業呀！以楚國的強大，天下不能抵擋。白起不過是一個狂妄的小人，率領幾萬部眾，發兵來和楚國交戰，一戰而拿下鄢、郢，二戰而燒掉夷陵，三戰而侮辱大王的祖先。這是百代的仇恨，是趙國都感到羞辱的事，而大王卻不知道羞恥。『合縱』這件事是為了楚國，並不是為了趙國呀。」楚王說：「是，是！實在像先生說的，謹以我們的社稷來訂立『合縱』盟約。」於是他們在宮殿上簽定了「合縱」盟約。平原君從楚國回到趙國，說：「我不敢再鑒選人才了。我以前鑒選過成百上千的人才，自以為沒有看走眼，今天卻在毛先生這裏失誤了。毛先生一到楚國，就使趙國的威望重於九鼎。毛先生三寸長的舌頭，強似上百萬的軍隊。」於是把毛遂作為上賓對待。「一言九鼎」，比喻說話力量大，能起很大作用。

◎ 紙上談兵

戰國時，趙國名將趙奢的兒子趙括，年輕時讀過不少兵書，常常在人們面前談論作戰用兵的事情，即使父親趙奢也難不住他。很多人認為他很有才能，但是趙奢卻認為他不能承擔重任。趙括的母親問趙奢是什麼緣故，趙奢說：「用兵打仗是關乎生死的事，然而他卻把這事說得那麼容易。如果趙國不用趙括為將也就罷了，要是一定讓他為將，趙軍一定會大敗。」公元前 259 年，秦軍與趙軍在長平對陣，那時趙奢已死，藺相如也已病危，趙王派廉頗為帥。秦軍屢次挑戰，廉頗置之不理，趙軍堅守營壘不出。秦軍故意散佈謠言說：「秦軍所害怕的，就是趙括。」趙王因此就用趙括取代廉頗。藺相如反對，說：「大王憑名聲使用趙括，像是用膠水黏上弦柱來彈瑟，音調自然不會順暢。趙括只會死讀他父親的書，不能隨機應變。」趙王不聽。趙括的母親也上書表示反對，說：「趙括的父親做將軍的時候，由他親自捧着飲食伺候吃喝的人數以十計，被他當做朋友看待的數以百計，大王和王族們賞賜的東西全都分給軍吏和僚屬，接受命令的那天起，就不再過問家事。現在趙括一下子做了將軍，就面向東接受朝見，軍吏沒有一個敢抬頭看他的，大王賞賜的金帛，都帶回家收藏起來，還天天訪查便宜合適的田地房產，可買的就買下來。大王認為他哪裏像他父親？希望大王不要派他領兵。」趙王還是不聽。趙括到了前線以後，死搬兵書上的教條，完全改變了廉頗持久抗戰的計劃。秦將白起聽到了這些情況，便調遣奇兵，截斷趙軍運糧的道路，又把趙軍分割成兩半，趙軍士卒離心。過了四十多天，趙軍飢餓，趙括出動精兵親自與秦軍搏鬥，結果被秦軍射死，四十萬趙軍投降秦軍，全部被活埋。第二年，秦軍包圍邯鄲，趙國幾乎不能保全，全靠楚國、魏國軍隊來援救，才得以解圍。成語「紙上談兵」和「膠柱鼓瑟」即由此而來。「紙上談兵」，比喻空談理論，不能解決實際問題；也比喻空談不能成為現實。「膠柱鼓瑟」亦作「膠柱調瑟」，是指用膠把弦柱黏住以後彈瑟，音調不能順暢；比喻固執拘泥，不知變通。

◎ 洞見癥結

戰國時期，秦國有一位醫生名緩，由於他的醫術高超，被認為是神醫，所以當時的人們借用了上古神話中的黃帝時神醫「扁鵲」的名號來稱呼他。扁鵲奠定了中醫學的切脈診斷方法，開啟了中醫學的先河。相傳有名的中醫典籍《難經》為扁鵲所著。扁鵲年輕時在一家旅館做舍長（客館的負責人）。他為人謙和，尊老愛幼，願意幫助有困難的人，受到過往客人的稱讚。有一天，旅館中來了一位客人叫長桑君，生得鶴髮童顏，仙風道骨。他談吐風雅，很有學問，並且擅長醫術，無論誰生病求他診治，總是手到病除。扁鵲看出他與眾不同，對他招待得格外恭敬周到。長桑君見扁鵲心腸好，為人老成和善又勤懇好學，也很器重他。有一天，長桑君招呼扁鵲坐下，對他說：「你我相處多年，我看你心地善良，忠厚老實，想把祖傳的醫術都教給你，你要好好學習呀！」扁鵲恭敬地說：「遵命！」並跪在地上叩頭認了師傅。長桑君從懷中掏出一粒藥丸給扁鵲，讓他吃下去，告訴他：「三十天後，你就可以看見過去看不到的東西了。」然後，就把全部祕方都給了扁鵲，並教給他一些祕訣。當扁鵲還要拜謝的時候，長桑君已消失不見了。三十天後，果然奇跡出現了：隔着牆，扁鵲就能看到牆那邊的人。扁鵲刻苦鑽研醫術，精益求精，全部掌握了長桑君傳授的醫理和祕方。從此他開始到處行醫治病，不斷總結經驗。到後來，他一眼就能看清楚病人內臟裏的病症，人們就稱讚他看病能看見五臟癥結。「洞見癥結」，引申為能發現不易解決的關鍵問題。

◎ 諱疾忌醫

有一天，扁鵲去見蔡桓公。他細心觀察桓公的面容後，說：「我發現君王的皮膚有病。您應及時治療，以防病情加重。」桓公不信，哈哈大笑說：「我沒有病。」扁鵲離開後，桓公說：「醫生喜歡給沒病的人治『病』，以此顯示自己的本領。」過了十天，扁鵲又來見桓公，說：「您的病在肌肉裏，不及時醫治將會更加嚴重。」桓公不理睬。扁鵲離開後，桓公又不高興。又過了十天，扁鵲再一次來見桓公，說：「您的病在腸胃裏了，不及時治療將要更加嚴重。」桓公又沒有理睬。又過了十天，扁鵲遠遠地看見桓公，掉頭就跑。桓公於是特意派人問他。扁鵲說：「小病在皮膚紋理之間，湯熨的力量能達到；病在肌肉和皮膚裏面，用針灸可以治好；病在腸胃裏，用火劑湯可以治好；病在骨髓裏，那是司命神管轄的事情了，醫生是沒有辦法醫治的。現在病在骨髓裏面，我因此不再請求為他治病了。」過了五天，蔡桓公身體疼痛，病勢十分沉重，派人尋找扁鵲，扁鵲已經逃到秦國，蔡桓公於是病死了。成語「諱疾忌醫」，指有病不肯說，又怕見醫生，不願醫治；又比喻掩飾缺點，不願改正。

◎ 曲高和寡

宋玉是楚國偉大詩人屈原的學生。有一天，楚襄王問宋玉：「現在不少人對你有意見，你是不是有什麼不對的地方？」宋玉轉彎抹角地回答說：「有位歌唱家在我們都城的廣場上演唱，唱《下里》《巴人》這些通俗歌曲時，有幾千聽眾跟着唱起來；唱《陽阿》《薤露》這些含義較深的歌曲時，有幾百人跟着唱；唱《陽春》《白雪》這類高深歌曲時，能跟着唱的只有幾十人；到了唱更高級的歌曲時，跟着唱的只有幾個人了。從這裏可以看出，曲調越是高深，能跟着一起唱的人就越少。」宋玉這段話的意思是說自己品行高超，一般的人不能了解，所以有人說三道四。成語「曲高和寡」就來源於這裏，意思是曲調高深，能跟着唱的人很少，舊指知音難得；現比喻言論或作品不通俗，能了解的人很少。

◎ 開卷有益

北宋初年，宋太宗趙光義命文臣李昉等人編寫一部規模宏大的分類百科全書，分類歸成五十五類，共一千卷。這部書是太平興國年間編成的，故定名為《太平總類》。對於這部巨著，宋太宗規定自己每天至少要看三卷，一年內全部看完，遂更名為《太平御覽》。當宋太宗下定決心花精力翻閱這部巨著時，曾有人覺得皇帝每天要處理那麼多國家大事，還要去讀這麼一部大書太辛苦了，就勸告他少看些，也不一定每天都得看，以免過度勞神。宋太宗回答說：「開卷有益，朕不以為勞也。」意思是說，多看些書，總會有益處，我並不覺得勞神。於是，他仍然堅持每天閱讀三卷。有時因國事忙耽誤了，他也要抽空補上。宋太宗由於每天堅持閱讀，學問十分淵博，處理國家大事也十分得心應手。當時的大臣們見皇帝如此勤奮讀書，也紛紛效仿，所以當時讀書的風氣很盛。後來，「開卷有益」便成了成語，形容只要打開書本讀書，總會有益處，常用於勉勵人們勤奮好學。其實，早在晉代陶淵明的《與子儼等疏》就有「開卷有得，便欣然忘食」的句子，「開卷有得」和「開卷有益」的意思是相同的。

◎ 朽木糞牆

宰予，字子我，亦稱宰我，春秋末年魯國人，孔子弟子，「孔門十哲」之一。宰予能言善辯，被孔子許為「言語」科的高才生，排名在子貢前面。曾從孔子周遊列國，遊歷期間受孔子派遣，使於齊國、楚國。宰予雖然話說得好聽，但在行動上有時又對自己要求太鬆，他曾在大白天睡覺，就讓孔子非常生氣。因為古時人們普遍認為應當遵循太陽的起落來調整自己的作息，做到日出而作，日落而息，孔子更是認為白天時光短暫，應該努力奮發。孔子對宰予加以嚴厲斥責，說：「朽木不可雕也，糞土之牆不可杇也！於予與何誅？」意思是說，腐爛的木頭不可以雕刻，用糞土壘砌的牆面不堪塗抹。對於宰予這樣的人，還有什麼好責備的呢？他又說：「始吾於人也，聽其言而信其行；今吾於人也，聽其言而觀其行。於予與改是。」意思是說，起初我對於人，聽了他說的話就相信他的行為；現在我對於人，聽了他說的話卻還要觀察他的行為。這是由於宰予的事而帶給我的改變。「朽木糞牆」，比喻沒有培養前途的人或不可收拾的局面。

◎ 仰屋著書

梁元帝蕭繹是梁武帝蕭衍的第七個兒子，喜歡文學，年輕時熱衷於著述，甚至連一杯酒也不多喝，一生著書凡二十種，四百餘卷，並辛苦聚書四十餘載，收集了十四萬卷圖書。他的堂兄弟蕭恭則是喜歡交友，終日歡飲，曾對人說：「下官歷觀世人，多有不好歡樂，乃仰眠牀上，看屋樑而著書，千秋萬歲，誰傳此者？勞神苦思，竟不成名，豈如臨清風，對朗月，登山泛水，肆意酣歌也。」意思是，我認真地觀察世上的人，有很多人不喜歡玩樂，而喜歡躺在牀上苦思冥想，一心著書，然而千秋萬代有多少人的著作能傳下來呢？如此勞心費神又成不了名，還不如縱意於山水美景之中，盡情歡樂呢。據歷史記載，蕭繹盲一目，少聰穎，但性矯飾，多猜忌。在侯景之亂中，他擁有實力卻坐觀國禍不理，暗藏私心，先是殘忍地將對他登基為帝構成威脅的兄弟子姪逐個消滅，等到父親梁武帝被外賊圍困活活餓死後才發兵勤王。登上皇位後，蕭繹又與北方的西魏產生矛盾，招來強敵入境。失敗之餘，他命人將所藏十四萬卷圖書焚燒個一乾二淨，說：「讀書太多，以致有今日之禍。」由此引發中國歷史上繼秦始皇焚書坑儒之後最大的文化破壞事件——江陵焚書，他可以說是使中華文明遭受巨大破壞的千古罪人。「仰屋著書」，形容一心放在著作上。

◎ 招搖過市

公元前 494 年，孔子帶着弟子周遊到衛國，衛靈公想與孔子結交，但又不尊重他。衛靈公與夫人南子坐在一輛車上出遊，讓孔子坐在後面的車上跟着，在大街上招搖過市。放在當今，衞靈公和南子這樣做不值得大驚小怪，反而要被人讚為模範夫妻，但在當時，婦女是不能這樣大張旗鼓地拋頭露面的，衞靈公和南子也算驚世駭俗了。孔子對衞靈公非常失望，一個月後，帶學生離開了衞國。「招搖過市」，指在公開場合大搖大擺顯示聲勢，引人注意。

◎ 炙手可熱

唐玄宗執政後期，寵倖楊貴妃，楊貴妃的堂兄楊國忠也平步青雲做了御史，後來還當了宰相。一時之間，楊家兄妹權勢薰天，把整個朝廷搞得烏煙瘴氣，而他們自己過着花天酒地、窮奢極欲的生活。公元 753 年春天，楊貴妃等人到長安城裏的曲江邊遊春野宴，轟動一時。詩人杜甫對楊家兄妹這種只顧自己享樂、不管人民死活的行為極為憤慨，寫出了著名的《麗人行》一詩，大膽揭露和深刻諷刺了楊家兄妹生活的奢侈和權勢的顯赫。「炙手可熱勢絕倫，慎莫近前丞相嗔」便是詩中的兩句，意思是，楊家權重位高，勢焰灼人，沒有人能與之相比，千萬不要走近前去，以免惹得丞相發怒生氣。後來安史之亂暴發，唐玄宗逃往四川，行至馬嵬坡（今陝西省興平市西），以禁軍主帥陳玄禮為首的隨從將士，殺死了楊國忠，還逼着唐玄宗處死了楊貴妃。「炙手可熱」意思是手摸上去感到熱得燙人，比喻權勢大，氣焰盛，使人不敢接近。

◎ 屠腸決眼

聶政，戰國時期的刺客，韓國軹邑（今河南省濟源市東南）人，以俠義著稱。聶政因殺人避仇，與母親、姐姐到齊國來，以屠宰為職業。當時有一個叫嚴仲子的人，因與韓相俠累有仇，便到處物色能夠替他報仇的人。到了齊國，有人向他推薦了聶政。嚴仲子到聶家拜訪，備了酒食親自送到聶政母親面前，又捧出很多黃金孝敬聶政的母親。聶政再三向嚴仲子辭謝，嚴仲子仍然堅持要送。聶政説：「我因為有老母在，家境又貧窮，所以客居他鄉，從事屠狗的行業，以便早晚得些美食，來奉養老母。我已足夠供養母親，實在不敢再受您的饋贈。」嚴仲子避開旁人，對聶政説道：「我有仇待報，遊歷諸侯各國已很多年了。這次到了齊國，私下聽説足下很講義氣，所以送上百鎰黃金，充作令堂飲食之費，只希望能夠跟足下交個朋友。」聶政説：「我之所以降低志向，污辱自己，在市井裏做個屠夫，只是希望藉此奉養我的老母。老母在世，我的生命不敢為別人犧牲。」嚴仲子再三謙讓，聶政始終不肯接受。過了很久，聶政的母親去世，安葬後，喪服期滿，聶政就找到嚴仲子，説：「以前沒答應您的邀請，是因為老母在世；如今老母已享盡天年，請問您要找誰復仇？讓我幫您辦事吧！」嚴仲子説：「我的仇人是韓相俠累，他是韓國國君的叔父，宗族旺盛，人丁眾多，居住的地方防衛嚴密，我派人刺殺他，始終沒有得手。如今承蒙您應允下來，我馬上挑選一些壯士作為您的助手。」聶政説：「在這種情勢下不能去很多人，人多了難免發生意外，走漏消息。」於是他一個人來到韓國國都陽翟（今河南省禹州市）。俠累正坐在府上，手持兵器侍衛他的人很多。聶政直衝進去，上了台階，刺殺了俠累。左右的人非常慌亂，聶政大聲叱喝，擊殺數十人，然後自己剝掉面皮，挖出眼睛，又自己挑出肚腸，隨即死了。韓國人將聶政屍首公開放在市上，都不知道他是誰。於是韓國人就出告示懸賞，有能夠説出殺俠累的人，賞給他千金。但過了許久，仍然一無所獲。後來聶政的姐姐嫈（一作榮）聽説了，就哭着説：「大概是我弟弟吧？」於是動身前往韓國都城，一看死者果然是聶政，就趴在屍體上痛哭。街上的人説：「這個人犯了很重的罪，夫人怎麼敢來認屍啊？」聶嫈回答他們説：「聶政之所以忍受羞辱不惜混在屠狗販肉的人中間，是因為老母健在，我還沒有出嫁。老母去逝後，我已嫁人，嚴仲子待我弟弟恩情深厚，我弟弟還能怎麼辦呢！勇士本來應該替知己犧牲性命，他因為我還活在世上的緣故，自行毀壞面容軀體，使人不能辨認，以免牽連我，我怎麼能害怕殺身之禍，永遠埋沒弟弟的名聲呢！」整個街市上的人都大為震驚。聶嫈於是高喊三聲「天哪」，最終因為過度哀傷而死在聶政身旁。聶政的事跡見於《史記》，郭沫若曾據此寫出歷史劇《棠棣之花》。成語「屠腸決眼」，形容死得慘烈。

◎ 談笑自若

三國時期，東吳有一員叫甘寧的大將，作戰英勇而且很有智謀，因戰功被任命為西陵太守、折衝將軍。公元 208 年，曹操在赤壁之戰中失敗後，被迫向北撤退。孫權和劉備的聯軍乘勝追擊，一直追到南郡（今湖北省江陵縣境內）。駐守南郡的魏將曹仁以逸待勞，奮勇擊退了吳軍的先頭部隊。吳軍大都督周瑜大怒，準備與曹仁一決高下。甘寧根據當時的形勢，上前勸阻，認為南郡與夷陵互為犄角，應該先襲取夷陵，然後再進攻南郡。周瑜採納了他的建議，命他領兵攻取夷陵。甘寧領兵直逼夷陵城下，與魏軍守將曹洪激戰，曹洪敗走，甘寧命令部下迅速奪取夷陵。但是當時甘寧的兵力很少，只有幾百人，入城後立即招兵，也不過千人。當天黃昏，曹仁為了奪回夷陵，派曹純和牛金引兵與曹洪匯合，共聚五千餘人，把夷陵城圍住。曹軍架設雲梯攻城，被甘寧守軍擊退。第二天，曹軍堆土構築高樓，然後在高樓上向城中射箭，射死射傷不少吳兵。這時，城中吳軍將士都有些害怕，只有甘寧一個人同平常一樣，説笑非常自然，一點也不緊張恐懼。他命人收集曹軍射來的數萬枝箭，選派優秀射手，與魏軍對射。由於甘寧率軍沉着頑強地固守，曹軍無法攻破城池。後來，甘寧派人突圍向周瑜告急，周瑜即刻發兵前來解圍，最終贏得了勝利。「談笑自若」形容能平靜地對待所發生的情況，説説笑笑，不改常態。

◎ 義形於色

孔父嘉，子姓，名嘉，字孔父，春秋時期宋國貴族，孔子六世祖。在孔子家族史上，孔父嘉是一個很重要的人物，正是從他開始，孔子家族才開始有了「孔」氏。公元前 714 年，孔父嘉擔任宋殤公的大司馬。他的妻子長相美麗，有一次外出時，在路上遇見了華督。華督官居太宰，乃「六卿」之首，是當時宋國很有勢力的大貴族。華督很喜歡孔父嘉的妻子，看着她走過來又看着她走過去，説：「美而艷。」意思是既漂亮又艷麗。因為看中了孔父嘉的妻子，華督便使人在國中揚言説：「殤公即位才十年，卻有十一次戰爭，百姓痛苦，不堪忍受。這都是孔父嘉幹的，我將要殺了他來安定百姓。」第二年，華督攻打並殺害了孔父嘉，霸佔了他的妻子。宋殤公很生氣，華督便一不作，二不休，又殺死殤公。子夏的弟子公羊高後來在評論這件事時説，華督要殺孔父是因為孔父每天神色嚴肅，正氣凜然地侍國君於朝堂，使得壞人不敢胡作非為，孔父可以稱得上是義形於色了。成語「義形於色」，意思是仗義不平之氣在臉上流露出來。

◎ 處之泰然

許衡，金末元初著名理學家、教育家。許衡世代務農，自幼就有與眾不同的氣質，問老師：「讀書是為了幹什麼？」老師説：「為了科舉考試中舉！」許衡説：「就為了這個嗎？」老師大為驚訝。每次叫他讀書，他都要刨根究底。時間長了，老師對他的父母説：「這個孩子聰明非凡，將來有一天肯定能遠遠超出常人，我不適合當他的老師。」像這樣共換了三任老師。長大之後，許衡嗜好讀書如飢似渴，可家裏貧窮，沒有藏書，後來逃難到徂徠山，才得到一部王輔嗣註釋的《易經》。當時正處在戰亂時期，許衡晚上思考，白天誦讀，親身體驗，努力踐行，舉止言談一定要揣度書中的大義然後才實行。曾經在酷暑天路過河陽，渴得很厲害，道旁邊有棵梨樹，大家都爭着摘梨吃，唯獨許衡在樹下正身獨坐，神情自若。有人問他為什麼不摘梨吃，他回答說：「不是自己的而拿來吃，是不可以的。」那人說：「世道混亂，這棵樹是沒有主人的。」許衡回答：「梨樹無主，我的內心難道也沒有主人嗎？」因為家境貧窮，許衡親自下田耕作，穀物熟了就吃穀物，穀物不熟就吃糠咽菜，但他「處之泰然」。如果家裏財產有餘，許衡就把它分給同族人以及貧困的學生。人們如果有所饋贈，只要有一絲一毫不符合禮義，他就不會接受。庭院中有水果熟透掉到地上，許衡的小孩由此經過，看都不看就離開，許衡的家人受他感化如此之深。1280 年，許衡與郭守敬等人編定《授時曆》。「處之泰然」，意思是若無其事的樣子，形容處理事情沉着鎮定；也指對待問題毫不在意。

◎ 鴻鵠之志

陳勝，字涉，故又稱陳涉，秦朝人。陳勝年輕時就是個有志氣的人。由於家庭貧困，他曾經做人家的傭農，替別人耕地。有一次，陳勝把農具往田埂上一扔，坐在地上發呆。忽然，他對和他一塊兒耕種的人說：「苟富貴，勿相忘。」意思是，我們大家日後如果誰富了，可千萬不要忘記了在一塊兒耕種的這些窮哥們兒。同伴笑着說：「你給人家當傭農，怎麼會富貴呢？」陳勝長歎一聲說：「燕雀安知鴻鵠之志哉？」意思是，小小的燕雀怎麼能了解天鵝的遠大志向呢！後來陳勝起義稱王後，早先和他一起給地主種田的一個同鄉聽說了，特意從老家來陳縣（今河南省淮陽區，陳勝所建政權「張楚」的都城）找他。這個同鄉見陳勝的住處非常豪華，不禁感歎說：「夥頤！涉之為王沉沉者！」意思是，嗬咦！陳涉大王真是講究排場啊！他因為是陳勝的故友，所以進出比較隨便，有時也不免講講陳勝在家乡時的一些舊事。不久有人對陳勝說：「您的客人愚昧無知，專門胡說八道，有損於您的威嚴。」陳勝十分羞惱，就殺了這個同鄉，當年所說的「苟富貴，勿相忘」的話早拋到了九霄雲外。成語「鴻鵠之志」比喻遠大志向。

◎ 揭竿而起

秦朝統治時期，全國人口不過二千萬，但是被徵發築長城、守衛開發南方、修築阿房宮、造始皇陵等等勞役，合起來共用了二三百萬人之多，耗費了不知多少財力。賦稅、兵役、徭役、刑法也很重，百姓們生活得很苦很苦。公元前 209 年，有九百名民工被兩名軍官押着到漁陽（今北京市密雲區西南）去防守，陳勝和吳廣也在其中。他們每天都急着趕路，怕誤了日期，因為秦朝的法令很嚴酷，誤了期限，就要被殺頭。這些人走到大澤鄉（安徽省宿縣東南）時，趕上連日大雨，路被淹沒，無法通行。他們只好停下等待，眼看着時間一天天過去了。陳勝和吳廣偷偷商量：「這裏離漁陽有幾千里遠，怎麼走也趕不上期限了，難道我們白白去送死嗎？」吳廣說：「咱們逃跑吧。」陳勝說：「不行，逃走被抓回來也是死，反正都是死，不如起來造反，就是死了也比白送死強，百姓們吃秦朝的苦也吃夠了。聽說秦二世是小兒子，該當皇帝的是他哥哥扶蘇。還有楚國的大將項燕是條好漢，咱們打着扶蘇和項燕的名義，號召天下人去打二世，楚國的人一定會來幫助我們的。」於是他們把大家召集起來，陳勝用力地揮舞手臂，情緒激昂地高聲呼喊道：「壯士不死即已，死即舉大名耳，王侯將相寧有種乎！」意思是說，男子漢不能白白去送死，死要死出個名堂。王侯將相，難道是命中注定的嗎？大家一致贊成，推選陳勝、吳廣為首領。於是，陳勝、吳廣把押解他們的官員殺了，打起了「楚國」的旗號。沒有武器，他們就砍木棒做刀槍，削了竹子做旗竿，因此史書把這叫作「揭竿而起」。這支起義軍打下了陳縣（河南省淮陽區），陳勝被擁戴為王，國號叫「張楚」。在這支起義軍的帶動下，各地百姓紛紛殺了官吏響應，風暴席捲了大半個國家。但是因為起義軍的戰線太長，號令不統一，在秦軍的猛烈反擊又孤立無援的情況下，僅維持了三個月就失敗。繼陳勝、吳廣起義之後，項羽和劉邦領導的農民軍繼續進行反秦鬥爭。公元前 207 年，項羽以少勝多，在鉅鹿大敗秦軍主力。與此同時，劉邦率兵直逼咸陽。秦朝統治者向劉邦投降，秦朝滅亡。成語「揭竿而起」和「奮臂大呼」都是由此而來。「揭竿而起」的意思是砍了樹幹當武器，舉起竹竿當旗幟，進行反抗；後泛指農民起義。「奮臂大呼」是指用力地揮舞手臂，情緒激昂地高聲呼喊。

◎ 高陽酒徒

秦末，陳留高陽鄉有一個名叫酈食其的書生。他家裏很窮，在鄉里當了個小官。劉邦起兵之後經過陳留，酈食其遇見了一個老鄉，是劉邦手下的一個騎兵。於是他請求那個老鄉在劉邦面前推薦自己，說自已可以幫助劉邦成就大事業。這個老鄉向劉邦推薦了酈食其，劉邦就讓他到營寨見面。酈食其按照約定日期來到營寨門前，對衛兵說：「請你們進去通報一下，就說高陽賤民酈食其前來求見。」劉邦聽完衛兵的報告，就問衛兵：「那個人長得什麼樣？」衛兵回答：「那個人穿着儒生的衣服，戴着儒生的帽子，應該是個大儒吧。」劉邦非常厭惡儒生，就說：「你就說我正忙着天下大事，沒有工夫會見讀書人。」衛兵把劉邦說的話傳給了酈食其。酈食其非常生氣，瞪圓了眼睛，把劍拔了出來向着衛兵吼叫：「回去！你就說高陽酒徒前來求見。」衛兵慌忙進去再報劉邦，劉邦正坐在牀邊伸着雙腿讓兩個女人洗腳，就叫酈食其直接進來相見。酈食其進去後，只是作個長揖而沒有傾身下拜，他對劉邦說：「如果你下決心聚合民眾，召集義兵來推翻暴虐無道的秦王朝，那就不應該用這種傲慢無禮的態度來接見長者。」於是劉邦立刻停止了洗腳，穿整齊衣裳，把酈食其請到了上賓的座位，向他道歉。酈食其談了六國合縱連橫所用的謀略，並且向劉邦獻上攻打陳留的計策。劉邦照計攻取了陳留，得到了大批存糧，賜給酈食其「廣野君」的稱號。成語「高陽酒徒」和「長揖不拜」即由此而來。「高陽酒徒」後泛指好飲酒而放盪不羈的人。「長揖不拜」是說對長者或尊者只彎腰行拱手禮，不跪拜磕頭，舊時指相見時態度不恭，為人高傲。

◎ 三寸之舌

秦朝滅亡以後，原來的各諸侯國紛紛復國。劉邦要統一天下，就必須先消滅這些諸侯國。公元前 204 年秋天，韓信奉命攻打齊國，久攻不下，酈食其就向劉邦請求去遊說齊王田廣，讓他歸漢而成為漢朝的屬國。田廣聽從酈食其的遊說，撤除了戰備，待酈食其為上賓，天天和酈食其一起縱酒作樂。韓信得知酈食其已說齊歸漢，就想停止進攻，范陽辯士蒯通勸韓信說：「將軍奉詔攻齊，而漢王只不過是派密使說服齊歸順，難道有詔令叫您停止進攻嗎？況且酈生僅僅是個說客，憑三寸之舌就降服齊七十多城，將軍統帥幾萬人馬，一年多時間才攻佔趙五十多個城，將軍反倒不如一介儒生的功勞嗎？」韓信聽從蒯通的意見渡河擊齊。當時齊國已決計降漢，戒備鬆懈，韓信乘機襲擊了齊駐守歷下的軍隊。齊王田廣聽說漢兵已到，認為是酈食其出賣了自己，便烹殺了他，帶兵向東逃跑。這就是「三寸之舌」這一成語的出處，形容能言善辯的口才。

◎ 蕭規曹隨

曹參，西漢開國功臣、名將，是繼蕭何後的漢代第二位相國，史稱「曹相國」。早年，劉邦擔任泗水亭長的時侯，曹參已經是沛縣的獄掾（yuàn）了，在縣裏很有名望。漢朝建立後，劉邦將曹參封為平陽侯，並讓他做了齊國的相國。漢惠帝劉盈即位不久，丞相蕭何病重，極力向惠帝推薦曹參繼任相國。蕭何死後，曹參當上了相國，他一天到晚都請人喝酒聊天，好像根本就不用心治理國家似的。看到曹相國這樣，惠帝很納悶，又想不出個所以然來，只以為是曹相國嫌他太年輕了，看不起他，所以就不願意盡心盡力來輔佐他。有一天，惠帝對在朝廷擔任中大夫的曹參的兒子曹窋（zhú）説：「你回家時，碰到機會就順便試着問問你父親，你就説：『高祖剛死不久，現在的皇上又年輕，還沒有治理朝政的經驗，正要相國多加輔佐，共同來把國事處理好。可是現在您身為相國，卻整天與人喝酒閒聊，不向皇上請示報告政務，也不過問朝廷大事，這樣下去，您怎麼能治理好國家和安撫百姓呢？』你問完後，看你父親怎麼回答，回來後你告訴我一聲。不過你千萬別説是我讓你去問他的。」曹窋接受了皇帝的旨意，回家後找了個機會，按照惠帝的旨意跟他父親閒談，並規勸了曹參一番。曹參聽了他兒子的話後，大發脾氣，大罵曹窋説：「你小子懂什麼朝政，這些事是該你説的呢？還是該你管的呢？你還不趕快給我回宮去侍候皇上。」一邊罵一邊拿起板子把兒子狠狠地打了一頓。曹窋遭了父親的打罵後，垂頭喪氣地回到宮中，向惠帝大訴委屈。惠帝聽後更加感到莫名其妙了，不知道曹參為什麼會發那麼大的火。第二天下了朝，惠帝把曹參留下，説：「你為什麼要責打曹窋呢？他説的那些話是我的意思，也是我讓他去規勸你的。」曹參聽了惠帝的話後，立即摘帽，跪在地下不斷叩頭謝罪。惠帝叫他起來，説：「你有什麼想法，請照直説吧！」曹參想了一下就大膽地問惠帝：「請陛下好好想想，您跟先帝相比，誰更賢明英武呢？」惠帝説：「我怎麼敢和先帝相提並論呢？」曹參又問：「陛下看我的德才跟蕭何相國相比，誰強呢？」漢惠帝笑着説：「我看你好像是不如蕭相國。」曹參接過惠帝的話説：「陛下説得非常正確。先帝與蕭相國在統一天下以後，陸續制定了許多明確而又完備的法令，在執行中又都是卓有成效的，既然您的賢能不如先帝，我的德才又比不上蕭相國，那麼我們還能制定出超過他們的法令規章來嗎？」接着他又誠懇地對惠帝說：「現在陛下是繼承守業，而不是在創業，因此，我們這些做大臣的，就更應該遵照先帝遺願，謹慎從事，恪守職責。對已經制定好並且行之有效的法令規章，不應該亂加改動，而只能是遵照執行。我現在這樣照章辦事不是很好嗎？」漢惠帝茅塞頓開，原來曹參是有意地降低政府效率，維持一種安定清靜的政局。曹參在職期間，極力主張清靜無為不擾民，遵照蕭何制定好的法規治理國家，使西漢政治穩定、經濟發展、人民生活日漸提高。他死後，百姓們編了一首歌謠稱頌他說：「蕭何為法，顜（jiǎng）若劃一；曹參代之，守而勿失。載其清淨，民以寧一。」意思是說，蕭何定法律，明白又整齊；曹參接任後，遵守不偏離。施政貴清靜，百姓心歡喜。成語「蕭規曹隨」，比喻按照前人的成規辦事，不作變更。

◎ 終南捷徑

唐朝有個叫盧藏用的人，他頗有些才氣，卻一直得不到重用，為此，他費盡心思，終於想出一個辦法。當時，人們對隱士都非常崇拜，認為他們都是一些飽學之士。於是，盧藏用跑到終南山修煉起來，並且想方設法散佈消息，好讓大家都知道他去做隱士了。盧藏用的這個辦法還真的起到了作用，很快，朝廷就任命他為左拾遺。當時，終南山還有一位真正的隱士，名叫司馬承禎。司馬承禎從小刻苦讀書，學識非常高，但卻不願意做官，成年後來到終南山，出家做了道士。女皇武則天聽說司馬承禎的修行非常好，而且又飽讀詩書，因此下詔邀請他到朝廷做官。可司馬承禎只在長安住了幾天，便要求回終南山繼續隱居。武則天見挽留無用，只得答應了他的請求。司馬承禎離開長安的時候，許多官員都前來送行，盧藏用也在其中。盧藏用看了看司馬承禎，用手指着終南山的方向，意味深長地說：「那裏另有妙處啊！」司馬承禎聽了，微微一笑，說：「是啊，終南山是一條做官的近路啊。」一句話說得盧藏用無地自容，非常尷尬地走開了。後來，盧藏用因為參與太平公主謀反，被發配嶺南。唐玄宗即位後想重新啟用他，讓他到黔州任職，但他還未到任，就死去了。成語「終南捷徑」，指求名利的最近門路，也比喻達到目的的便捷途徑。

◎ 面折廷爭

西漢初期，漢惠帝死後，他的母親、漢高祖劉邦的夫人呂后代行皇帝的權力。呂后為了鞏固自己的統治，想讓她的幾個兄弟和姪子為王，因怕大臣們反對，就假惺惺地向他們徵求意見。她首先問右丞相王陵：「你看這事行不行？」王陵早就覺察到呂后心術不正，就説：「當初高祖皇帝與我們這些老臣在一起發過誓，説不是姓劉的人為王，天下都要討伐他。你現在要叫姓呂的人為王，不行。」呂后心裏罵道:「這個老東西，真不識時務！」但她不露聲色地又問左丞相陳平和太尉周勃：「你們的意見呢？」陳平和周勃説：「高祖皇帝定天下，封他的劉姓子弟為王，天經地義。您現在臨朝稱制，行使的是皇帝的權力，封姓呂的為王，也無可非議。」呂后喜形於色，説：「既然你們同意，這事就這樣定了。」退朝以後，王陵批評陳平和周勃説：「當初你們在高祖面前發過誓沒有？」陳平和周勃回答説：「發過。」王陵又問：「那你們為什麼違背誓言，同意姓呂的人為王？」陳平和周勃笑笑説：「於今面折廷爭，臣不如君；夫全社稷，定劉氏之後，君亦不如臣。」意思是説，當面和呂后爭論，我們不如你；但穩定國家，使劉邦的後代永遠做皇帝，你不如我們。王陵這才明白他倆是為了朝廷的安危才這樣表態的，也就不再説什麼了。呂后對王陵反對她立諸呂為王的事耿耿於懷，不久，免去了他的丞相職務，讓他做有職無權的太傅。呂后死後，陳平與周勃定計誅殺了企圖奪取漢王朝政權的呂氏家族代表，使西漢王朝轉危為安。後來，「面折廷爭」這一成語，用來指當面指摘別人的過失，犯顏直諫，據理力爭。

◎ 骨鯁之臣

范增，秦末政治家，項羽的重要謀士。公元前 208 年，項羽和叔父項梁、劉邦繼陳勝、吳廣之後起義，范增前往薛地，建議項梁擁戴楚王的後裔。於是項梁、劉邦等共立楚懷王的孫子為王，也號為楚懷王。范增輔佐項羽稱霸諸侯，被項羽尊為「亞父」。楚漢戰爭期間，范曾也為項羽出過不少計謀。公元前 204 年初，楚軍數次切斷漢軍糧道，劉邦被困滎陽（今河南省滎陽市），於是向項羽請和。項羽打算同意，范增說：「此時很容易就能擊敗漢軍，如果現在把他們放走而不去征服，以後一定會後悔的！」於是項羽急攻滎陽。劉邦的謀臣陳平抓住了項羽多疑、自大的特點，利用反間計，離間項羽同范增的君臣關係。項羽懷疑范增與漢有私情，漸漸奪去范增權柄。范增大怒，說：「天下事大局已定，君王您自己看着辦吧。希望您把這把老骨頭賜還給我，讓我回鄉為民吧。」項羽允許范增辭歸。范增啟程後，背上生毒瘡發作而死。范增是項羽手下最得力的謀士，可惜項羽聽不進逆耳之言，最後導致身敗名裂。劉邦評價說：「項羽手下僅有一個范增可用但他還不信用，所以他敗給我了。」陳平則評價說：「彼項王骨鯁之臣亞父、鍾離眛（mèi）、龍且、周殷之屬，不過數人耳。」意思是說，項羽手下耿直盡忠的臣下有范增、鍾離眛、龍且、周殷，不過就這幾個人而已。成語「骨鯁之臣」，意思是剛正忠直的官員。

◎ 不得要領

張騫是西漢末年的外交家。漢武帝即位的時候，匈奴打敗了月氏（zhī），還拿月氏王的頭顱骨做成大酒杯，月氏人被趕跑，對匈奴懷着強烈的仇恨。他們想攻打匈奴，但得不到別國的援助。當時，武帝正想消滅匈奴，得知這個消息，想和月氏友好往來，就招募能出使月氏的人。張騫應募出使。不幸的是，張騫取道匈奴的時候，被匈奴人抓住，扣留了十多年。匈奴給了他妻室，他還有了兒子，但張騫始終保留着漢朝交給他的使節。後來，匈奴放鬆了對張騫的監視。於是，他與隨從們一起逃走，朝月氏方向前進。他們走了幾十天，來到了大宛（yuān）國。大宛國的國王聽說漢朝十分富足，想和漢朝往來，只是一直未能如願；見到張騫後非常高興，問他打算到哪裏去。張騫回答說：「我奉漢朝之命出使去月氏，被匈奴人扣留多年，如今從匈奴逃到這裏。希望大王能派人給我帶路，送我到月氏去。如果能到那裏，將來回到漢朝，漢朝將贈送給你們無數財物。」大宛國王聽從張騫的話，為他派出嚮導和翻譯，一直送到了康居國。康居國又派人送他到了月氏。月氏西遷後，稱為大月氏，國人已立被殺國王的兒子為國王，統治着早先就存在的大夏國。那裏土地肥沃，物產豐富，沒有外來的侵略，他們只想太平無事，快樂逍遙，又覺得和漢朝的距離很遠，不再有向匈奴報復的心願了。張騫在那裏留住了一年多，「竟不能得月氏要領」，即始終不能得到月氏對和漢朝聯手打擊匈奴之事的明確態度，他就動身回國了。成語「不得要領」比喻沒有掌握事物的關鍵或要點；一般用來表示說話、寫文章抓不住要點或關鍵。

◎ 切中肯綮

《莊子》一書中有很多寓言，其中有一則是「庖丁解牛」。庖丁為梁惠王宰牛，手接觸的地方，肩倚的地方，腳踩的地方，膝頂的地方，那聲音十分和諧，就跟美妙的音樂一樣。梁惠王看得出了神，稱讚說：「好啊！你的技術是怎麼達到這樣高超的地步的呢？」庖丁放下刀對梁惠王說：「我喜歡探求的是道，比一般的技術又進了一步。我剛開始解剖牛的時候，看到的無非是一頭整牛，不知道牛身體的內部結構，不知道從什麼地方下手。三年以後，我眼前出現的是牛的骨縫空隙，不再是一頭整牛。到了如今，我宰牛全憑感覺，不需要再用眼睛看來看去，就能知道刀應該怎麼運行。技術高明的厨師，一年換一把刀，因為他是用刀割。一般的厨師，一個月就更換一把刀，因為他是用刀砍。而我宰牛的這把刀，已經用了十九年；所宰的牛，已經有幾千頭，然而刀口仍然鋒利得像剛在磨石上磨過的一樣。這是為什麼呢？就因為牛的肌體組織結構之間有空隙，而刀口與這些空隙比起來，薄得好像一點厚度也沒有。用沒有厚度的刀在有空隙的肌體組織間運行，遊刃有餘，所以十九年過去，我的刀還跟新的一樣。雖然我的技術已達到了這種程度，但我在解剖牛的時候，還是絲毫不敢馬虎，總是小心翼翼，心神專注，進刀時不敢匆忙，用力時不敢過猛。牛體迎刃而解，牛肉就像一攤泥土一樣從骨架滑落到地上，這時，我才鬆下一口氣來，提刀站立，顧視一下四周，心滿意足地把刀揩拭乾淨，收藏起來。」梁惠王聽了，高興地說：「好極了，聽了你這一席話，我從中悟到了修身養性的道理。」成語「切中肯綮」是從原文中的「技經肯綮之未嘗」演變而來的，「肯綮」是骨肉相連的地方，比喻最關鍵的部位，「技經肯綮之未嘗」意思是經絡結聚的部位和骨肉緊密連接的地方都不曾用刀去碰過。「切中肯綮」比喻分析深刻，正好擊中要害；或找到了解決問題的最佳辦法。

◎ 姍姍來遲

西漢時期，漢武帝劉徹有個妃子，姓李，大家都叫她李夫人。她本是歌姬，不僅容貌美麗，而且擅長歌舞，所以武帝非常寵愛她。不幸的是紅顏薄命，她年紀很輕就患上不治之症，不久命歸黃泉。武帝非常悲痛，時常思念她。武帝是個很迷信的人，希望能藉助於神仙的力量，重新見到李夫人。正巧，有個名叫少翁的方士（從事求仙、煉丹的人）來到京城長安。此人自稱有招魂的本領，能將死者的魂魄招來與親人相見。武帝大喜，立即要他招李夫人的魂。少翁取來李夫人生前穿過的衣服，並叫人騰出一間乾淨的房間。他選了一個晚上，點起燈燭，張起帷帳，請武帝在另一帷帳裏坐等。他進入帷帳，噴水唸咒，作起法來，過了好長時間，武帝隱隱約約地看到一個身材苗條的女子緩緩走來，好像是李夫人。她在帷帳裏端坐了一會，又慢慢地踱來踱去。武帝越看越覺得她像李夫人，不覺看出了神。看了一會，他想進帷帳與李夫人相見，但被少翁出帳阻止。再轉眼一看，裏面已經沒有人了。他心中激起一陣悲痛，當即作了一首小詞：「是耶非耶？立而望之，偏何姍姍其來遲！」意思是說，是你還是不是你？我站在這裏焦急地把你盼望，你卻慢悠悠來得這樣晚？成語「姍姍來遲」指走得緩慢從容而遲到；形容慢騰騰地來得很晚。

◎ 倒屣而迎

王粲是東漢末年的文學家。他出身於名門望族，曾祖父王龔和祖父王暢都曾位列三公，父親王謙曾任大將軍何進的長史。公元 191 年，漢獻帝被董卓控制，西遷至長安，十五歲的王粲也隨同前往。著名學者、左中郎將蔡邕一見到王粲，就覺得他是個奇才。當時蔡邕的才學天下聞名，受到滿朝官員的敬重，府第前經常是車馬填巷，客廳也常常是賓客滿坐。一天，蔡邕聽說王粲在門外求見，便急忙出迎，連鞋子穿倒了也顧不上。王粲一進門，因為他年紀小，身材又矮，滿屋的人都感到很吃驚。蔡邕說：「這位是司空王公（王暢）的孫子王粲，他確實是奇才，我自愧不如。我家裏收藏的書籍文章，應該全部送給他。」蔡邕去世時，果然履行諾言，將藏書數車六千餘卷贈予王粲。後來，王粲到荊州去投靠自己的同鄉、荊州牧劉表，但未受到劉表重用。208 年，丞相曹操南征荊州，劉表病死，王粲力勸劉表之子劉琮投降，因此深得曹氏父子信賴，曾隨曹操征劉備、馬超、張魯、孫權。王粲曾與荀攸等勸曹操進魏公，加九錫。216 年，王粲隨曹操南征孫權，於北還途中病逝，曹丕親率眾文士為其送葬。為了寄託對王粲的眷戀之情，曹丕對王粲的生前好友們說：「王粲平日最愛聽驢叫，讓我們學一次驢叫，為他送行吧！」於是，一片驢鳴之聲響起。這就是著名的「驢鳴送葬」。在文學上，王粲與孔融、徐幹、陳琳、阮瑀、應瑒、劉楨並稱「建安七子」。梁朝文學評論家劉勰在《文心雕龍》中讚譽王粲為「七子之冠冕」，有人把他與曹植並稱「曹王」。他留下來的作品最為人傳誦的是作於客居荊州時期的《登樓賦》。成語「倒屣相迎」，形容熱情歡迎賓客。

◎ 門可羅雀

汲黯和鄭莊都是漢景帝和漢武帝時的大臣。汲黯為人耿直，不畏權貴，喜歡直言勸諫，就算是在皇上面前也堅持說真話，正因如此，朝中許多大臣都不喜歡他，但鄭莊和汲黯關係很好。鄭莊的先祖曾是項羽手下的將領，項羽死後歸屬漢朝。當時漢高祖劉邦下令所有人提到項羽時都要直呼其名，鄭莊的先祖偏偏不從，因此被劉邦趕走。鄭莊從小就以行俠仗義為樂事，為官後更是公正清廉，從不收取分毫禮物，也不給自己添置私產。每當有向皇上進言的機會，他就會推舉那些真正賢能的人，從不偏私。可就是這樣的兩個好官員，在官場上卻一直沒能受到重用。後來，汲黯和鄭莊都因故被罷官，家境也日漸貧寒。他們為官時，總有人想要巴結他們，因此家裏一直賓客盈門；可等到他們罷官後，那些人就再也不登門了，他們的家門口總是冷冷清清，簡直可以張網捕捉鳥雀了。為此，司馬遷在《史記》中生發感慨：像汲黯、鄭莊這樣賢德的人，有權有勢時賓客眾多，無權無勢時則門可羅雀。他們尚且如此，又何況普通人呢？成語「門可羅雀」，原指門外可張網捕雀，後形容門庭冷落、賓客稀少。

◎ 戶限為穿

在南北朝時期的陳朝，有個著名書法家名叫智永，本名王法極，書聖王羲之七世孫，因為他是個和尚，所以人稱「智永禪師」。他善寫各種字體，特別擅長楷書和草書。他的卓越成就，是長期勤學苦練得來的。據説，他認真練字，曾堅持了三十年，他把寫壞的廢筆，隨手投入大甕，曾積了十甕。後來，他把這些廢筆一起埋了，並且築成一個墓，稱為「退筆塚（zhǒng）」。他還把所寫的《千字文》，裝訂成八百多本，分送給浙江的幾百所寺院，大家都把它當寶貝一樣地珍藏着。由於智永的名氣越來越大，求他真跡的人很多。每天都有許多人川流不息地去他所在的永興寺拜訪他，他所住的屋子，竟至「戶限為穿」。「戶限」，就是門檻。因為來訪者非常之多，出出進進，以至於把門檻都踏破了。後來，智永住處的戶限只好包上一層鐵皮來加以保護，人們稱之為「鐵門限」。成語「戶限為穿」，原意是門檻都被踩破了，形容進出的人很多。

◎ 抱殘守缺

西漢末年的劉歆是著名學者劉向的兒子，是古文經學派的開創者。他繼承父業，總校羣書，撰成《七略》，包括輯略（總論）、六藝略、諸子略、詩賦略、兵書略、術數略和方技略。它的主要內容保存在《漢書・藝文志》中，對中國目錄學的建立有一定貢獻。劉歆在校勘典籍過程中，閱讀大量祕藏古籍，從中發現一本古文《春秋左氏傳》，他特別感興趣。經過深入研究，他認為，《左傳》是珍貴的文獻資料，於是建議為《左傳》等古籍設立學官。漢哀帝劉欣知道這件事以後，就讓劉歆與五經博士討論研究《左傳》等一批古書的思想內容和意義，但五經博士不同意為《左傳》設立學官。劉歆對此非常氣憤，他給管博士的太常寫了一封公文，提出了尖鋭的批評。他指出，這些博士孤陋寡聞，不學無術，他們害怕別人識破自己的私意，沒有服從真理的公心，所以寧願因循守舊，「抱殘守缺」，而不肯研討新的學問。後來劉歆因為密謀殺王莽一事泄露，自殺身死。成語「抱殘守缺」指抱着殘缺破舊的東西不放；形容思想守舊，不肯接受新事物。

◎ 捕風捉影

谷永，西漢人，漢成帝時擔任過光祿大夫、大司農等職。成帝二十歲做皇帝，到四十多歲還沒有孩子。他聽信方士的話，熱衷於祭祀鬼神。許多向成帝上書談論鬼神或仙道的人，都輕而易舉地得到高官厚祿。成帝聽信他們的話，在長安郊外的上林苑大搞祭祀，祈求上天賜福，花了很大的費用，但並沒有什麼效驗。谷永向成帝上書説：「我聽説對於明了天地本性的人，不可能用神怪去迷惑他；懂得世上萬物之理的人，不可能受行為不正的人蒙蔽。現在有些人大談神仙鬼怪，宣揚祭祀的方法，還説什麼世上有仙人，服不死的藥，壽高得像南山一樣。聽他們的説話，滿耳都是美好的景象，好像馬上就能遇見神仙一樣；可是，你要尋找它，卻虛無縹緲，好像要縛住風、捉住影子一樣不可能得到。所以古代賢明的君王不聽這些話，聖人絕對不説這種話。」谷永又舉例説：周代史官萇弘想用祭祀鬼神的辦法幫助周靈王，讓天下諸侯來朝會，可是周王室更加衰敗，諸侯反叛的更多；楚懷王隆重祭祀鬼神，求神靈保佑打退秦國軍隊，結果仗打敗了，土地被秦削割，自己做了俘虜；秦始皇統一天下後，派徐福率童男童女下海求仙採藥，結果一去不回，遭到天下人怨恨。成帝認為谷永説得很有道理，便聽從了他的意見。成語「捕風捉影」比喻説話做事沒有確切的事實根據，或無事生非。

◎ 銅臭薰天

崔烈，東漢人，很有名望。公元 185 年，漢靈帝劉宏賣官鬻爵，三公（司徒、司空、太尉）價一千萬錢。時任廷尉的崔烈通過漢靈帝的傅母（古時負責輔導、保育貴族子女的婦人）程夫人，只花費五百萬錢就買來司徒（相當於宰相）一職。拜官之日，漢靈帝親自參加百官聚會，對身邊的寵臣説：「我後悔沒堅持一下，本來可以賣到一千萬錢的。」程夫人回答道：「崔公可是冀州名士啊！他起初哪肯買官，虧得我從中撮合。」這事傳了出去，從此，崔烈的名望衰退。時間久了，他也心裏不安。一日，他問兒子崔鈞：「我位居三公，現在外面的人是怎麼議論我的？」崔鈞回答：「父親大人年少時就有美好的名望，又歷任太守，大家都議論你應該官至三公，而如今你已經當了司徒，天下人卻對你失望。」崔烈追問：「這是為何？」崔鈞答道：「議論的人都嫌棄你有銅臭。」崔烈大怒，舉起手杖要打崔鈞。崔鈞時任虎賁中郎將，穿着武官服，狼狽而逃，崔烈在後面追罵道：「死當兵的！父親打就跑，這是孝子嗎？！」崔鈞回頭説：「舜對待他的父親，小杖則挨，大杖則跑，這不是不孝啊！」崔烈於是慚愧而止。190 年，崔烈因崔鈞參與討伐董卓，而被董卓逮捕入獄。192 年董卓死後，崔烈出獄，擔任城門校尉，同年六月，李傕與郭汜率領的涼州軍攻破長安城，崔烈戰死。除崔鈞外，崔烈還有一個兒子，就是諸葛亮的好友崔州平。「銅臭薰天」常用以譏刺有錢人品行醜惡；也指賄賂公行，敗壞風氣。

◎ 不因人熱

梁鴻，東漢人，出生於官宦家庭，因父親去世，家裏日漸貧窮，但他讀書卻更加刻苦。後來，他被推舉進全國最高學府——太學深造，由於缺錢用，他就替人家放豬。他人窮志不短，逐漸養成了孤傲的脾氣，不把有錢人家的孩子放在眼裏，就是一日三餐，也和他們分開。一天，有個同學做好飯後，看柴火還沒有燃盡，好意請梁鴻趁熱灶熱鍋做飯，可梁鴻卻不領情，說：「童子鴻不因人熱者也。」意思是說，我梁鴻從來不趁別人熱的炊具做飯。他把別人的火給滅了，再自己生火做飯。梁鴻從太學畢業後，回到老家，很多富貴人家仰慕他的名聲，想把女兒嫁給他，他一一謝絕，最後娶了一個長得很醜但品德賢惠的女子孟光（有成語「舉案齊眉」，見本書），兩人一起隱居在霸陵山中，過着儉樸的生活。梁鴻有一篇《五噫歌》:「陟彼北芒兮，噫！顧瞻帝京兮，噫！宮室崔嵬兮，噫！民之劬勞兮，噫！遼遼未央兮，噫！」這首詩語句凝練，結構緊湊，五個「噫」字的使用具有獨創性，揭示了當時社會的腐敗一面。成語「不因人熱」，比喻為人孤僻高傲，也比喻不依賴別人。

◎ 雕蟲小技

揚雄，字子雲，蜀郡成都（今四川省成都市）人，西漢末年文學家、思想家。他從小就很愛學習，博覽羣書，有鑽研精神。他有口吃的毛病，講話不能快，總是默默地在思考問題，見解很深刻，與一般人不同。他沒有什麼特別的嗜好和慾望，性情淡泊寧靜，既不急於謀求富貴，也不因為貧賤而憂愁，更不會去博取名聲。他胸懷寬廣，有大志，不是聖賢的書不喜歡讀，不是出於本意，即使能富貴的事也不去做。他早年極其崇拜司馬相如，曾模仿司馬相如的《子虛賦》《上林賦》，作《甘泉賦》《河東賦》《羽獵賦》《長楊賦》，為已處於崩潰前夕的漢王朝粉飾太平、歌功頌德，但也有諷諫之意。中年以後，揚雄主張一切言論應以「五經」為准，認為「辭賦非賢人君子詩賦之正」，鄙薄辭賦，在《法言》中認為作賦乃是「童子雕蟲篆刻」，「壯夫不為」。成語「雕蟲小技」和「壯夫不為」即由此而來。「雕蟲小技」比喻微小的技能，也用來謙稱自己寫的詩作或文章。「壯夫不為」意思是成年人是不做（這事）的，指事情輕微細小，不值得一做。他還提出「詩人之賦麗以則，辭人之賦麗以淫」的看法，把楚辭和漢賦的優劣得失區別開來。揚雄關於賦的評論，對賦的發展和後世對賦的評價有一定影響。

◎ 懷鉛提槧

揚雄還是西漢著名的語言學家，重要著作有《方言》。揚雄作《方言》時，不滿足於書本材料，着力進行直接調查。他經常懷揣着木版片和鉛粉筆，向進京呈報戶口賦稅等簿籍的各地官吏調查他鄉異域的各種方言，以此來增補《方言》一書中所記載的材料。《方言》全稱為《輶軒使者絕代語釋別國方言》，歷經二十七年才寫成，是考察漢代語言分佈及古代詞彙的重要材料。該書體例仿《爾雅》，基本上按內容分類編排。釋詞一般是先列舉一些不同方言的同義詞，然後用一個通行地區廣泛的詞來加以解釋，以下大都還要説明某詞屬於某地方言。有時也先提出一個通名，然後説明在不同方言中的不同名稱。《方言》是漢代訓詁學的一部重要的工具書，也是中國第一部漢語方言比較詞彙集，它的問世表明中國古代的漢語方言研究已經由先前的萌芽狀態而漸漸地發展起來，被譽為中國方言學史上第一部「懸之日月而不刊」的著作，在世界的方言學史上也具有重要的地位。成語「懷鉛提槧」形容隨身攜帶書寫工具，指勤於寫作。

◎ 故劍情深

漢武帝時期，太子劉據因巫蠱一案被逼自殺，劉據的妻妾和三子一女皆賜死，唯獨襁褓中的孫子劉病已（後改名劉詢）逃過一劫，收養於掖庭。掖庭令張賀原是劉據的老部下，將劉病已撫養成人，並為他娶掖庭屬官許廣漢女兒許平君為妻。許平君賢惠淑德，在最困難的日子與丈夫病已相依為命，相濡以沫，夫妻二人伉儷情深。後來漢昭帝劉弗陵駕崩，外戚權臣霍光迎立漢武帝的孫子昌邑王劉賀即位，但很快又廢黜了劉賀，史稱漢廢帝，即海昏侯。在廢黜劉賀之後，霍光迎立在朝中、外戚都沒什麼根基的劉病已，即後來的漢宣帝。霍光為了繼續把持朝政，想把女兒嫁與宣帝為皇后，但是宣帝始終無法拋棄自己的髮妻許平君，又礙於霍光的權勢無法反抗，於是便下了一道「尋故劍」的詔書，他在詔書中說：我在貧微之時曾有一把舊劍，現在非常懷念它，眾位愛卿能否幫我把它找回來呢？朝臣們善於揣測上意，很快品出了這道聖旨的真實意味：連貧微時用過的一把舊劍都念念不忘，自然也不會將自己相濡以沫的女人拋捨不顧。於是他們聯合奏請立許平君為后。許平君當上皇后三年後，再度懷孕，生下一個女兒後便被霍光的妻子霍顯毒殺，宣帝悲痛欲絕，追封她為「哀恭皇后」，葬於杜陵南園。這個典故便叫作「故劍情深」，也叫「南園遺愛」。成語「故劍情深」，釋義為結髮夫妻情意濃厚，指不喜新厭舊。

◎ 勵精圖治

從公元前 87 年漢昭帝即位起，到宣帝劉詢即位之初，朝政幾乎全部掌握在大司馬、大將軍霍光手裏。霍氏黨派親族連成一體，盤根錯節地佔據了朝廷。公元前 68 年，霍光病死，御史大夫魏相建議漢宣帝採取措施削弱霍氏權力。霍氏假借太后命令欲殺魏相，漢宣帝先發制人將霍氏滿門抄斬，從此親自處理朝政，振作精神，力圖把國家治理得繁榮富強。再加上他自幼生長民間，深切體會民間疾苦，因此施政「以霸王道雜之」，對內致力於整頓吏治，強化皇權，任用熟悉法令政策的文法吏，以刑名考核臣下；設置治書侍御史和廷尉平，審核量刑輕重；廢除某些苛法，維護法律正常行使；招撫流亡，假民公田，設置常平倉，蠲

（juān）免和削減租賦，以此安定民生，恢復生產；召集諸儒講論五經異同，親自稱制臨決。對外，因匈奴內亂，呼韓邪單于歸附漢朝，消除了匈奴對漢朝的威脅；設置西域都護，政令自此頒於西域，推動了西域生產和中原與西域之間的交流。公元前 48 年 1 月，漢宣帝因病崩於未央宮，葬於杜陵，廟號中宗。作為中國歷史上有名的賢君，漢宣帝統治期間，西漢王朝政治清明、社會和諧、經濟繁榮、四夷賓服，綜合國力最為強盛，史稱「孝宣之治」或者「孝宣中興」。在以制定廟號和謚號嚴格而著稱的西漢，漢宣帝與漢高帝、漢文帝、漢武帝並列為擁有廟號的四位皇帝。但漢宣帝也存在一些爭議，如刻薄寡恩，清除異己時濫殺無辜，誅殺忠直之臣，開啟外戚、宦官弄權之禍，這些因素成為西漢末期政治混亂局面的根源。成語「勵精圖治」，指領導者振奮精神，力圖治理好國家。

◎ 差強人意

吳漢，東漢開國將領。新莽末年，他以販馬為生，到處與豪俠義士交朋友，後來投奔劉秀。吳漢性格比較樸實忠厚，平常不太喜歡說話，個性也是直來直往。剛開始，劉秀沒有注意到他，後來聽到一些將軍常常稱讚吳漢，才開始關注他，還拜他為大將軍。從此以後，吳漢幫劉秀打了許多次勝仗，立下不少功勞。吳漢不但勇敢，對劉秀也十分忠心。每次出外作戰，總是緊緊跟着劉秀，只要劉秀沒睡，他就恭敬地站在一旁，不肯先睡。偶爾打仗輸了，每個人都提不起勁來，吳漢總是鼓勵大家不要悲觀，應該振作起來，準備繼續作戰。有一次，劉秀輸了，心情不是很好，其他將軍也失去鬥志，可是吳漢卻和往常一樣，與手下一起整理武器，審閱兵馬。劉秀知道這件事後，再看看眼前這些垂頭喪氣的將軍們，很感歎地說：「吳公差強人意，隱若一敵國矣。」意思是說，總算還有吳將軍叫人滿意，鎮定自若，威嚴莊重，能和一個國家相當。成語「差強人意」和「隱若敵國」都來源於此。「差強人意」指還算能振奮人的意志；形容大體上還能使人滿意。「隱若敵國」的意思是非常鎮定自若，威嚴莊重，指對國家起舉足輕重作用的人。

◎ 沾沾自喜

竇嬰，西漢大臣，漢文帝皇后竇氏（漢景帝即位後成為竇太后）堂兄之子。竇嬰為人正直敢言，喜歡結交朋友，也很有才幹。公元前 154 年，吳、楚等七國反叛，漢景帝認為，在一班宗族親信當中，竇嬰是個很能幹的人，於是拜他為大將軍，賜給黃金千斤，命他討平叛亂。竇嬰舉薦了一些賢才，並把景帝賞賜的黃金全部分給部下，和名將周亞夫一起，平息了叛亂。事後，周亞夫被封為條侯，竇嬰被封為魏其侯。每次朝廷討論軍政大事，所有列侯都不敢與周亞夫、竇嬰平起平坐。公元前 153 年，景帝立栗太子，派竇嬰擔任太子的太傅。公元前 150 年，栗太子被廢，竇嬰多次為栗太子爭辯，結果不但沒有改變景帝的主意，反而引起景帝的不滿。竇嬰就推說有病，隱居在藍田縣南山下好幾個月，後來被人勸說出山回朝。在桃侯劉舍被免去丞相職務後，竇太后多次推薦竇嬰當丞相。景帝不願任用他，說：「魏其者，沾沾自喜耳，多易，難以為相持重。」意思是說，魏其侯這個人驕傲自滿，容易自我欣賞，做事草率輕浮，難以出任丞相，擔當重任。最終景帝任用衛綰做丞相。「沾沾自喜」指自己覺得美好而得意；多用於形容對自己的成績感到滿足得意，表現出一種輕浮的樣子。

◎ 引繩批根

漢武帝即位後，竇嬰當上了丞相，他命令列侯們回到自己的封地。由於外戚中的列侯，大多娶公主為妻，都不想回到各自的封地，因此他們老在竇太后面前誹謗竇嬰。再加上竇太后喜歡黃老學説，而竇嬰則極力推崇儒家學説，因此竇太后更加不喜歡竇嬰。公元前 139 年，竇嬰任命的御史大夫趙綰請皇上不要把政事稟奏給竇太后。太后大怒，罷免並驅逐了趙綰，還解除了竇嬰的丞相職務，竇嬰從此以列侯身份閒居家中。竇太后去世後，竇嬰更加被皇上疏遠，沒有權勢，那些趨炎附勢的官吏和士人也都離開了他，甚至對他懈怠傲慢，竇嬰天天悶悶不樂，只有一個叫灌夫的將軍沒有改變原來的態度。灌夫為人剛強直爽，在七國之亂時曾經立下赫赫戰功，後來屢次因犯法而丢官。因為灌夫喜歡打抱不平，竇嬰對灌夫格外厚待，「亦欲倚灌夫引繩批根生平慕之後棄之者」，意思是，他想依靠灌夫去報復那些平日仰慕自己，失勢後又拋棄了自己的人。灌夫也想依靠竇嬰去結交列侯和皇族以抬高自己的名聲，兩人互相援引借重，交往如同父子那樣密切。「引繩批根」比喻合力排斥異己。

◎ 腹誹心謗

漢武帝時期，魏其侯竇嬰、將軍灌夫兩個人互相交好，但是和丞相田蚡合不來。田蚡是漢景帝王皇后同母弟，漢武帝初年被封為武安侯，擔任太尉（全國軍事首腦），後任丞相，驕橫專斷。公元前 132 年，黃河改道南流，十六郡遭嚴重水災，他因封邑在舊黃河道以北，為了不受水災，力阻治理，以致修治黃河工作停止二十年之久。竇嬰、灌夫和田蚡的矛盾越積越深，後來田蚡結婚舉行宴會，灌夫就借酒撒瘋，大鬧田蚡的婚宴。田蚡就把灌夫扣留起來，以灌夫罵坐不敬之罪，要判處死刑。竇嬰為救灌夫，暗裏向漢武帝上書。武帝要求公開辯論這件事，竇嬰大力稱道灌夫優點，説他醉酒得罪，而田蚡卻拿其他事冤枉他。田蚡則極力詆毀灌夫做事驕橫放縱，大逆不道。竇嬰又指責田蚡驕奢淫逸，田蚡反駁説：「天下幸而安樂無事，蚡得為肺腑，所好音樂、狗馬、田宅。臣所愛倡優巧匠之屬，不如魏其、灌夫日夜招聚天下豪傑壯士與論議，腹誹而心謗，不仰視天而俯畫地，辟倪兩宮間，幸天下有變，而欲有大功，臣乃不知魏其等所為？」意思是說，天下幸而太平無事，我得以作為皇上心腹，所愛好只是音樂、狗馬、田宅。我所喜歡的只是歌舞演員、戲曲演員和靈巧工匠之類的人，不像竇嬰和灌夫不分白天黑夜召集天下野心家、陰謀家、大力士跟他們議論國家大事，心懷不滿，暗中說壞話，不是抬頭看天，就是低頭畫地，窺測皇帝和皇后所住的兩宮，希望天下發生變亂，想要乘機建立大功。我倒不明白竇嬰等人在幹什麼？雙方各不相讓，其他大臣又不敢說公道話，這場辯論只得暫停。「腹誹心謗」的意思是心懷不滿，暗中發泄。

◎ 衣赭關木

田蚡告發竇嬰和灌夫兩個人有野心，竇嬰也為灌夫和自己辯護。漢武帝本來偏向竇嬰和灌夫，但他的母親王太后是田蚡的同父異母姐姐，極力回護田蚡，漢武帝不得不認真追查灌夫的罪行，發現與竇嬰所說的有很多不相符的地方，於是把灌夫和他的家屬全部處決了，竇嬰也被斬首棄市。司馬遷在《報任少卿書》裏說：「魏其，大將也，衣赭衣，關三木。」意思是，魏其侯竇嬰是一員大將，最後也穿上了紅色囚衣，手、腳、頸項都套上了刑具。成語「衣赭關木」，意思是穿囚衣、戴刑具，指服刑。

◎ 噤若寒蟬

東漢末期，有一個叫杜密的人，為人厚道，做官清廉，剛正不阿，依法辦事。他任太守等職期間，參加打擊宦官集團鬥爭時，執法嚴明，有惡必罰，有罪必懲。隨着年歲漸高，杜密告老還鄉。常言道「無官一身輕」，但杜密仍十分關注國事，經常去拜訪太守和縣令等地方官員，一起議論天下大事，並不斷向官方推薦本地官吏民眾的好人好事，批評和揭發壞人壞事。有個叫劉勝的官吏是杜密的同鄉好友，他原任蜀郡太守，後來也辭官還鄉。劉勝的為人與杜密迥然相反。劉勝回到家乡以後，便奉行明哲保身的思想，整日裏閉門謝客，不問政事，對好人壞人一概不聞不問。有一次，杜密來到潁川太守王昱的府上，反映鄉間的一些情況。言談話語間，王昱向杜密談起劉勝的情況，稱讚劉勝是個「清高之士」，說他對鄉里的事情不聞不問的生活方式頗受地方官員們的稱讚。杜密聽出來王昱這番話的用意，名為表揚劉勝，實則批評自己好管閒事。杜密便直言道：「劉勝原本是一位大夫，像他這樣地位很高的人，應當為國為民多做些事情。但是他對好人不予舉薦，對惡人壞事不敢揭露批評，明哲保身，就像冷天的知了一聲不吭。他只求自己平安無事，卻對國家不負責任。這樣的人實際上是個罪人，有什麼可稱讚的呢，而我與他相反，我發現賢人就向你們推舉，發現壞人壞事就揭發，使你們能夠賞罰分明，揚善除惡，這不也是為國家盡了一點個人的微薄之力嘛。」聽了這番話，王昱這才看出杜密以天下為己任的博大胸懷，在慚愧之餘，十分敬佩他的高風亮節，此後，對他更加敬重和厚待。成語「噤若寒蟬」，原指像冬季的蟬那樣停止鳴叫，後比喻因害怕有所顧慮而不敢說話。

◎ 天上麒麟

南北朝有一位著名的文學家叫徐陵。他自幼聰穎絕頂，才幾歲的時候，家裏人拉着他去迎接客人，有個叫寶志的客人摸着徐陵的頭說：「公子真是天上的玉麒麟。」到了八歲，徐陵就能寫一手漂亮的文章，十三歲就精通老子、莊子的學說，被當時的人們稱為神童。徐陵曾在南朝梁、陳兩朝任職，當時朝廷文書制度，多由徐陵寫成，他在朝廷上彈劾陳文帝的弟弟安成王陳頊（xū，後來的陳宣帝）手下的權臣鮑僧叡等人，慷慨陳詞，正氣凜然，安成王大汗淋漓、驚慌失色，徐陵讓人扶着安成王回去。他以一身浩氣扳倒了國蠹，從此以後朝廷為之肅然。徐陵博文好學，精通老莊，旁涉佛道，號為「一代文宗」，他的創作以宮體詩及駢文著名。他的宮體詩流麗輕艷，風靡一時；他的駢文對原來的駢體文有很大改變，「緝裁巧密，多有新意」，但多數是應用之文。《玉台新詠》是徐陵選編的一部詩歌總集，主要收男女閨情之作，但也收入了不少感情真摯並具有現實意義的詩篇，如《陌上桑》《孔雀東南飛》《上山採蘼蕪》等。徐陵的孫子叫徐德言，「破鏡重圓」這個成語和他有關。成語「天上麒麟」後用來稱讚他人之子有文才。

◎ 攬轡澄清

范滂，東漢時期大臣、名士，與郭林宗等人並稱為「八顧」，與劉表、張儉等人並稱為「江夏八俊」。范滂年輕時正直清高有氣節，受人欽佩，後來曾擔任過多個低級官職。公元 169 年，漢靈帝大批誅殺黨人，詔令緊急逮捕范滂等人。督郵吳導來到縣中，抱着詔書，關閉驛館，趴在牀上哭泣。范滂聽到後說：「一定是為了我啊！」立即去監獄投案。縣令郭揖大驚，出來解下官印綬帶要與他一同逃跑，范滂說：「我死了禍患就終結了，哪敢用自己的罪來連累您，又讓老母流離失所呢？」范滂的母親前來與范滂訣別，說：「你現在能夠與李膺、杜密齊名，死了又有什麼遺憾！已經有了好名聲，又還想要長壽，能夠兼得嗎？」范滂跪下接受母親教誨，又對他兒子說：「我想讓你作惡，但惡事不應該做；想要讓你行善，但我就是行善的下場。」道路上的行人聽到了，沒有人不流淚。范滂死時年僅三十三歲。范滂生命短暫，且職位不高，然而，名望很大，影響久遠。其中原因，除了奮不顧身、勇鬥權貴的大義之外，就是他反貪治腐、嫉惡如仇的力度和成果。范滂受命到災區冀州巡行時，「登車攬轡，慨然有澄清天下之志」，意思是説，他上車後手拉馬韁，慷慨激昂，有澄清天下的抱負。當地的太守、縣令聽説范滂要來，自知貪污受賄、魚肉百姓的罪惡即將暴露，紛紛解下官印、脱下官袍，落荒而逃。不久，皇上下令朝中三府屬官檢舉問題官員，范滂毫無顧忌，一連彈劾了二十多個刺史和享有兩千石俸祿的高官。尚書見范滂彈劾太多，疑其存有私心，便派人質詢。范滂回答:「我檢舉的，都是貪污腐敗、奸邪不端、禍國殃民的人。農夫除去雜草，莊稼才能茂盛；忠臣除掉奸賊，國家才能繁榮。如果我的檢舉與事實不符，甘願受死。」尚書無言以對。成語「登車攬轡」，後用來表示有刷新政治，澄清天下的抱負。

◎ 先人後己

許靖，漢末三國時期名士。許靖年輕時就與堂弟許邵一同成名，而且都喜好品評人物，他們每月初一都要對當時人物或詩文、書畫進行一次品評，初一古時候被稱為「旦」，因此他們的活動名為「月旦評」。後來，「月旦評」泛指品評人物，或省稱「月旦」。董卓專權期間，許靖負責官員選用，提拔任用了荀爽、韓融、陳紀等為公卿、郡守，任命尚書韓馥為冀州牧，侍中劉岱為兗州刺史，張諮為南陽太守，孔伷（zhòu）為豫州刺史，張邈為陳留太守。公元 190 年，韓馥等人到職後，紛紛舉兵反叛，打算殺掉董卓。許靖害怕董卓誅殺自己，於是逃到孔伷那裏，後又投靠揚州刺史陳禕。陳禕死後，吳郡都尉許貢、會稽太守王朗向來與許靖交情深厚，因而保護許靖。許靖出於仁厚之心收養撫恤親族鄉鄰，經常照料並接濟他們。195 年，孫策東渡長江，人們紛紛逃往交州躲避戰亂，許靖自己坐在江岸上，讓隨從人員和親屬族人先上船，然後自己才起身跟去，當時看到這一場景的人莫不讚歎。到了交趾郡，他受到了交趾太守士燮的敬重和款待。陳國人袁徽也寄身交州，他給尚書令荀彧寫信說：「許靖是英才偉士，智謀策略足以參與國家大事。自他流落交州以來，與眾人生活在一起，每當遇到憂患危急之事，他總是先人後己，與親族內外的人同飢共寒。」後來許靖入蜀，被劉璋任命為巴郡、廣漢太守。214 年，劉備率軍包圍成都，許靖企圖越城投降，但事情泄露並未成功。劉璋投降後，劉備因許靖背主之事而看不起許靖，對他不加任用。法正勸劉備說：「天下有的是博得虛名而無真正德才之人，像許靖就是如此。然而今日主公起手開創大業，天下之人又不可能挨家挨戶地去作說明，而許靖的虛名已傳播天下，如果對他不能待之以禮，人們就會說主公輕賤賢才。所以對許靖應該敬重以待，以此昭示遠近，古代燕昭王厚待郭隗就是這個道理。」劉備於是厚待並起用許靖，任命許靖為左將軍長史，後升太傅。許靖雖然年過七十，但仍然喜愛人才，獎勵提拔後輩，品評清談不倦，丞相諸葛亮都向他下拜。成語「先人後己」指優先考慮他人的利益。

◎ 才兼文武

盧植，東漢末年名臣、經學家。他性格剛毅，有高尚品德，常有匡扶社稷、救濟世人的志向。盧植師從太尉陳球、大儒馬融等，成為鄭玄、管寧、華歆的同門師兄。盧植學成之後，返回家乡教學，門下弟子有劉備、公孫瓚等。盧植文武兼備，曹操稱讚他「名著海內，學為儒宗，士之楷模，國之楨幹也」。在文的方面，蔡邕等人建議校勘儒學經典書籍，朝廷批准後，刻成石碑立在太學門口，史稱「熹平石經」，盧植上書自薦，參與編修；盧植還與馬日磾、蔡邕、楊彪等人一起在東觀校書，並參與續寫《漢記》（史稱《東觀漢記》）的工作；盧植還編著了《尚書章句》《三禮解詁》等書。在武的方面，盧植在九江、廬江太守任內，曾兩次平定蠻族叛亂。黃巾起義爆發，漢靈帝拜盧植為北中郎將，前往冀州平定黃巾軍。盧植連戰連勝，將張角圍困在廣宗。雖被宦官誣陷下獄，導致未能功成名就，但當時的人都認為他是打敗張角的重要功臣。少帝劉辯即位後，大將軍何進意圖鏟除宦官，甚至徵召并州牧董卓進京，盧植知道董卓必為後患，竭力勸阻，但何進不聽，最終造成董卓專權。董卓企圖廢黜漢少帝時，無人敢有異議，唯有盧植挺身抗辯。董卓打算將盧植處死，幸虧蔡邕等人求情，董卓這才作罷，僅將盧植免職而已。不久，盧植以年老身體不適為由，請求返回家乡涿縣。等董卓批准後，盧植便走小路離開洛陽，董卓派人追殺而不及。成語「才兼文武」，意思是指人具有文武兩方面的才能。

◎ 舉足輕重

竇融是東漢時期的將領，他小時候就有治國平天下的大志。王莽攝政時期，他被任用為強弩將軍司馬。竇融為人仗義，他有許多朋友是江湖豪傑，自己在朝中為官也清明廉潔，所以朝中人士對他也是心服口服。新朝滅亡後，竇融投奔更始大司馬趙萌，被任命為張掖屬國都尉。竇融上任後，根據當地的民情，適時推出政策，安撫百姓，得到百姓的擁護和愛戴。更始帝敗亡後，竇融召集手下說：「現在天下很亂，到時候還不知道天下歸誰統領，河西處於少數民族的爭鬥之中，如果大家不齊心協力來守衛就很可能失守。權衡一下力量對比，我們應該推舉一人做我們的首領，帶領大家堅守陣地，根據情況來制定策略。」大家都同意他的看法，一致推舉他做首領。公元 25 年，漢光武帝劉秀建立了東漢政權，但全國尚未統一。當時，蜀地的公孫述虎視眈眈，也想爭奪天下。竇融看到劉秀在政治、軍事上佔優勢，便有意歸附，召集各郡太守和本地名流商討，決定派使者帶着書信和禮物前往洛陽。劉秀大喜，隆重接待了使者，並給竇融寫了一封書信，信中說：「方蜀漢相攻，權在將軍，舉足左右，便有輕重。」意思是說，現在蜀地的公孫述正與漢政權相攻，你的地位極為重要，一抬腳就會影響兩端的輕重，無論你站在哪一方，都可以助其成功。從此，竇融十分忠心地跟隨着劉秀，劉秀實力大增，終於消滅了公孫述和其他政敵，統一了天下。成語「舉足輕重」，原意是一抬起腳就可以改變兩邊的重量，使之失去平衡與均勢；形容身份或地位特殊，一舉一動足以影響全局。

◎ 寶刀未老

黃忠，字漢升，東漢末年名將。本為劉表部下，後歸劉備，並助劉備攻打益州劉璋。黃忠在戰鬥中，常衝鋒陷陣，勇毅冠絕三軍，一路攻到涪城。劉璋派遣部將前來阻擋，都被擊敗。黃忠接着追隨劉備進攻綿竹，綿竹守將李嚴、費詩先後投降。214 年，黃忠隨同劉備率軍進圍成都。數十日後，劉璋投降。劉備進入成都後，論功行賞，任命黃忠為討虜將軍。218 年，黃忠隨劉備攻打漢中。次年正月，劉備率軍與夏侯淵交戰，黃忠居高臨下，將夏侯淵斬殺，趁機進攻曹軍大營，大敗曹軍。黃忠在後世多以勇猛的老將形象出現於各類文學藝術作品中。在《三國演義》中是這樣描寫的：劉備與夏侯淵交戰前夕，魏將張郃攻打葭萌關，守將告急。黃忠請纓出戰，並且讓同是老將的嚴顏當副將。到了關上，兩軍對峙，張郃笑黃忠這麼老了還出來打仗。黃忠怒道：「豎子欺吾年老，吾手中寶刀不老。」意思是說，你小子以為我老了，我手中的寶刀可沒老。最後黃忠依靠驕兵之計戰勝了張郃。成語「寶刀未老」，形容人到老年還依然威猛，不減當年雄風。

◎ 出將入相

李靖，字藥師，隋末至初唐時期傑出的軍事家，被封為衛國公，世稱「李衛公」。他出生於官宦之家，從小就有文才武略，又頗有進取之心。他的舅父韓擒虎是隋朝名將，每次與他談論兵事，無不拍手稱絕，撫摩着他的頭說：「可與之討論孫吳（指春秋戰國時期名將孫武、吳起）之術的人，只有你啊。」李靖曾隨秦王李世民進擊王世充，後來又輔佐趙郡王李孝恭南平蕭銑（xiǎn）和輔公祏（shí），並招撫嶺南諸部。李淵十分欽佩李靖的軍事才幹，極口讚歎說：「李靖乃蕭銑、輔公祏的膏肓之病，古時的名將韓信、白起、衞青、霍去病，沒有一個能比得上李靖！」625 年起，李靖在北疆抵禦東突厥入侵，曾以精騎三千夜襲定襄，又奔襲陰山，一舉滅亡東突厥，使唐朝疆域自陰山北直斥大漠。李世民高興地對大臣說：「漢朝李陵帶領五千步卒進攻匈奴，最後落得歸降匈奴的下場，尚且得以留名青史。李靖以三千騎兵深入敵境，攻克定襄，威振北狄，這是古今所沒有的奇勛。」為此大赦天下，連續五日舉宴慶祝。太上皇李淵也欣喜萬分，親自彈起了琵琶，李世民起舞，大臣們接連起身舉杯祝賀。李靖因功拜尚書右僕射，成為實際的宰相，地位僅次於左僕射房玄齡。但李靖生性沉穩厚重，平時與朝臣商議國事時，總是恭謹溫順，而且深懼盈滿，能知足而退。634 年十月，他被授為畿內道大使，作為巡察全國的十三位特使之一。不久後，他就以足疾為理由辭任。可不到兩個月，發生了吐谷渾進犯涼州的事件，朝廷決定興兵反擊。李靖一聽到朝廷將遠征吐谷渾的消息，頓時精神抖擻，顧不上足疾與年事已高，主動請求掛帥遠征。635 年，他統軍西破吐谷渾。後來他列名「凌煙閣二十四功臣」，病逝後陪葬昭陵。李靖才兼文武，勇敢善戰，一生征戰數十年，為唐王朝的建立及發展立下赫赫戰功。他的治軍作戰經驗，進一步豐富了中國古代的軍事思想和兵法理論，著有《六軍鏡》《衞公兵法》等多部兵書，多已失傳。世傳其與唐太宗談論兵事的《唐太宗李衞公問對》析理透闢，特別是對孫武兵法思想的析論，對後世影響甚大。唐初四大名相之一王珪評價說：「兼資文武，出將入相，臣不如李靖。」成語「出將入相」，意思是出征可為將帥，入朝可為宰相。

◎ 百里之才

蔣琬是三國時候蜀國大臣。他年少時好學，聰明過人，儀態軒昂，氣度不凡，後跟隨劉備。劉備平定蜀地後，蔣琬被任命為廣都縣縣長。劉備、諸葛亮等人出巡至廣都縣時，發現蔣琬不理政務，且沉醉不醒。劉備勃然大怒，要將蔣琬加罪處死，諸葛亮勸劉備說：「蔣琬，社稷之器，非百里之才也。」意思是說，蔣琬是治理國家的大才，而不是治理一縣的小才。劉備素來敬重諸葛亮，於是將蔣琬免罪。223 年，後主劉禪即位，丞相諸葛亮開府治事，辟蔣琬為東曹掾，後遷為丞相參軍。227 年，諸葛亮轉駐漢中，準備北伐曹魏，蔣琬與長史張裔留統丞相府的一切事務。230 年，蔣琬接替張裔擔任丞相長史，加撫軍將軍。諸葛亮每次北伐，蔣琬都負責籌集糧食，組織運輸，補充兵源。234 年，諸葛亮病逝後，蔣琬被升為大將軍。當時百官都因為諸葛亮的去世而心神不定，但作為百官之長的蔣琬言談舉止如同平常一樣，於是眾望漸服。238 年，蔣琬受命開府治事，加大司馬，總攬蜀漢軍政，恰值曹魏太尉司馬懿率軍討伐遼東公孫淵，劉禪詔令蔣琬率兵進駐漢中，等待時機，與孫吳夾擊魏國。六年之中，蔣琬率軍屯駐漢中，魏軍不敢來犯。他曾制定由水路進攻曹魏的計劃，但未被採納。蔣琬執政期間，蜀國政通人和，經濟復興，修正諸葛亮的北伐戰略，改變「無歲不征」的局面，使得「邊境無虞，邦家和一」，特別是其「以安民為本」的執政理念，永遠垂範後世。「百里」在古代指一縣所轄之地，「百里之才」就是治理百里小邑的人才，後泛指具有小才能的人。

◎ 半面不忘

應奉，東漢學者。他從小記憶力就極強，讀書「五行並下」，記事處人，過目不忘。凡他經歷過的事，都能記憶猶新。年輕時，他抄錄全郡四十二縣的罪犯名單報送刑部。回郡以後，太守詳細問他所送罪犯情況，總共數千人，應奉竟然能將所錄罪犯的姓名、罪狀、罪行輕重等，一一準確背誦下來，毫無遺漏。有一天，應奉去拜訪一個官員，可是那位官員不在家，他家的車伕把門打開了一條縫，應奉只看到了那位車伕的半邊臉。就是這樣，數十年後，再次相見的時候，應奉還是一眼就認出來這位曾經有半面之交的人。當時，武陵（今湖南省常德市武陵區）的蠻人造反，地方縣令都被他們抓了起來。經公卿朝議，應奉出任武陵郡守。他結合當地實際，採取安撫政策，結果鬧事的蠻人或降或散，戰亂很快平息。他又大興學校，全面清除陋政。應奉走後幾年，武陵的蠻人再次作亂。荊州車騎將軍馮緄，認為蠻人只信服應奉，便上書請求讓應奉與自己一同出征。應奉為馮緄設計了許多方略，軍隊大獲全勝。應奉的兒子應劭是東漢著名學者，孫子應瑒和應璩都是文學家，應瑒還位列「建安七子」。成語「半面不忘」，意思是見過面就不遺忘，形容記憶力極強。

◎ 忘年之交

禰衡，東漢時人，思維敏捷，口才出眾，但為人剛強任性，喜歡嘲弄權貴名流，因此一直不得志。曹操當權時，禰衡來到許昌謀求發展，在身上藏着一塊名刺（相當於現在的名片），後來沒有得到賞識，以致名刺上的字都漫漶不清了。這就是「懷刺」典故的由來。有人問他：「荀文若（荀彧）、趙稚長（趙融）怎麼樣？」禰衡見荀彧長得帥、趙融是個大肚子，便說：「荀文若可以借他的臉去弔喪，趙稚長可以讓他管理廚房膳食。」禰衡只推舉魯國的孔融以及弘農郡的楊修，說：「大兒孔文舉，小兒楊德祖，餘子碌碌，莫足數也。」意思是說，大的孔文舉（孔融），小的楊德祖（楊修），也就這倆小子還對付。其餘的人平平庸庸，提都不值得提。成語「目無餘子」就來源於此，意思是眼裏沒有旁人；形容自高自大，目中無人。孔融是孔子的二十世孫，當時官高祿厚，極有才名。他聽了禰衡的話以後，很想見見這個狂傲的年輕人，便特地去拜訪他。兩個人一見面就感覺意氣相投，推心置腹，毫無顧忌，完全忘記了年齡的隔閡。當時孔融已年屆四十，禰衡還不到二十。後世據此典故引申出成語「忘年之交」，指年齡輩分不相同的人結交而成的朋友。之後，孔融多次在丞相曹操面前推薦他，希望曹操能夠對他加以重用。曹操約禰衡來見面，但禰衡一向鄙薄曹操的為人，託病不往，還經常在別人面前奚落曹操。曹操被觸怒，將他送到荊州劉表那裏，不久劉表也不能忍受禰衡的傲慢，將他轉薦到江夏太守黃祖那裏。黃祖喜怒無常，一次被禰衡頂撞後當場將他斬首，死時年僅二十六歲。

◎ 顧名思義

王昶，三國時期曹魏將領。他出身於太原王氏，少有名氣，進入曹丕幕府，授太子文學。曹丕即位以後，王昶升任散騎侍郎，撰著《治論》，依照古代制度，取其可供借鑒的有關條項，寫了二十多篇。又著《兵書》十幾篇，探討奇正交用的戰術。公元 250 年，王昶上奏說：「孫權放逐賢良大臣，內部紛爭，可以乘機制服吳、蜀。」於是朝廷派出多路軍隊進攻東吳，王昶逼向江陵，結果大獲全勝。王昶為兄弟的孩子和自己的孩子取名字，都用表示謙虛和誠實的字眼，用以顯示他的志趣。所以他兄弟的孩子王默字處靜，王沉字處道。他自己的孩子一個叫王渾，字玄沖，一個叫王深，字道沖。他又寫信勸誡他們說：「施捨一定要注意賙濟那些急需的人，出入鄉里一定要慰問老人，議論時不要貶低別人，做官時要盡忠盡節，用人交友一定要誠實，處世一定不要驕傲貪淫。貧賤時萬不可自暴自棄，進與退要想到是否合適，凡做事要三思而後行。」王昶的兒子王渾是曹魏及西晉重要將領，曾參與晉滅吳之戰。在王渾之後，王昶的後代也是代有名人，如王承、王述、王坦之等。

◎ 未可厚非

王莽稱帝建立新朝後，任意改變西漢王朝的邊境政策，用欺騙的手段殺了句町（與滇國、夜郎國齊名，位於今廣西、雲南、貴州三省區交界處）國王。當地許多少數民族首領紛紛起兵反對朝廷。王莽派將軍馮茂去招募士兵，並向百姓徵收重稅充作軍費，用來進攻句町。戰爭持續了將近三年，消耗了不知多少錢財，動亂還是沒有平息下來。王莽見馮茂無法收拾局面，便將他召回京都處死，同時又徵調二十萬大軍，由廉丹、史熊率領進攻句町。大批糧餉只能依靠沿路州縣提供。有個名叫馮英的太守認為，這將給本來已被折磨得痛苦不堪的百姓加上新的災難。為此他拒絕提供，並且向王莽上書，請求停止派兵，結束征戰。王莽大怒，立即下詔撤去馮英的官職。但過後又想，這樣做會引起當地百姓不滿，於是又假惺惺地對身旁的人說：「英亦未可厚非。」意思是說，馮英這樣做，其實也不可過分責難他。就這樣，馮英的官職總算保留下來，被改調到別處去當太守。成語「未可厚非」，意思是沒有什麼不是，不應過分責難。

◎ 銅駝荊棘

西晉是中國歷史上一個短暫而又黑暗的王朝，統治集團既腐朽不堪，又激烈地爭權奪利，建國僅半個世紀就很快亡國。當時有一個名叫索靖的人，早早就看出了西晉存在的嚴重問題，對它的滅亡作出了精準的預言。索靖是敦煌人，是東漢著名書法家張芝的姐姐的孫子，年少時就有「逸羣之量」。因為「博經史，兼通內緯」，索靖被舉薦為官，拜駙馬都尉，隨後歷任尚書郎、酒泉太守、盪寇將軍、散騎常侍等官職，封安樂亭侯。索靖看問題細緻入微，目光長遠，針對西晉建立不久就出現的官僚爭相誇富、政治腐敗等種種社會現象，他認真進行分析，預見到天下行將大亂，晉朝將走向衰亡，但自己又無力改變這一局面，於是鬱悶不已。一天，他指着洛陽宮門外放置的銅駝，歎息道：「我會看到你們臥伏在荊棘中。」後來，索靖的預言果然應驗。公元 291 年，爆發了「八王之亂」，朝政昏暗，各方爭戰不休，持續時間長達十六年，都城洛陽遭到嚴重破壞。公元 303 年，河間王司馬顒等舉兵進犯洛陽，索靖率關隴義兵參加保衛洛陽之戰，不幸在戰鬥中受傷而死。索靖還是中國歷史上一位有重要影響的書法家，以善寫草書聞名於世，尤精章草，自名其字勢為「銀鉤蠆尾」，評論者認為「其書名與羲（王羲之）、獻（王獻之）相先後也」，有草書《月儀帖》傳世。成語「銅駝荊棘」，意思是世亂荒涼。

◎ 山雞舞鏡

山雞長着一身美麗的羽毛，每每為之驕傲，幾乎每天都要到水邊照一照自己那美麗的身姿和華麗的羽衣，每當它的身影映照在水裏，它就對着影子飛舞顧盼，並發出歡快的叫聲，直到累得舞不動，叫不出為止。三國時期，南方進獻給曹操一隻山雞。曹操聽說這種鳥善於飛舞鳴叫，很想見識見識，可是想盡辦法，山雞也無動於衷。這時，聰明博學的公子曹沖說：「父王，兒臣曾聽說這種鳥喜歡顧影自憐，每每對着自己的影子，狂舞不止，鳴叫不停。」曹操忙命人搬來一面大鏡子，放在山雞的面前。剛才還無精打采的山雞，一看見鏡子裏自己的影子，立刻兩眼生輝。只見它抖擻羽毛，仰首翹尾，旁若無人地對着鏡子引吭高歌，載歌載舞。山雞愈舞愈歡，上下翻飛，跳躍盤旋，最後突然倒地，渾身痙攣般地抽搐着，斃命於鏡前。成語「山雞舞鏡」後用來比喻自我欣賞。

◎ 餓虎飢鷹

元暉，鮮卑族，北魏宗室大臣。他自小深沉敏銳，涉獵文史，頗有政治遠見，深受宣武帝元恪寵信。起初，孝文帝元宏遷都洛陽，舊臣權貴都不願遷徙，為平和眾人的牴觸情緒，孝文帝允許他們冬天在南邊居住，夏天再回北邊居住。宣武帝即位後，左右近臣想遷回平城，民間就有了將都城遷回北邊的傳說，甚至有人出賣田宅，不安心居住。於是，元暉把所聽到的都奏報給宣武帝，說:「先帝遷都，由於百姓懷戀故土，因此發佈冬夏居於兩地的詔令，以暫時安定百姓的情緒。這是出於當時情況而說的，實在不是先帝的本意。而且遷到洛陽的人，安居時間已久，公私事業都已建立起來，不再有返回的想法。我願陛下能完成先帝已確定下來的事業，不要相信邪臣不合情理的胡說。」宣武帝採納了他的意見，朝野平靜了下來。但元暉仗着宣武帝的寵信，獨斷而且貪婪。他升任吏部尚書後，大收賄賂，任用官員，都有定價，大郡太守價絹二千匹，中郡一千匹，下郡五百匹，其餘官職的價錢各有不同，因此，天下人將吏部稱為「市曹」。元暉轉任冀州刺史準備赴任時，動用大批車輛裝載物品。元暉到任後，檢括隱匿了的戶口，允許他們自首，多收調絹五萬多匹。當時侍中盧昶也受到宣武帝的恩寵，和元暉一樣貪婪成性，因此，人們稱他們為「餓彪將軍，飢鷹侍中」。後來人們把「餓彪」改成「餓虎」，總結出了成語「餓虎飢鷹」，比喻兇猛貪婪的人。

◎ 天壤王郎

晉代王、謝兩族，世代簪纓，朝廷倚之為柱石。丞相謝安在謝氏諸子弟中，特別欣賞姪女謝道韞的聰穎與才情。在一個寒冷的下雪天，謝安舉行家庭聚會，跟子姪輩講解詩文。不一會兒，雪下大了，謝安高興地說:「這紛紛揚揚的大雪像什麼呢？」姪子謝朗說:「把鹽撒在空中差不多可以相比。」謝道韞說：「不如比作柳絮隨風飛舞。」謝安為之鼓掌讚歎。「詠絮之才」後來就成為一個成語，用來讚許在詩文創作方面卓有才華的女子。謝安決心要為謝道韞找一個能配得上她的好丈夫，最理想的對象當然是王家的兒子。最初他本來頗為屬意王羲之的第五子王徽之的卓爾不羣，但又認為王徽之恐怕不是那種貫徹始終的人，因而選擇了王羲之的次子王凝之。但剛剛嫁過去的時候，謝道韞說什麼也看不上王凝之。回娘家時，將滿肚子的委屈都寫在了臉上。謝安勸她，說：「凝之是右軍（王羲之曾任右將軍，故稱『右軍』）的公子，並且人也還可以。你為什麼就覺得人家配不上你呢？」謝道韞回答說：「一門叔父，有阿大中郎。羣從兄弟，有封胡羯末，不意天壤中乃有王郎。」意思是說，謝家的叔叔長輩們裏，有您和謝萬這樣優秀的男子，和自己平輩的兄弟裏，也有謝韶（小字封兒）、謝朗（小名胡兒）、謝玄（別名謝羯）、謝琰（末）這樣優秀的男子。沒有想到天地之間還會有王凝之這樣的人啊！謝道韞輕視丈夫的這句話，後來成了成語「天壤王郎」，比喻對丈夫不滿意。其實王凝之也是相貌堂堂，書法也寫得不錯，為人也正直端莊，只是性格有點迂腐。後來，王凝之在做會稽內史時，正值天師道首領孫恩從海島進攻會稽，王氏家族從曹魏時起就世代信奉天師道，迷信的王凝之就對部下說：「我已請來了得道大仙，借來鬼兵守護各個海港要地，你們不必擔心。」於是守兵便放鬆了戒備，結果孫恩順利攻佔了會稽。當別人勸說王凝之一同逃跑時，王凝之又天真地認為自己和孫恩都是天師道的信徒，孫恩一定會看在張天師的情分上放自己一馬，就拒絕出逃，最後糊裏糊塗做了孫恩的刀下之鬼。

◎ 土木形骸

劉伶，魏晉時期名士，竹林七賢之一。劉伶個子很矮，相貌非常醜陋，可是他悠閒自在，放縱情志，「土木形骸」，不修邊幅而質樸自然。

他性情淡泊而沉默少言，不隨便與他人交往，但和阮籍、嵇康關係不錯，經常一起在山陽（今河南省修武縣）的竹林下面飲酒談心。晉武帝司馬炎即位後，劉伶曾任建威將軍參軍，司馬炎找百官尋問治國之策，劉伶大談道家的無為而治。同輩的人都因考核優秀而升遷，唯獨劉伶被罷官。之後，他整天駕着載有美酒的鹿車，毫無目的地四處遊盪，邊走邊飲，使僕人扛着鍬（古代叫「鍤」）跟着，說：「死了就把我埋了。」留下「鹿車荷鍤」的典故。劉伶自稱「天生劉伶，以酒為名」，喝醉了就脱掉衣服，赤身裸體呆在屋中。有人看到後譏笑他，劉伶說：「我把天地當房子，把房屋當褲子，諸位為什麼跑到我褲子裏來？」當時的士大夫們都認為劉伶的這種置生死於度外是一種豁達的處世態度，爭先恐後效仿他。劉伶還留下關於酒的文學名篇《酒德頌》，熱情地歌頌了「大人先生」（竹林七賢的詩歌化身）：大人先生德高望重，他超越了時空的限制，與造化同遊，任意來去。而這樣的放浪形骸，卻引起了「公子」「處士」的不滿，他們品頭論足，橫加指責，但是，大人先生根本不予理會，依然故我地酩酊大醉。通過這樣的方式來表達他對非議、指責的蔑視。《酒德頌》表現出藐視一切存在的氣概，敵視禮教之士的反抗精神，既高揚了人格的力量，批判了當時的黑暗政治，同時也抒發了壓抑的憤世之情，充滿了浪漫色彩。在這樣一篇不到二百字的短文裏，產生了幕天席地、怒目切齒、熟視無睹、大人先生、奮袂攘襟五個成語。成語「土木形骸」，意思是指人的形體象土木一樣，比喻人的本來面目，不加修飾；也用來形容呆頭呆腦、沒有情趣的人。

◎ 畫龍點睛

張僧繇是南北朝時期梁朝的大臣，著名畫家。他苦學成才，長於寫真，並擅畫佛像、龍、鷹等，多作卷軸畫和壁畫。有一次，他在金陵（現在江蘇省南京市）安樂寺的牆壁上畫了四條巨龍，那龍畫得活靈活現，非常逼真，只是都沒有眼睛。人們問張僧繇：「為什麼不把眼睛畫出來？」他說：「眼睛可不能輕易畫呀！一旦畫了，龍就會騰空飛走的！」大家聽了，誰也不信，都認為他在說大話。後來，經不起人們一再請求，張僧繇只好答應把龍的眼睛畫出來。奇怪的事情果然發生了，他剛剛點出第二條龍的眼睛，突然颳起了大風，頃刻間電閃雷鳴，兩條巨龍轉動着光芒四射的眼睛沖天而起，騰空而去。圍觀的人個個看得目瞪口呆，對張僧繇更佩服了。成語「畫龍點睛」就是從這個傳說中來的，現在一般用來比喻寫作、講話時，在關鍵性的地方用上一兩句精闢的語言來點明含義，使內容更加生動有力。這種手法也被稱為「點睛」之筆。

◎ 惜墨如金

李成，北宋畫家。他學問高深，為人磊落不凡，但仕途失意，寄情於山水之間，對權貴採取不結交的態度。一次有位姓孫的顯赫人物慕名求畫，李成斷然拒絕，那人只能用別的方法得到他的畫。後來李成在孫家看見掛着自己的畫，當即憤然拂袖而去。李成的山水畫出自荊浩、關同。所作山水，題材內容十分寬泛，尤其喜歡雪景寒林，人們甚至稱之「李寒林」。他的畫用墨不重，所畫寒林，以渴筆劃枯枝，樹身只以淡墨拖抹，輕淡如在煙霧中，顯得飄渺幽清，但在畫面上，仍然獲得「山林藪澤、平遠險易」的效果，故有李成「惜墨如金」之譽。成語「惜墨如金」，後用來形容寫作、繪畫時下筆慎重，力求精煉，儘可能做到用墨不多而表現豐富。

◎ 激濁揚清

西晉時，有個文人叫牽秀，年輕時能説會道，有才氣，他的辭賦在當時頗有影響，因為才華得到權貴們的提拔。他在京師看到司隸劉毅奏事時慷慨激昂，就説自己如果「居司直之任，當能激濁揚清；處鼓鞞之間，必建將帥之勛」，意思是説，自己如果督察百官，一定能除惡獎善；如果擔任軍職，一定能建立將帥的功勛。不過他説到做不到。為了往上爬，他巴結權貴賈謐，是「魯公二十四友」的成員。公元 291 年，西晉皇族之間爆發爭權鬥爭，相互殺伐混戰，歷史上叫「八王之亂」。當時牽秀被晉惠帝任命為尚書，但他對諸王專權，從來不敢出面反對，甚至還跟作亂諸王勾搭。他先為長沙王司馬乂效力，後又投奔成都王司馬穎，取得司馬穎的信任。司馬穎殺名士陸機，牽秀負責抓捕和行刑。隨後，河間王司馬顒廢了成都王司馬穎。牽秀又投靠司馬顒，為他鎮守馮翊，最後被司馬顒的部屬殺死了。成語「激濁揚清」即由此而來，「激」是沖去，「濁」是髒水，「清」是清水，這一成語意思是沖去污的，揚起清的；比喻抨擊、清除壞的，表彰、發揚好的。

◎ 一箭雙雕

長孫晟，隋朝將領，唐太宗李世民的岳父，長孫皇后和貞觀名相長孫無忌的父親。長孫晟箭法超羣，年輕時曾作為北周使者在突厥生活一年之久。有一次，他和突厥首領沙鉢略可汗一起外出，見空中有兩隻雕飛着爭一塊肉，沙鉢略可汗就給了長孫晟兩支箭，讓他射雕。長孫晟策馬跑到雕的下方，一箭把兩隻雕都射了下來。沙鉢略可汗大喜，命諸子弟貴人都與長孫晟親近，學習其射箭的本事。成語「一箭雙雕」，原指射箭技術高超，一箭射中兩隻雕；後比喻做一件事達到兩個目的。

◎ 磨穿鐵硯

五代十國時期後晉有一個宰相，叫作桑維翰。他自幼聰穎，擅長詞賦，但長相醜陋，身材矮小，面部卻很長，長大後常臨鏡自歎：「都說堂堂七尺男子漢，而我的身軀幾乎比不上一尺長的面頰！」雖然儀表不佳，他卻是個讀書勤奮、有志於出人頭地的人。他一心想考取進士，然而第一次參加科舉考試時，主考官先是厭惡他奇特的長相，後來又看到他在卷子上寫的名字，認為他的姓「桑」與「喪」諧音為不吉，更是十分掃興，因此沒有錄取他。他為此十分生氣，懷着滿腔憤慨寫下《日出扶桑賦》來表明自己的態度，文章大意是說，在古代有則美麗的傳說，說的是東方有棵名叫扶桑的大神木，太陽就是從扶桑那裏冉冉升起的；普照萬物的太陽尚且離不開桑字，那種無緣無故地排斥姓桑者的做法是何其可笑。他身邊的朋友勸他通過其他途徑做官，他卻認為自己一定能寫出好文章征服主考官，從而考取功名。為了表明自己的決心，他請鐵匠鑄造了一方鐵硯，並對朋友說：「如果等到這方鐵硯磨穿了而我還沒有考上，才會考慮通過別的途徑求官！」經過數年努力，桑維翰最終如願及第，走上了仕途，並且一度官至宰相，成為石敬瑭建立後晉過程中的關鍵人物，故歐陽修稱「滅唐而興晉，維翰之力也」。他兩次執政，協調各方關係，穩定內外局面，體現了出眾的政治才能。但另一方面，他因為主張對契丹卑躬屈膝尤其是割讓幽雲十六州，導致中原漢族在兩宋三百多年間被北方胡族壓制，故被王夫之評為「萬世之罪人」。後世據此典故引申出成語「磨穿鐵硯」用來形容刻苦讀書，堅持不懈。

◎ 力透紙背

顏真卿是我國歷史上著名的書法家，唐朝名臣。顏真卿三歲喪父，由母親殷夫人親自教育。他長大後，學問淵博，擅長寫文章，對母親非常孝順。顏真卿書法精妙，初學褚遂良，後師從張旭，得其筆法。其正楷端莊雄偉，對後世影響很大，與歐陽詢、柳公權、趙孟俯並稱為「楷書四大家」；又與柳公權並稱「顏柳」，兩家書法被稱為「顏筋柳骨」。顏真卿在書法理論著作《述張長史筆法十二意》中，從書法的筆法筆勢和結構佈局兩方面，分十二個問題介紹書法知識，其中有言：「當其用鋒，常欲使其透過紙背，此成功之極也。」意思是說寫字時用筆鋒，簡直要透到紙張的背面，這才算成功到極致了。後人便用「力透紙背」來形容書法剛勁有力，也形容詩文立意深刻，詞語精練。

◎ 以淚洗面

李煜，字重光，世稱南唐後主、李後主。公元971年，宋太祖滅南漢，屯兵漢陽，李煜非常恐懼，去除唐號，改稱「江南國主」。974年秋，宋太祖先後派梁迥、李穆出使南唐，以祭天為由，詔李煜入京，李煜託病不從。太祖即遣穎州團練使曹翰兵出江陵，又命宣徽南院使曹彬等隨後出師，水陸並進。李煜兩次派遣徐鉉出使北宋，求宋緩兵，太祖答以「卧榻之側，豈容他人鼾睡」。975年十二月，金陵失守，李煜奉表投降，南唐滅亡。李煜被俘送到京師，宋太祖封其為違命侯。被囚的生活使李煜感到極大的痛苦，他在給金陵舊宮人的信中說：「此中日夕，只以眼淚洗面。」「以淚洗面」形容極度憂傷悲痛，終日流淚。一天，李煜作了一首《虞美人》詞：「春花秋月何時了，往事知多少？小樓昨夜又東風，故國不堪回首月明中。雕欄玉砌應猶在，只是朱顏改。問君能有幾多愁？恰似一江春水向東流。」「堪」是可以忍受；「回首」是回顧，回憶。「不堪回首」指對過去的事情想起來就會感到痛苦，因而不忍去回憶。這首詞傳到宋太宗那裏，太宗對他至今還在戀念故國非常忌恨，就派人將他毒死了。李煜多才多藝，工書善畫，能詩擅詞，通音曉律，尤以詞的成就為最大。他的詞，存世共有三十餘首，尤以亡國降宋之後詞作水平為高，哀婉淒涼，意境深遠，極富藝術感染力。

◎ 腳踏實地

司馬光，字君實，號迂叟，世稱涑（sù）水先生，北宋時期政治家、史學家、文學家。司馬光一生主要精力用在從政和修史上。在從政期間，他曾連續五年擔任諫官，除了關注社會上層，幫助朝廷解決好皇位繼承和皇帝的修身要領、治國政綱等關係國家命運的大事外，同時也把注意力放到下層人民身上，發出了關心人民疾苦、減輕人民負擔的呼聲。但司馬光的政治生涯並不突出，他被認為是中國古代士大夫保守思想的典型代表，他當上宰相後，盡罷王安石新法，又將神宗朝時軍人用生命奪取的土地，無償送還給西夏。宋朝在多次戰爭中敗北，國勢已經到了刻不容緩的境地，司馬光仍堅持以宗法及倫理綱常治國，想不出有效的政策方針。司馬光的主要成就反映在學術上，他生平著作甚多，最重要的著作是《資治通鑒》。該書是司馬光奉宋英宗和宋神宗之命編撰的一部編年體通史，歷時十九年完成。全書分為二百九十四卷，約三百多萬字，記事上起周威烈王二十三年（公元前 403 年），截止到後周世宗顯德六年（959 年），按照時間順序記載了共十六朝的歷史，引用史料達三百餘種。《資治通鑒》與司馬遷的《史記》並列為中國史學的不朽巨著，對之後的史官創作、中國的歷史編撰、文獻學的發展等產生了深遠影響。司馬光做事用功，刻苦勤奮，以「日力不足，繼之以夜」自詡；為人孝順父母、友愛兄弟、忠於君王、取信於人，又恭敬、節儉、正直。他做的每一件事都有法度，每一言行都符合禮節。司馬光五六歲時，有一次，他要給胡桃去皮，他不會做，姐姐想幫他，也去不掉，姐姐離開後，一位婢女替他將胡桃去皮，等姐姐回來，他欺騙姐姐是自己做的，父親便訓斥他：「小子怎敢説謊。」司馬光從此不敢説謊，年長之後，還把這件事寫到紙上，策勵自己。他説：「我沒有什麼超過別人的地方，只是我一生的所作所為，從來沒有不可告人的。」陝西、洛陽一帶的人們都以他為榜樣，與他對照，學習他的好品德。如果有人做了不好的事，別人就說：「就不怕司馬君實知道嗎？」北宋學者邵雍說：「君實腳踏實地人也。」「腳踏實地」的意思是腳踏在堅實的土地上；比喻做事踏實認真。

◎ 虛有其表

蕭嵩是唐朝開國老臣蕭瑀的曾姪孫，相貌英俊，生有一部美髯，唐玄宗即位之初被任命為中書舍人。唐玄宗對蘇瑰的兒子蘇珽十分器重，想拜他為相，決定第二天早朝宣佈，時間緊急，就派侍從去找蕭嵩來草擬詔書。唐玄宗把自己的意思告訴蕭嵩，叫他形成文字。蕭嵩不敢怠慢，就到書房裏起草詔書，過了一會兒，他把草稿送給唐玄宗審閱。古人講話、作文，最忌直接干犯君王或父輩的名字，否則就是不敬。唐玄宗見文稿中有「國之瑰寶」一句，對蕭嵩說：「蘇珽是蘇瑰的兒子，頒給蘇珽的詔命中不應干犯他父親的名諱，你修改一下。」蕭嵩這才發現自己的疏忽。唐玄宗讓蕭嵩直接到屏風後面改。蕭嵩萬分恐懼，又着急又害怕，汗把衣服都濕透了。他躲在屏風後面，心慌意亂，不知道怎樣修改才好。唐玄宗等蕭嵩思考了一段時間，料想應該是相當周詳了，於是走過去查看，見他僅僅把「國之瑰寶」替換成「國之珍寶」，剩下的文字根本沒有任何變動。唐玄宗生氣地命令他離開，蕭嵩只好慚愧地走了。等到蕭嵩一走，唐玄宗便把詔書草稿揉成一團，狠狠地扔到地上，說道：「虛有其表耳！」意思是說他光有好看的相貌，實際上一無是處。事實上，蕭嵩並非那麼窩囊。他儘管學問不好，可是處理行政公務卻非常縝密周到。後來出鎮邊關，又為朝廷立下汗馬功勞。唐玄宗最終改變了自己對他的偏見，並把他的兒子蕭衡招為附馬，匹配新昌公主。「虛有其表」意思是空有好看的外表，實際上不行；指有名無實。

◎ 風流人物

蘇軾，字子瞻，號東坡居士，北宋眉州眉山（今屬四川省眉山市）人，是宋代文學藝術最高成就的代表，在詩、詞、散文、書、畫等方面取得了很高的成就。他的詩題材廣闊，清新豪健，善用誇張比喻，獨具風格，與黃庭堅並稱「蘇黃」；他的詞開豪放一派，與辛棄疾同是豪放派代表，並稱「蘇辛」；他的散文著述宏富，豪放自如，與歐陽修並稱「歐蘇」，為「唐宋八大家」之一。蘇軾也擅長書法，為「宋四家」之一；還工於畫，尤擅墨竹、怪石、枯木等。「大江東去，浪淘盡，千古風流人物」是蘇軾《念奴嬌·赤壁懷古》中的名句，意思是，長江水滾滾流向東方，千百年來傑出人物消逝，好像被一重一重的波浪捲走了。這首詞裏的「風流人物」是三國時的吳國名將周瑜，其實蘇軾自己也當得起「風流人物」這個稱號。成語「風流人物」指對一個時代有很大影響的人物，有時也指舉止瀟灑或慣於調情的人。

◎ 雪泥鴻爪

澠池位於洛陽之西，崤山之東。公元 1056 年，蘇軾和蘇轍兄弟倆跟着父親蘇洵，一起從四川眉山老家赴都城汴京應試，快到澠池時，蘇軾的馬突然得病死了，他只好租了一頭驢子騎。到了澠池，父子三人住在縣中僧舍，寺院裏的老和尚奉閒殷勤地招待他們，蘇軾兄弟還在寺內的壁上題過詩。1061 年，蘇軾從開封赴陝西鳳翔做官，蘇轍送蘇軾至鄭州，分手回汴京，他想到哥哥又要經過澠池，因而作《澠池懷舊》寄給蘇軾。當蘇軾讀到蘇轍的詩，回憶起往日經過時的情景，又想到奉閒已經去世，題詩的牆壁也可能已經壞了，再想想自己漂泊不定的行蹤，不由得感慨起來，就寫了一首和詩，題目叫作《和子由澠池懷舊》：「人生到處知何似？應似飛鴻踏雪泥。泥上偶然留指爪，鴻毛那復計東西。老僧已死成新塔，壞壁無由見舊題。往日崎嶇君記否，路長人困蹇驢嘶。」意思是説，人生在世，到這裏又到那裏，偶然留下一些痕跡，就像隨處亂飛的大雁，偶然在某處的雪地上落一落腳一樣。它在這塊雪地上留下一些爪印，正是偶然的事，因為大雁的飛東飛西根本就沒有一定。老和尚奉閒已經去世，留下的只有一座藏骨灰的新塔，我們也沒有機會再到那兒去看看當年題過字的破壁了。你還記得當時往澠池的崎嶇旅程嗎？路又遠，人又疲勞，驢子也累得直叫。由於這首詩，便產生了「雪泥鴻爪」這個成語，比喻往事所留下的痕跡。有時人們也把留作紀念的題贈詩文，稱為「雪泥鴻爪」。

◎ 直搗黃龍

南宋時期，北方金朝實力強大，經常南下攻打南宋。南宋朝廷軟弱無能，步步退讓，大片土地被金朝佔領。名將岳飛就生於國家憂患之時。岳飛少年時期，曾拜周同（《説岳全傳》等改為「周侗」）為師，學習騎射，能左右開弓。不久周同病故，岳飛又拜陳廣為師，學習刀槍之法，武藝「一縣無敵」。1125 年，金滅遼之後，大舉南侵攻宋，岳飛目睹了金人入侵後人民慘遭殺戮、奴役的情形，心中憤慨，意欲投軍，又擔憂老母年邁，妻兒力弱，在兵亂中難保安全。岳母姚氏是位深明大義的婦女，積極勉勵岳飛「從戎報國」，還在岳飛後背刺上「盡忠報國」（後世演義為「精忠報國」）四字為訓。岳飛牢記母親教誨，忍痛別過親人，投身抗金前線，後來成長為一名富有經驗的將領。他帶領的隊伍，紀律嚴明，英勇善戰，稱作「岳家軍」。岳家軍所到之處，金國士兵聞風喪膽，岳飛乘勝追擊，收復許多失地。1132 年，岳飛受命屯兵江州，成為守衛長江中游的主帥。1134 年，岳飛一舉奪回襄陽六郡。1140 年郾城大捷以後，岳家軍進屯朱仙鎮，軍聲大振。父老百姓，爭先恐後地拉車牽牛，載着乾糧，犒勞義軍。燕地以南，金的號令不能實行。金兀朮想徵兵抵抗岳飛，河北百姓無一人服從，他感慨地說：「我自從起兵以來，還沒有像今天這樣被挫敗過。」金軍將領王鎮、崔慶等率部投降；金將韓常打算率五萬之眾祕密前來歸順。金將烏陵思謀一向凶暴，這時也無法約束部下，只好對他們說：「暫時不要輕舉妄動，等岳家軍一到就立即投降。」岳飛十分高興，對他的部下說：「直抵黃龍府，與諸君痛飲爾！」黃龍府，轄地在今吉林省農安縣一帶，為金人的腹地。岳飛的意思是說，我要直搗金人巢穴黃龍府，那時定與諸君開懷暢飲！成語「直搗黃龍」，意思是搗毀敵人的巢穴，指殺敵取勝。

◎ 賠了夫人又折兵

公元 208 年，劉備佔領了荊州大部地區，力量逐漸壯大。後來，孫權因想討還借給劉備的南郡沒有得逞，便採用大將周瑜的計謀，騙劉備到東吳來娶孫權的妹妹為妻，意圖乘機把他扣下當人質，藉以討還南郡。諸葛亮巧妙安排，弄假成真，劉備娶親成功。周瑜又獻計，讓劉備過安逸享樂生活，喪失意志，使他與諸葛亮等疏遠，屆時再取回南郡。但又被諸葛亮識破，劉備逃離東吳。周瑜親自率水兵追趕，諸葛亮已將劉備接應上船。周瑜指揮手下上岸追趕，眼看快要追上，山谷裏一陣鼓響，擁出大批刀斧手，為首的是大將關羽。緊接着，兩側又殺出兩支軍隊。原來諸葛亮早就在此埋下了伏兵。周瑜率領的水兵不慣陸戰，只得退到江邊登船南返。就在這時候，岸上的荊州士兵齊聲高喊：「周郎妙計安天下，賠了夫人又折兵！」周瑜聽了又羞又氣，頓時昏倒在船上。成語「賠了夫人又折兵」，比喻想佔便宜，反而受到雙重損失。

◎ 萬事俱備，只欠東風

三國時代，在赤壁發生了一次歷史上聞名的戰爭，叫「赤壁之戰」。曹操號稱擁軍百萬，雄居北方，想併吞南方的孫權、劉備。孫劉二人就聯合起來，對抗曹操。孫權手下的統帥周瑜和劉備的軍師諸葛亮在一起研究攻打曹操的方案。他們決定利用曹操狂妄自傲的輕敵情緒，採用火攻的作戰方案。周瑜用反間計，讓曹操殺死曹軍中熟悉水戰、可以抵禦他們的將領蔡瑁、張允；又叫龐統假作獻計，騙曹軍把戰船連在一路;接着又使用「苦肉計」打黃蓋，暗中讓黃蓋在船中裝滿易燃物品，預備以詐降的方式進入曹營，發動火攻。一切都安排好了，就缺一個很主要的條件——要向北岸曹軍放火，必須依仗着東南風才能辦到。當時正值隆冬，天天都刮西北風。周瑜憂急成病，卧牀不起。諸葛亮去拜訪周瑜，自稱有祕方可以治好他的病，周瑜連忙請教，諸葛亮就把藥方寫了出來:「欲破曹公，宜用火攻，萬事俱備，只欠東風。」四句韻文道破了周瑜的心事，他火急地請教諸葛亮有什麼辦法可以得到東風。諸葛亮通過氣象觀察，心中有數，卻故意騙周瑜説，自己會呼風喚雨，可以借三天三夜東南風。周瑜立即命人築了一個土台，叫「七星壇」，讓諸葛亮在「七星壇」上祈禱東南風。到了預定的日期，果然東南風大作，周瑜就順利地執行火攻計劃。東風狂吹，火光沖天，赤壁之役，曹操吃了敗仗，從此奠定了「鼎足三分」的局勢。成語「萬事俱備，只欠東風」，比喻樣樣都預備好了，就差最終一個主要條件。

◎ 項莊舞劍，意在沛公

公元前 209 年，陳勝、吳廣在大澤鄉發動秦末農民大起義，各地反秦力量蜂起雲湧，在同秦朝廷武裝鬥爭過程中，形成幾支比較大的軍事力量，其中較有名的代表是項羽、劉邦等。公元前 206 年，劉邦趁項羽在鉅鹿與秦軍主力決戰的機會先攻入咸陽，滅了秦朝。項羽十分生氣，認為仗是他打的，功勞卻讓劉邦給搶走了，於是急命部隊開往咸陽，要跟劉邦算賬。項羽的軍隊很快就打到了新豐縣一個叫鴻門的地方。這裏離劉邦駐軍的地方只有四十里路。項羽的叔父項伯和劉邦手下的張良是好朋友，他擔心打起來張良性命難保，就連夜趕到劉邦營中，叫張良趕快逃走。張良把項伯的話報告給了劉邦。劉邦自知力量不如項羽，決定暫時採取委曲求全的策略，親自到鴻門去向項羽謝罪。第二天一清早，劉邦帶着謀士張良、武士樊噲以及一百多個隨從趕到鴻門，拜見項羽。劉邦裝出誠惶誠恐的樣子對項羽說：「當初我和將軍一起攻打秦軍，您在河北作戰，我在河南作戰，自己也沒料到能夠先打進關中，攻破咸陽。我自從進關以來，什麼東西都未敢動，只是清點了官民的戶籍，查封了秦朝的國庫，日夜盼望您早日到來。我派軍隊把守關口，也只是為了維護秩序，防止盜賊，絕沒有與您分庭抗禮的意思。聽說有些小人在您面前造謠中傷，挑撥我們的關係，請您不要輕信謠言。」項羽是個大老粗，見劉邦如此謙恭，心頭的怒火很快就煙消雲散了。他立刻換了語氣，叫人擺上酒席宴請劉邦。宴席上項羽舉杯勸劉邦喝酒，態度變得越來越和氣。項羽的軍師范增幾次給項羽使眼色，並舉起身上佩帶的玉玦作暗示，催促項羽快下決心。可是項羽覺得劉邦很真誠，不好意思下毒手。范增急了，把項羽的堂弟項莊叫來，說：「項王心腸太軟，你進去裝作敬酒助興，趁舞劍時殺了劉邦。否則，你我將來都得成為劉邦的俘虜！」項莊攜劍進帳，敬酒完畢，便拔出長劍在酒席間舞了起來，那寒光閃閃的劍鋒離劉邦越來越近。項伯見項莊來者不善，連忙起身，拔出長劍與項莊周旋，暗中保護劉邦，使項莊無從下手。張良見情形危急，趕緊離席，把守候在帳外的樊噲喊來，說：「項莊在裏面舞劍，看樣子是想對沛公下毒手啦！」樊噲聽了急得跳起來，撞倒守門的衛兵，一頭衝進帳裏。項羽了解樊噲是劉邦的車伕後，賜酒肉與樊噲。樊噲趁機斥責項羽不該聽信小人之言，要殺有功之人。項羽無話可答，為樊噲賜坐。樊噲乘勢坐在劉邦身邊。項莊看到沒法再下手，只好收起了寶劍。劉邦這才鬆了一口氣，假裝要上廁所，一溜煙奔回了駐地。自鴻門宴之後，劉邦、項羽爭奪帝位的鬥爭愈演愈烈，最終項羽敗於劉邦。成語「項莊舞劍，意在沛公」比喻説話或做事表面上有正當好聽的名目，實際上卻別有用心。

◎ 只許州官放火，不許百姓點燈

中國古代講究避諱，對於封建君王或尊親，人們必須避免在説話中直呼其名或在行文中直寫其名，而應以別的字相代替。唐朝詩人李賀去參加科舉考試，因為他父親李晉肅的「晉」字與進士的「進」字同音，有人就提出按避諱禮法，李賀不應參加考試。韓愈聞知此事，怒而作《諱辯》駁斥，但他當時只是一個小小的縣令，人微言輕，辯解終難奏效，李賀只好放棄了考進士，可見避諱制度之嚴格。宋朝陸游《老學庵筆記》記載，北宋時，有個州的太守名叫田登，為人專制蠻橫，不許州內的百姓在談話時説到任何一個與「登」同音的字，必須要用其他字來代替。誰要是觸犯了這個忌諱，重則判刑，輕則挨板子。一年一度的元宵佳節即將到來，依照以往的慣例，州城裏要放三天焰火，點三天花燈表示慶祝。州府衙門要提前貼出告示，讓老百姓到時候前來觀燈。為了不觸犯太守的忌諱，寫告示的小官員只能把「燈」字改成「火」字，告示上就寫成了「本州照例放火三日」。當地老百姓平時對田登的專制蠻橫無理已經非常不滿，看了這張告示更是氣憤萬分，忿忿地説：「只許州官放火，不許百姓點燈，這是什麼世道！」成語「只許州官放火，不許百姓點燈」，指統治者自己可以胡作非為，老百姓卻連正當活動也要受到限制。

（二）

◎ 下車泣罪

大禹，夏朝開國君王。相傳有一天他乘車外出巡視民情，見到有個罪犯被押着走過。大禹忙停車問這個人犯了什麼罪，負責押送的人說：「他偷別人家的稻穀被抓住了，我們把他送去治罪。」大禹就下車問這個犯人：「你為什麼去偷別人家的稻穀呢？」犯人嚇得低頭不敢說話。大禹對此並不生氣，一邊問他，一邊流眼淚，大禹左右的人見了，都很費解。其中一個人問道：「您為什麼傷心流淚？」大禹說道：「我不是為這個人流眼淚，而是為我自己流淚。從前堯和舜做首領的時候，百姓都同心同德，互相體貼；可如今我做了首領，老百姓卻不和我同心同德，做出損人利己的事情來，所以我很傷心。」說完大禹命令侍從取出一塊龜板，在上面刻上「百姓有罪，在予一人」八個字，意思是天下的百姓有罪，罪全在我一個人身上。然後大禹下令把那個罪犯給放了。「下車泣罪」舊時形容君主對人民表示關切，比喻為政寬仁。

◎ 櫛風沐雨

遠古時期，原始先民飽受海浸水淹的痛苦。舜掌管天下後，派遣大禹去治理洪水。大禹親自率領百姓，帶着簡陋的石斧、石刀、石鏟等工具進行治水。為了治水，大禹起早貪黑，親自掘土揹筐，兢兢業業，不敢懈怠，「櫛風沐雨」。「櫛」是梳頭髮，「沐」是洗頭髮，「櫛風沐雨」意思是風梳髮，雨洗頭，形容人經常在外面不顧風雨地辛苦奔波，下場雨就藉機洗洗頭髮，刮陣風就當老天給他梳了梳頭髮。經過十多年的努力，大禹終於帶領百姓疏通了河道，洪水再也不能為害作亂，全都乖乖地流到大海中去了。

◎ 三過其門而不入

相傳為了治水，大禹曾三過家門而不敢入。第一次經過家門時，聽到他的妻子因分娩而在呻吟，還有嬰兒的哇哇哭聲。手下的人勸他進去看看，他怕耽誤治水，沒有進去；第二次經過家門時，他的兒子正在他妻子的懷中向他招手，這時正值工程緊張的時候，他只是揮手打了下招呼就走過去了；第三次經過家門時，兒子已經長到十多歲了，跑過來使勁把他往家里拉，大禹撫摸着兒子的頭告訴他水未治平，沒空回家，然後又匆忙離開了。「三過其門而不入」後比喻熱心工作，因公忘私。也作「三過家門而不入」。

◎ 分陝之重

西周王朝建立四年後，周武王勞病而逝，由於繼位的周成王年幼，便由周武王之弟周公旦和召（shào）公奭（shì）輔政。當時，天下很不穩定，周公旦和召公奭二人遂決定分陝（陝是古代地名，在今河南省三門峽市一帶）而治。據《左傳》記載：「自陝而東者，周公主之；自陝而西者，召公主之。」據《括地志》記載：「陝原，甘棠西南也，分陝以原為界。自陝而東，周公主之；自陝而西，召公屯之。」據說，周公和召公曾在原上立了「分陝石」，三門峽市虢國車馬坑博物館裏現還存有一柱形界石，叫作「周召分陝石柱」。古籍所稱「陝西」，均指陝原（今河南省三門峽市陝州區）以西的地區。元、明兩朝之後，陝西省之得名亦源於此。此後，周公旦就把主要精力用於防備殷商遺民的反叛，穩定東部新拓展的領地；而召公奭的責任就是進一步開發黃河中游地區的農業生產，建立鞏固的後方，為周王朝進一步開拓疆土解除後顧之憂。這是成語「分陝之重」的由來，後來封建王朝官僚出任地方官也被稱為「分陝」。

◎ 丹心碧血

萇弘是春秋時期的人，涉獵廣泛，通曉曆數、天文，精於音律，以才華聞名於諸侯。公元前 518 年，孔子自曲阜西行至洛邑，向老子請教禮制，特意去拜訪萇弘，向其請教「樂」的知識，足見萇弘的學識和地位。周景王時，萇弘任上大夫。景王死後，王族內亂，萇弘和卿士劉文公聯手，借晉國幫助平亂，輔立王子丐即位，史稱周敬王。萇弘忠心耿耿，盡心竭力，又有雄才大略，深得周敬王的信任。君臣同心戮力，欲復興王室。但是，他們的做法，引起諸侯中一些人的嫉恨。不久，晉國的范氏、中行氏、智氏、趙氏、魏氏、韓氏六卿內訌，范氏和中行氏被其他四氏剿滅。范氏原為晉國執政正卿，又和劉文公有姻親關係。因此，在晉國內亂時，周王室明顯地站在范氏和中行氏一邊。智、趙、魏、韓四氏滅了范氏和中行氏後，接着又追究周王室中支持范氏和中行氏的人。他們知道劉文公根基深、地位高，無法扳倒，便指名道姓要周敬王懲治萇弘，而周敬王認為萇弘是輔立自己的功臣，一向忠心不二，不肯懲處他。趙氏派大夫叔向出使周王室，用陰謀詭計離間周敬王和萇弘的君臣關係。他故意頻繁地同萇弘接觸，有時談到深夜才告辭，最後去晉見周敬王時又煞有介事地說：「我們晉國已經查明范氏、中行氏之亂與萇弘無關，您不必再追究萇弘了。」叔向臨走時，故作匆忙狀，不慎把袖中一封偽造的信件遺落在殿階上。內侍把信件撿起來交給周敬王。周敬王打開一看，竟是萇弘寫給叔向的密信。信上說：「請轉告晉君，儘速發兵攻打周都，我將迫使敬王廢黜劉氏，以作內應。」周敬王把信傳給劉文公，劉文公看了大怒，不辨真假，不由分說，立即要周敬王搜捕萇弘，誅滅其九族。周敬王念其輔佐之功，不忍加害，但最終還是把萇弘放逐到千里之外的蠻荒蜀地去了。萇弘有口難辯，悲憤交加，沒想到自己對周王室一片忠心，到頭來卻因一封假信，竟落得如此結局！他到蜀地後，鬱鬱寡歡，不久便剖腹自殺了。萇弘的冤死，引起了當地吏民的憐惜同情，他們把萇弘的血用玉匣子盛起來埋葬，立碑紀念。三年後，掘土遷葬，打開玉匣一看，萇弘的血已化成了晶瑩剔透的碧玉。「丹心」意思是忠心，「碧血」就是化為碧玉的血，「丹心碧血」意思就是赤誠的忠心和寶貴的鮮血，用以讚揚為正義事業而甘願犧牲的仁人志士。

◎ 暗箭傷人

公孫子都是春秋時期鄭國人，鄭桓公之孫。相傳他是當時天下第一美男子，很受鄭莊公的寵愛，而且武藝高強，箭術高超，百發百中。子都一直對鄭國的另一個勇士穎考叔不服氣，總想顯示自己比穎考叔更有才幹。有一年鄭國討伐許國，攻城的時候，穎考叔奮勇當先，爬上了城頭，指揮士兵攀上城牆，眼看就要攻破城門。子都見穎考叔就要立下大功，心裏非常嫉妒，於是抽出箭來對準穎考叔的後背就是一箭。穎考叔當時一心只顧攻城，沒有料到後面會射來冷箭，結果摔下城牆氣絕身亡。另一位將軍瑕叔盈還以為穎考叔是被許國的士兵殺死的，連忙拾起大旗，指揮士兵繼續戰鬥，終於把城攻破。鄭軍全部入了城，許國的國君許莊公逃到了衛國，於是，許國的國土就併入了鄭國的版圖。「暗箭傷人」意思是指暗中射箭殺傷別人，也比喻暗中進行傷人的行為或詭計。

◎ 楚弓楚得

春秋時期的楚共王很喜歡打獵，為了打獵，他還請來最好的工匠打造了一把做工非常精良的弓。楚共王每次出去打獵，都帶着這張弓。有一次，楚共王騎着馬追獵幾頭野鹿，一路狂奔，等到野鹿精疲力盡逃無可逃的時候，楚共王準備舉弓射獵，卻發現弓箭在剛才追獵顛簸的途中已經掉了。看到楚共王最喜歡的弓丟失，大臣們請求原路返回尋找，但是楚共王卻說：「還是算了吧，楚國人丟掉的東西，反正也是楚國人撿到，沒必要再去尋找。」這就是「楚人失弓」「楚弓楚得」的典故。孔子聽說了這件事情以後，就發表評論說：共王這個人不錯，但是心胸還不夠寬廣，他應該說丟弓的是人，得到弓的也是人，把這個「楚」字去掉，大家都是人，何必還要計較是不是楚國人撿到的呢？成語「楚弓楚得」，比喻自己的東西雖然失去了，但取得的卻不是外人。

◎ 安步當車

有一天，齊宣王要召見賢士顏斶（chù），就對他說：「顏斶，你過來。」沒想到顏斶竟然回了一句：「大王，你過來吧！」齊宣王聽了，頓時臉色發青，生氣地說：「你這是什麼態度，是君王高貴呢？還是賢士高貴？」顏斶從容地說：「自然是賢士高貴，這是有歷史為證的。從前秦國曾下令說：『凡是在賢士柳下惠的墓地上砍伐樹木的，一律處死刑。』又說：『能夠取得齊王首級的，將賞賜千金，並封他做官。』可見國王的頭還比不上賢士墓地的樹木呢！」齊宣王被弄得啼笑皆非，只好搖搖頭，歎了一口氣說：「好了，我不會怠慢你的，以後你可以過着榮華富貴的生活。」顏斶聽完，立刻辭別齊宣王說：「謝謝大王的厚愛。我本是布衣粗食慣了的人；安步可以當車，晚食可以當肉，我還是回家自食其力吧！」「安步可以當車」便是慢慢步行，以代替乘車，也就是勤儉的意思。後人把「安步當車」引為成語，用來比喻人不貪求富貴，而能安於貧苦。毛澤東《浣溪沙．和柳亞子先生》的首句「顏斶齊王各命前」，就是用了這個典故，來讚賞柳亞子剛直不阿的可貴品格。

◎ 三令五申

春秋時期，有一位著名軍事學家名叫孫武，他攜帶自己寫的《孫子兵法》去見吳王闔閭。吳王看過之後說：「你的十三篇兵法，我都看過了，要不要拿我的軍隊試試？」孫武說可以。吳王再問：「用婦女來試驗可以嗎？」孫武也說沒問題。於是吳王召集一百八十名宮中美女，請孫武訓練。孫武將她們分為兩隊，任命吳王的兩個愛姬為隊長。隊伍站好後，孫武詳細講了向左、向右、向後轉的動作要領，然後命令搬出鐵鉞（古時殺人用的刑具），三番五次向她們申戒。說完便擊鼓發出向右轉的號令。怎知眾女兵不單沒有依令行動，反而哈哈大笑。孫武說：「解釋不明，交代不清，是將官的過錯。」於是將剛才一番話詳盡地再向她們解釋一次，又擊鼓發出向左轉的號令。眾女兵仍然只是大笑。孫武便說：「解釋不明，交代不清，是將官的過錯。既然交代清楚而不聽令，就是隊長和士兵的過錯了。」說完命左右隨從把兩個隊長推出斬首。吳王見孫武要斬他的愛姬，急忙派人向孫武講情。可是孫武說：「我既受命為將軍，將在軍中，君命有所不受！」就命左右將兩名女隊長斬了，重新任命兩位排頭的女兵為隊長。自此以後，眾女兵無論什麼動作都認真操練，再不敢兒戲了。「三」「五」都是虛數，指多次；「令」是命令；「申」是表達，說明。「三令五申」的意思就是再三地命令告誡。

◎ 要言不煩

管輅是三國時期曹魏術士，古代卜卦看相行業的祖師。他八九歲時，就喜歡仰觀星辰，成年之後，精通《易經》，善於卜筮、相術、算學，懂鳥語。相傳他卦術很靈，從無失誤，到了出神入化的地步。有一次，一個叫何晏的高官宴請管輅，想聽他談談《易經》，同時還特意邀請了另外一個高官鄧揚相陪，以示重視。何晏說自己讀《易經》有幾件事不明白，管輅都通俗地作了解釋，何晏馬上就明白了，感覺並不怎麼深奧和難以理解，他對管輅的博學倍加讚賞。這時，鄧揚就問管輅：「您精通《易經》，但您剛才談話的時候，卻絲毫沒有涉及《易經》的辭義，這是什麼緣故呢？」管輅回答說：「可謂要言不煩也。」「要」是簡要，「煩」是煩瑣，「要言不煩」意思是指說話或寫文章簡明扼要，不煩瑣。

◎ 綈袍戀戀

范雎，字叔，戰國時期著名政治家、戰略家。范雎一開始做魏國中大夫須賈的門客，一次魏王派須賈出使齊國議和修好，范雎隨從前往。到齊國之後，范雎表現出色，受到齊襄王的敬重。回到魏國後，須賈心裏嫉恨范雎，越想越生氣，就誣告范雎私受賄賂，出賣情報。相國魏齊聽後大怒，命人將范雎抓來，嚴刑拷打，把范雎打得遍體鱗傷，肋骨被打折、牙齒被打掉，范雎唯恐性命難保，便屏息僵臥，佯裝死去。魏齊命僕人用葦席裹屍，扔在茅廁之中，又讓宴飲的賓客輪番往范雎身上撒尿。范雎咬牙強挺。待到天色已晚，范雎從葦席中張目偷看，見只有一名小兵在旁看守，便悄悄說：「我傷成這樣，雖然暫時醒了，但肯定是活不了。你如果能讓我死在家中，以便安葬，以後我家人一定會重金酬謝。」小兵見他可憐，又貪利，就對魏齊說，把席子裏的死人扔掉算了，魏齊同意了，范睢這才得以脫身。他更改姓名為張祿，之後去了秦國，受到秦昭王重用，擔任了秦國相國，而魏國人對此毫無所知，以為范睢早已死了。魏王後來又派須賈出使秦國。范睢隱瞞身份，穿着破舊的衣服步行到客館，見到了須賈。須賈一見范睢不禁驚愕道：「范叔原來還活着啊！」范睢說：「是啊。」須賈問道：「如今你幹些什麼事？」范睢答道：「我給人家當差役。」須賈聽了有些憐憫他，便留下范睢一起坐下吃飯，取出了自己一件粗絲袍送給了他，又趁便問道：「秦國的相國張君，你知道他吧？我聽說他在秦王那裏很得寵，有關天下的大事都由張君決定。這次我辦的事情成敗也都取決於他。你有沒有跟他熟悉的朋友啊？」范睢說：「我的主人很熟悉他，就是我也能求見的，請讓我把您引見給張君。」范睢回去弄來大車，並親自給須賈駕車，直進了秦國相府。范睢對須賈說：「等等我，我替您先進去向相國通報一聲。」須賈就在門口等着，拽着馬韁繩等了很長時間不見人來，便問門卒說：「范叔進去很長時間了不出來，是怎麼回事？」門卒說：「這裏沒有范叔。」須賈說：「就是剛才跟我一起乘車進去的那個人。」門卒說：「他是我們相國張君。」須賈一聽大驚失色，就趕緊脫掉上衣光着膀子雙膝跪地而行，託門卒向范睢認罪。范睢派人掛上盛大的帳幕，召來許多侍從，才讓須賈上堂。須賈見到范睢連叩響頭口稱死罪，說：「我犯下了應該烹殺的大罪，讓我活讓我死只聽憑您的決定了！」范睢說：「你的罪狀有多少？」須賈連忙答道：「擢賈之髮以續賈之罪，尚未足。」「擢」就是拔，須賈的意思是說，將我的頭髮都拔下來計算我的罪過，都還不夠數的。這就是成語「擢髮難數」的由來，形容罪行極多。范睢說：「汝所以不得死者，以綈袍戀戀，尚有故人之情。」意思是說，我不殺你，因為從今天你贈我一件粗絲袍看還有點老朋友的依戀之情，所以給你一條生路，放了你。」須賈回到魏國，把情況告訴了魏齊，魏齊大為驚恐，便逃到了趙國，躲藏在平原君的家裏。「綈袍」是粗絲絹袍子，「戀戀」是留戀。「綈袍戀戀」指不忘舊情。

◎ 重厚少文

周勃，西漢時期開國將領、丞相。周勃弓馬嫻熟，孔武有力，公元前 209 年，隨劉邦起兵反秦，幾乎參加了秦末漢初的所有軍事行動，滅秦、征項羽、平定內亂、防禦匈奴。劉邦認為他能夠承擔大事，在自己即將去世的時候，把樊噲手下的軍隊交給了周勃，並對呂后表示：「周勃重厚少文，然安劉氏者必勃也，可令為太尉。」意思是周勃穩重敦厚，質樸平實，將來能夠保劉氏漢朝的一定是周勃，可以讓他當太尉。漢惠帝上台後，呂后暗中操控朝政。惠帝死後，呂后立劉邦和宮人的幼子為帝，自己臨朝稱制。她又違背劉邦「非劉氏而王，天下共擊之」的盟誓，封諸呂子弟為王，又令呂產、呂祿分領京師南北二軍，控制了都城的警衛部隊，周勃一直隱忍以待。公元前 180 年，呂后病死。呂產、呂祿妄圖篡奪漢室，周勃與丞相陳平用計奪取了呂氏軍權，並與朱虛侯劉章共同謀劃，一舉誅殺二呂，族滅呂氏，立劉邦第四子代王劉恆為帝，即漢文帝。周勃被提拔為丞相。成語「重厚少文」，意思指持重敦厚而缺少文飾。

◎ 堅忍不拔

周亞夫，西漢時期名將、軍事家，丞相周勃的次子。周亞夫治軍嚴謹，漢文帝臨死時囑咐太子，國家若有急難，周亞夫可以擔當帶兵的重任。漢景帝即位後，公元前 154 年，周亞夫以太尉身份率軍平定吳楚七國之亂。這時叛軍正在猛攻梁國，周亞夫對景帝說：「楚軍素來剽悍，戰鬥力很強，如果正面決戰，難以取勝。我打算先暫時放棄梁國，從背後斷其糧道，然後伺機再擊潰叛軍。」景帝同意了周亞夫的計劃。周亞夫派軍隊向東到達昌邑城（在今山東省鉅野縣西南），堅守不出。

梁王兩次派人求援，周亞夫都不發救兵。最後梁王寫信給景帝，景帝又下詔要周亞夫進兵增援，周亞夫還是不為所動。但他卻暗中派軍截斷叛軍的糧道，還劫去了叛軍的糧食。叛軍只好先來攻打周亞夫，但幾次挑戰，周亞夫都不出戰。時間一長，周亞夫軍中都有些軍心不穩了。一天晚上，營中突然發生混亂，嘈雜聲連周亞夫的大帳裏都能聽見，但周亞夫始終躺在牀上不動。一會兒，混亂自然就平息了。幾天後，叛軍大舉進攻軍營的東南方向，聲勢浩大，但周亞夫卻讓部下到西北去防禦。結果在西北遇到叛軍主力的進攻，由於有了準備，所以很快擊退了叛軍。叛軍因為缺糧，最後只好退卻，周亞夫趁機派精兵追擊，取得勝利。叛軍首領劉濞的人頭也被越國人割下送來。這次叛亂經三個月就很快平定了，大家這才紛紛稱讚周亞夫的用兵之道。司馬遷在《史記》中稱讚說：「亞夫之用兵，持威重，執堅刃，穰苴（jū）曷有加焉！」「刃」通「忍」，執堅刃指意志堅定。這句話的意思是周亞夫的用兵，一直保持威嚴莊重，堅忍不拔，即使司馬穰苴這樣的名將也不能超越他！「堅忍不拔」，指在艱難困苦情況下仍然堅持不動搖，形容意志堅定，任何艱難挫折都動搖不了。

◎ 一意孤行

西漢時有個官員叫趙禹，文筆犀利，廉潔正直。他原是太尉周亞夫的屬官，一個偶然的機會，漢武帝劉徹看到了他寫的文章，大為賞識，便讓他擔任御史，後又升至太中大夫，讓他同另一個大臣張湯一同負責制定國家法律。趙禹根據漢武帝的旨意，補充和修訂了原有的法律條文，以約束辦事的官吏。當時許多官員都請趙禹做客赴宴，希望他把法律條文修訂得有迴旋的餘地，可趙禹從不作答回請；對於攜帶重禮而來的官員們，趙禹也只是和他們天南地北地亂聊，根本不理會他們的暗示，在他們離開時，趙禹又把禮物一一退還給他們。人們這才知道趙禹是個真正廉潔正直的人。有人問趙禹，他是否考慮周圍人對他的看法，他回答說：「我這樣拒絕好友或賓客的請託，就是為了自己能獨立地決定、處理事情，按自己的意志辦事，而不受別人的干擾。」關於這個故事，司馬遷《史記》中是這樣記載的：「禹為人廉倨。為吏以來，舍無食客。公卿相造請禹，禹終不報謝，務在絕知友賓客之請，孤立行一意而已。」趙禹制定《朝律》六篇，為漢初四部主要法典之一，使漢朝的法律趨於嚴厲。因為他執法嚴峻，所以司馬遷在撰《史記》時把他和張湯列入酷吏傳中。「一意孤行」，指不接受別人的勸告，頑固地按照自己的主觀想法去做。

◎ 有勇無謀

呂布，東漢末年將領，漢末羣雄之一。呂布原為丁原部將，後殺害丁原歸附董卓，認董卓為義父，為董卓衝鋒陷陣。董卓把持朝政以後，肆意妄為，權傾朝野，之後司徒王允唆使呂布誅殺了董卓。因為呂布沒有軍事實權，他被董卓舊部李傕擊敗，然後投靠袁紹，並不被袁紹重用，又去依附張楊等人。曹操攻打陶謙的時候，呂布與陳宮等人聯絡攻入兗州，佔據濮陽，隨後與曹操血戰兩年，最終因為守城不力，而被曹操擊敗，又去徐州依附劉備。但又趁劉備與袁術作戰時襲取了徐州，自任徐州牧，其間與劉備有時候和好，有時候又相互攻伐。曹操後來決定興兵討伐呂布，呂布由於部下叛變城破被俘，被處死。呂布能在亂世中謀得一席地位，最主要的就是他的戰力，但他沒有太多主見，想法容易被外界影響，最終被曹操消滅。《獻帝起居注》裏這樣評價他：「呂布受恩而反圖之，斯須之間，頭懸竿端，此有勇而無謀也。」說的就是呂布受丁原、董卓、劉備的恩惠卻暗中害他們，最後落得掉頭的下場，這是只有勇力而沒有計謀的後果啊。後人據此總結出成語「有勇無謀」，指做事或打仗只是猛打猛衝，缺乏計劃，不講策略。

◎ 哀毀骨立

韋彪，東漢時期大臣。他十分孝順，父母去世，傷心地服喪三年，不離開服喪所住的墓旁小屋。後來服喪期滿，他瘦得都變了樣子，治療了好幾年才好。後人由此總結出成語「哀毀骨立」。「哀毀」是因過分悲傷而損壞了身體，「骨立」是消瘦得只剩下一副骨架支撐着。這個成語原形容孝子在守孝期間因悲傷過度而損壞了身體，現比喻因過分悲傷而影響健康。韋彪喜歡學問，見識廣博，被稱為儒學宗師，當時的皇帝漢明帝、漢章帝、漢和帝都很器重他，受到的賞賜寵倖，如同皇親一般。韋彪多次向朝廷提出治國良策，常以寬厚為宗旨，大多得到採納。他後來因病免官，又回鄉教授學生。韋彪生前清廉節儉，喜歡施捨，把俸祿與賞賜品分給同宗族的人，家中沒有節餘的錢財。《後漢書》評價他：「安貧樂道，恬於進趣，三輔諸儒莫不慕仰之。」「安貧」即安於貧困；「道」指儒家所信奉的道德。這句話的意思是說韋彪安於貧窮，以堅守自己的信念為樂，淡泊功名，長安附近地區的儒士無不敬仰他。成語「安貧樂道」形容甘於貧困惡劣的環境，以追求聖賢之道為樂。

◎ 手不釋卷

劉秀，東漢開國皇帝，即漢光武帝，歷史上著名的政治家、軍事家。劉秀原來是太學生，非常喜歡讀書，即使在打仗的時候，他也「手不釋卷」，從來不放下手裏的書本。他當上皇帝後，大興儒學、推崇氣節，東漢一朝也被後世史家推崇為中國歷史上「風化最美、儒學最盛」的時代。劉秀重用文人賢士，每至一地，未及下車，必先拜訪儒雅，採求闕文，補綴遺漏。他還下旨天下，廣為收集圖籍，當時的讀書人都背負着書籍，匯聚於京師洛陽。數十年間，朝廷各藏書閣，舊典新籍，疊積盈宇，汗牛充棟，如「石室」「蘭台」「東觀」等多處，藏書的規模和數量超過了西漢。劉秀每天親自處理朝政，十分勤勉，從天亮上朝問事，一直到天黑才回寢宮。有時他同朝中文武大臣討論治國方針，制訂政令制度，往往半夜才能睡覺。皇太子見劉秀忙於朝政，勤勞不怠，十分關心他的身體健康，就對他進行勸諫。劉秀卻說道：「我自樂此，不為疲也。」後人由此總結出「樂此不疲」這一成語，形容對某種事物特別感興趣，或樂於做某事，沉浸其中而不覺疲倦。成語「手不釋卷」，形容學習很刻苦，或者書卷很吸引人。

◎ 推心置腹

西漢末年，王莽篡政，引起天下大亂，各地農民紛紛起義，羣雄討莽。公元 23 年初，劉玄被擁戴為天子，屢立戰功的將軍劉秀被劉玄封為「蕭王」。公元 24 年秋，劉秀率兵擊潰了銅馬起義軍，數十萬人向他投降。為了壯大自己的實力，劉秀決定收編這一大批人馬，並把投降的起義軍首領封為列侯。但是，這些首領心存疑慮，不相信劉秀會信任他們。劉秀獲悉這一情況後，採用安撫之計，下令投降的首領仍統領原來的兵馬，劉秀本人則輕騎巡行各部，沒有絲毫戒備之意。這樣一來，降者都對劉秀放下了戒心，在一起互相低語：「蕭王推赤心置腹中，安得不投死乎！」「推」是拿出，「置」是安放。這句話的意思是劉秀把赤誠的心都拿了出來，我們怎能不為他賣命呢！後人根據這段歷史，將「推赤心置人腹中」概括為成語「推心置腹」，以喻真心待人之意。

◎ 得隴望蜀

東漢初年，有兩股反對光武帝劉秀的地方勢力：一是割據巴蜀（今四川省中東部地區）的公孫述，一是稱霸隴西（今甘肅省東南部）的隗囂（wěi áo）。公元 32 年，大將岑彭隨劉秀親征隴西，將隗囂圍在西城（今陝西省安康市西北）。公孫述為了救援隗囂，增兵上邽（guī，上邽即今甘肅省天水市），牽制了漢軍的大量兵力。光武帝見西城、上邽兩城一時攻不下，便留下詔書給岑彭，自己先回京城去了。詔書上寫道：「人苦不知足，既平隴，復望蜀，每一發兵，頭鬢為白。」意思是說，人最痛苦的事情在於總是不知足，已經得到隴地，又希望得到蜀地，因此每一次發兵，頭髮雙鬢都白了。一直到公元 36 年，劉秀「得隴望蜀」的宿願才終於實現。「得隴望蜀」後比喻貪得無厭。

◎ 博物洽聞

劉向，西漢宗室大臣、文學家，楚元王劉交（漢高祖劉邦異母弟）之玄孫，陽城侯劉德之子，經學家劉歆之父。劉向為人平易樸實，潛心學術，好儒學，能詩賦，晝誦《尚書》《左傳》，夜觀星象，常常通宵達旦。他曾奉詔整理五經祕書、諸子詩賦近二十年，對古籍的整理保存做出了巨大貢獻，撰成的《別錄》為中國最早的目錄學著作。他集合上古以至秦漢符瑞災異之記，推衍行事，以類相從，撰成《洪範五行傳》，為中國最早的災異史。劉向在文學上以辭賦和散文見長，其散文敘事簡約，論理暢達，從容不迫，對唐宋古文家有一定影響。他又採集前代史料軼事，撰成《說苑》《新序》《列女傳》，其中有一些很有意義和文學特點的故事，是魏晉小說的先聲。《漢書》記載，劉向「博物洽聞，通達古今，其言有補於世」。「博物」即能辨識許多事物，「洽聞」

是見聞很廣。意思是，劉向的知識非常豐富，博古通今，他的言論文字對世人有益處。成語「博物洽聞」也作「博物多聞」，形容人知識面廣，所見所聞非常豐富。

◎ 黎杖吹火

相傳劉向校閱宮廷藏書，專心致志，廢寢忘食。一天夜裏，忽然看見一個穿黃衣服的老人，手拄青藜杖，進入閣中。老人見劉向一個人坐在暗處，專心讀書，就用嘴吹青藜杖的尾端，藜杖的尾端馬上冒出燦爛的火焰，光耀人眼。老人就用杖頭照着劉向，為他講述不見於文字記載的盤古開天闢地以前的事，並口授《洪範》五行之文。劉向當即撕下衣帶一一記下來。老人拂曉將要離去，劉向問他的姓名，老人說：「我是太乙之精，聽說有個姓劉的人很博學，特地下凡來看看。」後以「藜杖吹火」喻專心做學問而得到神仙的幫助。明何景明詩「但求藜杖火，不羨夜明珠」，即用此典。

◎ 孔方兄

魯褒，西晉文學家。他好學多聞，甘於貧素的生活，一生隱居不仕。晉惠帝時期，朝綱旁落，賄賂成風，很多人都貪得無厭，「惟錢是求」成為當時的社會風氣。針對這種社會現狀，魯褒作《錢神論》進行譏諷。《錢神論》說：「錢之為體，有乾有坤。內則其方，外則其圓……故能長久，為世神寶。親愛如兄，字曰『孔方』。」意思是說，錢這東西，涵天藏地，對內想方則方，在外欲圓則圓……經久不衰為世人所喜愛，人們和它親如兄弟，稱其為「孔方」。這篇文章一出，立即引起了憤世嫉俗的人們的共鳴，被廣泛傳誦。「孔方兄」一詞，也成為了「錢」的同義語。

◎ 阿堵物

晉朝有個叫王衍的大臣，字夷甫，是位著名的清談家。他標榜自己是個非常清高的人，對錢嗤之以鼻，提都不願意提一下，而他的妻子郭氏愛財如命。他的妻子很想逗他說「錢」這個字，有一次就叫僕人把一串串銅錢在牀的周圍繞了一大圈，想讓王衍睡覺醒來的時侯不能下牀走路，這樣肯定會逼他説出「錢」字來。沒想到第二天王衍醒來看到滿地是錢後，就把僕人喊來，用手指了指地上的那些錢説道：「舉卻阿堵物。」「阿堵」為六朝時口語，意思是「這個」，「阿堵物」表示「這個東西」。自此，「阿堵物」便成了錢的代名詞，有着一定輕蔑的含義。

◎ 折節下士

袁紹，出身於官宦世家的「汝南袁氏」，東漢末年軍閥。他的高祖父袁安，曾擔任過漢章帝的司徒，他死後後人為他立的《袁安碑》是漢代篆書的代表作品；從袁安之後，袁氏接連四代五人官拜三公，袁家勢力威震天下。袁紹因生得相貌俊美，舉止有威儀，為人仁愛，注重名聲，喜歡結交天下士人，尊重有見識有能力的人，所以很多人都願意投靠他。來投奔的人不論身份貴賤，袁紹都以與自己平等的禮儀相待，因此來訪賓客的車輛擠滿了大街小巷。晉朝陳壽《三國志》記載：「紹有姿貌威容，能折節下士，士多附之。」「折節下士」，意思就是屈己下人，尊重有見識有能力的人。

◎ 仰人鼻息

東漢末年，袁紹起兵後，陰謀吞併軍閥韓馥統治的冀州。謀士逄紀向袁紹獻計：一面寫信給北平太守公孫瓚，鼓動他引兵進攻冀州；一面派人到冀州見韓馥，對他說：「公孫瓚南下，袁紹也有所行動，你已經十分危險了！不如主動把冀州讓給袁紹，那樣既可以獲得讓賢的美名，又可以保住身家性命，實在是兩全之策。」袁紹依計而行。韓馥有意把冀州讓給袁紹，但他的部下耿武、閔純等一致反對。耿武對韓馥說：「袁紹孤客窮軍，仰我鼻息，譬如嬰兒在股掌之上，絕其哺乳，立可餓殺。」意思是說，袁紹孤軍無援，需要依仗我們才能活着，就好像嬰兒被人控制於手中，只要不給他哺乳，馬上就會被餓死。韓馥不聽部下的意見，把冀州讓給了袁紹。後世據此典故引申出成語「仰人鼻息」，比喻依賴別人，看人臉色行事。

◎ 好好先生

東漢末年，有個名叫司馬徽的人，為人清高拔俗，學識廣博，有知人論世、鑒別人才的能力，受到世人的敬重。他有一個稱號叫作「好好先生」，因為他喜歡裝糊塗，別人無論和他講什麼事，不管是好是壞，他都回答「好」。有一天，有個老朋友到他家裏來，十分傷心地談起自己的兒子死了，誰知司馬徽也回答：「好！」那個朋友走後，司馬徽的妻子就責備他說：「人家相信你，把心裏話講給你聽。可是你聽人家兒子死了，反而說好，這算什麼？」司馬徽不緊不慢地說：「好！你的話太好了！」他的妻子哭笑不得。後來人們用「好好先生」這個成語來形容那些是非不分，不敢得罪人，只求平安無事的人。

◎ 笑裏藏刀

李義府，唐朝早期宰相。他從小聰明伶俐，也寫得一手好文章，二十幾歲的時候得到別人推薦，於是唐太宗召他覲見，讓他以園林裏的鳥為題吟詩。唐太宗聽了他的詩句非常滿意，便給他了一個典儀的官職，在晉王府當差。之後晉王升為太子，後來又當上了皇帝，這就是唐高宗，李義府也跟着加官進爵。再後來，他幫助武媚娘當上了皇后，成了武媚娘的心腹，被拜為宰相。李義府任相期間，廣結朋黨，賣官鬻爵，權勢薰天，多有不法之行。他出身微賤，雖官居宰相仍不得入士流，因此奏請重修《氏族志》，主張不論門第，凡得五品官以上者皆入士流。他城府極深，表面上看起來態度謙虛、溫和待人，跟人說話的時候總是和顏悦色，給人以如沐春風之感，但實際上卻很陰險，別人對他稍有冒犯或不從，他必定挖空心思加以誣告陷害，置之死地而後快。因此，時人都知「義府笑中有刀」，稱其「笑中刀」。這就是成語「笑裏藏刀」的出處，比喻外表和善，內心卻十分陰險毒辣。又因李義府與外表柔順內心凶辣的貓習性相似，人們也將他稱為「李貓」。李義府鋪張浪費、欺男霸女，仗着自己是宰相竟然狂妄地將祖墳遷到皇陵旁邊，令朝中官員大為不滿，唐高宗便警告他小心謹慎點兒，但他不以為然，繼續我行我素。公元 663 年，李義府被流放外地。過了三年，唐高宗大赦天下，李義府因不在被赦之列，憂憤而死。

◎ 不求聞達

諸葛亮，字孔明，三國蜀漢政治家、軍事家。他於公元 181 年出生在琅琊郡陽都縣的一個官吏之家，從小父母雙亡，與弟弟諸葛均一起依隨叔父諸葛玄，後又投奔荊州劉表。諸葛亮年輕時，平日好朗誦《梁父吟》，又常以管仲、樂毅比擬自己，當時的人對他都是不屑一顧，只有徐庶、崔州平等好友相信他的才幹。諸葛亮後來跟隨劉備，幫助劉備建立了蜀漢政權，劉備病逝後，又輔佐後主劉禪。公元 227 年，諸葛亮率軍離開成都進駐漢中，出師伐魏，臨行前給後主上書，這就是著名的《出師表》。在《出師表》中，諸葛亮寫道：「臣本布衣，躬耕於南陽，苟全性命於亂世，不求聞達於諸侯。」「聞」是有名望，「達」是顯貴，這句話的意思是説，我本來是個普通的老百姓，在南陽種地，只希望能在亂世裏平安地活着，不指望能被爭奪天下的羣雄所知，從而獲得顯赫的名聲和地位。後世據此引申出成語「不求聞達」，意思是指不追求顯赫的名聲和地位。

◎ 初出茅廬

東漢末年，諸葛亮在南陽的鄉下隱居，住在簡陋的茅廬之中。劉備三次到茅廬拜訪，終於見到諸葛亮。諸葛亮被劉備的真誠打動，答應出山幫助劉備興復漢室，被拜為軍師。但關羽、張飛很不以為然，覺得諸葛亮並沒有什麼真本事。不久，曹操派大將夏侯惇領兵十萬進軍新野，諸葛亮命關平、劉封帶五百人馬，在博望坡後面分兩路等候，敵軍一到，立刻放火；命關羽帶一千人馬埋伏在豫山，放過敵人先頭部隊，看到起火，迅速出擊；命張飛帶一千人馬埋伏在山谷裏，待起火後，殺向博望城。夏侯惇中火攻圍剿計大敗而逃，諸葛亮初次用兵就大獲全勝。關羽、張飛等佩服得五體投地。明朝羅貫中《三國演義》第三十九回寫道：「博望相持用火攻，指揮如意笑談中；直須驚破曹公膽，初出茅廬第一功。」成語「初出茅廬」後比喻剛剛進入社會或工作崗位，閱歷不深，缺乏經驗。

◎ 錦囊妙計

三國時期，原本歸東吳的南郡被劉備所佔，東吳大將周瑜為奪回南郡，設計要孫權以將妹妹嫁給劉備為餌誘他來東吳，想要趁機囚禁他，以交換南郡。諸葛亮給趙雲三個錦囊，內藏三條妙計，讓趙雲陪劉備前去東吳。第一條妙計借孫權的母親吳國太、周瑜的岳父喬玄之力以助劉備，終於弄假成真，使劉備娶得孫權之妹為妻。周瑜慮以美人騙之不得，便實以美人騙之，讓劉備每天呆在安樂窩中，不再想回家。周瑜的計謀又被諸葛亮的第二條妙計所破，劉備以南郡危急為名，向吳國太謊說要往江邊祭祖，得以逃出東吳。但孫權和周瑜又分別派人追捕，這時趙雲又拆開第三個錦囊，原來諸葛亮的第三條妙計是借孫夫人之助，喝退孫權派出的追兵。而此時諸葛亮早派船接應，並佈置關羽、黃忠、魏延三支軍馬殺退周瑜的追兵。「錦囊妙計」後比喻有準備的巧妙辦法。

◎ 舌戰羣儒

東漢末期，曹操挾天子以令諸侯，較有實力的軍閥大都被他消滅了，唯獨劉備和孫權還有發展壯大的可能，曹操自知一下子吞併這兩股勢力還比較難，於是就派人去東吳遊說，想和孫權聯手消滅劉備。孫權手下的謀士大都主張降曹自保，只有魯肅主張聯劉抗曹。但魯肅自知難以説服孫權和眾謀士，特意請諸葛亮來當説客。魯肅引諸葛亮見了眾謀士，這些人並非泛泛之輩，個個都是有學問的人。東吳第一大謀士張昭首先發難，説：「聽説劉備到你家裏三趟，才把你請出山，以為有了你就如同魚得了水，想奪取荊襄九郡做根據地。但荊襄已被曹操得到，你還有什麼主意呢？」諸葛亮心裏想，如果不先難倒張昭，就沒辦法説服孫權聯劉抗曹了。諸葛亮説：「劉備取荊襄這塊地盤，易如反掌，只是不忍心奪取同宗的基業，才被曹操撿了便宜。現在屯兵江夏，另有宏圖大計，等閒之輩哪懂得這個。國家大事，社稷安危，都要有真才實學的人拿出好主意。而口舌之徒，坐而論道，碰上事兒，卻拿不出一個辦法來，只能為天下人恥笑。」一番話，說得張昭啞口無言。之後，另一個謀士說：「曹操屯兵百萬，將列千員，你說不怕，明顯是吹牛。」諸葛亮答：「劉備退守夏口，是等待時機，而東吳兵精糧足，還有長江天險可守，卻都勸孫權降曹，未免太丟人了。」東吳的謀士一個接一個地向諸葛亮發難，先後有七人之多，都被他反駁得有口難辯。諸葛亮「舌戰羣儒」，其實是他說服孫權抗擊曹操的一個序曲。「舌戰」就是激烈爭辯，「儒」指讀書人，「舌戰羣儒」指同很多人辯論，並駁倒對方。

◎ 開誠佈公

三國時期，諸葛亮深得蜀主劉備的信任。劉備臨終前，將自己的兒子劉禪託付給他，請他幫助劉禪治理蜀漢，並說如劉禪沒有能力處理國政，諸葛亮可取而代之。但諸葛亮卻堅決地表示，他將一心一意輔佐劉禪，決無二心。劉備死後，諸葛亮待人處事開誠佈公，不徇私情謀私利，街亭失守，他揮淚斬馬謖，自己也請求降職。陳壽在《三國志》中評論道：「諸葛亮之為相國也，撫百姓，示儀軌，約官職，從權制，開誠心，佈公道；盡忠益時者雖仇必賞，犯法怠慢者雖親必罰，服罪輸情者雖重必釋，游辭巧飾者雖輕必戮；善無微而不賞，惡無纖而不貶；庶事精煉，物理其本，循名責實，虛偽不齒；終於邦域之內，咸畏而愛之，刑政雖峻而無怨者，以其用心平而勸戒明也。可謂識治之良才，管、蕭之亞匹矣。」意思是說，諸葛亮擔任宰相，撫恤百姓，昭示禮儀規範，精簡官職，因事制宜，誠心待人，公正無私。凡是盡忠職守、有益時事的人，即使是仇人也必定會獎賞；凡是觸犯法令、懈怠、傲慢的人，即使是親人也必定會處罰。坦誠認罪、傳佈真情的人，即使犯了重罪也必定會開釋；説話浮誇、巧辯文過的人，即使只是犯了輕罪也必定會殺掉。無論多麼小的善行，沒有不獎賞的，無論多麼細的惡行，沒有不貶抑的。處理事務非常精明幹練，管理事情着重在它的根本，依照官名來要求他盡到實職，對於虛偽造假的人不予錄用。最後全國的百姓，大家都敬畏他，愛戴他；刑法政令雖然嚴厲，卻沒有人怨恨他，因為他用心公平而且勸戒明白。他真可以稱得上是明白治道的好人才，和管仲、蕭何是同一類的人。「開誠佈公」原意是敞開胸懷，顯示誠意；比喻誠意待人，坦白無私。

◎ 七擒七縱

公元 225 年，蜀漢丞相諸葛亮為了鞏固後方，率領軍隊南征。正當大功告成準備撤兵的時候，南方彝族的首領孟獲，糾集被打敗的散兵來襲擊蜀軍。諸葛亮得知，孟獲不但作戰勇敢，而且待人忠厚，在彝族中極得人心，就是漢族中也有不少人欽佩他，因此決定把他爭取過來。但孟獲不善於用兵，第一次上陣，他見蜀兵敗退下去，就以為蜀兵不敵自己，不顧一切地追上去，結果闖進埋伏圈被擒。諸葛亮親自給他鬆綁，好言勸他歸順。孟獲不服這次失敗，傲慢地加以拒絕。諸葛亮也不勉強他，而是陪他觀看已經佈置過的軍營，之後特意問他：「你看這軍營佈置得怎麼樣？」孟獲觀看得很仔細，他發現軍營裏都是些老弱殘兵，便直率地說：「以前我不知道你們虛實，所以我被打敗了，現在看了你們的軍營，如果就是這樣子，要贏你並不難！」諸葛亮也不作解釋，笑了笑就放孟獲回去。他料定孟獲今晚准來偷營，當即佈置好埋伏。當天夜裏，孟獲挑選了五百名刀斧手，悄悄地摸進蜀軍大營，不料蜀軍伏兵四起，孟獲又被擒住。孟獲接連被擒，心裏還是不服氣，說什麼勝敗乃兵家常事，回去要與諸葛亮再戰，若再被擒才服，諸葛亮便讓他準備好了再來，又放他回去。孟獲再也不敢魯莽行事了，他帶領所有人馬退到瀘水南岸，只守不攻。蜀兵到了瀘水，沒有船不能過去，天氣又熱，困難重重。諸葛亮下令造了一些木筏子和竹筏子，一面派少量士兵假裝渡河，一面將大軍分成兩路，繞到上游和下游的狹窄處，渡過河去包圍孟獲據守的上城，孟獲又被擒住。孟獲雖然第三次被擒，但他仍然不服氣。諸葛亮還是不殺他，款待他後又放他回去。直到第七次被擒，他終於從心裏佩服諸葛亮，流着眼淚說：「作戰中七縱七擒，自古以來沒有聽說過。丞相對我們仁至義盡，我沒有臉再回去了。」就這樣，孟獲終於順服蜀漢，聽從管轄。「七擒七縱」後比喻運用策略，使對方心服。

◎ 鞠躬盡瘁

東漢末年，曹操的兒子曹丕廢去漢獻帝，改國號為魏，自己做了皇帝，即魏文帝。這時，佔據四川一帶的劉備，也宣告建立蜀漢政權，以諸葛亮為丞相，定都成都。於是，連同江南（江東）的東吳，出現了魏、蜀、吳三國的局面。不久，劉備去世，劉備的兒子劉禪繼位。諸葛亮繼續任丞相，並受封為武鄉侯，蜀漢一切軍政大權，都操在他手裏，由他裁決。諸葛亮是一貫主張聯吳伐魏的，他一面和東吳結好，一面南征孟獲，平定南中諸郡，以消除後顧之憂，然後充實軍備，練兵習武，積極準備北伐魏國。出兵的時候，曾上表後主，力勸後主聽信忠言，任用賢臣，這就是流傳後世的《前出師表》。《前出師表》的最末一句是：「臨表涕泣，不知所云。」意思是說，寫到末了，我涕淚直流，痛哭失聲，不知道自己說的是些什麼。「云」的意思是「說」，「不知所云」後來成為一句貶意成語，形容人說話或寫文章語無倫次、邏輯性太差，不知道說的是些什麼。可是諸葛亮這次北伐沒有完成就暫時退兵回蜀。過了一些時候，諸葛亮又發動北伐，當時蜀國臣子官員中，頗有反對興師動眾的，諸葛亮因此又上一表，分析當時局勢，說明蜀漢與曹魏勢不兩立，必須北伐。這就是《後出師表》。《後出師表》文末有一句道：「臣鞠躬盡瘁，死而後已，至於成敗利鈍，非臣之明所能逆睹也。」意思是我只有竭盡全力，到死方休；至於伐魏興漢究竟是成功還是失敗，是順利還是困難，那不是我的智力所能預見的。「鞠躬」表示謙恭謹慎，「盡瘁」是竭盡辛苦的意思，「鞠躬盡瘁」形容恭敬謹慎，竭盡心力，不辭辛勞地為國家和人民服務，後來成為一個成語。「成敗利鈍」也是一個成語。「利」是鋒利，引伸為順利、成功;「鈍」是不鋒利，引伸為挫折。這個成語的意思是指做事情可能出現各種情況或結果。

◎ 事無鉅細

蜀漢後主劉禪繼位後，諸葛亮本來已任蜀漢丞相，後主又加封他為武鄉侯，不久，又讓他兼領益州牧（地域轄今四川、雲南、貴州、陝西、甘肅、湖北相關市縣，州治設在今四川省成都市）。如此一來，諸葛亮為輔佐幼主治理好蜀漢，十分繁忙，一切軍政大事或日常事務，都要親自處理。《三國志》記載：「政事無鉅細咸決於亮。」「鉅」是大，「細」是小，意思是不管事情多大多小，什麼事都管。後世據此總結出成語「事無鉅細」。諸葛亮勤於政事，連原來是敵對國家的君臣也不得不承認，足見他為了蜀國而鞠躬盡瘁的高風亮節何等感人。但作為一個國家的首輔大臣，日理萬機，事務紛繁，首先應該調動眾人的積極性，充分發揮各個職能部門及主管官員的能動性，讓他們各司其職，有責有權，人盡其才，物盡其用，不宜「事無鉅細」，都由自己決斷。其次，個人的智慧與力量都有限，「事無鉅細」都操心，則難於集中精力抓大事要事，做到辦事抓住根本，綱舉目張。其三，俗話說：「文武之道，一張一弛。」「事無鉅細」都操心，長期超負荷勞作，也容易拖垮身體，從長遠看也不利於為國為民多做工作。諸葛亮五十四歲便病故，應該說這與他長期過於勞累有關。

◎ 識時務者為俊傑

諸葛亮年幼時父母就去世，依靠叔父諸葛玄生活，後來叔父也去世了，他就在襄陽城西的隆中置了一點田產，蓋了幾間屋子，一面耕種，一面讀書。諸葛亮在隆中住了十年，讀了大量書籍，獲得了豐富的政治、軍事、歷史等方面的知識。他又注意研究當時的政治形勢，逐步形成了一套政治見解。當時，劉備正依附荊州牧劉表，一直在物色有見識的人才。他聽說司馬徽在襄陽很有名望，便去拜訪他，並問他對當今天下大勢的看法。司馬徽說：「儒生俗士，豈識時務？識時務者，在乎俊傑。此間自有卧龍（指諸葛亮）、鳳雛（指龐統）。」意思是說，平庸的書生文士怎麼會認清天下大勢？懂得歷史發展趨勢、能認清時代潮流的人，才是聰明能幹的人，是傑出的人物。這裏的卧龍和鳳雛，就是這樣的傑出人物。劉備聽司馬徽這麼說，就三次去隆中恭請諸葛亮，拜他為軍師，後來又把龐統招攬到自己身邊，依靠他們的輔佐，終於建立了蜀漢政權。後人由此總結出了「識時務者為俊傑」這一成語，意思是認清時代潮流形勢，才能成為出色的人物。

◎ 食少事煩

諸葛亮最後一次北伐時，駐軍五丈原。他派使者向司馬懿下戰書，司馬懿不打聽軍事情況，卻向使者詳細詢問諸葛亮的飲食起居和日常事務，使者回答說：「丞相早起晚睡，凡是二十杖以上的責罰，都親自過問；每天吃的飯食很少。」使者走後，司馬懿對手下的諸將說：「孔明食少事煩，其能久乎？」意思是諸葛孔明進食少而事務煩，他還能活多久呢！果不其然，沒過多久，諸葛亮就病死在五丈原。「食少事煩」的意思是每天吃飯很少，可是處理的事務非常繁重；形容工作辛勞，身體不佳。

◎ 豹頭環眼

張飛，字翼德，幽州涿郡（今河北省涿州市）人，三國時期蜀漢重要將領，官至車騎將軍，封西鄉侯。在中國傳統文化中，張飛以勇猛、魯莽、嫉惡如仇而著稱，雖然此形象主要來源於小說和戲劇等民間藝術，但已深入人心。《三國演義》中說張飛原是殺豬的屠夫，「身長八尺，豹頭環眼，燕頷虎須，聲若巨雷，勢如奔馬」。書中還說到，劉備在長阪坡敗退，張飛率二十騎斷後，曹操八十三萬大軍沒人敢逼近，張飛又大吼一聲，嚇得曹軍倒退幾十里。實際上，據史書記載，張飛原是貴族，有勇有謀。根據現在的最新史料，特別是在四川一帶出土的文物顯示，張飛很可能是個面如美玉、神采飛揚的美男子。有史料曾記載張飛的愛好是練書法，草書寫得非常好，而且所生兩女均為蜀漢後主劉禪的皇后，相貌應該不差。成語「豹頭環眼」，形容人的面目威嚴兇狠。

◎ 飲醇自醉

三國時吳國的名將周瑜，年輕時就才華出眾儀表堂堂，容貌美好。他自小與孫策結下了深厚的友誼，後來幫助孫策向江東發展，建立了孫氏政權。公元 198 年，周瑜來到吳郡，孫策親自迎接，並封他為建威中郎將。這一年周瑜才二十四歲。當地百姓見他年輕有為，英俊大方，都親熱地稱他為「周郎」。不久，周瑜跟隨孫策攻克了皖縣。皖縣的喬公有兩個非常美麗的女兒，孫策娶了大喬，周瑜娶了小喬，由此可見兩人關係之密切。一年後孫策遇刺身亡，他的弟弟孫權統理政事。從此，周瑜輔佐孫權，幫助掌管軍政大事，在朝中獲得了很高的聲望。周瑜性格開朗，氣度寬宏，待人接物謙虛和氣。為此，朝中文武大臣都愛和他交往，只有程普對周瑜不滿。程普很早就跟隨孫策的父親孫堅，後來又幫助孫策經營江南，是孫氏政權中的元老。他見周瑜年紀輕輕，地位卻處於自己之上，內心不服，所以常常倚老賣老，給周瑜臉色看，藉以抬高自己身價。周瑜不願和程普鬧矛盾，所以處處克制，事事謙讓。公元 208 年，曹操率兵南下，結果在赤壁之戰中被孫劉聯軍擊敗。在這次戰爭中，周瑜和程普分任吳軍左右都督，但軍事策略主要是周瑜制定的。事後，程普卻貶低周瑜，誇耀自己。周瑜知道後不僅不予辯白，反説自己年紀輕經驗少，指揮這次戰鬥沒有程公的幫助是不能取勝的。為了消除隔閡，周瑜又多次拜訪程普，表達了自己的誠意。在這種情況下，程普終於拋棄偏見，與周瑜融洽相處。後來，程普對別人感歎説：「與公瑾交，若飲醇醪，不覺自醉。」意思是説，跟周公瑾（周瑜字公瑾）相交，好比飲味道濃厚的美酒，不知不覺就醉了。在小説《三國演義》裏，作者基於文學藝術需要，把周瑜描繪成心胸狹窄、妒賢嫉能的典型，這與歷史是不符的。

◎ 指囷相贈

魯肅，三國時期傑出戰略家、外交家。魯肅出生於一個士族家庭，體貌魁偉，性格豪爽，喜讀書，好騎射。他眼見東漢朝廷昏庸，官吏腐敗，社會動盪，常召集鄉里青少年練兵習武。他還仗義疏財，深得鄉人敬慕。公元 184 年爆發了黃巾起義，東漢王朝受到毀滅性打擊，各地封建割據勢力不斷擴大，羣雄四起，天下大亂。魯肅大量施捨錢財，賣出土地，以賙濟窮困，結交賢者，為此深受鄉民擁戴。魯肅家道殷實，家裏有兩個圓形穀倉（古代叫囷），各有萬斤之數。周瑜在江東起兵時，一無軍糧二無兵器，聽説魯肅的名聲，帶數百人來拜訪，請他資助一些糧食。魯肅毫不猶豫，立即手指一倉相贈，又以另一倉作保，僱工為周瑜打造了大量武器。經此一事，周瑜確信魯肅是與眾不同的人物，主動與他相交，兩人建立了牢不可破的友誼。後人據此總結出「指囷相贈」這一成語，形容慷慨資助朋友，也作「指囷相助」。

◎ 一毛不拔

墨子，名翟（dí），是戰國時期的大思想家，墨家學派創始人，主張「兼愛」，反對戰爭。差不多與墨子同一時期，有一位叫楊朱的哲學家，反對墨子的「兼愛」，反對孔子的「禮教」，主張「貴生」「重己」，重視個人生命的保存，反對他人對自己的侵奪，也不主張侵奪別人。有一次，墨子的學生禽滑釐問楊朱道：「如果拔你身上一根汗毛，能使天下人得到好處，你幹不幹？」楊朱說：「天下人的問題，決不是拔一根汗毛所能解決得了的！」禽滑釐又說：「假使能的話，你願意嗎？」楊朱默不作答。在此之後的另一位大思想家、儒家學派代表孟子就此對楊朱和墨子作了評論：「楊子取為我，拔一毛而利天下，不為也。墨子兼愛，摩頂放踵利天下，為之。」意思是說，楊朱主張的是「為我」，即使拔他身上一根汗毛，能使天下人得利，他也是不幹的，而墨子主張「兼愛」，只要對天下人有利，即使自己磨光了頭頂，走破了腳板，他也心甘情願。這就是成語「一毛不拔」的出處，後用來比喻非常吝嗇自私。

◎ 阮囊羞澀

阮孚，晉朝大臣，他的父親是「竹林七賢」之一的阮咸。有其父必有其子。阮孚的高傲放盪，不與權貴同流合污，更是青出於藍而勝於藍。他整日衣冠不整，飲酒遊玩，從不治辦家產，生活十分貧困，但他一點兒也不在乎。阮孚出門經常帶一個青布袋，最窮的時候裏面只放一枚小錢。有一次，阮孚挎着那個青布袋到會稽（今浙江省紹興市）遊玩，一位客人問他：「您總是揹個布袋子幹什麼呀？那布袋裏裝了什麼好東西嗎？」阮孚斜了他一眼，答道：「但有一錢看囊，恐其羞澀。」

意思是説，裏面只有一枚小錢在看守布袋，如果什麼都沒有，我擔心布袋會不好意思。成語「阮囊羞澀」即由此而來，「阮囊」指阮孚的錢袋，「羞澀」意思是難為情，這個成語用來比喻經濟困難。

◎ 金貂換酒

阮孚特別好酒，在做安東參軍時，整天在軍中飲酒作樂，醉眼朦朧，絲毫不把軍務放在心上。皇帝後來又派他去任車騎將軍長史，勸他少喝酒，他非但不聽，反而更加縱情狂飲，經常是爛醉如泥。他後來官做到黃門侍郎、散騎常侍，這都是經常陪伴皇帝左右的親信。到了這個位置，官帽上有一個小金貂，作為裝飾，這是皇帝的賞賜，也是身份和地位的象徵。有一次他實在是酒蟲撓心，饞得發慌，可是手頭沒錢，店裏又不給他賒賬，就把這個金貂摘下來，拿給店小二換酒。店老闆一看這是個稀罕之物，也就收下了。在古代，這是蔑視皇權的行為，阮孚因此還遭到了其他官員的舉報，幸虧皇帝沒有當回事兒，原諒了阮孚，但阮孚此後也沒有任何收斂。成語「金貂換酒」，用來形容一個人不拘禮法，恣情縱酒；也用來比喻曠達傲世，放縱不羈，視地位為糞土。

◎ 模棱兩可

蘇味道是唐代的政治家和文學家。他自小聰穎，以文才出名，二十歲就中了進士，可説是少年得志，之後一生都在官場為官。儘管蘇味道很有才氣，在仕途上卻遭受不少坎坷，屢次被貶又曾因吃官司而成為階下囚。宦海沉浮，對蘇味道打擊很大，也改變了他的人生態度，變得消極起來。後來他做了宰相，但沒有卓著的政績，只是在皇帝和大臣之間阿諛奉承，遇事總不肯表示明確的態度。他曾對別人説：「處事不欲決斷明白，若有錯誤，必貽咎譴，但模稜以持兩端可矣。」意思是做事情千萬不要決斷得明明白白，那樣的話，一旦有什麼差錯，就給人留下了指責的把柄。只要模稜兩可，持含混態度就可以立於不敗之地。後人將「模稜以持兩端可矣」簡化為「模稜兩可」這個成語。「模稜」的意思是含糊，不明確；「兩可」的意思是這樣也可以，那樣也可以。「模稜兩可」指不表示明確的態度，或沒有明確的主張。蘇味道的後代到了宋代大放異彩，他的十世孫就是蘇洵，十一世孫就是蘇軾和蘇轍。

◎ 焚香掃地

韋應物，唐朝詩人、官員。他早年豪縱不羈，但年紀輕輕就步入仕途，十五歲起擔任三衛郎為唐明皇效力。安史之亂以後，唐玄宗流落蜀地，韋應物失去官職，開始用心讀書，後來進士及第，擔任過滁州、江州、蘇州等地的刺史。後來罷官，在蘇州的諸佛寺閒居，直到去世。韋應物早歷繁華，中年喪偶，頗能勘破紅塵。唐朝李肇《國史補》載：「韋應物立性高潔，鮮食寡慾，所至焚香掃地而坐。」意思是說，韋應物性情高尚純潔，吃的少，慾望少，到一個地方，一定要把地上清掃乾淨再點上香，然後才肯坐下，摒除雜念神遊物外。這些特點鮮明體現在韋應物的詠物詩中，形成了以觀物悟道和陶寫性情為主的兩類迥異常流的詠物詩，在一定程度上開啟了宋代理學家詠物詩的法門。「焚香掃地」後用來形容清幽的隱居生活。

◎ 三旨相公

王珪，北宋名相、文學家。他出身於書香門第，王家四代均出過進士，而王珪自己更是高中榜眼，一時成為天下奇聞。王珪除早期短暫外任地方官外，一直在京城為官，連續為皇室起草詔書十八年，並身居宰輔之職十六年，在風雲激盪的北宋朝廷上極其罕見。他秉性寬厚沉穩，謙和禮讓，落筆則出語驚人。王珪歷經四帝，幾任皇帝都喜愛他的文采，委以上傳下達之任，但他行事缺乏決斷，事事反覆請示皇上，才能決定。他當宰相多少年，沒有任何建樹，每天的工作就是說三句話：上朝面見皇帝說「取聖旨」，皇帝有了指示後說「領聖旨」，退朝後對僚屬傳達說「已得聖旨」，因而被人諷為「三旨相公」(宋朝時把宰相稱為「相公」)。需要略加說明的是，王珪的女兒嫁給了鄆州教授李格非，兩人生下的女兒就是大詞人李清照。王珪還有一個兒子叫王仲山，北宋末年降金。王仲山將自己的女兒嫁給了秦檜做正妻，也就是《說岳全傳》中的王氏，杭州岳王墳前的鑄鐵跪像中就有她。「三旨相公」原意是只會說「聖旨」的宰相，後用來諷刺庸碌低能的大官。

◎ 大事不糊塗

呂端，北宋初年宰相。呂端出身官宦之家，為政識得大體，清簡處事，持重穩當，公道廉潔，深得各方好評。一開始宋太宗想任呂端為宰相，有人說：「呂端為人糊塗。」宋太宗說：「端小事糊塗，大事不糊塗。」這句話是宋太宗多年體察呂端後對其處事為人的一種評價，確實也反映了呂端的人品和才幹的真實情況。可以舉兩個事例：其一，西夏李繼遷造反，攪得西部邊境不安，後來宋軍逮住了李繼遷的母親，宋太宗本來想把她殺了。但呂端表示反對，說：「李繼遷是個反叛之人，今天殺了他母親，明天能逮住李繼遷本人嗎？如果不能的話，就結下了更大的冤仇，不是更加堅定了他的反抗之心了嗎？」他建議將李繼遷的母親放在延州，並派專人侍奉起來，最後病死延州。後來李繼遷也死了，其子李德明念在宋朝善待他祖母的情份上，就歸順了宋朝。其二，就是擁立太子趙恆繼位的問題。宋太宗在世的時候，立趙恆為太子，並且讓呂端負責太子的學習和生活起居等項事宜。太宗病重的時候，朝中有個內侍叫王繼恩，聯絡參知政事李昌齡等人意圖廢掉太子。太宗駕崩後，皇后命王繼恩召見呂端。呂端覺察到可能有什麼變故，就叫手下把王繼恩鎖在自己府中，派人加以看管，然後急奔朝廷。呂端到朝廷後，皇后對他說：「皇上不在世了，按說立太子就是為了讓他繼承王位，看看現在應該怎麼辦才好呢？」呂端毫不猶豫地說：「先帝立太子就是為了今天，現在先帝棄天下而走了，我們怎麼能做違背先帝之命的事情呢？對於這件關乎國家前途命運的大事，不能有什麼異議。」皇后聽從了呂端的話。趙恆繼位後，第一次登殿時，垂簾接受羣臣朝見，但帶頭的呂端站在殿下硬是不拜。皇后問呂端因何不拜？呂端說：「請把簾子捲起來，讓天子坐在正位上，讓我看清楚了再拜。」皇后就讓趙恆捲了簾子坐上正位。呂端看清楚確實是趙恆後，才率羣臣跪拜。明代思想家李贄曾經自題聯語「諸葛一生唯謹慎，呂端大事不糊塗」，意在借諸葛亮和呂端的為人行事之風以自勉。後來毛澤東援引此句入詩，讚揚葉劍英。

◎ 下車伊始

商朝末年，周武王姬發繼承西伯之位後，即擇機滅商。過了幾年，商統治集團內部分裂，商軍主力在東夷作戰，都城朝歌空虛，姬發乘機率數萬大軍，渡孟津（今河南省孟津區東北、孟州市西南），於商郊牧野（今河南省淇縣南）擊敗商軍，滅亡了商王朝。這就是歷史上有名的「牧野之戰」。周滅商以後，周從一個西部小邦變成了一個大國。為了鞏固和擴大周王朝的統治，有效地管理廣大被征服的地區，鎮撫各地原有的各邦，周初實行了分封制。分封制就是把周王的子弟、親戚、功臣以及古代先王聖賢的後代分配到一定的地區，建立封國。這些封國國君就是諸侯，諸侯受封時，要舉行冊封儀式，周天子向受封者頒佈冊命，宣佈封疆範圍、土地的數量，並把該地區的人民一起賜給受封者，同時還給受封者官屬、奴隸、禮器和儀仗等。周武王打敗商朝後，坐車前往朝歌，抵達以後，還沒下車就開始進行分封。武王所封有下列國家：封神農的後代於焦，黃帝的後代於薊，舜的後代於陳，大禹的後代於杞，師尚父於齊，周公於魯，召公奭於燕，叔鮮於管，叔度於蔡，同時封商紂的兒子武庚於殷。經過分封，形成了以王畿為中心、眾多諸侯拱衛周王室的局面。「下車伊始」舊指新官剛到任，現比喻帶着工作任務剛到一個地方。

◎ 九原可作

趙文子和叔向都是春秋時晉國的大夫。有一次，他們兩個人一同到九原（今內蒙古自治區包頭市西）這個地方去觀遊。九原埋葬着許多死去的晉國卿大夫。趙文子對叔向說：「死者若可作也，吾誰與歸？」意思是，如果死去的卿大夫能活過來，我和那一個相同呢？叔向說：「和陽處父差不多吧？」趙文子說：「陽處父品行廉潔，忠於晉國，可是缺少謀略，最後被狐射姑殺掉，就他的心計來說，是不值得稱道的。」叔向說：「那麼和舅犯相似？」趙文子說：「舅犯見利不顧其道，也不值得稱道。我要做像范會那樣的人。」成語「九原可作」後用來表示設想已死的人再生。

◎ 不念舊惡

伯夷、叔齊分別是商朝末年孤竹國國君的大兒子和三兒子。相傳孤竹君遺命要立叔齊為繼承人，但叔齊讓位給伯夷，伯夷不受，叔齊也不願繼位，二人相繼出逃。武王伐紂時，二人認為是「以暴易暴」，曾扣馬諫阻。武王滅商後，他們恥食周粟，採薇（一種野豌豆）而食，最後餓死於首陽山。通常認為伯夷叔齊是孝悌而有氣節之人。孔子曾經說：「伯夷、叔齊不念舊惡，怨是用希。」意思是，伯夷、叔齊能夠不再掛念舊惡，因此心中便少怨恨。這個舊惡其實就是指商紂王之惡。當時商紂王殘暴無道，伯夷、叔齊兄弟倆看不過去，才不肯當孤竹國的國君，逃到周文王那裏養老。當周武王伐紂時，他們又進行攔阻，因此孔子說他們「不念舊惡」。這個成語後用來表示不計較跟別人的宿怨。

◎ 狼子野心

春秋時，若敖氏的後代子文做了楚國令尹（相當於相國）。令尹是楚國最高的長官。他為人公正，執法嚴明，楚國的屬官和百姓都很敬重他。子文的兄弟叫子良，在楚國做司馬，生了個兒子叫越椒。越椒滿月那天，司馬府宴請賓客，府中一片喜氣洋洋。子文來到司馬府，看到姪子後，大吃一驚，急忙找來子良，告訴他必須把這個孩子殺掉。子良嚇了一跳，問:「為什麼呢？」子文說:「你看這個孩子，樣子像一隻狗熊，聲音又像豺狼，如果不殺他，將來一定會成為我們若敖氏的禍害。諺語說：『狼子野心。』這明明是一隻狼嘛，哪能把它養起來呢？」子良生氣地說：「孩子是我的，我決不能殺死他！」子文見子良不聽自己的勸告，把這件事當成很大的一件心事，臨死的時候，他把族人聚集到跟前，告誡說:「將來越椒如果當了大官，你們一定要儘早離開楚國，這樣才能使你們免得遭禍。」說完這話，子文老淚縱橫，過了一會兒，又哭着說：「鬼猶求食，若敖氏之鬼，不堪餒而。」意思是說，鬼也要吃飯呀！要是若敖家的人都死光了，沒有人祭祀，若敖氏家族的鬼不是要捱餓了嗎！子文死後，他的兒子鬥般當了令尹，越椒也接替父親做了司馬。後來，越椒設計害死了鬥般，接任了令尹一職，並且帶領若敖族人舉行叛亂，被楚王打敗，整個若敖氏全族的人也被剿滅了。成語「狼子野心」和「若敖之鬼」就是從這兒來的。上面的這段故事出自《左傳》，鬥越椒擔任令尹及發動叛亂不假，子文的預測卻是作者虛構的。「狼子野心」本來是說狼崽雖小，卻有兇殘的本性；後來人們就用它來比喻凶暴的人居心狠毒，習性難改。「若敖之鬼」意思是若敖氏的鬼將因滅宗而無人祭祀，比喻沒有後代，無人祭祀。

◎ 百步穿楊

養由基，春秋時期楚國人。養由基自小就很會射箭，雙手能接四方箭，兩臂能開千斤弓，被稱為神箭手。有一次養由基練習射箭，距離柳樹一百步放箭，每箭都射中柳葉的中心，百發百中，左右看的人都說射得很好，可是一個過路的人卻說：「這個人，我可以教他該怎樣射箭了。」養由基聽到這話，心裏很不舒服，就說：「大家都說我射得好，你竟說可以教我射箭，那你為什麼不來替我射那柳葉呢！」那個人說：「我不能教你怎樣伸左臂、屈右臂的射箭本領；不過你有沒有想過，你射柳葉百發百中，但是卻不善於休息，等一會疲倦了，就會射不中。」養由基聽了，覺得他說得很有道理，於是虛心請教，從此技藝更高了。楚莊王時，令尹鬥越椒以箭法高超著稱，後發動叛亂。莊王張榜招賢：「勝越椒者，即為令尹。」養由基當時是小兵，站出來說願與鬥越椒互射三箭。鬥越椒三箭未中，由基一箭致鬥越椒斃命。人稱「養一箭」。莊王按照許諾請養由基當令尹，由基推薦孫叔敖，自己給孫叔敖駕車。公元前 575 年，晉、楚鄢陵之戰時，晉軍將領呂錡射中楚共王的眼睛。共王召喚養由基，給他兩支箭，讓他射殺呂錡。養由基射中呂錡的脖子，呂錡伏在弓套上而死。養由基拿着剩下的一支箭向楚共王覆命，從此名震楚國。「百步」，指一百步以外；「楊」指楊柳樹的葉子。「百步穿楊」比喻射箭技術高超。

◎ 按圖索驥

春秋時期著名的相馬專家伯樂根據自己的相馬經驗寫了一本《相馬經》，他的兒子很想把相馬的絕技學到手，就熟讀《相馬經》。他看到《相馬經》上說「千里馬的主要特徵是高腦門、大眼睛，蹄子像摞起來的酒麴塊」，便拿着書往外走去，想試試自己的眼力。路上他看到一隻大癩蛤蟆，忙捉回去告訴他父親說：「我找到了匹好馬，和《相馬經》上說的差不多，只是蹄子不像摞起來的酒麴塊！」伯樂看了看兒子手裏的大癩蛤蟆，不由感到又好笑又好氣，幽默地說：「這馬愛跳，可沒辦法騎呀！」「索」是尋找，覓求；「驥」是好馬。「按圖索驥」比喻按線索尋找，也比喻辦事機械、死板。

◎ 大而無當

戰國時期，有兩個思想家是好朋友，一個叫莊子，一個叫惠施。惠施對莊子說：「魏王送給我一粒大葫蘆種子，我把它種了下去，沒想到培育出來的葫蘆太大了，竟然能在裏面存放五石糧食。我想用它來存水，可是這皮太脆，沒有力量承受；我把它剖開當瓢用，可是它太大，沒有水缸能夠容納它。它大而無當，大到了無所適用的地步，所以我一生氣，就把它給砸碎了。」莊子笑笑說：「以我之見，不是瓢大而無用，而是先生不懂得如何使用。您沒有聽說過嗎，過去宋國有一個人，善於配製不皸手的藥，正因為有這種技能，所以他家世世代代都在從事漂洗紗絮的工作。有一位南方的客人聽說這件事後想花百金買他家的藥方。這個家族聚在一起商量了起來，大家都說：我們家世世代代從事漂洗紗絮，一年下來頂多不過掙幾金。現在只是出賣不皸手的藥方就能得到百金，這麼好的事情哪有不做的道理呢？於是便把藥方賣給了人家。那位遊客將這個方子獻給了吳國的國王。後來吳國與越國進行水戰，用這個方子製藥，塗在手上防凍裂，而越國將士卻經不起水灑風吹，個個皮裂指腫，拿不穩兵器，被吳軍打得大敗而逃，最後只好向吳國獻地求降。吳王賜獻方子的遊客土地、封侯爵。同樣是這一種藥方，作為一種不皸手的技術，並沒有發生變化，可是一種人一輩子只能漂洗紗絮，而另一種人卻能用它賜土封侯。這是在使用方法上的區別呀。現在先生有一個可放五石糧食的葫蘆，為什麼不把它剖開做成小舟漂浮於江湖之上，而卻在那裏為其沒有用處而犯愁呢？由此可見，先生還有不達事理的地方呀！」「大而無當」指大得無邊際，也用以表示雖然大，但不合實用。

◎ 對牛彈琴

東漢末年，有個學者名叫牟融，對佛經有很深的研究。他給儒家學者宣講佛義時，總是用儒家的經典來闡述道理，而不直接用佛經來回答。儒家學者對他的這種做法很不滿意，牟融心平氣和地說：「你們都熟悉儒家經典，而對佛經是陌生的，如果我引用佛經來給你們做解釋，不等於白講了嗎？」接着，牟融向他們講了「對牛彈琴」的故事，進一步表明了自己的觀點：「古代有一位大音樂家叫公明儀，對音樂有很高的造詣，彈得一手好琴，優美的琴聲常讓人如臨其境。有一天，風和日麗，他漫步郊野，在一片葱綠的草地上見到一頭牛正在低頭吃草，公明儀想為牛彈奏一曲。他首先彈奏了一曲高深的『清角之操』，儘管他彈得認真，琴聲也優美至極，可是那牛只顧低頭吃草，根本不理會這悠揚的琴聲。公明儀先是很生氣，後來想了想，明白了那牛並不是聽不見琴聲，而實在是不懂得曲調高雅的『清角之操』。於是，公明儀又彈了一曲通俗的樂曲，那牛聽到好像有蚊子、牛蠅、小牛的叫聲，就停止了吃草，豎起耳朵，彷彿在很專心地聽着。」牟融講完故事，接着說：「我用儒家經典來解釋佛義，也正是這個道理。」儒家學者聽了，完全信服了。後來，「對牛彈琴」這一成語用來比喻對愚蠢的人講深刻的道理，也用來譏笑説話的人不看對象，無的放矢。

◎ 雞鳴狗盜

戰國時候，齊國的孟嘗君喜歡招納各種人做門客，號稱門客三千。他對到他這兒來的人是來者不拒，有才能的讓他們各盡其能，沒有才能的也提供食宿。有一次，孟嘗君率領眾門客出使秦國。秦昭王將他留下，想讓他當相國。孟嘗君不敢得罪秦昭王，只好留下來。不久，大臣們勸秦王説：「留下孟嘗君對秦國是不利的，他出身王族，在齊國有封地，有家人，怎麼會真心為秦國辦事呢？」秦昭王覺得有理，便改變了主意，把孟嘗君和他的手下人軟禁起來，只等找個藉口殺掉。秦昭王有個最受寵愛的妃子，只要妃子説一，昭王絕不説二。孟嘗君派人去求她救助。妃子答應了，條件是拿齊國那一件天下無雙的白狐裘（用白狐的皮毛做成的皮衣）做報酬。這可叫孟嘗君作難了，因為剛到秦國，他便把這件白狐裘獻給了秦昭王。就在這時候，有一個門客説：「我能把白狐裘取回！」説完就走了。原來這個門客最善於鑽狗洞偷東西。他先摸清情況，知道昭王特別喜愛那件白狐裘，捨不得穿，放在宮中的精品儲藏室裏。他便藉着月光，躲過巡邏人，鑽進儲藏室把白狐裘偷出來。妃子見到白狐裘高興極了，想方設法説服秦昭王放棄了殺孟嘗君的念頭，並準備過兩天為他餞行，送他回齊國。孟嘗君可不敢再等，立即率領手下人連夜偷偷騎馬向東快奔。到了函谷關（在現今的河南省靈寶市，當時是秦國的東大門）正是半夜。按秦國法規，函谷關每天雞叫才開門，半夜時候，雞怎麼會叫呢？大家正犯愁時，只聽見幾聲「喔，喔，喔」的雄雞啼鳴，接着，關外的雄雞都打鳴了。原來，孟嘗君的另一個門客會學雞叫，而雄雞是只要聽到第一聲啼叫就立刻會跟着叫起來的。守關的士兵雖然覺得奇怪，但也只得起來打開關門，放孟嘗君他們出去。天亮了，秦昭王得知孟嘗君一行已經逃走，立刻派出人馬追趕。追到函谷關，孟嘗君已經出關多時了。成語「雞鳴狗盜」後用來比喻卑下的技能或具有這種技能的人。

◎ 二桃殺三士

春秋時期，齊景公為了壯大實力招募了許多有能之士，其中名氣最大的猛士有三位，分別是公孫接、田開疆、古冶子，個個力能扛鼎。他們給齊國立下了許多戰功，但也因此恃功而驕，經常不把朝中大臣放在眼裏，因此和許多人結怨，齊景公也為此頭疼不已。有一次相國晏嬰見他們三人過來，本想規勸他們低調行事，但他們根本不把晏嬰放在眼裏，還將他一陣奚落，氣得他直咬牙。晏嬰為避免三人造成更大的禍端，就建議齊景公教訓他們一下，打壓一下他們的囂張氣焰。齊景公同意了晏嬰的計劃。一天，齊景公把三位猛士請來，要賞賜他們兩顆桃子，晏嬰對他們說：「這兩個桃子是大王賞賜的，珍貴無比，只有功勞足夠大、能力足夠強的人才夠資格吃，你們三人自己決定吧。」晏嬰話音剛落，公孫接便說：「我曾經在樹林裏打死過一隻野豬、兩隻老虎，這樣的勇力應該吃一個桃子吧。」說完便拿起一個桃子。古冶子說：「有一次大王渡河時，一隻巨鱉把大王的馬咬住了，是我跳到河裏殺了巨鱉，救了大王和大王的馬。我這樣的功勞也應該吃一個桃子。」說完也拿走了一個桃子。最後說話的是田開疆，他說：「你們的能力很大，功勞也不小，但是我曾經率領大軍三次抵擋住徐國的進攻，收復了齊國的疆土，還斬殺敵軍數十名將領，正因為有我的存在周邊各國才不敢來犯，我這麼大的功勞，桃子竟然沒有我的份兒！在大王面前受到這樣的侮辱，真讓我羞愧。」說完田開疆拔劍自刎，倒在了血泊中。古冶子說：「田開疆大功吃不到桃子，而我小功卻吃到桃子，我還有何面目立於大王面前。」說完拔出劍來，自刎而死。公孫接見到這樣的情形，說道：「我們三人本是結義兄弟，本應同生共死，如今你們二人不在了，我卻苟活於世，於心何安？」說完，也自刎而死。齊景公見此情景，心中懊悔不已，無奈人已不在，只好下令將他們三人風光大葬。「二桃殺三士」後用來比喻借刀殺人，也作「二桃三士」。

◎ 學海無涯

莊子，名周，戰國中期哲學家、文學家，道家學派代表人物，與老子並稱「老莊」。莊子因崇尚自由而不應楚威王之聘，僅擔任過宋國的地方小官漆園吏，史稱「漆園傲吏」。莊子在哲學思想上繼承和發展了老子「道法自然」的思想觀點，使道家真正成為一個學派，他自己也成為了道家的重要代表人物。莊子之學其要本歸於老子之言，故其著書十餘萬字，大多都是寓言，都是用來辨明老子的主張的。他的文章想像豐富奇特，語言運用自如，靈活多變，能把微妙難言的哲理寫得引人入勝，被稱為「文學的哲學，哲學的文學」。莊子的作品收錄於《莊子》一書，和《周易》《老子》並稱為「三玄」，在哲學方面有較高的研究價值。莊子認為人應該有自己的思想，而不能被物所支配，因此說：「吾生也有涯，而知也無涯。以有涯求無涯，殆已。」意思是說，我的生命是有限的，而知識是無限的。用有限的生命去追求無限的知識，真是累人啊！成語「學海無涯」的意思是學問的海洋無邊無際。

◎ 學富五車

惠施，戰國時期著名的政治家、思想家，名家思想的開山鼻祖，合縱抗秦的最主要的組織人和支持者，主張魏國、齊國和楚國聯合起來對抗秦國。魏惠王在位時，惠施因為與張儀不和而被驅逐出魏國，他首先到楚國，後來回到家乡宋國。公元前 319 年魏惠王死後，魏國改用公孫衍為相國，張儀失寵離去，惠施重回魏國。惠施是戰國政治舞台上最活躍的人物之一，在當時各個國家裏都享有很高的聲望，經常為外交事務被魏王派到其他國家，還為魏國制訂過法律。惠施與莊子二人友善，交遊甚密，曾發生過著名的「濠梁之辯」。惠施的著作沒有能夠流傳下來，因此他的哲學思想只有通過其他人的轉述而為後人所知，其中最重要的是《莊子》中提到的他的思想，《荀子》《韓非子》《呂氏春秋》等書中也有對他作為和言論的記載。莊子評價他「惠施多方，其書五車」，意思是惠施非常博學，讀過五車簡牘。後人因此總結出成語「學富五車」，指讀書很多，學問淵博。

◎ 兵不厭詐

公元前 633 年，楚國攻打宋國，宋國向晉國求救。第二年春天，晉文公派兵攻佔了楚的盟國曹國和衞國，要他們與楚國絕交，才讓他們復國。楚國被激怒了，撤掉對宋國的包圍，來和晉國交戰。兩軍在城濮（今山東省鄄城縣西南）對陣。當時，楚國聯合了陳、蔡等國，兵力強；晉國聯合了齊、宋等國，兵力弱。應該怎樣作戰呢？晉文公的舅舅子犯說：「臣聞之，繁禮君子，不厭忠信；戰陣之間，不厭詐偽。君其詐之而已矣。」意思是說，我聽到過這樣的說法：對於注意禮儀的君子，應當多講忠誠和信用，取得對方信任；在你死我活的戰陣之間，不妨多用欺詐的手段迷惑對方。您可以採取欺騙敵軍的辦法。晉文公聽從了子犯的策略，首先擊潰由陳、蔡軍隊組成的楚軍右翼，然後主力假裝撤退，引誘楚軍左翼追趕，再以伏兵夾擊。楚軍左翼大敗，中軍也被迫撤退。這就是成語「兵不厭詐」的出處，「厭」的意思是滿足，「詐」是欺騙手段，意思是用兵作戰儘可能多用欺詐的戰術迷惑對方，以獲取勝利。

◎ 鍥而不捨

荀子，戰國時期思想家、教育家，儒家學派的代表人物，先秦時代百家爭鳴的集大成者。荀子早年遊學於齊國，因學問博大，曾三次擔任齊國國家智庫「稷下學宮」的「祭酒」(學宮之長)。荀子對重新整理儒家典籍有顯著貢獻，所著《荀子》一書，集中體現了其學術主張和理論思想，強調「禮」在社會中的規範作用。「禮」不僅是一個人人生的最高準則，而且也是治理國家的最高準則。其次，荀子反對孟子的性善論，首倡性惡論，認為人的道德品質是後天形成的，是環境影響和教育的結果，因此更加注重後天教育的重要性。荀子還是一位傑出的唯物主義思想家，不信鬼神，提出了「天行有常」和「人定勝天」的命題，認為宇宙存在着不以人們意志為轉移的規律，人可以利用自然、改造自然。在有名的《勸學篇》中，荀子集中論述了他關於學習的見解。文中強調「學」的重要性，認為博學並時常檢查、反省自己則能「知明而行無過」，同時指出學習必須聯繫實際，學以致用，學習態度應當精誠專一。他強調堅持在學習過程中的重要作用：「鍥而捨之，朽木不折；鍥而不捨，金石可鏤。」意思是説，不能堅持到底，即使是朽木也不能折斷；只要堅持不停地用刀刻，就算是金屬玉石也可以雕出花飾。戰國末期的著名人物蒙恬、李斯、韓非等都是荀子的弟子。

◎ 自愧不如

鄒忌，戰國時期齊國人，齊桓公田午時期的大臣；齊威王田因齊時期，以鼓琴遊説齊威王，被任命為相國；後又侍齊宣王田辟疆。鄒忌是個美男子，有一天早晨他穿戴好衣帽，照着鏡子，對他妻子説：「我和城北徐公相比，誰更美？」他的妻子説：「您非常美，徐公怎麼能比得上您？」徐公是齊國著名的美男子，鄒忌不相信自己比他美，後來又問他的妾:「我和徐公相比，誰更美？」妾回答說:「徐公哪能比得上您？」第二天，有客人從外面來拜訪，鄒忌與他相坐而談，問客人:「我和徐公比，誰更美？」客人說:「徐公不如您美麗。」又過了一天，徐公來了，鄒忌仔細地看着他，自己認為不如徐公美；再照照鏡子，更是覺得自己與徐公相差甚遠。晚上他躺在牀上休息時想這件事，說:「我的妻子認為我美，是偏愛我；我的妾認為我美，是害怕我；我的客人認為我美，是有事情有求於我。」於是鄒忌上朝拜見齊威王，說:「我知道自己確實比不上徐公美。可是我的妻子偏愛我，我的妾害怕我，我的客人有事求助於我，所以他們都說我比徐公美。如今齊國有方圓千里的疆土，一百二十座城池，宮中的姬妾及身邊的近臣，沒有一個不偏愛大王的，朝中的大臣沒有一個不懼怕大王的，全國的百姓沒有不對大王有所求的。由此看來，大王您受到的蒙蔽太嚴重了！」齊威王說:「你說的很好！」於是就下了命令:「大小官吏、大臣和百姓們，能夠當面批評我過錯的人，給予上等獎賞；上書直言規勸我的人，給予中等獎賞；能夠在眾人集聚的公共場所指責議論我的過失，並傳到我耳朵裏的人，給予下等獎賞。」命令剛下達，許多大臣都來進獻諫言，宮廷前面像集市一樣喧鬧;幾個月以後，偶爾有人進諫;滿一年以後，即使有人想進諫，也沒有什麼可說的了。燕、趙、韓、魏等國聽說了這件事，都到齊國朝拜齊威王。後人根據這段故事總結出了「自愧不如」和「門庭若市」兩個成語。「自愧不如」的意思是自己慚愧不如別人。「門庭若市」的意思是指門前像市場一樣，形容來的人很多，非常熱鬧。

◎ 指鹿為馬

公元前 210 年，秦始皇病死，擔任中車府令（掌管皇帝車馬）的宦官趙高，不願讓秦始皇的大兒子扶蘇繼承皇位，而想讓小兒子胡亥當皇帝。趙高和丞相李斯偽造詔書，賜死扶蘇，由胡亥繼承皇帝，稱為秦二世。趙高被封為郎中令，成為秦二世最親近的高官，後來又設計害死李斯，自己當上了丞相。雖然至此，趙高並不滿足，打算篡位自己當皇帝。他擔心文武百官不服，於是想了一個花招，先做一次試驗。一天，趙高趁羣臣朝拜秦二世時，讓人牽來一隻鹿獻給秦二世，説：「這是一匹千里馬，我特意敬獻給陛下。」秦二世左看右看，這明明是一隻鹿，趙高怎麼説是馬呢？便笑着説：「丞相弄錯了吧？這是一隻鹿，怎麼説是馬呢？」趙高沒有理會胡亥的話，一本正經地厲聲問左右的大臣們：「你們説説，這到底是鹿還是馬？」大臣們有的懼怕趙高的權勢，不敢做聲；有的為了討好趙高，就奉承説：「丞相説得對，這肯定是馬，前些年我還養過這樣的馬呢！」也有的大臣不願違背自己的良心，直言不諱地説：「是鹿，不是馬！」趙高認為説實話的人，是不甘心屈從他的指揮的，就給他們強加上種種罪名趕出朝廷，或者殺害。「指鹿為馬」，形容故意顛倒黑白，混淆是非。

◎ 罄竹難書

隋煬帝楊廣是隋朝第二位皇帝。楊廣少年時，性聰敏，貌英俊，勤於攻讀，文才又好。公元 581 年，他被冊立為晉王，參與平定南陳。600 年，他被冊立為太子。604 年七月，楊廣正式即位。在位期間，楊廣對內修造大運河，營建東都洛陽，後又遷都洛陽，濫用民力，賦稅徵斂繁重，使百姓怨聲載道。對外頻繁發動戰爭，攻滅吐谷渾，征討流球，三征高句麗，致使社會經濟遭受嚴重破壞，人民難以生存，最終引發大規模農民起義。瓦崗起義軍的領袖李密在討伐楊廣的檄文中稱：「罄南山之竹，書罪未窮；決東海之波，流惡難盡。」「罄」的意思是盡，完。這句話的意思是即使用盡南山所有竹子製成竹簡也寫不完楊廣的罪過，決出東海的水也沖洗不清他的邪惡。「罄竹難書」這一成語由此而來，用來比喻事實極多，難以寫完（多指罪惡）。618 年四月，楊廣巡幸江都時，被手下宇文化及所弒。但實際上，楊廣鑿通的大運河，大大便利了南北交通，促進了南北經濟交流，是中國歷史上一項偉大的工程；他增設進士科，使科舉制度正式形成。楊廣還有很高的文學造詣，其詩歌中藝術性最強、成就最高的《春江花月夜》體現了隋代南北詩風交融的實績，同時也預示了唐詩發展的一種方向。

◎ 馮唐易老

馮唐是西漢時人。他的父親當過代相，而漢文帝劉恆在當皇帝前，曾是代王。馮唐因為舉孝廉，在代地被任命為中郎署長，直接侍奉代王。漢文帝也曾非常重視馮唐，當漢文帝回代地的時候，還專門去看過他，和他商談國事，談到了邊關防守匈奴的問題。漢文帝非常讚賞戰國時期趙國的大將李齊。馮唐說：「李齊算什麼，我祖上曾在趙國為官，清楚得很，廉頗和李牧比李齊厲害多了。」漢文帝說：「我朝要是有廉頗、李牧這樣的大將，何必擔心匈奴的問題。」馮唐又頂過去說：「陛下就是有廉頗、李牧，也不會用。」漢文帝站起來，拂袖而去，過一會兒又把馮唐找過來，問他：「你為什麼說話不給我面子？」馮唐才說，雲中（今內蒙古自治區托克托縣東北）太守魏尚鎮守邊陲，防禦匈奴，作戰有功。後因上報朝廷的殺敵數字與實際不符，只差六顆頭顱，就被奪去爵位，還判了他一年的徒刑。馮唐認為，將在外，軍令有所不受，應該給魏尚這樣的將領一些獨立的自主權，他多報六顆首級，其實是給士兵們報的，並非為了自己的私利，不應該嚴厲處罰。漢文帝聽了馮唐的話，讓他持節去恢復魏尚的官職，同時，又把馮唐提拔為車騎都尉。漢景帝上台後，又提拔馮唐擔任楚國相國，但是很快就罷免了他。漢武帝上台後，在全國選拔人才，有人提到馮唐，但此時馮唐已經九十歲了，當然不可能再出來當官，也就算了。成語「馮唐易老」的意思是感慨生不逢時或表示年壽老邁。

◎ 李廣難封

在中國歷史上，西漢名將李廣無疑是一位充滿濃厚悲劇色彩的人物。他一生與匈奴七十餘戰，為二千石吏四十餘年，卻至死未得封侯，給後人留下了「李廣難封」的浩歎。司馬遷《史記》中一篇《李將軍列傳》，對李廣的遭遇寄予了無限的感慨和同情。後來唐朝詩人王勃在《滕王閣序》中發出「時運不濟，命途多舛；馮唐易老，李廣難封」的感慨，王維在《老將行》也感歎「衛青不敗由天幸，李廣無功緣數奇」。平心而論，李廣的悲劇命運是注定了的，這既有時代的背景，更有其個人的因素。李廣所處的時代，正是西漢國防戰略方針發生重大轉折的關鍵時期。雄才大略的漢武帝登基後，變「無為而治」為「有為進取」，一改漢高祖以來在匈奴問題上以和為主的消極防禦國策，對匈奴侵擾採取積極反擊的措施，集中全國上下的財力、物力與人力，提升國防力量。特別是強化主力兵種的建設，大規模發展騎兵，運用騎兵集團縱深突襲的戰法，對匈奴貴族勢力實施殲滅性打擊。在這一重大戰略轉變的形勢面前，李廣作為在對匈奴消極防禦環境下成長起來的將領，必然就顯得「江郎才盡」，無力承擔統率漢軍大規模反擊匈奴的重任，只好眼睜睜地看着以衛青、霍去病為代表的新生代將領脫穎而出，建功立業，後來居上。當然，李廣抑鬱不得志，更在於他個人軍事才能的局限性。李廣長於戰鬥指揮，驍勇善射，在戰術上靈活機智，有勇有謀，敢於打硬仗、打惡仗。其射術之精堪稱一絕，威震匈奴各部，被匈奴譽為「飛將軍」。然而這種近敵格鬥上的剽悍驍勇，終究掩蓋不了李廣拙於戰役和戰略指揮的根本缺陷。李廣曾先後擔任驍騎將軍、前將軍等重要軍職，五次率精兵參加反擊匈奴的作戰，但他不是無功而返，就是大敗虧輸、損師折將，根本沒有表現出「飛將軍」應有的風采，給人以一種「盛名之下，其實難副」的感覺。李廣的戰功固乏善可陳，而他的治軍方法也多有弊端。具體表現為，行軍時「無部伍行陣」，止舍時「人人自便」，連必要的警衛都不設置，「不擊刁斗以自衛」，在幕府中則無「文書籍事」。這種把嚴格要求和關心士卒對立起來的做法是根本不可取的，無法做到「令行禁止」「旅進旅退」，也不可能真正形成強大的戰鬥力。成語「李廣難封」意思是慨歎功勞很大卻官爵不高，命運乖舛，也作「李廣未封」。

◎ 乘風破浪

宗慤（què），南朝宋名將。他出身於儒學之家，但卻偏好武事，他的叔父宗炳問他的志向，他回答說：「願乘長風破萬里浪！」宗慤早年效力於江夏王劉義恭，隨征林邑國。在象浦一戰中，林邑兵以身披鎧甲的象羣衝陣，宋軍抵擋不住。宗慤認為獅子能「威服百獸」，便製造了一大批獅子模型，推到陣前與象羣對峙。象羣果因受驚而奔潰，林邑軍大敗。宋文帝遇弒後，宗慤參與擁立武陵王劉駿為帝，隨其討平元兇劉劭。公元 454 年，宗慤協助朝廷平定南郡王劉義宣叛亂。459 年，竟陵王劉誕在廣陵叛亂。宗慤上表朝廷，自請帶兵平叛，他在皇帝面前聳身跳躍達數十次，顧盼之間盡顯雄壯。劉駿大悅，讓他隨車騎大將軍沈慶之一同赴廣陵平叛。劉誕當時曾哄騙部下，稱自己的叛亂行動得到宗慤支持。而宗慤到後，策馬繞城疾馳，高呼「我是宗慤」，表示自己與叛軍勢不兩立，大挫叛軍士氣，很快平定叛亂。「乘風破浪」原義指船隻乘着風勢破浪前進，形容發展迅猛，也比喻志趣遠大，勇往直前。

◎ 專橫跋扈

東漢大將軍梁商的兒子梁冀，肩膀上聳，眼角倒豎，說起話來口齒不清。他從小放盪不羈，喜好喝酒、打獵、鬥雞。靠了他父親和當皇后的妹妹的權勢，官越做越大。梁商死後，漢順帝任命梁冀為大將軍。接着，順帝也死去，尚在襁褓之中的兒子劉炳繼位，史稱漢沖帝。一年後沖帝又死去，許多忠貞的大臣主張立年長有德的清河王劉蒜為皇帝。梁冀為了掌握朝政大權，強行把年僅八歲的劉纘立為皇帝，這就是漢質帝。質帝雖然年幼，但很聰明，他見梁冀非常驕橫，有一次召見羣臣時，看着梁冀說：「這位是跋扈將軍！」「跋扈」，是霸道、不講理的意思。梁冀聽到質帝這樣責罵，恨透了他，命手下人把毒酒加入餅裏，質帝吃了，當天就死去。在決定立新君的時候，大臣們又聯名上書，要求立劉蒜為帝。當時，蠡吾侯劉志正在和梁冀的小妹議婚，於是梁冀不顧大臣們的反對，當眾宣佈立劉志為皇帝，這就是漢桓帝。劉志因梁冀的關係而當上了皇帝，自然封他的小妹為皇后。這樣，皇太后和皇后都是梁冀的妹妹，他的權勢更大，也更胡作非為了。有個名叫士孫奮的財主非常有錢，梁冀故意送他一輛馬車，同時向他借錢五千萬。士孫奮拿出三千萬，梁冀就讓當地官府把士孫奮兄弟倆抓了起來。待他倆死在獄中後，梁冀把他家一億七千多萬錢的財產全部沒收。梁冀又利用搜刮來的錢大造豪華的住宅園林，開闢獵場，僅僅一座兔苑就造了好幾年，綿延幾十里。後來，梁冀當皇太后和皇后的兩個妹妹先後去世，梁貴人受到桓帝寵倖。梁貴人本姓鄧，父親早死，母親宣氏改嫁給梁冀的親戚梁紀。梁冀的妻子見她長得美，就認為乾女兒，改姓梁，並把她送進宮中，結果受寵。梁冀怕宣氏泄露真情，派人去暗殺她，不料刺客被她家隔壁人家發現而逮住。宣氏得知這個情況後，進宮向桓帝哭訴。桓帝對梁冀的橫行霸道已非常不滿，就決定除掉梁冀，派武士包圍了他的府第，梁冀被迫自殺。「專橫跋扈」這一成語就是由此而來，意思是專斷蠻橫，任意妄為，蠻不講理。

◎ 指天畫地

漢光武帝時，尚書令韓歆原是武將，性情耿直，說話從不避諱，說出話來，常常使漢光武帝難以忍受。一次，他見光武帝讀隗囂、公孫述等人的書，就說亡國之君都有才能，連桀、紂也是很有才的。光武帝聽後心裏很不舒服，認為韓歆有意旁敲側擊。又有一次，韓歆舉出了許多例證說來年將有饑荒。他「指天畫地」，邊說邊比劃，慷慨直言。這下惹惱了光武帝，被罷官返鄉。光武帝仍不解恨，又派使者前往宣詔，對韓歆嚴加指責。韓歆覺得難以做人，便與兒子韓嬰自殺了。事出之後，光武帝為了平息眾怒，又用厚禮埋葬了韓歆父子。成語「指天畫地」形容說話過於興奮，言詞激切，毫無顧忌；亦形容說話放肆，目中無人。

◎ 上樓去梯

東漢末年，荊州牧劉表偏愛繼妻所生的少子劉琮（cóng），不喜歡前妻所生的長子劉琦（qí），繼妻更是不停地在旁邊慫恿。劉琦感到十分危險，多次請教諸葛亮，但諸葛亮一直不肯為他出主意。有一天，劉琦約諸葛亮到一座高樓上飲酒，等二人坐下後，劉琦暗中派人拆走了樓梯。劉琦說：「今日上不至天，下不至地，出君之口，入琦之耳，可以賜教矣！」諸葛亮見狀，無可奈何，便給他講了一個故事：春秋時期，晉獻公的妃子驪姬想謀害獻公的兩個兒子申生和重耳。重耳知道驪姬居心險惡，就逃亡國外。申生為人厚道，要盡孝心，侍奉父王，最終被逼自刎身亡。講完這個故事，諸葛亮對劉琦說：「申生在內而亡，重耳在外而安。」劉琦領會了諸葛亮的意圖，立即上表請求派往江夏（今湖北省武昌區西），避開了後母，終於免遭陷害。成語「上樓去梯」，後用來比喻進行極其祕密的謀劃；也比喻誘人上當。

◎ 入室操戈

東漢時，有個經學家名叫鄭玄，字康成。他曾求師於當時的經學名家馬融，得到馬融的賞識。學習結束後，鄭玄回到家乡，一面繼續研究學問，一面聚徒講學。不久，他結識了另一個名叫何休的經學家，兩個人經常就學術上的一些問題進行探討。何休對於「春秋三傳」特別推崇其中的《公羊傳》，曾寫了《公羊墨守》《左氏膏肓》《穀梁廢疾》三部著作，抬高《公羊傳》的地位，貶低《左傳》和《穀梁傳》。鄭玄讀了以後，不同意何休的觀點，就寫了《發墨守》《針膏肓》《起廢疾》三篇文章進行批評。何休讀了鄭玄的文章後，歎息道：「康成入吾室，操吾戈以伐我乎？」意思是說，康成這不是進我的屋，拿我的武器，在向我進攻嗎？成語「入室操戈」後用來比喻引用對方的論點反駁對方。

◎ 不欺暗室

唐敬宗寶曆年間，有個孝廉，名叫封陟（zhì）。孝廉即是「孝順父母、辦事廉正」的意思。封陟既然被舉為孝廉，可見其人品極好。他居住在少室山中，平日裏專注讀書。有一天，將近午夜時分，封陟正在挑燈夜讀，忽然飄來一陣濃郁的異香。很快就有一個華貴的車駕從天而降，一位美麗的女仙，帶着一羣衣着華麗的侍從，出現在封陟面前。女仙說：「我本是天界上仙，因故被謫居下界。因先生相貌俊秀，氣度不凡，又能勤奮刻苦，學識淵博，所以便有了仰慕之意。今天特來相見，願託身侍奉，與先生共結連理。不知先生意下如何？」封陟挑亮燈燭，正襟危坐，說：「我們家向來清正廉潔，我這人又性格耿直，只喜歡讀聖賢之書，鑽研學問。再者家境貧寒，平日裏粗茶淡飯度日，實在受不起上仙的眷顧，還請早早離去吧。」女仙毫不生氣，微笑道：「我冒昧造訪，實在是有些唐突。先生不必過早拒絕，我七天後再來。」果然七天後的夜裏，那位女仙又來了，態度溫和地對封陟說：「我自從一見先生之後，便念念不忘，想必也是上天注定的緣分。我一片癡心，天地共鑒，不知先生考慮得怎麼樣？」封陟還是正色道：「希望您儘快離去吧，不要再打擾我。」女仙神色黯然，道：「希望不要懷疑我的誠意，我七天後再來。」七天後，女仙又來了，對封陟說：「時光如東流之水，一去不返。先生憑着一腔勤奮，苦讀經書，一旦年華老去，又靠什麼堅持下去呢？我這裏有還丹一顆，可以延年益壽。希望先生能接受我的一片心意。」封陟怒目而視，說：「君子不欺暗室，你不必再說，趕緊回去吧，不然休怪我口出惡言。」女仙依依不捨地飛走了。三年後，封陟染病而亡，魂魄被泰山府君的使者抓走，帶着枷鎖，驅趕着往幽冥地府走。正在這時，忽然看見有一隊神仙的車駕走過，地府使者恭恭敬敬地站在路旁，向車駕施禮，說：「這是上元夫人來遊泰山了。」那車駕走到封陟的魂魄面前，居然停住了。等簾幕揭開，封陟偷眼一看，竟然正是那位女仙。上元夫人見了封陟也十分感慨，對使者說：「此人是我昔日的故友，不能對他無禮。」說完，向使者要來生死簿，大筆一揮，在上面寫了判詞：「封陟品行高潔，質樸忠厚，應該再讓他延壽十二年。」使者便解去鐵鎖，送他回家了。「不欺暗室」意思是即使在別人看不見的地方，也不做昧心的事；形容行為舉止光明磊落。

◎ 慶弔不行

荀爽，字慈明，東漢末年官員、經學家，名士荀淑第六子。荀爽兄弟八人都有才名，有「荀氏八龍」之稱。荀爽從小好學，十多歲就能讀懂《春秋》《論語》，當時的名臣杜喬見到他後稱讚說：「可以為人師。」荀爽於是更加深思經書，鄉里有喜慶喪弔，他不參加；朝廷有徵召，他也不應命。當時流傳有「荀氏八龍，慈明無雙」之語。為了躲避黨錮之禍，他隱遁漢濱達十多年，專心著述。黃巾起義爆發後，黨禁解除，荀爽多次被舉薦，但都未應命。董卓掌權後，強徵荀爽為官，三個月升至司空，成為宰輔大臣。荀爽見董卓殘暴，便暗中與司徒王允謀除董卓。但在舉事前，荀爽便病逝。荀爽的姪子便是被曹操稱為「吾之子房」的曹魏首席謀臣荀彧。

◎ 經明行修

王吉，字子陽，西漢官員、經學家。王吉兼通「五經」，曾從學於《韓詩》學者蔡義，開《韓詩》王氏學；在《論語》研究上綜有《齊論》和《魯論》的特點。他把這些知識傳授給兒子王駿，王駿後來以孝廉身份擔任郎官。後來一個叫陳咸的高官舉薦王吉和王駿父子，「經明行修，宜顯以厲俗」。意思是說他們經學深湛，品行端正，應該讓他們有顯赫的地位以帶動風俗。漢宣帝時，王吉被起用為博士、諫大夫，上疏勸宣帝選賢任能，廢除蔭襲制度；提倡儉樸，愛惜財力，以整頓吏治，淳厚民風，使國家興旺發達。他是中國最早的晚婚提倡者，其目的是要達到「不夭」和「明教化」，意即「優生優育」。王吉為官十分清廉。他住長安時，鄰家棗樹的枝葉伸入其院中，王吉的妻子隨意摘了幾顆棗子給他吃。事後，王吉得知棗子是偷摘鄰居家的，便將妻子趕走。鄰家聽說後，執意要把棗樹砍掉，後經再三勸說，王吉才將妻子招回。因此當時流傳着「東家有樹，王陽婦去，東家棗完，去婦復還」的佳話。成語「經明行修」的意思是通曉經學，品行端正。

◎ 杯弓蛇影

漢代有個名叫應劭的人，寫了一部書，叫《風俗通義》。這部書中記錄有他所謂「世間多有見怪驚飾以自傷者」的內容。「杯弓蛇影」就是寫他祖父應彬遇到的一件怪事。有一年夏至，當縣令的應彬把主簿

（辦理文書事務的官員）杜宣請來一起飲酒。當時，在喝酒那個廳堂的北牆上，懸掛着一張紅色的弓。正好光線折射，那張弓在酒杯中的影子在杜宣看來，就像是一條蛇在蠕動，他嚇得全身起了雞皮疙瘩，再也提不起飲酒的興趣了。可這是在上司家裏，又是上司請喝的酒，不敢不喝，因此他硬着頭皮，勉強喝了一杯。僕人再給他斟酒時，他藉故推卻了。回到家裏後，杜宣一想起酒杯裏那條蛇，就渾身哆嗦，好像隨酒入口的那條蛇在肚中蠕動，覺得胸部和腹部疼痛異常，難以忍受，連吃飯喝水都非常困難。家裏人十分焦急，趕緊請來大夫為他醫治。大夫用盡各種方法，讓他服用各種藥物，病情仍然不見好轉。有一天，應彬因為有事，來到杜宣家中，發現他病得很重。杜宣便把那天喝酒時的經過説了一遍，並且堅持説那條蛇現在還在腹中。應彬安慰了他幾句，就回家了。他坐在那個廳堂裏使勁兒想了半天，怎麼也不明白蛇是怎樣進杜宣酒杯的。忽然，懸掛在北牆上那張紅色的弓，引起了他的注意。他反覆揣度，並坐到原來杜宣坐的那個位置上，取來一杯酒放在面前。結果奇跡出現了：酒杯中有弓的影子，就像一條蛇在蠕動。應彬頓時大悟，立刻叫人用馬車把病中的杜宣接來。他讓杜宣坐在原來坐的位置上，斟了一杯酒，隨後指着杯中的「蛇」對杜宣説：「你説的杯中的蛇，只不過是牆上那張弓的倒影而已，並沒有其他什麼怪東西，現在你可以放心了！」杜宣這下明白了，心情馬上輕鬆下來，病也很快痊癒了。後來，人們用「杯弓蛇影」這一成語來比喻因錯覺而疑神疑鬼，自相驚擾。

◎ 橫行無忌

郭汜，涼州張掖（今甘肅省張掖市）人，東漢末年地方軍閥。郭汜出身馬賊，後來成為董卓的部將，善於用兵，當時的侍中劉艾認為李傕（jué）、郭汜用兵作戰的能力在孫堅之上。公元 192 年四月，董卓被王允、呂布謀殺，郭汜等人歸來時無所依託，本欲解散部隊逃歸家乡，又怕仍得不到赦免，採用謀臣賈詡計策，聯兵攻向長安，擊敗呂布，殺死王允，佔領長安，挾持漢獻帝。郭汜被封為揚烈將軍，與李傕、樊稠三人共同把持朝政，「橫行無忌，朝廷無人敢言」。意思是説，他們想怎麼胡作非為就怎麼胡作非為，朝廷上沒有人敢反對。他們隨自己喜好任免官員，又常縱兵劫掠，幾年內長安附近的百姓損失殆盡。後來郭汜被自己的部將伍習殺死。成語「橫行無忌」指依仗暴力，毫無顧忌地幹壞事。

◎ 覆巢之下無完卵

孔融，字文舉，東漢末年官員、名士、文學家，為孔子的二十世孫。漢獻帝時，孔融曾做過北海相。曹操發動大軍南征劉備和孫權時，孔融曾表示反對，曹操沒有理睬，孔融在背後發過幾句牢騷。有人把這事兒報告給曹操，並添油加醋，惡意挑撥，説孔融一向瞧不起曹操。曹操一聽大怒，當即下令把孔融全家大小逮捕處死。孔融被捕的時候，家人都十分驚恐，不知所措，只有孔融年幼的兒子和女兒還坐在那裏下棋，無動於衷。孔融對執行逮捕任務的使者懇求説：「我希望只加罪於我本人，兩個孩子能不能保全？」不料兩個孩子竟不慌不忙地説：「大人，豈見覆巢之下，復有完卵乎？」意思是説，父親您見過鳥巢傾覆了，還可能有完整的蛋麼？他們從容地跟着父親，一同被抓走赴難去了。「覆巢之下無完卵」這則成語比喻整體遭殃，個體不能倖免。

◎ 唾手可得

公孫瓚，東漢末年軍閥，漢末羣雄之一。公孫瓚出身貴族，得到涿郡太守賞識，將女兒許配給他，曾與劉備和劉德然共同師事於盧植。他後來逐步做到中郎將，以強硬的態度對抗北方遊牧民族，威震邊疆。

公元 193 年，公孫瓚得到了總督北方四州的授權，成為北方最強大的諸侯之一。他與袁紹多次相爭，初期佔據優勢，但後來漸落下風，銳氣頓減，説：「始天下兵起，我謂唾掌而決；至於今日，兵革方始，觀此非我所決。」意思是説，漢末天下大亂羣雄蜂起的時候，他覺得自己平定亂世就像向自己手中吐唾沫一樣容易，但現在戰爭愈演愈烈，才知道不是他所能掌控的。於是他採取自保戰略，臨易河挖十餘重戰壕，又在戰壕內堆築高達五六丈的土丘，丘上又築有營壘。塹壕中央的土丘最高，達十餘丈，公孫瓚自居其中，以鐵為門，斥去左右，令男人七歲以上不得進入，只與妻妾住在裏面，又囤積糧谷三百萬斛。袁紹派兵去攻打，打了幾年終於擊敗了公孫瓚，公孫瓚被困在高樓上引火自焚。「唾手可得」意思是動手就可以取得，比喻極容易得到。

◎ 挺身而出

唐景思是五代時期的將領，在前蜀、後唐、後晉、後漢、後周都任過軍職。後晉高祖時，唐景思被契丹俘虜，幽州節度使趙延壽早就聽説過他的名字，就把他收為己用。契丹滅掉後晉後，就讓唐景思擔任亳州防禦使。他就職那一天，正趕上幾萬草寇圍攻亳州城，唐景思「挺身而出」，派人向鄰近的州郡求救，鄰郡派出援兵，幫忙趕走了草寇，亳州城重新回到唐景思手中，亳州的老百姓依靠他平安地生活。「挺身而出」，形容面對艱難或危險的事情，勇敢地站出來。

◎ 出言不遜

東漢末年，袁紹與曹操在官渡對壘。袁紹派大將淳于瓊等人押運糧草到烏巢囤積。曹操得到情報後，親自帶領騎兵襲擊烏巢。袁紹的部將張郃說：「曹操的兵很強，這次去偷襲肯定會打敗淳于瓊等人。淳于瓊一敗，糧草被劫，戰局將對我們不利，應該馬上派人去支援。」謀士郭圖卻說：「張郃的計策不對，倒不如現在進攻曹操的大本營，這樣曹操必然回兵，這樣就可以不救烏巢卻解烏巢之圍。」張郃反駁說：「曹操的兵營防守很嚴密，現在進攻肯定攻不下來，要是淳于瓊被曹操活捉的話，我們都會變成曹操的俘虜。」袁紹猶豫不決，最後採取了折中的辦法，派一隊輕騎兵去救淳于瓊，派主力部隊進攻曹操的兵營。最後曹操的兵營沒能打下來，淳于瓊也被曹操擊敗，袁紹全軍崩潰。郭圖感到很慚愧，又擔心袁紹怪罪自己，於是就誣陷進攻曹營的張郃，對袁紹說：「郃快軍敗，出言不遜。」意思是說，張郃進攻不盡力，導致大敗，他還出言不遜，對您不滿。張郃聽說後，擔心袁紹責罰自己，於是投靠了曹操，幫助曹操贏了官渡之戰，統一了北方，後來又多次立下赫赫戰功。「出言不遜」指說話傲慢、無禮傷人；比喻說出的話非常不謙恭。

◎ 屈指可數

三國時期，公元 228 年冬天，諸葛亮第二次北伐，對曹魏軍事要地陳倉突然發動進攻。魏明帝曹叡決定派張郃迎敵，並親自設置酒宴為他送行，問張郃說：「等將軍到了那兒，諸葛亮怕已經佔領了陳倉吧！」張郃知道諸葛亮孤軍深入，沒有糧草，不能久攻，回答說：「臣還沒到那兒諸葛亮肯定就已經撤走了。屈指計算，蜀軍糧草支撐不了十天。」張郃晝夜行軍到達諸葛亮駐軍的南鄭，諸葛亮果然已經撤退了。成語「屈指可數」，指扳着手指就可以數清楚，形容數量稀少。

◎ 勢如破竹

公元 265 年晉武帝司馬炎建立晉朝以後，準備出兵攻打東吳，實現統一全中國的願望。他召集文武大臣們商量大計。多數人認為，吳國還有一定實力，一舉消滅它恐怕不易，不如有了足夠的準備再說。大將杜預不同意多數人的看法，寫了一道奏章給晉武帝。杜預認為，必須趁目前吳國衰弱，滅掉它，不然等它有了實力就很難打敗它了。司馬炎看了杜預的奏章，同意他的分析，就任命杜預為征南大將軍。公元 279 年，司馬炎調動了二十多萬兵馬，分成六路水陸並進，攻打吳國，第二年就攻佔了江陵。在沅江、湘江以南的吳軍聽到風聲嚇破了膽，紛紛打開城門投降。司馬炎下令讓杜預從小路向吳國國都建業進發。此時，有人擔心長江水勢暴漲，不如暫時收兵等到冬天進攻更有利。杜預堅決反對退兵，他說：「今軍威已振，勢如破竹，數節之後，皆迎刃而解。」意思是，現在士氣高漲，鬥志正旺，取得一個又一個勝利，像用快刀劈竹子一樣，劈過幾節後竹子就迎刃破裂。晉軍在杜預率領下，不久就攻佔建業滅了吳國。成語「勢如破竹」和「迎刃而解」就是從這兒來的。「勢如破竹」原意是形勢就像劈竹子，頭上幾節破開以後，下面各節順着刀勢就分開了；比喻節節勝利，毫無阻礙。「迎刃而解」比喻主要問題解決了，其他的問題就很容易解決；或比喻處理事情、解決問題很順利。

◎ 骨肉相殘

西晉建立後，為了造就一個能夠藩屏帝室的皇族勢力，晉武帝司馬炎大封同宗子弟為王，以郡為國，賦予了宗室王很大的政治權力和軍事權力。晉武帝在立太子問題上又出現重大失誤，繼任者晉惠帝司馬衷天性魯鈍，外面更傳言他是個白癡，造成皇后賈南風干政弄權，直接導致了八王之亂的爆發。八王之亂是一場皇族為爭奪中央政權而引發的內亂，共歷時十六年，其核心人物有汝南王司馬亮、楚王司馬瑋、趙王司馬倫、齊王司馬冏、長沙王司馬乂、成都王司馬穎、河間王司馬顒、東海王司馬越八人，《晉書》將八王匯為一列傳，故史稱這次動亂為「八王之亂」。八王之亂的第一階段是賈南風一手策劃，從公元 291 年三月楚王司馬瑋進京到六月司馬瑋被殺為止。三個月中，兩個大臣楊駿、衞瓘被殺，兩個藩王司馬亮、司馬瑋喪命。第二階段，從 299 年到 306 年，歷時七年。這個階段動亂規模比第一階段更大，參與的宗室王更多，戰爭更加慘烈。趙王司馬倫、齊王司馬冏、長沙王司馬乂、成都王司馬穎、河間王司馬顒先後掌權又被殺掉，晉懷帝即位後由東海王司馬越輔政，司馬越成為八王之亂的最終勝利者。除了諸王互相攻伐的戰事外，其間還有氐（dī）人齊萬年的變亂，以及成漢和漢趙兩個政權針對西晉朝廷的一系列戰爭，南方亦有變民杜曾、王如及張昌的起義。這些戰事對全國不少地區造成嚴重破壞，導致了西晉亡國以及近三百年的動亂，使之後的中國進入五胡十六國時期。「骨肉相殘」原意是親人間相互殘殺，後比喻自相殘殺。

◎ 脣亡齒寒

春秋時候，晉獻公想要擴充自己的實力和地盤，就找藉口說鄰近的虢國經常侵犯晉國的邊境，要派兵滅了虢國。可是在晉國和虢國之間隔着一個虞國，討伐虢國必須經過虞地。大夫荀息建議賄賂虞國國君，讓他借道給晉國，晉獻公就派荀息帶着禮物出使虞國。虞國國君見到禮物，就滿口答應下來。虞國大夫宮之奇趕快阻止說：「不行，不行，虞國和虢國是脣齒相依的近鄰，我們兩個小國相互依存，有事可以互相幫助，萬一虢國滅了，虞國也就難保了。俗話說，脣亡齒寒，沒有嘴脣，牙齒也保不住啊！借道給晉國萬萬使不得。」虞君不聽，宮之奇知道虞國離滅亡的日子不遠了，於是就帶着一家老小離開了虞國。果然，晉國軍隊借道虞國消滅虢國後，隨後又把親自迎接晉軍的虞君抓住，滅了虞國。成語「脣亡齒寒」，指嘴脣沒有了，牙齒就會感到寒冷，比喻關係密切相關。

◎ 伯道無兒

鄧攸，字伯道，是兩晉著名大臣，以清廉著稱。永嘉之亂，鄧攸被後趙皇帝石勒俘獲，任命為參軍。在石勒進軍泗水之際，鄧攸乘機用牛馬馱着妻子、兒子、姪子逃跑，路上遇到劫賊，搶去牛馬，只能步行，他對妻子說：「我的弟弟死得早，只留下這一個姪子，按理不應讓他絕後，只能拋棄我們的孩子。如果我們兩個都能活着，以後應該還會生兒子。」妻子哭泣着同意了。後來他們拋棄兒子逃到了江南，但妻子再沒生育，為了延續子嗣鄧攸又納了一個小妾，對她非常寵愛，沒想到在詢問小妾家乡親人時，才發現是自己的外甥女。於是鄧攸非常悔恨，從此不再納妾，以至於再無子嗣。鄧攸在東晉得到晉元帝司馬睿重任，授以吳郡太守，自己帶着米糧前去上任，除了飲用吳郡之水，連俸祿都不要。當時吳郡遭受饑荒，鄧攸上表賑災，未經批准，就立即開倉救民，因擅自開倉遭到彈劾，被晉元帝赦免。鄧攸在任上，「刑政清明，百姓歡悦，為中興良守」。鄧攸為官一方，造福百姓，深得百姓擁戴，卻沒有子嗣，因而人們就替他鳴不平，說：「天道無知，使鄧伯道無兒！」意思是說，鄧攸這樣有德行有良知的賢人，卻沒有後代，真是讓人傷心啊，不由得問蒼天，是不是太無知無眼了？後來就成了成語「鄧攸無子」「伯道無兒」，作為對他人無子的歎息。

◎ 中郎有女

蔡邕，字伯喈，東漢時期名臣、文學家、書法家。公元 175 年，蔡邕有感於當時通行的儒家經籍距聖人著述的時間久遠，文字錯誤多，被俗儒牽強附會，貽誤學子，於是奏請訂正《六經》的文字。漢靈帝予以批准，蔡邕於是用紅筆親自寫在碑上，讓工人刻好立在太學的門外，這就是中國第一部石經——「熹平石經」（又稱「漢石經」）。後來的儒生，都以此為標準經文。碑新立時，來觀看及摹寫的人絡繹不絕，一天之內，所乘坐的車子就有一千多輛，街道也因此堵塞。蔡邕後因罪被流放朔方，幾經周折，避難江南十二年。董卓掌權時，強召蔡邕為祭酒，三日之內，歷任侍御史、治書侍御史、尚書、侍中、左中郎將等職，封高陽鄉侯，因此後世也稱他為「蔡中郎」。董卓被誅殺後，蔡邕因在王允座上感歎而被下獄。蔡邕遞上辭表道歉，請求受到刻額染墨、截斷雙腳的刑罰，以求繼續完成漢史。士大夫大多同情並想要救他，王允不同意，蔡邕後來死在監獄裏，羣臣和士人沒有不為他哭泣的。經學家鄭玄聽聞蔡邕的死訊後，歎息說：「漢朝的事，誰來考定啊！」蔡邕有一個女兒名琰，字文姬，博學多才，初嫁於衛仲道，丈夫死後回家。東漢末中原大亂諸侯割據，原本歸降漢朝的南匈奴趁機叛亂，蔡文姬為匈奴左賢王所擄，生育兩個孩子。曹操統一北方後，花費重金將蔡文姬贖回，嫁給董祀。蔡邕詩歌現流傳有四百多首，由於當時戰亂連年，沒有保存原稿，都是由蔡文姬憑藉驚人記憶力默寫出來的，因此唐朝詩人韓愈在《遊西林寺題蕭二兄郎中舊堂》一詩中感歎道：「中郎有女能傳業，伯道無兒可保家。」其實蔡邕還有一個女兒，嫁給了上黨太守羊衜（dào），是晉朝名將羊祜的母親，清朝乾隆年間的《新泰縣志》稱其為蔡貞姬。蔡貞姬的女兒羊徽瑜，也就是羊祜的姐姐，嫁給了司馬懿的大兒子司馬師。

◎ 聲色俱厲

東晉時候的第二位皇帝司馬紹幼年聰明，受到父親司馬睿特殊的寵愛。司馬睿即皇帝位，成為晉元帝，就把司馬紹立為皇太子。司馬紹非常孝順，有文才武略，敬賢愛客，當時的名臣王導、庾亮、溫嶠、桓彝等，他都親近看重。當時江東人才濟濟，遠近都歸心於司馬紹。王敦之亂時，王室六軍潰敗，司馬紹準備率將士與叛軍決戰，登上車子將要出發，大臣溫嶠堅決諫阻，抽劍斬斷馬套繩，這才作罷。王敦打算用不孝的罪名廢黜司馬紹，於是大會百官，當眾問溫嶠：「皇太子有什麼功德值得稱道？」「聲色俱厲」，表情嚴肅，聲音嚴厲，一定要溫嶠說出廢太子的話。溫嶠回答說：「探討高深的治國之道，使國家長治久安，這不是見識短淺的人所能認識的。從禮的角度看，這就是孝。」大臣們都認為溫嶠的意見是正確的，王敦的陰謀於是被阻止。公元 322 年晉元帝死後，司馬紹即皇帝位，也就是晉明帝。「聲色俱厲」的意思是說話時聲音和臉色都很嚴厲。

◎ 擊碎唾壺

王敦是東晉建國功臣之一，與堂兄王導都是東晉重要人物，王導負責朝中輔政，王敦則負責在外領兵征伐。初期，晉元帝積極籠絡他們，仰賴王氏兄弟協助安定局勢，但隨着政局逐漸穩定，晉元帝對王敦帶有重兵開始起了疑心，派官員劉隗等人前往監督、牽制王敦。此舉引來王敦的不滿。每當王敦喝醉酒時，就吟誦魏武帝曹操《龜雖壽》一詩，高唱「老驥伏櫪，志在千里。烈士暮年，壯心不已」的詩句。這四句詩的意思是說：年老的千里馬伏在槽邊，但它的志向仍然遠大，還有馳騁千里的志向；胸懷壯志的人雖然年邁，但他的雄心猶在，不減當年。王敦一邊吟詩，一邊用手中的如意（用骨器或玉器做成，用於搔癢、賞玩等）敲打唾壺以和節拍，以致把唾壺邊沿敲出許多缺口。成語「擊碎唾壺」「擊缺唾壺」，意思是把痰盂的邊沿都敲碎了，形容對詩文的高度讚賞，後用以表示壯懷激烈、渴望施展才幹的舉動。

◎ 漸入佳境

顧愷之，東晉著名畫家，精通詩文、書法、音樂，以「畫絕、才絕、癡絕」馳名於世。一次，顧愷之和大司馬桓溫一起，到江陵視察部隊。江陵的官員前來拜見，並送來了當地的特產甘蔗。桓溫十分高興，把甘蔗分給部下說：「這裏的甘蔗特別好吃，大家一起嘗嘗。」部下一聽，人手一根大嚼起來。顧愷之也拿了一根，但他和別人不一樣，從甘蔗末梢那一頭開始啃。桓溫忍不住笑問：「你為什麼要從末梢開始吃呢？末梢一點兒甜味兒也沒有。」顧愷之舉起甘蔗，說：「從末梢吃是有學問的。」大家問：「有什麼學問？」顧愷之說：「我從末梢開始吃，越吃越甜，越吃越有味，越吃越高興，這就叫『漸入佳境』。」大家聽了，大笑起來。「漸入佳境」比喻境況逐漸好轉，或風景等逐漸達到美妙境地。

◎ 頰上三毛

東晉時期，有個名士叫裴楷，和著名畫家顧愷之是好朋友，他請人為自己畫像，畫好以後，總覺得少了點什麼，可又說不清楚。於是裴楷找到顧愷之，請他為自己重新畫過。顧愷之一揮而就，畫完後，想了想，又在裴楷畫像的臉頰上添了三根鬚毛。旁邊的人不解，問：「裴楷臉上明明沒有須毛，為什麼要畫蛇添足呢？」顧愷之回答：「裴楷之所以帥，正是這三根毛的緣故，不信，請看。」大家看看畫，再看看裴楷，比較來比較去，確實是有了這三根鬚毛更加精神，於是點頭稱是。成語「頰上三毛」後用來比喻文章或圖畫的得神之處。

◎ 珠玉在側

衛玠是魏晉之際的清談名士。他五歲時神態異於常人，祖父衛瓘說衛玠與眾不同，只是自己年紀大了，看不到他長大成人的那一天。衛玠年少時乘坐羊車到街市去，看到他的人都以為是玉人，人們都去觀看他。驃騎將軍王濟是衛玠的舅舅，英俊豪爽有風度姿容，每次見到衛玠，就歎息說：「珠玉在側，覺我形穢。」意思是說，有珠玉在身旁，就覺得自己形貌醜陋。這就是成語「珠玉在側」和「自慚形穢」的出處。衛玠長大後，好談玄理，琅琊人王澄有名望，很少推崇別人，每當聽到衛玠的言論，就歎息傾倒。為此當時的人說：「衛玠談道，王澄傾倒。」衛玠的岳父樂廣全國聞名，評論的人認為「婦公冰清，女婿玉潤」，意思是說，岳父像冰一般清明，女婿像玉一樣光潤。成語「冰清玉潤」後來作為翁婿的美稱。朝廷多次徵召衛玠入朝為官，衛玠都不赴任，很久以後才擔任太傅西閣祭酒、太子洗馬。衛玠的妻子樂氏很早去世，征南將軍山簡見到衛玠，很是器重他，說：「過去戴叔鸞嫁女，只嫁給賢人，不問地位貴賤，何況衛氏是權貴門戶中有名的人呢！」於是把女兒嫁給衛玠。衛玠後來到了當時的都城建鄴（今江蘇省南京市）。京師的人早已聽到他的名聲，出來看他的人圍得像一堵牆。衛玠本來就有虛弱的病，身體受不了勞累，最終形成重病而死，時年二十七歲，當時的人說是看死了衛玠。此即成語「看殺衛玠」的典故出處，比喻為羣眾所仰慕的人。

◎ 形影相弔

李密，西晉文學家、大臣。李密從小境遇不佳，出生六個月父親就去世，四歲時母親何氏改嫁，李密非常思戀母親，以至於生了病，祖母劉氏親自撫養他。李密長大後，侍奉祖母以孝順和恭敬聞名。劉氏一有病，他就哭泣，無微不至地伺候祖母。祖母的飯菜、湯藥，他都要嘗過之後才讓祖母用。李密非常好學，博覽五經，尤精《春秋左氏傳》。他機智敏銳，能言善辯，文章詞采斐然，他的同學把他比作子游和子夏。他曾在蜀國做官，蜀亡後隱居鄉里，當地官員多次推薦他做官，他沒有答應。公元 267 年，晉武帝立司馬衷為太子，徵李密為太子洗馬（輔佐太子，教太子政事、文理的官職），下了好幾次詔書，當地官員逼迫他應命，李密不得已上《陳情事表》。面對晉武帝這個特別的讀者，李密不敢把兒女情長一泄到底，而是用理性對感情加以節制。他先寫自己與祖母的特殊關係，「臣侍湯藥，未曾廢離」；然後筆鋒一轉，寫蒙受國恩而不能上報的矛盾心理和自己的狼狽處境；緊接着表白自己感恩戴德，「奉詔奔馳」；然後解釋「不能應詔」的原因，「劉病日篤」；繼而寫自己「不矜名節」，並非「有所希冀」，發誓「生當隕首，死當結草」。做足種種鋪墊，排除晉武帝的懷疑後，李密才肆意抒發對祖母劉氏的孝情，這樣顯得更深切、更動人。這篇文章的語言尤具特色，如「煢煢孑立」「形影相弔」「日薄西山」「氣息奄奄」「人命危淺」「朝不慮夕」等，形象而又生動，詞意真切，後來都轉為成語。「煢煢孑立」形容無依無靠，非常孤單。「形影相弔」意思是只有自己的身子和影子在一起互相慰問，形容沒有伴侶。「日薄西山」原意是太陽快落山了，比喻人已經衰老或事物衰敗腐朽，臨近死亡。「氣息奄奄」形容人呼吸微弱，快要斷氣的樣子；也比喻事物衰敗沒落。「人命危淺」形容壽命不長，即將死亡。「朝不慮夕」原意是早晨不能知道晚上會變成什麼樣子或發生什麼情況，形容形勢危急，難以預料。晉武帝覽此表後，非常感動，賞賜李密兩個奴婢，下令郡縣發給他贍養祖母的費用。後來，李密的祖母去世了，晉武帝才成功徵召李密任太子洗馬。李密輔佐的太子司馬衷後來當了皇帝，就是那個「何不食肉糜」的白癡皇帝晉惠帝。

◎ 讓棗推梨

南朝後梁時期，有一個叫作王泰的人，從小就是個聰明、懂禮貌的孩子。有一次，王泰和伯伯叔叔的孩子們在一起玩。大家年齡都差不多，天天都在一塊兒做遊戲，玩得非常開心。他們的奶奶非常疼愛這些可愛的孫子們，每當她看到孫子們在一起玩得高興，就會快樂得咧開沒牙的嘴巴呵呵地笑。奶奶那兒還總是留着許多好吃的東西，自己從來都捨不得吃，總是拿來分給孫子們。這天，奶奶看着孫子們玩了一陣，就把孩子們叫到身邊，端出一盤棗子來分給他們吃。小夥伴們一見又有好東西吃，都趕緊圍着奶奶，伸着小手向奶奶要，只有王泰站在一旁不動。奶奶知道王泰最喜歡吃棗子，就叫他過來，問道：「你不是很愛吃棗子嗎？怎麼不過來拿呢？」王泰用手指着小兄弟們，回答説：「奶奶，您讓他們先拿吧！剩下的給我吃就行了。」奶奶聽了，高興地説：「我的寶貝孫子真懂事！」「推梨」的故事和東漢時期的孔融有關。孔融四歲的時候，一天，父親的朋友帶了一盤梨子，給孔融兄弟們吃。父親叫孔融分梨，孔融挑了個最小的梨子，其餘按照長幼順序分給兄弟。孔融説：「我年紀小，應該吃小的梨，大梨該給哥哥們。」父親聽後十分驚喜，又問：「那弟弟也比你小啊？」孔融説：「因為弟弟比我小，所以我也應該讓着他。」後來，人們把這兩個故事合在一起，便有了「讓棗推梨」這個成語，形容對待兄弟姊妹禮讓友愛的好品德。

◎ 人中騏驥

徐勉，南朝梁時期大臣、文學家。他自少孤貧，但篤志好學，族人稱讚他説：「此所謂人中騏驥，必能致千里。」意思是説，這就是人們常説的寶馬良駒，一定能夠日行千里。在國子監學習時，國子祭酒王儉每每稱讚徐勉有宰輔之量。公元 502 年，徐勉被梁武帝蕭衍任命為尚書吏部郎，參掌大選。梁武帝興師北伐，朝中政務軍務十分繁忙，因為徐勉極有文才，又讓他參掌軍書。徐勉本來就是一個十分勤勉的人，工作又忙，他因此往往要隔幾十天才能回家一次。他家養了一羣狗，因為他回來得少，這些狗都不認得自己的主人了，他每次回來，都要引起它們的狂吠，他既感到好笑，又覺得無奈。有一次他感歎説：「吾憂國忘家，乃至於此。若吾亡後，亦是傳中一事。」意思是説，我忘我地為國工作，竟然到了這種地步。將來我死了以後，如果有人寫我的傳記，羣犬驚吠倒是件值得一記的軼事。「人中騏驥」後用來比喻才能出眾的青少年。

◎ 止談風月

徐勉曾擔任吏部尚書一職，掌握官吏的任免大權，當時有許多人前來找他求官。有一個叫虞皓的人有天晚上來拜訪徐勉，他仗着和徐勉的關係較好，開口便要求擔任掌管皇后、太子家中之事的詹事職務。徐勉正色道：「今夕止可談風月，不宜及公事。」虞皓討了個沒趣，只得訕訕地告辭。史載：「勉居選官，彝倫有序。」意思是説徐勉當吏部尚書的時候，官員晉升退職井然有序。當時的人都佩服他的無私。成語「止談風月」意思是只談風、月等景物，隱指莫談國事。

◎ 韓陵片石

北魏末年，丞相高歡佔據了鄴城（古代著名都城，先後作為曹魏、後趙、冉魏、前燕、東魏、北齊六朝都城，遺址範圍包括現在河北省臨漳縣西部和河南省安陽市北部，著名的銅雀台就修建在鄴城）。和高歡作對的爾朱兆三兄弟從各地糾集兵力二十餘萬人，準備和他決一死戰。當時，高歡人馬僅有三萬餘人，如果硬拼必是以卵擊石。經過精心策劃，高歡在鄴城東北的韓陵山設伏，把爾朱氏兄弟引到這裏後，又用從附近村落裏找來的大量牲畜堵住了他們的退路，最終以少勝多，大敗爾朱氏的軍隊。後東魏建都鄴城，高歡為宣揚自己的這次功績，大肆在韓陵山立碑建寺，並命才子溫子昇撰寫碑文。後來南方梁朝的尚書庾信來到了東魏，那時南方的文人雅士很多，對北方的文化看不上眼。這一天，庾信來到了韓陵山寺，一看溫子昇的碑文，辭藻華麗，大氣磅礴，不禁連連叫好，讓人把原文抄了下來。回到南方後，有人問他北方文士如何？庾信就說：「唯有韓陵山一片石，堪共語耳。」從此，這座石碑便被叫作了韓陵片石。成語「韓陵片石」後用來比喻少見的好文章。

◎ 洛陽紙貴

在西晉太康年間出了位很有名的文學家叫左思，他曾寫了一篇《三都賦》，在京城洛陽廣為流傳，人們嘖嘖稱讚，競相傳抄，一下子使紙昂貴了幾倍，後來竟傾銷一空；不少人只好到外地買紙，抄寫這篇千古名賦。由此產生了一個成語「洛陽紙貴」，比喻著作有價值，流傳廣。然而，左思寫成《三都賦》卻是歷經很多曲折才得到重視的；沒有伯樂識才，也許這篇《三都賦》便成為一堆廢紙，不得流傳。左思小時候，他父親左雍就一直看不起他。父親見兒子身材矮小，貌不驚人，説話結巴，一副癡癡呆呆的樣子，常常對外人説後悔生了這個兒子。及至左思成年，左雍還對朋友們説：「左思雖然成年了，可是他掌握的知識和道理，還不如我小時候呢。」左思不甘心受到這種鄙視，開始發憤學習。他讀了東漢班固寫的《兩都賦》和張衡寫的《兩京賦》，很佩服文中的宏大氣魄和華麗文辭，寫出了東京洛陽和西京長安的京城氣派，決心寫一篇《三都賦》，把三國時魏都鄴城、蜀都成都、吳都建業寫入賦中。為寫《三都賦》，使得筆筆有着落有根據，左思開始收集大量的歷史、地理、物產、風俗人情的資料。收集好後，他閉門謝客，開始苦寫，常常是許久才推敲出一個滿意的句子。經過十年，這篇凝結着左思甘苦心血的《三都賦》終於寫成了。可是，當左思把文章交給別人看時，卻受到了譏諷。當時初入洛陽的陸機也曾起過寫《三都賦》的念頭，他聽説名不見經傳的左思寫《三都賦》，給弟弟陸雲寫信説：「京城裏有位狂妄的家伙寫《三都賦》，我猜他寫成的東西只能給我用來蓋酒罈子！」左思不甘心自己的心血遭到埋沒，找到了著名文學家張華。張華逐句閱讀了《三都賦》，不由得為文中的句子深深感動了。他越讀越愛，到後來竟不忍釋手。他稱讚道：「文章非常好！那些世俗文人只重名氣不重文章，他們的話是不值一提的。皇甫謐先生很有名氣，而且為人正直，讓我和他一起把你的文章推薦給世人！」皇甫謐看過《三都賦》以後也是感慨萬千，他對文章予以高度評價，並欣然提筆為這篇文章寫了序言。他還請來著作郎（負責修撰碑誌、祝文、祭文等的官員）張載為《三都賦》中的魏都賦作註，請中書郎劉逵為蜀都賦和吳都賦作註。在名人作序推薦下，《三都賦》很快風靡了京都，懂得文學之人無一不對它稱讚不已。甚至以前譏笑左思的陸機聽説後，也細細閱讀一番，連聲説：「寫得太好了，真想不到。」他斷定若自己再寫《三都賦》決不會超過左思，便停筆不寫了。

◎ 居大不易

公元 787 年，年僅十六歲的唐朝詩人白居易第一次來到京城長安參加科舉，那時他還沒什麼名氣，帶着自己的詩集，前去拜訪著名詩人顧況。這在當時是一種很常見的行為，為的是尋求更多賞識和機會。顧況是一見是個年輕人，有些輕視他。顧況見詩稿的第一頁上寫着「白居易」三個字，就笑着説：「米價方貴，居亦弗易。」意思是説，長安的米現在正貴，要在這裏居住可不容易啊！白居易聽了這句話，雖然知道老人是在跟自己開玩笑，但也羞愧地低下了頭。這時，顧況打開詩集讀了起來。當他讀到《賦得古原草送別》中的名句「離離原上草，一歲一枯榮。野火燒不盡，春風吹又生」，不由得讚歎道：「好詩！」白居易這幾句詩，是歌頌荒原上的野草的。那些野草，一年一年從枯黃到青綠，哪怕被野火燒光了，只要春風一吹，就又很快長了出來，表現出頑強的生命力。顧況大感意外，深深地為白居易的才氣所折服，接着感歎道：「能寫出這樣的好詩句，在天下任何地方定居又有何難！老夫剛才的話只是開個玩笑罷了。」從此，白居易名聲大振，很快成為詩壇上一顆璀璨的新星。成語「居大不易」，後比喻居住在大城市，生活不容易維持；近義詞為「長安米貴」。

◎ 略識之無

白居易小時候非常聰慧，識字非常早。他曾給朋友元稹寫信回憶説，他生下來剛六七個月大，乳母抱着他在屏風下玩，有人指着上面的「無」字、「之」字教他，他雖然還不會説話，但心裏已經暗暗記住了。後來別人經常拿這兩個字考他，他從來沒有指錯過。白居易長到五六歲上下，就能作詩，九歲已經通曉聲韻，十五六歲知道有考進士求取功名一事，更加約束自己刻苦學習。「無」在南北朝時期已經有了現在的簡體寫法（「无」），和「之」一樣都比較簡單，後來就用「略識之無」這個成語形容能認識幾個簡單的字。

◎ 老嫗能解

白居易青年時代家境貧寒，對社會主活及人民疾苦有較多的接觸和了解。他二十八歲中進士，又經過一次官員銓選，當了一名小官。後來官當得大了，可是因得罪了權貴，又被貶到江州當司馬，和底層人民接觸較多，所以有一定的平民意識。他認為詩必須便於世人理解和記憶，所以總是使自己的作品深入淺出，語言平易通俗，讓人們樂於接受。據說，他的新詩要讓老婦人也能理解，老婦人說理解了，他才定稿抄錄出去；老婦人說不理解，他就進行修改，直到老婦人說理解了方才罷休。成語「老嫗能解」，後用來形容詩文明白易懂。

◎ 前度劉郎

唐朝有一位著名的詩人叫劉禹錫，有「詩豪」之稱。公元 793 年，二十二歲的劉禹錫與柳宗元同榜考中進士。805 年，劉柳二人加入太子侍讀王叔文、王伾（pī）素的政治集團。王叔文當時正着手進行改革，由於觸犯了藩鎮、宦官和大官僚們的利益，在保守勢力的聯合反撲下，改革很快宣告失敗。王叔文被賜死，劉禹錫與柳宗元等八人先被貶為偏遠州郡的刺史，隨即加貶為偏遠州郡的司馬。這就是歷史上著名的「八司馬事件」。此後，劉禹錫在偏僻的朗州呆了近十年。到了公元 815 年，朝廷有人想起用他，於是他從朗州被召回京。次年春天，劉禹錫創作了《元和十年自朗州召至京戲贈看花諸君子》一詩：「紫陌紅塵拂面來，無人不道看花回。玄都觀裏桃千樹，盡是劉郎去後栽。」這首詩的意思是：繁華道路上塵土撲面，人們都説是剛剛看花回來。玄都觀裏的桃樹有上千株，全是我離開京城後栽起來的。此詩通過人們在玄都觀看花的事，含蓄地諷刺了當時掌管朝廷大權的新官僚。此詩一出，受到權貴嫉恨，他再度被貶為連州刺史。又過了十四年，他回朝做官，再遊玄都觀，但見原來的桃樹已一株無存，唯有燕麥和菜花在春風中搖晃。劉禹錫心中感慨，又寫了一首詩《再遊玄都觀》:「百畝庭中半是苔，桃花淨盡菜花開。種桃道士歸何處？前度劉郎今又來。」這首詩的意思是：百畝庭院中大半長的是青苔，桃花沒有了，只有菜花在開。當年種桃樹的道士身歸何處？曾在此賞花的劉郎今日又來。此詩可以算是前面那首詩的續篇。作者重提舊事，向打擊他的權貴挑戰，表示決不因為屢遭報復就屈服妥協。於是他又遭到了權貴的忌恨，再次被貶到外地為官。但劉禹錫並未屈服，始終保持着一種狂傲不羈的人格。成語「前度劉郎」就由此而來，用以形容人去而復來，或用來追懷往事，抒發感傷之情。

◎ 司空見慣

唐代孟棨（qǐ）的《本事詩》中記載了這樣一個故事：劉禹錫在免去和州刺史後被任命為主客郎中、集賢殿學士，回到長安朝廷任職。詩人李紳（《憫農》詩的作者）此時也在京城。李紳慕劉禹錫之名，邀請劉到府上做客，設下隆重的宴席招待。酒興正濃時，又命少年歌姬唱歌佐酒。這位歌姬妙曼的姿容和動聽的歌喉深深打動了劉禹錫，當場吟詩:「高髻雲鬟宮樣妝，春風一曲《杜韋娘》。司空見慣渾閒事，斷盡蘇州刺史腸。」意思是，梳着高高的宮女一般的髮髻，一曲《杜韋娘》像春風般拂過宴席。李司空對此是見慣了心底無波，可是我這個江南來的刺史真是柔腸百結。李紳讀後大笑，便將這位歌姬贈給了劉禹錫。這個故事被後人概括為成語「司空見慣」，指某事常見，不足為奇。但這篇筆記小説矛盾多多：據歷史記載，劉禹錫由和州刺史奉調是回洛陽，任職於東都尚書省，時間是 826 年；828 年，再調到長安任主客郎中。李紳在 824 年被貶為端州（今廣東省肇慶市）司馬，後來在汴州等地任職，840 年任淮南節度使，後入京拜相，任中書侍郎、同中書門下平章事，也就是所説的「司空」之稱。劉禹錫回京任主客郎中時，李紳還在南方受貶，不可能在京，更不能以「司空」身份招待劉禹錫。也有人認為詩的作者是中唐詩人韋應物，故事發生在韋應物和司空杜鴻漸之間。

◎ 逢人説項

唐朝時期，江東年輕人項斯，參加會考開始沒有什麼名氣，別人拿他的卷子去給當時的著名詩人楊敬之看。楊敬之特別喜歡，就作了一首詩：「幾度見詩詩盡好，及觀標格過於詩。平生不解藏人善，到處逢人説項斯。」意思是説，以前幾次見過項斯的詩，每一首都很好，後來見到了他本人，發現他的風度比詩還要好，我平生不知道掩蓋別人的優點，所以無論到哪裏逢人就要讚揚項斯。項斯被楊敬之這麼一推舉，名聲越傳越遠，沒多久就被考官錄取。項斯在中晚唐時期的文壇上佔有重要地位，是引領張籍詩派的核心人物。他用詩筆批判當時的社會現實，抒發他的人生志趣，歌唱他的政治理想，創作了很多內容充實、思想深刻、感情豐富的詩，在一定的廣度和深度上反映了晚唐時期的社會現實。北宋王安石非常推崇項斯的詩歌，在編纂《唐百家詩選》時把項斯的十二首詩收錄其中。「逢人説項」意思是遇人便讚揚項斯，比喻到處説某人或某事的好處。

◎ 高山流水

春秋時期，有個叫俞伯牙的人，是當時著名的琴師。他年輕時曾拜高人為師，但總覺得自己還不能出神入化地表現對各種事物的感受。老師知道他的想法後，就帶他乘船到東海的蓬萊島上，讓他欣賞大自然的景色，傾聽大海的波濤聲。伯牙情不自禁地取琴彈奏，音隨意轉，把大自然的美妙融進了琴聲，體驗到一種前所未有的境界。老師告訴他:「你已經學會了。」一夜伯牙乘船遊覽，面對清風明月，思緒萬千，於是又彈起琴來，琴聲悠揚，漸入佳境。忽聽岸上有人叫絕。伯牙聞聲走出船來，只見一個樵夫站在岸邊，伯牙知道此人是知音，當即請他上船，興致勃勃地為他演奏。伯牙彈起讚美高山的曲調，樵夫説道：「真好！雄偉而莊重，好像高聳入雲的泰山一樣！」當伯牙彈奏表現奔騰澎湃的波濤時，樵夫又説：「真好！寬廣浩盪，好像看見滾滾的流水、無邊的大海一般！」伯牙興奮極了，激動地説：「知音！你真是我的知音。」這個樵夫就是鍾子期。兩人約定一年後還在這裏相會。可是第二年伯牙再次來到此處，卻得知鍾子期不久前因病去世。伯牙悲痛欲絕，來到子期的墳前，淒楚地彈起了《高山流水》。彈奏完畢，他摔琴絕弦，從此終身不再彈琴。成語「高山流水」，比喻知音難遇或樂曲高妙。

◎ 曾經滄海

元稹是晚唐時期的詩人，年輕時娶名門閨秀韋叢為妻，結婚後兩人一起吃苦，妻子沒有半句抱怨的話，夫妻感情特別好。可是僅僅過了七年，韋叢就生病去世，元稹非常懷念她，於是寫下了《離思》一詩：「曾經滄海難為水，除卻巫山不是雲。取次花叢懶回顧，半緣修道半緣君。」意思是，見過洶湧的大海，他方的水不值一提；曾經領略過巫山的彩雲，別處的雲就黯然失色。信步經過花叢，懶得回頭一看，一半是因為修道，一半是因為想你。第一句「曾經滄海難為水」，是從《孟子》「觀於海者難為水」變化而來的，意思是滄海無比深廣，因而使別處的水相形見絀。第二句「除卻巫山不是雲」則是用了宋玉《高唐賦》的典故。巫山有朝雲峰，下臨長江，雲蒸霞蔚，據宋玉說，其雲為神女所化。因而，相形之下，別處的雲就黯然失色了。詩人以「滄海」「巫山」為喻，說明他們夫妻之間的感情是世間無與倫比的。第三句說自己信步經過「花叢」，懶於顧視，表示他對女色絕無眷戀之心了。第四句即承上說明「懶回顧」的原因。元稹生平「身委《逍遙篇》，心付《頭陀經》」(白居易《和答詩十首》讚元稹語)，是尊佛奉道的。然而，尊佛奉道不過是心失所愛、悲傷無法解脱的一種感情上的寄託。「半緣修道」和「半緣君」所表達的憂思之情是一致的，而且，說「半緣修道」更覺含意深沉。「曾經滄海難為水」後簡縮為成語「曾經滄海」，比喻經歷過很大的場面，眼界開闊，見多識廣，對平常事物不放在眼裏。

◎ 分釵斷帶

東漢時期，有一個叫黃元艾的人，很有才華，中年以後名氣更大。後來黃元艾去見司徒袁隗，袁隗見他才華出眾，一表人才，在他走後感歎說：「如果能找到這樣的人當女婿，多好啊！」有人就把袁隗的話告訴了黃元艾，並揣測說：「袁司徒家有個女兒，他不會是想將女兒嫁給你吧？」黃元艾信了這個人的話，雖然他和妻子夏侯氏已經有三個孩子，他還是要把夏侯氏趕回娘家，準備和她離婚，以便迎娶袁隗的女兒。夏侯氏的父母對女兒說：「女人要被丈夫趕出家門，要把金釵分成兩段，衣帶斷為兩截，然後再離開家門。」夏侯氏照做了。黃元艾覺得自己馬上要成為司徒的女婿了，要預先慶祝一下，就請了不少親友。夏侯氏就在酒席上振臂大呼，歷數黃元艾忘恩負義和不堪告人的諸多醜事，說：「我早就想離開你了，只是念着舊情，你反而要趕我出門！」說完就毅然決然地離開。黃元艾的這些事被廣為傳播，從此聲名掃地。成語「分釵斷帶」，比喻夫妻離異。

◎ 鑄成大錯

唐朝從中葉開始，藩鎮的勢力就很強大，朝廷無力插手，每一鎮的首長叫節度使，往往是世襲或由鎮內勢力推舉，皇帝也只好事後追認。唐代宗時，田承嗣當魏博（據有魏、博、相、衛、貝、澶六州）節度使，從軍中子弟中選了五千人，供給豐厚，組成了自己的衛隊，叫牙軍。過了一百多年，到唐末羅紹威當節度使時，魏博的牙軍勢力很大，驕橫無比，強取豪奪，魏博的地方官吏對他們也奈何不了，而且牙軍常常發生兵變，已經驅逐、殺死了好幾任節度使。公元 905 年，牙軍頭目李公全作亂，羅紹威派人向當時最強大的宣武（今河南省開封市）節度使朱溫求援。朱溫派了七萬人馬進入魏博，殺了八千牙軍。這使整個魏博的軍隊都恐懼起來，許多人起來反叛。到了第二年，散據在魏博各地的反叛勢力才得以平息。朱溫的軍隊在魏博半年，羅紹威供給的錢財上億，殺了牛羊近七十萬，耗費糧草無數，臨走時又送出去很多錢。雖然羅紹威藉助朱溫除去了自己的心腹大患，但魏博從此衰弱。羅紹威很後悔，說：「合六州四十三縣鐵，不能為此錯也！」意思是說，把魏博六州四十三縣的鐵聚集起來，也鑄不出這麼一大筆錯（錢）來啊！「錯」起初的含義，是一種金屬加工工藝，即鍍金。公元 7 年，王莽攝政時，鑄成一種貨幣，上圓下長，形如刀，稱「錯刀」，也稱「金錯刀」。所謂「鑄錯」，起初的意思，就是鑄造這種叫「錯」的錢。從羅紹威這句話開始，「錯」就不止是指一種錢了，也開始指錯誤。另外可以補充的是，由於羅紹威的錯誤，魏博地區從此一蹶不振，從藩鎮之首變成了一個小藩鎮，而佔了大便宜的朱溫，在次年奪取了唐哀帝的帝位，宣佈自己稱帝，史稱「後梁」，中國歷史由此走入五代十國時期。到了北宋時期，蘇軾寫了一首詩，叫《贈錢道人》:「書生苦信書，世事仍臆度。不量力所負，輕出千鈞諾。當時一快意，事過有餘怍。不知幾州鐵，鑄此一大錯。」在蘇軾推波助瀾下，「鑄成大錯」的說法更加遠播，慢慢就成了一個固定的成語，比喻造成重大而又無可挽回的錯誤。

◎ 黃袍加身

公元 959 年，後周世宗柴榮病死，繼位的恭帝柴宗訓只有七歲。960 年正月初一，忽然傳來遼國聯合北漢大舉入侵的消息。當時主政的符太后乃一介女流，毫無主見，聽說此事，茫然不知所措，求救於宰相范質。范質認為朝中大將唯趙匡胤才能解救危難，不料趙匡胤卻推脱兵少將寡，不能出戰。范質只得授予趙匡胤最高軍權，可以調動全國兵馬。第二天，趙匡胤統率大軍出了東京開封，宿於距開封不遠的陳橋驛。大軍剛離開不久，東京城內就謠傳趙匡胤將做天子，這個謠言不知是何人所傳，朝中文武百官也略知一二，已慌作一團。這一招正是趙匡胤的傑作，目的是為了造成朝廷的慌亂，並使他的軍隊除了絕對聽命於他外別無他路。正月初三晚上，趙匡胤的一些親信在將士中散佈議論，說:「今皇帝幼弱，不能親政，我們為國效力破敵，有誰知曉；不如先擁立趙匡胤為皇帝，然後再出發北征。」將士的兵變情緒很快就被煽動起來，這時趙匡胤的弟弟趙匡義（後為避趙匡胤諱改名光義，即宋太宗）和親信趙普見時機成熟，便授意將士將一件事先準備好的供皇帝登基用的黃袍披在假裝醉酒剛剛醒來的趙匡胤身上，一起拜於庭下，呼喊萬歲的聲音幾里外都能聽到。趙匡胤卻裝出一副被迫的樣子說:「你們自己貪圖富貴，立我為天子，你們要是聽我的話我就當天子，要不然，我不能當這個天子。」擁立者一齊表示堅決服從。趙匡胤就當眾宣佈，回開封後，對後周的太后和小皇帝不得驚擾，對後周的公卿不得侵凌，對朝廷府庫不得侵掠，服從命令者有賞，違反命令者族誅！於是趙匡胤率兵變的隊伍回師開封。守備都城的主要禁軍將領石守信、王審琦等人都是趙匡胤過去的結義兄弟，得悉兵變成功後便打開城門接應。陳橋兵變的將士兵不血刃就控制了後周的都城開封。趙匡胤逼使恭帝禪位，輕易地奪取了後周政權，改封恭帝為鄭王。由於趙匡胤在後周任歸德軍節度使的藩鎮所在地是宋州，遂改國號為「宋」，定都開封。成語「黃袍加身」，後比喻發動政變獲得成功。

◎ 三朝元老

公元 75 年，東漢王朝的漢章帝劉炟（dá）即位後，命令大赦天下，並給文武百官晉封。太尉節鄉侯趙熹在漢光武帝和明帝時都是太尉，人稱「三世在位，為國元老」。元老就是年老而有聲望的大臣。另一位元老是大司空牟融，他在職期間，也是勤勤懇懇，盡職盡責。章帝對兩位元老十分敬重，請趙熹做太傅，教育皇子；又將牟融改任太尉、尚書令。章帝還詔諭眾臣們說：「如果我有什麼地方做得不對，或違背了正道，你們應該給我指出來，使我不致犯大錯誤。」後來章帝在位三十多年，雖然國內有天災人禍，外有敵人入侵，但仍能天下太平，百姓安居樂業。成語「三朝元老」即由「三世在位，為國元老」而來，後用來指在一個部門工作久、資格很老的人；或指經歷幾個朝代的官僚。

◎ 精金良玉

程顥，號明道，世稱「明道先生」，北宋理學家、教育家。程顥和弟弟程頤開創「洛學」，世稱「二程」，同為北宋理學的奠基者，以「理」或「道」作為全部學說的基礎，認為「理」是先於萬物的「天理」，「萬物皆只是一個天理」。現行社會秩序為天理所定，遵循它便合天理，否則是逆天理。人慾蒙蔽了本心，便會損害天理，因此教人「存天理、滅人慾」。而要「存天理」，必須先「明天理」；要「明天理」，便要即物窮理，逐日認識事物之理，積累多了，就能豁然貫通。從二程開始，「理」或「天理」被作為哲學的最高範疇使用，人類社會的等級制度及與之相適應的社會道德規範，都是「天理」在人間社會的具體表現形態。「君臣父子，天下之定理，無所逃於天地之間。」二程創立的理學對中華傳統文化的影響深刻而廣泛。一些經典格言（如天理良心、誠心誠意、天理難容等）已融入人們的思想，出現在人們的口語中，直接影響了中國人的思想和行為。「二程」的弟子游酢評價程顥說：「明道先生資稟既異，而充養有道，純粹如精金，溫潤如良玉，寬而有制，和而不流。」意思是說，程顥資質稟賦異於常人，而且有充分的修養和品德，純粹得像精煉的黃金，溫潤得像美麗的寶玉，寬容但又有節制，平和待人又不同於流俗。成語「精金良玉」原意是像純金美玉一樣，比喻事物精美，人品純正。

◎ 一團和氣

程顥修養有道，和粹之氣，盎然於面，門人、友人與之相交數十年都未嘗看見他有急厲之色。程顥在京任御史期間，恰逢宋神宗安排王安石在全國推行變法，變法一經鋪開，便立刻激起眾多士大夫的反對。但同是反對者，反對的程度和態度也不盡相同。右諫議大夫司馬光、翰林學士范鎮、御史中丞呂公著等人對新法明確表示反對，其中司馬光最為激烈，他曾對宋神宗說：「臣之於王安石，猶冰炭之不可共器，若寒暑之不可同時。」而程顥作為反對者陣營中的一員，態度上卻溫柔敦厚多了。王安石作為朝中炙手可熱的人物，也對程顥表現出異乎尋常的尊敬，儘管王比程還年長十一歲。王安石與大臣們討論變法事宜，一遇思想不通處，必定聲色俱厲，暴跳如雷，重者貶人官帽。有一次，恰巧程顥受命前來議事，見王安石發脾氣，就不慌不忙地勸道：「天下事非一家私議，願平氣以聽。」王安石見是程顥所言，又道理俱在，因此「為之愧屈」。程顥說話做事，有理有節，不動真氣，他多次上書宋神宗，指出不可變法的理由。他認為變法的反對者太多，總有反對的理由，天下沒有反對者過多而能成功的改革，他以支持和反對改革人數的多寡來預測改革的成敗，這與其他士大夫或批評王安石的長相或貶低他的品格不同。變法的對錯好壞姑且不論，程顥對待變法表現出的溫柔敦厚，頗具君子之風。朱熹《伊洛淵源錄》卷三引《上蔡語錄》：「明道終日坐，如泥塑人，然接人渾是一團和氣。」意思是說，程顥思考學問能一動不動地坐一天，像泥塑木雕一樣，但如果有人去找他，他接待人家時卻非常溫和。成語「一團和氣」，本指態度和藹可親；現也指互相之間只講和氣，不講原則。

◎ 胸有成竹

北宋時期，曾有一個著名的畫家，名字叫文同，字與可，是當時畫竹子的高手，形成墨竹一派，有人稱之為「文湖州竹派」。「胸有成竹」這個成語就是起源於他畫竹的思想。據悉，文同為了畫好竹子，長年在竹林子裏頭鑽來鑽去，不管是春夏秋冬，也不管是颳風下雨，都不會影響到他。由於文同堅持不懈地對竹子作細微觀察和研究，竹子在春夏秋冬四季的形狀有什麼變化；在陰晴雨雪天，竹子的顏色、姿勢又有什麼兩樣；在強烈的陽光照耀下和在明淨的月光映照下，竹子又有什麼不同；不同的竹子，又有哪些不同的樣子，他都摸得一清二楚，所以他畫起竹子來，根本用不着畫草圖。蘇軾《文與可畫筼簹穀偃竹記》：「畫竹必先得成竹於胸中，執筆熟視，乃見其所欲畫者，急起從之，振筆直遂，以追其所見，如兔起鶻落，少縱則逝矣。」意思是說，畫竹子一定要心裏有完整的竹子，拿着筆凝神而視，就能看到自己心裏想要畫的竹子了。這時快速地跟着自己的所見去畫，去捕捉看到的形象，就像兔子躍起、鶻鳥降落一樣迅速。晁補之《贈文潛甥楊克一學文與可畫竹求詩》:「與可畫竹時，胸中有成竹。」意思是說，文與可畫竹子之前，心裏已經有了竹子的形象。成語「胸有成竹」就是由此而來，原意是畫竹子之前心中要先有竹子的形象，後比喻在做事之前心中要有完整的謀劃打算。文同傳世作品極少，今台北故宮博物院藏《墨竹圖》為其真跡，畫倒垂竹一枝，形象真實，筆法嚴謹。廣州藝術博物院藏有《墨竹圖》一軸，係此軸臨本。

◎ 程門立雪

北宋時期的程顥、程頤兄弟飽讀詩書，滿腹經綸，有不少年輕士子慕名前來拜訪求學。當時有一個叫楊時的人，從小就聰明好學，人稱神童，遠近聞名。楊時考中進士後，要赴瀏陽任縣令，他早就仰慕程頤的學問才華，聽說程頤居住在洛陽，就繞道洛陽，拜在他門下。有一天，楊時與學友游酢，因對某問題有不同看法，為了求得一個正確答案，一起去程頤家請教。時值隆冬，天寒地凍，路上沒有一個行人。他們行至半途，朔風凜凜，瑞雪霏霏，冷颼颼的寒風肆無忌憚地灌進他們的領口。他們把衣服裹得緊緊的，匆匆趕路。來到程頤家門口時，適逢程頤坐在爐火旁打坐養神。楊時和游酢二人不敢驚動打擾老師，於是就恭恭敬敬侍立在門外，等候老師醒來。這時，遠山如玉簇，樹林如銀妝，房屋也披上了潔白的衣服。楊時的一隻腳凍僵了，冷得發抖，但依然恭敬地站着。過了很久，程頤一覺醒來，從窗口發現侍立在風雪中的楊時和游酢，只見他們通身披雪，腳下的積雪已一尺多厚了，趕忙起身迎他倆進屋。後來，楊時學得「二程」學說的真諦，對閩中理學的興起有開創之功，被後人尊為「閩學鼻祖」。成語「程門立雪」，舊指學生恭敬受教，現指尊敬師長，比喻求學心切和尊敬有學問的長者。

◎ 香車寶馬

李清照，號易安居士，宋代婉約派代表詞人，有「千古第一才女」之稱。父親李格非是蘇軾的學生，「蘇門後四學士」之一，藏書甚富。母親是狀元王拱辰的孫女，很有文學修養（一說李清照母親為元豐宰相王珪長女，善文詞，李清照兩歲時生母去世，王拱辰孫女為其繼母）。李清照小時候就在良好的家庭環境中打下文學基礎，「自少年便有詩名，才力華贍，逼近前輩」（王灼《碧雞漫志》語），曾受到當時的文壇名家、蘇軾大弟子晁補之的大力稱讚。公元 1099 年，李清照十六歲時寫出了廣為傳誦的《如夢令》:「昨夜雨疏風驟，濃睡不消殘酒。試問捲簾人，卻道海棠依舊。知否，知否，應是綠肥紅瘦。」此詞一問世，便轟動了整個京師。「綠肥紅瘦」後來發展成為一個成語，意思是綠葉茂盛，花漸凋謝，指暮春時節，也形容春殘的景象。李清照出嫁後與丈夫趙明誠共同致力於書畫金石的蒐集整理。金兵入據中原時，李清照流寓南方，境遇孤苦，1155 年去世。李清照的作品名為《易安集》《漱玉集》，因此她的詞也被稱為「易安詞」「漱玉詞」，但是她的詞集都未能傳下來。其詞據今人所輯有四十五首，另存疑十餘首。其創作內容因她在北宋和南宋時期生活的變化而呈現出前後期不同的特點。前期多寫悠閒生活，比較真實地反映了她的閨中生活和思想感情，題材集中於寫自然風光和離別相思。南渡後的詞充滿了淒涼、低沉之音，主要是抒發傷時念舊和懷鄉悼亡的情感。如《永遇樂》一詞，通過北宋京城汴京（今河南省開封市）和南宋京城臨安（今浙江省杭州市）元宵節有關情景的描寫和對比，抒發了作者對故國鄉關和親人的懷念之情，並含蓄地表達了對南宋統治者苟且偷安的不滿。「來相召、香車寶馬，謝他酒朋詩侶」是其中的一句，成語「香車寶馬」即由此而來，意思是華麗的車子，珍貴的寶馬，後來指考究的車騎。李清照晚年曾想收陸游的夫人為弟子，但未果。陸游《夫人孫氏墓誌銘》云：「夫人幼有淑貞，故趙建康明誠之配李氏，以文辭名家，欲以其學傳夫人。時夫人始十餘歲，謝不可，曰：『才藻非女子之事也。』」

◎ 倒打一耙

豬八戒是明代作家吳承恩在古典名著《西遊記》中創造出來的人物。豬八戒原是玉皇大帝手下的天蓬元帥，主管天河，因醉酒調戲嫦娥被玉皇大帝逐出天界，到人間投胎，卻又錯投豬胎，嘴臉與豬相似。他下凡後棲身雲棧洞，後被觀音菩薩指點歸於佛門，在高老莊等候取經人時入贅高太公家。唐僧西去取經路過高老莊，豬八戒被孫悟空收服，拜唐僧為師。唐僧因豬八戒「老實」，平常多袒護豬八戒而責備孫悟空，豬八戒也好進讒言，多次挑唆唐僧與孫悟空的關係，導致唐僧兩次將孫悟空趕走，直到「真假美猴王」之後，師徒之間才剪除二心，同心戮力，趕奔西天。遇到妖怪時，豬八戒敢於爭先，是孫悟空的好幫手，兄弟合力打敗牛魔王、九頭蟲、豹子精、蟒蛇精等許多妖怪。取得真經後，如來封豬八戒為「淨壇使者」。豬八戒以釘耙為武器，常用回身倒打一耙的絕技戰勝對手。後人由此總結出成語「倒打一耙」，意為自己做錯了，不但拒絕別人的指責，反而指責對方。

◎ 上下其手

春秋時期，有一次，楚國出兵攻打鄭國。鄭國守將皇頡率兵迎戰，不幸戰敗，被楚將穿封戌俘獲了。穿封戌很高興地帶着俘虜回去報功，不料在半路上被楚王的弟弟公子圍把俘虜奪去了，說是他擒到的。穿封戌當然不服氣，就告到楚王那裏，楚王便派一個叫伯州犁的官員處理此案。伯州犁聽了穿封戌和公子圍的陳述之後，就說：「要明白這事，最公正的辦法，便是問俘虜自已，誰捉住他的，他總不會搞錯吧。」穿封戌認為他捉住皇頡，這是事實，問誰都不怕；而公子圍呢？他也有恃無恐，料定伯州犁不敢得罪他，所以兩人都同意他的辦法。伯州犁就叫人把皇頡帶上來，然後，舉起一隻手向上指着公子圍說：「這位是公子圍，是我們國王的弟弟。」又用手向下指着穿封戌說：「這是穿封戌，是方城外的縣尹，這兩人到底是誰捉住你的？」皇頡是一位很機靈的人，看到伯州犁的手勢，再聽他的語氣，就知道伯州犁存心袒護公子圍，他被穿封戌俘獲，本來已經恨他，現在自然樂得討好楚國貴族，或許可以獲得赦免，所以就很肯定地說是被公子圍捉住的。穿封戌雖然十分氣憤，但也沒辦法。後來這個故事被濃縮成「上下其手」，用來比喻玩弄手段，暗中作弊。

◎ 喪心病狂

秦檜，南宋奸臣、主和派代表人物。他曾主張抗金，反對割地求和。金軍攻佔開封後，秦檜因反對成立張邦昌偽楚政權，被金軍驅擄北去。在金朝期間，為金將完顏昌所信用。公元 1130 年，完顏昌率兵進攻淮北重鎮山陽（今屬江蘇省淮安市），秦檜隨軍同行，曾向被圍將領寫過勸降書。十月，秦檜攜家眷離開金營，返回行都臨安（今浙江省杭州市）。秦檜歸宋後，自稱殺了監視自己的金兵，搶了小船逃回。朝臣多持懷疑態度，宰相范宗尹與秦檜關係要好，竭力保薦他的忠心。秦檜向宋高宗提出「如欲天下無事，南自南，北自北」的南北分治方略，並呈上草擬的和議書。高宗認為秦檜忠心可嘉，任命其為禮部尚書，後拜相。1138 年五月，金派使者議和。秦檜奏請若要議和，只和自己商議，不許羣臣干預。高宗同意。金使者來到臨安後，秦檜將其安排在祕書省居住。大臣范如圭竭力反對，對左相趙鼎説：「祕書省是機密要地，怎能讓仇敵在這裏居住？」趙鼎便安排金使到使館居住。金使態度蠻橫傲慢，引起朝內外的憤恨。范如圭寫信斥責秦檜信奉邪學，背棄先師，有喪權辱國之罪。信中又道：「公不喪心病狂，奈何為此，必遺臭萬世矣！」意思是説，你假如不是喪心病狂，怎麼會如此？你的所作所為，必然會使你遺臭萬年！成語「喪心病狂」就是從這兒來的，後人常用這個成語形容喪失理智、殘忍狠毒，像發瘋一般的行為。1140 年，岳飛、韓世忠等軍大舉北伐，屢破金軍，進逼開封。秦檜卻慫恿宋高宗迫令班師，導致北伐成果毀於一旦。此後，宋高宗與秦檜連謀，相繼解除岳飛等大將兵權，誣構謀反罪狀，並殺害岳飛。

◎ 莫須有

岳飛是南宋時期抗金名將、民族英雄，位列南宋「中興四將」之首。在岳飛的帶領下，宋軍從金兵手中收復大片土地。1140 年秋，岳飛率領軍隊在河南大敗金兵，乘勝前進，一直打到開封的朱仙鎮，北方軍民抗金情緒高漲。河北的義軍聽到岳家軍打到朱仙鎮，都歡欣鼓舞，渡過黃河來同岳家軍會合。老百姓也用牛車拉着糧食慰勞岳家軍，有的還頂着香盆來歡迎，個個興奮得直流眼淚。岳飛眼看這個勝利的形勢，也止不住心裏的興奮。他鼓勵部下説：「大家努力殺敵吧。等我們直搗黃龍府的時候，再跟各路弟兄痛痛快快喝酒慶祝勝利吧！」不料，就在岳飛躊躇滿志之時，皇帝卻連發十二道金牌，召他班師回朝。他和將帥們收復國土的宏圖大志也不得不半途而廢。原來，就在百姓們在朱仙鎮和岳家軍慶祝勝利之時，金軍派使者送密信給秦檜説：「你天天向我們求和，但是留着岳飛，我們不放心。一定得想法子把他除掉。」秦檜是當朝最大的實權派，也是最富有的官僚，為了保住財產與官職，他主張儘快求和。他接到主子的密信，就向岳飛下毒手了。1141 年四月，宋高宗和秦檜召岳飛至臨安，解除了他的兵權。然後，秦檜唆使監察御史万俟卨（mò qí xiè）等爪牙羅織罪名，接二連三上奏章攻擊岳飛。不僅如此，秦檜還利用岳飛原上司張俊對岳飛的妒忌，勾結張俊，讓其唆使岳家軍的部將王貴、王俊，誣告另一個部將張憲想佔據襄陽，發動兵變，幫助岳飛奪回兵權，還誣告岳飛的兒子岳雲曾經寫信給張憲，祕密策劃這件事。就這樣，張憲、岳飛遭到陷害，被逮捕入獄，受盡酷刑。抗金名將韓世忠對此憤憤不平，他質問秦檜：「岳飛抗金，何罪之有？岳飛謀反，證據何在？」秦檜支支吾吾，做出了一個臭名昭著的回答：「飛子雲與張憲書雖不明，其事體莫須有。」「莫須有」即也許有（一說不須有，一說恐怕有，一說難道沒有），秦檜大意是說：岳飛的兒子岳雲和張憲設計為岳飛收回兵權，這件事雖然不是很明朗，但也許有吧！韓世忠聽後，憤怒地對他說：「『莫須有』三字何以服天下！」按照秦檜的授意，岳飛三人很快就被判處死刑。1142 年春節的前一個晚上，岳飛在杭州風波亭遭到殺害，當時他只有三十九歲。岳飛被害前，在風波亭中寫下八個絕筆字：「天日昭昭，天日昭昭。」成語「莫須有」，形容無中生有，羅織罪名，用以表示憑空誣陷。

◎ 東窗事發

據明人田汝成《西湖遊覽志餘》記載，秦檜想殺岳飛，又擔心世人議論，猶豫不決，就和妻子王氏在東窗下商議。王氏說：「捉虎容易，放虎就難了！」於是秦檜下定決心除掉岳飛。後來，秦檜乘船在西湖遊玩，見一人披頭散髮，對他厲聲叫道：「你誤國害民，我已經上告蒼天，等着上天派人來抓你吧！」秦檜回到家就斃命了。王氏請人驅邪，方士便設壇作法，在冥界見到了秦檜的繼子秦熺，問太師何在，秦熺答在酆都，方士遂到酆都，看到秦檜和万俟卨都披枷帶鎖，備受痛苦。秦檜見到方士，就說：「麻煩轉告我夫人，就說東窗的事情已經泄露了。」這則故事在《喻世明言》《説岳全傳》等作品中亦有描述，情節大同小異。後人據此引出成語「東窗事發」，比喻不可告人的祕密已徹底敗露。

◎ 樹倒猢猻散

南宋龐元英《談藪》中記錄了這樣一則故事：南宋時，有個叫曹詠的人，因和丞相秦檜關係密切，當上了大官。他家乡有不少人奉承巴結他，使他非常得意。可是，他的大舅子厲德新，雖然只是個小小的「里正」（相當於現在的鄉長或村長），卻不買他的賬。於是曹詠便懷恨在心，處處刁難。後來，秦檜死了，過去依附秦檜的人隨之垮台，曹詠也被貶到新州（今廣東省新興縣）。於是厲德新便寫了一篇《樹倒猢猻散賦》，把秦檜比作一棵大樹，把曹詠等人比作一羣猴子，昔日猴子們靠着大樹的蔭庇，作威作福。如今大樹一倒，猴子們只得散夥了。厲德新把它寄給了曹詠，曹詠看後，又生氣又慚愧。「樹倒猢猻散」一語即由此故事而來，用來比喻權勢一倒，依附的人隨即紛紛散去。另據明朝郎瑛《七修類稿》説：秦檜未當官時，曾經是個私塾教師，生活比較清苦，因此頗有牢騷怨憤。他寫過兩句詩：「若得水田三百畝，者（這）番不做猢猻王。」把塾中學生比作猢猻，而自比「猢猻王」。所以，厲德新「樹倒猢猻散」的比喻是有所根據的，更增諷刺的妙趣。

◎ 慶父不死，魯難未已

春秋時期，魯莊公病重後，開始考慮繼承人。遵循舊制，應該是嫡長子繼承君位，但由於夫人哀姜沒有生子，只能立哀姜的妹妹叔姜之子公子啟為太子，可魯莊公卻不喜歡，便想到了兩個寵妃生的孩子公子斑和公子申。但他們不是長子不能繼承王位，魯國當時的規矩是，無長子繼承，王位就可以傳位君主的弟弟。於是魯莊公找弟弟們來商量並試探。魯莊公知道二弟慶父兇殘專橫，且隱隱約約地聽説他與哀姜關係曖昧，不願見他，就叫來三弟叔牙商議後事。誰知叔牙早被慶父收買，極力推薦慶父，莊公沒説什麼。又叫來四弟季友，季友明白莊公的心意，盛讚公子斑的仁德，願竭力擁戴公子斑繼承王位，此事就這樣敲定了。莊公駕崩後，季友設計毒死了叔牙，孤立了慶父，宣佈遺詔，讓公子斑登上了王位。慶父哪能忍下這口惡氣，與哀姜密謀除掉新君，讓誰繼位呢，哀姜極力慫恿慶父登基，慶父認為時機尚未成熟，先讓八歲的啟當個傀儡，再伺機而動。而啟是哀姜的親外甥，她也就同意了。恰巧斑的外公去世，趁斑去弔唁的時候，慶父發動政變，讓啟當了國君，這就是魯閔公。然後他們派人在途中截殺了公子斑。季友感到了威脅，趕快帶着公子申逃到邾國去了。哀姜、叔姜都是齊國公主，閔公是齊國國君齊桓公的外孫，慶父感到新君地位不穩，就慌慌張張地跑到齊國去爭取援助，齊桓公答應了他。此時慶父越發猖狂，隨意誅殺異己，欺壓良善。第二年慶父就和哀姜殺掉了閔公，自立為國君了。這一下，齊桓公坐不住了，他作為中原霸主，對鄰國的動亂不能不問，況且被殺的是自己的外孫，於是派大夫仲孫湫以弔唁名義去魯國查看情況，準備採取措施。仲孫湫回來報告説：「不去慶父，魯難未已。」意思是説，如果不除去慶父，魯國的災難是不會終止的。國人見慶父連殺兩個國君，又胡作非為，已滿腔憤怒，聽説齊國要對付他，就紛紛起來反抗慶父。這時身在邾國的季友發出討伐慶父的檄文，並擁戴公子申為國君，國人熱烈響應。慶父自知罪孽深重，又寡不敵眾，倉皇逃到莒國去了。季友帶公子申回國，並立為新君，這就是魯僖公。後來季友買通莒國，要將慶父押解回國，慶父走投無路，終於自殺。魯國的內亂才算平定。成語「慶父不死，魯難未已」就出自於此，後用來比喻不除掉製造大亂的罪魁禍首，國家和人民就不得安寧。後人也把常常製造內亂的人比作慶父。

◎ 欲加之罪，何患無辭

里克是春秋前期晉國卿大夫，晉獻公的股肱之臣，能征善戰的統帥。晉獻公的兒子申生、重耳和夷吾品行高尚，都有賢德之名，頗受國人稱讚。申生按周禮制度被立為太子。但當獻公於公元前672年伐驪戎得驪姬兩姊妹後，事情便發生了轉變。後來驪姬生了奚齊，她的妹妹生了卓子。驪姬想立奚齊為太子。晉獻公將申生、重耳、夷吾分別發配到曲沃、蒲城和屈，後又決定除掉申生，申生無奈自殺。晉獻公死後，相國荀息按照獻公遺命，立奚齊為國君。當年十月，里克收買了個大力士，刺殺了奚齊。荀息把喪事辦完後，又召集文武百官把九歲的卓子扶上王座，立為新的國君。里克仍不甘心，又殺卓子於朝堂，荀息在悲憤中自殺，晉國大亂。里克暫時掌握了國家生殺大權，決定擁立逃亡在外的重耳，但重耳不清楚國內的具體情況，婉言謝絕。里克頗為失望，便選擇同樣逃亡在外的公子夷吾。夷吾向里克承諾，待自己做了國君，便封他為相國，並把汾陽的城邑給他。然後夷吾回國即位，這就是晉惠公，但他重用原來的親信，對里克的承諾隻字不提，而且總是擔憂自己像奚齊、卓子一樣被弒。為了壓制里克，削弱里克的軍權，晉惠公又派親信郤芮帶兵包圍里克家，向里克喊話：「如果沒有您，我就不能做國君。雖然是這樣，可您殺掉了兩個國君，逼死了一個大夫，做您的國君，豈不是太難了嗎？」里克仰天長歎：「不有廢也，君何以興？欲加之罪，其無辭乎？臣聞命矣。」意思是說，沒有奚齊、卓子的被廢，您又怎麼可能得志呢？想要給別人添加罪名，還怕沒有話可說嗎？下臣明白您的意思了。說完里克拔劍自刎。成語「欲加之罪，何患無辭」原意是要想加罪於人，何愁找不到藉口，指以種種藉口誣陷人。

◎ 天下無雙

李廣，西漢時期名將，秦朝名將李信的後代。公元前 166 年，匈奴大舉入侵蕭關，李廣從軍抗擊匈奴，因為精通騎馬射箭，斬殺匈奴首級很多，被任命為中郎。李廣曾數次隨從皇帝狩獵，格殺猛獸，漢文帝說：「可惜你生不逢時，假如你生在太祖高皇帝時代，做個萬戶侯又算得了什麼！」漢景帝即位後，李廣任隴西都尉。吳楚七國之亂時，李廣任驍騎都尉，跟隨太尉周亞夫反擊吳楚叛軍。在昌邑城下，奪取叛軍軍旗，立了大功，以此名聲顯揚。後來李廣調為上谷太守，天天與匈奴交戰。典屬國公孫昆邪哭着對漢景帝說：「李廣的才氣，天下無雙，他又自恃能力高強，屢次與匈奴較量，這樣下去恐怕要失去這位將領。」於是朝廷調李廣為上郡太守。後來歷任隴西、北地、雁門、代郡、雲中等地太守，都因奮力作戰而出名，匈奴畏服，稱之為「飛將軍」。成語「天下無雙」，指天下找不出第二個；形容出類拔萃，獨一無二。

◎ 桃李不言，下自成蹊

李廣一生跟匈奴打過七十多次仗，戰功卓著，深受官兵和百姓的愛戴，但他一點兒也不居功自傲。他不僅待人和氣，還能和士兵同甘共苦。每次朝廷給他賞賜，他都分給官兵們；行軍打仗時，遇到糧食或水供應不上的情況，他自己也同士兵們一樣忍飢捱餓；打起仗來，他身先士卒，英勇頑強，只要他一聲令下，大家個個奮勇殺敵，不怕犧牲。所有將士都對李廣非常崇敬。後來，當李廣去世的噩耗傳到軍營時，全軍將士無不痛哭流涕，連許多與他平時並不熟悉的百姓也紛紛悼念他。漢朝偉大的史學家司馬遷在為李廣立傳時稱讚道：「孔子說：『其身正，不令而行；其身不正，雖令不從。』這說的就是李廣啊。我見過李將軍，他就像一個非常樸實的鄉下人，不善於言辭。在他死的時候，天底下無論認識他的不認識他的，都非常悲傷。他那忠實誠懇的心地為士大夫所崇敬。正像諺語說的：『桃李不言，下自成蹊。』」「桃李不言，下自成蹊」的意思是，桃李有着芬芳的花朵，甜美的果實，雖然它們不會說話，但仍然會吸引人們到樹下賞花嘗果，以至樹下都被走出一條小路。

◎ 歎為觀止

季札，又稱延陵季子，是春秋時期具有遠見卓識的政治家和外交家。季札為人高風亮節，「季札讓國」「延陵掛劍」等事跡，反映了他謙讓、守禮、仁義、誠信等美德。他曾奉命出使魯、齊、鄭、衛、晉五國，同齊國的晏嬰，鄭國的子產及魯、衛、晉等國的重要政治家會晤，評論時勢，既展現了自己的遠見卓識，也使中原國家了解並通好吳國。季札奉命出使魯國時，在魯國國都聽到了蔚為大觀的周樂。季札以深密的感受力和卓絕的見識，透析了禮樂之教的深遠蘊涵，以及周朝的盛衰之勢，語驚四座，使眾人為之側目。聽到《唐》，他聽出了思接千載的陶唐氏遺風；聽到《大雅》，他在樂曲深廣的氣魄裏，聽到了文王之德；當《魏》歌四起，那「大而寬，儉而易」的盟主之志，輝映着以德輔行的文德之教。到《招箾》舞起的時候，季札驚歎道：「大矣，如天之無不幬（dào）也，如地之無不載也！雖甚盛德，其蔑以加於此矣。觀止矣！若有他樂，吾不敢請已。」意思是說，沒有比這更高的音樂了，就如同蒼天無不覆蓋，大地無不承載。就算是盛德之至，也是無以復加了。看到這兒就足夠了。後面再有什麼音樂，我也不想看了。「歎為觀止」這一成語就是從這兒來的，現多讚歎所見事物已好到極點。

◎ 皮相之士

有一次，季札外出遊覽，看見路上有別人丟失的金子。此時正當夏天，有個穿着皮衣砍柴的人，季札便招呼砍柴的人說：「把地上的金子撿起來吧。」砍柴的人聽後把鐮刀扔在地上，瞪大眼睛，生氣地說：「怎麼你地位這麼高，而看問題這麼低下；儀態容貌這麼豪壯，而言語這麼粗野！我夏天穿着皮衣砍柴，難道就是撿金子的人嗎？」季札趕緊向他道歉，問他姓氏字號，砍柴的人說：「雖然你從外表看是個有地位有知識的人，但不值得把我的姓名告訴給你。」說完他就頭也不回地走了。成語「皮相之士」和「披裘而薪」就是從這兒來的。「皮相之士」意思是僅看外表不察內情、見識膚淺的人。「披裘而薪」形容志高行潔的隱士。

◎ 從善如流

欒書，春秋中期晉國大臣，政治家、戰略家，於公元前 587 年到公元前 573 年擔任正卿，執政時期將晉楚爭霸戰爭再度推向高潮。公元前 586 年，鄭國與晉國結盟，原來與鄭國交好的楚國無法容忍。楚共王派遣令尹子重出師伐鄭，鄭悼公向晉國求救，欒書率領晉國主力悉數南下，在繞角（今河南省確山縣）與子重的大軍對峙。子重看見晉軍氣勢如虹，便避開晉軍之鋒芒，欒書率軍順便攻擊楚國的另一盟友蔡國，楚公子成、公子申率領申、息兩縣軍隊前來抵抗晉軍，但一戰即潰。多數將領認為應當乘勝進攻，一舉全殲這兩支楚國偏師。欒書召開會議討論，荀首、士燮、韓厥三人反對：「我們出兵是為救援鄭國，如今楚軍已退，我們才能攻入蔡國，這叫『遷戮』。如果我們繼續作戰，滅掉申、息這兩支部隊，我軍必然疲憊，楚國人也必然被我們激怒。這裏是楚國的地盤，楚國主力出動的話，勝負難料。況且，我們以大國之兵攻兩縣之卒，勝之不武，敗則辱國。所以此仗毫無意義，不如見好就收。」欒書就下令三軍撤退。有人問欒書：「古之聖人兼聽則明。您攜十一個卿出師，卻只有三卿力主不戰，您為何不聽從多數人的意見呢？」欒書説：「荀首、士燮、韓厥三個人的意見都很正確，正確的意見，就是真正代表多數人的意見。我聽從他們的正確意見，難道不對嗎？」過了兩年，欒書率軍攻楚，俘虜了楚國大夫申驪。楚軍撤退，晉軍乘勝追擊，進攻楚國的附庸沈國，俘獲了沈君揖初。《左傳》的作者認為這次勝利是因為欒書在前年採納了荀首、士燮、韓厥三人的良言，並給欒書以「從善如流」的美譽。「從善如流」形容能迅速而順暢地接受別人的正確意見。欒書子孫的遺物「欒書」青銅缶，現藏中國國家博物館。

◎ 千萬買鄰

呂僧珍是南北朝時期南梁的開國功臣，梁武帝很欣賞他的才幹。有一次，呂僧珍請求梁武帝讓他回鄉掃墓。梁武帝不但同意，而且任命他為南兗州刺史，讓他光耀門庭。呂僧珍到任後，不徇私情，秉公辦事。因公會客時，連他的兄弟也只能在外堂，不准進入客廳。一些近親，以為有了呂僧珍這樣的靠山，可以謀取一官半職，就到州裏來找他。呂僧珍耐心説服他們回去，繼續做自己原來幹的事兒。呂僧珍住宅的前面，有一所他屬下的官舍，平時出入的人很多。有人建議他讓屬下到別處去辦公，把官舍留下來住。呂僧珍嚴詞拒絕，表示決不能把官舍作為私人的住宅。呂僧珍這種廉潔奉公的高尚品德，受到了人們的稱頌。有位名叫宋季雅的官員告老還鄉到南兗州後，特地把呂僧珍私宅鄰家的一幢房屋買下來居住。一天，呂僧珍問他買這幢房子花了多少錢，宋季雅回答説：「共花了一千一百萬。」呂僧珍聽了大吃一驚，又問道：「要一千一百萬，怎麼會這麼貴？」宋季雅笑着回答説：「其中一百萬是買房屋，一千萬是買鄰居。」呂僧珍聽後想了一會兒才明白，跟着笑了起來。「千萬買鄰」後用來指好鄰居難得可貴。

◎ 奇貨可居

戰國時候，大商人呂不韋到趙國的都城邯鄲做生意。一天，他在路上看到一個氣度不凡的年輕人。有人告訴他，這個年輕人是秦昭王的孫子，太子安國君的兒子，名叫異人，正在趙國當人質。當時，秦趙兩國經常交戰，趙國有意降低異人的生活標準，弄得他非常貧苦，甚至天冷時連禦寒的衣服都沒有。呂不韋知道這個情況，立刻想到，在異人的身上投資會換來難以計算的利潤。他不禁自言自語說：「此奇貨可居也。」意思是把異人當作珍奇的物品貯藏起來，等候機會，賣個大價錢。呂不韋回到寓所，問他父親：「種地能獲多少利？」他父親回答說：「十倍。」呂不韋又問：「販運珠寶呢？」他父親說：「百倍。」呂不韋接着問：「那麼把一個失意的人扶植成國君，掌管天下錢財，會獲利多少呢？」他父親吃驚地搖搖頭，說：「那可沒辦法計算了。」呂不韋聽了他父親的話，決定做這筆大生意。他首先拿出一大筆錢，買通監視異人的趙國官員，結識了異人。他對異人說：「我想辦法，讓秦國把你贖回去，然後立為太子，那麼，你就是未來的秦國國君。你意下如何？」異人又驚又喜地說：「那是我求之不得的好事，真有那一天，我一定重重報答你。」呂不韋立即到秦國，用重金賄賂安國君左右的親信，把異人贖回秦國。安國君有二十多個兒子，但他最寵愛的華陽夫人卻沒有兒子。呂不韋給華陽夫人送去大量奇珍異寶，讓華陽夫人收異人為嗣子。秦昭王死後，安國君即位，史稱孝文王，立異人為太子。孝文王在位不久即死去，太子異人即位為王，即莊襄王。莊襄王非常感激呂不韋擁立之恩，拜呂不韋為丞相，封文信侯，並把河南洛陽一帶的十二個縣作為封地，以十萬戶的租稅作為俸祿。莊襄王死後，太子政即位，即秦始皇，稱呂不韋為仲父，呂不韋權傾天下。「奇貨可居」後比喻依仗某種獨特的技能或事物以謀利。

◎ 一字千金

戰國時期流行養士之風，有名的戰國四公子都養有門客數千人。呂不韋當了秦國丞相後，在秦國之內權勢僅次於秦王，也養了三千門客，作為他的智囊，想出種種辦法來鞏固他的政權。這些門客，三教九流的人，應有盡有，他們各人有各人的見解和心得，都提出來寫在書面上，便匯集成了一部二十餘萬言的巨著，題名《呂氏春秋》。呂不韋就把這部書在秦國都城咸陽公佈，並懸了賞格，說如果有人能在書中增加一字或刪減一字，就賞賜千金（當時所謂的「金」，實際上是銅）。賞格公佈出來，沒有一個人敢自告奮勇去提意見，這部書本身的文辭十分講究是主要原因，再說誰敢去挑呂丞相的錯啊！後人根據這個故事，引申出「一字千金」這個成語，用來形容一篇文章的價值很高，或者稱讚一篇文章在修辭上特別出色，字字珠璣，不可多得。

◎ 不覺技癢

高漸離，戰國末期燕國的琴師，著名刺客荊軻的好友，擅長擊筑。筑是古代的一種弦樂器，頸細肩圓，中空，十三弦。荊軻刺秦王臨行時，高漸離與燕國太子丹把他送到易水河畔，高漸離擊筑，荊軻和而高歌「風蕭蕭兮易水寒，壯士一去兮不復還」。荊軻刺秦王沒有成功，卻因此喪命。秦王通緝捕捉燕太子丹和荊軻的同黨，高漸離就改名換姓，逃到一個偏僻的小地方給人家當傭工。有一次，主人家設宴款待來客，席間有人表演擊筑。高漸離聽了，不覺手頭癢癢，並且忍不住評論起來，說那些地方演奏得好，那些地方還不夠。主人見他說得頭頭是道，便叫他當眾表演。他乾脆打開箱子，拿出久藏的心愛樂器，換上舊時服裝演奏。他的高超技藝受到在座的人一致讚賞，主人也就不再把他當作傭工，而把他作為貴賓來招待了。消息很快傳到了秦始皇耳中，秦始皇召見他，有人認出他就是高漸離。秦始皇喜歡他的擊筑技藝，因此並未殺他，而是薰瞎了他的眼睛，讓他在身邊演奏。然而高漸離並未熄滅復仇之心，他試圖用充入鉛的筑，擊打秦始皇，但沒有擊中。秦始皇惱羞成怒，誅殺了高漸離，並且終身不敢再接近那些從前諸侯國的人。成語「不覺技癢」就是從這個故事來的，形容擅長或愛好某種技藝的人，一遇機會就急欲表現，好像不表現身上癢癢得忍耐不住。

◎ 趾高氣揚

公元前 701 年春，楚國掌管軍政的莫敖（相當於其他諸侯國的相國）屈瑕，率軍在鄖（yún）國的城邑蒲騷（今湖北省應城市西北）與鄖、隨、蓼（liǎo）等諸侯國的聯軍作戰。由於對方盟國眾多，氣勢盛大，屈瑕甚為恐慌。於是，他準備請求楚王增派軍隊。將軍鬥廉反對這樣做，鬥廉認為，敵方盟國雖多，但人心不齊，鬥志不堅，只要打敗鄖國，整個聯軍就會分崩離析。他建議集中兵力迅速攻破蒲騷。屈瑕採納了鬥廉的建議，猛攻蒲騷，大獲全勝。這就是歷史上的「蒲騷之戰」。但是，屈瑕並無自知之明，把別人的功勞都算在自己身上，因而驕傲起來，自以為是常勝將軍，從此任何敵人都不放在眼裏。過了兩年，楚王又派屈瑕率軍去攻羅國。出師那天，屈瑕全身披掛，向送行的官員告別，然後登上華美的戰車，威風凜凜地揚長而去。送行的大夫鬥伯比返回時對御手說：「莫敖必敗。舉趾高，心不固矣。」意思是說，莫敖這次出征要吃敗仗的！腳抬得那麼高，不能冷靜地、正確地指揮作戰。鬥伯比越想越感不妥，就吩咐御手駕車到王宮，求見楚王。他建議楚王給屈瑕增加軍隊，但楚王沒答應。屈瑕到了前線，更加不可一世，竟然下令軍中「敢諫者處於極刑」，武斷專橫到了極點。楚軍來到羅國都城時，對方早就整軍待戰。屈瑕毫不在意，讓部隊隨地駐紮，一點兒也不做戒備。羅軍聯合盧戎（今湖北省襄陽市西南）的軍隊猛烈攻擊。楚軍馬上潰散，死傷慘重。屈瑕乘着一輛戰車，狼狽而逃，逃到楚國境內，發現只剩孤身一人，好不悲傷，自縊而亡。「趾高氣揚」指走路時腳抬得很高，神氣十足；形容驕傲自滿，得意忘形的樣子。

◎ 掛冠歸去

逢萌是西漢末年東漢初年的隱士。一開始，他因為家裏貧窮在縣裏擔任亭長，這是一個級別非常低的小官，有一次縣尉經過他這裏，他跪拜迎接，隨後感歎說：「大丈夫怎麼能夠一直被人役使呢！」於是辭職不幹，去長安求學，通《春秋經》。逢萌後來又出來做官，當時王莽在西漢朝廷裏權勢薰天，被封為安漢公，但王莽的兒子王宇卻擔心王莽樹敵太多而進行血諫，被王莽殺掉。逢萌看出了王莽的用意，認為這樣的人不值得忠貞，於是摘下頭上的烏紗帽掛在都城東門外，悄悄地離開京城，攜家逃到遼東，後來王莽稱帝，建立新朝，但他的新朝僅存在了十五年就被推翻，王莽也死於亂軍之中。光武帝劉秀建立東漢後，逢萌隱居於琅琊勞山，也就是今天的嶗山，朝廷好幾次徵他出來做官，他都拒絕了。「掛冠歸去」這一成語就是從這兒來的，比喻辭官回家。

◎ 鶉衣百結

卜商，字子夏，春秋時晉國人，孔子的學生，「孔門十哲」「七十二賢」之一。卜商少時家貧，苦學而入仕，曾作過魯國太宰。孔子死後，他來到魏國的西河（今山西省河津市）講學，授徒三百，當時的名流吳起、田子方、李悝、段干木、公羊高等都是他的學生，連魏文侯都「問樂於子夏」，尊他為師，這就是有名的「西河設教」。由於孔子「述而不作」，於是子夏整理編訂六經，寄寓了自己的思想主張，所傳經學獨立形成子夏氏一派，對弘揚孔子學說起了關鍵作用，成為孔門弟子中有深遠影響的重要人物。子夏的生活較為清寒，《說苑》稱他為人「甚短於財」，意思是他的財富很少；《荀子》則說「子夏家貧，衣若懸鶉」，意思是說子夏因為家裏貧窮，身上穿的衣服補丁很多，就像衣服上掛了很多禿尾巴的鵪鶉鳥一樣。別人勸他出仕以改變處境，他回答說：「對於輕視我的諸侯，我不願做他的臣子；對於輕視我的大夫，我不願意再見他。凡追求名利的人，為了爪甲卻喪失了整個手掌，我不能因小失大。」「鶉衣百結」的意思就是穿的衣服破爛不堪，打滿補丁，形容特別貧窮。

◎ 期期艾艾

成語「期期艾艾」多用於形容人口吃，吐字重複，說話不流利，和兩個歷史人物周昌、鄧艾有關。西漢人周昌是漢高祖劉邦的同鄉，曾跟隨劉邦反秦立漢，頗有戰功，被封為汾陰侯。他性子急，敢於直言，但是有口吃的毛病。劉邦寵愛戚夫人，對戚夫人生的兒子趙王如意更是喜愛有加，視若掌上明珠。於是，劉邦便想廢掉呂后所生的太子劉盈，改立如意為太子。戚夫人為立兒子為太子，也煞費心機。她甜言蜜語說服劉邦，並哭哭啼啼訴說呂后想害死她們母子，如不立如意為太子，她們母子將死無葬身之地。但廢立太子的事，關係到國家的穩定和安危，必須朝議。劉邦廢太子劉盈的理由是「仁弱」和「不類我」（不像我那樣有帝王之姿），這兩條顯然不能構成廢掉一個太子的理由。周昌當時擔任御史大夫，反對說：「臣期期不奉詔！」意思是我絕不服從你這個決定。「期」，就是「朞」，作「極」字講，意思是堅決。因為周昌口吃，連説了兩個「期」字。鄧艾是三國時期的魏國名將，曾任鎮西將軍，統帥隴右各路軍馬，屢次與蜀軍作戰，因功封為鄧侯。最後攻破蜀都成都，逼迫後主劉禪投降的就是他。鄧艾也有口吃的毛病，説起話來總是重複自己的名字「艾」，從而形成「艾艾」。有一次，司馬昭與他開玩笑，問道：「你老是説艾艾，究竟有幾個鄧艾？」鄧艾回答道：「鳳兮鳳兮，本是一個鳳凰。」「鳳兮鳳兮」的典故出自《論語》。楚國有一個狂人叫接輿，有一次他唱着歌經過孔子的車子，説：「鳳兮！鳳兮！何德之衰？往者不可諫，來者猶可追。已而！已而！今之從政者殆而！」意思是説，鳳凰啊，鳳凰啊！為什麼道德如此衰微，過去的已經不能挽回，未來的還來得及改正。算了吧，算了吧！現在那些從政的人危險呀！孔子下車，想要同他説話，但接輿快走幾步避開了孔子，孔子沒能同他交談。司馬昭很讚賞鄧艾的巧妙回答，厚賞了鄧艾。

◎ 吾家千里駒

曹休，三國時期曹魏名將。曹休十餘歲時喪父，他與一個門客抬着父親的靈柩，臨時租借了一塊墳地將父親安葬，然後與母親一起渡江到吳地避難，被吳郡太守收留。公元 189 年，曹操在兗州舉義兵討伐董卓，曹休於是變易姓名從千里之外的吳地趕赴中原，見到曹操。曹操當時對左右的人説：「此吾家千里駒也。」這是誇讚曹休能夠輾轉行走千里來歸，如同能行走千里的馬駒。曹操讓曹休與曹丕共同食住，待若親子。218 年，劉備率領諸將攻打漢中，另派遣將軍吳蘭攻擊下辨。曹休擔任主帥曹洪的參軍，隨曹洪進軍征討。劉備見曹軍進至下辨，於是遣張飛屯駐於固山一帶，聲稱要切斷曹軍的後路。曹洪與諸將商議後都對是否繼續進軍猶豫不決，曹休説：「敵兵若真有意斷我糧道，就應該隱蔽地行動，暗中設伏。如今卻先虛張聲勢，説明這只是疑兵之計。我軍應該趁敵人尚未在下辨集結大軍之時，儘快擊破吳蘭。一旦吳蘭被擊敗，張飛的疑兵就毫無意義了，必定會自行退走。」曹洪聽從了他的建議，進兵擊破吳蘭，張飛果然退走。220 年，曹丕稱帝，曹休升任領軍將軍，封東陽亭侯。大將軍夏侯惇死後，曹休接替夏侯惇屯駐汝南郡召陵縣，負責抵禦孫權。當時孫權派遣將領屯駐歷陽，曹休到任後，立即率軍將之擊破，又另遣兵渡江偷襲，燒掉了吳軍設在蕪湖的軍營數千座。222 年，曹丕親征，兵分三路討伐孫權，任命曹休為征東大將軍，從東線出擊洞浦。曹休的對手是東吳名將呂範。一天夜裏，暴風吹斷了呂範船隊的纜繩，被吹散的吳軍船隻紛紛漂到長江北岸。曹休命魏軍趁機出戰，斬殺吳軍數千，俘獲大量舟船，取得大捷；又命臧霸率領萬餘人乘輕船五百追擊，斬殺吳軍數千人。魏明帝曹叡即位後，曹休進封長平侯。當時吳將審德屯駐皖城，曹休將其擊破，斬殺審德，收降吳將韓綜、翟丹等人，升為大司馬，成為曹魏軍隊的最高統帥。228 年，東吳的鄱陽太守周魴佯稱得罪吳王，要棄吳投魏。曹休誤信去接應周魴，在石亭遭遇襲擊，差點兒全軍覆沒，不久因背上毒瘡發作而去世。2009 年，在河南省洛陽市孟津區發現曹休墓（2010 年被確認）。經鑒定遺骨，曹休身高約一百七十一公分，病故時體格健康粗壯，年齡約在五十到六十歲。

◎ 又弱一個

春秋時期，齊景公時，齊國公族嬀姓權力很大，齊景公不能主政。後來，惠公的兩個孫子公孫灶（子雅）與公孫蠆（子尾），發動政變，齊國大權又回到姜姓（齊國的國君姓姜，為姜太公的後裔）手中。二人同為齊惠公之孫，故稱二惠。但是嬀姓的實力仍然很強，公孫灶和公孫蠆活着的時候，還能壓制嬀姓，姜姓還能安穩，公孫灶死後，他的兒子子旗掌權，這種局面就要被打破了，姜姓快要壓制不住嬀姓的崛起了。晏子作為上大夫，他自然看得透徹，惋惜地說：「二惠競爽猶可，又弱一個焉，姜其危哉！」意思是說，子雅、子尾兩個人作為齊惠公的後代，都精明能幹，還能控制局面，現在少了一個子雅，姜姓真是危險了。正如晏子所憂慮的那樣，隨着子雅、子尾相繼去世，他們的後代難當大任，被媯姓派生出的陳氏等強族大夫趕到魯國，兩家財富也被瓜分。又過了沒多久，姜姓的齊國被陳氏的後代田成子建立的田齊取代。成語「二惠競爽」和「又弱一個」即由此而來。「競爽」的意思是精明能幹，「二惠競爽」用來比喻兩兄弟都是好樣的。「又」的意思是卻，「弱」的意思是喪失、死掉，「又弱一個」的意思是卻死掉了一個，後作為哀悼逝者的用語。

◎ 堅壁清野

東漢末年，軍閥混戰。曹操派人接父親來兗州，結果他父親在路上被徐州牧陶謙的部將殺死。於是，曹操與陶謙結下很深的怨仇。公元 194 年，曹操親率大軍進攻徐州。曹操大軍出征後，他的下屬陳昌太守張邈等乘後方空虛，發動叛亂，暗中迎接呂布來當兗州牧。曹操的謀士荀彧留守兗州，見此情景，立即佈置軍隊，保住了鄄（juàn）城等三地。直到曹操率軍從前線趕回，才陸續收復一些失地。不久，陶謙病死。曹操想先奪取徐州，回過頭來再收拾呂布，但荀彧卻認為當務之急是先對付呂布，鞏固根據地。他先對曹操説明鞏固根據地的重要性：「從前漢高祖保住關中、光武帝佔據河內，都是先建立鞏固的根據地，從而控制天下。有了鞏固的根據地，進可以勝敵，退可堅守，所以他們雖然有困難失敗的時候，但最後還是完成了統一的大業。」接着，荀彧分析了曹操的處境：「將軍本來是憑藉兗州起事，在這裏打了不少勝仗，平定了山東的禍亂，老百姓無不心悦誠服。況且兗州是天下的戰略要地，雖然受到破壞，但還是容易憑藉它來保住自己。這裏等於是將軍的根據地，不能不首先使它平定。如果丟開呂布去東征徐州，多留兵則東征兵力不夠，少留兵則要動員老百姓來保城。這樣，老百姓連砍柴都不能去。如果呂布乘虛侵犯，民心會保不住。那時只有鄄城等三地可以保全，其餘都不是自己所有，這樣等於沒有兗州。還要考慮到，如果徐州攻不下來，您將歸向何處呢？再說，陶謙雖然已經死去，但不等於徐州就容易攻下來了。他們將吸取往年失敗的教訓，互相結盟依靠。徐州那裏已經割完了麥子，他們一定堅守壁壘，再把郊野的農戶糧倉都騰空，以此來等待將軍。將軍進攻不得取勝，一無所獲，用不了十天時間，十萬大軍不戰自困。」曹操聽了荀彧的分析，決定停止東征徐州，而是先集中力量收麥子，然後再與呂布作戰。不久，呂布失敗逃跑，兗州也平定了。「堅壁清野」這個成語就是從這兒來的，指堅守壁壘，使敵人無法攻進陣地，同時清除郊野的莊稼和糧倉，使敵人因缺糧且無遮蔽而無法久戰，即使攻下據點，也毫無物資、設施可用。

◎ 兵貴神速

曹操手下有多位謀士，能夠幫助他出謀劃策，正是這些謀士在關鍵時刻獻計獻策，讓曹操能夠在漢末羣雄中佔據優勢。郭嘉就是其中最傑出的一個。曹操打敗了據有冀、青、幽、并四州的袁紹，殺了袁紹長子袁譚，袁紹的另外兩個兒子袁尚、袁熙趁機逃走，投奔遼河流域的烏丸族首領蹋頓單于。蹋頓乘機侵擾漢朝邊境，破壞邊境地區人民的正常生產和生活。曹操想去征討袁尚及蹋頓，但是又擔心劉表派劉備來襲擊他的後方，就向郭嘉問計。郭嘉說：「蹋頓仗着自己住的比較邊遠，認為我們不會那麼快來襲。如果此時我們出兵，對他們進行突然襲擊，必定能夠殲滅他。如果時間拖得太久，讓他們喘過氣來，再收集殘部，有了野心，那麼冀州、青州就有可能被他們奪回去。而劉表是個空談家，不承認劉備比自己有才能，必然不會重用劉備，反過來，劉備知道自己不會被重用，也不肯為劉表出謀劃策。你放心去征討蹋頓，沒有什麼後顧之憂。」於是，曹操率領軍隊出征烏丸。快到的時候，郭嘉獻計，說：

「兵貴神速。現在我們帶這麼多輜重，行軍比較遲緩，倘若蹋頓知道我們到來，必然會有所準備。不如輕裝上陣，以最快的速度抵達烏丸，這樣比較容易取得勝利。」於是，曹操讓軍隊去掉輜重等輕裝上陣，很快就到達烏丸，蹋頓沒有一點兒準備，一敗塗地。蹋頓被殺，袁尚、袁熙逃往遼東後被遼東太守公孫康所殺。「兵貴神速」這一成語就是由此而來，意思是用兵貴在行動特別迅速。

◎ 言過其實

馬謖是三國時的將領，與哥哥馬良都在劉備手下做官。馬謖少時素有才名，初以荊州從事跟隨劉備取蜀入川，曾任成都令、越巂（xī）太守。蜀漢丞相諸葛亮用為參軍。馬謖愛好談論軍事，諸葛亮很看重他，經常召見他，通宵達旦地討論。但是，劉備總覺得馬謖好高談闊論，辦事不踏實。劉備臨死前，曾經對諸葛亮說：「馬謖此人言語浮誇，超過他的實際能力，不可重用。丞相要留意才是！」公元228年春，諸葛亮率軍伐魏，力排眾議任命馬謖為先鋒，並派馬謖去駐守戰略要地街亭。馬謖不聽部將王平之言而在山上駐軍，結果蜀軍在街亭慘敗給魏將張郃，致使伐魏失敗。諸葛亮退軍漢中，馬謖下獄後死亡（一說是軍法處死）。事後，諸葛亮向後主劉禪上表，要求免去自己丞相職務，降級三等，以處罰自己用人不當、造成敗績的重大過失。「言過其實」原指言語浮誇，超過實際才能；後也指話說得過分，超過了實際情況。

◎ 名下無虛

姚察，南朝文學家、史學家。姚察自幼勤苦好學，讀書常常通宵達旦。梁朝時發生侯景之亂，姚察隨父母還鄉，當時兵荒馬亂，又鬧饑荒，只得靠採野菜為生，但他依然不廢學業。到了陳朝，姚察官拜功曹參軍，累遷散騎侍郎。陳宣帝時，姚察曾經出使北周，有一個叫劉臻的北周官員私下拜訪姚察詢問《漢書》中的疑難問題，達十幾條，姚察都給他分析，全是有根有據。劉臻對親近的人說：「名下無虛士。」意思是說，盛名之下必定沒有虛假的賢士。陳後主即位，姚察任中書侍郎，負責修撰梁史。到了隋朝，姚察又被授為祕書丞，負責修撰梁陳二代史，沒有完成就去世了，由其子姚思廉續成，後來都被列入二十四史中。「名下無虛」原意是名氣大的人一定有真才實學，後比喻名不虛傳。

◎ 言語妙天下

賈捐之，字君房，西漢著名文學家，賈誼曾孫。漢元帝初即位，賈捐之多次上奏章議論朝政得失，漢元帝很重視，採納了他的意見，並多次召見他。當時中書令石顯當權，賈捐之屢次揭石顯的短處，因此得不到官職，後來就很少再見到皇上了。長安令楊興和賈捐之很要好，因才能出眾，剛得到皇上寵倖。賈捐之想得到皇上召見，就對楊興說：「京兆尹空缺，如果能讓我見到皇上，提到您的名字，您可以馬上得到京兆尹的位置。」楊興說：「您下筆屬文，言辭天下絕妙，假使您擔任尚書令，將遠遠勝過現任尚書令五鹿充宗。」賈捐之說：「如果讓我取代五鹿充宗，您擔任京兆尹，京兆排在郡國的第一位，尚書是百官的基礎，天下真會大治了，士人就不會仕途阻塞了。」楊興說：「我再見到皇上，一定推薦您。」賈捐之接着又說石顯的壞話。楊興說：「皇上相信石顯，他將要大貴。現在您想當官，只要聽從我的計策，而且與石顯心意相合，就能夠見到皇上。」賈捐之就與楊興一起寫奏章舉薦石顯，又一起起草舉薦楊興的奏摺，奏摺上說：「我私下看來，長安令楊興，有幸能因名氣屢次被皇上召見。楊興侍奉父母，有曾參那樣的孝順；侍奉師長，有顏回、閔子騫那樣的才能，名聲遍傳各地。天子明令舉薦優秀人才，列侯把他列在頭一名。擔任長安令後，被官吏百姓敬仰、嚮往，人人都說他有本領。看他下筆屬文，就像董仲舒；應對言談，就像東方朔；放在諍諫之臣的行列中就像汲黯；當作武將使用，就像霍去病；用他治理百姓，就像趙廣漢；秉公為國，毫無私心，就像尹翁歸。楊興兼具這六個人的優點，堅守道義，剛正不阿，大節凜然，不可侵奪，是國家的優秀臣子，可以試用他，讓他擔任京兆尹。」石顯聽說了這件事的來由，告知漢元帝。漢元帝把楊興、賈捐之關進監獄，令陽平侯王禁與石顯一同審訊二人。王禁與石顯上奏說：「楊興與賈捐之心懷詐偽，互相吹捧推薦，想獲得大官職位，泄漏宮禁中的話，欺騙皇上，違反道義，請求按法令判罪。」賈捐之竟被判處死刑。成語「言語妙天下」，形容言語非常精妙。

◎ 快刀斬亂麻

高洋，南北朝時期北齊開國皇帝，他的父親高歡和哥哥高澄都是東魏權臣。高洋幼時其貌不揚，沉默寡言，常被兄弟嘲笑戲弄。高歡任東魏丞相時，想測試幾個兒子的智力，給每個兒子發了一堆亂麻，讓他們儘快理清，有的兒子一根根慢慢抽，越抽越亂，有的兒子將亂麻分成兩半然後再分開。只見高洋拿出快刀，說：「亂者須斬！」幾刀砍下去，很快就理出一縷縷短麻來，受到了高歡的誇獎。高洋的政治才能在哥哥高澄去世後顯露無遺。公元 549 年八月，大丞相高澄被他的厨奴刺死，事出倉猝，朝中一片混亂。這時，二十三歲的高洋挺身而出，一方面親自指揮衛隊，搜捕刺客；另一方面親理朝政，大小軍政之事，井然有序。十月，高洋任命咸陽王高坦為太傅，潘相樂為司空。十一月，吐谷渾遣使來鄴城朝貢，南朝梁的齊州刺史茅靈斌、德州刺史劉領隊、南豫州刺史皇甫慎等都獻城歸附。十二月，高洋提拔并州刺史彭樂為司徒，任命太保賀拔仁為并州刺史。混亂的政局馬上又得到了控制，高洋趁機執掌朝政，被東魏孝靜帝封為齊王。次年，高洋逼迫孝靜帝禪位，自己登基稱帝，改國號為齊。其在位初期，勸農興學，編制齊律，重用楊愔（yīn）等相才，肅清吏治，並屢次擊敗柔然、突厥、契丹，出擊蕭梁，拓地至淮南，被稱為「英雄天子」。但在執政後期，高洋以功業自矜，縱慾酗酒，殘暴濫殺，大興土木，賞費無度，最終飲酒過度而暴斃，終年三十四歲。「快刀斬亂麻」比喻堅決果斷地解決紛繁複雜的問題。

◎ 滄海遺珠

狄仁傑，唐代武周時期政治家。他為人正直，嫉惡如仇，武則天對他十分信賴。他任宰相後，對武則天的弊政多所匡正，為下啟開元盛世做出了貢獻。狄仁傑任汴州判佐時，被小吏誣告，大畫家閻立本當時任河南道黜陟使，負責訊問，弄清事情真相後覺得狄仁傑是個不可多得的人才，應該重用。閻立本推薦狄仁傑時，稱讚他是「河曲之明珠，東南之遺寶」，給予了極高的評價。狄仁傑祖籍并州太原（今山西省太原市），陝西、山西之地謂之「河曲」，由於他德才兼備，因此閻立本讚之為「河曲之明珠」。「東南之遺寶」，比喻棄置未用的人才，也是個典故，本來是梁朝的湘東王稱讚一個叫顧協的人的話：「臣欲言於官人，申其屈滯，協必苦執貞退，立志難奪，可謂東南之遺寶矣。」意思是，我想將他的品行告知官府，讓他能展現自己的抱負和才華，申述他的委屈和不如意，他總是苦求我不要這樣做，我也不好強迫他的意志，可稱得上東南之遺寶了。後世遂用「滄海遺珠」比喻埋沒人才或被埋沒的人才。由於閻立本的推薦，狄仁傑升任并州都督府法曹。可見，大畫家閻立本不但善於畫人，而且善於識人。

◎ 白雲親舍

狄仁傑在并州做官時，父母遠在河陽（今河南省孟州市）。一天，他登上太行山，回首南望，見一片白雲在飄飛，對左右的人說：「我的雙親就住在那片白雲下面。」他佇立悵望良久，直到白雲散去方才離開。後世遂用「白雲親舍」「白雲孤飛」等作為客居他鄉、思念父母之辭。

◎ 斗南一人

狄仁傑擔任并州法曹時，同僚鄭崇質要到很遠的地方出差，但是他的母親年老多病。狄仁傑主動對鄭崇質道：「你母親病重，而你卻要出遠門，怎麼能讓親人對遠在萬里之外的你擔心呢？」他去見并州長史藺仁基，請求代替鄭崇質出行。藺仁基非常感動，聯想到自己與司馬李孝廉之間的不和，深感慚愧，主動與李孝廉和解。他還經常對人稱讚狄仁傑道：「狄公之賢，北斗以南，一人而已。」世界上所有地區都在北斗之南，藺仁基這句話的意思是說，狄世傑這樣德才兼備的人才，天下也就一個。後世遂用「斗南一人」比喻天下絕無僅有的人才。

◎ 桃李滿天下

狄仁傑任宰相期間，先後舉薦荊州長史張柬之、夏官侍郎姚崇、監察御史桓彥範、泰州刺史敬輝等數十人。這些人後來都成為唐代名臣。曾有人對狄仁傑道：「天下桃李，悉在公門矣。」意思是說，天下優秀的人才，都聚集在您的門下啊。狄仁傑卻道：「舉薦賢才是為國家着想，並不是為我個人打算。」後世遂用「桃李滿門」「桃李滿天下」比喻推薦的人才或培養的學生眾多，各地都有。狄仁傑曾經兩次推薦張柬之。武則天曾問狄仁傑：「朕希望能找到一位傑出的人才委以宰相重任，您看誰比較合適？」狄仁傑答道：「如果您所要的是文采風流的人才，那麼李嶠、蘇味道便是最合適的人選。但您若一定要找出類拔萃的奇才，那就只有荊州長史張柬之了。張柬之年紀雖老，但卻有宰相之才。」武則天遂提拔張柬之為洛州司馬。後來，武則天又讓狄仁傑舉薦人才。狄仁傑道：「我此前推薦的張柬之，您還沒有任用呢。」武則天道：「我已經給他升了官了。」狄仁傑道：「我所推薦的張柬之是可以作宰相的人才，不是用來當司馬的。」武則天於是任命張柬之為秋官侍郎，不久又拜其為宰相。狄仁傑曾舉薦自己的仇人霍獻可為御史中丞，還推薦自己的兒子狄光嗣擔任尚書郎，也算是「外舉不避仇，內舉不避親」了。

◎ 別開生面

曹霸是唐朝畫家，擅長於畫人物和馬，他的名聲傳遍京城長安，連深居宮廷的皇帝唐玄宗也知道了。玄宗經常召他進興慶宮，命他當場作畫，並時常給予豐厚的賞賜。由於曹霸受到皇帝的寵倖，長安城裏的王公貴族和官府人家，都以藏有他的畫為榮。大家不惜以很高的價錢，來收購他的墨跡。長安北面的太極宮中，有一座凌煙閣。閣內四壁上繪有唐朝二十四位開國功臣的肖像。這些肖像，是七十多年前著名畫家閻立本畫的。由於年代已久，原先栩栩如生的功臣像，大部分已經剝落，不僅失去了當年的風采，有的甚至難以辨認。為此，唐玄宗把曹霸召來，要他重新繪畫。要重畫功臣肖像談何容易。曹霸閱讀了大量史料，對照已經暗淡模糊的功臣肖像，仔細琢磨，精心構思，然後揮筆繪製。不久，二十四位功臣的肖像重放光彩，以嶄新的風格展現在人們面前。曹霸既擅長畫人物，又擅長畫馬。一次，玄宗傳曹霸進宮，當場叫人把他最喜愛的一匹叫玉花驄的名馬牽來，命曹霸為它作畫。曹霸叫侍從把一幅巨大的白絹裱糊在殿壁上，同時對玉花驄進行了認真觀察，然後轉過身，飛快地揮舞墨筆。不多久，威武神駿的玉花驄就展現在白絹上。玄宗越看越滿意，馬上叫侍從取來許多金帛賞賜給曹霸，並且封他為左武衛將軍。後來，曹霸因一件小事獲罪，被削去官職，降為平民，只得離開長安。公元 755 年，安祿山、史思明發動叛亂，玄宗逃往四川。曹霸也流落到成都，靠在街頭替路人畫像過活，晚景極其淒涼。一次，詩人杜甫來到成都，在朋友家裏看到曹霸畫的《九馬圖》，得知這位名噪一時的畫家也在成都，便馬上去尋訪。幾經打聽，終於在街頭找到了曹霸。杜甫了解了曹霸的身世和遭遇後，非常同情和感慨，寫了一首《丹青引》贈給他。詩中有這樣兩句:「凌煙功臣少顏色，將軍下筆開生面。」意思是，凌煙閣中功臣像已失去了往日鮮艷奪目的色澤，幸虧得你左武衛將軍下筆使它們重放光彩。「別開生面」這一成語就是從這兒來的，比喻另外開創新的局面、風格或形式。杜甫在同一首中還有描寫曹霸畫馬的詩句：「先帝天馬玉花驄，畫工如山貌不同。是日牽來赤墀下，迥立閶闔生長風。詔謂將軍拂絹素，意匠慘淡經營中。斯須九重真龍出，一洗萬古凡馬空。」「慘淡經營」原指曹霸在畫馬之前費盡心思辛辛苦苦地經營構思，後指在困難的境況中艱苦地從事某種事業。

◎ 想當然耳

公元 203 年，曹操在擊敗對手袁紹後，為了徹底消滅袁紹的殘餘勢力，又出兵北方，率軍攻佔袁紹的老巢，進攻袁紹的兒子袁譚、袁熙、袁尚。曹操的兒子曹丕也隨從出征。第二年，曹軍攻破袁氏老巢鄴城。曹丕進入鄴城後，率兵進駐袁氏府邸，袁氏的妻子兒女，多數遭到了侵犯掠奪。曹丕遇見了來不及逃走的袁熙妻子甄氏。他看到甄氏長得貌若天仙，不覺出了神，便把年長他五歲的甄氏納為夫人。當時的名士孔融正在鄴城，知道曹丕偷偷娶了甄氏後，便寫了一封信給曹操，說從前周武王討伐商紂王的時候，把紂王的寵妃妲己賞給了周公。曹操讀了這封信，沒有領悟到其中的意思。後來遇到孔融，就問信中寫的那件事有什麼典故。孔融笑着回答說：「以今度之，想當然耳。」意思是說，用現在的情況推想一下，應當是這樣的吧。原來孔融對曹丕的做法不滿，所以編造了這個典故來加以諷刺。後來人們就把憑主觀想像而與事實並不相合的情況稱為「想當然耳」。曹操明白了孔融的真實用意，心裏自然不快，以後藉口殺孔融，或多或少與這「想當然耳」有些干係。

◎ 小時了了，大未必佳

孔融從小就很聰明，尤其長於辭令，小小年紀，已經在社會上享有盛名。他十歲時，跟他父親到當時的都城洛陽，當時在洛陽的河南太守李膺名氣非常大，因此在太守府中往來的人除了他的親戚，其餘都是當時的名人。如果不是名人去拜訪，守門的人照例是不通報的。年僅十歲的孔融，卻大膽地去拜訪這位太守。他到府門前，對守門人說：「我是李太守的親戚，給我通報一下。」守門人通報後，李膺接見了他，問他說：「你和我有什麼親戚關係呀？」孔融回答道：「從前我的祖先仲尼（即孔子，孔子字仲尼）和您的祖先伯陽（指老子，老子字伯陽）是師生關係（孔子曾向老子請教過關於禮的問題），照這樣說，我和您也是世交呀！」當時有很多賓客在座，大家對孔融的這一番話都很驚奇。有一個叫陳韙的官員恰好後到，有賓客將孔融的話告訴他後，他不假思索地說道：「小時了了，大未必佳。」意思是說，小的時候很聰明，長大了未必就有才華。聰明的孔融立即反駁說：「我想陳大夫小的時候，一定是很聰明的。」陳韙給孔融一句話難住了，半天說不出話來。「小時了了，大未必佳」說明人不能因為少年時聰明就斷定他日後定有作為，指不能只看到事物或人的表面現象。

◎ 網開三面

商湯，商朝開國君主。商湯繼承父親主癸作諸侯時，正是夏桀暴虐無道、殘害人民、天怒人怨的時候。有一次商湯走到郊外山林中，看見一個農夫正在張掛捕捉鳥獸的網。他把東南西北四面的網都張掛好後，對天拜了幾拜，然後跪在地上禱告說：「求上天保佑，網已掛好，願天上飛下來的，地下跑出來的，從四方來的鳥獸都進入我的網中來。」商湯聽見了以後，感慨地說：「要是如此張網，就會將鳥獸完全都捉盡啊！這樣做實在太殘忍了。」就叫從人把張掛的網撤掉三面，只留下一面。商湯也跪下去禱告說：「天上飛的，地下走的，想往左跑的，就往左跑，想往右飛的，就往右飛，不聽話的，就向網裏鑽吧！」說完起來對那個農夫和從人說，對待禽獸也要有仁德之心，不能捕盡捉絕，不聽天命的，還是少數，我們要捕捉的就是那些不聽天命的。商湯「網開三面」的故事在諸侯中很快就傳揚開了，他們都齊聲稱頌說：「湯是極其有仁德的人，對禽獸都是仁慈的。」大家都認為他可以信賴，歸順他的諸侯很多。商湯的勢力越來越大，後來終於滅了夏桀，建立了商朝。成語「網開三面」，意思是把捕禽的網撤去三面，比喻採取寬大態度，給人一條出路。

◎ 驚弓之鳥

在戰國時期，魏國有一個著名的射箭能手，叫作更羸（léi）。他的射箭本領在當時可稱是舉世無雙，沒有人能超過他。有一天，更羸陪同魏王散步，正好遠處有一隻大雁飛來。他對魏王說：「我不用箭，只用彈彈弓弦就可以把大雁射下來。」魏王不相信，說：「你的射箭技術竟高超到這等地步嗎？」更羸自信地說：「是的。」不一會兒，那只大雁飛到了頭頂上空。更羸立刻取弓扣弦，砰的一聲過後，只見那只大雁先是向高處猛地一竄，隨後在空中無力地撲打幾下，便一頭栽落下來。魏王驚奇得半天合不攏嘴，拍掌大叫道：「啊呀，如此高超的箭術，真是讓人意想不到！」更羸說：「不是我的箭術高超，而是因為這只大雁身上有傷。」魏王更奇怪了：「大雁遠在天邊，你怎麼會知道它有傷呢？」更羸說：「這只大雁飛得很慢，鳴聲悲哀。根據我的經驗，飛得慢，是因為它體內有傷；鳴聲悲，是因為它長久失羣。這只孤雁創傷未癒，驚魂不定，所以一聽見弓弦響聲便驚逃高飛。由於急拍雙翅，用力過猛，引起舊傷迸裂，於是不用箭就掉下來了。」魏王聽了更羸的解釋，然後看看掉下來的大雁，果然正如更羸所說，大雁翅膀上有一處箭傷，正在流血。魏王更加佩服更羸，更羸也被委以重任。後人根據上面的故事，總結出了「驚弓之鳥」這個成語，形容先前多次受過驚嚇的人，忽然遇到同樣可怕的事物，就嚇得魂飛魄散，驚惶失措，不知如何應付。

◎ 瞠乎其後

顏回，字子淵，亦稱顏淵，春秋末期魯國思想家，孔門七十二賢之首。顏回天賦聰穎，生活清苦而能安貧樂道，終生未仕而好學不倦。他一生追隨孔子，對孔子學說身體力行，嚴格按照孔子關於「仁」和「禮」的要求，「敏於事而慎於言」，勇於做事而不隨便亂說，素以德行著稱。《莊子》記載：「顏淵問於仲尼曰：『夫子步亦步，夫子趨亦趨，夫子馳亦馳；夫子奔逸絕塵，而回瞠若乎後矣！』」意思是，顏回請教孔子：「先生緩步我也緩步，先生急走我也急走，先生跑我也跑，先生快速奔跑，腳掌好像離開地面一般，而我就只能瞪大眼睛在後面看了。」顏回的「亦步亦趨」，原來是緊緊跟隨老師，刻意學習的意思；後來形容步步緊跟別人，或事事模仿別人。「瞠乎其後」的意思是在別人後面乾瞪眼趕不上，形容遠遠落在後面。

◎ 簞食瓢飲

春秋時期，孔子在他的學生中最喜歡顏回，顏回也十分尊敬孔子。顏回勤奮好學，但他家中很窮，生活起居十分簡單。有一次孔子對顏回說：「顏回，你家裏窮，房子也小，為什麼不去求個一官半職呢？」顏回回答說：「學生有些薄田，雖然收入不多，但吃穿已經夠了，而且還有琴瑟可以娛樂，只要能學到老師的道德學問，何必出去做什麼官呢？」孔子感歎地對學生們說：「賢哉，回也！一簞食，一瓢飲，在陋巷，人不堪其憂，回也不改其樂。賢哉，回也！」「簞」是古代用來盛飯食的竹器。孔子的意思是說，顏回真是有賢德啊！吃的是一竹筐飯，喝的是一瓢水，住在那麼簡陋的小巷子裏，別人忍受不了窮苦的煎熬，他卻能自得其樂！他真是一個賢德的人！後人據此概括出成語「簞食瓢飲」，比喻生活雖然清苦，卻能夠自得其樂。

◎ 髀肉復生

劉備，字玄德，西漢中山靖王劉勝之後，三國時期蜀漢開國皇帝、政治家，史家多稱其為「先主」。東漢末年，劉備在與曹操作戰中丟失了地盤，就去投奔劉表。到了劉表這裏，劉備整天無所事事，生活非常安逸，轉眼就過了五年。一天，劉表請劉備喝酒聊天，兩人說到天下大事，都非常激動，滔滔不絕。過了一會兒，劉備起身上廁所，無意間摸到了自己的大腿，發現大腿內側因常年騎馬而消失的肥肉又長了起來，想想時光飛逝自己卻壯志未酬，不禁傷心地掉下淚來。等劉備回到席上的時候，臉上還有淚痕。劉表見了覺得很奇怪，就問他原因。劉備說道：「吾常身不離鞍，髀肉皆消；今不復騎，髀裏肉生，日月若馳，老將至矣。而功業不建，是以悲爾！」「髀」的意思是大腿。劉備的這段話意思是說，我以前南征北戰，常年身不離鞍，大腿上的肉精壯結實。而如今久不騎馬，大腿上的肥肉又長起來了。想想時間過得飛快，我眼看就要老了，但是復興漢室的功業還沒有完成，所以感到悲傷！後來人們就用「髀肉復生」這個成語來形容長久過着安逸舒適的生活，無所作為。

◎ 三顧茅廬

東漢末年，天下大亂，劉備想趁機幹一番大事業，就到處尋訪人才。他聽徐庶和司馬徽說諸葛亮很有才能，人稱「卧龍」，想請他出山輔佐自己，就和關羽、張飛帶着禮物到隆中（今河南省南陽市西，一說為湖北省襄陽市西南）卧龍崗去請諸葛亮。不巧的是諸葛亮這天出門了，劉備只得失望地轉回去。不久，劉備又和關羽、張飛冒着風雪第二次去請。不料諸葛亮又出外閒遊去了。張飛本不願意再來，見諸葛亮不在家，就催着要回去。劉備只得留下一封書信，表達自己對諸葛亮的敬佩和想要請他出來幫助自己挽救國家危險局面的意思。又過了一些時候，劉備準備再去請諸葛亮。關羽說諸葛亮也許只是徒有虛名，未必有真才實學，不用去了；張飛主張由他一個人去叫，如諸葛亮不來，就用繩子把他綁來。劉備把張飛責備了一頓，又和他倆第三次拜訪諸葛亮。等他們到了的時候，諸葛亮正在睡覺。劉備不敢驚動他，一直站着等到諸葛亮自己醒來，才恭敬地向他請教。諸葛亮見劉備有志替國家做事，而且誠懇地請他出山，便離開隆中，到劉備當時棲身的新野，為他出謀劃策。成語「三顧茅廬」就由此而來。「顧」的意思是拜訪；「茅廬」就是草屋。這個成語用來比喻真心誠意，一再邀請。

◎ 如魚得水

劉備三顧茅廬見到諸葛亮後，兩人進行了長談，諸葛亮幫助劉備分析了天下大勢，提出了「佔據荊州、益州，向南安撫少數民族，對外結好孫權，對內改革政治，北抗曹操，興復漢室」的「隆中對」。「隆中對」此後一直是蜀國的指導性綱領。劉備對這些見解非常認同，與諸葛亮的關係也一天比一天親密。看到這種情況，關羽、張飛很不高興，就向劉備抱怨，劉備解釋說：「我有了諸葛孔明，就像魚有了水一樣。希望你們不要再說什麼了。」關羽、張飛也就停止了議論。「如魚得水」比喻有所憑藉，也比喻得到跟自己十分投合的人或處於對自己很合適的環境。

◎ 咄嗟便辦

石崇，西晉時期大臣、文學家、富豪，大司馬石苞第六子。石苞臨終時將財物分給幾個兒子，但不給石崇。石崇的母親向石苞請求，石苞說：「這孩子儘管年紀小，以後他自己是能得到財富的。」石崇少時便敏捷聰明，有勇有謀，參謀滅亡吳國，獲封安陽鄉侯，任荊州刺史時竟搶劫遠行商客，取得巨額財物，以此致富。豆粥是較難煮熟的，但據《世說新語》記載：「石崇為客作豆粥，咄嗟便辦。」「咄嗟」的意思是一呼一諾之間，形容時間短，「咄嗟便辦」比喻馬上就辦到。這句話的意思是說，石崇想讓客人喝豆粥時，只要吩咐一聲，立刻就熱騰騰地端來了。晉武帝的舅父王愷曾與石崇鬥富，竟然落敗，他聽說了這件事，就用金錢賄賂石崇的下人，想探知底細。下人回答說：「石家的廚房裏先預備着加工好的熟豆粉末，客人一到，先煮好白粥，再將豆末投放進去就成豆粥了。」石崇後來知道了這件事，便殺了告密者。後世據此典故引申出成語「咄嗟便辦」，比喻一件事情馬上就能辦到。

◎ 金谷酒數

石崇因與王愷鬥富，修築了金谷別墅，稱作「金谷園」。金谷園在今河南省洛陽市西北，因山形水勢築園建館，挖湖開塘，園內清溪瀠洄，水聲潺潺。當時恰逢石崇的好友王詡要回長安，石崇就和一些好朋友出發前往金谷園歡聚，把琴、瑟、笙、筑和樂人一起載於車中，鼓瑟吹笙，樂曲停則賦詩一首，眾人輪流飲酒賦詩抒發心中感懷，作詩不成者，就罰酒三斗。石崇在《金谷園詩序》中寫道：「琴瑟笙筑，合載車中，道路並作。及住，令與鼓吹遞奏，遂各賦詩，以敍中懷，或不能者，罰酒三斗。」「金谷酒數」的典故，原為歡送好友的席間小遊戲，泛指宴飲時罰酒的斗數，後作為罰酒三斗的隱語，逐漸流傳為文人墨客推崇的酒令文化。石崇的《金谷園詩序》是一篇文采飛揚的美文，王羲之的《蘭亭集序》、李白的《春夜宴桃園序》都有摹仿石崇的因素。

◎ 一字之師

鄭谷是唐朝末年的詩人，一生作詩不下千首，《全唐詩》收入鄭谷的詩歌三百多首。當時有一位名叫齊己的和尚喜愛詩文，對鄭谷非常仰慕，他寫了一首《早梅》詩，其中有兩句：「前村深雪裏，昨夜數枝開。」他對這兩句詩很滿意，便去向鄭谷請教。鄭谷讀後點評説：「數枝梅花開已經相當繁盛了，不足以説明『早』，不如把『數枝』改為『一枝』更貼切。」齊己聽了，認為改得很好，欣然接受，並向鄭谷拜謝。這件事被當時的讀書人聽説了，都稱鄭谷是齊己的「一字之師」。「一字之師」也作「一字師」，指改正別人詩文中的一個字或糾正一個誤讀、誤寫的字。

◎ 詩中有畫

王維，字摩詰，號摩詰居士，唐朝詩人，有「詩佛」之稱，與孟浩然合稱「王孟」。王維精通佛學，受禪宗影響很大。佛教有一部《維摩詰經》，是王維名和字的由來。王維多才多藝，詩書畫都很有名，對音樂也很精通。因為他曾經擔任過尚書右丞一職，故後人尊稱他為「王右丞」。王維的詩今存四百餘首，尤以五言律詩與絕句造詣最高，重要詩作有《相思》《山居秋暝》等。王維的書畫都很精妙，後人推其為南宗山水畫之祖，但沒有可靠的真跡流傳下來。王維在繪畫理論上也有建樹，著有《山水訣》《山水論》。宋朝蘇軾在為王維的《藍關煙雨圖》題跋時寫道：「味摩詰之詩，詩中有畫；觀摩詰之畫，畫中有詩。」後人以「詩中有畫」來形容長於描寫景物的詩，使讀者如置身圖畫當中；也形容詩的意境非常優美。

◎ 刪繁就簡

鄭燮，號板橋，清代書畫家、文學家，當過山東范縣、濰縣縣令，後辭官客居揚州，以賣畫為生，為「揚州八怪」代表人物。鄭板橋擅畫蘭、竹、石、松、菊等，其中畫蘭竹成就最為突出，取法於徐渭、石濤、八大山人（朱耷），而自成家法，體貌疏朗，風格勁峭。鄭板橋工書法，用漢八分雜入楷行草，自稱六分半書，並將書法用筆融於繪畫之中。他的詩文真摯風趣，去陳舊套語，用白話代替古典，為人民大眾所喜誦。他有兩句詩「刪繁就簡三秋樹，領異標新二月花」，意思是說，刪除繁雜部分使之趨於簡明如同三秋之樹，不趋潮流自辟新路一如二月紅花。「刪繁就簡」這一成語即由此而來，意思是去掉繁雜部分，使它趨於簡明。

◎ 難得糊塗

鄭板橋一生當中，為人處事，不為名利，不計得失，言行一致，表裏如一。他曾經寫過兩條著名的字幅，即「難得糊塗」和「吃虧是福」，蘊含了深刻的哲理，是他一生中為人處事的準則。他在「難得糊塗」字幅上面還寫了一段文字，內容是：「聰明難，糊塗難，由聰明轉入糊塗更難。放一着，退一步，當下心安，非圖後來福報也。」其實他所說的「糊塗」是指心理上的一種自我修養，勸誡人們胸懷開闊，寬以待人。「難得糊塗」實際上是一種大修煉，大造化，和古人說的「大智若愚」的思想一致。1747 年，鄭板橋由於開倉濟民的善舉被撤職罷官，離開濰縣時，他僱了三頭小毛驢，一頭馱着簡單的行李，一頭馱着兩夾板書和一個樂器，另一頭由一名隨從騎着在前面引路。老百姓哭着挽留他，他作畫與他們道別，並留下一首詩：「烏紗擲去不為官，囊橐蕭蕭兩袖寒。寫取一枝清瘦竹，秋風江上作漁竿。」回到家裏，他在自家的廚房寫了一副對聯，內容是「青菜蘿蔔糙米飯，瓦壺天水菊花茶」。糊塗的性格給他帶來樂觀、豁達、求實的態度，使他的心理始終保持着平和、喜悅，充滿着美好寬慰的狀態。成語「難得糊塗」，是指為人處世要豁達，該裝糊塗的時候要裝糊塗。

（三）

◎ 願者上鈎

姜尚，字子牙，商朝末年戰略家、政治家，西周開國元勛。他出生在東海之濱，因為祖上封在呂地，所以以呂為氏，又叫「呂尚」。姜尚精通天文地理、軍事謀略，研究治國安邦之道，期望有一天能為國家效力，可是直到七十歲還閒居在家。後來他聽說西伯侯姬昌是一個有德的明主，希望能得到他的重用，於是就隱居在姬昌的領地渭水河邊，每天去垂釣。然而他的釣鉤卻是直的，上面什麼也沒有掛，也不把魚鉤沉到水裏，而是離水面三尺高。他一邊高高地舉着釣竿，一邊自言自語道：「魚兒呀魚兒呀，你們願意的話，就自己上鉤吧！」有一天他在釣魚的時候，遇到了一個樵夫。樵夫見姜尚半天沒釣上來魚，就拉起他的魚鉤來看，發現魚鉤是一根針，上面也沒有魚餌，就哈哈大笑，說姜尚不懂釣魚。姜尚回答說：「寧在直中取，不向曲中求，不為錦鱗設，只釣王與侯。」這四句話說出了他心中所求：釣魚只是一個幌子，真正的目的是吸引真命天子來注意他。這就是成語「願者上鈎」的出處，比喻心甘情願地上當。有一天姬昌要去打獵，先找來太史進行占卜，太史占卜後對他說：「快到渭水北岸去打獵，一定會有大大的收穫。那個收穫不是螭（傳說中一種像龍的動物），也不是龍；不是虎，也不是羆（熊的一種）。得到的是一個公侯，他是上天派來輔佐你的人。」姬昌興高采烈，就帶領人馬到渭水北岸去打獵，果然遇到了姜尚。與姜尚談論後姬昌大喜，認為姜尚是個奇才，說：「自從我國先君太公就說：『定有聖人來周，周會因此興旺。』說的就是您吧？我們太公盼望您已經很久了。」因此，姜尚又被稱為「太公望」，民間喊他「姜太公」。後來，姜尚輔佐姬昌興邦立國，還幫助姬昌的兒子武王姬發滅掉了商朝，實現了自己建功立業的理想。後代經常用「非熊非羆」這個成語代指周文王得到了姜尚，舊指聖主得賢臣的徵兆。

◎ 冬日可愛

趙衰是春秋時晉國大夫，輔佐晉文公重耳稱霸的五賢士之一。重耳因受到後母陷害被迫外逃，流亡在外十九年，趙衰一直跟隨。流亡期間，趙衰在生活上照顧重耳，還多次獻計協助他脫險。重耳返國即位後，命其為原（今河南省濟源市西北）大夫。趙衰從不爭權奪利，不計較個人地位。晉文公問他誰可以擔任元帥，他舉薦了別人；讓他擔任卿，他推薦欒枝、先軫和胥臣。後來上軍將狐毛去世，晉文公讓他繼任，他又推薦了先且居。晉文公稱讚他的讓賢為「不失德義」，每次都讓給社稷之臣，利於晉國。趙衰的兒子趙盾是春秋時期傑出的政治家、戰略家，曾任晉國卿大夫。但他是一位權臣，集軍政大權於一身，使得晉國君權受到衝擊與削弱。有一次，晉國大夫賈季出使狄國，狄國相國酆舒問他：「趙盾與趙衰相比，哪一個更好一些？」賈季說：「趙衰，冬日之日也；趙盾，夏日之日也。」杜預為此作註：「冬日可愛，夏日可畏。」意思是說趙衰好像冬天的太陽，使人感到溫暖、親切，人們願意接近；而趙盾卻是殺伐決斷，手段狠辣，令人感到恐怖。後世據此典故引申出成語「冬日可愛」，比喻人態度溫和慈愛，使人願意接近。

◎ 冬烘先生

唐朝時期，有一年舉行科舉考試，主考官鄭薰在評判試卷的時候，看到一個名叫顏標的考生的試卷，通讀一遍後，發現並沒有什麼出彩之處，可是他誤以為顏標是顏真卿的後人。顏真卿，人稱「顏魯公」，不僅是著名書法家，還是一代名臣。安史之亂時，顏真卿率兵抵抗，有效地阻止了安祿山的攻勢。唐德宗時，淮西節度使李希烈叛亂，顏真卿奉命前往勸諭，面對李希烈的勸降，威武不屈，結果被李希烈縊殺。鄭薰所處的時代正值藩鎮割據，天下混亂，為了激勵忠烈，鄭薰就取顏標為狀元。顏標來謝恩的時候，鄭薰詢問他的「廟院」。名門望族世有官祭的宗祠稱作「廟院」，而顏標乃寒微之士，哪裏有什麼「廟院」！這一下鄭薰方才醒悟過來，啞巴吃黃連，有苦說不出。於是有人作詩嘲笑說：「主司頭腦太冬烘，錯認顏標作魯公。」「冬烘」是唐時蜀地方言，意思是「頭腦混亂」。「冬烘先生」後用來指昏庸淺陋的知識分子，也形容人頭腦糊塗，憑主觀行事。

◎ 欲壑難填

羊舌鮒，字叔魚，春秋時期晉國大夫。叔魚是中國有史書記載以來，第一個因為貪污而受到懲罰的官員，起因是一件由土地糾紛而引起的刑事案件。當時一個叫雍子的人與邢侯爭一塊田地，叔魚負責審理，雍子知道錯在自己，為了打贏官司，將自己的女兒嫁給叔魚作為賄賂，叔魚便判雍子無罪。邢侯一怒之下，殺死了雍子和叔魚。《國語》記載：「叔魚生，其母視之，曰：『是虎目而豕喙，鳶肩而牛腹，溪壑可盈，是不可饜也，必以賄死。』」意思是說叔魚剛生下來，他的母親看着他說：「這孩子虎眼豬嘴，鷹肩牛腹，溪壑還有填滿的時候，他的慾望卻不會滿足，將來必然因為貪財受賄而死。」後來果然應了這句話。後人就以「欲壑難填」來形容貪心太重，難以滿足。

◎ 非錢不行

鄭愔，唐朝詩人，唐中宗時任宰相。他頗有文才，十七歲就中了進士。唐朝張鷟（與張鷟相關的成語是「青錢萬選」）《朝野僉載》記載，鄭愔任吏部侍郎期間，掌管下級官吏的選拔。當時官場十分黑暗，貪污成風，不向吏部官員行賄就得不到美差。有一個待選的官吏把一百錢繫到靴帶上，鄭愔見了覺得奇怪，就問他緣故，他說：「當今之選，非錢不行。」後人就以「非錢不行」來表示官場黑暗，辦事沒有錢打通關節是行不通的。鄭愔後來當了宰相，貪污受賄無所不用其極，與另外兩個權臣崔日用、冉祖雍一起受到非議，有「崔、冉、鄭，亂時政」的說法。鄭愔其實也是個悲劇性的人物，他處於唐朝上層動亂的時期，進入官場初期依附來俊臣得到晉升，來俊臣被誅，附張易之，易之誅，附韋氏，韋氏敗，又附譙王李重福，最後竟導致被滅族。

◎ 貪得無厭

荀瑤，姬姓，智氏，也稱智瑤、智伯、智伯瑤。春秋末期，晉國有趙襄子、魏桓子、韓康子、范氏、智伯、中行氏六個上卿，這六個上卿相互吞併擴充實力。其中，智伯野心勃勃，千方百計地想擴展自己的勢力範圍。他先聯合韓、趙、魏三家攻打中行氏，強佔了中行氏的土地。過了幾年，他又強迫韓康子割讓了一塊有萬戶人家的封地。接着，他又威逼魏桓子。魏桓子迫不得已，也只好割地求和。此時的智伯得意忘形，以為晉國所有人都害怕自己，便又要求趙襄子割讓兩塊地方給自己，趙襄子堅決不肯答應。智伯惱羞成怒，脅迫韓康子和魏桓子一同討伐趙襄子。趙襄子採納謀士的計策，派人去策反韓康子和魏桓子。韓魏二人都知道智伯「貪得無厭」，實力大漲以後一定會回頭再來吞併自己，於是和趙襄子聯合起來，乘夜出兵偷襲智伯，將他殺死了。智伯因為太貪心，終於落了個亡命的下場。「厭」是滿足，「貪得無厭」比喻貪心永遠沒有滿足的時候。

◎ 巧取豪奪

米友仁，宋朝畫家，係畫家米芾長子，書法繪畫皆承家學，與其父並稱「大小米」。米友仁喜歡收藏書畫真跡，用盡一切手段去得到別人的書畫藏品，其中一個手段就是臨摹。他千方百計向別人借來真品，然後自己下工夫摹仿，精心完成後，再把摹品還給主人，由於他模仿的技術高超，主人就往往把摹品當真品收回去了。他的父親米芾以前也常常這樣做，於是人們就說他們家的書畫珍品是「巧取豪奪，故所得多多」。「巧取」是軟騙，「豪奪」是強搶，「巧取豪奪」的本意是形容達官富豪謀取他人財物的手段，後用來比喻以強制或欺騙的方法，奪取自己不應得到的財物、權力等，泛指用各種方法謀取財物。

◎ 餘勇可賈

公元前 589 年，齊國和晉國作戰。齊軍將領高固見晉軍逼近陣地，率先策馬躍入敵陣，投擲石塊砸毀晉軍兵車，如入無人之境。高固俘虜了一個晉軍士兵綁在所繳獲的車上，跳上車回到齊國軍營，把車繫在營前桑樹上，並向齊軍將士宣揚說：「欲勇者賈余餘勇。」「賈」的意思是買賣，高固的意思是，我的勇氣還沒有用完，誰需要的話，可以來買我的勇氣。這個高固並非一般的將領，當時國、高二氏作為齊文公之後，是被周天子所欽定的「二守」，是春秋齊國初期到中後期的上卿家族，高固就是當時齊國的上卿，地位僅次於國君之下。「餘勇可賈」後用來比喻還有多餘的力量可以使出。

◎ 三千珠履

春申君，黃氏，名歇，是戰國時代楚國的公室大臣，也是著名的政治家，與魏國信陵君魏無忌、趙國平原君趙勝、齊國孟嘗君田文並稱為「戰國四公子」。黃歇協助在秦國當人質的太子完回國執政，當了楚王，也就是楚考烈王。楚考烈王認為黃歇功勞很大，拜黃歇為相，封為春申君，賜淮北地十二縣。春申君手下有三千門客，他給他們的待遇都很高。富貴之人的鞋子用珠玉作裝飾，稱為「珠履」，春申君手下的三千門客都穿着珠履。趙國平原君手下的門客想在春申君的門客面前顯示富貴，看到他們的鞋上都裝飾着珍珠，不禁自慚形穢。「三千珠履」這個成語後用來形容貴賓眾多且豪華奢侈。

◎ 沉魚落雁

春秋時期，越國有一個名叫西施的美女，她每天都會到溪邊浣紗。相傳有一天她在浣紗的時候，溪中游動的魚兒看到西施美麗的倒影，竟羞愧得沉入水底，不敢浮出水面。從此，西施這個「沉魚」的代稱就在附近流傳開來。而在漢朝，也有一個美女名叫王昭君，在她出塞嫁給匈奴王的路上，看到遠飛的大雁，不由得引起無盡的鄉思，觸景生情撥動琴弦。一羣飛雁聽到琴聲看向昭君，都驚訝於她的美貌，竟忘記了扇動翅膀而跌落在地上，昭君便得了「落雁」的美稱。後來人們就以「沉魚落雁」來形容女子容貌美麗。

◎ 紫氣東來

老子，姓李名耳，字聃，春秋末期哲學家，與莊子並稱「老莊」。老子是道家學派創始人和主要代表人物，後被道教尊為始祖，被列為世界百位歷史名人之一。老子曾在洛陽的周王室管理圖書，因為當時天下大亂，他就棄官歸隱，騎着一頭青牛向西行走。老子過函谷關之前，關令尹喜見有紫氣從東而來，知道將有聖人過關，果然不久老子騎着青牛而來。尹喜就把老子攔截下來，好好招待他，請他把自己的思想寫成文字，這就是舉世聞名的《道德經》。後世就用「紫氣」來表示祥瑞，「紫氣東來」比喻吉祥的徵兆。「道法自然」是老子《道德經》的主要哲學思想，意思是「道」所反映出來的規律是「自然而然」的，不以人的意志為轉移。

◎ 喪家之犬

春秋時期，孔子帶領他的學生到各諸侯國講學，因孔子是保守派，與當時諸侯爭霸不合拍，常常受到冷遇。一次孔子在鄭國與學生走散，他呆在城牆東門旁發呆，鄭國有人對孔子的學生子貢說：「東門有人，其額似堯，其項類皋陶，其肩類子產，然自要以下不及禹三寸，纍纍若喪家之狗。」意思是說，東門邊有個人，他的前額像唐堯，他的脖子像皋陶，他的肩部像子產，不過自腰部以下和大禹差三寸。看他勞累的樣子就像一條無家可歸的狗。子貢把這段話一五一十地告訴了孔子。孔子很坦然地笑着說：「一個人的外形、相貌，是細枝末節，並不重要。不過說我像條無家可歸的狗，確實是這樣啊！」後來人們就以「喪家之犬」來比喻失去靠山、無處投奔、到處亂竄的人。

◎ 韋編三絕

在孔子很小的時候，他的父親就去世了。他家境清貧，無法像富家子弟一樣受到良好的教育，但是他熱愛學習，便通過自學來獲得知識。他自十五歲開始勤學苦讀，由於沒有人教，在學習上遇到難題就向所有懂點知識的人請教。他曾請教過當官的人，也曾請教過尋常老百姓；曾向白髮蒼蒼的老人請教過，也曾向頭上梳着小辮兒的兒童請教過。孔子一心向學，雖然沒有固定的老師，但在三十歲時便成為當地頗有名氣的學者了。那時候，紙張還沒有出現，竹子是製作書籍的主要材料。人們通常是把竹子削成一片片的竹簽，輕輕把上面的青皮刮去，用火烘乾後，才在上面寫字，稱之為「竹簡」。完成一部書需要許許多多的竹簡，書的內容全部抄到竹簡上以後，還要用熟牛皮做的繩子將這些竹簡按照順序編聯起來，這樣就方便閱讀了，熟牛皮在古代叫作「韋」，這樣編成的書就被稱為「韋編」。孔子到了晚年時期才開始研讀《易經》。《易經》這部古書比較難懂，孔子下了很深的功夫，才把它完全讀了一遍，還僅僅是了解了它的內容。接着，他讀了第二遍，才掌握了《易經》的基本要點。後來，他又讀第三遍，才對其中的精神實質有了較為透徹的理解。從此以後，為了深入研讀這部書，同時也為了方便給弟子們講解清楚，他不知把《易經》翻閱了多少遍，以至「韋編三絕」。「三」在古代經常被用作「多」，意思是說串聯竹簡的牛皮繩子被磨斷了好幾次。即便讀到了如此地步，孔子還謙遜地說：「如果我能再多活幾年，我就可以把《易經》的文字與內容理解清楚了。」「韋編三絕」後用來比喻讀書勤奮，治學刻苦。

◎ 廢寢忘食

春秋末期，孔子經常帶着他的弟子周遊列國。有一次，他們來到楚國的葉邑，葉邑的大夫沈諸梁熱情地接待了孔子。沈諸梁只聽說過孔子是位思想家、政治家，教出了許多優秀的學生，但是對孔子本人了解不多，便向孔子的學生子路打聽孔子的為人。子路雖然跟隨孔子多年，但一時卻不知道該怎麼回答，就去問孔子，孔子對子路說：「女奚不曰，其為人也，發憤忘食，樂以忘憂，不知老之將至云爾。」意思是說，你應該這樣告訴他：孔子這個人專心努力學習而不知道厭倦，以至於顧不上睡覺，忘記了吃飯；津津樂道於講授學問、傳播道德禮儀，而從不擔憂受窮受苦；愛好學問，甚至忘記了自己的年齡。孔子這段話顯示出他的遠大理想和對知識、學問的渴求。「廢」是停止，「廢寢忘食」的意思就是顧不得睡覺，忘記了吃飯；形容專心努力。

◎ 富貴浮雲

孔子極力提倡「安貧樂道」，認為有理想、有志向的君子，不會總是為自己的吃穿住而奔波，也能安於缺衣少食的貧窮生活。同時，他還提出，不符合於道的富貴榮華，他堅決不接受。據《論語》記載，孔子曾經説過：「飯疏食，飲水，曲肱而枕之，樂亦在其中矣。不義而富且貴，於我如浮雲。」意思是説，吃粗糧，喝白水，彎着胳膊作枕頭睡，也會有樂趣在其中的。用不正當的方法得到財富和尊貴，這對我來講，就像是天上的浮雲一樣。孔子帶領弟子們周遊列國時，曾經到達衛國，恰逢衛國政局發生重大改變，衛出公姬輒趕走父親姬蒯聵而即位，大夫孔悝拿出一堆金幣要孔子為衛出公正名，説衛出公名正言順。孔子看到孔悝想用金子收買自己，感覺到自己受了侮辱，非常生氣，堅決予以拒絕。「富貴浮雲」常用於比喻把金錢、地位看得很輕，也比喻世上功名利祿變幻無常。

◎ 春秋筆法

《春秋》相傳是孔子根據魯國史書《春秋》整理而成的一部編年體史書，記載魯隱公元年至魯哀公十四年共二百四十二年的歷史。據《史記》記載，孔子在司寇職位上審理訴訟案件時，判詞若有可以和別人共同商量的地方，絕不會獨自決定判詞。而撰寫《春秋》的時候，他認為該寫的就寫，該刪的就刪，即使是子夏這樣的得意弟子也不能建議一字一句。由於孔子編寫《春秋》時，暗含褒貶，行文中雖然不直接闡述對人物和事件的看法，但是卻通過細節描寫、修辭手法和材料的篩選，委婉而微妙地表達自己的主觀看法，後人就將這種寫作方法叫作「春秋筆法」。「筆法」指寫作方法，「春秋筆法」後指文筆曲折、意含褒貶的文字。

◎ 侃侃而談

孔子大力宣傳「仁」的學說，並提出「仁」的執行要以「禮」為規範，極力維護貴族等級秩序，因此他日常的一舉一動都力求按周禮去做。在家乡，在朝廷上，和上大夫說話，和下大夫說話，他都有不同的舉止和言語。《論語》記載，孔子平時在家乡與鄉親們談話，他顯得溫和恭順，好像不善辭令的樣子；但在祭祀和朝見的場合，他卻十分善言，只是比較謹慎罷了；在朝堂上，當國君不在場時，與下大夫說話，他言談毫無顧忌，侃侃而談，顯得從容不迫；但和上大夫說話，他和顏悅色，十分謙恭；如果國君臨朝，在國君面前，他一切都按朝儀去做，小心謹慎，卻還怕有不妥之處。後人據此概括出成語「侃侃而談」，形容理直氣壯、從容不迫地說話。

◎ 片言折獄

仲由，字子路，又字季路，春秋時期魯國人，名列「孔門十哲」「孔門七十二賢」，受儒家祭祀。仲由性情剛直，好勇尚武，孔子對他啟發誘導，他接受孔子的勸導，請為弟子，跟隨孔子周遊列國，做孔子的侍衛。他為人十分誠實，坦率公正，答應辦到的事一定立即就辦，決不拖延。孔子曾經說過：「片言可以折獄者，其由也與？」意思是用簡單的一兩句話便可以判清案情，並且使人信服的，只有仲由能夠做到吧？孔子為什麼得出這樣的結論呢？因為仲由忠信明決，平時總能及時實踐自己的諾言；只有平日有信於人，臨時才能做出決斷使人信服。「片言」是極少的幾句話，「折獄」指判決訴訟案件，「片言折獄」的原意是能用簡單的幾句話判決訟事，後指能用幾句話就斷定雙方爭論的是非。

◎ 聞過則喜

戰國時期，思想家孟子對他的弟子們談到勇於接受批評的問題時，舉出歷史上三個善於接受別人意見的人，分別為子路、禹和舜。孟子評價子路說：「子路，人告之以有過，則喜。」意思是說子路在別人指出他的缺點時，能夠虛心接受並且十分高興。後人據此概括出成語「聞過則喜」。「過」是過失，「聞過則喜」的意思是聽到別人批評自己的缺點或錯誤，表示歡迎和高興，指虛心接受意見。

◎ 按兵不動

趙鞅，春秋時期晉國趙氏的領袖，別名趙簡子。《呂氏春秋》記載，趙簡子準備攻打衛國，派史墨去衛國了解情況，並命令他一個月內回國報告。可是一直過了半年之久，史墨才回國，趙簡子問：「你為什麼耽擱這麼長時間？」史墨回答說：「經過六個月的觀察，我對衛國情況作了詳細了解，所以耽擱久了些。現在衛國國君很開明，輔佐他的賢才又很多，國家治理得很好。攻打衛國還不是時候，我勸您不要輕舉妄動！」趙簡子聽史墨說得有理，便「按兵而不動」，等待時機。「按」是止住，「按兵不動」這個成語原來指掌握力量而暫不行動，以等待時機，現在也比喻接受任務後不肯行動。

◎ 劍戟森森

李義深，北魏、東魏與北齊官員。他擔任北魏官員時，高歡在信都舉兵，東魏政權成立，李義深前去投靠高歡，後來爾朱兆造反，他就背叛高歡投奔爾朱兆。爾朱兆造反失敗後，他又回到高歡手下，後來又任北齊官員。他熟悉經史，有做事的能力，但心機很多且陰險毒辣，當時的人評價他說：「劍戟森森李義深。」李義深還貪得無厭，聚斂財務無所不用其極，多次被人舉報。李義深的六世孫是唐朝著名書法家李陽冰，精工小篆，圓淳瘦勁，被譽為李斯後小篆第一人，對後世頗有影響。「劍戟」，古代兵器；「森森」，草木茂密的樣子。「劍戟森森」的意思是劍戟密佈，戒備森嚴；比喻人心機多，很厲害。

◎ 金盡裘敝

蘇秦，戰國時期縱橫家、外交家、謀略家。蘇秦年輕時與張儀同學於鬼谷子，後來覺得學問差不多了，就去遊説秦惠王。西漢劉向《戰國策》記載：「（蘇秦）説秦王，書十上而説不納，黑貂之裘弊，黃金百鎰盡，資用乏絕，去秦而歸。」意思是説，蘇秦遊説秦王，上書進言十次都得不到採納，最後黑貂皮袍破了，帶的錢花光了，以至用度缺乏，只得離秦歸家。結果回到家裏，家裏的人都瞧不起他，於是他開始發憤讀書，一年後，揣摩出合縱之術，認為憑此可以遊説當世君王了。「合縱」，即「合眾弱以攻一強」，是聯合許多弱國抵抗一個強國以阻止強國兼併的策略。蘇秦提出合縱戰略的宗旨在於遏阻秦國勢力的進一步擴大，以免力量失衡的格局進一步加劇。後來他遊説六國合縱禦秦，自己擔任縱約長，六國封相。合縱的形成使秦兵十五年不敢出函谷關，後因六國不能合作，縱約瓦解。蘇秦一生為了合縱抗秦進行頻繁的外交活動，大大影響了當時各諸侯國的政治決策，為安定諸侯做出了不懈努力，後被推為當時縱橫家的代表人物。成語「金盡裘敝」，意思是皮袍破了，錢用完了，形容貧困失意的樣子。

◎ 側目而視

蘇秦早先到秦國遊説，卻沒有受到秦王重視，做不了官，只好垂頭喪氣地回到老家。結果回到家裏以後，他的妻子低頭織布不理睬他，嫂子不為他做飯，父母也不與他説話。蘇秦見此情狀，長歎道：「妻子不把我當丈夫，嫂子不把我當小叔，父母不把我當兒子，這都是我蘇秦的錯誤啊！」後來他潛心學習，學問大增，終於成功遊説六國合縱抗秦，佩六國相印，衣錦還鄉。他的妻子不敢正視他，側着耳朵聽他講話，嫂子跪拜謝罪，請他饒恕自己的罪過。西漢劉向《戰國策》記載：「妻側目而視，傾耳而聽。」後世據此典故引申出成語「側目而視」。「側目」就是斜着眼睛，「側目而視」意思是斜着眼睛看人，表示敬畏、憎恨等。

◎ 車同軌，書同文

秦始皇嬴政，中國古代傑出的政治家、戰略家、改革家，首次完成中國大一統的政治人物。公元前 221 年，秦國統一六國，秦王嬴政認為自己「德兼三皇，功過五帝」，遂採用三皇之「皇」、五帝之「帝」構成「皇帝」的稱號，是中國歷史上第一個使用此稱號的君主，自稱「始皇帝」。春秋戰國時期，各地馬車的大小不一，車道也有寬有窄，沒有一個明確的標準。秦朝統一後，秦始皇便下令將車輛的輪距一律改為六尺，對車道也進行了統一規定，這樣車輛就可以在全國範圍內通行了。在這之前，各諸侯國都使用自己的文字，嚴重阻礙了政令的推行和各地之間文化的交流。秦始皇下令對各國原來使用的文字進行整理，規定以「秦小篆」為統一書體。這就是我們熟悉的「車同軌、書同文」的來歷，這個成語也用來比喻國家統一。

◎ 獨擅勝場

公元前 230 年至前 221 年，秦始皇用了十年時間，先後滅了韓、趙、魏、楚、燕、齊六國，完成了統一中國的大業，建立起了第一個中央集權的統一的多民族國家——秦朝。東漢張衡在《東京賦》中寫道：「秦政利觜（鳥嘴）長距（雞爪），終得勝場。」意思是，戰國七國爭雄，秦王嬴政依靠自己的強大實力，最終贏得了勝利。後人由此總結出了「獨擅勝場」這個成語。「獨」是獨自，「擅」是據有，「勝場」是取勝的場地。「獨擅勝場」比喻技藝高超，戰勝了所有的對手。

◎ 焚書坑儒

公元前 213 年，博士淳于越反對秦朝實行的郡縣制，要求根據古制，將皇帝的諸子分封於剛佔領不久的燕、齊、楚等故地為王。丞相李斯加以駁斥，他認為國家的長治久安並不一定非要效仿古制，稱今時已不同往日，應該採取新的政策治理國家，並主張禁止百姓以古非今，以私學誹謗朝政。秦始皇採納李斯的建議，下令焚燒《秦記》以外的列國史記，對不屬於博士館的私藏《詩》《書》等也限期交出燒毀；有敢談論《詩》《書》的處死，以古非今的滅族；禁止私學，想學法令的人要以官吏為師。第二年，術士侯生和盧生替秦始皇求仙失敗後，暗地裏誹謗秦始皇，之後攜帶求仙用的巨資出逃。秦始皇知道後遷怒於其他方士，下令在京城搜查審訊，得犯禁者四百多人，全部扔到挖好的坑裏活埋。兩件事合稱「焚書坑儒」。「焚」就是燒，「坑」是把人活埋，「儒」指書生，「焚書坑儒」就是焚毀典籍，坑殺書生。但秦始皇的焚書坑儒並非像後世說的那樣是為了毀滅文化。從焚書的起因來看，目的是為了達到思想統一，扼殺六國貴族及其復國分封的思想。所燒的書，指明了是「非秦記」，目的很明確，就是達成思想統一，並不是見書就燒。從坑儒的起因來看，坑殺的就是那羣拿錢不幹實事，反而再三欺騙秦始皇的術士、方士，並不是世人相傳的讀書人。本來焚書和坑儒是兩碼事，但偏偏「焚書坑儒」這個詞讀起來朗朗上口，經後世許多文人引用之後，在世人的心目中就變成了一件事，而且幾乎一致認為坑儒的儒指的就是讀書人，於是逐漸成為了秦始皇為暴君施暴政的有力證據之一。

◎ 一飯千金

韓信，淮陰（今屬江蘇省淮安市）人，西漢開國功臣、軍事家，漢初三傑之一。韓信出身平民，早年家庭貧困，經常沒米下鍋。為了填飽肚子，他只好在護城河邊釣魚，運氣好的時候，能釣上幾條，解決生活問題，可惜這樣的好運太少了，他常常要餓着肚子。在他釣魚的河邊，有許多女人在清洗棉絮，其中一位老婆婆，看到韓信快要餓死了，非常可憐他，就把自己的飯菜分了一點兒給他吃，後來又不斷地幫助他。韓信非常感激她，就對她說：「等我將來成功後，一定會重重地報答您！」老婆婆聽了，十分生氣：「堂堂男子漢，不知道勤奮努力，自己都不能養活自己，還說什麼報答！我這麼做，也不是為了你的回報！」韓信聽了很慚愧，不再像過去那樣混日子。後來，韓信加入劉邦的起義軍隊，立下不少功勞，被封為齊王。等他坐在自己的宮殿裏，享受錦衣美食時，不由得想起以前老婆婆的恩惠，就命人送酒菜給她吃，更送給她黃金一千兩來答謝她。成語「一飯千金」，比喻重重地報答對自己有恩的人。

◎ 國士無雙

秦末農民起義爆發後，韓信先投靠項梁、項羽，項羽只讓他當了個小官。秦朝滅亡後，劉邦被封為漢王，韓信離開項羽轉投劉邦，但是也沒有受到劉邦的重視。劉邦的丞相蕭何認為韓信是個奇才，屢次向劉邦推薦，劉邦都沒有聽信。劉邦在去項羽封給他的漢中封地的路上，很多將領都逃跑了。韓信心想劉邦不重用自己，在這兒呆着也沒有前途，於是也悄悄地跑了。蕭何聽説韓信逃走的消息，來不及向劉邦彙報，就連夜去追趕他，終於在一個月夜追回了韓信。蕭何對劉邦説：「諸將易得耳，至如信者，國士無雙。王必欲長王漢中，無所事信；必欲爭天下，非信無所與計事爾。」「國士」就是國中傑出的人物，「國士無雙」是指一國獨一無二的人才。蕭何的意思是説，其他將領容易得到，至於像韓信這樣的傑出人物，普天之下找不出第二個。大王如果真要長期在漢中稱王，自然用不着韓信，如果一定要爭奪天下，除了韓信就再也沒有可以和您共商大事的人了。經過蕭何耐心説服，劉邦將韓信拜為大將。韓信獻策平定三秦，後來又以其傑出的軍事才能横掃魏、趙、代、燕、齊諸國，為劉邦統一天下立下了汗馬功勞。

◎ 暗度陳倉

秦朝滅亡以後，項羽背叛誰先攻入關中誰為王的約定，自封西楚霸王，將率先進入關中的劉邦封為管轄偏僻的巴蜀、漢中地區（今四川和陝西南部）的漢王，劉邦極為不滿，但因自己的兵力敵不過項羽，只好接受封號領兵前往封地，途中採取張良的計策，燒毀了出入巴蜀的棧道，向項羽表示無意東歸與之爭奪天下。數月後，劉邦準備出兵反擊，韓信向他獻計，派少量軍兵去修復棧道，裝作準備通過棧道出兵，吸引對方的注意力，實際上卻暗中率部繞道陳倉道（起至今陝西省寶雞市東，出抵漢中），攻敵不備，佔領了關中。這段故事被提煉出成語「暗度陳倉」，亦作「明修棧道，暗度陳倉」，指正面迷惑敵人，而從側翼進行突然襲擊；也比喻暗中進行活動。

◎ 獨當一面

楚漢相爭時，睢水一戰中劉邦的漢軍被項羽的楚軍打得大敗，傷亡慘重。劉邦對謀士張良說:「這次戰敗，漢軍損失慘重，士氣十分低落，只要有人能幫我出這口惡氣，打敗項羽，我願意把函谷關以東的土地全拿出來封賞給他們，以此來鼓舞士氣，你看怎麼樣？」張良回答說:「九江王黥布，作戰非常勇猛。他雖然是楚國的將領，但他一向與項羽有矛盾；擁有一萬多人馬的大將彭越，不久前剛扯起反楚的大旗。這兩支力量，大王可派人去和他們聯絡，和他們聯合起來。至於大王手下的將領，只有韓信能夠擔負起獨當一面的重任。大王如果將關東的土地封賞給他們三個人，使他們全力幫你進攻項羽，一定可以打敗他。」劉邦採納了張良的建議，派人去和黥布、彭越聯繫，和他們合力攻擊項羽。同時重用韓信，派他到黃河以北開闢戰場，又封他為齊王。韓信果然不負劉邦所望，在和項羽的戰鬥中接連取得多次勝利。劉邦依靠韓信等三人的幫助，取得了楚漢戰爭的勝利，最終建立了大漢王朝。「獨當一面」，指單獨承擔一方面的工作或使命；形容精明強幹，有本事有能力。

◎ 背水為陣

韓信幫劉邦統一天下的過程中，其中一項任務就是要擊敗在秦國滅亡以後又恢復的趙國。韓信率軍在軍事要地井陘口（位於今河北省井陘縣北井陘山上）與趙軍對峙，駐守在井陘口的是趙軍大將陳餘，他自以為有兵力上的優勢，堅持要與漢軍正面作戰。韓信選出兩千名輕騎兵，讓他們手持紅色旗幟，從小道來到井陘口山後隱蔽起來，對他們說:「我將另派一支軍隊與趙軍對壘，並佯裝敗退。這樣，趙軍必定傾巢追擊。你們乘機進入趙營，拔掉趙軍的旗幟，換上漢軍的紅色旗幟。」接着，韓信又派一萬軍隊故意背靠河水，排成一字陣勢引誘趙軍。趙軍見漢軍背水紮營，後退無路，大笑不止，傾巢而出與漢軍作戰，留下一座空營。這時，隱蔽在山後的兩千漢兵快速衝進趙營，拔掉趙軍旗幟，換上漢軍旗幟。趙軍與漢軍在河邊廝殺，原想把漢軍趕進河裏，但他們怎麼也沒有想到，此時的漢軍後退無路，反而個個以一當十，奮勇拚殺，把趙軍打得大敗。趙軍見無法取勝，想返回營地，卻見那裏全是漢軍的紅旗，以為漢軍佔了自己的大本營，頃刻間軍心大亂，潰不成軍。接着，漢軍兩面夾擊，陳餘被殺，趙王也被漢軍俘獲。手下問韓信:「行軍佈陣應該右邊和背後靠山，前邊和左邊臨水。這次將軍反而令我們背水列陣，這是為什麼？」韓信解釋說:「只有把士兵置於死地，他們才會為求生而拚命。兵書上說『置之死地而後生』就是這個道理。」後人據此提煉出「背水為陣」這一成語，也作「背水一戰」，比喻決一死戰。成語「拔幟易幟」也從這段故事而來，比喻推翻別人，自己佔有。

◎ 威震天下

韓信經過井陘口之戰大破趙軍後，虛心向趙軍降將李左車請教攻打燕國和齊國的計策。李左車說:「如今將軍您橫渡黃河，活捉了魏王，在閼與又活捉了夏說，在井陘只用了不到一個早晨時間就打敗了二十萬趙軍，誅殺了趙國大將陳餘。如今您的名聲已經傳遍四海，您的聲威也已經震動天下，這是將軍的優勢。但是，如今百姓勞苦困頓，士卒疲憊不堪，很難繼續作戰。如果您打算驅使這些疲憊的士兵，攻克燕國堅固的城牆，恐怕很長時間也難以立功。一旦軍隊實情暴露，軍隊的威勢就會減弱，長此以往，軍糧消耗殆盡，而弱小的燕國始終不肯投降屈服，齊國一定會拒守邊境，想辦法自強起來。如果燕、齊兩國始終堅持不肯降服，那麼，漢、楚雙方的勝負就很難斷定了。」韓信說：「那麼我又該怎麼做呢？」李左車回答說：「為將軍打算，不如按兵不動，讓士兵休養生息，穩定趙國的社會秩序，安撫趙國陣亡將士的遺孤。這樣一來，方圓百里之內的百姓，一定會感激不盡，每天送來酒肉，犒勞將士。將軍可以向北進軍，將軍隊駐守在前往燕國的要道上，然後派出說客，拿着書信前去燕國，在燕國國君面前展現己方的優勢，燕國一定不敢不歸附。燕國歸附之後，再派說客往東遊說齊國，齊國必定會聞風降服。」韓信聽從了李左車的計策，派使者出使燕國，燕國聽到消息後果然投降。「威震天下」這一成語即由此而來，形容威名傳於全國，震驚世上。

◎ 解衣推食

公元前 203 年，韓信平定齊國，功績卓著。劉邦為籠絡韓信，封他為齊王，並讓他帶兵攻打楚地。韓信在劉邦手下得到重用，才能得到充分發揮，是當時各方十分畏懼的對手。現在劉邦派韓信來打項羽，而韓信又曾經在項羽手下做過官，對他的作戰風格很是了解，因此項羽覺得沒有必勝的把握，就派一個叫武涉的手下去拜見韓信，勸他背叛漢王，與楚聯合。武涉對韓信說：「如果您能棄劉邦而投到項王麾下，項王定會重用您，送您最豐厚的禮物，給您比現在大得多的封地。您好好考慮一下吧！」韓信不為所動，說：「當年我跟隨項羽的時候，官位最高也沒超過郎中之職，不過是個拿着戟為他看守殿門的守衛罷了。說話從來沒有人聽，計策也不被採用。我空有一身本領卻無法施展，所以我才棄楚投漢。漢王授我上將軍大印，給我配備數萬兵士，脱下自己的衣服給我穿，將自己的食物給我吃，在用兵打仗方面對我言聽計從，所以才有我今天的成就。漢王如此關懷我、信任我，如果我背叛他實在為天理所不容。我雖死也不會變心，你還是告訴項王收回他的美意吧！」武涉聽完，灰溜溜地走了。《史記》對韓信的這段話是這樣寫的：「漢王授我上將軍印，予我數萬眾，解衣衣我，推食食我，言聽計用，故吾得以至於此。」「解衣推食」即由「解衣衣我，推食食我」簡化而來，意思是把身上穿着的衣服脱下給我穿，把自己的食物給我吃，形容對人熱情關懷。

◎ 功高震主

楚漢戰爭時，韓信的實力很強，被劉邦封為齊王。韓信身邊有個叫蒯（kuǎi）通的人勸韓信不要再幫助劉邦，而是應該和劉邦、項羽三分天下，自立為王。他認為劉邦很愛猜疑別人，勸韓信一定要小心，他說：「臣聞勇略震主者身危，而功蓋天下者不賞。」意思是我聽說有勇有謀使君主感到威脅的人有危險，而功勛卓著冠蓋天下的人得不到賞賜。韓信猶豫不決，不忍反叛劉邦，他認為自己功勞很大，劉邦不會謀奪他的齊國，婉言謝絕了蒯通的建議。西漢建立後，韓信受到劉邦猜忌，被貶為淮陰侯，韓信因此怨惱忿恨，悶悶不樂，後被告發參與代相陳豨(xī)造反，為其作內應，最後韓信被呂后處死，三族被誅。「功高震主」這一成語即由「勇略震主者身危，而功蓋天下者不賞」化出，意思是功勞太大，使君主地位受到威脅而心有疑慮。

◎ 十面埋伏

公元前 202 年，漢王劉邦率本部人馬，追擊向彭城撤退的項羽。韓信率三十萬兵馬南下，切斷了項羽向彭城的退路；彭越率數萬兵馬到達固陵與劉邦會師，擔任主攻；劉賈與黥布自壽春率兵北進，切斷項羽南逃之路。項羽軍隊不斷收縮，退至垓下（今安徽省固鎮東北，沱河南岸）。韓信讓自己的部隊在楚軍四周全部埋伏起來，形成「十面埋伏」之勢，然後親自率另一支部隊去引誘楚軍出擊。兩軍交戰的時候，韓信佯裝敗給了項羽，帶領漢軍逃跑。項羽帶領部隊追擊，埋伏在周圍的漢軍便立馬衝出來把楚軍全面包圍。韓信見狀馬上調頭又向楚軍殺來，經過一番厮殺，楚軍大敗，隨後項羽逃離了垓下，領兵且戰且退，最後退至烏江，無奈自刎。劉邦的漢軍經此一戰取得楚漢相爭的決定性勝利。「十面埋伏」指設下多路伏兵以圍殲敵軍，也指周圍佈置了重重埋伏。

◎ 多多益善

劉邦平定天下後，曾經隨意和韓信議論將軍們的高下，認為各有差別。劉邦問韓信：「像我這樣的才能，能統領多少兵馬？」韓信回答說：「陛下能統領十萬兵馬。」劉邦又問：「那將軍你呢？」韓信回答說：「臣多多益善爾。」「益」的意思是更加，韓信是說他領兵越多越好。劉邦笑着問：「你越多越好，為什麼還被我轄制？」韓信說：「陛下不能帶兵卻善於駕馭將領，這就是我被陛下轄制的原因。而且陛下的能力是天生的，不是人們努力所能達到的。」劉邦聽了很開心。後來人們就用「多多益善」表示越多越好，也作「韓信將兵，多多益善」。

◎ 羞與為伍

劉邦建立漢朝後，擔心韓信擁兵自重，就削其兵權，由齊王改為楚王，接着又降為淮陰侯，為此韓信總是悶悶不樂。他始終認為自己功勞大，本領高，其他一些大臣和將領都比不上自己，便經常告病不上朝。

有一次，韓信從將軍樊噲的家門口經過，樊噲很殷勤地把他請到家裏，很客氣地說：「大王肯光臨寒舍，讓我感到十分榮幸。」韓信本來就瞧不起樊噲，現在見樊噲來這一套，認為他是虛情假義，越發覺得討厭，坐了一會兒，就告辭了，樊噲又跪着恭送韓信。韓信一出大門，笑了笑說：「羞與噲伍！」「羞」是感到羞恥，「伍」是夥伴的意思。「羞與噲伍」即以和樊噲這樣的人在一起共事感到羞恥，據此人們引申出「羞與為伍」這句成語，表示恥於同自己所輕視的人在一起。

◎ 按轡徐行

漢文帝劉恆，西漢第五位皇帝，漢高祖劉邦第四子。漢文帝即位之後，勵精圖治，興修水利，厲行節約，廢除肉刑，實現國家強盛，百姓小康，開啟「文景之治」的先河。公元前 158 年，匈奴大舉入侵邊境，漢文帝任命周亞夫為將軍，駐軍細柳，以防匈奴。有一次，漢文帝親自慰勞軍隊，他的前導來到軍營，被阻不能進入。前導說：「天子就要到了！」軍門都尉說：「我們將軍有令：『在軍中只聽將軍的命令，不聽天子的詔令。』」過了不久，文帝駕到，還是不能進入，於是派使者持符節給周亞夫下詔令說：「我要進去慰勞軍隊。」周亞夫這才傳話，命士兵打開營門。營門守衛官對漢文帝的車馬隨從說：「將軍有規定，軍營裏不准策馬奔馳。」於是漢文帝輕輕按着韁繩，讓馬慢慢地走。「轡」是馬韁繩，「按轡徐行」的意思就是策馬慢行。

◎ 把臂入林

謝鯤，晉朝名士、官員，「江左八達」之一。謝鯤出身儒學世家，是國子祭酒謝衡的長子，太常卿謝裒（póu）的兄長，太保謝安的伯父。

西晉末年，謝鯤被授予太傅參軍一職。晉室避亂渡江後，他擔任江州長史，受封咸亭侯。東晉建立後，謝鯤出任豫章太守，世稱「謝豫章」。他年少知名，生性豁達，見識高明，但卻不修威儀，喜讀《老子》《易經》，能嘯歌，善鼓琴，受到名士王衍、嵇紹的賞識。他的姪子謝安曾評價他：「豫章若遇七賢（竹林七賢），必自把臂入林。」「把臂」意思是互挽手臂，表示親熱；「入林」指進入七賢經常聚會的竹林。後人用「把臂入林」比喻相偕歸隱。

◎ 待詔公車

東方朔，西漢時期著名文學家、辭賦家。東方朔博學廣識，能言善辯，愛好儒家經術，廣泛地閱覽了諸子百家的書。漢武帝即位之初，徵召天下有德行、有能力和擅長文學的人。各地士人、儒生紛紛上書應聘。東方朔更是寫了三千片竹簡的內容上書自薦，在他的自薦書中對自己評價頗高，直言不諱地說：「我這樣的人，應該能夠做天子的大臣吧！」相傳這些竹簡要兩個人才能扛得起。武帝讀後認為東方朔氣概不凡，便命令他在公車署中等待召見，東方朔自此入仕，後任常侍郎中、太中大夫等職。這個故事就叫作「待詔公車」。「詔」是皇帝的命令，「公車」為上書言事者及應舉薦者待詔之所，並主管以公車接送應舉之士。「待詔公車」指在公車署準備聽從皇帝的召喚，比喻待命供奉內廷的人。

◎ 談何容易

東方朔一生寫了很多賦，流傳下來的有《答客難》《非有先生論》等名篇。「非有」即「無有」的意思，非有先生是東方朔虛構的人物。

非有先生在吳國當了三年官，默默無言，從不發表什麼政見。吳王很奇怪，就對他說：「先生如果有高明的見解而不談出來，就是不忠；如果談出來我不採納，就是我不明。先生什麼看法也不談，難道是我不明嗎？」非有先生只是連連作揖，仍不開口。吳王說：「談談吧，我一定誠心聽取。」非有先生歎了一口氣說：「臣子向君主進言談何容易啊！」然後非有先生拿歷史上忠直之臣直言遇害的故事舉例，闡述臣子進言之難，又講了商湯和周文王採納賢臣的主張，使國家興盛強大的事例，委婉地啟發吳王，促使他在政治上進行了一系列改革。吳王接受了非有先生的意見，採取了許多項興利除弊的舉措，三年後終於「海內晏然，天下大治」。東方朔由於向漢武帝提出耕戰強國的建議，沒有被採納，於是便虛構故事寫出《非有先生論》，以此賦來闡述臣子向君主進言的不易。「談何容易」原來的意思是說，臣子向君主談自己的意見主張，被接受和採納很不容易，後來被用來告誡人們做起事情來，並不像嘴上說說那麼容易。

◎ 臣心如水

鄭崇，西漢官員，為人正直，威望很高。漢哀帝打算封祖母傅太后的堂弟傅商為侯，鄭崇表示反對，因此得罪了傅太后，後來又勸阻漢哀帝過度寵愛董賢，因此得罪董賢並招致漢哀帝不滿。一個叫趙昌的官員趁機陷害鄭崇，上奏說他與同宗的人交往，懷疑有奸邪，請求漢哀帝懲處他。漢哀帝責問鄭崇說：「你門庭若市，到底有什麼圖謀？」鄭崇回答說：「臣門如市，臣心如水。」意思是，雖然來我家裏的人很多，但我的心像水一樣清。漢哀帝不聽他的辯解，把他投進監獄，最後他死於獄中。「臣門如市」舊時形容居高位、掌大權的人賓客極多，「臣心如水」比喻為官清廉。

◎ 扇枕溫席

黃香是東漢有名的孝子，九歲時母親便去世了，他平時幫助父親操持農活、料理家務。在炎熱的夏天，他用扇子扇涼蓆子再讓父親去睡，冬天則先鑽進被窩替父親溫熱被子，對父親十分盡心盡孝。日久天長，黃香孝順父親的行為深得鄉鄰的稱讚，以此名播京師，人們稱他「天下無雙，江夏黃香」。江夏的太守稱他為「至孝」，漢和帝也曾嘉獎過他。後來他的事跡被列入「二十四孝」，編入《三字經》。「扇枕溫牀」這一成語就是從這裏來的，用來形容對父母非常孝敬。

◎ 克己奉公

祭（zhài）遵是東漢初期的官員。劉秀起兵反抗王莽時，祭遵去投奔劉秀，曾在軍中任執法官。他執法嚴明，不循私情，為大家所稱道。有一次，劉秀的一個家僕犯了罪，祭遵查明真情後，依法將這個人處以死刑。劉秀知道後十分生氣，要降罪於祭遵，主簿陳副勸諫說：「嚴明軍令，本來就是大王的要求。現在祭遵奉行法令不避權勢，應該予以表揚才對。只有像他這樣言行一致，號令三軍才有威信啊。」劉秀聽了覺得有理，非但沒有降罪於祭遵，還對軍中將領說：「對祭遵要多加小心！我身邊的人犯法他照樣殺，對你們他是絕不會徇私的。」後來祭遵跟從劉秀平定河北，因功封為潁陽侯。祭遵為人廉潔，為官清正，處事謹慎，常受到劉秀的賞賜，但他將這些賞賜都拿出來分給手下的人。他生活十分儉樸，家中也沒有多少私人財產，即使在安排後事時，他仍囑咐手下的人不許鋪張浪費。《後漢書》記載：「遵為人廉約小心，克己奉公。」「克己」就是嚴格約束自己，「奉公」就是以公事為重，「克己奉公」的意思就是克制自己的私心，一心為公。

◎ 疾風知勁草

王莽統治的新朝末年，爆發了綠林、赤眉起義。西漢皇族劉秀乘機和兄長劉縯在潁川起兵響應，加入綠林起義軍。行軍途中，有個名叫王霸的人投奔劉秀，受到了劉秀的歡迎。後來，被起義軍推為更始將軍的西漢皇族劉玄稱帝，對劉秀兄弟十分猜忌，殺害了劉縯。劉秀怕遭到殺害，請求到河北去招撫各州郡歸順，劉玄同意了。當時，起義軍的勢力未能達到河北，到那裏去招撫是很危險的。隨從中許多人對前途失去了信心，又害怕艱苦，紛紛離開了劉秀，只有王霸一如繼往地跟着他。劉秀見王霸始終忠於自己，感慨地對他說：「潁川從我者皆逝，而子獨留，始驗疾風知勁草。」意思是，我一開始從潁川起兵時跟隨我的人都離開了，只有你留了下來，可見能通過大風考驗的才是堅韌的草。後來，劉秀在河北積極活動，取得了部分官僚、地主的支持，鎮壓和收編了起義軍，力量逐步壯大起來。公元 25 年，他推翻王莽政權，即皇帝位，史稱東漢光武帝。王霸也先後被封為富波侯、偏將軍、討虜將軍、淮陰侯等，成為東漢的開國功臣。「疾風知勁草」的意思是經過猛烈大風的吹襲，才知道堅韌的草挺立不倒；比喻只有經過嚴峻的考驗，才知道誰真正堅強。

◎ 披荊斬棘

新朝末年，大將馮異跟隨劉秀打天下，深得劉秀的信任。劉秀登基稱帝后，派馮異平定關中，有人上奏章說馮異在關中獨斷專行，殺了長安縣令，威望權力很重，百姓心中歸服，稱他為「咸陽王」，勸劉秀防備馮異謀反。劉秀不僅不信，還把奏章送給馮異看，讓他不必擔心憂慮。公元 30 年，馮異從長安來到京城洛陽朝見光武帝。光武帝指着他對滿朝公卿大臣說：「是我起兵時主簿也，為吾披荊棘，定關中。」意思是說馮異是我起兵時的主簿（各級主官屬下掌管文書的佐吏），過去為我在創業的道路上劈開叢生的荊棘，掃除了重重障礙，還為我平定了關中之地。後世根據這個故事引申出成語「披荊斬棘」，比喻開創事業或在前進道路上清除障礙，艱苦奮鬥。

◎ 忍辱負重

陸遜，三國時期吳國政治家、軍事家，孫策的女婿。公元 222 年，劉備率領大軍進攻吳國，孫權任命年輕的陸遜為大都督，率五萬人馬前去抵禦。由於陸遜資歷不深，而他手下的將領或是孫策時期的老將，或是皇親國戚，都不服從他的領導。為使軍令嚴明，陸遜召集眾將，手握寶劍高聲叫道：「劉備天下聞名，連曹操都對他有所畏懼。如今他親率大軍攻進吳地，是我們的強敵，決不可以輕視他。希望眾將軍以大局為重，同心協力，共同消滅來犯之敵。我雖是書生，但主上任命我為大都督，就是因為我還有一點微薄的能力，能夠忍辱負重。今後，希望你們各負其責，不要推辭，軍令如山，違者必按軍法從事。」經陸遜這麼一說，諸將心中雖有不服，但行動上再也不敢違抗。陸遜一開始採取防禦政策，指揮軍隊堅守七八個月之久，一直不與劉備決戰。一直等到盛夏時節，天氣異常炎熱，蜀軍士兵忍受不了蒸人的暑氣，叫苦連天。劉備只得讓水軍離船上岸，和陸軍一起，靠着溪溝山澗、樹林茂密的地方，紮下互相連接的四十多座軍營，以便躲避暑熱，等到秋涼後再向吳軍大舉進攻。陸遜看到蜀軍戰線拉得過長，兵力分散，士卒疲乏，認為進行反攻的條件已經成熟，定下了用火攻打敗蜀軍的計策。陸遜命令水路士兵，用船隻將茅草運到指定地點；命令陸路士兵，每人手拿一把茅草，茅草裏藏着硫磺、硝石等引火物，一到蜀營，就順風縱火。蜀軍毫無防備，頓時亂成一團。慌亂中，劉備撥馬向夷陵馬鞍山逃走。陸遜的大隊人馬把馬鞍山團團圍住，從四面放火燒山。蜀將傅彤（róng）率領部下往來衝殺，身受重傷，奮力死戰，才使劉備擺脱追兵，逃到白帝城（今重慶市奉節縣）。次年四月，劉備一病不起，亡故於白帝城。這就是三國時期著名的「夷陵之戰」。「忍辱負重」形容為了完成艱巨的任務，忍受暫時的屈辱。

◎ 妄自尊大

東漢政權剛建立的時候，天下尚未統一，各路豪強各霸一方，其中西蜀的公孫述最為強大，與劉秀同年稱帝，國號「成家」。當時另一大割據勢力隗囂（wěi áo）佔據隴右，派手下大將馬援去公孫述處打探情況。馬援和公孫述本是同鄉，早年就很熟悉，並且交情很好，他本計劃和公孫述好好地敍説故舊，沒想到公孫述卻大擺皇帝的架子，高踞殿上，派出許多侍衞站在階前，要馬援以臣子之禮去見他，沒説上幾句話就退朝回宮，派人把馬援送回賓館去了，然後又以皇帝的名義給馬援封官。馬援認為公孫述只是裝腔作勢，不能長久，於是毅然返回隴右，對隗囂道：「公孫述是井底之蛙，妄自尊大，不如去投靠劉秀。」「妄」的意思是過分地，「妄自尊大」形容人狂妄地誇大自己，輕視別人。隗囂聽了馬援的話，同意歸漢，派長子隗恂到洛陽做人質以表誠心。馬援也投降了劉秀，為東漢統一立下了赫赫戰功。而公孫述則落了個身敗名裂的下場，公元 36 年，劉秀派大司馬吳漢舉兵討伐公孫述，攻破成都，「成家」滅亡。

◎ 夷然不屑

竺法深是東晉時期的高僧。當時的士大夫階層不僅喜談老莊玄學，還留心佛教經義，社會上興起了一股佛玄合流的思潮，僧侶中湧現出一批與玄學名士風貌接近的名僧，竺法深便是其中之一。他二十四歲時就獨自登壇講學，所講《正法華經》《大品般若經》，把深奧的義理剖析得明明白白，前來聽講受業者常濟濟一堂，多達五六百人。竺法深和當朝的帝王、卿相交往，不卑不亢，無拘無束，常常穿着木屐，若無其事地進出宮殿，被人稱為「方外之士」。據南朝劉義慶《世説新語》記載，有位從北方過江來的和尚喜好談玄理，在瓦官寺遇到了當時和竺法深齊名的另一個高僧支道林，一起談論佛教經典《小品般若波羅蜜經》。當時竺法深和名士孫綽也在。這個北來的和尚在言談之中多次設下了難點，支道林的答辯分析都很透徹清晰，和尚多次被駁倒。孫綽就問竺法深説：「上人應該是逆風而上的人，為什麼不説話呢？」竺法深笑了笑沒回答。支道林説：「白旃（zhān）檀並不是不香，只是逆風時就聞不到了！」支道林這是把竺法深比作白旃檀，是説他香則香矣，卻沒有逆風而行的本領，所以開不了口。竺法深明白支道林是在暗示自己不如他，但「夷然不屑」。「夷然」的意思是泰然，「不屑」的意思是輕視，「夷然不屑」就是泰然自若，毫不在意。

◎ 不識時務

東漢時期有個人叫叫張霸，學識淵博，很有威望，曾擔任過會稽太守。剛就任時，郡裏有很多盜賊，非常不安寧，於是張霸就發佈公文懸賞，講明利害和獎懲標準，賊人就束手歸附，不用派士兵去抓。當時有童謠説：「棄我戈，捐我矛，盜賊盡，吏皆休。」他上表推薦郡裏有才學而不願做官的處士顧奉、公孫松等，顧奉後來做了潁川太守，公孫松做了司隸校尉，都很著名。郡裏所有人從此都積極向上，學習經書的達幾千人，到處都能聽見誦讀聲。他當了三年太守之後激流勇退，上書給皇帝，請求致仕（退休）。沒過多久又被朝廷選為侍中，當時權勢很盛的皇親鄧騭想拉攏他，張霸早知道鄧騭利用外戚身份，攫取權力而橫行一時，不願與他交往，就提出各種各樣的理由來推卻，張霸的行為受到許多正直人士的稱讚，但是一些趨炎附勢的人認為能與鄧騭交往求之不得，因此譏諷張霸「不識時務」。「時務」是當前的形勢和潮流，「不識時務」是指不認識當前重要的事態和時代的潮流，後來成了一個成語，也指待人接物不知趣。

◎ 近水樓台

范仲淹是北宋著名的政治家和文學家，「先天下之憂而憂，後天之下樂而樂」就是他的名句。范仲淹雖然做大官，但為人正直、待人謙和，特別善於任用人才。范仲淹在杭州做知府的時候，手下官員在他的推薦下，都得到了能發揮自己才幹的職位。只有一個名叫蘇麟的巡檢官，在杭州所屬的外縣工作，接近范仲淹的機會很少，所以一直沒有被推薦和提拔，心中十分遺憾。一次，蘇麟因公事要見范仲淹，趁機寫了一首詩獻給范仲淹，詩中有兩句是「近水樓台先得月，向陽花木易為春」，意思是說，靠近水邊的樓房最先看到月亮，能被陽光照射的地方生長的花草樹木最容易成長開花，顯現出春天的景象。蘇麟用這兩句詩來暗示范仲淹，那些接近他的人都得到了好處。范仲淹看了心領神會，不禁哈哈大笑，也為蘇麟找到了合適的職位。後來，人們把「近水樓台先得月」概括為「近水樓台」這個成語，比喻由於個人關係比較近，或是職務、環境方面比較便利，而優先得到利益和方便；有時也用它諷刺一些人借職務之便為自己或親近的人佔得便宜。

◎ 樂不思蜀

三國時，蜀漢先主劉備死後，他的兒子劉禪繼位，史稱「後主」。劉禪在位初期，信任相父諸葛亮，支持北伐，致力於發展農業生產，與民生息。到了後期逐漸開始寵信宦官黃皓，整天玩樂，不理朝政。公元263年，魏國大將軍司馬昭派鍾會和鄧艾分兵攻蜀，劉禪投降，蜀漢就此滅亡。劉禪被魏元帝封為安樂公，和蜀漢大臣一起被遷往洛陽居住。有一次，司馬昭請他喝酒，當宴會進行得酒酣耳熱時，故意叫了一班歌女表演蜀地的歌舞。一些蜀漢大臣看了這些歌舞，想起亡國的痛苦，都為之傷感。只有劉禪嘻笑自若，無動於衷，盡情欣賞。司馬昭就問劉禪說：「你是否很思念蜀國？」劉禪回答說：「我在這裏很快樂，不思念蜀國。」宴會結束後，和劉禪一起來到洛陽的蜀漢大臣郤正悄悄對劉禪說：「如果司馬昭再問起時，您就哭泣着回答說：『先人的墳墓都在蜀地，每當看向西邊就心中悲傷，沒有一天不思念着蜀國。』然後就閉上眼睛。」後來司馬昭再次問他時，劉禪便照着郤正教他的話說。司馬昭說：「這怎麼像是郤正說的話呢？」劉禪聽了大驚，睜大眼睛望着司馬昭說：「確實如此。」左右的人都笑起來，嘲笑劉禪平庸無能，貪圖安樂。成語「樂不思蜀」便出於此典，指快樂得不再思念蜀國；比喻樂而忘返或樂而忘本，留戀他鄉。

◎ 南柯一夢

淳于棼是唐朝作家李公佐所寫傳奇小說《南柯太守傳》中的主人公。淳于棼家院子南邊的牆外長着一株古槐，生得枝繁葉茂。有一天，他和朋友們在槐樹下喝酒，喝得大醉，被友人扶到廊下小睡，兩個朋友則坐在一旁洗腳。淳于棼正睡得迷迷糊糊，突然來了兩個紫衣使者請他上車，邀請他到大槐安國去做客。馬車朝大槐樹下一個樹洞駛去。但見洞中晴天麗日，另有世界。車行數十里，行人不絕於途，景色繁華，前方的朱紅大門上懸着金匾，上書「大槐安國」，有丞相出門相迎，稱國君願將公主許配，招他為駙馬。淳于棼十分惶恐，不覺已成婚禮，與金枝公主結親，並被委任為南柯郡太守，成了大槐安國的顯貴。淳于棼到任後勤政愛民，把南柯郡治理得井井有條，前後三十年，上獲君王器重，下得百姓擁戴。這時他已有五子二女，官位顯赫，家庭美滿，萬分得意。不料，檀蘿國突然入侵，國君令他領兵出征。由於他不懂軍事，倉促應戰，被檀蘿國軍隊打得大敗。回來之後，他發現妻子已經病故，於是辭去太守職務，從此失去國君寵信。他心中鬱鬱不樂，國君准他回故鄉探親，仍由兩名紫衣使者送行。車出洞穴，淳于棼才驚醒過來，看見睡前喝剩的酒還在桌上放着，兩個朋友還沒有洗完腳。淳于棼把夢境告訴他們，他們感到十分驚奇，一齊找到大槐樹下，挖出個很大的螞蟻洞，一羣螞蟻聚居在洞裏，其中有兩隻特別大，被幾十隻小螞蟻保護着；洞中還有泥土堆成的樓閣、小城，旁有孔道通向南邊的一根樹枝，另有小蟻穴一個。夢中「南柯郡」「槐安國」，其實原來如此！淳于棼不由長歎一聲道：「三十年的榮華富貴，原來是南柯一夢！」「柯」是樹枝，後來，「南柯一夢」就成了一場大夢的代名詞，用來比喻一場空歡喜，或比喻夢幻的事。

◎ 汗不敢出

鍾會是魏晉時期的謀臣、將領，太傅、書法家鍾繇的幼子，青州刺史鍾毓的弟弟。據南朝劉義慶《世說新語》記載，鍾毓、鍾會少年時就有美好的名聲，他們的父親鍾繇是魏文帝曹丕最信任的重臣，地位甚至還在司馬懿之上。魏文帝很早就聽說這兄弟倆特別有才華，想見見他們，鍾繇就帶兩個兒子去見魏文帝。魏文帝見鍾毓臉上冒汗，就問他：「你臉上為什麼出汗呢？」鍾毓老老實實地回答說：「戰戰惶惶，汗出如漿。」意思是說，由於恐懼慌張、害怕得發抖，所以汗水像水漿一樣流出。文帝又問鍾會：「你臉上為什麼不出汗？」鍾會回答說：「戰戰栗栗，汗不敢出。」意思是說由於恐懼戰栗，害怕得發抖，嚇得汗水也不敢冒出來。鍾會的這個回答，讓魏文帝感到非常驚歎，認為鍾會的聰明機靈比他的哥哥鍾毓更勝一籌。這一問一答，既表現出對皇上的敬畏，又讓人不得不佩服他的少年老成。歷史上曹丕駕崩時鍾會年僅一歲，故此軼事當為小說家所杜撰。「汗不敢出」後用來形容緊張害怕到了極點。

◎ 藍田生玉

諸葛亮是三國時期蜀國的重臣，其長兄諸葛瑾和族弟諸葛誕也都是在那個時代大放異彩的人物。諸葛瑾與吳主孫權有着生死不渝的交情，在吳國大將軍呂蒙死後鎮守南郡，後來更成為吳國大將軍，是孫權最信任的大臣；而身在魏國的諸葛誕，其軍威更是揚名魏國，被司馬懿任命為鎮東將軍，受封山陽亭侯，總理對吳軍事。諸葛家族兄弟三人分別為當時互為對手的三個國家效力，且都被委以重任，真可謂世所罕見。這裏要說的是諸葛瑾的兒子諸葛恪，他少有才名，善於應對，素有神童之稱。諸葛瑾臉長似驢，孫權喜歡和他開玩笑。有一次孫權大宴羣臣，一時興起，就讓人牽來一頭驢，驢臉上掛着條幅，上面寫着四個大字「諸葛子瑜」（諸葛瑾字子瑜），惹來滿堂大笑。諸葛恪跪到孫權面前請求讓他加上兩個字，孫權同意了，諸葛恪便在條幅下方接着寫了「之驢」二字，變成了「諸葛子瑜之驢」。在座的人又歡笑起來，無不讚歎諸葛瑾有個好兒子，孫權對他說：「這是你家的驢，你牽走吧。」把這頭驢賜給了他。還有一次，孫權突然問諸葛恪：「你父親跟你叔父（諸葛亮）誰更高明？」諸葛恪想都沒想地說道：「當然是我父親更高明。」孫權追問原因，他說：「我父親知道選擇明主（指孫權），我叔父卻不知道（指諸葛亮為劉備效力），所以還是我父親高明！」孫權聽後眉開眼笑，也為諸葛恪的機智拍案叫絕。歷史上關於諸葛恪才思敏捷的記載還有很多，孫權曾經評價他說「藍田生玉，真不虛也」，「藍田」是地名，在今陝西省，出產美玉，孫權是讚美諸葛家族的後代自然而然就很優秀，就像藍田出產的肯定都是美玉一樣。「藍田生玉」後用來比喻賢父生賢子。

◎ 龍章鳳姿

嵇康，三國時期曹魏思想家、音樂家、文學家，「竹林七賢」的精神領袖。嵇康自幼聰穎，容止出眾，博覽羣書，廣習諸藝，尤喜愛老莊學說，主張「越名教而任自然」的生活方式，經常放縱自己，不願出仕為官。《世說新語》劉孝標註：「康長七尺八寸，偉容色，土木形骸，不加飾厲，而龍章鳳姿，天質自然。」「章」是花紋，「龍章鳳姿」就是龍鳳之姿。這段話的意思是說，嵇康身高七尺八寸，長得很魁梧，平時不加修飾，但風采出眾，氣質天成。後來世人就以「龍章鳳姿」來形容一個人風采出眾。嵇康曾經在山中採藥，砍柴的人遇到他，以為是遇到了神仙。他不但人格魅力極強，而且才華橫溢，他的朋友向秀稱他有「不羈之才」。「羈」是馬籠頭，比喻約束，「不羈之才」就是非凡的、不可拘束的才能。嵇康留下了許多文學作品，不僅反映出當時的時代思想，並且對後世思想界、文學界有着巨大影響。

◎ 赴湯蹈火

嵇康的朋友山濤（字巨源）在由選曹郎調任大將軍從事中郎時，想舉薦嵇康替代他原來的職務，嵇康聽說了這件事，給朋友寫信拒絕，這封信便是嵇康的名篇《與山巨源絕交書》。信中嵇康說自己性情孤傲，行為散慢，與禮法相違背，在讀了《莊子》和《老子》之後，他的行為更加放任。因此，追求仕進榮華的熱情日益減弱，而放任率真的本性則日益加強。他還以馴鹿來舉例：如果捕捉小鹿來加以馴服養育，那它就會服從主人的管教約束；如果長大以後再加以束縛，那就一定會瘋狂地亂蹦亂跳，企圖掙脫羈絆它的繩索，「赴蹈湯火」，不管前面有什麼危險，它也要奮勇向前。「赴」是走往，「蹈」是踩，「湯」是熱水，「赴蹈湯火」就是沸水敢蹚，烈火敢踏。後人由此引申出成語「赴湯蹈火」，比喻不避艱險，奮勇向前。嵇康以此表明自己拒絕出仕的決心和對隱居生活的嚮往。山濤雖然和嵇康志向有別，但他們的友誼一直沒斷。嵇康臨死前，把自己的一雙兒女託付給山濤，並對兒子嵇紹說：「巨源在，你不會成為孤兒了。」後來，山濤果然不負重託，一直把嵇紹養大成才，「嵇紹不孤」也成為了千古傳揚的佳話。

◎ 事與願違

嵇康娶了魏武帝曹操的曾孫女長樂亭主為妻，因而拒絕與司馬氏合作，司馬氏掌權後，嵇康隱居不仕。司馬昭欲禮聘他為幕府屬官，他跑到河東郡躲避。司隸校尉鍾會隆重地帶着厚禮去拜訪他，也遭到他的冷遇。嵇康因此招致司馬昭和鍾會的不喜和忌恨。當時司馬昭的長史呂巽（xùn）霸佔弟弟呂安的妻子，呂安憤恨之下，欲狀告呂巽。嵇康與呂巽、呂安均是好友，因而出面調停，勸呂安不要揭發家醜，以保全門第清譽。但呂巽卻先發制人，誣告呂安不孝，使得呂安被官府收捕。嵇康挺身為呂安作證，結果也被投入監獄。在鍾會的攛掇下，司馬昭下令處死嵇康與呂安。臨刑前，嵇康在刑場上演奏了一曲《廣陵散》，然後歎息道：「從前袁準曾想跟我學習《廣陵散》，我每每吝惜而不教授他，從今以後《廣陵散》要失傳了。」說完從容就戮，時年四十歲。在獄中時，嵇康寫下了《幽憤詩》。詩中有兩句寫道：「事與願違，遘（gòu）茲淹留。」意思是事情的發展與我的願望相反，最後我被長期困於獄中。「事與願違」指事情沒能按照預想的方向發展。

◎ 得意忘形

阮籍，三國時期魏國詩人，著有《詠懷八十二首》《大人先生傳》等。阮籍三歲喪父，由母親撫養長大，從小家境清苦，但是他好學不倦，酷愛讀書，同時習武，其《詠懷詩》寫到：「少年學擊劍，妙技過曲城。」公元 249 年，大將軍曹爽被司馬懿殺害，司馬氏獨專朝政。阮籍和嵇康是好友，在政治上和嵇康一樣傾向於曹魏皇室，對司馬氏心懷不滿，但同時又無能為力，於是他採取不涉是非、明哲保身的態度，或閉門讀書，或登山臨水，或酣醉不醒，或緘口不言。後來他與嵇康、山濤、劉伶、王戎、向秀、阮咸諸人經常聚在山陽（今河南省修武縣）竹林之下，閒談、狂飲、作詩、彈琴，高興時就縱聲狂笑，不高興時就痛哭一場，史稱他們為「竹林七賢」。其中以阮籍最為瘋癲，尤其是在喝醉的時候，哭笑無常，《晉書》描寫他時說到「當其得意，忽忘形骸」。意思是說他縱情玩樂的時候，竟完全不顧自己的行為舉止，失去了常態。後人據此典提煉出「得意忘形」這個成語，形容高興得失去了常態。

◎ 放盪不羈

王長文是西晉經學家。他天資聰穎，鑽研五經，博覽羣書，以才學知名。年輕時，州府多次召他任職，他拒不接受，甘願在家侍奉母親，專事著述。《晉書》記載：「（長文）少以才學知名，而放盪不羈，州府辟命皆不就。」「羈」是約束，「放盪不羈」就是放縱任性，不加檢點，不受約束。這段話的意思是，王長文年輕時才華出眾，四海聞名，但放縱任性，州府多次徵召他出來做官，他都不答應。王長文曾因為貧窮而借貸，卻又因為還不上欠債而惹上官司。後來他被引薦為江源（今四川省崇州市東）縣令，有人問他：「之前你不答應為官，不幹有違你志向的事情，現在怎麼甘心做官了？」王長文回答說：「我是為了養活我的家人啊，並不是為了我自己。」

◎ 聞雞起舞

祖逖是晉朝傑出的軍事家、民族英雄。他青年時發奮讀書，涉獵古今，才幹和品德得到大家的公認。當時，皇族內部明爭暗鬥、互相傾軋，各少數民族首領趁機起兵作亂，北方大部分土地被外族佔領。祖逖和好友劉琨對此都很是焦慮，建功立業、復興晉國就成了二人共同的理想，為此經常暢談到深夜。有一天，祖逖半夜聽到雞叫，認為這是上天在激勵他上進，就把劉琨叫起來，一起到屋外舞劍練武。後人根據祖逖的故事提煉出成語「聞雞起舞」，比喻志士奮發向上、堅持不懈的精神。

◎ 中流擊楫

西晉末年，朝廷對北方已經失去掌控權，但駐守在建業的琅琊王司馬睿還保存着一些兵力，掌握着江南地區的軍政大權。祖逖當時在他軍中任職，多次向司馬睿請兵北伐，然而司馬睿並沒有收復失地的想法，一心只想着保持自己的地盤和實力，經過祖逖多次請求，才勉強同意祖逖出兵，任命他為奮威將軍、豫州刺史，卻不給一兵一卒，也不發一刀一槍，只給他一千人的糧餉和三千匹布。司馬睿的本意並不是真的要讓祖逖去北伐，祖逖對此心知肚明，卻依然領命而出，率領自己的部屬渡過長江北上，船行到江中時，祖逖望着滾滾東去的江水，心潮澎湃，他站起來，舉起手中的船槳敲着船舷，激昂地起誓道：「祖逖不能清中原而復濟者，有如大江！」意思是說我祖逖要是不能收復中原就返回，就投身於大江之中。他激昂的話語和豪壯的氣概，使隨行的壯士個個感動，人人激奮。祖逖率領部下一面製造兵器，一面招兵買馬，聚集了兩千多人馬就向北進發了。他的軍隊一路上得到當地百姓的支持，短短幾年時間，收復了黃河以南的大部分領土。當時，長江以北還有不少豪強地主，趁中原大亂的機會，彼此之間互相爭奪。祖逖説服他們停止內部爭鬥，共同北伐，對不聽號令、依附敵人的，則進行堅決打擊，祖逖的威望也越來越高。然而，就在他積極籌備北伐的時候，卻因功受到朝廷的猜忌和掣肘，以至於憂憤成疾，不久便病逝了，北伐的功業最終沒有完成，但他的英雄氣概，卻一直被後人傳誦，被提煉為成語「中流擊楫」。「擊」就是敲打，「楫」是船槳，這個成語用來比喻立志奮發圖強。李白有詩句説：「過江誓流水，志在清中原。」説的正是祖逖中流擊楫這件事。

◎ 枕戈待旦

祖逖的好友劉琨也少負志氣，有縱橫之才，是西晉時期傑出的政治家、文學家、軍事家。早年他與祖逖在一起時，時常談起國家局勢，總是慷慨萬分，兩人志向相投，均有報國濟世之心。《晉書》記載，劉琨聽到了祖逖領兵北伐的消息，在給家人的信中寫道：「吾枕戈待旦，志梟逆虜，常恐祖生先吾着鞭耳。」意思是我時刻準備着起來殺敵，經常枕着兵器睡覺等待天明，常常擔心祖逖先我一步揚起率兵出征的馬鞭。後人據此提煉為「枕戈待旦」和「先吾着鞭」兩個成語。「戈」是古代的一種兵器，「旦」是早晨，「枕戈待旦」的意思是立志殺敵，枕着武器睡覺等天亮，形容時刻準備作戰。古代大將出征領兵打仗時多為騎馬，劉琨用「先吾着鞭」比喻恐怕被祖逖搶先一步成就收復中原的功業，表示自己也要奮起追趕的決心，這個成語後用來比喻他人比自己搶先一步，自己也要迎頭趕上。但劉琨的為人也有不光彩的一面，一是他在西晉的「八王之亂」中幾易其主，先後跟隨趙王司馬倫、齊王司馬冏、范陽王司馬虓、東海王司馬越；二是他巴結當時的權貴賈謐，與兄長劉輿、石崇、潘岳、陸機、陸雲、左思等都投於賈謐門下，號為「金谷二十四友」。

◎ 寸陰是惜

陶侃，字士行（或作士衡），江西鄱陽人，東晉大司馬。他出身貧寒，能在當時的風雲變幻中，衝破門閥政治為寒門入仕設置的重重障礙，當上東晉炙手可熱的荊州刺史，頗具傳奇色彩。作為一代名將，他在東晉的建立過程中，在穩定東晉初年動盪不安的政局方面，都頗有建樹。他精勤吏職，不喜飲酒、賭博，為人稱道。陶侃在廣州做官時，總是早晨把磚搬到書房的外邊，傍晚又把它們搬回書房裏。別人問他這樣做的緣故，他回答說:「我正在致力於收復中原失地，過分的悠閑安逸，唯恐不能承擔大事，所以才使自己辛勞罷了。」陶侃聰慧靈敏，做事勤奮，檢查和管理軍府中所有的事情從無遺漏，沒有稍稍的閑適。他常對人說:「大禹聖者，乃惜寸陰，至於眾人，當惜分陰，豈可但逸遊荒醉。生無益於時，死無聞於後，是自弃也！」意思是說，大禹是聖人，還如此珍惜時間，對於我們眾人來說，就更應當珍惜時間，怎麼可以只想着安逸、遊玩、醉生夢死的生活呢？活着的時候不能對當時的國家有好處，死了以後後人不傳頌你，這是自暴自弃。成語「寸陰是惜」，意思是珍惜每一寸光陰。

◎ 竹頭木屑

陶侃生活檢點，辦事認真。他擔任荊州刺史時，有一次造船，他命人把木屑和竹頭都登記後收藏起來，人們都不明白這樣做的原因。後來農曆正月初一時，地面有積雪，太陽剛放晴，廳堂前積雪被曬化以後，地面很潮濕，陶侃於是用木屑鋪散地面，就一點也不妨礙出入了。等到桓溫討伐蜀國時，要組裝戰船，這些竹頭就都用來做了釘子。成語「竹頭木屑」，比喻可供利用的廢置之材。

◎ 江東獨步

王坦之，字文度，東晉名臣、書法家，《淳化閣帖》卷三有其行書四行，亦有文集傳世。他年輕時與名士郗超（字嘉賓）齊名，《晉書》稱讚說：「盛德絕倫郗嘉賓，江東獨步王文度。」意思是郗超品德高尚，當世沒有對手；王坦之人才俊美，江東可數第一。後人據此典引申出「江東獨步」這個成語。「江東」古代指長江以南蕪湖以下地區，「獨步」的意思是獨一無二，「江東獨步」泛指人才俊美，在一定範圍內獨佔鰲頭。

◎ 大筆如椽

王珣，東晉時期大臣、書法家。他工於書法，董其昌稱其「瀟灑古淡，東晉風流，宛然在眼」。其代表作《伯遠帖》是東晉時難得的法書真跡，且是東晉王氏家族存世的唯一真跡，一直被歷代書法家、收藏家視為稀世瑰寶，現收藏於北京故宮博物院。關於王珣，有這樣一個故事。《晉書》記載：「珣夢人以大筆如椽與之，既覺，語人曰：『此當有大手筆事。』」說是有一天晚上，王珣做了一個夢，夢中有人將一支像椽子那樣的大筆送給他。醒來後，他對家裏人說：「看來有大文章要我做了。」沒過多久，晉孝武帝突然逝世，由於王珣文筆出眾，朝廷要發出的哀策、訃告和孝武帝的謚議等全交給他來起草。這在當時的社會上算是一種莫大的殊榮。「椽」是放在檩條上用來架屋頂的木條，「大筆如椽」的意思是像椽子那樣大的筆，原用於誇讚別人文筆雄健有力或文章氣勢宏大；現多指大作家或大手筆。

◎ 標新立異

支遁，字道林，東晉高僧、佛學家、文學家，出生在一個佛教徒的家庭。他精通佛理，有詩文傳世。魏晉時期流行清談，有的佛教僧侶也加入了清談的行列，而支遁是這種風氣的代表人物，受到名士的推崇。在以記載清談家言行為主的《世說新語》中，關於支遁的記載就有四十多條，其中有一條提到：「《莊子》逍遙篇，舊是難處，諸名賢所可鑽味，而不能拔理於郭、向（郭象、向秀，曾為《莊子》作註）之外。支道林在白馬寺中，將馮太常共語，因及《逍遙》，支卓然標新理於二家之表，立異義於眾賢之外，皆是諸名賢尋味之所不得。後遂用支理。」意思是說，《逍遙遊》作為《莊子》第一篇，一直以來都是名流學士辨析討論的焦點，然而許多著名的學者挖空心思鑽研體味這篇文章包含的道理，都沒有超出郭象、向秀的見解。有一次，支道林與馮太常在白馬寺聊天。當他們談到《逍遙遊》時，支道林說出了自己的體會，大大超出郭象、向秀的解釋，樹立了一種新的見解，是眾人深入鑽研所沒有體會到的，超出許多著名學者的認識。後來人們都開始採用支道林的註解。世人據此典引申出成語「標新立異」，「標」是提出、寫明，「異」是不同的、特別的，這個成語的意思是提出新奇的主張，表示與眾不同。

◎ 狗尾續貂

司馬倫是晉武帝司馬炎的叔叔，早先被封為安樂亭侯。晉武帝即位後，封司馬倫為琅琊王，後改封為趙王。因為司馬倫刑賞不公，統治殘暴，引起氐族和羌族反叛，朝廷將其召回，任車騎將軍。晉武帝死後，兒子司馬衷繼位為晉惠帝，由於晉惠帝對朝政一竅不通，大權落到賈后手裏，野心極大的司馬倫便有了趁機篡奪皇位的想法，以賈后兇狠狡詐為藉口帶兵衝入宮廷，殺死賈后，自封為相國。後來，司馬倫又廢掉晉惠帝，自稱皇帝。由於帝位來的不正，司馬倫憂心忡忡，害怕朝臣不服。為了籠絡朝臣，他開始大封文武百官，甚至連聽差的奴役也給予爵位，一時間朝堂上官職氾濫成災。當時規定凡宮內高級官員的官服，都是統一式樣，在帽子上都插着貂尾做裝飾。由於司馬倫大肆封官晉爵，導致貂尾都不夠用，最後只好用狗尾來代替，人們就據此編了兩句民謠進行諷刺:「貂不足，狗尾續。」不久，齊王司馬冏從許昌起兵，召集諸王及各地方將領共同討伐司馬倫。司馬倫出兵與各地討伐之師激戰六十多天，最終兵敗被賜死，晉惠帝司馬衷得以復位。後來，人們就用「狗尾續貂」諷刺封官太濫；也比喻以次品接續在珍品之後，前後不相稱，多用於指文學作品的續作不如原來的好。

◎ 捫虱而談

王猛是十六國時期前秦大臣。他出身貧寒，容貌俊偉，自幼好讀兵書，善於謀略和用兵，是文武雙全的奇才，而且為人莊重，深沉剛毅，胸懷大志，氣度非凡。公元 354 年，東晉大將桓溫北伐，駐軍灞上（今陝西省西安市附近），關中父老爭以酒肉慰勞，男女夾道聚觀。王猛聽到這個消息，身穿麻布短衣，直接到桓溫大營求見。桓溫請王猛談談對時局的看法，王猛在大庭廣眾之中，一面捉身上的虱子，一面縱談天下大事，滔滔不絕，旁若無人。桓溫見狀，驚為奇人。後來桓溫的軍隊在白鹿原被前秦軍隊打敗，只得退兵。他邀請王猛一起南下，然而王猛認為在士族盤踞的東晉朝廷裏，自己很難有所作為，於是選擇繼續隱居讀書。到了第二年，前秦皇帝苻健的姪子苻堅開始嶄露頭角。苻堅雖是氐族人，但卻傾慕漢族的先進文化，少時即拜漢人學者為師，潛心研讀經史典籍，是氐族貴冑中的佼佼者。有人向苻堅推薦王猛。苻堅與王猛一見如故，談及天下大事，句句投機。於是，王猛便留在苻堅身邊為他效力，後輔佐苻堅統一北方大部分地區。「捫」的意思是按，「捫虱而談」就是一面捉着虱子，一面談話；形容談吐從容，無所顧忌。

◎ 芙蓉出水

謝靈運是南北朝時期詩人、佛學家、旅行家，東晉名將謝玄之孫，襲封康樂縣公，世稱「謝康樂」。謝靈運從小便愛讀書，博覽經史，文章寫得非常好，江南幾乎沒人趕得上，深得祖父謝玄的看重。但謝靈運天性偏激，常有觸犯禮法律令的行為，在政治上得不到重視。他遭貶謫出任永嘉郡守，任職期間，整日遊山玩水，盡情遨遊，足跡幾乎踏遍了永嘉的每一個縣，經常十幾天不回來，而有關郡守的職責，他一概不聞不問。到哪個地方，他都要吟詩作賦，表達他的感受和心意。如此只過了一年，他便稱病離職，返鄉隱居。他和隱士王弘之、孔淳之等逍遙放縱，作詩為樂，他每作一首詩被傳到京城，無論貴賤競相傳抄，一時之間名噪京城。後來謝靈運也偶有出仕，但時間都不長。他專注於山水詩的創作，是第一位全力創作山水詩的詩人，對我國山水田園詩派的興起起到至關重要的作用。南朝鍾嶸《詩品》一書中稱讚道：「謝詩如芙蓉出水。」「芙蓉」是荷花，這句話的意思是説謝靈運的詩清新不俗，像剛開放的荷花。「芙蓉出水」後用來比喻詩文清新不俗，也可形容天然艷麗的女子。

◎ 嗜痂之癖

劉邕，南朝宋開國功臣劉穆之之孫，繼承劉穆之爵位，為南康郡公。劉邕喜好吃人身上的瘡痂，覺得它的味道像鮑魚。他曾經到朋友孟靈休家，靈休先時因艾炙灼傷落下瘡痂，瘡痂掉到牀上，劉邕拾起來就吃。孟靈休大為驚訝，劉邕回答說：「生下來我就有這個愛好。」孟靈休身上還有些瘡痂沒有脱落，他就全都剝取下來送給劉邕吃。劉邕離去後，靈休寫信給朋友說：「劉邕前些時候來看我，剝我身上的瘡痂吃，導致我全身流血。」劉邕的南康封國有官吏二百多人，不問有罪沒有罪，劉邕都讓他們相互鞭打，鞭打後的瘡痂用來供給劉邕吃。成語「嗜痂之癖」，後用來形容怪癖的嗜好。

◎ 泫然流涕

桓溫，東晉時期政治家、軍事家、權臣，晉明帝司馬紹的女婿。他姿貌偉岸，豪爽大度，曾在多地擔任要職，一度掌握長江上游地區的兵權，後官至大司馬，封爵南郡公。在他掌權期間，抑制朋黨，改善吏治，重視民間疾苦。他曾經數次出兵北伐，但先後敗於前秦皇帝苻健、燕國大將慕容垂等人之手。有一次桓溫北伐，路過金城（在今江蘇省句容市北），見到自己以前當琅琊內使時所種下的柳樹，都已經長到十圍粗細，十分感慨地說：「樹猶如此，人何以堪？」意思是，樹木尚且會老，人怎麼能經受得起歲月的流逝而不老呢！然後桓溫抓住柳樹的枝條，「泫然流淚」。後人據此典引申出「泫然流涕」和「人何以堪」兩個成語。「泫然」是傷心流淚的樣子，「涕」是淚水，「泫然流涕」就是傷心地流淚。「堪」是忍受、能支持，「人何以堪」的意思就是叫人怎麼受得了。

◎ 軒然霞舉

司馬昱，晉元帝司馬睿幼子，晉明帝司馬紹異母弟，東晉第八位皇帝。司馬昱歷仕元、明、成、康、穆、哀、廢帝七朝，受封琅琊王、會稽王。晉穆帝時任撫軍大將軍、錄尚書事，與尚書令何充共同輔政。何充逝世後，司馬昱總理朝政。晉廢帝在位時，司馬昱當丞相。大臣們每次早朝，殿堂還很暗，「唯會稽王來，軒軒如朝霞舉」。意思是等到司馬昱來了，他器宇軒昂，就像朝霞高高升起一樣。公元 372 年一月，桓溫改立司馬昱為帝。司馬昱即位後，多受桓溫牽制，僅能「拱默守道而已」，也就是拱手沉默，保持本分，在位僅八個月，便因憂憤而崩，終年五十三歲。成語「軒然霞舉」意思是説像雲霞那樣高高飄舉，形容人俊美瀟灑。

◎ 虛左以待

戰國時期，魏國的信陵君魏無忌禮賢下士、愛才好客，對天下能人賢士十分敬仰和尊重。無論對方才學高低、身份貴賤，他都謙遜而禮貌地與他們結交，因而吸引了無數士人爭着來歸附他，以致門下食客竟有三千多人。因信陵君賢能，且門客本領高強，諸侯國有十幾年不敢興兵謀魏。信陵君聽説魏國有個隱士名叫侯嬴，七十歲了，家境貧寒，在大梁城夷門做守門人。信陵君前往邀請，想送他厚禮，被侯嬴拒絕了。信陵君又招集很多賓客並請侯嬴赴宴。賓客就座之後，信陵君帶着車馬，把左邊的上位空出來，親自去夷門迎接侯嬴。侯嬴撩起破舊的衣服，徑直登上車，毫不謙讓地坐在上位，發現信陵君手執轡頭，表情愈加恭敬。侯嬴又提議信陵君去拜訪他肉鋪裏的朋友朱亥，信陵君便駕着車馬進入街市，侯嬴下車去見朱亥，故意長時間與朋友閒談，暗中觀察信陵君的表情，卻發現信陵君一點兒也沒有不耐煩，臉色反而更加溫和。到了信陵君家中，信陵君引侯嬴坐在上座，把賓客一一介紹給他，賓客們都驚訝於信陵君的舉動。後來「虛左以待」便被用來表示對別人的尊敬。

◎ 粗服亂頭

裴楷，三國曹魏及西晉時期的大臣、名士，因為曾經擔任中書令，也被稱為「裴令公」。他聰慧而且有識見度量，年輕時就已有名於世，博覽羣書，擅長談論《老子》和《易經》，成年後更是氣度高雅、風采清朗，特別精通義理。南朝劉義慶《世說新語》記載：「裴令公有俊容儀，脫冠冕，粗服亂頭皆好，時人以為玉人。」「粗服」是粗布衣服，「亂頭」是蓬頭亂髮。這段話的意思是說裴楷儀表出眾，即使脫下禮帽，穿着粗陋的衣服，頭髮蓬鬆，也很俊美，當時人們都稱他是「玉人」。後人就以「粗服亂頭」這個成語來形容不講究修飾。

◎ 不衫不履

唐太宗李世民，唐朝第二位皇帝，政治家、戰略家、軍事家、書法家。李世民少年從軍，曾往雁門關解救隋煬帝。他首倡晉陽起兵，領兵攻破長安，受封秦國公、趙國公。唐朝建立後，他領兵平定薛仁杲、劉武周、竇建德、王世充、劉黑闥等割據勢力，為唐朝的建立與統一立下赫赫戰功，封秦王。公元 626 年七月，李世民發動「玄武門之變」，殺死太子李建成和齊王李元吉，被冊立為皇太子。不久，唐高祖李淵退位，李世民即皇帝位，年號貞觀。在位初期，他聽取羣臣意見，虛心納諫，厲行節約，勸課農桑，實現休養生息、國泰民安，開創「貞觀之治」，為唐朝後來一百多年的盛世局面奠定了基礎。晚唐出現的豪俠傳奇《虬髯客傳》，以歌妓紅拂大膽與李靖私奔的愛情故事為線索，描寫隋末有志圖王的虬髯客在「真命天子」李世民面前折服並出海自立的故事，曲折反映了廣大人民厭惡戰爭，期待天下太平安定的美好願望。其中描寫李世民時寫道：「既而太宗至，不衫不履，裼（xī）裘而來，神氣揚揚，貌與常異。」「衫」是上衣，「履」是鞋子，「不衫不履」意思是指不穿正式場合才穿的長衫和鞋子。這段話的意思是説李世民服裝不整，披着裘衣而來，神采飛揚，儀態與常人不同。虬髯客見李世民神氣不凡，自知不能匹敵，便放棄了逐鹿中原的意圖。人們從中提取出「不衫不履」這個成語來形容性情灑脱，不拘小節。

◎ 入吾彀中

科舉制度是從隋朝開始的。在隋朝以前，統治階級錄用人才的方法是保薦拔擢，譬如從魏晉以來便實行「九品中正」的制度，把人分列為上上、上中、上下、中下等九個等級，上品可以做官。這個方法可以保證凡是官僚階級都是從有錢有勢的地主階級出身，但不便於籠絡被統治者中的有為青年。到了隋朝，隋文帝設立了「秀才科」，隋煬帝設立了「進士科」。到了唐朝，這個制度進一步發展，考試的科目有秀才、明經、進士、明法、童子等科。唐王朝利用科舉特別是進士考試，刺激、網羅了一批中下層知識分子，調和了階級矛盾，鞏固了封建統治。唐太宗對此頗為得意，貞觀初年有一次放榜的時候，他偷偷來到端門，看到皇榜下進士絡繹不絕地經過，高興地對侍臣説：「天下英雄，入吾彀中矣。」「彀」的意思是張滿弓弩，「彀中」指箭能射及的範圍，比喻牢籠、圈套。唐太宗的意思是説，天下英雄，都被我收入囊中了。科舉制的實行，確實籠絡了天下士子，讓他們為之奮鬥一生，唐代趙嘏（gǔ）有詩句説：「太宗皇帝真長策，賺得英雄盡白頭。」説的正是這種現象。「入吾彀中」後用來比喻就範。

◎ 鐵畫銀鉤

歐陽詢，唐朝大臣、書法家。在隋煬帝時期，歐陽詢出任太常博士，622 年歸順唐高祖李淵，曾任太子率更令、弘文館學士，受封渤海縣男，主持編撰《藝文類聚》。歐陽詢精通書法，於平正中見險絕，號為「歐體」，與虞世南、褚遂良、薛稷並稱「初唐四大家」。他的兒子歐陽通也擅長書法，父子合稱「大小歐」。歐陽詢的楷書作品主要有《九成宮醴泉銘》《化度寺邕禪師舍利塔銘》《虞恭公溫彥博碑》《皇甫誕碑》。他對書法有獨到的見解，有書法論著《八訣》《傳授訣》《用筆論》《三十六法》等，比較具體地總結了書法用筆、結體、章法等書法形式技巧和美學要求，是中國書法理論的珍貴遺產。他在《用筆論》中寫道：「徘徊俯仰，容與風流，剛則鐵畫，媚若銀鉤。」意思是，來去上下，悠閒而超逸，剛勁的筆劃像鐵棍一樣，柔媚的筆劃像銀鉤一樣。後來人們提取出「鐵畫銀鉤」這一成語來形容書法剛健柔美。

◎ 聳膊成山

唐朝書法家歐陽詢才華橫溢，聰明絕倫，書法瀟灑飄逸，不過令人遺憾的是，其容貌和才氣並不相關，兩唐書都記載其「貌甚寢陋」，意思是說他的相貌相當醜陋。當時他的書名遠播中外，以至於「高麗甚重其書，嘗遣使求之」，也就是說就連朝鮮半島的附屬國高麗國王都為之傾倒，專門派使者前來求歐陽詢的書法。唐高祖聽說後感歎道：「不意詢之書名，遠播夷狄，彼觀其跡，固謂其形魁梧耶！」意思是，沒想到歐陽詢的名聲竟大到連遠方的夷狄都知道。他們看到歐陽詢的筆跡，一定以為他是位形貌魁梧的人物吧。唐太宗曾經同親近的大臣宴會，相互戲謔，宰相長孫無忌嘲諷歐陽詢道：「聳膊成山字，埋肩不出頭。誰家麟閣上，畫此一獼猴。」意思是歐陽詢長得很瘦小，肩骨聳起就成了一個山字，頭埋到肩膀裏面就出不來了。誰家在麒麟閣上畫了這麼一個獼猴呢？歐陽詢不甘示弱，應聲回答:「縮頭連背暖，俒（hùn）襠畏肚寒。只由心混混，所以麵團團。」意思是別看我瘦，卻省衣服，縮頭就把身子暖和了，而您個子高，雖然穿着帶褲襠的褲子，可衣不遮衫，還是難以禦寒；再就是您的內心渾渾噩噩，無所事事，所以肥頭大耳，猶如麵團。唐太宗開玩笑說：「歐陽詢豈不畏皇后聞？」意思是說，難道歐陽詢不怕這話讓長孫無忌的妹妹長孫皇后知道了找他的麻煩嗎？「聳膊成山」這個成語便由此而來，形容人聳肩縮頸的相貌，也形容人體瘦削的樣子。

◎ 驚蛇入草

張旭，唐朝書法家，擅長草書，被譽為「草聖」。他喜歡飲酒，世稱「張顛」，與懷素並稱「顛張醉素」，與賀知章、張若虛、包融並稱「吳中四士」，又與賀知章等人並稱「飲中八仙」，其草書則與李白的詩歌、裴旻的劍舞並稱「三絕」。在書法方面，張旭勤於觀察萬物，善於將客觀的自然物象與個人的主觀情感結合起來，既繼承傳統，又勇於創新，使狂草藝術達到了一個高峰。張旭在藝術創作中追求放浪不羈的精神狀態，杜甫《飲中八仙歌》描寫張旭時用了這樣的詩句：「張旭三杯草聖傳，脱帽露頂王公前，揮毫落紙如雲煙。」意思是，張旭飲酒三杯後，豪情奔放，絕妙的草書就會從他筆下流出。他無視權貴的威嚴，在顯赫的王公大人面前，脱下帽子，露出頭頂，奮筆疾書，自由揮灑，字跡如雲煙般舒卷自如。張旭的狂放不羈可見一斑。而《宣和書譜》卻記載，有一個叫亞栖的僧人書家善草書，曾經評價張旭說：「世徒知張之顛，而不知實非顛也。觀其自謂『吾書不大不小，得其中道，若飛鳥出林，驚蛇入草』，則果顛也耶？」意思是，世人都知道張旭很狂，其實他一點兒也不狂。看他評價自己書法的言論「我的字不大不小，得中正之道，字體飄逸像小鳥飛翔，筆勢遒勁像蛇受到驚嚇」，哪裏有狂的樣子啊！「驚蛇入草」多用以比喻草書筆勢矯健，豪放不羈。

◎ 長齋繡佛

蘇晉，唐朝時期大臣、兗州都督蘇珦之子。相傳他幾歲就能寫文章，作《八卦論》。他喜歡飲酒，與當時的宰相李适之、汝陽王李璡、賀知章、崔宗之、李白、張旭、焦遂等人都在長安生活過，在嗜酒、豪放、曠達這些方面彼此相似，共尊為「飲中八仙」。杜甫的《飲中八仙歌》就是為這八人描繪的「肖像」。其中描寫蘇晉的詩句是：「蘇晉長齋繡佛前，醉中往往愛逃禪。」意思是蘇晉雖長年在佛前齋戒吃素，但是一旦飲起酒來就把佛門戒律忘得乾乾淨淨。這兩句詩充分表現了蘇晉嗜酒如命、放浪不羈的性格。「長齋繡佛」這個成語便由此而來。「長齋」就是終年吃素，「繡佛」是刺繡的佛像，「長齋繡佛」形容修行信佛。

◎ 顏筋柳骨

顏真卿和柳公權都是唐朝著名的書法家。顏真卿在政治上擁護中央集權，反對藩鎮割據，一生剛正不阿，忠貞不渝，至死不屈。他的書風就像他的為人一樣，雄強渾厚，正大方嚴，世稱「顏體」。柳公權的書法，初學王羲之，後來汲取顏真卿、歐陽詢之長，形成了「柳體」，以骨力勁健見長。唐穆宗於即位初，沉湎於遊獵聲色，柳公權秉性剛直，便藉機進行諷諫。一次，當穆宗問及寫字的筆法時，柳公權説筆正先需心正。柳公權剛正不阿的品格與其風骨峻峭的書法相表裏，為時人所推崇。魏晉時期的女書法家衛夫人曾著《筆陣圖》，文中提出：「善筆力者多骨，不善筆力者多肉，多骨微肉者謂之筋書，多肉微骨者謂之墨豬，多力豐筋者聖，無力無筋者病。」後人根據衛夫人的這一段論述，認為顏體多筋，柳體多骨，於是有了「顏筋柳骨」這一成語，用來指顏柳兩家書法挺勁有力，但風格有所不同；也泛指書法極佳。

◎ 踔厲風發

柳宗元，字子厚，唐代文學家、思想家，「唐宋八大家」之一。因為他的祖籍在河東郡（今山西省運城市永濟、芮城一帶），世稱「柳河東」「河東先生」；因官終柳州刺史，又稱「柳柳州」。柳宗元二十一歲時進士及第，名聲大振。公元 805 年，唐順宗即位，重用王叔文等人。王叔文積極推行革新，採取了一系列的改革措施，史稱永貞革新，但沒過幾個月就宣告失敗。柳宗元由於與王叔文政見相同，被貶為邵州刺史，赴任途中又被加貶為永州司馬。生活在永州的十年中，柳宗元在哲學、政治、歷史、文學等方面進行鑽研，並遊歷永州山水，寫下了《永州八記》等名篇，借寫山水遊記抒發胸中憤鬱。後來柳宗元被召回京師，隨即又再次被遣出任柳州刺史，他得知好友劉禹錫也在被遣之列，應當去播州（今貴州省遵義市）。他流着淚說：「播州不是一般人能住的地方，況且夢得（劉禹錫字夢得）有老母在堂，我不忍心看到他處境困窘。」於是他準備呈遞奏章向朝廷請求，情願拿柳州換播州，表示即使因此再度獲罪，死也無憾。後來正遇上有人把劉禹錫的情況告知了皇上，劉禹錫因此改任連州（今廣東省連州市）刺史。韓愈在《柳子厚墓誌銘》中詳細記錄了此事。他還寫道：「（子厚）雖少年，已自成人，能取進士第，嶄然見頭角……議論證據今古，出入經史百子，踔厲風發，率常屈其座人……衡湘以南為進士者，皆以子厚為師，其經承子厚口講指畫為文詞者，悉有法度可觀。」意思是說柳宗元在年輕的時候已經成才，能夠考取為進士，突出地顯露出才華……發表議論時能引證今古事例為依據，精通經史諸子典籍，議論時才華橫溢，滔滔不絕，常常使在座的人折服……衡山、湘水以南準備考進士的人，都把柳宗元當作老師，那些經過他親自講授和指點的人所寫的文章，全都可以看得出是合乎規範的。「踔厲風發」「嶄露頭角」「口講指畫」這三個成語皆由此而來。「踔厲」就是精神振奮，「風發」是指像颳風一樣迅猛，「踔厲風發」形容精神振奮，鬥志昂揚。「嶄」是突出，「露」是顯露，「嶄露頭角」意思是頭上的角已明顯地突出來了，指初顯露優異的才能。「口講指畫」指一面講一面用手勢幫助表達意思。

◎ 黔驢技窮

「黔驢技窮」這個成語出自柳宗元的寓言故事《黔之驢》。故事裏寫道，黔（今貴州省一帶）這個地方本來沒有驢，有個喜歡多事的人用船運了一頭過去。驢運到後卻沒有什麼用處，就把它放在山腳下。老虎看到驢，「龐然大物也」，就是又高又大的東西。老虎把驢當作神靈，躲藏在樹林裏偷偷觀察它，漸漸小心地走出來接近它，驚恐疑惑，不知道它是什麼東西。有一天，驢叫了一聲，老虎非常害怕，遠遠地逃走，認為驢要吃自己，十分恐懼，但是來來回回地觀察驢，發覺它並沒有什麼特殊的本領。老虎漸漸地熟悉了驢的叫聲，又前前後後地靠近它，越來越輕侮驢，不斷冒犯它。驢非常生氣，用蹄子踢老虎。老虎於是很高興，心裏盤算這件事說：「驢的技藝不過如此罷了！」於是跳起來大吼了一聲，咬斷了驢的喉嚨，吃光了它的肉，然後才離去。作者通過這篇文章來表明能力與形貌並不成正比，外強者往往中乾，假如缺乏足以對付對手的本領，那就不要將自己的才技一覽無餘地展示出來，以免自取其辱；旨在諷刺那些無能而又肆意逞志的人，影射當時統治集團中官高位顯、仗勢欺人而無才無德的某些上層人物。千百年來，「黔驢技窮」和「龐然大物」已成為廣為流傳、人民羣眾習用的生動成語。「黔驢技窮」比喻有限的一點本領也已經用完了。「龐然大物」形容異常有力而又高又大的東西；也用來形容表面上強大，實際上沒有什麼了不起的東西。

◎ 安樂窩

邵雍是北宋時期的理學家、數學家，與周敦頤、張載、程顥、程頤並稱「北宋五子」。邵雍酷愛讀書，幾乎無書不讀，求學中對自己要求嚴格而刻苦。為磨練堅強的意志，他冬天不生爐子，夏天不扇扇子，刻苦地學習了好幾年。後又越過黃河、汾河，徒涉江淮，考察了西周諸分封國的齊、魯、宋、鄭等國遺址，用了很長一段時間的遊歷來增長見識。然後他師從李之才學《河圖》《洛書》與伏羲八卦，著有《皇極經世》《觀物內外篇》《先天圖》《漁樵問對》《伊川擊壤集》等。公元 1049 年，邵雍遷居洛陽，初到洛陽的時候，所居房屋用棚草做門，難以抵擋風雨，他卻能自得其樂，以打柴為生，親自燒火做飯以侍奉父母。邵雍學識淵博，得到世人的尊敬，遠近聞名，連當朝的公卿大臣富弼、司馬光、呂公著等人也常跟隨他一同出遊，又給他購買了房屋和田地。但邵雍沒有忘記在茅草屋中度日的時光，仍然親自耕田種地，自給自足，並將他的住處命名為「安樂窩」，自稱「安樂先生」。「安樂窩」這一成語即由此而來，意思是指舒適的家，形容安逸的生活環境。

◎ 灌夫罵座

西漢時，有一個叫灌夫的將軍。他勇武過人，吳楚叛亂時，曾率領十幾個人衝入吳軍，殺敵近百，最終只有他一人生還，身上受重創十多處。此舉有力地威懾了吳軍軍心，鼓舞了漢軍士氣。從此以後，灌夫以勇猛善戰聞名天下。灌夫為人剛直不阿，好打抱不平，最厭惡阿諛奉承、趨炎附勢之輩，獨獨和魏其侯竇嬰友善。公元前 131 年夏天，丞相田蚡（fén）迎娶燕王劉嘉的女兒做夫人，田蚡的姐姐王太后下詔，要列侯皇室都去祝賀。竇嬰邀灌夫同往，灌夫推辭說：「我多次因為酒醉失禮而得罪了丞相，去了多有不便。」但頂不住竇嬰的勸說還是去了。酒至半酣，田蚡起身敬酒，在座賓客紛紛離席，伏在地上，表示不敢當。過了一會兒，竇嬰敬酒時，只有少數幾個老朋友離席還禮，大多數人照常坐在那裏，只是稍微欠欠身子。竇嬰和田蚡同為列侯，都是外戚，區別僅在於一個是前任丞相，一個是現任丞相，而且這個現任丞相還是竇嬰提攜上去的。在座諸人中，大多數過去都曾看竇嬰眼色行事，想不到現在竟然這樣厚此薄彼，灌夫看在眼裏，氣在心裏。不久，輪到灌夫敬酒，敬到田蚡時，田蚡不僅不還禮，還說「不能喝滿杯」，這明顯是輕視灌夫。灌夫陪笑說：「您是貴人，這杯酒請您喝光吧！」田蚡還是不肯。灌夫敬酒敬到臨汝侯灌賢，灌賢正在跟程不識附耳說話。灌賢論年紀，論輩份，都低於灌夫。灌夫本來就一肚子火，見灌賢小小年紀也敢如此無禮，破口大罵說：「你平時詆毀程不識將軍年老無能，一錢不值，現在見長者敬酒，怎麼又像個女人似的和程將軍嘮叨起來了？」灌賢未及回答，田蚡插話說：「程將軍和李將軍是東西宮衛尉，你當眾侮辱程將軍，也就是侮辱李將軍。」李將軍是指李廣。田蚡的這番話是挑撥灌夫和程不識、李廣的關係，擴大灌夫的對立面。灌夫性情剛烈，發火實際上是沖着田蚡的，在氣頭上更不會把田蚡看在眼裏，厲聲回答說：「今天殺我的頭，穿我的胸，我都不在乎，還顧什麼程將軍、李將軍！」座客們便起身上廁所，紛紛離去。竇嬰也起身告辭，揮手示意讓灌夫出去。田蚡抓住時機，發火道：「這是我放縱灌夫的過錯，必須加以訓戒。」便命衛兵攔住灌夫。有個叫籍福的官員急忙起身勸解，要灌夫向田蚡賠禮，灌夫不從。籍福把灌夫拖到田蚡跟前，按着灌夫脖子，硬讓灌夫行禮道歉，灌夫還是不從。田蚡命人把灌夫抓起來，對手下説：「今日奉旨開宴，灌夫犯了罵座不敬之罪，立即上奏。」接着派兵把灌夫的僚屬妻小全部抓起來，都判決為殺頭示眾的罪名。竇嬰感到非常慚愧，向田蚡求情，也無濟於事。當年冬天，灌夫和他的家屬全部被處決，隨後竇嬰也被斬首棄市。而一年以後，田蚡也因驚懼而死。「灌夫罵座」指灌夫酒後罵人泄憤，形容為人剛直敢言。

◎ 閒雲野鶴

袁宏道是明代文學界反對復古運動的主將，他反對前後七子摹擬秦漢古文，也反對唐順之、歸有光摹擬唐宋古文，認為文章與時代有密切關係，提出「獨抒性靈，不拘格套」的性靈説。袁宏道與其兄袁宗道、弟袁中道並有才名，由於他們是荊州公安縣人，史稱「公安三袁」，其文學流派世稱「公安派」或「公安體」。袁宏道二十四歲中進士，後擔任吳縣（今屬江蘇省蘇州市）縣令一職，常在石浦河畔與親友相聚，吟詩飲酒，談禪遨遊，悠閒自得。後招致當道者的不滿，加上吏事繁雜，難得清閒，他覺得「人生作吏甚苦，而作令為尤苦，若作吳令則其苦萬萬倍，直牛馬不若矣」，因此託故辭去吳縣縣令，開始遍遊東南名勝，徜徉於無錫、杭州、紹興、桐廬、歙縣佳山秀水間，與友人陶望齡、潘景升等詩酒酬答，奇文共賞。三個多月，「無一日不遊，無一遊不樂，無一刻不談，無一談不暢」，而且「詩學大進，詩集大饒，詩腸大寬，詩眼大闊」，在此期間寫下數十篇遊記。他在《天池》一文中寫道：「閒雲野鶴，何天不可飛？」意思是説飄浮的雲彩，野生的仙鶴，在何時何地不可以自由地飄飛呢？作者以此表達自己希望遠離一切苦惱與紛爭，像閒雲野鶴一樣獲得真正的自由的願望。後人便以「閒雲野鶴」來代指生活閒散、脱離世事的人。

◎ 春蚓秋蛇

蕭子雲是南梁齊高帝蕭道成之孫，南梁文學家、史學家。他從小勤奮學習，文采過人，而「性沉靜，不樂仕進」，詩風清淺明麗，流露性情。蕭子雲也擅長於書法，尤其善於仿效鍾繇、王羲之的書法，梁武帝讚其筆力駿勁，心手相應，可與鍾繇「並驅爭先」。然而歷史上對此也有不同意見，如唐太宗李世民在《王羲之傳論》中就寫道：「子雲近世擅名江表，然僅得成書，無丈夫之氣，行行若縈春蚓，字字如綰秋蛇。」意思是，近代的蕭子雲在江南地區享有名聲，但是只可以說是會寫字罷了，他的字毫無大丈夫的氣概，每一行都像春天的蚯蚓迴旋彎曲，每個字都像秋天的長蛇盤繞成結。成語「春蚓秋蛇」從此而來，用以比喻字寫得不好，彎彎曲曲。

◎ 外舉不避仇，內舉不失親

祁奚是春秋時晉國人，字黃羊，又稱祁黃羊。他忠公體國，急公好義，在位約六十年，為四朝元老。《左傳》記載，祁奚請求告老退休，晉悼公向他詢問接替他的中軍尉職務的人。祁奚舉薦解狐。悼公說：「解狐可是你的殺父仇人。」祁奚說：「您是問我誰可以擔任這個職務，而不是問誰是我的仇人。」解狐還沒任職就死了，祁奚又舉薦祁午。悼公說：「祁午可是你的兒子。」祁奚說：「您是問我誰可以擔任這個職務，而不是問誰是我的兒子。」正在這個時候中軍佐羊舌職死了，晉悼公又問祁奚：「誰可以接替羊舌職的職位？」祁奚回答說：「羊舌赤（羊舌職的兒子）可以。」於是，晉悼公讓祁午做了中軍尉，讓羊舌赤輔佐他。孔子讚美祁奚說：「祁奚舉薦仇人，不為巴結；舉薦兒子，不為偏愛；舉薦輔佐，不為結夥。惟有賢能才可以舉薦賢能啊！」司馬遷在《史記》

中也稱讚道：「祁奚可謂不黨矣！外舉不隱仇，內舉不隱子。」世人據此典引申出「外舉不避仇，內舉不失親」這一成語來形容一個人辦事公正，推薦人才時即使是仇人也不避諱，即使是自己的親屬也不遺漏。

◎ 殺父之仇

春秋後期，楚平王在位時，太子建的少傅費無極因不受太子建重用，便設計謀害太子建與太子建的太傅伍奢，先勸說楚平王為太子建迎娶秦國公主，待到秦國公主來到楚國，又挑誘楚平王將公主據為己有。太子建因此也被發配到成父守邊。費無極又進讒言說太子建有怨言，要謀反，並陷害伍奢，企圖將伍奢及其兩個兒子伍尚、伍員（即伍子胥）一併殺害。伍尚入宮與伍奢同死，伍子胥卻出奔並立志為父兄報仇。他輾轉奔波，最終來到吳國，為公子光重用，力助公子光登上王位（吳王闔閭），並獻「擾楚疲楚」之計，對楚國進行輪番攻擊。公元前 506 年，吳國聯合唐、蔡兩國共同出兵，以伍子胥、孫武等為將，連戰連勝，攻破了楚國的首都郢。吳軍進入郢都後，大肆搶掠。當時楚平王已經死了，伍子胥為了泄憤，找到楚平王的墓地，把他的屍體挖出來，隨即拿起一根鞭子，對着屍體狠狠地抽了三百下。「殺父之仇」和「掘墓鞭屍」兩個成語就是從這兒來的。「殺父之仇」，指最大的仇恨。「掘墓鞭屍」，形容兇惡或仇恨很深。

◎ 牝牡驪黃

春秋時，秦國有一位天下聞名的相馬專家伯樂，他替秦穆公訪求物色來的良馬，每一匹都十分出色。有一天，秦穆公對伯樂說：「您的年紀很大了，在您的家族後代裏，還有繼承您的才能，能夠派去尋找千里馬的人嗎？」伯樂回答說：「一般的好馬，特徵明顯，可以從外表形體、骨架上看得出來；而稱得上天下絕倫的千里馬，表面上與一般的好馬差不多，有特點也是若有若無，若隱若現，很難捉摸。像這樣的馬奔馳起來，又輕又快，使人看不到飛揚的塵土，尋不着地上的蹄印，是足不揚塵，過不見跡的。我的兒子們都是才能低下的下等人才，好馬的特徵，可以明確告訴他們，他們能夠認出什麼是好馬；而千里馬的特徵，只可意會，不可言傳，他們就無法掌握，分辨不出來了。不過，我有一個砍柴的朋友，名叫九方皋，相馬的能力不在我之下，請讓我把他推薦給您。」秦穆公便召見了九方皋，派他去各地尋找千里馬。九方皋去了三個月，回來報告說：「已經找到了一匹千里馬，就在沙丘那個地方。」秦穆公問：「是什麼樣子的馬？」九方皋回答說：「是一匹黃色的母馬。」秦穆公立即派人去取，發現卻是一匹黑色的公馬。秦穆公很不高興，就把伯樂喊來，責備他說：「你所推薦的那個相馬的人糟糕透了，真不中用！他連馬的毛色與雌雄都分辨不清，又怎麼能識別出馬的好壞呢？」伯樂感慨地說：「他相馬的技術，已經高達這種地步了嗎？這正是他超過我千萬倍的長處啊！九方皋所看到的，正是那天然的風骨精神和機能。他抓住了特徵，丟掉了毛皮，看見本質，卻忽略了外表。他相馬的方法，比那寶貴的千里馬更寶貴啊！」手下把那馬牽到穆公和伯樂面前一看，果然是一匹天下絕倫的千里馬。「牝牡驪黃」原指觀察事物要注重本質，不在乎外表怎樣；現多用於比喻事物的表面現象。

◎ 嗟來之食

春秋時期，有一年齊國發生了嚴重的饑荒，餓死的人不計其數。有個叫黔（qián）敖的富人，想發點善心，做點好事，就在大路旁擺了些吃的東西，準備施捨給那些飢民。有一天，一個餓得奄奄一息的人，搖搖晃晃地走了過來。黔敖拿着食物，傲慢地吆喝道：「嗟！來食！」意思是：喂！來吃吧！他滿以為那個餓漢會對他感恩不盡，可是那餓漢抬起頭來，抖了抖衣袖，輕蔑地瞪了他一眼，說：「我就是因為不吃這種『嗟來之食』才餓成這個樣子的，收起你那假仁假義的一套吧！」說罷，他頭也不回地走了。黔敖碰了一鼻子灰，也覺得自己做得有點過分，於是三步並作兩步地趕上去，向餓漢賠禮道歉，請他吃點東西。那個有骨氣的餓漢說什麼也不肯吃，最後餓死在路旁。由此形成了「嗟來之食」這個成語，意思是帶有傲慢、瞧不起人的一種施捨，更有「志士不食嗟來之食」等說法。

◎ 先見之明

金日磾（mì dī），西漢大臣，原為匈奴休屠王太子，一生鞠躬盡瘁，是歷史上一位有遠見卓識的少數民族政治家。漢武帝時，霍去病率軍大敗匈奴，金日磾淪為官奴，在宮中養馬，後被任命為馬監，遷侍中、駙馬都尉、光祿大夫，曾挫敗江充同黨馬何羅行刺漢武帝的陰謀，其忠君行為大受讚揚。金日磾的兒子，長得很可愛，漢武帝十分寵愛他，稱他為「弄兒」。後來弄兒長大，行為不謹慎，在殿下與宮女戲鬧，金日磾正好看見，厭惡他的妄為，擔心會殃及金家滿門，於是殺了弄兒。漢武帝得知後大怒，金日磾叩頭告罪，把為什麼殺弄兒的情況一一說出。漢武帝很傷心，但也因此更看重金日磾。武帝臨終，下詔命令金日磾與霍光、上官桀、桑弘羊共同輔佐漢昭帝。金日磾的子孫因循家風，以忠孝而被人稱頌，世代承襲秺（dù）侯封號，歷一百三十多年，為鞏固西漢政權、維護民族團結做出了重要貢獻。晉朝文學家左思名篇《詠史》中說的「金張藉舊業，七葉珥漢貂」中的「金」就是指金日磾，「張」則是指西漢另一位名臣張湯。

◎ 老牛舐犢

三國時，曹操手下有位謀士叫楊修，他的父親楊彪也在曹操手下做官。一次，楊修隨曹操出征，被曹操以擾亂軍心為由殺掉了。楊修死後，楊彪非常傷心，因思念兒子而日漸憔悴。有一天，曹操問他：「楊公為什麼這麼消瘦啊？」楊彪歎氣說：「我沒有能夠像金日磾一樣具有先見之明，能夠對行為隨便的兒子採取果斷措施，很慚愧現在還有一種像老牛舔着自己的孩子一樣的愛子之心！」曹操聽後，十分感動，不免內疚。「老牛舐犢」後用來比喻父母疼愛子女。

◎ 落落難合

耿弇（yǎn）是東漢開國名將，「雲台二十八將」第四位。他自幼喜好軍事，後投奔劉秀，被任命為偏將軍，跟隨劉秀平定河北，橫掃齊魯，征討隴右，將圍點打援、聲東擊西等戰術發揮到了極致，受歷代軍界推崇。耿弇在齊魯連連獲勝後，劉秀親自到臨淄勞軍，羣臣都在這裏集會。劉秀對耿弇說：「過去韓信擊破歷下而開創漢朝的基業，而今將軍你攻克祝阿而由此發跡。這兩個地方都是齊國的西部地界，因此你的功勞是足以和韓信相比的。然而韓信襲擊的是已經降服的對手，而將軍你卻是獨立戰勝強勁的敵人，取得的功勞要比韓信困難。」並高度評價說：「將軍前在南陽，建此大策，常以為落落難合，有志者事竟成也！」意思是，你以前在南陽的時候，就提出攻打齊魯的重大計策，我曾經以為這事無人理解難以實現，如今看來，真是有志者事竟成啊！「落落難合」和「有志者事竟成」這兩個成語就是從這兒來的。「落落難合」原形容事情很邈遠，很難實現；後也形容為人孤僻，不易合羣。「有志者事竟成」意思是只要有決心有毅力，事情終究會成功。

◎ 咄咄怪事

東晉人殷浩，擅長清談，名氣很大，曾做過刺史，後來，受到朝廷信任，在北征後秦時，擔任中軍將軍，統管揚州、豫州、徐州、兗州、青州五個州的軍事。殷浩雖有學問，但不善打仗，結果北征失利，被撤職流放到信安（今浙江省衢江區）。他被流放後，從不抱怨，但常用手指在空中寫寫畫畫。有人發現他對空寫的是「咄咄怪事」幾個字。原來，殷浩是藉此抒發內心的不滿和煩悶。「咄咄」是歎詞，表示吃驚的聲音，「咄咄怪事」形容不合常理，難以理解的怪事。

◎ 塚中枯骨

東漢末年，公元 194 年四月，曹操舉兵攻打徐州，連下五城，又掃盪了琅琊、東海兩郡，直逼徐州的治所郯縣。徐州牧陶謙聯合劉備在郯縣共同抵抗曹軍，卻被打得大敗。陶謙正準備逃跑的時候，曹操的大後方兗州發生叛亂，曹操急忙撤軍趕回兗州。陶謙躲過一劫。這年冬天，重病在身的陶謙眼看就不行了，臨死前囑咐別駕麋竺説：「把劉備請來，讓他來治理徐州。」陶謙去世後，麋竺帶着徐州官員請劉備就任徐州牧。多年來一直顛沛流離的劉備，自然是心花怒放，但表面上自謙資歷尚淺，不敢接任。名士陳登見劉備謙讓，就對他説：「漢室衰微，天下動盪，您若想成就一番大事業，就在如今。徐州是富庶之地，百姓有上百萬，您應該接下徐州牧的職務。」劉備仍然客氣地説：「袁氏家族四代有五人在朝廷執掌朝政，袁術更是位名聲顯赫的人物，可以請他來做徐州牧。」陳登搖頭説道：「袁術一向傲慢無禮，在亂世中不會有什麼作為。」北海相孔融也説：「袁術哪是那種憂國憂民忘卻私事的人呢？他如同墳墓裏的枯骨，不值得一提。請您擔任徐州牧，是徐州百姓想擁戴有才能的人。上天給您的您若不要，將來後悔就來不及了。」劉備這才接受了徐州牧的職務。「塚中枯骨」的原意是墳墓裏的枯骨，後比喻無用的人。

◎ 桑落瓦解

東漢末年，羣雄蜂起。當時，荊州牧劉表不向朝廷進貢，做了不少逾越法度、不安本分的事情，還像天子那樣郊祀天地。朝廷想下詔把他的行為宣示天下，北海相孔融上書認為應當隱瞞郊祀這件事，來維護朝廷的臉面。孔融說，偶有一個小臣犯上，就要處理，並使四方都知道，這不是堵塞犯上作亂的辦法。雖有重大的罪過，也一定要隱忍。以前揭露袁術的罪過，現在又把劉表的事宣揚開來，這會讓其他人也想嘗試冒險。劉表跋扈犯上，殺害列侯，阻止朝廷的詔命通行，搶劫盜竊各地給朝廷的貢品，召集首惡保衛自己，窩藏天下的叛逆壞蛋，還將天子用的郜鼎納在太廟，「桑落瓦解，其勢可見」。意思是劉表現在的形勢像桑葉枯落，屋瓦解體，很快就會敗落下來。所以應當隱瞞郊祀這件事，以維護國體。「桑落瓦解」後用來形容事勢敗壞到不可收拾的地步。

◎ 稱王稱霸

東漢末年，軍閥混戰，豪強割據。公元 196 年，曹操在戰亂中挾持漢獻帝遷都許昌（今河南市許昌市），自封為大將軍和丞相，執掌東漢的軍政大權。經過十幾年的東征西討，到 210 年，已先後消滅了呂布、袁術、袁紹、劉表等割據勢力，基本上統一了北方。這時能夠與曹操抗衡的就剩下孫權和劉備了。孫、劉在軍事上曾多次聯合行動，對抗曹操；在政治上不斷抨擊曹操，說他懷有稱帝的野心。曹操為了表白自己，便寫下了《讓縣自明本志令》。令文說：「我開始時並無特別遠大的志向，後來由於軍閥混戰、豪強割據、天下擾攘，才不得不擔負起統一全國的責任，以結束各自為政的局面。我從來沒有改朝自立為王的野心。雖然有人曾勸我廢掉漢獻帝自己稱帝，但我沒有同意。」還寫道：「設使國家無有孤，不知當幾人稱帝，幾人稱王。」意思是，要是國家沒有我，早不知有多少人稱帝稱王了。這裏雖有過分誇大自己作用的地方，但他為結束東漢末年的封建割據局面確實起了不可抹殺的作用。後人據此概括出「稱王稱霸」這一成語，「王」是帝王，「霸」是霸主，「稱王稱霸」用來比喻某人以首領自居，狂妄自大，獨斷專行。

◎ 望梅止渴

有一年夏天，曹操帶領軍隊行軍，沿路沒有取水的地方，天氣熱得出奇，軍士們都口渴得厲害。曹操心生一計，傳令告訴軍士們，說：「前面有一大片梅樹林，結了很多梅子，又甜又酸，可以用來解渴。」軍士兵卒們聽到這個消息，嘴裏面都不知不覺地流出了口水，精神也振作起來，行軍的速度加快了，部隊乘着這興頭順利地走到了前面有水的地方。「望梅止渴」意思是說想像到梅子就解了渴，比喻願望無法實現，用空想來慰藉自己；後用來形容人們的精力和勇氣來自希望。

◎ 削髮代首

公元 198 年，為了討伐張繡，曹操自統大軍向南陽出發。當時正值小麥成熟，曹操宣佈大小將校，凡路過麥田，但有踐踏者，一律斬首，以示愛民的好意。百姓聽到這個消息，無不歡喜稱頌。所有官兵經過麥田時，都小心翼翼地經過，不敢違反曹操的規定。曹操自己也小心乘馬而行，忽然田中飛出一隻鳥，嚇得馬竄入了麥田中，踏壞了一大塊麥子。曹操馬上呼叫隨軍的主簿，擬議自己的罪過。主簿說：「怎麼可以給丞相議罪？」曹操說：「我自己制定的法令，自己又違犯了，如果不懲罰自己，怎麼能夠服眾呢？」並抽出自己的佩劍要自刎。眾人趕緊攔住。謀士郭嘉說：「古往今來，法律不能適用於最尊貴的人。丞相統帥大軍，怎麼能夠自殺呢？」曹操沉吟了很久，說既然如此，姑且免死，便用劍割下自己頭上一綹頭髮，擲在地上，並教人把頭髮傳示三軍說：「丞相踩壞了麥子，本來應當斬首示眾，現在割了頭髮代替斬首。」於是三軍悚然，無不謹守軍令。「削髮代首」意思是把頭髮割了代替砍頭，後演變為對貪官污吏的處罰捉小放大的調侃。

◎ 分香賣履

從漢朝開始，貴族流行用香。據歷史記載，曹操也常身佩香草：「蘼蕪，香草，魏武帝以藏衣中。」還曾囑家人燒楓香、蕙草辟穢：「房室不潔，聽得燒楓膠及蕙草。」曹操還曾向諸葛亮贈香，並寄信說：「今奉雞舌香五斤，以表微意。」曹操臨終時，給他的兒子們留下遺言說：「吾死之後，餘香可分諸夫人，不命祭。諸舍中無為，學作履組賣也。」意思是，我死後，餘下的香可分給諸夫人，不用它祭祀。各房的人無事做，可以學着製作帶子、鞋子賣。後來「分香賣履」就用來形容人臨死念念不忘妻兒。

◎ 挾天子以令諸侯

東漢末年天子漢獻帝成了西北軍閥的人質，幾經磨難，曹操將其迎至許昌，以此功封為丞相，天子由流亡皇帝變身為傀儡。從此，曹操的政令均以天子頒詔形式發出，以此取得政治和軍事優勢，統一了北方。「挾天子以令諸侯」出自《後漢書》，本來是袁紹的謀士沮授對袁紹的建議：「今州城粗定，兵強士附，西迎大駕，即宮鄴都，挾天子以令諸侯，蓄士馬以討不庭，誰能禦之？」勸他挾制皇帝，用皇帝的名義發號施令，養足兵馬然後討伐不服從的諸侯。但袁紹沒有聽從，而曹操卻是一直這樣做的。「挾天子以令諸侯」後來發展為成語，比喻用領導的名義按自己的意思去指揮別人。

◎ 橫槊賦詩

曹操平息了北方分裂勢力，控制了朝廷，又親率大軍，直達長江北岸，準備渡江消滅孫權和劉備，進而統一全中國。公元 208 年的一個冬日，天氣晴朗，風平浪靜，曹操下令：「今晚在大船上擺酒設樂，款待眾將。」到了晚上，天空中的月亮非常明亮，長江宛如橫飄的一條素帶。再看船上的將士們，個個錦衣繡襖，好不威風。曹操告訴眾將官：「我自起兵以來，為國除害，掃平四海，使天下太平。現在只有南方我還沒得到，今天請你們來，為我統一中國同心協力，日後天下太平，我們共享榮華富貴。」曹操喝到半醉，詩興正濃，於是拿起一枝槊，邊舞邊賦詩：「對酒當歌，人生幾何！譬如朝露，去日苦多。慨當以慷，憂思難忘。何以解憂？唯有杜康。青青子衿，悠悠我心。但為君故，沉吟至今。呦呦鹿鳴，食野之蘋。我有嘉賓，鼓瑟吹笙。明明如月，何時可掇？憂從中來，不可斷絕。越陌度阡，枉用相存。契闊談宴，心念舊恩。月明星稀，烏鵲南飛。繞樹三匝，何枝可依？山不厭高，海不厭深。周公吐哺，天下歸心。」這首《短歌行》的主題非常明確，就是作者求賢若渴，希望人才都來投靠自己；又因為運用了詩歌的形式，含有豐富的抒情成分，所以就能起到獨特的感染作用，有力地宣傳了他所堅持的主張，配合了他所頒發的政令。成語「橫槊賦詩」，指能文能武的豪邁瀟灑風度。

◎ 割鬚斷袍

赤壁之戰後，漢中馬超與韓遂等人反叛，曹操率軍至潼關平息叛亂。在曹操與馬超的首次交鋒中，曹軍潰敗。馬超將領龐德、馬岱等，展開凌厲攻勢，直入曹軍，要捉拿曹操。曹操混在亂軍之中狼狽而逃，只聽得西涼軍大叫：「穿紅袍的是曹操！」曹操就急忙脱下紅袍。又聽得大叫：「長髯子的是曹操！」曹操驚慌，立刻拿起佩刀割掉一些髯子。軍中有人將曹操割髯子的事，告訴馬超，馬超又讓人叫喊：「短髯子的是曹操！」曹操聽到後，趕緊扯下旗角包上脖頸逃跑。成語「割鬚斷袍」後用來形容戰敗落魄狼狽的樣子。

◎ 老驥伏櫪

公元 207 年曹操平定烏桓後，已經五十三歲了，他回首自己的人生路程，無限感慨地作了一篇《龜雖壽》：「神龜雖壽，猶有竟時。騰蛇乘霧，終為土灰。老驥伏櫪，志在千里。烈士暮年，壯心不已。盈縮之期，不但在天；養怡之福，可得永年。幸甚至哉，歌以詠志。」在這首詩裏，曹操自比一匹上了年紀的千里馬，雖然形老體衰，屈居在馬槽下，但胸中仍然激盪着馳騁千里的豪情壯志。「老驥伏櫪，志在千里，烈士暮年，壯心不已」，筆力遒勁，韻律沉雄，內蘊着一股自強不息的豪邁氣概，表達了曹操老當益壯、鋭意進取的精神面貌。現在讀來，依然讓人熱血沸騰。「老驥伏櫪」這一成語是「老驥伏櫪，志在千里」這句詩的簡省，本義是老馬雖然卧在馬槽子下，仍有行千里的志向；比喻有志向的人雖然年老，仍有雄心壯志。

◎ 鶴立雞羣

嵇康是三國時代魏國著名的文學家、思想家、音樂家，魏晉時期文人團體「竹林七賢」的精神領袖。他才學出眾，又長得高大魁梧，非常引人注目。後來他因為不滿操縱朝政的司馬氏集團，被司馬昭藉故殺害。嵇康的兒子嵇紹，和他父親一樣很有才學，儀表堂堂，無論走到哪裏，都非常顯眼。司馬炎代魏稱帝后，嵇紹被徵召到京都洛陽做官。有人見了他以後，就對嵇康的好友王戎說：「昨天我見到了嵇紹，他長相出眾，風度翩翩，在人羣之中，就像一隻仙鶴站在雞羣裏那樣突出。」王戎聽了說：「你還沒有見過他父親嵇康呢，比他更優秀！」成語「鶴立雞羣」就從這個故事而來，比喻人的儀表或才能在一羣人中顯得非常突出，有時也形容某事物出眾。

◎ 妙絕時人

張超是東漢末年大臣，陳留太守張邈之弟。張超是個書法家，《後漢書》記載：「超又善於草書，妙絕時人，世共傳之。」意思是說，張超擅長於草書，精妙絕倫，當時沒人比得上，大家都爭相保存傳看他的書法。公元 190 年，張超為廣陵太守，參加關東聯軍酸棗會盟，共同討伐董卓。194 年夏，曹操攻打陶謙所轄徐州。為了援救徐州，張超兄弟聯合陳宮，共薦呂布為兗州牧，攻打曹操根據地兗州。195 年春，曹操回軍，呂布漸漸處於劣勢。同年八月，張超在兄長命令下保家族守雍丘籠城，曹操猛攻雍丘。十二月，雍丘陷落，張超自殺（一說被曹操捕殺）。張邈、張超三族被滅。「妙絕時人」意思是獨一無二，沒人比得上；形容精妙超羣，同時代人無法攀比。

◎ 斷頭將軍

東漢末年，劉備進入益州攻打劉璋，張飛逆江而上，平定了沿江各郡縣。來到江州時，張飛派人去叫守將嚴顏快快歸順，嚴顏不理，又自知敵不過張飛，因此不同他死拚，只命令軍士緊閉城門，嚴加守護，企圖拖延時日，讓張飛軍糧耗盡，自己退去。張飛性急，幾次三番引兵挑戰，嚴顏只是堅守不出。張飛見硬攻無效，便想出了一個計策，在一天晚上，設法把嚴顏引出城來，活捉了他，張飛部隊就進入城中。進城後，張飛責問嚴顏：「大軍來到這裏，你為什麼不投降而竟敢抵抗？」嚴顏回答說：「你們毫不講理，侵佔我們的州郡，我們州中只有斷頭將軍，沒有投降將軍。」張飛非常生氣，命令身邊的人把他拉下去砍頭，嚴顏面不改色，說：「砍頭就砍頭，發什麼火！」張飛覺得嚴顏有骨氣，就把他放了，並向他道歉，嚴顏感其恩義，才投降。成語「斷頭將軍」後用來比喻堅決抵抗和寧死不屈的將領。

◎ 掃眉才子

薛濤是唐代四大女詩人之一，另外三位是劉采春、魚玄機、李冶。薛濤幼時即隨父入蜀，一直在蜀中生活，於是後人也將她與卓文君、花蕊夫人、黃娥並稱蜀中四大才女。她貌美容艷，性敏慧，通音律，善辯辭，工詩賦，多才藝，有人曾讚其一身才情傾倒半個唐朝。據說她八九歲便能作詩，後來因父死家貧，年僅十六歲的她墮入樂籍。她曾入當時的劍南西川節度使韋皋的幕府，韋皋亦曾擬奏朝廷請授薛濤以祕書省校書郎。雖迫於舊例未能實現，但人們卻因此稱其為「女校書」，從她開始後世也稱歌伎為「校書」。薛濤與當時的政壇文壇名人，如元稹、白居易、李德裕、裴度、王建、劉禹錫、杜牧等人都交往匪淺。後來薛濤用自己賺的錢給自己贖身，在成都西郊浣花溪畔買了一個院子，從此洗淨鉛華，平靜度過餘生。她在院子裏種滿了枇杷樹，自造桃紅色的小彩箋，用以寫詩，後人仿製，稱為「薛濤箋」。王建曾經寫過一首詩贈她，詩名叫《寄蜀中薛濤校書》:「萬里橋邊女校書，枇杷花裏閉門居。掃眉才子知多少，管領春風總不如。」意思是說，在萬里橋畔住着位很有才華的歌姬，枇杷花遮蓋着她的住宅，她閉門幽居。像她這樣有才華的女子實在太少了，即使有一些也能稱得上文采風流、獨領風騷，但總也不及她。「掃眉才子」這一成語就是從這兒來的，後來指有才氣的女子。

◎ 赤膊上陣

東漢末年，羣雄逐鹿，戰亂不斷。西涼太守馬騰被曹操所殺，馬騰的兒子馬超為報父仇，率數十萬西涼兵馬殺入中原，與曹操大軍在渭口相遇。曹操手下有一員猛將名叫許褚，力如猛虎而為人癡憨，人稱虎癡，馬超久聞其名。兩軍對陣，馬超問曹操:「聽說你軍中有一虎侯，此人可在？」站在曹操身後的許褚大叫一聲，說:「我就是，你可敢和我戰一百回合？」馬超也是西涼的一員勇將，兩人大戰起來，戰了一百多回合。雙方的戰馬疲勞不堪，便又換馬再戰，又打了一百多回合，仍然不分勝負。許褚殺得性起，掉轉馬頭，回到隊伍，卸了盔甲，露出一身強壯的筋肉，赤膊提刀，又回來和馬超決戰。雙方的將士從未見過如此惡戰，都大為震驚。兩人又大戰了幾十回合，許褚奮起神威，舉刀朝馬超砍去。馬超側身避過，挺槍刺向許褚。許褚用刀夾住馬超的槍，只聽咔嚓一聲，槍桿斷了。接着兩軍混戰，雙方互有傷亡，各自收兵。馬超回到營中，跟同來的韓遂說:「許褚之勇，天下少有，他真是個虎癡！」後來，「赤膊上陣」這一成語用來比喻不講謀略、魯莽地進行戰鬥；也比喻不顧一切、猛衝猛打的作風。

◎ 全無心肝

陳叔寶是南北朝時期陳朝皇帝，也稱陳後主。陳叔寶在位時大建宮室，生活奢侈，不理朝政，日夜與妃嬪、文臣遊宴，製作艷詞。隋軍南下時，陳叔寶自恃長江天險，不以為然。公元589年，隋軍入建康，陳叔寶被俘。隋文帝對他特別優待，給他三品官的待遇，每次朝廷宴會，怕引起他傷心，不讓奏江南的音樂。後來監守的人向隋文帝轉達陳叔寶的話：「既無秩位，每預朝集，願得一官號。」意思是說，我沒有官秩和名位，但還要經常參加朝廷的聚會，希望能得到一個官號。隋文帝聽了說：「叔寶全無心肝。」後來，陳叔寶跟隨隋文帝東巡，獻詩一首：「日用光天德，山河壯帝居。太平無以報，願上東封書。」稱頌隋文帝功德，表請封禪。隋文帝心中十分快意，他目送陳叔寶下殿時，歎息說：「如果陳叔寶把作詩和喝酒的心思用於治國，又怎麼會有今天呢？」604年底，陳叔寶病故，時年五十二歲，竟比隋文帝還多活了大半年。陳叔寶死後，被剛剛繼位的隋煬帝謚為「煬」。按照謚法，好內怠政、去禮遠眾、逆天虐民的人適合被謚為「煬」。誰料過了十來年，隋煬帝死後也被謚為「煬」，真是頗具諷刺意味。「全無心肝」的意思是不知羞恥。

◎ 心慕手追

王羲之是東晉時期著名書法家，有「書聖」之稱。他的書法兼善草、楷、行各體，廣採眾長，冶於一爐，風格平和自然，筆勢委婉含蓄，遒美健秀。主要代表作有《黃庭經》《樂毅論》《十七帖》《蘭亭集序》，《蘭亭集序》更被譽為「天下第一行書」。唐太宗李世民特別推崇王羲之。據張懷瓘《書斷》載：「（太宗）有大王書跡三千六百紙，率以一丈二尺為一軸。寶惜者獨《蘭亭》為最，置於座側，朝夕觀覽。嘗一日附耳語高宗曰：『吾千秋萬歲後，與吾《蘭亭》將去也。』及奉諱之日，用玉匣貯之，藏於昭陵。」唐初修纂《晉書》時，太宗親筆為王羲之寫了傳論，歷數各家書法之短，唯獨盛讚王羲之：「詳察古今，研精篆素，盡善盡美，其惟王逸少乎。」又說：「玩之不覺為倦，覽之莫識其端，心慕手追，此人而已。其餘區區之類，何足論哉！」封建帝王為書家親撰傳論，這是十分罕見的，由此可以看出他對王羲之書法的推崇程度。經李世民大力提倡，王羲之書成為書法正宗，造成了有唐一代尊王的書風，對後世書壇也產生了深遠影響。「心慕手追」的意思是心裏羨慕，手上模仿，形容竭力仿效。

◎ 入木三分

王羲之是我國歷史上最著名的書法家之一，他的字寫得好，一方面與他的天資有關係，但最重要的還是由於後期的刻苦練習。他為了把字練好，時刻想着字體的結構，揣摩着字的架子和氣勢，而且不停地用手指頭在衣襟上劃着。就連在睡覺時，手也會不停地比劃。他曾經在池塘邊練習寫字，每次寫完，就在池塘裏洗滌筆硯。時間久了，整個池塘的水都變黑了。由此可知，他在練習書法上所下工夫之深。據說他很愛鵝，平時常常望着在河裏戲水的鵝發呆，後來竟然從鵝的動作中領悟出運筆的原理，對他的書法技藝大有助益。有一次，晉乘帝要到北郊去祭祀，讓王羲之把祝辭寫在一塊木板上，再讓工人雕刻。工人用刀雕刻時，發現王羲之的筆跡竟滲進木板深處，直到剔去三分厚才見白底！雕刻的工人驚歎其筆力雄勁：「竟入木三分！」這件事情轟動了整個京城。後來的人便據此總結出了「入木三分」這個成語，用來形容書法蒼勁，極有筆力；現多比喻分析問題很深刻。

◎ 坦腹東牀

東晉時期，有一個名叫郗（xī）鑒的太尉，有一個女兒叫郗璿，到了快出嫁的年紀，他就想為女兒尋一門好親事，為此動了不少腦筋。後來，他打聽到丞相王導（王羲之的從伯父，王羲之父親王曠的從兄）家子弟一個個相貌堂堂，才華出眾，就派一個門客到王家去選女婿。消息傳來，王家子弟一個個興奮而又緊張，他們早聽說郗小姐人品好，有才學，誰不想娶她做妻子呢？於是，一個個精心打扮一番，規規矩矩地坐在學堂裏，表面上是看書，心兒早就飛了。可是有一個人卻與眾不同，好像壓根兒沒有這回事兒似的，解開上衣露出肚皮，躺在東邊的胡牀上。郗鑒派來的門客在學堂進行了一番觀察了解後，就回去了。在他看來，王家子弟一個個都不錯，彬彬有禮，年輕英俊，才華橫溢，簡直沒法說哪個最好，哪個較差。不過，要說表現不那麼使人滿意的，倒有一個。他坦胸露腹，樣子太隨便了，好像對於郗太尉選擇女婿這麼一件大事，一點兒也沒放在心上…… 郗鑒聽了回報，恰恰對那位舉止「隨便」的青年有興趣。他詳細問了情況，高興地將兩個手掌一合，說：「這就是我要找的女婿。」這位青年不是別人，正是王羲之。「坦腹東牀」後來就作為女婿的美稱。

◎ 管中窺豹

王獻之，字子敬，是東晉著名書法家王羲之的末子，超然灑脫，工於書法，風格豪邁奔放，後人將他與王羲之並稱「二王」。王獻之存世墨跡有《鴨頭丸帖》等。在他七八歲大的時候，一次，他在家裏看父親的幾個門客在玩樗蒲（古代的一種打牌之類的遊戲），忽然指着南面的一方喊道：「你這一方贏不了啦！」結果南面的那個人果然輸了。但門客們輕視他是一個小孩子，取笑他說：「此郎亦管中窺豹，時見一斑。」意思是說，你這小孩子從竹管裏看豹子，也能看到豹子身上的一處斑紋。王獻之看到他們這樣說自己，很是氣憤，說：「古時的荀奉倩，近時的劉真長，我只對這兩個人感到慚愧，不如他們。」說完，就甩開袖子拂袖而去。荀奉倩是曹魏名士，為人清高，不與俗人交往。劉真長是東晉官員，和荀奉倩是同一類人物。王獻之的意思是說，他很慚愧自己不能像荀奉倩和劉真長那樣遠離門客這些俗人。成語「管中窺豹」就是從這兒來的，比喻只看到事物的一部分，指所見不全面或略有所得。

◎ 應接不暇

在會稽城（今浙江省紹興市）西南偏門郊外，與東跨湖橋相接，是通向諸暨楓橋的一條驛道，古代叫山陰道。雖然這條驛道不過是一條石板鋪砌的小道，但遠山近水、小橋涼亭、田園農舍、草木行人，相映成畫，晴日風雨，無不相宜。王獻之喜愛遊山玩水，一次對人描繪當地的景色說：「從山陰道上行，山川自相映發，使人應接不暇。若秋冬之際，尤難為懷。」意思是說，從山陰道上走過時，一路上山光水色交相輝映，使人眼花繚亂，看不過來。如果是秋冬之交，更是讓人難以忘懷。此說一出，山陰道從此聲名遠播，名士吟詠不絕。南宋陸游當年漫步山陰道時寫下的名詩《遊山西村》，描繪了山陰道上景色的清奇，詩中的名句「山窮水盡疑無路，柳暗花明又一村」已是婦孺皆知。山陰道上，奇山秀水、名勝古跡不可勝數，著名的書法聖地蘭亭就在山陰道上，春秋時越王允常（勾踐之父）的王陵、明代大學者王陽明墓、明代著名文藝家徐渭墓、明末清初大畫家陳洪綬墓也都在山陰道旁的青山之中。成語「應接不暇」，原指一路上山明水秀，看不勝看；後用來比喻來往的人多，應接不過來。

◎ 援筆立成

蔡景歷，南北朝時期陳朝名臣、書法家。蔡景歷家境貧寒，但好學不倦，最初在梁朝任職，侯景之亂時，參與營救簡文帝蕭綱的密謀，事敗後客遊京口。侯景之亂平定後，梁朝大將陳霸先因為早聽說過蔡景歷的名聲，便寫信邀請他。蔡景歷當着陳霸先使者的面回信，下筆不停，隻字不改。陳霸先得信後，對他的文才倍加讚賞，將他聘為幕僚。後來陳霸先與大將侯安都等人謀劃討伐司徒王僧辯，蔡景歷並不知情。等到部署完畢後，陳霸先召蔡景歷起草檄文，他提筆即成，辭意非常符合陳霸先的心意。蔡景歷撰文，不崇尚雕鑿華麗，而長於敍事，應對機敏神速，為當世所稱道，有文集三十卷，今已佚。他還擅長書法，工於草書、隸書。「援筆立成」的意思就是拿起筆立刻寫成，形容才思敏捷。

◎ 棟樑之才

和嶠是曹魏後期至西晉初年的大臣，少年時代就很有才華，後擔任潁川太守。和嶠為政清廉，享盛名於朝野，深得百姓讚頌，太傅從事中郎庾敳（ái）見到他讚歎說：「嶠森森如千丈松，雖磥砢多節目，施之大廈，有棟樑之用。」意思是說，和嶠就如千丈長松，雖身上多枝丫，但如果用來建大廈，也能當棟樑用。和嶠向皇帝諫言上策直言不諱，並能切中要害。他看到皇太子司馬衷不夠聰明，就直接向晉武帝提出：「皇太子有淳古之風，而季世多偽，恐不了陛下家事。」晉武帝默然不答。公元 290 年，司馬衷最終還是繼承了皇位，這就是晉惠帝，拜和嶠為太子少傅，輔佐太子司馬遹（yù）。「棟樑之才」後用來比喻能擔當國家重任的人才。

◎ 不為五斗米折腰

陶淵明，名潛，字元亮，晚年更字淵明，別號五柳先生，私謚靖節，世稱靖節先生，東晉末到南朝劉宋初傑出的文學家。他是中國第一位田園詩人，被稱為「古今隱逸詩人之宗」「田園詩派之鼻祖」。陶淵明為了養家糊口，來到離家乡不遠的彭澤當縣令，每個月的俸祿是五斗米。過了兩個月多一點兒，郡太守派出一名督郵，到彭澤縣來督察。督郵官位不高，卻有些權勢，在太守面前說話好壞就憑他那張嘴。這次派來的督郵，是個粗俗而又傲慢的人，他一到彭澤，就差縣吏去叫縣令來見他。陶淵明平時蔑視功名富貴，不肯趨炎附勢，對這種假借上司名義發號施令的人很瞧不起，但也不得不去見一見，於是馬上動身。不料縣吏攔住陶淵明說：「大人，參見督郵要穿官服，並且束上大帶，不然有失體統，督郵要乘機大做文章，會對大人不利。」這一下，陶淵明再也忍受不下去了，長歎一聲說：「我不能為五斗米向鄉里小人折腰！」說罷，索性取出官印，把它封好，又寫了一封辭職信，隨即離開彭澤。成語「不為五斗米折腰」就是從這兒來的。「五斗米」，微薄俸祿的代稱；「折腰」，彎腰，指鞠躬作揖。「不為五斗米折腰」原指不會為了五斗米的官俸向權貴屈服，後比喻為人清高，有骨氣，不為利祿所動。陶淵明歸隱田園後，過着非常貧窮的生活，他在自己的名作《五柳先生傳》中說：「環堵蕭然，不蔽風日。」「環堵」意思是圍着四堵牆，「蕭然」是蕭條的樣子，成語「環堵蕭然」形容室中空無所有，極為貧困。

◎ 我醉欲眠

陶淵明非常喜歡飲酒，是中國文學史上第一個大量寫飲酒詩的詩人。他以「醉人」的語態或指責是非顛倒的上流社會，或反映仕途的險惡，或表現詩人退出官場後怡然陶醉的心情，或表現詩人在困頓中的牢騷不平。南朝劉宋文壇領袖人物顏延之在潯陽做官時，和陶淵明交情很好。後來顏延之在始安郡當官，得知陶淵明在郡裏隱居，便天天去陶家。要走的時候，顏延之留下二萬錢給陶淵明，陶淵明全部把錢送到酒家，以便以後去拿酒方便些。不論貴賤拜訪陶淵明，只要他有酒，就會和客人一起喝。陶淵明若先於客人醉了，就會對客人説:「我醉了想睡了，你離開吧。」由此可見他為人的真誠直率。成語「我醉欲眠」形容人放達不羈，不拘俗套；也用以指酒醉。李白的詩《山中與幽人對酌》也用了這個典故：「兩人對酌山花開，一杯一杯復一杯。我醉欲眠卿且去，明朝有意抱琴來。」

◎ 世外桃源

《桃花源記》是陶淵明的散文代表作，在這篇文章裏，他講了這樣一個故事：東晉孝武帝太元年間，武陵郡有個以打魚為生的人。一天，他外出捕魚，劃着船順流而下，忽然望見了一片茂密的桃花林。漁人從未見過這麼美麗的風景，心裏十分驚喜，就繼續搖櫓沿着桃花林向前劃。不一會兒，小船劃到了桃林的盡頭，前方出現了一座青山。只見山腳下有一個狹窄的山口，從裏面透出來一絲光亮，漁人便繫舟登岸，從山口向裏走去。剛走沒幾步，一片平坦寬闊的田野就映入他的眼簾。田野上，好些男女在忙碌地耕作；田壟上，老人和孩子在無憂無慮地玩樂。漁人正看得如癡如醉時，桃花源的人發現了他，忙問他是從哪裏來的。漁人如實地告訴了他們。桃花源的人熱情地把漁人邀請到村子裏，殺雞擺酒款待他。村裏人全跑來看漁人，打聽這打聽那，並把自己的情況告訴了漁人。原來，桃花源人的祖輩為逃避秦朝的戰亂，攜帶妻子兒女躲到了這個誰也不知道的地方，從此再也沒出去過。漁人在桃花源住了幾天，就告辭了。臨走之前，村裏人再三叮囑他：「千萬不要把這裏的情況對外人講啊！」漁人走到山外，划船順原路返回。一路上，他細心地做下了記號。一回到家，他就把這件事稟報了太守。太守派人隨漁人去找桃花源，可他們迷了路，再也沒能找到那個美麗無比的世外桃源。成語「世外桃源」原指與現實社會隔絕、生活安樂的理想境界，後也指環境幽靜生活安逸的地方。

◎ 春風得意

唐朝詩人孟郊年輕時隱居嵩山，過着清貧閒淡的生活，在母親的鼓勵下，他多次進京趕考，但都沒有考中，直到四十六歲時才考取進士，於是寫下《登科後》這首小詩來抒發自己的喜悦心情：「昔日齷齪不足誇，今朝放蕩思無涯。春風得意馬蹄疾，一日看盡長安花。」詩的意思是，以往在生活上的困頓與思想上的局促不安再不值得一提了，今朝金榜題名，鬱結的悶氣如風吹雲散，心上真有說不盡的暢快，真想擁抱一下這大自然。策馬奔馳於春花爛漫的長安道上，今日的馬蹄格外輕盈，不知不覺中早已把長安的繁榮花朵看完了。「春風得意馬蹄疾，一日看盡長安花」的「春風」，既是指自然界的春風，也指詩人感到的可以大有作為的適宜的政治氣候，還可指考中進士以後洋洋自得和躊躇滿志的心情。因此，這兩句詩便成為人們喜愛的千古名句，並派生出「春風得意」「走馬觀花」兩個成語。「春風得意」指在春風輕拂中洋洋自得，現多用於形容如願以償，心情歡暢。「走馬觀花」，也作「走馬看花」，意思是騎在奔跑的馬上看花，現多用以比喻匆忙、粗淺地了解事物。

◎ 寸草春暉

孟郊從小生性孤僻，很少與人往來。他的母親非常寵愛他，他對母親也非常孝順。一次外出參加考試時，孟郊看到母親連夜給他縫製新衣服，心裏非常感動，於是寫了一篇《遊子吟》來表達對母親的感激之情：「慈母手中線，遊子身上衣。臨行密密縫，意恐遲遲歸。誰言寸草心，報得三春暉。」這首詩以富有感情的語言，表達了一位慈母對即將離開自己的兒子的深深的愛。全詩只有短短六句，大意是這樣的：慈祥的母親手裏把着針線，為即將遠遊的孩子趕製新衣。臨行前一針針密密地縫綴，怕兒子回來得晚衣服破損。誰說像小草那樣微弱的孝心，能報答得了像春暉普澤的慈母恩情？「寸草春暉」這個成語就是從這兒來的。「寸草」就是小草，「春暉」就是春天的陽光，成語的意思是小草微薄的心意報答不了春日陽光的深情，比喻父母的恩情難報萬一。

◎ 伴食宰相

盧懷慎，唐朝官員。他年輕時廉潔謹慎，後考中進士，歷任監察御史、吏部員外郎。開元年間，盧懷慎與姚崇一同拜相。他認為自己的為政之道不如姚崇，每遇大事都推給姚崇處理。時人都稱盧懷慎為「伴食宰相」，譏諷他只吃飯不辦事。後人便用「伴食宰相」比喻碌碌無為的官員。但實際上，盧懷慎並非庸庸碌碌之輩，他曾多次上書切諫時政，整頓中宗以來混亂的武官選舉制度，並主持銓選官員事務。唐玄宗任命他為相，也是看中了他的人品和名望。姚崇因兒子去世，告假十餘天，以致政務堆積如山。盧懷慎無從決斷，惶恐不已，向玄宗請罪。唐玄宗說：「朕將天下之事委付姚崇，而讓你為相，只是想讓你對雅士俗人起鎮撫作用。」因此，司馬光將盧懷慎比作可以和春秋時齊國的鮑叔牙、漢朝的曹參相媲美的賢相，王夫之則把盧懷慎和宋璟、張九齡喻為開元之世以「清貞」著稱的三位宰相。盧懷慎的孫子盧杞在唐德宗時期也擔任宰相一職，但他的人品比他爺爺差得可是太遠了，其奸詐權謀與唐朝另一奸相李林甫不相上下，大書法家顏真卿就是被盧杞害死的。盧杞嫉妒顏真卿，時逢淄青節度使李希烈謀反，盧杞對唐德宗說：「顏真卿被四海信任，派他去和反賊談判，就用不上打仗了。」盧杞深知顏真卿的剛烈，以忠義之名，將他放到了叛賊的刀斧之下，導致顏真卿最終被叛軍殺害。

◎ 文章宿老

李嶠是唐朝大臣、詩人。武則天稱帝後，李嶠於公元 698 年登上宰相之位，他身為宰相，卻去依附張易之、張昌宗兄弟，缺少文人應有的風骨。不過，李嶠也有勇敢和正直的一面。692 年，狄仁傑被來俊臣誣陷入獄，李嶠受武則天之命覆核此案，發現罪名不成立後，他便替狄仁傑辯護伸冤，導致自己被貶為潤州司馬。李嶠在人品上還有一個值得稱道的地方，就是他雖官至宰相，但不貪戀榮華富貴，一生都保持着清貧的本色。作為文人，李嶠與當時的蘇味道、杜審言、崔融合稱為「文章四友」，後來其他三人都死了，只剩下他一人，因此他就成了人們眼中的「文章宿老」了。他最富盛名的作品，當屬那首題為《風》的小詩：「解落三秋葉，能開二月花。過江千尺浪，入竹萬竿斜。」此詩的高明之處在於，雖是寫風，但通篇沒出現「風」字，而是通過四種自然物象的變化，來表現風的作用和力量——能吹落秋天的落葉，能催開新春的花朵，經過江面能掀起千尺巨浪，吹入竹林能讓萬棵竹竿傾斜。成語「文章宿老」，後用來形容擅長文章的大師。

◎ 口蜜腹劍

唐玄宗時期，奸相李林甫喜歡玩弄權術，他表面上裝得忠厚和善，說話總是甜言蜜語，背後卻搞陰謀陷害。凡是唐玄宗信任或是反對自己的人，他總會極力結交，然後在背後進行打擊報復，設計除去此人。

當時的人稱李林甫「口有蜜，腹有劍」，後人據此總結出成語「口蜜腹劍」。唐玄宗曾在勤政樓垂簾觀看樂舞。兵部侍郎盧絢以為玄宗已經離去，便揚鞭策馬從樓下緩緩而過，他風度翩翩，玄宗讚美不已。李林甫得知，擔心盧絢被玄宗重用，便將盧絢的兒子找來，對他說：「你父親素有名望，嶺南道的交州、廣州等地現在缺乏有能力的官員，皇上有意讓你父親前去。如果他不肯遠赴嶺南，肯定會被貶官。我給你出個主意，不如讓他到東都洛陽去做太子賓客或太子詹事，這也是清貴顯職。」盧絢果然不肯前往嶺南，便按照李林甫的建議，主動到洛陽任職。李林甫擔心違背眾望，便任命他為華州刺史，不久又奏知玄宗，稱盧絢患病不能理事，將他貶為一個級別較低的官職。李适之拜相後與李林甫爭權，李林甫對他說：「華山有金礦，開採可以富國，皇帝還不知道。」李适之便將華山有金礦之事奏知唐玄宗，玄宗又詢問李林甫。李林甫道：「臣早就知道，但是華山乃王氣所在，不宜開鑿，臣便沒有提及。」唐玄宗認為李适之慮事不周，惱怒地對他道：「你以後奏事時，要先與李林甫商議，不要自作主張。」李适之從此逐漸被疏遠。北宋司馬光《資治通鑒》中稱：「雖老奸巨滑，無能逃於其術者。」「滑」通「猾」，意思是狡詐，「老奸巨滑」就是手段老辣、心計狠毒之人。這句話的意思是，即使是老奸巨猾的人，也往往敗在李林甫的手下。

◎ 不可一世

王安石，北宋著名的思想家、政治家、文學家、改革家。他自幼勤奮好學，博覽羣書，曾隨父宦遊南北各地，接觸到一些社會現實，對農民的痛苦生活有所了解，因此年輕時便立下了「矯世變俗」之志。他於二十二歲中進士後，在很多地方當過官，都能體恤民情，為地方除弊興利。1070 年，王安石擔任宰相，開始變法，所行新法在財政方面有均輸法、青苗法、市場法、免役法、方田均稅法、農田水利法；在軍事方面有置將法、保甲法、保馬法等。同時，改革科舉制度，為推行新法培育人才。這些措施在一定程度上限制了大地主和豪商對農民的剝削，促進了農田水利事業的發展，國家財政狀況有所改善，軍事力量也得到加強。但由於司馬光等保守勢力的激烈反對，而且新法在推行中存在過激行為，宋神宗也時有動搖，1074 年王安石被迫辭相，第二年復任宰相，不久又因維護新法得罪神宗而再次罷相。《鶴林玉露》是南宋羅大經創作的一部文言軼事小說，裏面記載了這樣一則故事：王安石年少時，能過目不忘，下筆成文，因此狂傲自滿，以為自己是「不可一世士」，也就是天下無人能及的人才。他曾經帶着名片登門求見理學家周敦頤，結果一連三次都被拒絕在門外。王安石因此滿懷怨恨，不再上門求見，決心通過自學把六經研究透。羅大經認為，周敦頤想挫王安石的銳氣，沒有什麼不對，但一連拒絕三次略嫌過分。假使王安石當時能跟隨周敦頤學習，矯正偏頗的觀念，就不會有煩苛擾民的新法產生。「不可一世」這個成語出自這裏，用來指人驕橫自大，目空一切，認為別人都不如自己。

◎ 斷爛朝報

王安石勤奮好學，攻讀過《詩》《書》《周禮》等，並作了不同於世俗的解釋，當時被全國稱之謂「新義」。他還寫了一本叫《字說》的書，解釋每個字的來源，內容上也有許多穿鑿附會之說。由於他位高望重，科舉考試的內容都以他的見解作為準則，考生不得任意發表自己的看法。以前《春秋》這一部史書，被儒家遵奉為天經地義的真理，可王安石貶斥它是「斷爛朝報」。「斷」是殘缺不全，「朝報」是古代傳抄朝廷詔令、官員奏章之類的文件，「斷爛朝報」指殘缺、陳舊、沒有什麼參考價值的歷史資料。王安石認為讀《春秋》沒有什麼價值，因而不讓它作為官學的教材。

◎ 議論風生

陳亮，南宋時期思想家、文學家。陳亮有鮮明的愛國主義思想，1169 年，上《中興五論》。1178 年，再次上書，反對和議，力主抗金。他因此遭人嫉恨，兩度入獄，但出獄後仍然不改初衷。1188 年，他第三次上書，建議由太子監軍，駐節建康，以示鋭意恢復。1191 年，他被人誣告，第三次下獄，次年出獄。1193 年，陳亮被宋光宗親擢為狀元，授簽書建康府判官公事，未及就任而逝，享年五十二歲。他倡導經世濟民的「事功之學」，提出「盈宇宙者無非物，日用之間無非事」，創立「永康學派」。他與朱熹友善，論學則冰炭不相容，曾進行過多次「王霸義利之辯」。陳亮所作政論氣勢縱橫，筆鋒犀利；詞作感情激越，風格豪放，顯示其政治抱負，是宋詞中「豪放派」的主要人物之一，著作有《龍川文集》《龍川詞》等。史載陳亮從少年開始，就與眾不同，「生而目有光芒，為人才氣超邁，喜談兵，議論風生，下筆數千言立就」，意思是説他生下來眼睛裏透着光芒，才華橫溢，志量非凡，喜歡與人探討軍事，談論廣泛，生動而又風趣，一下筆寫文章就能馬上寫出幾千字。成語「議論風生」，形容談論廣泛、生動而又風趣。

◎ 望洋興歎

相傳很久很久以前，黃河裏有一位河神，人們叫他河伯。秋天到了，連日的暴雨使大大小小的河流都注入黃河，黃河的河面更加寬闊了，隔河望去，對岸的牛馬都分不清。這一下，河伯可得意了，以為天下最壯觀的景色都在自己這裏。河伯順流來到黃河的入海口，只見北海汪洋一片，無邊無涯，於是河伯就轉過他的臉，抬頭看着海，對海神北海若歎息説：「今我睹子之難窮也，吾非至於子之門則殆矣，吾長見笑於大方之家。」意思是說，如今我看到你的涵量是如此難於窮盡，假如我不是到你的門下請教，就非常危險了，我就會長時間地被真正的大名家恥笑了。成語「望洋興歎」是從原文裏的「望洋向若而歎曰」引申出來的，意思是在偉大的事物面前感歎自己的渺小，現多比喻做事時因力量不夠或沒有條件而感到無可奈何。「大方之家」後來也變成了一個成語，原指懂得大道理的人，後泛指見識廣博或學有專長的人。

◎ 越俎代庖

堯帝是上古時期部落聯盟首領，德高望重，善待族人，重用賢臣，充分發揮他們的特長，在他治理之下邦族之間和睦相處，團結得就像一家人一樣，所有的人都安居樂業。堯在位七十年，日漸衰老，精力大不如前，他覺得必須選個人來接替自己的位置了。但是堯覺得自己的兒子丹朱缺少管理國家的才能，不放心將國家交到他的手裏，於是就決定從民間選取賢良的人來繼承自己的位置，但是尋覓了很久都沒有找到合適的人選。正在這個時候，堯聽說有個叫許由的隱士上知天文，下曉地理，懂得怎樣治理國家，而且為人正直，有很高的威望，就決定把帝位禪讓給許由。堯找到許由，對他說：「我年紀大了，需要有人來接替我的位置，而這個人必須是一個德才兼備的賢人，我的兒子們都不夠賢德，擔當不了這樣的重任。我聽說你是一個賢德的人，所以我決定把帝位傳給你，你一定會讓百姓過上更幸福的生活！」許由聽堯帝說完，連忙施禮說：「您已經將天下治理得很好了，您如果一定要讓我代替您，我會覺得非常慚愧。您看小鳥在廣闊無邊的森林裏築巢，也不過只能佔據一根樹枝而已；田鼠在寬廣的黃河邊喝水，充其量不過是喝飽自己的肚皮。我對現在的生活已經很滿足了，不願改變現在的狀況，天下對我有什麼用呢？您可以想一想在舉行祭祀儀式的時候，管祭祀的人不可能因為厨師很忙，就丟下手中的祭祀用具去替他做菜。如果我接替您的位置，就會像那掌管祭祀的人去替厨師做菜一樣荒唐，這是行不通的，所以您還是讓我過現在的生活吧。」之後許由就連夜逃到箕山隱居了起來。「越俎代庖」的意思是主祭的人跨過禮器去代替厨師辦席，比喻超出自己業務範圍去處理別人所管的事。

◎ 家徒四壁

司馬相如，原名犬子，字長卿，年輕時，喜好讀書，還練習擊劍，風流倜儻。因為他欽佩藺相如的為人，就把名字改為「相如」。早年家境好的時候，他曾入仕做官，在漢景帝身旁做常侍。可漢景帝是個不喜好詩詞歌賦的人，所以司馬相如也就沒有什麼機會施展才能。後來有一次梁孝王帶着手下一些文人才子來京城，司馬相如和這些人相處得很好，就假託有病，辭官不做，到梁國去旅居，和一幫文人交往，還曾寫下《子虛賦》。後來梁孝王去世，樹倒猢猻散，司馬相如回到了故鄉成都，無事可做。臨邛（qióng）縣縣令跟他有點交情，有一次帶着他到當地的富人卓王孫家做客。席間，縣令趁着酒興，提起司馬相如會彈琴的事，請他彈奏一曲為大家助興。司馬相如用琴聲暗中向卓王孫家的女兒卓文君吐露愛慕之情。卓文君從門縫裏偷偷觀察，心裏很歡喜。當夜卓文君就從家裏逃出來，司馬相如帶着她坐馬車趕回了成都老家，但他很窮，「家徒四壁」。卓文君建議司馬相如和她回到臨邛縣去。他們把車馬賣了，開了一家酒店，卓文君坐在壚前賣酒，司馬相如穿着圍裙忙前忙後。卓王孫聽説此事，認為是奇恥大辱，從此閉門不出。同族的兄弟和長輩都來勸他：「你家只有一個兒子兩個女兒，缺的是錢嗎？現在文君以身相許，願意跟着司馬長卿。他雖然窮，卻很有才華，還是縣令的朋友，何必這樣讓他們賣酒丟人呢？」最終，卓王孫妥協了，給女兒家送去奴僕一百人，銅錢一百萬，還準備了出嫁的衣裝等等。卓文君便和司馬相如回到成都，買宅置地，成了富人。「家徒四壁」意思是家裏只有四堵牆，其他什麼東西也沒有，形容十分貧窮。

◎ 子虛烏有

西漢時期，著名的詞賦家司馬相如在梁孝王的「梁園」住了三年，在那裏寫下了赫赫有名的《子虛賦》。《子虛賦》裏說的是：楚王派子虛拜訪齊王，齊王率領出類拔萃的狩獵能手陪子虛進行了大規模的遊獵。齊國的烏有先生後來詢問子虛對遊獵活動的感受，期望得到讚揚。子虛卻大誇特誇楚王的遊獵活動，目的是貶低齊王的遊獵活動。烏有先生竭力為齊王辯護，誰也不能說服誰。此文辭藻華麗，場面宏偉。漢武帝讀了之後讚歎不已，於是召見司馬相如。司馬相如說：「《子虛賦》寫的諸侯的遊獵，如果是天子遊獵，那場面一定更壯觀。」漢武帝大喜，請司馬相如再寫。司馬相如就又寫下了《上林賦》。《上林賦》寫的是亡是公聽了子虛、烏有先生各自誇耀本國君主遊獵盛況的對話後，認為齊、楚都微不足道，他開始講述天子遊獵的氣魄和天子花園上林苑的壯麗。在文章末尾，司馬相如對諸侯、天子貪戀遊獵、荒廢政務的行為冷嘲熱諷，並主張修明政治，提倡節儉。「子虛」是並非真實的事情，「烏有」的意思是無有，都是假設的人名，「子虛烏有」這一成語指假設的、不存在的或者不真實的人或者事情。

◎ 城府深沉

司馬懿，三國時期魏國政治家、謀略家、權臣，西晉王朝的奠基人。司馬懿自幼聰明多大略，博學洽聞，伏膺儒教。因曹操出身「贅閹遺醜」，司馬懿一度拒絕曹操授予的官職，但 208 年曹操任丞相後，強行辟司馬懿為文學掾。曹操封魏王後，司馬懿輔佐曹丕，幫助曹丕在儲位之爭中獲得勝利。曹丕臨終時，令司馬懿與曹真等為輔政大臣，輔佐魏明帝曹叡。明帝時，司馬懿擔任多個重職。明帝崩，託孤幼帝曹芳於司馬懿和曹爽。曹芳繼位後，司馬懿遭到曹爽排擠，升官為無實權的太傅。249 年，司馬懿發動政變控制京都洛陽，自此曹魏的軍政權力落入司馬氏手中。司馬懿善謀奇策，多次征伐有功，曾擒斬孟達，兩次成功抵禦諸葛亮北伐，遠征平定遼東。《晉書》中稱：「（司馬懿）性深阻若城府，而能寬綽以容納。」意思是說，司馬懿性格深沉，像城市和官府一樣難以揣知其內部，能以一種包容之心去接納別人。成語「城府深沉」就是從這兒來的，形容待人處事的心機深沉，使人難以揣測。

◎ 臨危制變

東漢末年軍閥混戰時，公孫度佔據遼東，這個割據勢力對曹魏一直時叛時降，保持着半獨立的地位。公孫度的孫子公孫淵繼為遼東太守後，於公元 237 年背叛魏國，自立為燕王，定都襄平。238 年，司馬懿率步騎四萬，從洛陽出發，經孤竹，越碣石，進至遼水。公孫淵急令大將軍卑衍、楊祚等人率步騎數萬，依遼水圍塹二十餘里，堅壁高壘，阻擊魏軍。司馬懿採用聲東擊西之計，先在南線多張旗幟，佯攻圍塹，吸引敵軍主力，而以主力隱蔽渡過遼水，逼進敵軍的襄平本營。公孫淵的軍隊出來截擊。司馬懿指揮魏軍痛擊，三戰皆捷，遂乘勝進圍襄平。適逢連降大雨，遼水暴漲，平地數尺，魏軍恐懼，有的將領就想將軍營遷到別處。司馬懿下令有敢言遷營者斬，並處死違令的都督令史張靜，軍心始安。公孫淵軍乘雨出城，打柴牧馬，安然自若。魏將領請求出擊，司馬懿不允，反而將計就計，故意示弱。朝廷聽說雨大敵強，不少人請求召還司馬懿。魏明帝卻說：「司馬懿臨危制變，擒淵可計日待也。」意思是說，司馬懿面臨危險時具備緊急應變的能力，生擒公孫淵指日可待。過了一個多月，雨停了，水漸漸退去。魏軍完成對襄平的包圍，晝夜強攻。城內糧盡，死者甚多。公孫淵派相國王建、御史大夫柳甫請求解圍，司馬懿斬殺使者，發佈檄文嚴責。公孫淵又派侍中衛演來請求送人質，司馬懿拒絕人質。公孫淵想偷偷從城南突圍，司馬懿派兵阻擊，公孫淵戰死。入城後，司馬懿下令屠殺十五歲以上男子七千多人，收集屍體，築造京觀。而後他又把公孫淵所任公卿以下一律斬首，殺死將軍畢盛等二千多人，收編百姓四萬戶。困擾曹魏數十年來的遼東問題終於徹底解決。「臨危制變」這一成語即由此而來，意思是面臨危險時能緊急處理，化解危機。

◎ 尸居餘氣

公元 239 年，曹魏的魏明帝死後，八歲的曹芳繼承了皇位，朝政大權落在大將軍曹爽和太尉司馬懿手裏。於是，曹爽同司馬懿之間便開始了一場爭權奪利的鬥爭。曹爽提拔了何晏、李勝等一批親信擔任要職，這些人經常聚集在一起，策劃如何對付司馬懿，並肆無忌憚地竊取宮中珍寶。驕橫的曹爽乘坐的車馬、穿戴的服飾，都和皇上一樣。深沉老練的司馬懿對曹爽的一切胡作非為都裝着視而不見，同時還經常稱病不去上朝。有一次，曹爽的心腹李勝被任為荊州刺史。臨行前，曹爽要他到司馬懿府上去辭行，藉機觀察一下司馬懿的動靜。李勝來到司馬懿家，見年高老邁的司馬懿由兩個侍女扶着躺在靠椅上。一個侍女端來一碗粥湯，喂了他幾口，就咽不下去了，粥湯順着嘴角流到了胸前。李勝見此情景，就回去對曹爽說：「司馬公尸居餘氣，形神已離，不足慮矣。」意思是說，司馬懿像死屍一樣地躺在那裏，僅僅還剩下一口氣了。他的神思和軀體已經分離，看來活不多久，你也用不着為他再擔心了。這件事剛過去沒有幾個月，司馬懿趁曹爽和兄弟曹羲、曹訓等隨同皇帝曹芳，到洛陽城北去祭掃明帝陵墓之機，立即調動軍隊佔領武庫，並親自帶兵守在洛水浮橋邊，截斷了曹爽的歸路，逼着曹氏兄弟放下武器；同時又上疏曹芳，歷數曹爽犯上作亂的罪行，要曹芳罷去曹氏兄弟的官職。就在曹爽放下武器，被罷官後沒有幾天，司馬懿便把曹爽弟兄及其親信全都抓了起來，並處以死刑。「尸居」意思是像死屍般地躺着，「餘氣」是最後一口氣，「尸居餘氣」意思是像屍體一樣但還有一口氣，指人將要死亡；也比喻人暮氣沉沉，無所作為。

◎ 不如意事常八九

羊祜，西晉時期傑出的戰略家、政治家，出身於漢魏名門士族「泰山羊氏」，從他起上溯九世，羊氏各代皆有人出仕二千石以上的官職，並且都以清廉有德著稱。羊祜祖父羊續，漢末曾任南陽太守，父親羊衜（dào）為曹魏時期的上黨太守，母親蔡貞姬是漢代名儒、左中郎將蔡邕的女兒，姨母是蔡文姬，姐姐羊徽瑜嫁與司馬懿之子司馬師為妻，羊祜的岳父是蜀漢名將夏侯霸。羊祜早年在曹魏政權任職，持身正直，避免直接捲入政治鬥爭中，又因與掌權的司馬氏的姻親關係，得以平步青雲。晉代魏前夕，任中領軍，掌領禁軍，兼管內外政事。晉武帝司馬炎於公元 265 年即位後，吳國皇帝孫皓仍佔據長江下游、福建、兩廣地區。晉武帝為了滅吳，派羊祜都督荊州諸軍事，以決定平吳之策。羊祜赴任後，首先推行睦邊政策，取得江漢一帶民心，隨後提出伐吳之計。羊祜分析了敵我雙方形勢，認為：如果能以梁州（今陝西）、益州（今四川）之師水陸並進，以荊楚（今湖南、湖北）之兵進夏口，徐、揚、青、兗（今江蘇、山東）四州之兵進秣陵以為疑兵，一旦突破，吳內部必生離散之心，很快即可平吳。司馬炎很贊成他的作戰方略，可是當時北方邊界時常受到侵擾、屢吃敗仗，朝中一時還下不了南進伐吳的決心。羊祜又上表陳述意見，認為：南平則北必定，應速決伐吳之計。對羊祜的主張，朝中議論紛紛，武帝也動搖不定，致使計劃擱淺。為此，羊祜歎道：「天下不如意，恆十居七八，故有當斷不斷。天與不取，豈非更事者恨於後時哉！」意思是說，天下不如意的事情，常佔十之七八，因此總會有當斷不斷的事情。但上天賜與時機人卻不去獲取，這豈不是使經歷其事的人以後扼腕長歎嗎！「天下不如意，恆十居七八」，後演變成「不如意事常八九」，表示不稱心如意的事不少，形容有難言之隱。

◎ 輕裘緩帶

羊祜率軍鎮守荊州時，開辦學校，安撫教化遠近人民，深得江漢百姓愛戴。與吳人開誠佈公，互相信任，投降的人願走願留，都聽憑志願。當時荊州有這樣的風俗：地方長官丟官後，繼任此官的人生忌諱，多把舊官府的房舍毀掉。羊祜認為死生有命，與房舍無關，就下令所轄地區禁止這種做法。東吳石頭城守軍距襄陽地界七百里，常騷擾晉邊境，羊祜以為是一大患，便設計謀讓吳撤去守軍，於是晉戍邊巡邏的士兵減少了一半，所減士兵用來墾荒，墾田八百餘頃，大獲其利。羊祜初到荊州時，軍中無百日糧，到了他鎮荊州的後期，有供十年用的糧草積蓄。皇帝下令撤除江北都督，設置南中郎將，將原江北都督所屬在漢東江夏一帶的軍隊都增撥給羊祜。羊祜在軍中經常穿輕裘，束緩帶，不披甲，府第衛士不過十幾人。成語「輕裘緩帶」，形容從容鎮定。

◎ 不舞之鶴

羊祜家裏曾經養了一隻鶴，他十分喜歡這只鶴。鶴在吃飽喝足後盡情狂舞，羊祜就向客人誇獎鶴如何有靈性，客人前去觀看，鶴因為有生人在場，怎麼也不起舞，讓客人大失所望，說這是一隻不會跳舞的鶴。後人用「羊公鶴」或「不舞之鶴」比喻名不副實的人。

◎ 唾面自乾

婁師德是唐朝高宗年間的進士，後來被武則天任命為同鳳閣鸞台平章事（相當於宰相），管理朝政。有一次，婁師德的弟弟被武則天提拔到代州去做刺史。臨行時，弟弟來向他辭行。婁師德說：「我和你都蒙受皇上恩寵，待遇十分優厚。這是很容易招惹別人嫉妒的，他們一定很想找我們的錯處來進行攻擊。如果你遇到有人故意找你的錯處，你將怎麼去對付他呢？」弟弟回答說：「假如有人把唾沫吐到我的臉上，我絕不和他計較，自己擦乾唾沫就算了。」婁師德卻說：「人家既然把唾沫吐在你臉上，就表示心中在怨恨你，若是你又將唾沫擦乾，一定更加重他的怨意。所以，你應該讓唾沫自己乾掉，含笑地承受。這樣，他的怒氣才會消失。」成語「唾面自乾」意思是別人往自己臉上吐唾沫，不擦掉而讓它自乾，諷刺過度容忍。婁師德兩度拜相，還是一員名將，曾經征討吐蕃，與吐蕃在白水澗八戰八勝。他生活於唐武周交替時代，酷吏羅織罪名，朝野因言獲罪者多，造就了其一生為人寬厚、喜怒不形於色的秉性，戍邊、為相三十年，而能得善終，確實難得。婁師德曾推薦狄仁傑為宰相，狄仁傑對此絲毫不知，反而在拜相後多次排擠婁師德，使得他最終被放為外任。武則天問狄仁傑：「婁師德賢明嗎？」狄仁傑說：「他擔任將領謹慎守職，但是否賢明，我就不知道了。」武則天又問：「婁師德知人嗎？」狄仁傑說：「臣曾與他同朝為官，從沒聽說過他知人。」武則天拿出婁師德舉薦狄仁傑的奏章，說：「我用你為宰相，就是婁師德舉薦的，看來他確實知人啊。」狄仁傑大慚，歎道：「婁公盛德，我被他寬容相待卻不知道，我不及他太遠了！」

◎ 其貌不揚

唐朝末年，襄陽（今湖北省襄陽市）東南的鹿門山裏，住着一位年輕的文人皮日休。他身材不高，臉形狹長，左眼角有些下塌，相貌比較難看，但為人正直，而且博學多才，詩歌和散文都寫得很好，二十多歲時，就已經在全襄陽出了名。公元 867 年，皮日休進京應試。主考官禮部侍郎鄭愚看了他的文章以後，非常讚賞，就派人把他請到府裏來會面。皮日休應邀來到鄭府。鄭愚原以為他文章寫得十分出色，必然長得一表人才，誰知見面一看，卻是個長相難看的人，便帶着嘲弄的口氣對皮日休説：「你很有才華，可惜這一隻眼睛長得太不相稱了。」皮日休聽了，心裏很不痛快，當即對鄭愚反脣相譏：「主考的職責是為朝廷發現有用的人才，可不能因為我的這一隻眼睛，使你的兩隻眼睛失去作用呀。」這句針鋒相對的話顯然刺痛了鄭愚。幾天以後考試揭榜，皮日休雖然中了進士，但在榜上的名次卻是最後一個。了解內情的人們都深深地為他感到不平，但他自己卻並不掛懷。他在長安做了一個時期的著作郎，看到朝政日益腐敗，天下即將大亂，就寫了《鹿門隱書》六十篇，揭露和批判黑暗的社會現實。不久，唐末農民大起義爆發，皮日休在赴任毗陵副使途中投奔了黃巢起義軍。「不揚」的意思是不出眾，「其貌不揚」指人的外貌不漂亮，也形容器物不美觀。

◎ 藏鋒斂鍔

歐陽修，字永叔，號醉翁，晚號六一居士，在政治上、文學上、史學上均有較高成就，是在宋代文學史上最早開創一代文風的文壇領袖，主修《新唐書》，並獨撰《新五代史》，有《歐陽文忠集》傳世。歐陽修曾官至樞密副使參知政事，相當於副宰相，統攝全國軍政。他在民族矛盾、階級矛盾日益尖銳的時代，一直關心國計民生，不求獨善其身。公元 1045 年「慶曆新政」失敗後，歐陽修被牽連誣告下獄，又遭貶謫，但他愛國愛民的激情並未稍減，無論寫人狀物，評古論今，筆端無不處處有情。歐陽修重視繼承韓愈的文學傳統，但他並不盲目崇古，他所取法的是韓愈文從字順的一面，對韓愈、柳宗元古文偶爾露出的奇險深奧傾向則棄而不取。同時，歐陽修對駢體文的藝術成就並不一概否定，而是吸取其長處，去除了排偶、限韻的規定，改以單筆散體作賦，創造了文賦。歐陽修對散文文體的發展也做出了很大的貢獻。他的作品體裁多樣，各得其宜，語言簡潔流暢，文氣紆徐委婉，在韓文的雄肆、柳文的峻切之外別開生面，往往使讀者如嚼橄欖，回味甚長。南宋著名愛國詩人謝枋得評價稱：「歐陽公文章為一代宗師，然藏鋒斂鍔，韜光沉馨，不如韓文公之奇奇怪怪，可喜可愕。」意思是說，歐陽修的文章可以稱為一代宗師，但是不露鋒芒，斂藏光彩，不像韓愈那樣奇怪多姿，總能給人以驚喜。「藏鋒斂鍔」，比喻不露鋒芒。

◎ 醉翁之意不在酒

歐陽修喜好酒，自號「醉翁」，他的詩文中有不少關於酒的描寫。如《漁家傲》中採蓮姑娘用荷葉當杯，划船飲酒，寫盡了酒給人們生活帶來的美好。晚年的歐陽修，自稱有藏書一萬卷，琴一張，棋一盤，酒一壺，陶醉其間，怡然自樂。可見歐陽修很愛飲酒。在他被貶到滁州做太守時，歐陽修對飲酒遊山的愛好不減當年，經常帶着吏民出去遊玩，在山中野餐，然後喝醉了，他說：「醉翁之意不在酒，在乎山水之間也。」意思是說，他並不是因為喝酒而醉的，而是因為滁州的山水太美使他陶醉。他醉時能與民同樂，醒後能用當世一流的文筆把遊玩的過程記錄下來。政治上的失意，並沒影響「醉翁」的好心情。「醉翁之意不在酒」，後用來表示本意不在此而在別的方面，或別有用心。

◎ 閉門覓句

陳師道，字履常，一字無己，號後山，北宋詩人，「蘇門六君子」之一，江西詩派將他列為「三宗」之一。陳師道自幼家貧，篤志好學。十六歲時，他拿着文章拜見當時的文章泰斗曾鞏，曾鞏大為驚奇，稱讚他將以文章著名，讓他在自己門下讀書。公元 1087 年，當時任翰林學士的蘇軾與傅堯俞、孫覺等推薦他任徐州州學教授。後來，蘇軾出任杭州太守，路過南京應天府（今河南省商丘市），陳師道到南京送行，以擅離職守，被劾去職。後來陳師道調潁州教授，恰巧蘇軾任潁州太守，希望收他為弟子，他以「向來一瓣香，敬為曾南豐」，婉言推辭。但蘇軾不以為忤，仍然對他加以指導。1094 年，他被朝廷目為蘇軾餘黨，罷職回家。他家境貧寒，但仍專力寫作，欲以詩文傳於後世。1101 年，受寒疾病逝。相傳他做詩用力極勤，但不喜被人打擾，平時出行，有詩思，就急歸擁被而臥，詩成乃起。有時呻吟累日，惡聞人聲，所以黃庭堅稱之為「閉門覓句陳無己」。也有人對這種寫作方式不以為然，南宋詩人楊萬里就説：「閉門覓句非詩法，只是征行自有詩。」意思是，關起門努力去構思並不是寫詩的好方法，到處旅行自然就能寫出詩句。「閉門覓句」後用來形容作詩時冥思苦想。

◎ 對客揮毫

秦觀，字太虛，又字少游，別號邗溝居士，世稱淮海先生，北宋著名詞人，「婉約派」的代表，為「蘇門四學士」之一。秦觀中進士後，經蘇軾推薦，做了太學博士。蘇軾被貶，秦觀也受到牽連，被貶到嶺南，一生仕途不順。秦觀工詩詞，詞多寫男女情愛，也頗有感傷身世之作，被尊為婉約派一代詞宗。傳世作品有《淮海集》《淮海居士長短句》。他才思敏捷，黃庭堅有詩句說：「對客揮毫秦少游。」意思是説，秦觀常常對着客人的面提筆作詩，一揮而就。「對客揮毫」這一成語來源於此，意思是文思敏捷。

◎ 善自為謀

鄭昭公，名忽，春秋時期鄭國君主，鄭莊公長子。鄭昭公當太子的時候，齊國國君齊僖公想把女兒文姜嫁給他。太子忽辭謝，別人問他為什麼，太子忽說:「人各有耦，齊大，非吾耦也。《詩》云:『自求多福。』在我而已，大國何為？」意思是說，人人都有合適的配偶，齊國強大，不是我的配偶。《詩經》裏說：「求於自己，多受福德。」靠我自己就是了，要大國幹什麼？這也是成語「齊大非偶」的出處，後來辭婚者常用「齊大非偶」表示自己門第或勢位卑微，不敢高攀。公元前 706 年，北戎進攻齊國，齊國派使者向鄭國求救，鄭莊公派太子忽率領軍隊救援齊國，大敗北戎軍，俘虜北戎的兩位主帥大良和少良。齊僖公又提出將女兒嫁給他。太子忽仍然堅決辭謝。有人勸太子忽答應娶親，太子忽說：「我為齊國沒有做什麼事情，尚且不敢娶他們的女子。現在由於國君的命令到齊國解救危急，反而娶了妻子回國，這是利用戰爭而成婚，百姓將會對我有什麼議論呢？」太子忽的選擇是對的，文姜後來嫁給了魯桓公，但她行為不端，最後導致丈夫魯桓公和哥哥齊襄公都丟了性命。《左傳》的作者左丘明因此誇太子忽「善自為謀」，意思是善於替自己打算，這個成語後來也指替自己好好地想辦法。

◎ 投筆從戎

東漢時期，有一個叫班超的人，出生於文學世家，他的父親班彪是文豪、史學家，他的哥哥班固是《漢書》作者，他的妹妹班昭是中國歷史上著名的才女，在班固死後繼承其事業，完成了《漢書》。然而班超對文學不感興趣，而是立志當將軍建功立業。在班固被漢明帝劉莊召到洛陽為官的時候，班超和他的母親也跟着去了。當時，因家境並不富裕，班超便找了個替官家抄書的差事掙錢補貼家用，很是辛苦。但是，班超是個有遠大志向的人，日子久了，他再也不甘心做這種乏味的抄寫工作了。有一天，他正在抄寫文件的時候，寫着寫着，突然覺得很悶，忍不住站起來，扔下筆感歎說：「大丈夫如果沒有更好的志向謀略，也應像昭帝時期的傅介子、武帝時期的張騫那樣，在異地他鄉立下大功，以得到封侯，怎麼能長期地在筆、硯之間忙忙碌碌呢？」當時在一旁抄書的人都嘲笑他，班超感歎道：「小子安知壯士志哉！」意思是說，凡夫俗子又怎能理解志士仁人的襟懷呢！後來，班超出使西域，他以機智和勇敢，克服重重困難，聯絡了西域的幾十個國家，斷了匈奴的右臂，使漢朝的社會經濟保持了相對的穩定，也促進了西域同內地的經濟文化交流。班超在西域呆了三十一年。其間，他靠着智慧和膽量，度過了各式各樣的危機，為當時的邊境安全、東西方人民的友好往來做出了卓越貢獻，成為了東漢時期著名的軍事家、外交家。書香門第竟然出了一位名將，也算罕見了。這便是「投筆從戎」的典故，後用來比喻文人放棄文化工作參軍入伍。

◎ 力不從心

班超是東漢時期的外交家，漢明帝曾派他出使西域各國。他出色地完成了任務，使漢朝和西域各國的關係更加密切，為漢朝邊疆的安定和西域各國的繁榮和進步，做出了重大的貢獻。漢和帝對班超的才能也很賞識，稱讚班超不用漢朝一兵一卒，使國家免受異族的侵擾，使西域各國與漢朝和睦相處。為了表彰班超的功績，漢和帝把他封為「定遠侯」。班超也一直忠於職守，年邁的時候還在西域工作。班超的妹妹班昭很希望哥哥能回家安度晚年，就上書給漢和帝，指出哥哥為朝廷立了大功，朝廷應該讓他回來。信中説，班超如今已過花甲之年，疾病纏身，雙手、雙耳越來越不靈活了，眼睛也看不清東西了，走路都需要枴杖，這怎麼在西域視察。當年與班超一塊兒去西域的這些人中，班超年齡最大，可是其他人早就回來了，而班超還沒回來。雖然班超還想盡忠竭力報效皇上，怎奈年老體衰，筋疲力盡，如果還不派出精明能幹的官員去接替他，恐怕會使外族人起變亂之心，「如有卒暴，超之氣力，不能從心」。意思是説，假若將來有什麼意外發生，班超的力量已經不夠了，無法應對局面。漢和帝被班昭的奏疏打動了，就下了一道詔書，調班超回國。公元 102 年八月，班超終於落葉歸根，但他的身體已經非常衰弱，回到洛陽不到一個月，病情就惡化起來，很快去世，終年七十一歲。「力不從心」這個成語就是從這兒來的，比喻力量不夠，無法實現願望。

◎ 撫掌擊節

王導，字茂弘，東晉時期政治家，歷仕晉元帝、明帝和成帝三朝，是東晉政權的奠基人之一，被人們視為東晉中興第一功臣。當時有一個叫謝尚的人，博學多才，精於音樂，王導很器重他，聘請他到丞相府任職。初到府上之時，正趕上有盛大集會，王導就對他説：「聽説你能跳鴝鵒舞，在座的人都很想欣賞，不知能行嗎？」謝尚欣然答應，便穿戴好舞蹈所用的衣服、帽子，然後翩然起舞。王導讓眾人都拍着手，打着節拍，謝尚在中間起伏搖擺而舞，旁若無人。「撫掌擊節」這一成語就是從這兒來的，「撫掌」是拍手，「擊節」是打拍子，「撫掌擊節」表示拍手為樂曲打拍子，也形容拍手表示非常讚賞。

◎ 江左夷吾

西晉滅亡後，西晉皇族司馬睿在建康（今江蘇省南京市）建立東晉，但卻只稱晉王，並未稱帝。正在北方收復失地的劉琨就讓他的外甥溫嶠南下勸司馬睿稱帝。這時，江東的政權建立工作剛着手，法紀還沒有制定，社會秩序不穩定。溫嶠初到建康，對這種情況很是擔憂。他去拜訪丞相王導，訴説晉湣帝被囚禁流放、社稷宗廟被焚燒、先帝陵墓被毀壞的情況，邊説邊哭，王導也隨着他一起流淚。溫嶠敍述完實際情況以後，就真誠地訴説結交之意，王導也欣然同意。出來以後，他高興地説：「江左自有管夷吾，吾復何慮！」「江左」就是江南，這句話的意思是説，江南自有管仲那樣的賢相，我還擔心什麼呢！「江左夷吾」這一成語就是從這兒來的，形容有輔國救民之才的人。

◎ 以貌取人

宰予是孔子的眾多弟子之一，他能説會道，利口善辯。宰予開始給孔子的印象不錯，但後來漸漸地露出了本相：他十分懶惰，大白天不讀書聽講，躺在牀上睡大覺。為此，孔子稱他是「朽木不可雕」。子羽是孔子的另一個弟子，即澹（tán）台滅明，他的體態和相貌很醜陋，孔子開始認為他資質低下，不會成才。但他從師學習後，回去就致力於修身實踐，處事光明正大，不走邪路；不是為了公事，從不去會見公卿大夫。他往南遊歷到長江，追隨他的學生有三百人，他的一言一行都完美無缺，聲譽傳遍了四方諸侯。孔子聽到這些事，説：「吾以言取人，失之宰予；以貌取人，失之子羽。」意思是説，我只憑言辭判斷人，對宰予的判斷就錯了；單從相貌上判斷人，對子羽的判斷就錯了。「以貌取人」指根據外貌來判別一個人的品質才能。

（四）

◎ 假途滅虢

春秋初期，晉獻公想吞併鄰近的兩個小國虢（guó）國和虞（yú）國，而這兩個國家之間關係不錯。晉國如果襲擊虞國，虢國就會出兵救援；晉國如攻擊虢國，虞國也會出兵相助。晉國大臣荀息向晉獻公獻上一條妙計。他說，要想攻佔這兩個國家，必須離間他們，使他們互不支持，然後各個擊破。他建議用垂棘之璧和屈地所產的良馬作為禮物贈給虞君，這樣去請求借路，討伐虢國。晉獻公有點兒捨不得，說：「垂棘之璧是先君傳下來的寶貝，屈地所產的良馬是我的坐騎。如果他們接受了我們的禮物而又不借給我們路，那可怎麼辦？」荀息說：「他們如果不借路給我們，一定不會接受我們的禮物；如果他們接受我們的禮物就一定會借路給我們。再說了，這兩樣寶物送給虞國，就好像我們把垂棘之璧從內府轉藏到外府，把屈地產的良馬從內廄牽出來關到外廄裏，有什麼好擔憂的呢？」晉獻公就同意了，派荀息按計行事，出使虞國。虞君一見到這兩件禮物，頓時心花怒放，聽到荀息說要借道，就滿口答應下來。虞國大夫宮之奇急忙勸阻虞君，但虞君不聽勸告。同年冬天，晉大軍通過虞國攻打虢國，經過四個月取得了勝利。班師回國時，把劫奪的財產分了許多送給虞君，虞君大喜過望。晉軍大將里克裝病，稱不能帶兵回國，暫時把部隊駐紮在虞國京城附近，虞君毫不懷疑。幾天之後，晉獻公親率大軍前去，虞君出城相迎。獻公約虞君前去打獵。不一會兒，只見京城中起火。虞君趕到城外時，京城已被晉軍裏應外合強佔了。就這樣，晉國又輕而易舉地滅了虞國。荀息拿着玉璧牽着駿馬回來向晉獻公報告，獻公高興地說：「玉璧還是原來的樣子，只是馬的年齡稍微長了一點。」成語「假途滅虢」，指用借路的名義消滅這個國家。這個晉獻公，就是那位嫁到秦國築起「秦晉之好」的伯姬公主的父親，他的女婿就是「春秋五霸」之一的秦穆公，他的兒子晉文公也名列「春秋五霸」。

◎ 齒牙為禍

晉獻公原來有三個兒子：太子申生、重耳和夷吾。某一年，晉獻公準備伐驪戎，占卜後顯示的卜辭為：「齒牙為禍。」意思就是說，將來要因為讒言得禍。晉獻公戰勝驪戎，得到驪戎的兩個美女：驪姬和她的妹妹少姬。晉獻公立驪姬為夫人，後來驪姬為晉獻公生下一子，名叫奚齊；第二年，少姬又生下一子，名叫卓子（也作「悼子」）。獻公為討驪姬喜歡，準備立奚齊為太子。驪姬心中喜悅，卻不露聲色，跪着對獻公說：「您已立申生為太子，諸侯都知道這件事，而且申生賢德沒有罪過。您要是因為我們母子的原因廢長立幼，您就殺了我，我也不幹！」獻公深為感動，更加寵倖她。但驪姬陽一套陰一套，嘴裏說着不能廢立，暗地裏施計離間獻公和申生父子。一天，她對申生說：「昨晚我得了一夢，夢見你死去的母親齊姜哭訴說，她苦飢無食，你可弄些酒肉祭一下。」申生是個孝子，就設祭壇祭奠亡母，隨後又按常禮把祭奠用過的胙（zuò）肉與酒送給獻公。獻公打獵未歸，驪姬趁機往酒肉裏加了毒藥。獻公打獵回來後，飢腸轆轆，見胙肉拿起就要吃，驪姬急忙止住說：「且慢，這胙肉和酒是外面進來的食物，不可不試。」就叫來了一條狗，取一塊胙肉扔到地上，狗吃了立即死去。又叫一內侍嘗酒，內侍七竅流血而死。獻公非常生氣，下詔命逼死了申生。驪姬又在獻公面前進讒言，說重耳和夷吾與申生是同謀。晉獻公也是老糊塗了，便稀裏糊塗地派人去追捕重耳和夷吾。重耳和夷吾無奈，只好離開晉國逃亡他國了。獻公死後，奚子和卓子先後繼位，但都被大臣殺死。晉國這場悲劇，先後持續了十年，完全是由讒言作祟形成的，因而人們就把讒言作祟謂之「齒牙為禍」。

◎ 數典忘祖

公元前 527 年，晉國正卿荀躒（lì）去周王那裏參加王后穆后的葬禮，籍談擔任副使。葬禮結束後，周景王脱掉喪服，設宴款待荀躒和籍談等各諸侯國的使節。酒過三巡之後，周景王向各位來賓賜酒。他走到荀躒跟前，一邊拿着魯國進貢的酒壺斟酒，一邊問道：「各國諸侯每年都會進貢一些物品給王室，為什麼獨獨晉國什麼都沒有呢？」荀躒聽了之後什麼也沒有説，而向籍談拱手示意。籍談就站起來振振有詞地回答道：「早年諸侯受封的時候，大都接受了王室的寶器，但是我們晉國卻沒有受到賞賜，所以晉國也就不必進獻寶物回饋王室了。我們晉國又地處深山邊塞，與王室相隔遙遠，基本沒有受到過王室的恩典。再者説，晉國的周圍都是戎狄之族，我們應付戎狄還應付不過來呢，哪有什麼東西可用來進貢王室呢？」周景王聽了之後非常不滿，就説：「晉國的始祖唐叔是周成王的同胞兄弟，怎麼可能分不到王室的寶器呢？我記得，唐叔接受了文王的鼓和車，武王的皮甲，還有斧鉞、香酒、紅色的弓以及許多勇士，這些難道不是周王室對晉國的賞賜嗎？」接着他又責問籍談：「我記得你的祖先是負責掌管國家典籍的司典。你是司典的後代，怎麼能忘了這些史事呢？」籍談羞得滿臉通紅，無話可説。等荀躒與籍談離開後，周景王對眾大臣説：「籍父其無後乎，數典而忘其祖。」意思是説，籍談的後代子孫應該不會有什麼出息吧！這個人只會列舉一堆典故來評論事情，反而將自己祖先掌管的典籍中記載的事情給忘了！籍談回到晉國以後，覺得很不好意思，就把這件事跟晉大夫叔向説了。叔向不以為然，説：「我看這個周天子恐怕不得善終。他竟然把憂愁當成快樂，家裏死了人，他脱掉喪服就和客人飲酒作樂，對已經故去的人沒有一點真實的敬意和哀悼，還不忘向人家要寶器，真是太不懂得禮法了！」「數典忘祖」這一成語就是從這個故事來的，後用來比喻忘本，也比喻對於本國歷史的無知。

◎ 應答如流

李孝伯是北魏前期重臣，出生於趙郡李氏，是北魏第一等的高門大族，其族內名人輩出。李孝伯少年時期就博覽羣書，風度翩翩，行為符合禮節法度。太武帝拓跋燾第一次見到他就大為驚異，評價說：「這真是李家門內的千里馬呀。」隨後把國家機密大事都交付給他，可見其受寵愛的程度。公元 450 年，南朝宋主劉義隆舉兵北伐，先勝後敗，戰略據點彭城（今江蘇省徐州市）被北魏軍包圍。南朝江夏王劉義恭率領軍隊死守彭城待援，拓跋燾想一舉打過長江，但看到城內守兵行列整齊，戰旗飄揚，也不敢輕易進攻，於是派出李孝伯為使節進彭城勸降。劉義恭則派了張暢為代表與李孝伯談判。張暢和李孝伯都是當時的名士，二人先是代表各自的君主互贈了禮品，然後你來我往，展開了一場激烈的交鋒，這便是我國歷史上兩國使節以禮相見的名場面「彭城相會」。經過一番沒有刀劍的戰役，連張暢都對李孝伯的風度和口才大為歎服。拓跋燾更是大大高興，立刻封李孝伯為宣城公。後來拓跋燾下令攻城，損兵折將，久攻不下，只好繞城而去。這次談判本身並沒有什麼實質性的結果，但是雙方舉止瀟脱，談吐溫雅，脣槍舌劍，卻又禮貌周全，一直被後世譽為戰場佳話。《北史》評價李孝伯說：「風容閑雅，應答如流。」「閑」通「嫻」，這句話的意思是，李孝伯風度翩翩，碰到別人提問題時答語敏捷流利，像流水一樣。「應答如流」這一成語就由此而來，形容人才思敏捷。李孝伯的女婿是北魏名臣鄭羲，也就是魏碑名作《鄭文公碑》的碑主。

◎ 敵不可縱

先軫是春秋時期晉國名將、軍事家，因采邑（古代國君封賜給卿大夫作為世祿的田邑，也叫「采地」「封邑」「食邑」）在原邑，故又稱原軫。他曾輔佐晉文公、晉襄公兩位霸主，屢出奇策，並以中軍主將身份指揮城濮之戰和崤之戰，打敗強大的楚國和秦國。崤之戰是晉秦爭霸戰爭中的一場決定性戰役。公元前 628 年，秦穆公得知晉文公逝世，晉襄公繼位，於是發兵私越晉國國境，長途奔襲鄭國，結果還沒到達鄭國就被鄭國發覺，只好臨時改變計劃，滅掉了晉的鄰國滑國後便要返回秦國。面對這種情況，先軫當機立斷，主張阻擊秦軍，卻受到晉襄公與欒枝等人的反對。先軫則說，秦君由於貪婪而勞師遠征，這是上天賜予的機會。賜予的不能丟失，「敵不可縱」，敵人不能隨便放走。他認為秦國不為友鄰君主弔喪已是於禮不合，在晉國不同意借道的情況下擅自越境，實在是狂悖無禮，必須馬上出兵阻擊秦軍。於是晉國緊急動員軍隊，把喪服染成黑色，用先軫的計策在崤山（今河南省洛寧縣西北）的狹路設伏，攔截秦軍。秦軍返回經過崤山時，晉軍待秦軍全部進入伏擊地域，立即封鎖峽谷兩頭，突然發起猛攻，晉襄公身着喪服督戰，將士個個奮勇殺敵。秦軍身陷隘道，進退不得，驚恐大亂，孟明視等三名主將被俘，其餘兵士全部被殲。崤之戰後，秦國採取聯楚制晉之策，成為晉國在西方的心腹大患；而晉國為保持霸主地位，也不得不在西、南兩個方向同時應對秦、楚兩個大國的威脅，加上北方的戎、狄乘機侵擾，最終造成晉國三面受敵的戰略局勢，因此後世對先軫這次的決策褒貶參半。但拋開其他不說，單就這場戰爭來看，晉軍伏擊並全殲秦軍，俘其三帥，創造了中國軍事史上第一個殲滅戰戰例，自此戰後，發生在華夏大地上的戰爭基本改變了約期列陣而戰的對戰模式，進入了靠兵法策略取勝的時代，是我國軍事發展道路上的一塊里程碑。「敵不可縱」這一成語即由此而來，指對敵人不能放縱。

◎ 大義滅親

春秋時期，衛莊公的愛妾生了一個兒子叫作州吁，莊公對州吁過分溺愛，養成他驕橫無理的習氣。州吁喜歡習武打仗，莊公便任命他為將軍。當時衛國有一個賢臣叫石碏，他認為州吁身為庶子（非正妻所生的兒子）喜歡打仗，又擁有兵權，於國不利，將來肯定會出亂子，為此他屢次勸諫莊公，但莊公不聽。莊公死後，州吁的哥哥太子完即位，稱衛桓公，他即位的第二年，由於州吁過於驕橫，便撤了他的將軍職位，州吁於是逃往其他諸侯國。十幾年後，州吁率領自己糾集的部屬偷偷溜回衛國，與石碏之子石厚密謀，在一次宴會上刺殺了衛桓公，州吁自立為君，並拜石厚為大夫。他開始大興土木，為自己修建宮殿，而且四處徵兵，使本來就已不堪重負的衛國百姓更加雪上加霜。衛國朝野怨聲載道，政局不穩。有幾位大臣暗中商議，準備到周天子那裏去揭露州吁殺君篡位的罪行。州吁急忙找來石厚，讓石厚去找他父親石碏幫忙。沒想到石碏對州吁和石厚的行徑早已不滿，正在想辦法除掉他們，於是就建議州吁和石厚去陳國找陳桓公幫忙向周天子求情，以求得周天子的支持。因為陳桓公很得周天子的信任，有他幫忙說話，周天子肯定會聽的。州吁聽後十分高興，立刻備下厚禮，和石厚一起前往陳國。而石碏卻派人快馬加鞭給陳桓公送了一封信，在信中揭露了州吁和石厚的罪行，並建議陳桓公將他們處死。州吁和石厚帶着厚禮來到陳國，沒想到剛一入境便被陳桓公捉了起來。衛國派大夫宰醜趕到陳國，把州吁處死。宰醜考慮到石厚是石碏的兒子，準備從寬處理，可石碏卻堅決不同意，說：「州吁做的許多事情，都是石厚主謀，像石厚這樣大逆不道的人，留在世上永遠是個禍患。」於是，石碏命令家臣去陳國，把石厚也殺死了。時人稱讚石碏這種行為是「大義滅親」，指為了維護國家和人民的利益，對於犯罪的親人不徇私情，使其受到應得的懲罰。

◎ 九世之仇

西周時期，紀國的國君紀侯對周夷王進讒言說：「齊國的國君一直對您很不敬，現在您應該將他殺了，讓其他諸侯看看，這就是不尊敬您的下場。」周夷王聽後覺得十分有理，於是就下令烹殺了齊國國君，史稱「齊哀公」。齊國的後代國君一直牢記這個仇恨，哀公之後的第九位君主齊襄公即位後，一直懷有伐紀報仇的決心。公元前 695 年，齊襄公發兵攻打紀國，紀國求救於魯國，魯桓公出面調停，組織會盟，紀國的危機有所緩解。然而，齊襄公並沒有放棄滅掉紀國的念頭。公元前 693 年，齊襄公撕毀盟約，再次興兵伐紀，連下三城，趕走當地居民，佔領了這些土地。公元前 690 年，齊襄公派兵攻破紀國都城，紀國國君出國逃亡，紀國被滅。齊國的九世之仇終於得報。「九世」即九代，形容歷史久遠。「九世之仇」指久遠的深仇，一般指國仇等意義重大的仇恨，不適用於一般的私人恩怨。

◎ 結草啣環

春秋時期，晉國大夫魏武子有一位愛妾叫作祖姬，沒有生下兒子，但魏武子很喜歡她。有一次魏武子生病了，囑咐兒子魏顆說：「我死之後，她會因無子而受到大家的排擠，所以你一定要選個好人家把她嫁出去，不要讓她在家裏受氣。」不久魏武子病重，又對魏顆說：「我死之後，一定要讓她為我殉葬，好讓我在九泉之下有伴。」魏顆點頭答應。等到魏武子死後，魏顆並沒有把祖姬殺死陪葬，而是把她嫁給了別人。他的弟弟責問他為什麼不按照父親的遺囑辦事，魏顆說：「人在病重的時候，神志會昏亂不清。我嫁此女，是依據父親神志清醒時的吩咐，沒有什麼不孝的。」過了幾年，晉國和秦國交戰，魏顆與秦國大力士杜回相遇，兩人廝殺在一起，正在難分難解之際，魏顆突然看見一個老人用草編的繩子套住杜回，杜回站立不穩，摔倒在地，當場被魏顆所俘。當天夜裏，魏顆在夢中見到那位白天為他結繩絆倒杜回的老人。老人說：「我是祖姬的父親，你採用你父親清醒時給你的命令，沒有讓我女兒陪葬，所以我用俘獲杜回來報答你。」說完老者就消失了。東漢名臣楊震的父親楊寶九歲時，在華陰山北，見一黃雀被老鷹所傷，墜落在樹下，被一羣螞蟻團團圍住。他動了惻隱之心，救了黃雀並將它帶回家中治傷，每天給它餵食，過了一段時間，黃雀羽毛豐滿，飛走了。當天晚上，楊寶夢見這只黃雀幻化成了一個黃衣童子，真誠地對他拜謝，説他是西王母的使者，非常感謝楊寶的救命之恩，並將四枚白環贈給楊寶，説：「它可保佑您的子孫位列三公，處世行事像這玉環一樣潔白無暇。」後來果真如黃衣童子所言，楊寶的兒子楊震、孫子楊秉、曾孫楊賜、玄孫楊彪四代都官至太尉，而且剛正不阿，為政清廉，他們的美德為後人所傳誦。後世將「結草」「啣環」合在一起，比喻感恩報德，至死不忘。

◎ 懸樑刺股

漢朝時有一位儒學大師叫作孫敬，他從小就好學，博聞強記，而且嗜書如命，每天閉門專心致志地學習。孫敬讀書經常到後半夜，時間長了，有時不免打起瞌睡來。一覺醒來，又懊悔不已。為了不影響學習，孫敬想出一個辦法。他找來一根繩子，一頭綁在自己的頭髮上，另一頭綁在房樑上。如果讀書疲勞睏倦，睡着了，頭必然要低下來，懸在樑上的繩子拉起頭髮扯痛頭皮，他會因疼痛而清醒起來，這樣就能夠繼續讀書了。年復一年地刻苦學習，使孫敬飽讀詩書，博學多才，成為一名通曉古今的大學問家。戰國時期的政治家蘇秦，在年輕時曾到很多地方謀取官職，都不受重視。回到家乡後，家人對他也很冷淡，瞧不起他。為了博取功名，他下定決心要發奮讀書，常常讀書到深夜，想睡覺時，就拿一把錐子，一打瞌睡，就用錐子往大腿上刺一下，這樣，猛然間感到疼痛，使自己醒來，再堅持讀書。學成後遊説列國，得到燕文公賞識，出使趙國，提出「合縱」策略，即聯合六國以抗秦，並最終組建「合縱」聯盟，任「縱約長」，兼佩六國相印。後人將這兩件事合在一起稱為「懸樑刺股」，形容刻苦學習。

◎ 負荊請罪

戰國時，趙國有一個足智多謀的文臣藺相如，還有一個英勇善戰的武將廉頗。藺相如曾受趙王派遣，帶着無價之寶和氏璧出使秦國。他憑着智慧與勇氣，保護和氏璧完好無損，挫敗了秦王想佔據寶玉的陰謀，得到趙王的賞識。後來，秦王又提出與趙王在澠池相會，想趁機逼迫趙王屈服。藺相如藉口才和對趙王的一片忠心使趙王免受屈辱，安全回到都城邯鄲。藺相如因為完璧歸趙和澠池會立了大功，被趙王封為上大夫，官職比廉頗高。廉頗很不服氣，對人說：「我出生入死，立了許多戰功，而藺相如只憑三寸不爛之舌，就官居我之上。倘若讓我遇見，一定要當面羞辱他。」藺相如聽說以後處處忍讓，躲着廉頗，以免與他發生爭執。有一天，藺相如出門，遠遠看見廉頗的馬車迎面駛來，就吩咐僕人把車子調轉方向，避開廉頗。身邊的人都說他太膽小了，藺相如笑着問大家：「你們看廉將軍與秦王哪個厲害？」大家異口同聲地說：「那當然是秦王厲害。」藺相如又說：「我敢在秦國當眾呵斥秦王，又怎會怕廉將軍呢？只是我想到，強秦不敢侵趙，是因為有我們兩個人在，我倆要是爭鬥起來，敵人就要來鑽空子。我不能忘掉國家的安危啊！」這些話傳到廉頗耳朵裏，他非常慚愧，就光着脊背，揹着荊條，到藺相如府上請罪。成語「負荊請罪」就是從這裏來的，表示主動向人認錯賠罪，請求責罰。藺相如原諒了他，從此，他們便成了「刎頸之交」。「刎頸」就是割脖子，「交」就是交情、友誼，「刎頸之交」比喻同生死共患難的好朋友。京劇《將相和》就是根據這一史實改編的。

◎ 不識大體

公元前 262 年，秦國派大將白起攻打韓國的野王（今河南省沁陽市），野王守將降秦，斷絕了韓國上黨（今山西省長治市北）地區與本國的交通。這樣一來，上黨城孤立無援，眼看就要失守。上黨守將馮亭心想，與其讓秦國佔據上黨，還不如把它轉交給趙國，這樣，韓國就可以和趙國聯合起來共同抵抗秦國。馮亭就派遣使者對趙孝成王說：「韓國不能守上黨，吏民都樂於歸趙，而不願意入秦。」趙王拿不定主意，於是召集大臣商議，平陽君趙豹勸趙王不要接受，他認為無端接受別人送來的東西，就會引起禍患，而韓國之所以把上黨獻給趙國，目的是想讓秦國把矛頭指向趙國。趙王又徵求平原君趙勝的意見，趙勝認為即使發兵百萬，一年半載也不一定能攻下一座城池，現在卻不費一兵一卒，就可得到上黨的土地，決不能坐失良機。趙王聽了平原君的話，非常高興，於是派平原君到上黨去接受土地，並封馮亭為華陽君。秦國看到即將到手的土地卻被趙國佔領，隨後就派白起去攻打趙國，引發了歷史上著名的長平之戰。趙國派廉頗進軍長平（今山西省高平市西北），廉頗堅守陣地，以逸待勞。趙孝成王中秦國的反間計，以趙括代替廉頗為主將。白起在長平大敗趙軍，有記載說白起坑殺趙國降卒四十餘萬。趙括也被亂箭射死，秦軍差一點打進趙國的都城邯鄲。司馬遷在《史記》中評判道：「平原君，翩翩濁世之佳公子也，然未睹大體。鄙語曰：『利令智昏』，平原君貪馮亭之邪說，使趙陷長平四十餘萬眾，邯鄲幾亡。」意思是說，平原君，是個亂世之中風采翩翩有才氣的公子，但是不能識大局。俗話說：「貪圖私利便喪失理智。」平原君相信馮亭的邪說，貪圖他獻出的上黨，致使趙國兵敗長平，趙軍四十多萬人被坑殺，趙國幾乎滅亡。成語「不識大體」「利令智昏」都出自此處。「大體」是關係全局的道理，「不識大體」意思是不懂得從大局考慮。「利令智昏」指因貪圖利益而喪失理智，把什麼都忘記。

◎ 拔山舉鼎

項羽，名籍，字羽，秦末下相（今江蘇省宿遷市）人，楚國名將項燕之孫。項羽是中國軍事思想「兵形勢」代表人物（兵家四勢：兵形勢、兵權謀、兵陰陽、兵技巧），堪稱中國歷史上最強的武將之一，古人對其有「羽之神勇，千古無二」的評價。項羽少年時代不喜歡讀書寫字，改學擊劍，也不肯好好學。叔父項梁很生氣，項羽說：「學寫字只要能記記姓名就夠了；擊劍是對付個把人的，也不值得學。我要學習抵敵萬人的本領。」項梁於是教他兵法，他很高興，但也只求略知大意，不肯認真鑽研。據說，項羽二十歲時，身材魁梧，體力強壯，能把幾百斤重的鼎舉起來，當地的年輕人都很佩服他。成語「拔山舉鼎」，形容力量超人或氣勢雄偉。

◎ 取而代之

項羽作為楚國名將項燕的後代，小時候就非常勇敢。他的叔父項梁覺得他是可造之材，從小就着重培養他，希望他將來能夠有所成就。有一次，秦始皇南巡會稽（治所在今江蘇省蘇州市），車馬儀仗浩浩盪盪、威風凜凜地經過，人們都在大路兩旁駐足觀看，沒想到項羽看到秦始皇卻說：「彼可取而代之也。」意思是說那個人，我可以取代他！後來，項梁和項羽在會稽殺死當地太守，舉旗響應陳勝、吳廣起義。他們帶領義軍轉戰南北，大敗秦軍，之後佔領秦都咸陽，項羽自立為西楚霸王，實現了取代秦始皇的願望。「取而代之」指奪取別人的地位而由自己代替，也指以某一事物代替另一事物。

◎ 破釜沉舟

秦朝末年，各地人民紛紛舉行起義，反抗秦朝的暴虐統治。農民起義軍的領袖，最著名的是陳勝、吳廣，接着有項羽和劉邦。公元前

208 年，秦將章邯鎮壓陳勝、吳廣起義之後，又攻破邯鄲，反秦武裝趙王歇及張耳被迫退守鉅鹿（今河北省邢台市平鄉縣西南），被秦將王離率二十萬人圍困。章邯率軍二十萬屯於鉅鹿南數里的棘原，並修築兩側有土牆的通道直達王離營，以供糧草。當時楚懷王熊心被尊為義軍首領，他派宋義為上將軍，項羽為次將，帶領二十萬人馬去救趙國。宋義引兵至安陽（今山東省曹縣東）後，接連四十六天按兵不動。項羽對宋義說：「秦軍包圍了鉅鹿，形勢這樣緊急，咱們趕快渡河過去，跟趙軍裏外夾擊，一定能夠打敗秦軍。」宋義說：「我們還是等秦軍和趙軍決戰以後再說。」他又說：「上陣跟敵人交鋒，我比不上你；要說坐在帳篷裏出個計策，你就比不上我了。」項羽說：「現在軍營裏沒有糧食，但是上將軍卻按兵不動，這樣不顧國家，不體諒兵士，哪裏像個大將的樣子。」第二天，項羽趁早上開會的時候，殺了宋義。他提着宋義的頭，對將士說：「宋義背叛大王（指楚懷王），我奉大王的命令，已經把他處死了。」於是將士們擁立項羽為上將軍。隨後，項羽率所有軍隊悉數渡黃河前去營救趙國，以解鉅鹿之圍。楚軍全部渡過黃河以後，項羽讓士兵們飽飽地吃了一頓飯，每人再帶三天乾糧，然後傳下命令：「皆沉船，破釜甑。」意思是說把渡河的船鑿穿沉入河裏，把做飯用的鍋砸個粉碎。項羽用這個舉動來表示他有進無退、一定要奪取勝利的決心。此時，集結在前線的已有來自各地的十幾支援趙部隊，但他們見秦軍勢大，都固守營寨，不敢輕易出戰。楚軍一到，立即發動猛攻，以一當十，直殺得秦軍落花流水，潰不成軍。各路援軍都在自己的營壘上看到了這一壯觀場面。楚軍戰勝後，項羽在轅門接見各路諸侯時，他們都不敢正眼看項羽。這一仗不但解了鉅鹿之圍，而且把秦軍打得再也振作不起來，過兩年，秦朝就滅亡了。成語「破釜沉舟」和「作壁上觀」就是從這裏來的。「破釜沉舟」比喻不留退路，做事果決，下決心不顧一切地幹到底。「作壁上觀」比喻坐觀勝負而不幫助任何一方。

◎ 喑嗚叱咤

韓信是秦末漢初的名將，是劉邦建立西漢王朝的功臣。韓信被劉邦拜為上將軍後，對劉邦提出了著名的「漢中對」，核心問題是如何對付項羽。當時的劉邦實力比項羽要差得多，然而，項羽有他的短處，劉邦也有他的長處。韓信評價項羽時說了這麼幾句話：「項王喑噁叱咤，千人皆廢；然不能任屬賢將，此特匹夫之勇耳。項王見人恭敬慈愛，言語嘔嘔，人有疾病，涕泣分食飲；至使人有功，當封爵者，印刓（wán）敝，忍不能予，此所謂婦人之仁也。」意思是說項羽一聲怒喝，上千人都會嚇得膽戰腿軟，可是他不能放手任用賢將，這只能算是匹夫之勇。項羽待人恭敬慈愛，語言溫和，人有疾病，同情落淚，把自己的飲食分給他們。可是等到部下有功應當封爵時，他把官印的棱角都磨光滑了也捨不得給人家，這就是婦人之仁啊。韓信分析了劉邦和項羽之間的差距，他指出項羽表面看來很強大，實際上很容易被打敗，增強了劉邦爭霸的信心。成語「喑嗚叱咤」和「婦人之仁」都是從這裏來的。「喑嗚」和「叱咤」都是發怒時的叫喊聲，「喑嗚叱咤」指厲聲怒喝。「婦人之仁」指婦女的仁慈心腸，比喻處事優柔寡斷，施小恩小惠，而不識大體。

◎ 養虎為患

秦朝滅亡以後，項羽自封西楚霸王，將劉邦封為巴蜀、漢中地區的漢中王，不久劉項二人開始爭奪天下，這就是「楚漢戰爭」。經過幾年爭戰，雙方各有勝負，相持不下，最終相約以「鴻溝」（古時運河，在今河南省滎陽市北）為界，鴻溝以東歸項羽，為楚；鴻溝以西歸劉邦，為漢。項羽也釋放了扣押兩年的人質——劉邦的父親及妻子。這就是

「楚河漢界」的來歷。盟約訂立以後，項羽帶領手下的部隊向東回老家彭城，劉邦也準備回軍漢中。這時，謀士張良、陳平等一起勸說劉邦：「如今已經有三分之二的土地歸順了您，天下許多諸侯也望風而降，願意投奔您，而項羽現在是兵乏糧困，不堪一擊。如果不趁這個機會消滅項羽，就好比是養了只老虎，以後會反受其害。」劉邦聽從張良、陳平計策，率兵與諸侯約期攻打楚軍，最終逼迫項羽烏江自刎，取得楚漢相爭的最終勝利。「養虎為患」比喻縱容敵人，留下後患，自己反受其害。

◎ 咸陽一炬

秦二世時，陳勝、吳廣揭竿起義後，劉邦乘機舉事，攻下函谷關進入秦都咸陽。但劉邦那時候不是主帥，主帥是項羽，因此劉邦進入咸陽後不敢私自作主，等候項羽入關。項羽入關後，一把火把秦王朝窮奢極欲所建的咸陽宮燒成一片廢墟。因為項羽是楚人，當時被稱為西楚霸王，所以唐朝的杜牧就在《阿房宮賦》中感歎道：「楚人一炬，可憐焦土。」成語「咸陽一炬」就是從這兒來的，原意是咸陽的一把大火，指項羽率軍到咸陽後將秦宮全部燒毀，後泛指一把火燒光。也作「楚人一炬」「付之一炬」。需要說明的是，項羽所燒的是咸陽宮，而非阿房宮。阿房宮是秦始皇自公元前 212 年開始興建的，兩年後秦始皇駕崩，參與修建阿房宮的所有人被調往驪陵填土。七個月後秦始皇陵建成，部分人被調出繼續修築阿房宮，但農民起義爆發後，秦帝國危在旦夕，無法按部就班地施工，因此公元前 208 年秦國滅亡時不可能建成阿房宮。杜牧在《阿房宮賦》中對宮殿建築之恢弘壯觀、後宮之充盈嬌美、寶藏之珍貴豐奢以及項羽縱火焚毀的描寫，完全是出於文人的想像。

◎ 噍類無遺

秦朝末年，項羽以八千子弟起家，最終成為西楚霸王。項羽起兵本是為了「誅暴秦而施仁義」，然而項羽一路打下來，幾乎都是「屠之」「坑之」「所過無不殘滅」「老少無遺」。項羽多次屠殺投降的秦軍，甚至普通的秦朝老百姓也不放過。鉅鹿之戰項羽取得勝利後，坑殺秦軍二十萬；入咸陽以後，屠殺普通老百姓，殺死秦降王子嬰，搶走秦宮裏的財寶和美女，然後一把火燒掉。東漢班固《漢書．高帝紀》記載，項羽曾經攻打襄城，「襄城無噍（jiào）類，所過無不殘滅」。「噍」通「嚼」，意思是吃東西；「噍類」就是能咬東西的動物，特指活人。「無噍類」，指沒有活着的人，都被屠殺了。這句話意思是說項羽曾經攻打襄城，襄城沒有留下一個活口。「噍類無遺」這一成語就是從這兒來的，意思是沒有一個活人，表示死亡淨盡。以暴易暴，結果必然是勢不能長久，項羽稱霸僅五年，就落得敗亡自刎的下場。

◎ 政由己出

作為軍事家，項羽的戰鬥力堪稱無敵。他於公元前 209 年隨項梁起兵於會稽（治所在今江蘇省蘇州市），響應陳勝、吳廣起義。陳勝死後，項羽又領導反秦武裝主力，擁立楚懷王之孫熊心為王，仍稱懷王。秦將章邯擊趙時，項羽奉懷王之命，親自領兵攻打鉅鹿，破釜沉舟，大敗秦軍主力。隨後招降章邯，進軍關中，殺秦王子嬰，燒秦宮室，擄掠財寶。公元前 206 年二月，項羽自號「西楚霸王」，並將劉邦、章邯、英布等封為諸侯，把持大權，號令天下，此時年僅二十七歲，距他起兵也不過三年時間。《史記．項羽本紀》原文是這樣說的：「三年，遂將五諸侯滅秦，分裂天下，而封王侯，政由羽出，號為『霸王』」。「政由己出」意思是政令由一己發出，指把持大權，獨斷專行。

◎ 錦衣夜行

項羽佔領咸陽、分封天下後，有人勸他說：「咸陽處在關中要塞，土地肥沃，物產豐富，而且地勢險要，您不如就在這裏建都，這樣有利於您奠定霸業。」而項羽卻回答說：「人要是富貴了，就應該回到故鄉去，讓父老鄉親知道你如今是什麼樣子。要是富貴了還不回故鄉，就好像是穿着漂亮的錦繡衣服在黑夜裏行走，你的衣服再好也沒有人看得見，有什麼用呢！所以我還是要回到江東去。」項羽手下的謀士韓生因為此事認為項羽實在算不上是大英雄，就私下對人說：「人言楚人沐猴而冠耳，果然。」意思是人們都說楚國人像是獼猴戴上人的帽子（來充當人），果然是這樣。項羽知道了，就將韓生烹殺了。「錦衣夜行」和「沐猴而冠」這兩個成語就是從這兒來的。「錦衣夜行」指夜裏穿着華麗的衣服走路，比喻享有榮華富貴而沒有在人前顯示。「沐猴而冠」意思是獼猴戴帽子，比喻外表雖裝扮得很像樣，但本質卻掩蓋不了。

◎ 非戰之罪

自項羽起兵以後，他幾乎沒有打過敗仗。一再打勝仗，讓他開始自我崇拜起來，他在楚軍將士的眼中，也幾乎是神一般的存在，諸侯見他，往往膝行而前，連抬頭看他的勇氣都沒有。迷信自我的軍事才能，加上全軍將士對自己的膜拜，讓項羽對自己的認識更加偏頗，也讓他更加剛愎自用、不擅用人，聽不進別人的建議，同時也難以看見自己隊伍中的隱患。被蕭何稱為「國士無雙」的韓信在項羽軍中效力的時候，曾多次給項羽提出意見和建議，然而項羽卻置之不理，導致韓信轉投劉邦，漢朝有將近三分之二的天下都是韓信打下來的。而被項羽信任的鄭昌、曹咎、司馬欣等人，卻一個個都是漢軍的手下敗將，被他分封的田榮、黥布等人，一得到封地，馬上就背叛了他。他手下的重要謀士范增，只因為劉邦的離間就被項羽所疏遠，最終棄他而去。項羽最終兵敗自刎，然而他到臨死都沒有認識到自己失敗的原因所在，反而對手下的人說：「然今卒困於此，此天之亡我，非戰之罪也。」意思是說，我如今被困在這裏，這是上天要亡我，不是作戰的過錯。「非戰之罪」，意謂不是作戰指揮的過失，一般用於戰爭失敗以後，推卸責任的託詞。

◎ 慷慨悲歌

楚漢鴻溝和議後，項羽引兵東歸，然而劉邦卻趁這個時候撕毀盟約，追擊項羽，最後劉邦、韓信、彭越，以及南邊的劉賈、黥布，一共六十萬大軍將項羽十萬人馬合圍在垓下。雙方兵力懸殊，並且項羽部隊軍糧匱乏。一天晚上，張良命令漢軍都唱起楚歌，項羽大驚，以為手下的士兵都投降了，楚國已經全部被漢軍佔領，在這種情況下，項羽決定出逃。「於是項王乃悲歌慷慨」，在出逃前情緒激昂地對他寵愛的虞姬唱道：「力拔山兮氣蓋世，時不利兮騅不逝，騅不逝兮可奈何，虞兮虞兮奈若何！」意思是，力量能拔山啊，英雄氣概舉世無雙，時運不濟呀，烏騅（zhuī）馬不再往前闖！烏騅馬不往前闖啊，可怎麼辦，虞姬呀虞姬，怎麼安排你才妥當！項羽唱完之後，虞姬又和了一首歌，為了不拖累項羽，她選擇了自殺。這就是著名的「霸王別姬」。隨後項羽率領八百騎兵突圍，逃至東城的時候，已經只剩下二十八個隨從，項羽自知大勢已去，又因「無顏見江東父老」，拒絕了烏江亭長東渡烏江以求東山再起的建議，自刎而死。「四面楚歌」和「慷慨悲歌」這兩個成語即由此而來。「四面楚歌」指四面八方都響起楚地的歌曲，比喻四面受敵，孤立無援。「慷慨悲歌」意思是情緒激昂地唱歌，以抒發悲壯的胸懷。

◎ 東市朝衣

西漢時期，漢高祖劉邦為了鞏固劉姓江山，大封劉姓宗室子弟為王，這些諸侯王的權勢越來越大，到了漢景帝時期，已經嚴重威脅到皇室政權。大臣晁錯多次上書提出加強中央集權、削減諸侯封地，景帝聽從他的建議削藩，導致吳、楚等七國叛亂，提出「誅晁錯，清君側」的口號。景帝聽信饞言，決定犧牲晁錯以換取諸侯退兵。他派中尉（秦漢官名，掌管京師的治安警衛）到晁錯家，下詔騙他上朝議事。車馬經過長安東市（漢代處決犯人的刑場）時，中尉停下車，向晁錯宣讀詔書，後腰斬晁錯，當時他還穿着朝服。但殺死晁錯並沒有讓七國軍隊停下進攻的步伐，七國反而認為景帝軟弱無能，於是吳王劉濞自稱東帝，與西漢政權分庭抗禮。漢景帝這才下決心武力鎮壓叛亂，派太尉周亞夫等出征，不到三個月就平定了叛亂。「東市朝衣」後用來比喻忠臣被冤殺。

◎ 致仕懸車

薛廣德是西漢時期著名的經學家，曾任御史大夫，位及三公（三公是中國古代地位最尊顯的三個官職的合稱，漢朝以丞相、大司馬、御史大夫為三公）。他博學多識，為人溫雅寬容，而且體恤百姓，剛正不阿，受民愛戴。公元前 43 年，薛廣德擔任御史大夫不過數月，天下嚴霜而致莊稼不得收穫，漢元帝以災害連連，人民流亡，下詔責問三公。薛廣德於是上書請求辭官退隱。元帝批准了他的辭呈，賜給他安車駟馬和六十斤黃金。薛廣德便駕車東歸沛地退隱，地方官員親自到邊界上來迎接他，當地的百姓也以他的到來為榮耀。薛廣德後來把皇帝賜的安車懸掛起來，留給後世子孫。後人便以「致仕懸車」來代指辭官回家，「致仕」是辭官，「懸車」是將皇帝賜的安車掛起。

◎ 求田問舍

三國時，有個名士叫許汜。他雖然是個讀書人，但對天下大事並不關心，整天只知道「求田問舍」，到處置買田地，購買房產，平時誇誇其談，因此很被人看不起。有一次他經過下邳，去拜見好友陳登。陳登見到許汜一點兒也不熱情，不講主客之禮，半天不和許汜說話。到晚上睡覺的時候，陳登自己睡高高的大牀，讓許汜睡低矮的小牀，表現得非常傲慢，許汜對此非常不滿。後來許汜來到荊州，見到了劉備，一起議論天下人物。提到陳登的時候，許汜說：「陳登這個人，雖然是很有名望之士，但是性情粗野，不能禮賢下士。」劉備說：「我在徐州住過，和陳登相熟。你說陳登不能禮賢下士，有什麼例證嗎？」許汜就敘說了之前發生的事情，劉備卻笑着說：「許先生雖有國士的名望，可如今天下戰亂不已，你本來應在此國難之時憂國忘家，濟世救民，可你卻只顧買田購房，把國家大事拋在腦後，這正是陳登輕視你的原因啊。不要說陳登不和你促膝長談了，要是我呀，會自己睡在百尺高樓上，讓你睡在地上。如果是那樣，哪裏會有什麼上下牀之分呢？」許汜聽了，滿臉羞慚。「求田問舍」原意是多方購買田地，到處問詢屋價，指只知道置產業，謀求個人私利；後用來比喻沒有遠大的志向。

◎ 膽大如斗

姜維，字伯約，三國時蜀漢名將，官至大將軍。蜀漢末年，司馬昭派遣大將鍾會和鄧艾分兵攻蜀，後主劉禪向鄧艾投降。姜維假意投降魏將鍾會，鍾會非常器重他，讓他繼續統領原來的軍隊，而姜維卻勸鍾會擁兵造反。鍾會於是誣陷鄧艾造反，司馬昭派人將鄧艾收押，鍾會進據成都，自稱益州牧。鍾會想讓姜維率領五萬人為先鋒討伐司馬昭，而姜維想先借鍾會之手殺盡魏將，而後再殺鍾會，復興蜀漢。但鍾會想要殺魏將的事情敗漏，與姜維一同被殺。魏將士對姜維非常憤恨，姜維死後又剖開他的屍體，發現他的膽像斗一樣大。斗是舊時的一種量器，容量為十升。「膽大如斗」是誇張的說法，後用來形容人膽量極大。

◎ 雄姿英發

周瑜，字公瑾，三國時期東吳名將。周瑜身材高大，容貌俊美，精通音律，文武兼備，有雄才大略，是東吳勢力取得割據地位的主要功臣之一，被讚譽為「世間豪傑英雄士，江左風流美丈夫」。北宋蘇軾曾在詞作《念奴嬌・赤壁懷古》中寫道：「遙想公瑾當年，小喬初嫁了，雄姿英發。」意思是，遙想當年的周瑜春風得意，絕代佳人小喬剛嫁給他，他英姿奮發豪氣滿懷。「雄姿英發」意思是姿容威武雄壯。

◎ 望秋先零

顧悦是東晉時期的名士，著名畫家顧愷之（有顧愷之相關的成語有「漸入佳境」「頰上三毛」）的父親。他性情爽朗，為人重義守信。當時的揚州刺史殷浩請他做官，讓他全權處理州內大小事務。為了不辜負殷浩的信任，顧悦每天清早起身，白天處理一天事務，晚上還要在燈下批閱文書，經常到深夜才能入睡。長期的辛勤勞累，使得顧悦三十多歲的時候就已經背脊微駝，頭上也長出了許多白髮，顯得清瘦蒼老。《世説新語》記載，有一次，顧悦拜見簡文帝司馬昱，君臣年齡相當，簡文帝滿頭烏髮、滿面紅光，見顧悦滿頭白髮，就問道：「咱倆年齡不相上下，你為什麼這麼多白頭髮？」顧悦回答説：「蒲柳之姿，望秋而落；松柏之質，經霜彌茂。」意思是説，水邊低賤柔弱的蒲柳，望見秋天就先凋零了，而質地堅挺的松柏，歷經秋霜反而更加茂盛。他把自己比作蒲柳，而把簡文帝比作松柏，簡文帝當即龍顏大悅。後來「望秋先零」就被用來比喻體質弱，經不起風霜，也比喻未老先衰。

◎ 陸海潘江

陸機是西晉時期的官員、文學家、書法家。他出身江南大族吳郡陸氏，為孫吳丞相陸遜之孫、大司馬陸抗第四子，與其弟陸雲合稱「二陸」。公元 289 年，陸機兄弟來到洛陽，文才傾動一時，名氣大振。陸機的詩重藻繪排偶，駢文也寫得非常好。他還擅長於書法，據傳由他所寫的《平復帖》是中國目前存世的最早的名人書法真跡。潘岳字安仁，也被稱為潘安，是西晉著名的文學家，也是中國古代有名的美男子之一。潘岳所作的《籍田賦》是頌文的規範之作，他的詩歌名列南朝鍾嶸所著《詩品》中的上品，其中《悼亡詩》為中國文學史悼亡題材開先河之作，成為中國古代文學史上的名篇。陸機與潘岳同為西晉詩壇的代表，形成「太康詩風」，鍾嶸《詩品》中寫道：「余常言：『陸才如海，潘才如江。』」意思是說陸機的文才如大海，潘岳的文才如長江。因此二人有「陸海潘江」之稱，後用來比喻學識淵博、才華橫溢的人。

◎ 華亭鶴唳

西晉的晉惠帝在位時發生了「八王之亂」。成都王司馬穎起兵討伐長沙王司馬乂（yì），任陸機為後將軍、河北大都督，不料被司馬乂打敗，死傷了許多將士。有一個統領萬人的小都督孟超，是司馬穎的心腹。作戰時，孟超不但不去打仗，反而率兵劫奪百姓財物。陸機查辦此事時，孟超竟造謠說陸機要謀反，之後又有一幫人跟着孟超起鬨。司馬穎大怒，命令冠軍將軍牽秀（和牽秀有關的成語是「激濁揚清」，見本書）逮捕陸機。陸機脱下戰袍，戴上白色的便帽，與牽秀相見，神情自若地說:「自從吳國滅亡以來，我兄弟和宗族的人蒙受國家的大恩大德，在內出謀劃策，出外執掌兵權。成都王委我以重任，我多次辭謝不幹，但是得不到恩准。今日被殺，難道不是命中注定麼！」然後他歎息道：「欲聞華亭鶴唳，可復得乎？」「華亭」是地名，在今上海市松江區西，是陸機的故鄉。「唳」是鳥鳴叫。這句話的意思是我想聽聽故鄉華亭的鶴鳴，還聽得到嗎？陸機被害時，年僅四十三歲。「華亭鶴唳」後用來表示對人生的眷戀之情。

◎ 河陽一縣花

潘岳做河陽（在今河南省孟州市）縣令時，見此地貧瘠，人民困苦，他結合當地地理環境和百姓的現實情況，提倡種植桃樹李樹，於是河陽縣的閒地荒原都被利用起來。到了花開的季節，到處開遍桃花李花，到了收穫的季節，到處都是豐碩的果實，不但彌補了糧食的不足，增加了農民的收入，而且吸引了不少遊客慕名前來。潘岳治理一方，政績顯著，因為家家富庶，連官司都少了，人號「河陽一縣花」。後遂用「河陽一縣花」等用作詠花之詞，也用來比喻地方之美，或者比喻地方官善於治理。

◎ 望塵而拜

潘岳雖然才高八斗而且姿容秀美，但是喜好追名逐利，趨炎附勢，與著名的富豪石崇一起巴結奉承權臣賈謐。賈謐是國丈賈充之孫，皇后賈南風的姪子。當時的皇帝晉惠帝是中國歷史上有名的昏君，「何不食肉糜」這一典故便出自此君之口。有一次，國家發生大災荒，到處都是缺衣少糧的災民，大臣稟告這件事情的時候，晉惠帝竟然問：「百姓們沒有糧食吃，為什麼不去吃肉粥呢？」皇帝如此昏庸，也導致當時朝政由后族賈氏把持在手中，賈謐就憑仗祖父與姑母的勢力，輕而易舉地成為權傾朝野的重臣，成為無數人爭相阿諛的對象。潘岳與石崇也是想盡辦法討取賈謐的歡心。他們為表現對賈謐的忠心，每次見到賈謐的車駕時，便對着車輪捲起的塵土叩拜行禮。潘岳的母親對他的媚行很有看法，便規勸他說：「你已經做到黃門侍郎了，俸祿豐厚，應該知足了。可你為什麼還是沒完沒了地阿諛奉承呢，難道就沒有一點讀書人的風骨嗎？一旦賈氏失勢，你後悔就來不及了。」潘岳將母親的話當成耳旁風，照舊我行我素。後來賈氏在「八王之亂」中被趙王司馬倫消滅，潘岳被指為賈氏黨羽而被處以極刑。後來「望塵而拜」就被用來形容卑躬屈膝的神態。

◎ 始終如一

封隆之是南北朝時期北魏和東魏的大臣。他性格寬厚，包容豁達，為政公正，處事謹慎，深謀遠慮，人稱「博大長者」。他在北魏時官至丞相，後來又追隨北齊奠基人高歡，平定了歷史上的爾朱氏之亂。封隆之在與爾朱氏的鬥爭中，重要關頭他都提供了奇謀妙算，高歡對他言聽計從。東魏建立後，封隆之歷任侍中、冀州刺史、尚書右僕射、濟州刺史。公元 545 年，卒於任上。封隆之去世後，高歡曾經過冀州地界，想起了封隆之，回頭對冀州行事司馬子如說：「封公積德履仁，體通性達，自參預軍國大計，將近二十年，勞苦困頓，艱險憂患，始終如一。」意思是，封隆之積累功德與仁義，通情達理，參與軍國大事將近二十年，不顧勞苦困頓，歷經艱險憂患，自始至終都是一個樣子。高歡說完流淚不已，又令參軍宋仲羨隆重祭奠。「始終如一」意思是自始至終一個樣子，指能堅持，不間斷。

◎ 一往情深

桓伊，字子野，東晉時期將領、名士。桓伊有軍事才略，聰慧過人，簡樸率真，多次參與各州府軍事，累遷至大司馬參軍。他對音樂十分精通，擅長音樂演奏，表演能曲盡其妙，在當時被稱為「江左第一」。在所有樂器中，桓伊尤其擅長於吹笛，旁人歎為觀止，因此有「笛聖」之稱。他還擅長作曲，《梅花三弄》笛曲的最初創作者就是他。桓伊也非常愛聽別人唱歌，每當聽到優美的歌聲，他就會情不自禁地擊節讚歎。當時的丞相謝安見桓伊喜歡音樂到了如此地步，就說：「子野可謂一往有深情。」意思是說，桓子野對音樂可以說是傾注了很深的感情。成語「一往情深」就由此而來，指對人或對事物傾注了很深的感情，嚮往而不能克制。

◎ 錦囊佳製

李賀是唐朝中期的浪漫主義詩人，有「詩鬼」之稱，與李白、李商隱合稱為「三李」。李賀自幼聰明好學，小小年紀已飽讀詩書，寫得一手好文章。韓愈、皇甫湜（shí）開始還不相信，於是經過李賀家的時候，當場出題考他，讓他寫詩。李賀提起筆就像早已構思好一樣，給詩命名為《高軒過》。二人大吃一驚，李賀因此而出名。李賀作詩的方式與眾不同。每天一大清早，他就騎上馬，隨身攜帶一隻錦囊，信馬由韁地遊逛。碰到什麼事情，看到什麼景致，觸動了詩情，激發了靈感，他就將所得佳句隨手錄於紙上，投入囊中。得一句也好，寫一首也罷，隨想隨寫，隨寫隨投。等到傍晚回到家中，他再將所寫詩句加以整理，重新潤色，便成為一首首好詩。這種方式與其他文人先立題再為文的寫作方法大相徑庭，但李賀的奇文奇詩大多是這樣寫出來的，而且不管風吹日曬，冰霜雨雪，每日如此，從不間斷。母親知道他從小身體不好，怕他這樣用功會累出病來，便勸他不要這樣，但李賀卻不肯改變已養成的創作習慣。沒辦法，母親只好限制他每日囊內詩稿的數量，並讓丫鬟天天檢查。有一回，丫鬟從囊裏拿出的詩稿要比平日多出幾乎一倍，李母氣得發怒，心疼地訓斥李賀說：「你身體孱弱，不能過度勞累。不要你出去跑，你偏要去；讓你每天少寫一點兒，你也不聽。你是不是非要累到吐血，氣死為娘才肯罷休呀？」母親罵她的，李賀卻依然故我，每日仍苦吟不止。也許正是因為創作過於辛勞，他只活了二十七歲就英年早逝，但他短暫的一生卻給後人留下了《李憑箜篌引》《雁門太守行》《老伕採玉歌》等一批寶貴的文學財富，這是他用畢生的心血凝成的。「錦囊佳製」和「嘔心瀝血」這兩個成語就是從這兒來的。「錦囊佳製」也作「錦囊佳句」，後來指優美的詩句。「嘔心瀝血」形容苦思冥想，費盡心血。毛澤東非常喜歡李賀的詩，說「李賀詩很值得讀」。李賀《金銅仙人辭漢歌》中寫道：「衰蘭送客咸陽道，天若有情天亦老。」毛澤東《人民解放軍佔領南京》中「天若有情天亦老，人間正道是滄桑」，就是借用了李賀的詩句。李賀《致酒行》說：「我有迷魂招不得，雄雞一聲天下白。」「雄雞一聲天下白」為千百年來膾炙人口的警句，毛澤東非常欣賞，在《浣溪沙．和柳亞子》一詞中化用為「一唱雄雞天下白」。

◎ 捲土重來

秦末，楚霸王項羽和漢王劉邦互爭天下。項羽被圍垓下時，見大勢已去，當即上馬，帶領騎兵八百餘人衝出包圍，漢軍派五千人去追。渡淮河後，項羽身邊就只有百餘人了，至東城，只剩下二十八人。最後他退到烏江邊，烏江亭長已經為他準備了一條渡船，對他說：「江東雖小，也還有幾千里土地，幾十萬民眾，足以稱王。請大王趕快渡江吧，這裏沒有別的船，漢軍沒法過江的。」項羽笑笑說：「想我當初帶領八千子弟兵渡江西進，如今只剩下這些人，縱使江東父老不責備我，我又有何面目見他們呢。」項羽命令二十幾個騎兵一齊下馬，抽出刀來，同漢軍再作最後一戰。項羽一人殺傷不少漢兵後，見漢軍的騎兵將領正是熟人呂馬童，便對他說：「老朋友，漢軍不是正以黃金千斤、封邑萬戶懸賞取我的頭嗎？來，你拿去請功吧。」說罷，自刎而死。烏江就是如今安徽省和縣東北四十里長江北岸的烏江浦。到了唐代，詩人杜牧遊烏江時，經過項羽自刎的地方，憑弔古跡，有感而發，寫了一首題為《題烏江亭》的詩，對於項羽當初沒有渡江東歸表示出惋惜之意，詩道：「勝敗兵家事不期，包羞忍恥是男兒。江東子弟多才俊，捲土重來未可知。」意思是說，勝敗乃是兵家常事，難以事前預料，能夠忍受失敗和恥辱的才是真正男兒。江東子弟大多是才能出眾的人，若能重整旗鼓捲土殺回，楚漢相爭，誰輸誰贏還很難說。「捲土重來」的原意是人馬奔跑時揚起塵土，重新猛撲過來；後比喻失敗之後，重新恢復勢力。

◎ 死灰復燃

韓安國，字長孺，西漢時期的名臣、名將，不僅在平息吳、楚七國叛亂時有功，而且在後來對匈奴的作戰中也是重要的將領。他自幼博覽羣書，是遠近聞名的辯士與學問家，後到漢景帝之弟梁孝王幕下任中大夫，成為梁孝王身邊的得力謀士。他幫助梁孝王和漢朝廷化解了幾次危機，深得漢景帝的信任。漢武帝時，進入漢朝中央政權的核心圈子，官至御史大夫。他曾經因事被捕，關押在蒙地監獄中，獄吏田甲以為韓安國失勢，常常藉故凌辱他。韓安國怒道：「你把我看成熄了火頭的灰燼，難道死灰就不會復燃？」田甲嘿嘿一笑，說道：「倘若死灰復燃，我就撒尿澆滅它！」結果沒過多久，梁國內史的職位空缺，朝廷派使者任命韓安國為梁國內史，田甲怕他報復，連夜逃走。韓安國聽說田甲逃亡，故意揚言說，田甲如不趕快回來，就夷滅他的宗族。田甲只好回來，脫衣露胸前去向韓安國請罪。韓安國說：「現在死灰復燃，你可以撒尿了。」田甲嚇得面無人色，連連磕頭求饒。韓安國並無懲罰田甲之意，說：「起來吧。像你這樣的人，值得我懲辦嗎？」田甲大感意外，更加覺得無地自容。後人便用「死灰復燃」比喻失勢的人重新得勢，現也常用來比喻已經消失了的惡勢力又重新活動起來。此外，成語「首鼠兩端」也是說韓安國的。漢武帝初年，外戚田蚡掌權，韓長孺向其行賄，被召至京師，從此青雲直上，不斷升遷，官至御史大夫。後來田蚡和另一個外戚竇嬰矛盾激化，漢武帝也難於決斷，就叫大臣們發表意見。韓安國吞吞吐吐地說兩邊都沒錯誤，其餘大臣也不敢開口，只好不歡而散。田蚡坐車離宮，在宮門口看見韓安國正在前面走，就叫他上車同行，埋怨他道：「與長儒共一老禿翁，何為首鼠兩端？」意思是說，你應當同我一起對付那個禿翁（指竇嬰，譏辱他沒有官職），為什麼疑慮不決、沒有主見呢？因老鼠性多疑，走出洞外時，總是兩頭觀望，畏首畏尾，所以叫「首鼠兩端」，後用來比喻疑慮不決、沒有主見、畏畏縮縮、哪一方面都不敢得罪。

◎ 青錢萬選

唐朝時期有一個叫作張鷟（zhuó）的人，據說他幼年時夢見一隻紫色的大彩鳥從天空中飛下來，落在他家門前不願離去。他告訴祖父，祖父說：「這是吉祥的徵兆呵！鳳的種類有五種，其中紅色的是鳳，青色的是鸞，黃色的是鵷雛，白色的是鴻鵠，紫色的叫鸑（yuè）鷟。這鳥是鳳凰的輔鳥，你將來能夠輔佐帝王執政。」於是就給他取了「鷟」這個字為名。相傳當時新羅、日本等國的人很喜歡張鷟的文章，只要派遣使者去大唐，一定不忘花重金購買他的作品，帶回自己的國家後廣為傳誦。由於他文采出眾，每次參加考試，都名列前茅。《大唐新語》記載：

「文成（張鷟之字）凡七應舉，四參選，其判策皆登甲第科。」《新唐書》則稱：「鷟文辭猶青銅錢，萬選萬中，時號鷟『青錢學士』。」唐代鑄造的開元通寶中有一部分由白銅鑄成，精美異常，由於通體發出青白色的光澤，所以被稱為青錢，十分受人喜愛。這段話的意思是說，張鷟的文章就像人見人愛的青錢，每次考試都能被選中。「青錢萬選」後用來比喻文章出眾。

◎ 浮家泛宅

張志和，唐朝詩人。他自幼聰慧，通過科舉考試後，先後擔任多個官職。後來，他有感於宦海風波和人生無常，棄官棄家，浪跡江湖。唐肅宗曾賜給他奴、婢各一，稱「漁童」和「樵青」，張志和就帶着他們隱居於太湖流域的苕溪（在浙江省杭州市境內）與霅（zhà）溪（在浙江省湖州市境內）一帶，漁樵為樂。公元 774 年，張志和去拜會湖州刺史顏真卿，因為張志和坐的船又舊又破，顏真卿説願意贈給他一艘新船。張志和沒有接受，説：「願為浮家泛宅，往來苕、霅間。」意思是，船破舊些沒關係，我願我的家像船一樣在水上漂泊，來往於苕溪和霅溪之間。同年冬天，張志和與顏真卿一起東遊平望驛，醉後在鶯脰（dòu）湖落水身亡，年僅四十二歲。張志和有詞《漁歌子》五首、詩七首傳世。「浮家泛宅」這一成語就是從這裏來的，「泛」是漂浮，「宅」是住所，「浮家泛宅」形容以船為家，在水上生活，漂泊不定。

◎ 沆瀣一氣

我國唐朝時期科舉制度盛行，讀書人都爭着通過科舉考試入仕為官，唐僖宗在位時，有個主考官名字叫崔沆（hàng），巧合的是考生中有個人名叫崔瀣（xiè），頗有才學。崔沆連日批閱考卷，批到崔瀣的卷子，大為讚賞，連聲叫好，便取中了他。按當時規矩，科舉考試及第的人，都算是主考官的「門生」。崔瀣便以門生的身份，鄭重其事地前去拜謁主考官，也叫作拜謝「恩師」或「座主」。「沆瀣」二字，本意是指夜間的水氣、霧露，如今剛好在兩人的名字上合到一起，實在難得。於是，愛湊趣的人就編成兩句話：「座主門生，沆瀣一氣。」意思是，他們師生兩人像是夜間的水氣、霧露連在一起。本來這是一句玩笑話，並不含貶義，崔沆、崔瀣也不存在營私舞弊的情況，但是後來崔瀣一經錄取，馬上就當官上任了。別人見他不但任職很快，而且所任官職也特別好，待遇與眾不同，因此便有人懷疑崔沆和崔瀣之間有特殊關係。這件事經過這樣一番發展演變，「沆瀣一氣」就從一句玩笑話變成了一個含貶義的成語，用來代指臭味相投的人結合在一起。

◎ 請君入甕

唐朝武則天執政時期，刑部有兩位赫赫有名的酷吏，分別叫作來俊臣和周興，他們利用誣陷、控告和慘無人道的刑罰，殺害了許多正直的文武官吏和平民百姓。有一回，一封告密信送到武則天手裏，內容竟是告發周興與人聯絡謀反。武則天大怒，責令來俊臣嚴查此事。來俊臣清楚周興是個狡猾奸詐之徒，這個案子弄不好自已會受到牽連，他苦苦思索，終於想出一條妙計。他準備了一桌豐盛的酒席，把周興請到自己家裏。兩個人你來我往，邊喝邊聊。來俊臣裝模做樣地問周興：「犯人要是死活不肯認罪該怎麼辦呢？」周興洋洋得意地說：「那還不簡單，拿個大甕，把犯人裝進去，四周點上炭火烤，還有什麼事情他不會承認呢？」來俊臣聽了馬上叫人抬了一口大甕並在周圍燃起了火，只見瓦甕漸漸變紅，然後來俊臣取出聖旨對周興說：「有人告你謀反，皇上命我嚴查，現在就請君入甕吧！」周興嚇得面色慘白，慌忙倒地磕頭認罪。

後來，人們便用「請君入甕」比喻用某人整治別人的辦法來整治他自己。

◎ 皮裏陽秋

褚裒（póu），字季野，東晉時期名士，康獻皇后褚蒜子之父。他為人正派耿直，辦事謹慎小心，不愛說話，更不在別人面前炫耀自己的功勞，年輕時就顯露出來非凡的氣度，很受朝廷官員們的賞識。《晉書》記載，有一天，功名顯赫的尚書吏部郎桓彝看見褚裒，緊盯着他看了半天，笑着說道：「季野有皮裏《春秋》。」《春秋》本來是古人對春秋時期史書的稱呼，孔子曾經修訂過這本書。他在修訂時，行文中雖然不直接闡述對人物和事件的看法，但是卻透過細節描寫、修辭手法（例如詞彙的選取）和材料的節選，委婉而微妙地表達自己的主觀看法，這種方法被稱為春秋筆法。桓彝的意思是說，褚裒雖然表面上對任何人物都沒有褒貶，但內心卻是非分明、極有主見。名臣謝安對褚裒也頗為敬重，曾評價他道：「褚裒雖然不說話，但氣度弘遠。」「皮裏春秋」後來因為避晉簡文帝母鄭后（名阿春）的諱而改為「皮裏陽秋」，指藏在心裏不說出來的言論，形容表面上不作評論但內心裏有所褒貶。

◎ 守口如瓶

富弼是北宋名相，曾被封為「鄭國公」，故也被稱作「鄭公」。富弼多次出使遼國，對西夏情形也十分關注，就利用自己對宋、遼、西夏三國關係的透徹了解，助宋朝撬開遼夏同盟，使宋、遼、西夏三足鼎立的格局逐漸穩定。富弼在朝廷裏擔任要職時，與范仲淹等共同推行慶曆新政。新政失敗後，富弼到鄆州、青州等地任職，任內救助數十萬災民。1069 年富弼拜相，因反對王安石變法，被貶亳州，後退休隱居洛陽，仍繼續請求廢止新法。南宋周密《癸辛雜識別集》載：「富鄭公有『守口如瓶，防意如城』之語。」意思是，富弼有一句名言：「說話小心謹慎，像緊緊塞住瓶口；遏止私心雜念，像嚴密防守城池。」上一句類似於佛家所說的「不妄言」，下一句類似於「不妄想」。「守口如瓶」的意思是閉口不說，就像瓶口塞緊一樣，形容說話謹慎或嚴守祕密。

◎ 拾人牙慧

韓康伯，東晉官員、玄學家、訓詁學家。韓康伯的舅舅殷浩是個名士，喜談玄理，被那些風流辯士們所推崇。韓康伯一直跟隨舅舅，自以為學到了舅舅談玄理的精髓，經常對外誇誇其談。有一次，殷浩見他正在對別人發表言論，仔細一聽，康伯所講的，完全是抄襲自己的片言隻語，套用自己說過的話，沒有個人的創見，卻露出自鳴得意的樣子。殷浩很不高興，說：「康伯未得我牙後慧。」「牙慧」是牙齒內剔出的餘食，殷浩的意思是，康伯根本沒有領會到我言外的理趣。「拾人牙慧」後用來比喻拾取別人的一言半語當作自己的話。

◎ 暗香浮動

林逋是北宋時期著名詩人，字君復，又稱和靖先生。林逋幼時刻苦好學，通曉經史百家，長大後曾漫遊江淮間，後隱居杭州西湖，結廬孤山，常駕小舟遍遊西湖諸寺廟，與高僧詩友相往還。他終生「不仕不娶」，既不當官也不結婚，只喜歡植梅養鶴，自謂「以梅為妻，以鶴為子」，人謂「梅妻鶴子」。林逋寫的梅花詩句最著名的當屬《山園小梅》中的兩句：「疏影橫斜水清淺，暗香浮動月黃昏。」意思是，梅花稀疏的影兒，橫斜在清淺的水中，清幽的芬芳浮動在黃昏的月光之下。成語

「暗香浮動」就是從這裏來的，意思是梅花散發的清幽香味在飄動。

◎ 文如其人

蘇轍，字子由，北宋時期官員、文學家。蘇轍與父親蘇洵、兄長蘇軾齊名，合稱「三蘇」，又名列「唐宋八大家」之一。他的學問深受父兄影響，以散文著稱，擅長政論和史論，風格淳樸無華。蘇軾在《答張文潛書》中寫道：「子由之文實勝僕（謙辭：我），而世俗不知，乃以為不如；其為人深不願人知之，其文如其為人，故汪洋淡泊，有一唱三歎之聲，而其秀傑之氣，終不可沒。」意思是，蘇轍的文章實際上比我的要好，可是世人不知道，竟然以為他的文章不如我。他為人深沉而不願別人知道，他的文章就像他的為人一樣，所以時而汪洋恣肆，時而淡泊清靜，有一唱三歎、回味無窮的感覺，而他俊秀傑出的氣質，終究不會淹沒在文章中。後人由此提煉出「文如其人」這個成語，用來表示文章的風格同作者的性格、為人相似。

◎ 得天獨厚

陸游是南宋時期著名的愛國詩人，字務觀，號放翁，越州山陰（今浙江省紹興市）人。他出身名門望族，生逢北宋滅亡之際，少年時就受到愛國思想的薰陶。宋高宗時，陸游參加禮部考試，因受秦檜排斥而仕途不暢。1171 年，將軍王炎宣撫川、陝，陸游在王炎幕府任職。王炎委託陸游草擬驅逐金人、收復中原的戰略計劃，陸游作《平戎策》，提出：收復中原必須先取長安，取長安必須先取隴右；積蓄糧食、訓練士兵，有力量就進攻，沒力量就固守。然而該計策被朝廷否決，王炎被召回京，幕府解散，出師北伐的計劃也毀於一旦，陸游感到無比憂傷。

1202 年，宋寧宗詔陸游入京，主持編修孝宗、光宗《兩朝實錄》和《三朝史》，官至寶章閣待制。書成後，陸游長期蟄居山陰，臨死留下絕筆《示兒》作為遺囑：「死去元知萬事空，但悲不見九州同。王師北定中原日，家祭無忘告乃翁。」陸游一生筆耕不輟，詩詞文俱有很高成就，尤以飽含愛國熱情對後世影響深遠。清朝趙翼在《甌北詩話》中評價說：「先生（陸游）具壽者相，得天獨厚，為一代傳人，豈偶然哉！」意思是，陸游長壽，具備優越的條件，所以能夠成為一代文宗，這不是偶然的啊！成語「得天獨厚」就是從這兒來的，意為獨具特殊的優越條件，也指所處的環境特別好，或人的天賦、機遇非常好。

◎ 明白如話

陸游的詩文在藝術風格上，既有現實主義特點，又有浪漫主義作風。他性格豪放，胸懷壯志，在詩歌風格上追求雄渾豪健而鄙棄纖巧細弱，形成了氣勢奔放、境界壯闊的詩風。他反對雕琢辭藻和追求奇險，語言平易曉暢，章法整飭謹嚴。清朝劉熙載在《藝概》一書中寫道：「放翁詩明白如話，然淺中有深，平中有奇，故足令人咀味。」意思是，陸游的詩通俗易懂，但淺中有深，平中見奇，因此能讓人反覆回味。成語「明白如話」形容通俗易懂，多用於詩文。

◎ 坐山觀虎鬥

戰國時期，韓國和魏國互相攻伐，打了整整一年還沒有停止。秦惠王想要使他們停止戰爭，召來羣臣問道：「我想使韓魏兩國停火，和平共處，諸位認為如何？」羣臣有的說和解有利，有的說不和解有利，惠王不能做出決斷，就徵求謀士陳軫的意見，陳軫說：「大王聽說過卞莊子刺虎的故事嗎？兩隻虎正在吃牛，卞莊子想去刺殺它們，有個人阻止他，說：『兩隻虎吃出滋味的時候一定會爭奪，一爭奪就一定會打起來，一打起來，大的就會受傷，小的就會死亡，這時再去刺殺受傷的大虎，必然獲得刺殺雙虎的名聲。』卞莊子認為他說的對，就站在旁邊等待，不久，兩隻老虎果然打起來，結果大的受了傷，小的死了，卞莊子追上受傷的老虎而殺死了它，果然獲得了殺死雙虎的功勞。如今韓魏交戰，一年不能解除，大國勢必會受到損傷，小國則瀕臨滅亡，到時再討伐受到損傷的大國，必然會獲得兩個勝利果實。這就如同卞莊子刺殺猛虎一樣啊。」秦惠王於是決定不解救他們。最後，魏國受了損傷，韓國被打得破敗不堪，秦國趁機出兵討伐，大獲全勝。「坐山觀虎鬥」原意指坐在山上看老虎相鬥，後比喻對雙方的鬥爭採取旁觀態度，等到兩敗俱傷的時候，再從中取利。

◎ 牀頭捉刀人

曹操是歷史上有名的奸雄，文采武略都非同一般，但長相並不出眾。崔琰是曹操帳下的謀士，也是當時數得上的名士之一，相貌俊美，很有威望（和崔琰有關的一個成語是「大器晚成」，見本書）。有一次，曹操將要接見匈奴的使者，但是他自知外貌不好，可能不足以震服匈奴人，於是便命崔琰扮成自己去接待，曹操則扮作護衛拿着刀站在牀邊。古代的牀和現代的不同，是指坐榻。使者走後，曹操派間諜追上去詢問：「魏王怎麼樣？」使者回答說：「魏王風采高雅，非同一般；但是牀邊拿刀侍立的人，才是個真英雄。」曹操聽說後，又再次派人追趕，殺掉了那個使者。「牀頭捉刀人」原意是指站在坐榻邊的衛士，後比喻替別人代筆作文的人。

◎ 一鼓作氣

春秋初期，齊桓公即位以後，親自率領大軍攻打魯國。魯莊公將要迎戰。有一個叫作曹劌的平民請求拜見魯莊公，幫他出謀劃策。他的同鄉勸他說：「這種國家大事自有那些吃肉的大官去謀劃，你又何必參與呢？」曹劌說：「肉食者鄙，未能遠謀。」意思是那些吃肉的大官目光短淺，不能深謀遠慮。曹劌入朝見到魯莊公，問：「您憑藉什麼作戰？」魯莊公說：「衣食這一類生活用品，我從來不敢獨自專有，一定把它們分給身邊的大臣。」曹劌回答說：「這種小恩小惠不能遍及百姓，老百姓是不會順從您的。」魯莊公說：「祭祀用的豬牛羊和玉器、絲織品等祭品，我從來不敢虛報誇大數目，一定對上天說實話。」曹劌說：「小小信用，不能取得神靈的信任，神靈是不會保佑您的。」魯莊公說：「大大小小的訴訟案件，即使不能一一明察，但我一定根據實情合理裁決。」曹劌回答說：「這是盡了本職一類的事，可以憑藉這個條件打一仗。如果作戰，請允許我跟隨您一同去。」隨後，魯莊公和曹劌同坐一輛戰車，與齊軍交戰於長勺。魯莊公要下令擊鼓進軍。曹劌說：「現在不行。」等到齊軍三次擊鼓之後，曹劌說：「可以擊鼓進軍了。」結果齊軍大敗。魯莊公要下令追逐齊軍。曹劌說：「還不行。」說完就下了戰車，察看齊軍車輪碾出的痕跡，又登上戰車，扶着車前橫木遠望齊軍的隊形，這才說：「可以追擊了。」於是追擊齊軍，大獲全勝。打了勝仗後，魯莊公問他取勝的原因。曹劌回答說：「作戰，靠的是士氣。第一次擊鼓能夠振作士兵們的士氣，第二次擊鼓士兵們的士氣就開始低落了，第三次擊鼓士兵們的士氣就耗盡了。敵人的士氣已經消失而我軍的士氣正旺盛，所以才戰勝了他們。像齊國這樣的大國，他們的情況是難以推測的，怕他們設有伏兵。後來我看到他們的車輪的痕跡混亂了，望見他們的旗幟倒下了，所以下令追擊他們。」長勺之戰後，齊桓公也認識到了自己的錯誤，於是聽從相國管仲的建議，外與諸侯結好，對內整頓內政，發展生產，終於成為「春秋五霸」之首。成語「一鼓作氣」和「肉食者鄙」就是從這裏來的。「一鼓作氣」比喻趁勁頭大的時候鼓起幹勁，一口氣把工作做完。「肉食者鄙」代指身居高位、俸祿豐厚的人目光短淺。

◎ 秦庭之哭

申包胥，春秋時期楚國大夫。楚平王在位後期，申包胥的好朋友伍子胥的父親伍奢受到誣陷，伍奢和大兒子伍尚被殺，伍子胥出奔並立志為父兄報仇。伍子胥逃跑時向申包胥辭行，說：「我將來一定要滅掉楚國。」申包胥沒有阻止伍子胥實現自己的孝舉，但也沒有因為與他的友情而忘記對國家的忠誠，說：「子能覆之，我必能興之。」意思是說，你能滅掉楚國，我就一定能讓楚國復興。伍子胥輾轉奔波，最終來到吳國，受到重用，並獻「擾楚疲楚」之計，對楚國進行輪番攻擊。公元前 506 年，吳國聯合唐、蔡兩國共同出兵，以伍子胥、孫武為將，連戰連勝，攻破了楚國的首都郢。吳軍進入郢都後，大肆搶掠。申包胥當時逃到了山裏面，派人勸誡伍子胥，但伍子胥仍然一意孤行。申包胥見勸誡不成，只好以實際行動來踐行「興楚」的誓言。他跋涉了七天七夜，到秦國向秦哀公求救，但秦哀公沒有答應他。申包胥便在秦城牆外哭了七天七夜，滴水不進。申包胥的忠誠與堅毅終於打動了秦哀公，秦哀公親賦《無衣》，發戰車五百乘，遣大夫子滿、子虎救楚。吳國受秦楚夾擊而退兵。楚昭王復國後要封賞申包胥，他堅持不受，帶一家老小逃進山中隱居。「秦庭之哭」原指向別國請求救兵，後也指哀求別人救助。

◎ 破鏡重圓

隋朝建立後，隋文帝楊堅為統一全國，舉兵南下，準備滅掉南方的陳朝。陳朝將亡時，駙馬徐德言與妻子樂昌公主擔心日後逃散不能相聚，就將銅鏡一分為二，雙方各執一半作為以後相見的憑證，相約於正月十五日當街賣破鏡來取得聯繫。陳朝滅亡，樂昌公主為隨朝重臣楊素所有。徐德言輾轉至京城，到了正月十五，他如約拿着半面銅鏡上街去賣，轉來轉去，遇到一個老僕人叫賣破鏡，與自己所執破鏡相合，問了老僕人，才知道樂昌公主已落入楊府，料想無法再見，他忍不住在半面鏡子上寫下一首《破鏡詩》:「鏡與人俱去，鏡歸人未歸。無復嫦娥影，空留明月輝。」樂昌公主見了徐德言的詩，一連幾日不吃不睡，以淚洗面。楊素知道此事後，召來徐德言，把樂昌公主還給了他，並設宴祝賀他們夫妻「破鏡重圓」。「破鏡重圓」後用來比喻夫妻失散或離婚後重新團聚。

◎ 臥薪嘗膽

公元前 496 年，越王允常逝世，他的兒子勾踐即位。吳王闔閭趁機派兵攻打越國，結果卻被勾踐打得大敗，闔閭也受了重傷，臨死前，囑咐兒子夫差一定要替他報仇。夫差牢記父親的話，日夜加緊練兵，準備攻打越國。過了兩年，夫差率兵把勾踐打得大敗，勾踐率殘兵敗將退守會稽（今浙江省紹興市）。吳王乘勝追擊包圍了會稽，勾踐無路可走，準備自殺。這時謀臣文種勸住了他，說：「吳國大臣伯嚭貪財好色，可以派人去賄賂他。」勾踐聽從了文種的建議，就派他帶着珍寶賄賂伯嚭，伯嚭答應和文種去見吳王。文種見了吳王，獻上珍寶，說：「越王願意投降，做您的臣下伺候您，希望您能饒恕他。」伯嚭也在一旁幫文種說話。吳國大臣伍子胥站出來反對道：「人常說『治病要除根』，勾踐深謀遠慮，文種、范蠡精明強幹，這次放了他們，他們回去後就會想辦法報仇的！」這時的夫差以為越國已經不足為患，不聽伍子胥的勸告，答應了越國的投降，把軍隊撤回了吳國。吳國撤兵後，勾踐帶着妻子和大夫范蠡到吳國伺候吳王，放牛牧羊，終於贏得了吳王的歡心和信任。忍辱負重三年後，他們終於被釋放回國。勾踐立志發憤圖強，準備復仇。他怕自己貪圖舒適的生活，消磨了報仇的志氣，晚上就枕着兵器，睡在稻草堆上，還在房子裏掛上一隻苦膽，每天早上起來後就嘗嘗苦膽並問自己：「你忘了三年的恥辱了嗎？」他派文種管理國家政事，范蠡管理軍事。他採用文種「十年生聚，十年教訓」的策略，增加人口，聚積財物，對民眾進行教育訓練，還親自到田裏與農夫一起幹活。勾踐的這些舉動感動了越國上下官民，經過十年的艱苦奮鬥，越國終於兵精糧足，轉弱為強。而夫差盲目力圖爭霸，絲毫不考慮民生疾苦。他還聽信伯嚭的讒言，殺了忠臣伍子胥。公元前 482 年，夫差親自帶領大軍北上黃池，與晉國爭奪諸侯盟主，勾踐趁吳國精兵在外，突然襲擊，一舉打敗吳兵，並殺了太子友。夫差聽到這個消息後，急忙帶兵回國，並派人向勾踐求和。勾踐估計一下子滅不了吳國，就同意了。公元前 473 年，越國經過近二十年的精心準備，國力更加強大，范蠡建議勾踐立即興兵伐吳。越國的父老兄弟都請求上戰場攻打吳國以報仇雪恥，勾踐答應了，於是招來大家宣誓說：「我聽說古代賢明的國君，不擔心自己的人力不夠用，擔心的是自己缺少羞恥之心。現在夫差那邊穿着水犀皮製成的鎧甲的士卒有十萬人，不擔心自己缺乏羞恥之心，卻擔心他的士兵數量不夠多。現在我將幫上天消滅他。我不贊成個人逞能的匹夫之勇，希望大家同進同退。前進就想到將得到賞賜，後退則想到要受到懲罰；像這樣，就有合於國家規定的賞賜。前進時不服從命令，後退時沒有羞恥之心；像這樣，就會受到合於國家規定的刑罰。」勾踐親自率領越甲三千（此處「三千」為虛數，並不是指越國僅有三千名士兵）攻打吳國。這時的吳國已經是強弩之末，根本抵擋不住越國軍隊的強勢猛攻，屢戰屢敗。夫差又派人向勾踐求和，范蠡堅決主張要滅掉吳國。夫差見求和不成，才後悔沒有聽伍子胥的忠告，非常羞愧，就拔劍自殺了。吳國滅亡，而勾踐則成為了春秋時期最後一位霸主。成語「臥薪嘗膽」「生聚教訓」「匹夫之勇」就是從這裏來的。「臥薪嘗膽」原意是睡覺睡在柴草上，吃飯前嘗一嘗苦膽；形容人刻苦自勵，發奮圖強。「生聚教訓」原意是繁殖人口，聚積物力，進行教育訓練；後指軍民同心同德，積聚力量，發憤圖強，以洗刷恥辱。「匹夫」在古代指平民男子，後泛指普通人，也指無學識、無智謀的人；「匹夫之勇」指毫無智謀，單憑一己之力蠻幹的勇氣。

◎ 鳥盡弓藏

范蠡是春秋時越王勾踐身邊的得力謀臣。在勾踐被吳王夫差圍困在會稽的艱難時刻，是范蠡獻策讓勾踐忍辱負重，待機報仇；後來也是范蠡幫助勾踐策劃興兵攻吳，報仇復國。范蠡對越國的功績是很大的。可是就在勾踐完成心願滅掉吳國後，范蠡卻捨去富貴榮華，自行引退，過起隱居生活。范蠡在臨走前，給他共患難的老友文種留下了一封信，信中說：「蜚鳥盡，良弓藏；狡兔死，走狗烹。越王為人長頸鳥喙，可與共患難，不可與共樂。子何不去？」意思是飛鳥打完，再好的弓箭也要藏起來了；兔子打完了，就輪到將獵狗煮來吃了。越王這個人脖頸很長，嘴巴像鳥，這是薄情寡義之人的相貌，只可同他一起共患難，而不能同他一起享受歡樂。你為什麼不早些離開呢？文種看完，覺得范蠡說得有道理，就以生病為藉口，不再去上朝。但是過了不久，勾踐聽信讒言，疑心文種要謀反，就派人送給文種一把劍。文種一看，原來正是當年夫差叫伍子胥自殺的那把寶劍。他頓時明白了勾踐的意思，感歎道：「我後悔不該不聽范蠡的勸告啊。」於是便拿起劍自殺了。後人便用「鳥盡弓藏」來比喻事情成功之後，就把曾經出過力的人一腳踢開。

◎ 什一之利

范蠡不但是歷史上著名的政治家、軍事家、謀略家，而且還是經濟學家，被後人稱為經營之神、商家鼻祖，被民間供奉為「文財神」。他扶助越王勾踐復國後急流勇退，化名為鴟夷子皮，遨遊於七十二峰之間。其間三次經商成巨富，又三散家財。司馬遷《史記》記載，范蠡離開越國之後，到了齊國，在陶地（今山東省定陶區）住下來，自稱陶朱公。他認為這裏是天下的中心，交易買賣的道路通暢，經營生意可以發財致富，於是選擇最佳時機買進賣出，以獲得十分之一的利潤。過了不久，范蠡的家資以億萬計，天下人都稱道他。後來便用「什一之利」泛指商人得到的利潤。

◎ 圍魏救趙

孫臏是兵聖孫武的後人，年輕時與龐涓一起隨鬼谷子學兵法。龐涓學成後在魏國做了將軍，自認為才能不如孫臏，就騙孫臏前來魏國，砍斷孫臏的雙腳，在臉上刺字，想使他終身成為廢人，使他沒有機會施展自己的才能。齊國使者來到魏國，孫臏與他暗中相見，說動了齊國使者，偷偷地把孫臏藏在車中帶到齊國。齊國大臣田忌把他奉為座上客，後來又把他推薦給齊威王。公元前 354 年，魏惠王派龐涓攻伐趙國，圍困邯鄲，趙國向齊國求救。齊威王決定出兵救援趙國，要任命孫臏為大將，孫臏以自己是個殘疾之人堅決辭謝，齊威王便以田忌為大將、孫臏為軍師，讓他坐在車裏，出謀劃策。田忌準備率兵前往趙國，孫臏說：「排解兩方的鬥毆，不能用拳腳將他們打開，更不能上手扶持一方幫着打，只能因勢利導，乘虛而入，緊張的形勢受到阻禁，就自然化解了。現在兩國攻戰正酣，魏國精兵銳卒傾巢而出，國中只剩老弱病殘；您不如率軍急襲魏國都城，佔據交通要道，衝擊他們空虛的後方，魏軍一定會放棄攻趙回兵救援。這樣我們一舉兩得，既解了趙國之圍，又打擊了魏國。」田忌聽從孫臏的計策攻打魏國都城大梁，魏軍急忙還師援救國內，在桂陵與齊國軍隊發生激戰，魏軍大敗。「圍魏救趙」後指襲擊敵人後方的據點以迫使進攻之敵撤退的戰術。

◎ 添兵減灶

公元前 341 年，魏國派兵攻打韓國，韓國向齊國求救。齊宣王派田忌、孫臏帶兵救援韓國。孫臏再次使出「圍魏救趙」之法，不直接去救韓國，卻轉而去攻打魏國。龐涓得到本國的告急文書，只好退兵趕回去。齊國軍隊打算還師回齊，但是龐涓卻從後面追擊，齊軍邊打邊退。孫臏決定採取逐日減灶之法迷惑龐涓。第一天，龐涓察看一下齊軍紮過營的地方，發現齊軍的營盤佔了很大的地方，他叫人數了數做飯的爐灶，足夠十萬人吃飯用的。第二天，龐涓帶領大軍趕到齊國軍隊第二回紮營的地方，數了數爐灶，這次卻只夠五萬人用的了。第三天，他們追到齊國軍隊第三回紮營的地方，仔細數了數爐灶，發現只剩下兩萬人用的了，龐涓笑着說：「我早知道齊軍都是膽小鬼。十萬大軍到了魏國，才三天工夫，就逃散了一大半。」他吩咐魏軍沒日沒夜地按着齊國軍隊走過的路線追擊，追到了馬陵，正是天快黑的時候。馬陵道十分狹窄，路旁邊都是障礙物，龐涓恨不得一步趕上齊國的軍隊，就吩咐大軍摸黑往前趕路。忽然有兵士報告說前方的路給木頭堵住了，龐涓上前一看，果然見道旁的樹全被砍倒了，只留下一棵最大的沒砍，細細瞧去，那棵樹的一面被刮去了樹皮，上面還影影綽綽地寫着幾個大字，天色昏暗，看不清楚。龐涓叫兵士拿火來照，藉着火光一瞧，那樹上面寫的是：「龐涓死於此樹之下。」龐涓大吃一驚，連忙吩咐將士撤退，但為時已晚，四周突然飛來密集的箭雨。一時間，馬陵道兩旁殺聲震天，到處都是齊國的兵士。原來孫臏早就算准魏兵在這個時辰到達馬陵，預先埋伏着一批弓箭手，吩咐他們只等樹下有火光，就一齊放箭。龐涓走投無路，只得拔劍自殺。齊軍乘勝大破魏軍。「添兵減灶」指暗中增加軍隊，表面上卻減少行軍飯灶，指偽裝士兵離散的假象以欺騙敵人。

◎ 圖窮匕見

戰國末期，秦國實力強盛，攻滅了韓、趙兩國後，又向燕國進軍。為此，燕太子丹決定派人去行刺秦王嬴政，以期扭轉局勢。太子丹物色到一位勇士，名叫荊軻。他擅長劍術，是行刺秦王的最佳人選。為了使荊軻能接近秦王，太子丹特地為他準備了兩樣秦王急於想獲得的東西：一是從秦國叛逃到燕國的將領樊於期的頭顱，二是燕國督亢地區（今河北省涿州市東）的地圖，表示燕國願將這塊地方獻給秦國。這兩樣東西分別放在匣子裏，行刺秦王的匕首，就放在捲着的地圖的最裏面。此外，太子丹還為荊軻配了一名助手，此人叫秦舞陽。臨行時，太子丹等人身穿喪服，將荊軻送到易水邊。荊軻給大家唱了一首歌：「風蕭蕭兮易水寒，壯士一去兮不復還。」大家聽了他悲壯的歌聲，都傷心得流下眼淚。荊軻拉着秦舞陽跳上車，頭也不回地走了。秦王得知燕國派人來獻兩樣他最需要的東西，非常高興。在都城咸陽宮內隆重接見。荊軻捧着裝有樊於期頭顱的匣子走在前面，秦舞陽捧着裝有地圖的匣子跟在後面。秦舞陽在上台階時，緊張得雙手顫抖，臉色變白。秦王左右的侍衞一見，吆喝了一聲，説：「使者幹嗎變了臉色？」荊軻回頭一瞧，見秦舞陽的臉又青又白，就笑着對秦王説：「粗野的人，從來沒見過大王的威嚴，免不了有點害怕，請大王原諒。」秦王有些懷疑，對荊軻説：「你拿上地圖一個人過來吧。」荊軻接過秦舞陽手裏裝有地圖的匣子，當場打開，取出地圖，雙手捧給秦王。秦王慢慢展開捲着的地圖，細細觀看。快展到盡頭時，突然露出一把匕首。荊軻左手抓住秦王衣袖，右手舉起匕首便刺，但並未刺中秦王。秦王急忙拔劍自衛，卻又因為心急慌忙，劍也太長，一時拔不出來。於是兩人繞着柱子轉。衛兵因沒有秦王命令，不敢擅自上前。就在這緊張的時刻，一個伺候秦王的醫生突然用醫袋抽打荊軻，並提醒秦王把劍推到背後拔出。秦王頓時醒悟過來，迅速拔出劍來，一劍砍斷了荊軻的左腿。荊軻倒地後，將匕首投向秦王，結果未中。秦王見荊軻手裏沒有武器，又上前砍了荊軻幾劍。荊軻身上受了七八處劍傷，自己知道已經失敗，苦笑着說：「我沒有早下手，本來是想先逼你退還燕國的土地。」這時候，侍從的武士一起趕上殿來，砍死了荊軻。台階下的那個秦舞陽，也早被武士們殺了。成語「圖窮匕見」比喻事情發展到最後，真相或本意顯露了出來。

◎ 烏白馬角

戰國末年，燕王想和秦國結盟，以共同對付趙國，於是就派太子丹前往秦國，作為結盟後的人質。太子丹到秦國不久，就發現秦國不講信用，暗中和趙國聯合，並沒有打算跟燕國結盟。所以太子丹不願再留在秦國當人質，就向秦王要求回國。秦王聽太子丹說要回燕國，便冷冷地對他說：「令烏白頭，馬生角，乃可許耳。」意思是說，等烏鴉的頭變白，馬長出角來，到那時你就可以回國了。太子丹聽後憤恨地回到自己的住處，看了看庭院裏樹上的烏鴉、馬房裏的馬，便對着天空長歎說：「老天爺！讓我回燕國吧。」頓時，樹上烏鴉的頭真的變白了，馬房裏的馬也真的長出了角來。太子丹喜出望外，馬上就去報告了秦王。秦王不相信，派人到太子丹的住所一看究竟。那人到後一看，還真如太子丹說的那般，於是便如實稟報了情況。秦王得知此事不假便只好答應放太子丹回國。秦王雖然答應了，但還是不甘心讓太子丹走。於是，他又在太子丹經過的橋上裝上機關，人馬過橋，橋會自動陷落。哪知道太子丹過橋時，機關失靈，沒有陷落。秦王又命邊境守關人員，不准放太子丹過關。太子丹在晚間到了關口，關門還沒有開。他就假裝雞鳴，附近的雄雞也跟着啼叫起來。守關人員以為天亮了，打開了關門。太子丹換了一身破衣，喬裝打扮，乘黑夜中混過關口，逃回燕國。成語「烏白馬角」後用來比喻不能實現之事。

◎ 美如冠玉

陳平，西漢開國重臣、謀士，著名政治家。陳平少喜讀書，有大志。公元前 209 年陳勝、吳廣起義後，陳平投奔魏王咎反秦，後來在項羽手下做謀士，最後轉投劉邦。劉邦與陳平縱論天下大事，十分投機，提升他為護軍中尉，專門監督諸將。這一下引起了其他將領的不滿，周勃、灌嬰等詆毀陳平說：「陳平雖然是個美男子，只不過像帽子上的美玉罷了，他的內裏未必有真東西。他在魏王那裏做事不能容身，逃亡出來歸附楚王，結果沒受到重用，又逃來歸降漢王。現在大王如此器重，讓他做高官，任命他為護軍。我們聽說陳平接受了將領們的錢財，錢給得多的就得到好處，錢給得少的就受罰。陳平是一個反覆無常的作亂奸臣，希望大王明察。」劉邦經不住眾人再三詆毀，心生疑團，召陳平來質問道：「你原來是幫助魏王的，後來離開魏王去幫助楚霸王，現在又來幫助我，這怎麼不讓別人懷疑你的信義呢？」陳平不緊不慢地回答道：「同樣一件有用的東西，在不同的人手裏作用就不同了。我侍奉魏王，魏王不能用我，我離開他去幫助楚霸王，霸王也不信任我，所以我才來歸附大王。我雖然還是我，但用我的人可不一樣了。我什麼也沒帶，來到這兒，所以才接受了人家的禮物。沒有錢，我就生活不了，也就辦不了事。如果大王聽信讒言，不起用我，那麼，我收下的那些禮物還沒有動用，我可以全部交出來，請大王給我一條生路，讓我辭職回家，老死故鄉。」劉邦的疑慮頓消，對陳平倍增好感，並重重地賞賜一番。從此，陳平一心一意為劉邦出謀劃策，他的「六出奇計」為劉邦奪取天下起了重要作用，這六條計策是：離間項羽、范增，楚勢由此衰頹；喬裝誘敵，使劉邦從滎陽安全撤退；封韓信為齊王，使韓信忠心效命劉邦；聯齊滅楚，劉邦於是戰勝項羽；計擒韓信，使劉邦剪滅異姓王而固劉家天下；解白登之圍，使劉邦脱離匈奴險境。漢高祖死後，呂后重用諸呂，陳平與太尉周勃合謀平定諸呂之亂，迎立劉恆為帝。陳平一生充滿傳奇色彩，在秦朝末年，英才輩出，有資格被司馬遷列入「世家」的，只有陳勝、蕭何、曹參、張良、陳平、周勃六人。司馬遷評價陳平説：「六奇既用，諸侯賓從於漢；呂氏之事，平為本謀，終安宗廟，定社稷。」成語「美如冠玉」形容男子長相漂亮。

◎ 芳蘭竟體

謝覽，南北朝時期南齊、南梁大臣。謝覽出身世代公卿的士族陳郡謝氏，祖父是南朝宋代文學家謝莊。公元 501 年十二月，蕭衍攻佔南齊都城建康。去見蕭衍時，南齊的高官王亮、王瑩等數人作揖，其餘的人都跪拜。謝覽這時候才二十多歲，容姿俱美，他雖擔任太子舍人之類的中低級官職，卻也只是作了一個長揖，意氣閒雅。等謝覽走後，蕭衍盯着他的背影看了半天，對手下官員徐勉説：「覺此生芳蘭竟體，想謝莊政當如此。」意思是説，感覺這個年輕人滿身香氣，想像他的祖父謝莊就是這樣。公元 502 年蕭衍建立南梁後，很看重謝覽，任命他擔任中書侍郎，掌管吏部事務。後來謝覽又擔任新安郡太守，碰到山賊吳承伯和叛吏鮑敍進兵攻擊新安郡，謝覽派遣郡丞周興嗣迎敵，結果大敗，謝覽棄城而逃。這個周興嗣，就是《千字文》的作者。成語「芳蘭竟體」比喻舉止閒雅，風采極佳。

◎ 解甲投戈

叔孫通本是秦朝博士，秦朝將要滅亡之際，他逃回老家薛城舊地，歸附正在盤踞薛城的項梁。項梁戰死後，叔孫通轉而跟隨楚懷王，後又至項羽麾下任職。公元前 205 年，漢王劉邦率領諸侯軍隊攻取彭城（今江蘇省徐州市），叔孫通轉投漢軍，並舉薦勇武之士為漢爭取天下。劉邦拜其為博士，號稷嗣君。劉邦統一天下後，下令廢除秦的儀法，代以簡易的規範，但不滿意於君臣禮節不嚴。叔孫通得知便自薦為劉邦制定朝儀，所訂朝儀既簡明易行，又適應了加強皇權的需要。公元前 195 年，劉邦欲廢太子劉盈，叔孫通以不合禮儀勸阻，劉邦聽從了他的意見。劉盈即位後，又安排叔孫通制定了宗廟儀法及其他多種儀法。司馬遷尊其為漢家儒宗。西漢揚雄在《解嘲》一文中寫道：「叔孫通起於桴鼓之間，解甲投戈，遂作君臣之儀，得也。」意思是，叔孫通在戰爭年代挺身而出，到了戰後立即卸下盔甲，放下武器，制定君臣之間的禮儀，算是找到了應有的歸宿。成語「解甲投戈」原意是卸下盔甲，放下武器，比喻不再戰鬥。

◎ 廢書而歎

司馬遷，字子長，西漢的史學家、文學家。其父為太史令司馬談，為《史記》發凡起例。司馬遷早年生活在家乡，十歲隨父入京，先後向古文大師孔安國、今文大師董仲舒學習，對儒、道等各家學說有廣泛的學習。公元前 108 年，司馬遷繼父職任太史令，並開始着手編寫《史記》。後因替李陵投降匈奴辯解，觸怒漢武帝，被處以重刑。出獄後，發憤着書，於公元前 91 年完成了這部巨著，完成不久後即去世。司馬遷以「究天人之際，通古今之變，成一家之言」的史識創作了中國第一部紀傳體通史《史記》（原名《太史公書》），該書文章風格、寫作技巧、語言特點對後世學者影響較深，並大力弘揚人文精神，為後代作家樹立起一面光輝的旗幟，是中國史書的典範，被魯迅譽為「史家之絕唱，無韻之離騷」。司馬遷在《孟子荀卿列傳》中說：「余讀《孟子》書，至梁惠王問『何以利吾國』，未嘗不廢書而歎也。」意思是司馬遷讀《孟子》，每當讀到梁惠王問「怎樣才對我的國家有利」時，總不免放下書本而感歎說：唉，謀利的確是一切禍亂的根由呀！「廢書而歎」這個成語便由此而來，意思是因有所感而停止讀書，發出感歎。

◎ 安如泰山

枚乘，西漢時期辭賦家，與鄒陽並稱「鄒枚」，與司馬相如並稱「枚馬」，與賈誼並稱「枚賈」。漢景帝時期諸侯的勢力很大，土地又多，有些諸侯不受朝廷的約束，特別是吳王劉濞野心很大，暗中圖謀叛亂。在晁錯的勸諫下，漢景帝決心削減諸侯的封地。劉濞於是聯絡楚、趙、膠西、膠東等國的諸侯王陰謀策劃叛亂。枚乘當時在劉濞府中擔任郎中，他清醒地看到劉濞陰謀反叛的禍害，寫了《上書諫吳王》，對劉濞進行勸諫，其中寫道：「夫以一縷之任繫千鈞之重，上懸之無極之高，下垂之不測之淵，雖甚愚之人，猶知哀其將絕……能聽忠臣之言，百舉必脫。必若所欲為，危於累卵，難於上天；變所欲為，易於反掌，安於泰山。」意思是，就像用一根毛髮繫上千鈞的重量，上面懸掛在沒有極限的高空中，下臨無法測量的深淵一樣，即使是最愚蠢的人，也知道它是要斷絕的……您要是能夠聽取忠臣的話，一切禍害都可以避免。如果一定要照自己所想的那樣去做，那是比壘起來的雞蛋還要危險，比上天還要艱難。不過，如果能儘快改變原來的主意，這比翻一下手掌還要容易，也能使地位比泰山還穩固。但劉濞執迷不悟，聽不進良言善勸，反而加緊進行陰謀活動，枚乘便離開吳國，來到位於商丘的梁國，在梁孝王劉武府中做了賓客。不久，劉濞打着「誅晁錯，清君側」的幌子，發動了「七國之亂」。看到叛軍聲勢很大，漢景帝有些害怕了，誤信讒言，殺了晁錯。這時，枚乘徵得梁孝王劉武同意，又寫了《上書重諫吳王》，勸劉濞罷兵。但劉濞不但不肯罷兵，氣焰反而更加囂張。漢景帝終於決定武力鎮壓，派大將周亞夫率領軍隊打敗了叛軍。劉濞逃到東越被殺，其餘六個諸侯王也自殺或被殺。七國之亂平定之後，枚乘因為《上書諫吳王》所表現出來的遠見卓識而名聲大震。漢武帝派人徵召他進京做官，可惜他還沒到京城，便死於途中。成語「安如泰山」「千鈞一髮」「勢如累卵」「易如反掌」均出自《上書諫吳王》。「安如泰山」意思是指安穩得如同泰山一樣，形容穩固，不可動搖。「千鈞一髮」原意是千鈞（鈞為古代重量單位，一鈞約等於三十斤）的重量繫在一根頭髮上，形容情況極其危急。「勢如累卵」原意是形勢就像堆積的蛋，馬上就要塌下來，形容事態非常危險。「易如反掌」比喻事情非常容易辦，像翻一下手掌一樣。

◎ 金屋藏嬌

漢景帝劉啟的姐姐館陶長公主，生有一女，長相標緻，取名阿嬌。館陶長公主為了自己和女兒的終身富貴榮華，想把女兒嫁給太子，以便女兒將來能當皇后，可是卻被當時太子劉榮的生母一口回絕。後來，館陶長公主又把目光投向了景帝第十子劉徹。一天，館陶長公主逗他說：「你想不想娶媳婦呀？」劉徹天真地笑着說：「當然想。」館陶長公主指着周圍的數十個侍女問：「你看哪一個好呢？」劉徹說：「都不好。」館陶長公主指着自己的女兒問：「那阿嬌好不好？」劉徹喜笑顏開：「阿嬌好！如果能娶她，我要造一座金屋給她住。」兩人的親事自此定了下來。館陶長公主開始極力輔助劉徹，幫助劉徹奪得太子之位，並最終即位為帝，即漢武帝，阿嬌也順利成為皇后，住進了富麗堂皇的宮殿。然而二人婚後十餘年，阿嬌始終無子，後又因在皇宮內行「巫蠱之術」被劉徹厭棄，皇后之位也因此被廢，多年以後鬱鬱而終。後世據此典故引申出成語「金屋藏嬌」，指以華麗的房屋讓所愛的妻妾居住，也指納妾。

◎ 雄才大略

漢武帝劉徹是西漢第七位皇帝，是傑出的政治家、軍事家、戰略家。他在位五十四年，功業甚多：對內，加強中央集權，嚴禁諸侯王參政；不拘一格錄用人才，提拔有才之士；裁抑相權，依靠親信、近臣及宦官參與決策，從而形成中外朝制；設十三州刺史部，加強對郡國的控制；改革幣制，禁止郡國鑄錢，推行鹽鐵官營、準等制度；建立正規的察舉制度，令郡國舉孝廉及秀才、賢良方正等；實行尊崇儒術的文化政策，設五經博士，在京師長安興建太學，又令郡國皆立學官。對外，派衛青、霍去病多次出擊匈奴，迫其遠徙漠北；命張騫出使西域，溝通漢與西域各族聯繫；征服閩越、東甌、南越、衛氏朝鮮，經營西南夷，在其地設置郡縣。但他迷信神仙，熱衷封禪和郊祀，巡遊各地，揮霍無度，並多次賣官鬻爵。在位後期社會矛盾日益尖銳，關東流民達二百萬，農民起義頻繁。又重用宦官，釀成「巫蠱之禍」，導致太子劉據自殺。因此東漢的史學家班固評價說：「孝武初立，卓然罷黜百家，表章六經，遂疇諮海內，舉其俊茂，與之立功。興太學，修郊祀，改正朔，定曆數，協音律，作詩樂，建封禪，禮百神，紹周後，號令文章，煥然可述，後嗣得遵洪業，而有三代之風。如武帝之雄才大略，不改文、景之恭儉以濟斯民，雖詩書所稱，何有加焉！」意思是說，漢武帝即位之初，就以卓越的氣魄罷黜了各家學說，唯獨尊崇儒家的《詩》《書》《禮》《易》《樂》《春秋》六種經典，並向天下徵召，選拔其中的優秀人才，共同建功立業；又興辦太學，整頓祭祀儀式，改變正朔，重新制定曆法，協調音律，做詩賦樂章，到泰山封禪祭祀天地，禮敬各種神靈，封賜周朝的後裔等等，漢武帝的號令文章，都煥發光彩，值得稱道，後繼者得以繼承他的大業，因而具有夏、商、周三代的遺風。如果以漢武帝的雄才大略，不改變漢文帝、漢景帝時的儉樸作風，愛護百姓，即使是《詩經》《尚書》上所稱道的古代聖王也不過如此！成語「雄才大略」，意思是具有傑出的才智和宏大的謀略。

◎ 罷黜百家

董仲舒，西漢哲學家。漢景帝時任博士，講授《公羊春秋》。漢武帝繼位後，讓各地推薦賢良文學之士，董仲舒被推舉參加策問。他把儒家思想與當時的社會需要相結合，並吸收了其他學派的理論，創建了一個以儒學為核心的新的思想體系，深得漢武帝的讚賞。董仲舒系統地提出了「天人感應」「大一統」學說和「表彰六經」的主張。漢武帝採納了董仲舒的建議，施行了「罷黜百家，獨尊儒術」的政策，將儒學作為正統思想，從此漢代思想界樹起了儒學的權威，產生了中國特有的經學以及經學傳統，一直影響中國兩千多年，董仲舒也被視為「儒者宗」。其學以儒家宗法思想為中心，雜以陰陽五行說，把神權、君權、父權、夫權貫穿在一起，形成帝制神學體系。公元前 104 年，董仲舒於家中病卒，葬於西漢京師長安西郊。有一次漢武帝經過他的墓地，為了表彰其對漢王朝的貢獻，特下馬致意。由此，董仲舒的墓地，又名為「下馬陵」。「罷黜百家」原指排除諸子雜說，專門推行儒家學說；也比喻只要一種形式，不要其他形式。

◎ 三年不窺園

董仲舒自幼天資聰穎，酷愛學習，讀起書來常常忘記吃飯和睡覺。他的父親董太公看在眼裏急在心上，決定在宅後修築一個花園，讓孩子能有機會到花園散散心，歇歇腦子。頭一年動工，園裏陽光明媚、綠草如茵、鳥語花香、蜂飛蝶舞。姐姐多次邀請董仲舒到園中玩，他手捧竹簡，只是搖頭，繼續學孔子的《春秋》，背先生佈置的《詩經》。第二年，小花園建起了假山。鄰居、親戚的孩子紛紛爬到假山上玩。小夥伴們叫他，他動也不動低着頭，在竹簡上刻寫詩文，頭都顧不上抬一抬。第三年，後花園建成了。親戚朋友攜兒帶女前來觀看，都誇董家花園建得精緻。父母叫董仲舒去玩，他只是點點頭，仍埋頭學習。中秋節晚上，董仲舒全家在花園中邊吃月餅邊賞月，可就是不見董仲舒的蹤影。原來他趁家人賞月之機，又找先生研討詩文去了。隨着年齡的增長，董仲舒的求知慾更加強烈，遍讀了儒家、陰陽家等各家書籍，成為儒學大師。成語「三年不窺園」，指專心苦學，不受外界干擾。

◎ 褒衣博帶

雋不疑是西漢時期官員，他精通《春秋》，一開始在勃海郡中擔任文學官，言行舉止嚴格遵循禮儀規範，聲名聞於州郡。漢武帝末年，郡國盜賊蜂起。官員暴勝之被任命為直指使者，到各地鎮壓盜賊、監察郡國吏政。暴勝之早就聽説雋不疑很賢良，因此，他巡察至勃海郡後，便派隨從去請雋不疑前來相見。雋不疑頭戴進賢冠，腰挎飾有美玉和木刻圖案的寶劍，「褒衣博帶」，盛裝前往暴勝之住所拜謁。暴勝之以很高的禮儀接待他，並向他請教在當時的形勢下施政應採取哪些措施和手段。暴府的幕僚都是從各州郡官吏中選拔出來的優秀人才，他們在旁聽了雋不疑的談話，無不震驚歎服。經暴勝之上表舉薦，雋不疑被漢武帝任命為青州刺史。公元前 87 年，雋不疑因察覺並粉碎齊孝王之孫劉澤的反叛陰謀，被提升為京兆尹，賜錢百萬。公元前 82 年，雋不疑識破冒充衞太子之人，得到漢昭帝和大將軍霍光的稱讚。經過此事，雋不疑在朝中名聲大振。「褒」「博」都是形容寬大，「褒衣博帶」的原意是着寬袍，繫闊帶，指古代儒生的裝束。

◎ 劍拔弩張

韋誕是三國時期魏國大臣、書法家、製墨家，能書各種書體，隸書、章草、飛白尤為精妙。南朝時的袁昂著《古今書評》，評價韋誕書如「龍威虎振，劍拔弩張」。「劍拔弩張」原意是形容書法筆力遒勁，也比喻雙方擺開了陣勢，形勢緊張，一觸即發。魏明帝曹叡曾修建了一座凌雲閣，非常高峻。「凌雲閣」三字匾額決定由韋誕書寫。可是，由於工人的疏忽，字還沒有寫上，就把匾釘上去了。匾額離地有二十五丈高。沒辦法，只好讓韋誕站在一個筐裏，用轆轤把他拉上去，在空中書寫。筐被慢慢拉上去，越高，晃得越厲害，韋誕非常害怕，戰戰兢兢地寫完。上去的時候，韋誕的頭髮鬍鬚都是黑的，下來以後，全都變白了。他後來立了一條家規，子子孫孫都不准練習榜書。

◎ 五日京兆

西漢時期，有一個叫張敞的人，因為出眾的才華和良好的辦事能力而受到漢宣帝的器重，被提拔為京兆尹。當時京城盜賊橫行，城中很多百姓被盜，百姓終日叫苦不迭，官府對此卻無能為力。張敞擔任京兆尹後，採用「擒賊先擒王」的策略，將小偷的頭子抓獲，然後讓他想方設法抓住其他盜賊，以戴罪立功。這個方法果然奏效，京城中幾百名盜賊被抓捕歸案，從此百姓不必為此而擔憂了。楊惲（yùn）是張敞的好朋友，因為犯了大罪被宣帝所殺，他的親朋好友大都受到了牽連，有的被罷官免職，有的被流放外地，但宣帝因為信任張敞沒有處理他。當時張敞手下有個叫絮舜的官員，他認為張敞必定會因為楊惲之事而遭受懲罰，連京兆尹也做不成了，於是便無視張敞的存在。他對別人說：「張敞最多只能當五天京兆尹，我對他無禮他又怎麼樣？」張敞知道這件事後十分生氣，他派人把絜舜抓起來，隨後找藉口殺了他。絜舜的家屬向宣帝告狀，要求嚴厲懲罰張敞。宣帝迫於輿論壓力，罷了張敞的官。後來，冀州出現了很多盜賊，宣帝又再次起用張敞去剿賊。「五日京兆」後比喻任職時間短或將要離職。

◎ 賞罰分明

漢宣帝時期，張敞上書請求治理勃海、膠東。宣帝召見張敞，任命他為膠東相，賜給他三十斤黃金。張敞向宣帝上書提出，要治理治安混亂的郡國，沒有鮮明的賞罰，就無法勉勵好人、懲罰壞人，對追捕盜賊有功的官吏的獎勵應該比京畿三輔的更為優厚。宣帝答應了張敞的請求。張敞到了膠東，公開實行懸賞，給盜賊開生路，讓他們互相捕殺來免除罪責。官吏追捕盜賊有功的，張敞開出名單報請尚書，調補任縣令的有幾十人。從此以後，盜賊瓦解，互相捕殺，官吏百姓生活安定，膠東於是變得非常太平。後世據此典引出成語「賞罰分明」，形容處理事情嚴格而公正。

◎ 直言極諫

汲黯是西漢名臣，在漢武帝時期曾擔任東海太守，政績卓著，被召為主爵都尉，列於九卿之一。汲黯好學，又好仗義行俠，很注重志氣節操。他平日居家，品行美好純正；入朝，喜歡直言勸諫，屢次觸犯漢武帝的面子，因此總是得不到升遷。汲黯任主爵都尉而位列九卿的時候，王太后的弟弟武安侯田蚡做了丞相。年俸中二千石的高官來謁見時都行跪拜之禮，田蚡竟然不予還禮。而汲黯求見田蚡時從不下拜，經常只向他拱手作揖。有一次，漢武帝對招攬來的文學之士和崇奉儒學的儒生們說自己要以儒家的仁義來施政，汲黯卻說道：「陛下心裏慾望很多，只在表面上施行仁義，怎麼能真正仿效堯舜的作為呢！」漢武帝沉默不語，心中惱怒，臉一變就罷朝了，公卿大臣都為汲黯驚恐擔心。漢武帝退朝後，對身邊的近臣說：「太過分了，汲黯太愚直！」羣臣中有人責怪汲黯，汲黯說：「天子設置公卿百官這些輔佐之臣，難道是讓他們一味屈從取容，阿諛奉迎，將君主陷於違背正道的窘境嗎？我身居九卿之位，縱然愛惜自己的生命，但要是壞了朝廷大事，那可怎麼辦！」司馬遷在《史記》中稱讚說：「如汲黯、韓長孺等，敢直言極諫。」意思是說，像汲黯、韓長孺等人，都是敢用正直的言論冒死勸諫君主的。成語「直言極諫」意思是以正直的言論諫諍，古時多用於臣下對君主。

◎ 後來居上

漢武帝一方面很討厭汲黯總是不給自己面子，另一方面又很聽汲黯的話，因為漢武帝不得不承認汲黯每次提的建議都是非常正確的，的確讓自己少犯了許多錯誤。當時朝中還有兩個年輕的官員，一個叫張湯，另外一個叫公孫弘。這兩個人政治上毫無建樹，拍起馬屁來倒是熟練得很。每次看到漢武帝又做了什麼錯誤的決定，不僅不會糾正，還會講好聽的話讓漢武帝高興。因為他們會討好漢武帝，漢武帝就讓公孫弘當了丞相，讓張湯當御史大夫，官位比汲黯還高。汲黯看到這些拍馬屁的人，也可以坐到現在這個位置上來，心裏非常不服氣。有一天上朝，汲黯很不客氣地對漢武帝說：「皇上用人，就好像在堆柴一樣，把後拿來的柴都放在上面，根本不管哪一根柴才是真正的好柴。」漢武帝知道汲黯是在罵他任用張湯和公孫弘這兩個愛拍馬屁的小人，滿臉通紅。後世據此典總結出成語「後來居上」，代指資歷淺的反而位在資歷長的之上；後多用於比喻後來的人和事，進步很快，趕上或超過了先前的。

◎ 鑿壁偷光

西漢經學家匡衡出身貧寒，從小只好在有錢的鄰居家打工，賴此謀生。但他勤奮好學，白天幫工，幹農活；晚上休息時，就抓緊閒暇時間刻苦讀書。那時，晚上照明用的是油燈，燈油很貴，匡衡用不起，他看見鄰居家經常燈火通明，就悄悄在牆壁上鑿了一個洞，藉着這個洞透過來的燈光看書。就這樣年復一年，小匡衡竟通讀了《詩經》《孝經》等儒家經典，後來成了學富五車的經學大師。這就是成語「鑿壁偷光」的出處，這個成語後用來形容家貧而讀書刻苦。匡衡步入仕途後，抓住善於講解《詩經》等經學這一特長，得以穩步上升，後來漢元帝讓他代行丞相之職，封為樂安侯，位極人臣。遺憾的是，入仕後的匡衡，隨着職務的升遷，卻漸漸變質，最終淪為弄臣和巨貪。匡衡代行丞相之職後，便與中書令宦官石顯勾結在一起，看誰不順眼就聯手整治誰。提出「明犯強漢者，雖遠必誅」的功臣陳湯打敗匈奴，匡衡與石顯擔心陳湯受到獎賞超過他們，便聯名上了一道奏摺，誣陷陳湯有父喪不歸、打了勝仗目中無人、假傳聖旨、貪功冒進、擊殺的郅支單于是假的。後來，匡衡又開始整治石顯，上奏説石顯如何如何壞，把他們幾個一起幹的壞事都算在石顯頭上。漢成帝將石顯貶為庶人，趕回老家，石顯在貶途中絕食而死。石顯死後不久，有人告發匡衡在自己的封地上做手腳，私吞多佔了四萬多畝田地，匡衡狡辯説是郡圖之錯。但漢成帝對他早已看不慣，就下了一紙詔令，革除了他代行的丞相之職，貶為庶人，趕回老家。沒過幾年，一代大儒匡衡就在老家孤獨地死去。

◎ 妙語解頤

匡衡曾拜當時的博士學習《詩經》，由於勤奮學習，他對《詩經》的理解十分獨特透徹，且以講解《詩經》著稱。漢元帝十分喜好儒術文辭，尤喜愛《詩經》，曾多次親自聽匡衡講《詩經》，對匡衡的才學十分讚賞，因此讓匡衡代行丞相之職，總理全國政務。每當朝廷大臣討論政務時，匡衡總是引《詩經》為據，他的主張總是得到元帝的支持。由於匡衡對《詩經》有透徹的見解，能讓所聽的人茅塞頓開，心情愉悦，時間一長，人們便爭相傳誦，匡衡的名聲越來越響，得到人們的好評：「即説詩，匡衡來，匡説詩，解人頤。」意思是説，正要談論《詩經》，匡衡來了，聽匡衡解説《詩經》，能使人眉頭舒展，心情愉悦。由此可見匡衡對《詩經》理解之深。「妙語解頤」的意思是有趣的話引人發笑。

◎ 不名一錢

據説漢文帝劉恆有一次夢到他想上天，但上不去，見有一個戴黃帽的人從後面推着他登上天堂。於是文帝便依夢裏的情形派官員去尋找此人，發現夢中戴黃帽的人是鄧通，就把他召進宮中，又因為「鄧」正好諧音「登」，所以文帝提拔他為上大夫，賞錢十幾萬，從此他平步青雲。漢文帝請人給鄧通相面，相面的人説鄧通日後會貧餓而死，文帝不信，説：「鄧通貧富全在我一句話，怎麼能説他會貧困呢？」於是賜給鄧通一座產銅的礦山，讓他自己負責鑄錢。從此，號稱「鄧氏錢」的貨幣遍佈天下，鄧通很快就成為一個大富翁。為保住自己的權勢和財富，他竭盡全力向皇帝溜鬚拍馬。然而，好景不長，文帝去世，景帝即位。景帝做太子時就不喜歡鄧通，一即位就將鄧通罷免回家，接着又因有人告發他私鑄假錢而將他下獄，鄧通的全部家產都被沒收充公，這樣財富顯赫的鄧通一下子落到窮困潦倒的地步。文帝的姐姐長公主可憐他，賜給他一些錢物，也馬上被沒收，連一根簪子也不給留下。公主只好讓人借給他衣食，聊以度日。東漢王充在《論衡》一書中記載：「通亡，寄死人家，不名一錢。」意思是說鄧通身上沒有一個錢，最後寄宿在別人家裏死去。成語「不名一錢」指一個錢也沒有，形容貧窮到了極點。

◎ 狡兔三窟

戰國時期，齊國的相國孟嘗君非常喜歡與各種人才交朋友，經常邀請這些人到家中長住，與他們一起討論國家大事。其中有位叫馮諼的人，住了很長時間，但卻什麼事都不做。孟嘗君覺得很奇怪，但是仍然熱情招待馮諼。有一次，馮諼替孟嘗君到薛地討債，但他不但沒跟當地百姓要債，反而把債券全燒了，說是孟嘗君讓他這樣做的，薛地人民都對孟嘗君充滿感激。後來，孟嘗君被齊王解除相國職位，前往薛地定居，受到薛地人熱烈的歡迎，孟嘗君這才知道馮諼的才能。馮諼對孟嘗君說：「通常聰明的兔子都有三個洞穴，才能在緊急關頭逃過獵人的追捕，而免除一死。但是你卻只有一個藏身之處，所以你還不能高枕無憂，我願意再為你安排兩個可以安心的藏身之處。」於是馮諼去見梁惠王，說如果梁惠王能請到孟嘗君幫他治理國家，那麼梁國一定能夠變得更強盛。於是梁惠王派人邀請孟嘗君到梁國，準備讓他擔任治理國家的重要官職。梁國的使者一連來了三次，馮諼都叫孟嘗君不要答應。梁國派人請孟嘗君去治理梁國的消息傳到齊王那裏，齊王一急，就趕緊派人請孟嘗君回齊國當相國。馮諼要孟嘗君向齊王提出希望能夠擁有齊國祖傳祭器的要求，並將它們放在薛地，同時興建一座祠廟，以確保薛地的安全。祠廟建好後，馮諼對孟嘗君說：「現在屬於你的三個安身之地都建造好了，從此以後你就可以墊高枕頭，安心地睡大覺了。」後人便用「狡兔三窟」來比喻隱蔽的地方或方法多。

◎ 墮甑不顧

孟敏是東漢時期的讀書人，做人非常瀟灑，拿得起，放得下。有一次孟敏揹着一個甑（古代一種瓦製炊器，也就是大瓦罐）行走，不慎失手，甑墜地打破了，孟敏頭也不回繼續向前走。這事被當時的名士郭林宗看見了，問他為何不回頭看一眼就走了，他回答説：「甑已經破了，看他有什麼用？」郭林宗覺得他不一般，就勸説他去遊學。十年以後，孟敏名聞天下，位列三公之一。後人便總結出「墮甑不顧」這個成語，比喻既成事實，不再追悔。

◎ 甑塵釜魚

東漢時的范冉，字史雲，年輕時為縣小吏，奉令迎接督郵，他認為可恥，於是辭去官職。他特立獨行，所作所為往往違時絕俗，與漢中李固、河內王奐非常相好。王奐後來做了考城令，縣境與范冉所在的外黃接界，多次寫信給范冉，請他去，他沒有答應。王奐升為漢陽太守，將行，范冉才與弟弟范協抬着酒，在道路旁邊等着王奐。范冉看見王奐車子隨從，絡繹不絕，也不上前打招呼，只同弟弟在路旁説話。王奐聽出來是范冉的聲音，馬上下車相見，説：「路上倉卒，不是暢敍離別情懷的地方，可同我一道到前亭休息，好好聊聊。」范冉説：「你以前在考城，想去你那裏，因貧賤，不敢高攀，自絕豪友。現在你遠行千里，會面無期，所以我和弟弟在這裏等你，與你相別。如果我跟你走，會招來攀附貴人的批評。」便起身告辭，頭也不回地走了。桓帝時，范冉被任命為萊蕪的長官，因為母親去世要守喪，所以沒有到職。後來遭到閹黨的禁錮，終身不得為官，他就推着鹿車，載着妻子兒女四處雲遊，靠撿拾莊稼度日，經常是走到哪裏但無錢住客店，就依在樹蔭下露宿，生活十分貧困，這樣過了十多年，才蓋了一間茅草房子住了下來。雖然定居，但仍極為貧困，經常缺糧，范冉安之若素，毫不在意，言語容貌不改常態。鄉鄰們說他：「甑中生塵范史雲，釜中生魚范萊蕪。」意思是說他因無糧食斷了炊火，瓦罐中生了塵土，飯鍋中生了蠹魚（蟲子）。成語「甑塵釜魚」後用來形容家貧困頓斷炊已久，也比喻官吏清廉自守。

◎ 志美行厲

張堪是東漢官員，出身於南陽豪門大族，很早就成為孤兒，他把父親留下的數百萬家產讓給堂姪。張堪十六歲時，來到長安受業學習。由於他「志美行厲」，也就是品行超羣，諸儒都稱他為「聖童」。光武帝劉秀還是一介布衣的時候，看到張堪品行兼優，常常誇獎他。劉秀登基稱帝后，任命張堪為蜀郡太守，率領騎兵七千，去協助大司馬吳漢征伐公孫述。當時吳漢的部隊只剩下七天的軍糧，因此暗地準備船隻打算退兵。張堪聽說後，趕緊拜見吳漢，對吳漢說：「公孫述必敗，不應在這個時候退兵。」吳漢採納他的意見，於是故意示弱以引誘敵人。公孫述果然中計，率兵出城追擊，而被斬首。成都被攻佔後，張堪首先派兵佔據城池，然後清查倉庫，收其珍寶，並將它逐件記錄，上報朝廷，沒有半點遺漏。他還慰問、安撫成都的吏民，使蜀地的吏民十分高興。張堪在蜀郡擔任太守兩年，後來被調任為騎都尉，率領士卒在高柳擊敗匈奴，被任命為漁陽太守。有一次，匈奴一萬騎兵入侵漁陽，張堪率領數千騎兵飛奔出擊，最後大敗敵軍，邊界地區得以安寧太平。緊接着他在狐奴縣開闢稻田八千多頃，鼓勵百姓進行耕種，從而使百姓逐漸殷實富有。百姓編成歌謠唱道：「桑無附枝，麥穗兩岐。張君為政，樂不可支。」意思是說，桑樹茂盛無旁枝，麥結雙穗豐收時。張君治理郡中事，其樂融融不可支。張堪在漁陽任職八年，匈奴不敢進犯邊塞。劉秀曾召見各州郡主管考核官員的官吏，詢問各地的風土人情及其前後守令賢能與否。蜀郡的計吏樊顯進言道：「張堪昔日在蜀郡時，心地仁慈，愛護部下，他的威名足可以討伐奸賊。以前擊敗公孫述的時候，珍寶堆積如山，張堪掌握的財富，足可以使子孫享受十代。而他解職還都時，乘坐的只是一輛斷轅的破車，車上只有布被包袱而已。」劉秀聽後，歎息許久，準備徵召張堪，張堪卻不幸病逝。東漢著名科學家、文學家張衡就是他的孫子。成語「志美行厲」「樂不可支」出自此處。「志美行厲」意思是指志向高遠，又能砥礪操行。「樂不可支」形容快樂到了極點。

◎ 百折不撓

橋玄，東漢時期名臣，官至太尉。他性情剛直，嫉惡如仇，敢於同奸徒鬥爭。他年輕的時候，在睢陽當功曹。有一次，豫州刺史周景來到睢陽。橋玄向周景揭發了當地高官羊昌的罪惡，請求周景派他前去查辦。周景同意之後，橋玄首先把羊昌的賓客全部抓了起來，調查羊昌的罪行。羊昌的靠山、當朝大將軍梁冀得知這個消息，派人來救羊昌。與此同時，周景也接到一道聖旨，要他召回橋玄。橋玄頂住壓力，抓緊辦案，終於使羊昌受到應有的懲罰，橋玄也因此而聞名。漢靈帝時，橋玄出任尚書令。太中大夫蓋升仗着與靈帝有交情，在出任南陽太守時大肆收受賄賂，橋玄掌握了蓋升的犯罪事實之後，就向靈帝上奏，要求罷免蓋升，抄沒他搜括來的財產。漢靈帝不但沒有查辦蓋升，反而升了他的官。橋玄於是託病辭職，返回老家。橋玄在京城任職期間，有一天，他的小兒子在門口玩，突然有三個強盜劫持了孩子，衝到樓上，向橋玄勒索財物。消息傳開之後，校事陽球帶兵包圍了橋玄的家，又擔心貿然動手將會傷了孩子，因此不敢進攻。橋玄見狀，厲聲喝道：「強盜無法無天，難道能為了我的一個小孩子而放縱這些惡徒嗎！」他催促陽球發動進攻，殺死了強盜，而他的小兒子也因此喪生。橋玄死時，家裏沒有什麼遺產，殯葬也非常簡單。他堅毅果斷、勇往直前的精神，受到了人們的讚揚。東漢文學家蔡邕在《太尉橋公碑》中寫道：「其性莊，疾華尚樸，有百折不撓，臨大節而不可奪之風。」意思是橋玄性情嚴肅，嫉恨奢華，崇尚儉樸，有着百折不撓、在重大原則問題上決不改變自己意志的氣概。成語「百折不撓」比喻意志堅強，無論受到多少次挫折，毫不動搖退縮。後世盛傳東漢末年的江東美女大喬、小喬為橋玄之女，實為誤傳。按《三國志》的記載，孫策、周瑜分別納大喬、小喬是在攻破皖城之後，清代盧弼在其所著《三國志集解》中指出:「按本傳(《三國志．周瑜傳》)橋公二女為攻皖時所得，據《寰宇記》，橋公為舒州懷寧人，即漢之廬江郡皖人。《後漢書．橋玄傳》玄為梁國睢陽人，兩不相涉。」另外，孫策、周瑜攻破皖城是公元 199 年的事，而橋玄公元 184 年就已去世，死時已有七十五歲，從年齡上來看，也不可能是大喬、小喬之父。

◎ 桑經酈注

《水經》是中國第一部記述水系的專著，著者和成書年代歷來說法不一，爭議頗多。《新唐書．藝文志》稱為桑欽撰，宋以後多從此說。《水經》簡要記述了一百三十七條全國主要河流的水道情況。原文僅一萬多字，記載相當簡略，缺乏系統性，對水道的來龍去脈及流經地區的地理情況記載不夠詳細具體。北魏時期的酈道元從少年時代起就有志於地理學的研究，喜歡遊覽祖國的河流山川，尤其喜歡研究各地的水文地理、自然風貌。後來他充分利用在各地做官的機會進行實地考察，足跡遍及今河北、河南、山東、山西、安徽、江蘇、內蒙古等廣大地區，調查當地的地理、歷史和風土人情等，掌握了大量的第一手資料。每到一個地方，他都要遊覽名勝古跡、山川河流，悉心勘察水流地勢，並訪問當地長者，了解古今水道的變遷情況及河流的淵源所在、流經地區等。通過把自己看到的地理現象同古代地理著作進行對照、比較，他發現其中很多地理情況隨着時間的流逝發生了很大變化，如果不及時記錄下來，後人就更難以弄明白。因此，他以《水經》為綱，作了二十倍於原書的補充和擴展。全書共四十卷，約三十萬字，記錄河流一千三百八十九條，逐一説明各條河流的源頭、支派、流向、經過、匯合及河道概況，並對每一流域內的水文、地形、氣候、土壤、植物、礦藏、特產、農業、水利以及山陵、城邑、名勝古跡、地理沿革、歷史故事、神話傳説、風俗習慣等，都有具體的描述。該書還記錄了不少碑刻墨跡和漁歌民謠，文筆絢爛，語言清麗，具有較高的文學價值。由於書中所引用的很多文獻已經散失了，所以《水經注》對研究中國古代的歷史、地理有很大的參考價值。由於《水經》為桑欽所著，又由酈道元補充並作注，後人便將二者合稱為「桑經酈注」。

◎ 合浦珠還

孟嘗是東漢時人，他的祖先三代擔任郡吏，都在禍亂中守節而死。孟嘗青少年時努力砥礪自己的節操品行，後來擔任過徐縣縣令。州府和郡府上書舉薦他，升為合浦太守。合浦郡管轄現北部灣城市羣部位，沿海盛產珍珠，又圓又大，色澤純正，一直譽滿海內外，人們稱它為「合浦珠」。當地漁民都以採珠為生，以此向鄰郡交趾（今越南北部紅河三角洲地區）換取糧食。採珠的收益很高，為了撈到更多的油水，官吏們不顧珠蚌的生長規律，一味地叫漁民去捕撈。結果，珠蚌逐漸遷移到鄰近的交趾郡內，在合浦能捕撈到的越來越少了。漁民收入大量減少，連糧食也換不上，不少人因此餓死。孟嘗擔任合浦太守後，很快查明原因，下令革除弊端，不准漁民濫捕亂採，以保護珠蚌資源。不到一年，珠蚌又繁衍起來，合浦又成了盛產珍珠的地方。後來孟嘗因病上書辭職，朝廷准許他返回京師，官吏百姓抓住孟嘗的車子懇求他留下，他只好坐船連夜暗中離去。他回去後隱居在窮鄉僻壤，親自耕田做工。士人百姓仰慕他的高尚品德，搬來和他住在一起的有一百多家。「合浦珠還」，比喻東西失而復得或人去而復回。

◎ 望門投止

東漢時期，有一個叫張儉的人，是一位正直君子，聲望頗高。公元 165 年，張儉出任山陽東部督郵（官名，代表太守督察縣鄉，宣達教令，並負責獄訟捕亡等事）一職。當時，有一個專權的宦官名叫侯覽，山陽防東人。侯覽仗着漢靈帝的恩寵，接受的賄賂數以萬計。侯覽家裏的人倚仗他的權勢在防東殘害百姓，無惡不作。為此，張儉上奏章告發了侯覽和他的母親，請朝廷處死他們。因為侯覽整天在靈帝身邊轉，這封信沒到靈帝手中就被侯覽扣下了。侯覽下令捉拿張儉。張儉因此逃命，狼狽出走，跑到哪裏，天黑了，就到哪家住宿，老百姓沒有不敬重他的名氣和品行的，即使會家破人亡，還願收容他。凡是張儉所經過住宿的人家，被處死的數以十計，宗族親戚都被殺害，郡縣因此殘破不堪。張儉和魯國人孔褒是舊友，當他去投奔孔褒時，正好遇上孔褒不在家，孔褒的弟弟孔融年僅十六歲，作主把張儉藏匿在家。後來事情泄露，張儉雖然得以逃走，但官府將孔褒、孔融逮捕了，送到監獄關押。孔融說：「是我接納張儉並把他藏匿在家，應當抓我。」孔褒說：「張儉是來投奔我的，不是弟弟的罪過。」負責審訊的官吏徵求他倆母親的意見，母親說：「一家的事，由家長負責，罪在我身。」一家母子三人，爭相赴死，郡縣官府不願裁決，就上報朝廷。靈帝下詔，將孔褒誅殺抵罪。張儉四處流浪，二十年後才重回故鄉。建安初年，朝廷徵召張儉為衞尉，張儉雖接受此職，但看到丞相曹操有篡位的野心，於是閉門不問世事，將駕車都懸掛了起來。一年多以後，在許都去世，終年八十四歲。後來，人們就將「望門投止」引為成語，形容在急迫情況下，見有人家就去投宿，求得暫時的存身之處；後泛指在倉猝情況下，來不及選擇存身的地方。清朝末年的維新志士譚嗣同在《獄中題壁》詩中曾用過這個典故：「望門投止思張儉，忍死須臾待杜根。我自橫刀向天笑，去留肝膽兩崑崙！」

◎ 閉月羞花

「閉月」「羞花」最早分別指的是歷史上的貂蟬和楊貴妃。貂蟬為東漢末年的美女。一次，貂蟬在後花園拜月時，忽然輕風吹來，一塊浮雲將那皎潔的明月遮住。這情形正好被義父王允瞧見了。王允為宣揚女兒的美貌，逢人就説，我的女兒和月亮比美，月亮比不過，趕緊躲在雲彩後面。因此，貂蟬也就被人們稱為「閉月」。相傳唐朝開元年間，楊玉環到花園賞花散心，她剛一摸花，花瓣立即收縮。其實，她摸的原本是含羞草。這時，一宮娥恰好看見此事，於是到處説，楊玉環和花比美，花兒都含羞低下了頭。唐明皇聽説宮中有個「羞花的美人」，喜出望外，立即讓楊玉環前來見駕，不久又封其為貴妃。從此以後，「羞花」也就成為了楊貴妃的雅稱。後人將「閉月羞花」合為成語，形容女子容貌美麗。

◎ 偃旗息鼓

公元 219 年，劉備率軍進攻漢中，次年黃忠在定軍山斬夏侯淵，於是曹操親自率領大軍來爭奪漢中，並先運大量軍糧到北山下，黃忠認為可趁機奪取軍糧，便領軍出擊，當時趙雲屬下的士兵也隨着黃忠一起出戰。黃忠過了約定時間之後仍未回來，趙雲便帶着數十騎兵出營查看情況，結果碰上曹操派出的大軍。趙雲一次又一次地突擊曹軍陣列，且戰且退。趙雲剛進入大營，曹軍就追至大營前，負責防守營寨的將軍張翼要閉門拒守，趙雲卻下令大開營門，放倒旗子，停止敲鼓。曹軍見此情況，懷疑趙雲設有伏兵，便向後退去。趙雲馬上下令鳴擊戰鼓，鼓聲震天，又令軍士以弩箭射曹軍，曹軍驚駭，自相踐踏，墜入漢水中淹死者甚多。趙雲趁勢奪了曹軍的糧草，殺死了曹軍大批兵馬，得勝回營。後來，人們常用「偃旗息鼓」來比喻悄悄地行動，也比喻事情終止或聲勢減弱。次日劉備親自來到趙雲兵營察看戰鬥處，讚歎說：「子龍一身都是膽也！」軍中將士亦稱呼趙雲為虎威將軍。成語「一身是膽」形容膽量大，無所畏懼。

◎ 負重致遠

龐統，字士元，號鳳雛，是東漢末年劉備帳下重要謀士，與諸葛亮同拜為軍師中郎將。龐統年輕時為人樸實，表面看上去並不聰明。當時潁川名士司馬徽為人清雅而擅長識人，龐統前去拜見，倆人相互交談一直從白天說到黑夜，司馬徽大為驚異，說南州士子沒有人可以與龐統相比。有了司馬徽這句話，龐統漸漸為人所知。龐統認為當時天下大亂，正義之道逐漸衰退，善人少而惡人多，為了助長正道，宣揚好的榜樣，改善世風，他便經常評價當時的人物，培養別人的名聲，所以被他評價的人，都往往超過此人實際的才能。龐統早年任郡功曹，後跟隨東吳大將周瑜，被周瑜任以大事。公元 210 年，周瑜暴病，死於巴丘。龐統為周瑜送喪至建業，在建業的士人大多聽說過龐統的名號，紛紛來拜見他，其中包括陸績、顧劭、全琮等人，龐統評價陸績、顧邵，說：「陸君雖然像是匹駑馬，但實際卻有餘力；顧君雖然像是只駑牛，但卻能負重而行遠。」又對全琮說：「您樂善好施，頗類汝南樊子昭，稱得上是一時俊秀！」於是，三人都與龐統結為好友，然後歸返。後人據此典總結出成語「負重致遠」，比喻能夠負擔艱巨任務。

◎ 大器晚成

崔琰是漢末的名士，年少時性格樸實，言辭遲鈍，喜好擊劍，崇尚武功。他特別喜歡交朋友。可是，當時很多人卻認為他不學無術，除了舞刀弄棒，學問上一竅不通。一次，他去拜訪一個很有學問的人，主人卻連面都沒露，只讓管家出面拒絕相見，崔琰知道人家是嫌他沒知識，感到無比羞愧，暗自下定決心要好好讀書，成為一個能文能武的人。他當時已經二十三歲，才開始研讀《論語》《韓詩》，但是他虛心拜師求學，學問逐漸增多起來。後來獨霸北方的袁紹把他招為謀士。袁紹被曹操所滅後，曹操久聞崔琰才幹，勸崔琰歸順自己。在曹操帳下，崔琰出了不少計策，很受曹操器重，曹操在接見匈奴使者時，曾讓崔琰假扮自己（見本書「牀頭捉刀人」）。崔琰有個堂弟叫崔林。崔林年輕時一事無成，親友們都看不起他，可是崔琰卻很器重他，他憑自己的經歷常對人說：「這就是所謂大器晚成的人，最終必定有遠大的發展。」後來崔林官至宰輔。「大器晚成」原指大的材料需要長時間才能做成器具，後來比喻能擔當大事或做出大事業的人成就比較晚。

◎ 下筆成章

魏文帝曹丕，字子桓，三國時期政治家、文學家，曹魏開國皇帝，魏武帝曹操之子。他自幼天資聰穎，從十歲起隨父親南征北戰，長時間的軍旅生涯鍛煉了其強健的體魄，而且還豐富了他的見聞，為其詩歌創作積澱了大量素材。曹丕的文學成就很高，與其父曹操和弟曹植並稱「建安三曹」，今存《魏文帝集》二卷。曹丕詩歌形式多樣，而以五言、七言為長，語言通俗，具有民歌精神；手法則委婉細緻，迴環往復，擅長描寫男女愛情和遊子思婦題材。他的《燕歌行》是中國現存最早的文人七言詩。曹丕所作散文佳作甚多，文中融入了作者細膩而敏感的心靈感悟，處處流露出語切情真、徘徊動情之語，常常能觸動人心。曹丕所創作的二十八篇賦作，以抒情和詠物為主，體制短小精悍，觸及社會現實的方方面面，並將個體的喜怒哀樂帶入小賦之中。他還著有《典論》，其中的《論文》是中國文學史上第一部有系統的文學批評專論作品。曹丕是鄴下文人集團的實際領袖，對建安文學的精神架構起到關鍵作用，由此形成的「建安風骨」對後世文學產生了深遠影響。《三國志》記載：「文帝天資文藻，下筆成章。」意思是，曹丕天生文采出眾，一揮筆就能寫成文章。成語「下筆成章」形容文思敏捷。

◎ 煮豆燃萁

公元 220 年正月，曹操病死，曹丕由世子榮升魏王；同年十月，漢獻帝被迫禪讓帝位，曹丕登基，後被稱為魏文帝。他的弟弟曹植曾與他爭奪世子之位，雖然曹植最終失敗了，但曹丕在稱帝后，仍耿耿於懷。他擔心這個有學識又有政治抱負的弟弟會威脅自己的皇位，就想着法子要除掉他。據《世説新語》記載，曹丕曾經命令曹植在行走七步的時間裏作成一首詩，作不出的話，就要動用死刑。曹植應聲便成詩一首：「煮豆持作羹，漉菽以為汁。萁在釜下燃，豆在釜中泣。本自同根生，相煎何太急！」意思是，煮豆子是為了把豆子的殘渣過濾出去，留下豆汁做羹。豆秸在鍋下燃燒，豆子在鍋中哭泣：我們本來是同胞兄弟，為什麼你那麼急迫地煎熬我呢？曹丕聽了深感慚愧。不過，這個事件不見於正史，這首詩也不見於《曹植集》，其真偽歷來爭論不休。成語「煮豆燃萁」比喻兄弟間自相殘殺。

◎ 才高八斗

曹植，字子建，又稱陳思王，為曹操第三子，魏文帝曹丕之弟，三國時期文學家。他從小就很聰明，才思敏捷，文詞富麗，曹操很喜歡他。曹植的創作，包括賦頌詩銘和論文，舊時作家都有很高評價。曹植在漢樂府古詩的基礎上，對五言詩的發展做出了重要貢獻。其現存詩八十餘首，是建安詩人中最多的，代表作有《七哀詩》《白馬篇》《贈白馬王彪》《門有萬里客》等。他的《洛神賦》寫洛川女神的仙姿美態，是文苑奇葩。《南史》記載，南朝詩人謝靈運曾說：「天下才共一石，曹子建獨得八斗，我得一斗，自古及今共用一斗。」意思是天下的文才共有一石（一種容量單位，一石等於十斗），其中曹植獨佔八斗，我得一斗，天下古往今來的其他人共分一斗。後來，人們便稱曹植是「八斗之才」，同時也將學問高、文才好的人形容為「才高八斗」。

◎ 車載斗量

三國時期吳蜀夷陵之戰時，劉備率領七十萬大軍，水陸並進直逼吳國。消息傳到吳國，吳王孫權十分驚慌，召集大臣商議，決定派博聞多識、善於辯論的趙諮去魏國求援。魏王曹丕一向輕視東吳，接見趙諮時態度傲慢地問道：「吳王是怎樣的國君？吳國怕不怕我們魏國？」趙諮心中很是氣憤，但他作為吳國的使者，不能有失國家的尊嚴，便很有分寸地答道：「吳王從下層官吏中選拔重用魯肅，證明了他的聰慧；從士兵中選拔重用呂蒙，證明了他的明識；俘虜于禁而不殺，證明了他的仁義；取荊州而不損一兵一卒，證明了他的睿智；據三州虎視四方，證明了他的雄才大略；向陛下求援，證明他很懂得策略。至於說到怕不怕，儘管大國有征伐的武力，小國也自有抵禦的良策，何況我們吳國有雄兵百萬，據長江天險，有什麼可怕的呢？」這一番不卑不亢的對答，使曹丕十分歎服，改用比較恭敬的口氣問道：「像先生這樣有才能的人，吳國有多少？」趙諮答道：「聰明而有突出才能的，不下八九十人；像我這樣的就更多了，那簡直是用車裝、用斗量，數也數不清。」趙諮回到吳國後，孫權稱讚他不辱使命，封他為騎都尉，對他更加賞識重用。後人便用「車載斗量」來形容數量很多，不足為奇。

◎ 江郎才盡

江淹是南北朝時期的文學家，曾經連續在宋、齊、梁三朝做官，擔任過許多官職。他的父親去世早，家中十分貧困，他從小以砍柴為生，靠賣柴供養母親。儘管條件艱苦，江淹仍然發奮讀書，刻苦自學，後來寫出了許多精彩的文章和詩篇，世人讀了，個個稱讚，他的名聲就傳揚開去，人稱「江郎」。中年以後，江淹官運亨通，但仕途的高峰卻導致他創作上的低潮，到齊武帝永明後期，就很少有傳世之作，故有「江郎才盡」之說。相傳有一天夜裏，他做了一個奇怪的夢，有一個自稱張景陽的人走來對他說：「從前，我把一匹錦緞寄存在你懷裏，到如今已有很長時間了，請你還給我吧。」江淹摸摸懷裏，果然有一匹光彩絢麗的錦緞，他不由自主地拿出來，還給了那個人。又有一次，江淹在涼亭午休，夢到一個自稱郭璞的人對他說：「我的筆放在你那裏多年了，現在應該還給我了吧。」江淹隨即向懷中一摸，竟真的掏出一支五色筆來，於是就把筆歸還郭璞。從那以後，江淹寫起詩文來，就再也沒有名言佳句了。這兩個故事都屬傳說，實際上是江淹後來生活順遂，滿足於功成名就的現狀，在文學上不思進取，才是「江郎才盡」的主要原因。成語「江郎才盡」原指江淹少有文名，晚年詩文無佳句，後比喻才思減退。

◎ 割席分坐

東漢末年有個隱士叫管寧，曾和名士華歆是好友。他們二人自小關係非常好，經常一起讀書、做事。有一次，管寧和華歆一起在院子裏鋤草，忽然在土裏翻出了一塊金子。管寧對此完全沒有反應，繼續揮動鋤頭鋤草；可是華歆見到金子卻非常高興，趕緊撿了起來，看到管寧的臉色有異才把金子扔了。還有一次，管寧和華歆坐在一張席子上讀書。這時，外面響起一陣鑼鼓聲，中間夾雜着鳴鑼開道的吆喝聲和人們看熱鬧吵吵嚷嚷的聲音。管寧對外面的喧鬧充耳不聞，而華歆聽到以後，放下手裏的書，起身走到窗前去看個究竟。只見外面有一大隊人馬，敲鑼打鼓的，再往後面瞧，就見眾多人抬着一頂華麗的轎子，身穿統一服裝的隨從擁在兩邊。華歆完全被這種張揚的聲勢和豪華的排場吸引住了，對管寧說：「外面有那麼多的人，還有豪華的轎子，一定是有朝廷高官經過這裏。我們出去看看吧！」管寧對華歆的話不以為然，仍然專心讀書。華歆見狀，只好一個人跑到街上跟着人羣尾隨車隊看熱鬧去了。過了一會兒，華歆回來興高采烈地對管寧說：「那個坐在轎子裏的人果然是個大官！我以後也要努力當大官！」這時，管寧再也抑制不住心中的惋惜和失望，拿出一把刀子把席子從中間割成兩半，決然地對華歆說：「子非吾友也。」意思是說，你不是我的朋友。自此以後，管寧再也不以華歆為友。後人便用「割席分坐」表示朋友絕交或與他人劃清界限。

◎ 高自標置

劉惔（dàn），東晉大臣、清談家。他出身於世族家庭，清明遠達，風度才氣得到丞相王導賞識，後迎娶廬陵公主司馬南弟，成為永和名士的首領，是當時清談的主力幹將。劉惔自視甚高，當時另一個名士王濛與他齊名，二人亦是好友，有一次王濛與劉惔別後重逢，王濛對劉惔說：「你更有長進了。」劉惔回答說：「這個就像天本來就那麼高而已。」《晉書》記載：「桓溫嘗問惔：『會稽王談更進邪？』惔曰：『極進，然故次流耳。』溫曰：『第一復誰？』惔曰：『故在我輩。』其高自標置如此。」意思是說，桓溫曾經問劉惔：「會稽王司馬昱談論玄理的水平有了更大的進步嗎？」劉惔說：「是有很大進步，但他也只是第二流。」桓溫說：「那第一流又是誰呢？」劉惔說：「當然是我們。」他竟然將自己放在如此之高的位置。「高自標置」這個成語由此而來，比喻自己把自己看得很了不起。

◎ 雞骨支牀

王戎，三國至西晉時期名士、官員，「竹林七賢」之一。王戎自少神采秀美，長於清談，累官至豫州刺史、建威將軍，參與晉滅吳之戰。晉惠帝即位後，王戎認為天下將亂，於是不理世事，以山水遊玩為樂。王戎與一個叫和嶠的官員同時遭遇大喪，他們二人都以孝著稱，但「王雞骨支牀，和哭泣備禮」。意思是王戎在守孝期間，整個人都瘦了一大圈，幾乎站立都困難，而和嶠則是按照風俗習慣，哀號哭泣，一切都合乎喪葬的禮儀。晉武帝司馬炎對劉仲雄說：「你去看望過王戎與和嶠嗎？我聽說和嶠悲傷過度，讓人很擔心。」劉仲雄回答道：「依臣之見，和嶠雖然哀號之聲、痛苦之情頗讓人悲痛，一切也都合乎禮制禮法，但他的神色卻一點兒也不差；而王戎就不一樣了，他的做法儘管與禮制要求有所不合，但整個人都瘦成了皮包骨頭的樣子，恐怕站都難以站穩。因此，臣以為和嶠只是以禮制要求盡孝道，卻並不損害身體，是『生孝』罷了；王戎則只顧着思念去世的親人，連自己都忘了，是『以死盡孝』啊。所以，陛下不應該擔憂和嶠，而更應該擔憂王戎才是。」「雞骨支牀」後來便被用來比喻在父母喪中能盡孝道，也形容十分消瘦。

◎ 大腹便便

邊韶，字孝先，東漢學者、辭賦家。他才思敏捷，能言善辯，以文章知名，教授學生數百人，竭盡全力地給學生們講書、批文。只是邊韶有一個小毛病，總是打瞌睡，再加上他身子肥胖，肚皮比常人要大，行動有些笨拙，平時一副懶洋洋的樣子，學生們經常背地裏笑話他。有一天，邊韶給學生教了一會書，感覺累了，就讓學生們背書，他自己則將肥胖的身子往後一仰，靠在木牀上，很快便鼾聲大作。學生們眼看他腆着肚皮睡熟了，就偷偷給他編了一段順口溜：「邊孝先，腹便便，懶讀書，但欲眠。」邊韶被吵醒後，聽了學生為自己編的順口溜，感覺蠻有意思。他站起來在地上走了兩圈兒，提筆也寫下一首順口溜：「邊為姓，孝為字。腹便便，五經笥。但欲眠，思經事。寐與周公通夢，靜與孔子同意。師而可嘲，出何典記？」這首順口溜大意是說，邊是我的姓，孝先是我的字。我的肚子的確挺大，但裏邊裝的是五經。我是酷愛睡覺，然而我是在夢中會見周朝賢臣周公。哪怕有片刻安靜的時候，我也謹記孔子的教誨！可是，你們如此嘲笑先生，這規矩出自於哪家的經典呢？學生們聽他這樣一說，羞愧不已，老實地背書去了。「大腹便便」後來成為成語，指肚子肥大凸出的樣子。

◎ 角巾私第

王浚是西晉時期的將領。晉武帝司馬炎建立西晉後，王浚累次進言伐吳，武帝深以為然。公元 279 年，晉武帝派出二十萬軍隊分五路從各個方向發起了滅吳戰爭，其中王浚從長江上游率領八萬大軍，駕着每船可坐兩千人的「樓船」浩浩盪盪殺向東吳，一直把戰船開到了東吳都城建業城下，東吳皇帝孫皓看到大勢已去，在喪魂落魄中開城出降。在戰爭期間，朝廷曾有詔書要求王浚到達荊襄一帶時要受鎮南大將軍杜預節制，到達東部一帶時要受安東將軍王渾節制。王浚在中途曾被王渾手下邀請到他們駐紮在江北的軍營議事，但王浚考慮到戰爭波詭雲譎的特點，怕喪失了最佳戰機，婉言謝絕了。王浚接受孫皓投降的消息報到王渾這裏，王渾勃然大怒，上書誣陷王浚違反朝廷命令，羣臣發表意見都認為王浚的做法太過頭，應該從前線用囚車押回朝廷，按重罪處罰。武帝也無所適從，讓廷尉劉頌去調查，結果劉頌直接就把平吳的首功記在了王渾頭上，王浚只得了個次功。最後王渾進爵為公，而王浚只被封為縣侯。王浚每次去見武帝，總是訴說自己的戰功，以及被人屈枉之事，有時不勝憤怒，出言不遜。他的親戚范通對他説：「你功勞很大，遺憾的是沒能盡善盡美。」王浚迷惑不解，范通解釋説：「卿旋旆之日，角巾私第，口不言平吳之事。若有問者，輒曰：『聖主之德，羣帥之力，老夫何力之有焉！』」意思是説，你凱旋之日，就應該辭官歸隱，閉口不言平吳之事。如果有人問起，便説是由於聖主之德，羣帥之力，我沒有什麼功勞。王浚聽從了他的建議，從此收斂自己的言行，再不談論自己的功勞。沒想到他這一退步，反而引起了一些朝廷大臣的同情，紛紛為其冤屈辯解，逼得武帝再次封他為鎮軍大將軍，加散騎常侍，領後軍將軍，後又加官為撫軍大將軍，開府儀同三司。成語「角巾私第」意思是去官服而居私宅，表示功成隱退。

◎ 東山再起

謝安，字安石，號東山，東晉政治家，曾官至丞相。青少年時代，謝安就因擅於清談，在上層社會中享有較高聲譽，但他初次做官僅月餘便辭職，之後隱居在會稽郡山陰縣（今浙江省紹興市）東山的別墅裏，常與王羲之、孫綽等名士遊山玩水。後來，朝廷曾多次徵召，謝安均予以回絕，激起了不少大臣的不滿，接連上疏指責謝安，朝廷因此做出了對謝安禁錮終身的決定，後又下詔赦免，謝安卻始終泰然處之。謝安雖然屢屢不願出山，但當時的士大夫都對他寄予很大期望，以至有人說：「謝安石不肯出，將如蒼生何？」意思是，謝安不出來做官，天下的老百姓可怎麼辦呢？後來，謝安的哥哥謝奕去世，弟弟謝萬戰敗被廢，謝氏家族的權勢受到了很大威脅。公元 360 年，征西大將軍桓溫邀請謝安擔任自己帳下的司馬，謝安接受了。消息傳出以後，引起了朝野轟動，謝安動身前往江陵的時候，許多朝士都趕來送行。桓溫得了謝安十分興奮，一次謝安從桓溫那裏告辭後，桓溫自豪地對手下人說道：「你們以前見過我有這樣的客人嗎？」謝安後來成功挫敗了桓溫篡位的圖謀，並且作為東晉一方的總指揮，在淝水之戰中以八萬兵力打敗了號稱百萬的前秦軍隊，致使前秦一蹶不振，為東晉贏得幾十年的安靜和平，戰後因功名太盛被皇帝猜忌，往廣陵避禍，後病死，死後追封太傅兼廬陵郡公。「東山再起」指再度出任要職，也比喻失勢之後又重新得勢。

◎ 龍駒鳳雛

陸雲，西晉大臣、文學家，東吳名將陸抗之子，文學家陸機之弟。他性格正直，富有才情，精研《老子》，能談玄學，與陸機齊名，當時被稱為「二陸」。陸雲的詩頗重藻飾，以短篇見長；文章則旨意深雅，語言清新，感情真摯。二陸文才，各有長短，陸雲的文章雖然沒有陸機的那麼優美，但是論點十分犀利，語言也更清雅簡潔。吳國尚書閔鴻有次看見陸雲，感慨地說：「此兒若非龍駒，當是鳳雛。」後來陸雲年僅十六歲就被推舉為賢良。「龍駒鳳雛」便被用來比喻英俊秀穎的少年，後也常作恭維語。陸雲雖然文才出眾，但他和陸機一起巴結權貴，同為權臣賈謐的「金谷二十四友」，這是他的一個污點。

◎ 芝蘭玉樹

東晉時期名將謝玄自幼聰慧，理解能力強，而且有經國才略，善於治軍，文武兼備，立志挽救危亡，為叔父謝安所器重。他創建的「北府兵」，能征善戰，也能吃苦耐勞，成為東晉最為精銳的武裝力量。他與叔父謝安籌謀淝水之戰，並在前線指揮精銳與苻堅決戰，以智勇勝敵，名震江左。《晉書》記載，有一天，謝安問子姪們：「後輩們的事又跟長輩有多少關係呢，而長輩們卻一心只想到要他們好？」大家都不說話，只有謝玄回答說：「這就好比芝蘭玉樹，總想使它們生長在自家的庭院中啊！」「芝蘭」是一種香草，「玉樹」是傳說中的仙樹，都是非常好的植物。謝安對這個回答非常滿意，對謝玄更加看重。後人據此典引出成語「芝蘭玉樹」，比喻有出息的子弟。

◎ 束之高閣

東晉時，盛行玄學，人們喜歡說一些玄妙的話，做些沒什麼用的事，顯示自己對世俗、功利的遠離，表現自己的清高。這樣的人，被稱為名士。有一個叫殷浩的名士，年少時，就負有美名，尤其精通玄理，被那些風流辯士們推崇。有一次，有人問殷浩：「將要做官而夢見棺材，將要發財而夢見大糞，這是為何？」殷浩回答說：「官本是臭腐之物，所以將要做官而夢見棺材；錢本是糞土，所以將要發財而夢見糞便。」當時的人都認為他的這番言論是至理名言。當時，有一名大將叫庾（yǔ）翼，從小就有過人的才智和遠大的志向，作戰中屢立奇功，被封為都亭侯，官至征西將軍。他聽說殷浩很有才學，便誠心誠意地邀請殷浩出任司馬之職。但殷浩稱病不就職，隱居荒山將近十年，當時的人將他比作管仲、諸葛亮。後來庾翼又去請另一位同以才華名聲著稱的名士杜乂（yì），結果他和殷浩一樣，也不肯出來做事。因此庾翼就瞧不起殷浩、杜乂這類人，認為他們是徒有虛名的清談家，只會高談闊論，而沒有真才實學，常對人說：「此輩宜束之高閣，俟天下太平，然後議其任耳。」意思是說，像杜乂、殷浩這類人，只有把他們像東西那樣捆起來，放在高高的閣樓上不去管它，等天下太平了，再給他們個適當的位置。成語「束之高閣」由此而來。意思是把東西捆起來，放在高高的樓閣上；比喻放在一旁，不去管它。

◎ 掃榻以待

陳蕃，字仲舉，東漢時期名臣。陳蕃年少時有大志，曾經住在一間屋子裏，屋內外十分骯髒，父親的朋友薛勤來看他，對陳蕃說：「你為什麼不打掃乾淨迎接客人呢？」陳蕃說：「大丈夫在世，應當掃除天下的垃圾，哪能只顧自己的一室呢？」薛勤知道他有澄清天下的志氣，因而非常讚賞他。陳蕃任豫章太守時，一到郡，就打聽徐穉（字孺子）的住處，想先去拜訪他。陳蕃的手下對他說：「大家的意思是希望您先進官署裏面辦公。」陳蕃說：「周武王剛戰勝商紂王，就表彰賢人商容，當時連休息也顧不上。我尊敬賢人，不先進官署，又有什麼不可以呢！」他擔任豫章太守後，禮請徐穉擔任功曹。陳蕃在郡裏從不接待賓客，只有徐穉來時特設一個榻，徐穉走了就懸掛起來。「掃榻以待」的意思是把牀打掃乾淨等待客人到來，比喻對客人表示歡迎。王勃《滕王閣序》中的名句「人傑地靈，徐孺下陳蕃之榻」用的就是這個典故。公元 167 年，漢桓帝去世，竇皇后臨朝，以陳蕃為太傅，管理尚書事宜。次年，漢靈帝即位，陳藩與大將軍竇武合謀誅殺宦官，不料事情敗露，宦官曹節劫持漢靈帝與竇太后，誅殺竇武，又率宮中衛士包圍陳蕃，陳蕃率學士八十人抵抗，被害。

◎ 投鞭斷流

西晉末年，由於政治腐敗，引發了社會大動亂。西北和北方各民族乘機獨立，紛紛脱離西晉統治，出現了所謂「五胡十六國」。在諸國混戰期間，由氐（dī）族人建立的前秦國，統一了黃河流域。公元357年，氐族首領苻堅自立為大秦天王，並不斷向南擴展，與東晉王朝對峙，意圖統治全中國。為此，他把文武官員召集起來，對大家説：「自從我當皇帝以來，前秦的國力日漸強大，地盤也由小轉大，在北方已沒有任何國家敢來與我抗衡。但是，南方的晉朝，還佔據着大片肥沃的土地。每想到這裏，我就吃不下飯，睡不好覺。如今我已擁有百萬大軍，可説天下無敵。我想親自率領大軍伐晉，大家以為如何？」太子左衛率（護衛太子的官員）石越説：「陛下，我們雖然兵多將廣，但晉軍佔據着長江天險，對我們極為不利。咱們如果強行渡江，勢必會造成很大損失。還請三思而行！」苻堅傲慢地説：「長江有什麼了不起？憑我有百萬大軍，只要我下令讓每個士兵把鞭子投入江中，就足以截斷長江的水流！」許多大臣反對出兵，連太子苻宏也來勸説他別草率行事，但他聽不進去。後來，投降前秦的鮮卑族首領慕容垂居心叵測地慫恿苻堅發兵，説：「陛下完全可以自己做出決定，何必去徵求眾人的意見呢！」苻堅聽了高興地説：「和我共定天下的大事，就只有你了。」第二年，苻堅親自率領大軍進攻東晉，結果在淝水之戰中大敗，狼狽逃回洛陽。淝水之戰後，前秦瓦解，北方又重新分裂。「投鞭斷流」這一成語，就從苻堅的原話「吾之眾投鞭於江，足斷其流」演變而出，用來形容人馬眾多，兵力強大；後也用來説在一個活動中參與的人數眾多，並且每個人都實力強大。

◎ 草木皆兵

公元 383 年，基本上統一了北方的前秦皇帝苻堅，率領九十萬兵馬，南下攻伐東晉。東晉王朝任命謝石為大將，謝玄為先鋒，率領八萬精兵迎戰。秦軍前鋒苻融攻佔壽陽（今安徽省壽縣）後，苻堅親自率領八千名騎兵抵達這座城池。他聽信苻融的判斷，認為晉兵不堪一擊，只要他的後續大軍一到，一定可大獲全勝。於是，他派一個名叫朱序的人去勸降謝石。朱序原是東晉官員，他見到謝石後，報告了前秦軍隊的佈防情況，並建議晉軍在前秦後續大軍未到達之前襲擊洛澗（今安徽省淮南市東洛河）。謝石聽從他的建議，在洛澗取得大勝。晉兵乘勝向壽陽進軍。苻堅得知洛澗兵敗，晉兵正向壽陽而來，大驚失色，馬上和苻融登上壽陽城頭，親自觀察淝水對岸晉軍動靜，只見桅杆林立，戰船密佈，晉兵持刀執戟，陣容甚為齊整。接着，苻堅又向北望去。那裏橫着八公山，山上有八座連綿起伏的峰巒，地勢非常險要。晉兵的大本營便駐紮在八公山下。隨着一陣西北風呼嘯而過，山上晃動的草木，就像無數士兵在動。苻堅頓時面如土色，驚恐地回過頭來對苻融説：「晉軍是一支勁敵，怎麼能説它是弱旅呢？」不久，苻堅中謝玄的計，下令將軍隊稍向後退，讓晉兵渡過淝水決戰。結果，秦兵在後退時自相踐踏，潰不成軍，大敗北歸。這一戰，便是著名的淝水之戰，是歷史上以少勝多、以弱勝強的經典戰例之一。成語「草木皆兵」意思是把山上的草木都當作敵兵，形容人在驚慌時疑神疑鬼。

◎ 日近長安遠

西晉是中國歷史上短暫的王朝，傳三世四帝，共五十一年。313 年晉湣帝從洛陽遷都長安，316 年長安失守，317 年西晉滅亡。同年，皇族司馬睿在建康稱帝，史稱東晉。但司馬睿在建康建立政權的時間實際是在 311 年，當時西晉處於崩潰邊緣，尚未正式滅亡。司馬睿的兒子司馬紹那時候剛幾歲，非常聰明，有一天他坐在司馬睿的膝蓋上，恰逢有人從長安來，司馬睿就打聽在長安的晉皇室人員的情況，聽後流淚。司馬紹問他為什麼哭，司馬睿詳細地把晉王室的事情告訴了他，然後又問他：「你覺得長安和太陽哪個遠？」司馬紹回答說：「太陽遠，因為沒有聽說過有人從太陽那裏來，根據這一點可以知道。」司馬睿感到驚奇。第二天，司馬睿召集羣臣舉行宴會，把這件事告訴了羣臣，並重新問司馬紹這個問題，他卻回答說：「太陽近。」司馬睿很奇怪，說：「你怎麼跟昨天說的不一樣呢？」司馬紹回答說：「舉目見日，不見長安。」意思是抬頭能看得見太陽，卻看不見長安。後來便用「日近長安遠」比喻嚮往帝都而不得至，多寓功名事業不遂、希望和理想不能實現之意。

◎ 蒹葭倚玉樹

夏侯玄是三國時期魏國的大名士，儀表出眾，有玉人之稱。他自視甚高，很有傲氣。他在弱冠之時，就擔任散騎黃門侍郎，很快成為名士領袖。毛曾是當時魏明帝的毛皇后之弟，靠姐姐立后才驟然富貴，因缺乏相應的禮儀知識，在貴族圈子裏並不受人待見，並且相貌醜陋，令人生厭。有一次夏侯玄去朝見魏明帝，魏明帝讓他與毛曾坐在一起，當時的人將這一情景稱為蒹葭倚玉樹。「蒹葭」指的是蘆葦，「蒹葭倚玉樹」是指蘆葦靠在玉樹旁，比喻一醜一美不能相比。夏侯玄以此為恥，面露不悅，也因此而被魏明帝記恨，貶為羽林監。「蒹葭倚玉樹」也用作借別人的光的客套話。

◎ 哀梨蒸食

東晉時期，有一個叫桓玄的人，世襲他父親南郡公桓溫的爵位，人稱「桓南郡」。桓玄從小就有才氣，但受到父親溺愛，性格孤高自傲，並且心胸狹窄，對自己的才能和門第頗為自負，總認為自己是英雄豪傑。相傳漢朝時秣陵有一個叫哀仲的人，他家裏種出來的梨子個頭很大並且味道鮮美，又脆又嫩，入口而化，被當時人稱為「哀梨」。由於哀家梨名氣大，當時的人們常以能夠吃到哀家的梨為榮耀。但梨子要生吃才脆嫩味美，蒸熟再吃味兒就變了。桓玄每當對人不滿時，便會說:「君得哀家梨，當復不蒸食？」意思是，你得到哀家梨，總不會蒸着吃吧。桓玄這樣說是諷刺對方糊裏糊塗地糟蹋好東西，譏笑對方愚蠢。後人據此典總結出成語「哀梨蒸食」，用來諷刺愚蠢的人不知好歹，把好的東西給糟蹋了。

◎ 蒓羹鱸膾

張翰是西晉時吳郡吳縣人，才思敏捷，辭賦文章都寫得很好，但他把功名利祿看得很淡。吳縣鄰近太湖，盛產蒓菜和鱸魚。平時，張翰最喜歡吃兩個菜，一個是膾鱸魚，一個是蒓菜羹。後來，張翰到了洛陽，被掌握朝政的齊王司馬冏召入大司馬府，擔任一個小官。但他看到朝政一片混亂，心中不是滋味，很想回家去。一天，張翰正在庭院中散步，忽然想起家乡的蒓菜羹和膾鱸魚，不禁湧上了強烈的思鄉愁緒，賦了一首詩：「秋風起兮木葉飛，吳江水兮鱸正肥。三千里兮家未歸，恨難禁兮仰天悲！」賦完詩後，他又長長地歎息了一聲，說：「人活着就要活得自由自在一點，故鄉如此值得留戀，我怎麼能為了做官而一直住在數千里以外的異鄉呢？」於是，他脫下官服，悄悄離開洛陽，千里驅車，回到故鄉。就在他辭官回鄉不久，司馬冏因謀反被殺，手下紛紛受到牽連，只有張翰倖免於難，人們都稱讚他有先見之明。後人便用「蒓羹鱸膾」代指家乡的美味佳肴，也比喻懷念故鄉的心情。

◎ 入幕之賓

東晉時期的郗超年輕時卓越超羣，有曠世之才，在士林中交遊廣泛。他學富五車，對天下大勢的研判分析有獨到的見解。郗超進入征西大將軍桓溫幕府，擔任征西府掾，後改任大司馬參軍，和主簿王珣一同成為桓溫的左膀右臂。有一次謝安、王坦之等人找桓溫商討國事，桓溫事先讓郗超躺在帳幕後的牀上，這樣回頭可以幫桓溫做個參考。就在謝安他們跟桓溫侃侃而談的時候，郗超不覺插嘴，謝安笑呵呵地調侃道：「郗生可謂是入幕之賓矣！」正好，郗超小字嘉賓，謝安這一句話可謂是一語雙關。後來「入幕之賓」便被用來比喻關係親近或參與機密的人。

◎ 裙帶關係

北宋著名政治家王安石的女婿蔡卞小時聰穎敏悟，讀書過目不忘，才思敏捷，長大後學識淵博，滿腹經綸，才華出眾，名聞鄉里。蔡卞善書法，大字尤精，其書筆勢飄逸，圓健遒美，有晉唐遺風，和蔡襄、蔡京並稱為「三蔡」。蔡卞年輕時，極力推行王安石的青苗法，因而受到王安石器重，招他為婿。後來他官拜尚書右丞，在家裏設宴唱戲慶祝，唱戲的伶人說：「右丞今日大拜，都是夫人裙帶。」意思是，蔡卞官拜尚書右丞，是因為靠夫人家族的力量。後來「裙帶關係」便被用來特指相互勾結攀援的姻親關係。

◎ 倚馬可待

袁宏，字彥伯，小字虎，時稱袁虎，東晉文學家、史學家。大將軍桓溫領兵北征時，袁宏在他手下。有一次，桓溫讓袁宏草擬檄文，袁宏站在馬前現場寫作，手不停筆，一會兒就寫成了七張紙，而且很有文采。後人因以「倚馬」「倚馬可待」或「倚馬千言」來比喻文思敏捷。唐朝詩人吳融《靈池縣見早梅》詩曾引用此典故：「棲身未識登龍地，落筆元非倚馬才。」但是袁宏不滿意桓溫的專橫跋扈和圖謀篡逆，多次冒犯他，因此得不到升遷。直到桓溫死後，袁宏才由吏部郎出任東陽郡太守，不久就病死在任所，時年四十九歲。袁宏一生寫下詩賦誄表等計三百餘篇，其中膾炙人口的有《北征賦》和《三國名臣序讚》，被譽為「一時文宗」。但是袁宏的主要成就並不表現在文學方面，而是反映在他的史書編撰中。除了久已散佚的《竹林名士傳》外，《後漢紀》是他流傳至今的唯一精心史作，共三十卷，所載起自王莽末年的農民大起義，迄於曹丕代漢和劉備稱帝，記述了東漢二百餘年的興衰史。《後漢紀》的成書要早於范曄《後漢書》五十餘年，是現存有關東漢的重要史籍。

◎ 衙官屈宋

杜審言，唐代詩人，西晉名將杜預的後裔，「詩聖」杜甫的祖父。杜審言擅長於詩文，年輕時就和李嶠、崔融、蘇味道並稱為「文章四友」。公元 675 年春，杜審言赴任崇川縣尉，著名詩人王勃作《送杜少府之任蜀州》送之，其中的名句「海內存知己，天涯若比鄰」家喻戶曉。在詩歌由初唐走向盛唐的發展道路上，杜審言起到了承上啟下的作用。他的詩以渾厚見長，工於五律，對近體詩的形成與發展頗有貢獻，被後人評論為中國五言律詩的奠基人，代表作《和晉陵陸丞早春遊望》被明朝的胡應麟讚許為初唐五律第一。但杜審言有兩項為人詬病之處。一是阿諛奉承。702 年，武則天召見杜審言，他寫了不少歌功頌德、應制獻酬的篇什。705 年，杜審言因依附張易之、張昌宗，與宋之問、沈佺期等同時被貶，流配至峰州（今越南境內）。二是恃才傲物。杜審言曾經對人說：「吾之文章，合得屈宋作衙官；吾之書跡，合得王羲之北面。」意思是說，比起我的文章來，屈原、宋玉只能做衙官，比起我的書法來，王羲之只能做學生。杜審言病重的時候，宋之問等人探病，杜審言說：「有我在，使各位久受壓抑，現在我快死了，你們可以鬆口氣了，只是遺憾沒見到能接替我的人。」他的高傲狂妄可見一斑。成語「衙官屈宋」，原來是矜誇自己文才出眾，後也用以稱美別人的文才。

◎ 強作解人

阮裕，東晉哲學家，「竹林七賢」之一的阮籍是他的族兄。阮裕一開始擔任王敦的主簿，因為王敦有謀反之心，阮裕就天天醉酒，藉此避禍。王敦認為阮裕徒有虛名，就將他免職。後來王敦死了，阮裕才又出來做官。阮裕非常有學問，擅長解答論證疑難問題。先秦時期名家主要代表人物公孫龍曾著《白馬論》，提出了「白馬非馬」這一著名命題，論證了「白馬」與「馬」在所指的內容和範圍上的同一與差異，揭示了種名與屬名不能等同或混淆的正名思想。謝安年輕時對《白馬論》搞不清楚，就請阮裕講解，阮裕寫了一篇論說文給謝安看。當時謝安不能馬上理解阮裕的話，就一再詢問以求全都理解。阮裕於是讚歎道：「非但能言人不可得，正索解人亦不得。」意思是，不但能夠把《白馬論》解釋明白的人難得，就是力求透徹了解的人也很難得。成語「強作解人」即由此化出，指不明真意而亂發議論的人。

◎ 未能免俗

阮咸，西晉人，「竹林七賢」之一。阮咸是阮籍之姪，二人並稱為「大小阮」。阮咸也是著名的音樂家，有一種琵琶即以「阮咸」為名，簡稱「阮」。阮氏家族住在同一條街上，阮咸和阮籍住在路南邊，其他阮姓的族人住在路北邊，北邊姓阮的富裕而南邊姓阮的貧窮。根據當地的習俗，每年七月六日，家家戶戶都要翻箱倒櫃，把所有的衣物都拿出來曬一曬，以防止發霉蟲蛀。街北的那些阮氏兄弟穿的是綾羅綢緞，因此曬出來的衣服光彩奪目，看得人們眼花繚亂。阮咸也用竹竿在院子裏掛出一條粗布的牛鼻褌頭，有人感到奇怪，他說：「未能免俗，聊復爾耳。」意思是說，不能超脱世俗，只能拿這個來應付一下罷了。這就是成語「未能免俗」的典故出處，意思是沒能夠擺脱開自己不以為然的風俗習慣。

◎ 乘興而來，興盡而返

王徽之是東晉時的大書法家王羲之的五兒子，生性高傲，不願受人約束，行為豪放不拘。雖然在朝做官，卻常常到處閒逛，不處理官衙內的日常事務。後來，他乾脆辭去官職，隱居在山陰（今浙江省紹興市），天天遊山玩水，飲酒賦詩，自由自在。《晉書》記載，一天夜裏，雪後初晴，月色皎潔，四野一片銀白。王徽之興致勃勃地叫家人搬出桌椅，取來酒菜，獨自一人坐在庭院裏慢斟細酌起來。他喝酒觀景吟詩，高興得手舞足蹈。此景此情不由讓他想起了會彈琴會作畫的朋友戴逵。戴逵當時在剡（shàn）縣，王徽之馬上叫僕人備船揮槳，連夜去拜訪他，過了一整夜才到。然而到了戴逵門前王徽之卻不進去，又讓僕人撐船返回。僕人莫名其妙，問他原因，他說：「乘興而來，興盡而返，何必見戴？」意思是說，我是趁着高興勁兒來的，高興勁兒過去了就想回去，為什麼一定要見戴逵呢？成語「乘興而來，興盡而返」即由此而來，也作「乘興而來，敗興而歸」，指趁着高興便做某事，沒有興致或興致已過便停止；形容人做事隨心所欲，不循規蹈矩。也可只用「乘興而來」，比喻高高興興地到來。

◎ 人琴俱亡

東晉時期，王徽之（字子猷）、王獻之（字子敬）兄弟情深，晚年的時候，兩個人都病得很重，王獻之先去世，徽之的家人封鎖消息不讓他知道。徽之問手下的人：「為什麼總聽不到子敬的消息？莫非他已經死了？」接着就執意坐上轎子去獻之家，一路上都沒有哭。獻之一向喜歡彈琴，徽之一直走進去坐在靈牀上，拿過獻之的琴來彈，幾根弦的聲音已經不協調了，徽之把琴扔在地上說：「子敬，子敬，人琴俱亡！」悲痛得幾乎昏死過去。過了沒多久，徽之也去世了。後用「人琴俱亡」形容看到遺物，懷念死者的悲傷心情。

◎ 腹背受敵

宋武帝劉裕是東晉至南北朝時期傑出的政治家、軍事家，南朝劉宋開國君主。416 年正月，後秦皇帝姚興逝世，姚泓繼位，內部叛亂迭起，政權不穩。劉裕當時掌管東晉軍事，認為這是滅亡後秦的良機，他想沿黃河逆河西上出兵，就向北魏請求借路。北魏明元帝召集羣臣議論是否可行。羣臣說：「劉裕如向西進入函谷關，就會進退兩難，走投無路，腹背受敵；而如向北上岸進攻我們，姚泓一定不會出關救助我們。因此，劉裕聲言向西征伐姚泓，真實意圖在於北上，應該阻攔他。」明元帝採納了大臣們的意見，派長孫嵩阻截晉軍，結果被劉裕打敗。後來劉裕部將王鎮惡率師直進，一舉攻陷長安，姚泓率羣臣投降，後秦滅亡。公元 420 年，劉裕代晉自立，定都建康，國號宋。成語「腹背受敵」，意思是指前後受到敵人的夾攻。

◎ 依流平進

王騫是南北朝時期梁朝的官員，歷任度支尚書、中書令等職。他為人持重，從不言人過錯。王騫的子姪很多，幾乎都和諸王、君主結了姻親，每逢初一、十五都來看他，大車小車太多了，以至於堵塞了道路。王騫看不慣，規定他們一年之中只能來一兩次，並對子姪們說：「吾家本素族，自可依流平進，不須苟求也。」意思是說，我們家本來是一般的人家，平平常常地升官也就罷了，沒有必要為了當官去低聲下氣地求別人。成語「依流平進」即由此而來，指在仕途中按資歷循序升遷。

◎ 弦外之音

范曄，南北朝時期宋朝史學家、文學家、官員。他自幼酷愛讀書，善文，能作隸書，並通曉音律。他精研史事，著有《後漢書》。《後漢書》為文簡明周詳，敘事生動，書成後遂取代了以前各家的後漢史。范曄擔任過征南大將軍檀道濟的司馬，隨軍北伐，升任尚書郎中。440 年，長期執政的彭城王劉義康，因為威權日重，受到宋文帝猜忌，被解除了宰輔職務，貶為江州刺史。劉義康的手下孔熙先聯絡朝臣，密謀反叛，欲立劉義康為帝。范曄因掌握禁軍，也被拉攏加入了反叛隊伍。但叛亂未能成功，范曄被捕入獄，他感喟地說：「可惜！滿腹經綸，葬身此地。」當年十二月，范曄被處死，時年四十八歲。范曄在住監的時候，寫了《獄中與諸甥姪書》，用書信形式總結了自己的一生。文中談到他在音樂方面的造詣時說：「吾於音樂，聽功不及自揮，但所精非雅聲為可恨。然至於一絕處，亦復何異邪！其中體趣，言之不盡。弦外之意，虛響之音，不知所從而來。雖少許處，而旨態無極。亦嘗以授人，士庶者中未有一豪似者。此永不傳矣！」意思是說，我對於音樂，鑒賞能力比不上自己彈奏的能力，而又以所精通的不是正聲為憾事。不過真正達到了音樂的最高境界，雅與不雅又有什麼區別呢！這當中的意趣，確非言語能表達完盡。那弦外之響，意外之音，真令人不知其從何而來。雖說非雅之音很少有值得稱許的地方，但其中的意蘊神韻卻並無窮盡。我也曾以此授人，可惜從學的不管是士子還是百姓，竟無一個酷似神肖的。這一技法恐怕將永遠失傳了！成語「弦外之音」，比喻言外之意，即在話裏間接透露，而不明說出來的意思。

◎ 持平之論

杜延年，西漢時期大臣，為人寬厚，通曉法律，因功受封建平侯。大將軍霍光持刑罰嚴，杜延年輔之以寬。他還幾次勸說霍光行漢文帝時政，昭示儉約寬和，順天心，悅民意，霍光採納其言。議論廢除專賣酒、鹽鐵也都由杜延年發起。公元前 74 年，漢昭帝去世，昌邑王劉賀即位，在位二十七天被霍光所廢。當時漢武帝的曾孫劉詢被人撫養在掖庭，杜延年知道他品德高尚，勸霍光、張安世立他為帝，即漢宣帝。漢宣帝很信任杜延年，他善於處理各項政務，長期主管朝政，居九卿位十餘年。霍光死後，杜延年受牽連免官。數月後，受召任北地太守，選良吏，捕擊豪強，郡中清靜。後來他調進朝廷任御史大夫，住在父親原來的官府中，不敢使用父親所用席位，坐臥都另換地方，任職三年，因老病辭職。杜延年病重，漢宣帝賜給他安車駟馬，去世後謚號敬侯。成語「持平之論」，指公正的意見，也指折中、調和的話。

◎ 出人意表

袁憲是南北朝至隋朝時期的大臣，年幼時聰慧敏捷，勤奮好學，氣度不凡。袁憲十四歲時，被召入國子監學習，他去拜見祭酒到溉，到溉以目光相送，喜歡他的神采。一年後，袁憲去問候國子博士周弘正，恰遇周弘正準備授課，弟子雲集，便邀袁憲入室，讓他講授。當時名士謝岐、何妥在座，周弘正對他倆說：「二位的學問很深，該不會害怕這個年輕人吧！」何妥、謝岐於是輪流發問，袁憲應對嫻熟。梁武帝曾修建學校，辟設五館，其中一館位於袁憲住宅西面，「憲常招引諸生與之談論新義，出人意表，同輩咸嗟服焉」。意思是說袁憲常常招來諸生同他們談論，每每有新意，都出人意料，當時的同輩都大為歎服。成語「出人意表」，意思是出乎人們意料之外。

◎ 禮賢下士

李勉，唐朝官員。他自幼勤讀經史，年輕時曾拜開封縣尉。安史之亂發生後，公元 756 年，唐肅宗在靈州（今寧夏回族自治區靈武市）登基，李勉被任命為監察御史。當時，朝廷崇尚武功，勛臣依仗恩寵，大多不知禮儀。大將管崇嗣在朝堂上背向而坐，談笑自如，被李勉彈劾，遭到拘押。唐肅宗歎道：「我有李勉，才知道朝廷的尊貴啊。」769 年，李勉擔任廣州刺史，兼嶺南節度觀察使。當時，番禺叛軍首領馮崇道、桂州叛將朱濟時等作亂數年，攻陷十餘州。李勉派兵征討，將他們全部斬殺，最終平定五嶺。776 年，李勉受命兼任汴州刺史、汴宋節度使。汴州大將李靈曜勾結魏博節度使田承嗣起兵反叛，李勉出兵征討，生擒李靈曜。歐陽修曾經這樣稱讚他：「位將相，所得奉賜，悉遺親黨，身沒，無贏藏。其在朝廷，鯁亮廉介，為宗臣表。禮賢下士有終始，嘗引李巡、張參在幕府，後二人卒，至宴飲，仍設虛位沃饋之。遣戍兵，常視其資糧，春秋存問家室，故能得人死力。」意思是說，李勉在將相的位置上，所得到的賞賜，都送給親友，死的時候，沒有多餘的財物。他在朝廷任職，敢於說真話，正直無私，是李姓宗臣的表率。李勉對身居低位的賢者能以禮相待，曾經聘請李巡、張參當他的幕僚，後來這兩個人去世了，每次喝酒時，李勉仍然給他們設座位並用酒食祭奠。他派遣兵士外出執行任務，經常要看他們帶的錢糧夠不夠，不時慰問他們的家人，因此這些士兵能夠不惜犧牲性命。「禮賢下士」泛指地位高的人降低自己的身份，用非常尊重和禮貌的方式來對待地位比自己低但非常有才華的人，使他們為自己效勞。

◎ 聽人穿鼻

南朝齊武帝蕭賾（zé）當政時，有個貴族叫徐孝嗣，做事沒有什麼主見，完全聽命於齊武帝，武帝把他當作忠臣來對待。公元 493 年，齊武帝去世，由皇太孫蕭昭業繼位。武帝臨終時，囑託徐孝嗣輔佐蕭昭業。第二年，皇族蕭鸞企圖謀奪帝位，他得知徐孝嗣受了託孤之命，而且了解到他為人沒有主見，膽小怕事，就想利用徐孝嗣。為了試探他，蕭鸞派心腹告知徐孝嗣自己的陰謀。徐孝嗣知道蕭鸞生性殘暴，不敢得罪，便不加反對。徐孝嗣的好友樂豫知道了這件事，對他說：「當年齊武帝待你不薄，託孤給你，你怎麼可以默許蕭鸞謀反，這不是有負於當年武帝對你的信任嗎？」徐孝嗣不說話，他明知道樂豫講得有理，卻又害怕蕭鸞。樂豫走後，他一個人在屋裏徘徊。這時，正好蕭鸞駕到，徐孝嗣不敢怠慢，忙起身迎接。蕭鸞把篡奪帝位的具體步驟告知了徐孝嗣，並要他一起協助完成篡位之事，徐孝嗣思考再三，還是答應了。在他的幫助下，蕭鸞派人殺死了蕭昭業。蕭昭業死後，蕭鸞怕自己現在篡位會引起公憤，便想借用太后名義立年幼的新安王蕭昭文為帝，自己可在暗地裏操縱新帝。徐孝嗣便取出早就擬好的太后詔令，滿足了蕭鸞的心願。同年，蕭鸞又相繼誅殺了齊高帝、齊武帝的子孫，借皇太后的名義再次廢去蕭昭文的帝位，自己稱帝，史稱齊明帝。四年後，齊明帝去世，他的二兒子蕭寶卷繼承皇位。蕭寶卷比蕭鸞更加殘暴專橫，整天吃喝玩樂，不理朝政，一不稱心就要殺人。徐孝嗣雖已擔任尚書令，但仍不敢進諫，聽任暴君胡作非為。人們把徐孝嗣軟弱無能的行為，稱之為「聽人穿鼻」，指聽候別人的擺弄。

◎ 死不瞑目

孫堅，東漢末年軍閥。他出自寒門，性情勇烈，武藝高強，亦有智謀。漢靈帝死後，董卓獨專朝政，橫行霸道。各州郡都興起義兵，要討伐董卓。孫堅也舉兵響應，在陽人這個地方擊敗董卓軍隊，並將其都督華雄斬首。董卓害怕孫堅勇猛，於是派人請求孫堅和親，讓孫堅列出要任刺史、郡守的子弟的名單，答允上表任用他們。孫堅說：「董卓大逆不道，傾覆王室，如不誅其三族，示眾全國，我死也不瞑目，難道還要與他和親嗎？」191 年，孫堅擊潰董卓，攻克洛陽，驅逐呂布，修復為董卓所破之東漢陵墓，掃除漢宗廟，祠以太牢，並得漢帝所遺之傳國玉璽。成語「死不瞑目」，意思是人死的時候心裏還有放不下的事，現常用來形容極不甘心。

◎ 牛角掛書

李密，隋唐時期的羣雄之一。李密少年時在隋煬帝的宮廷裏當侍衛，他生性活潑，值班的時候左顧右盼，被隋煬帝發現了，認為這孩子不大老實，就免了他的差使。李密並不懊喪，回家以後，發憤讀書，決定做個有學問的人。他聽說住在緱（gōu）山的包愷很有學問，就前去拜師。他騎着牛，把《漢書》掛在牛角上，邊走邊讀。這就是「牛角掛書」典故的由來。李密長大以後，擅長謀劃，文武雙全，志向遠大，常常以救世濟民為己任。隋末天下大亂時，李密先是幫助楊玄感反隋，後來又投奔瓦崗軍，幫助翟讓佔領滎陽，率領精兵攻取興洛倉，被翟讓等人推為瓦崗軍首領，稱魏公。李密後來投降唐朝，又反悔叛亂，最終被殺。成語「牛角掛書」，比喻讀書勤奮。

◎ 馬革裹屍

馬援是東漢初的名將，英勇善戰，為東漢王朝立下汗馬功勞，被封為伏波將軍（古代對個人能力傑出的將軍的封號，其命意為降伏波濤）。有一次，馬援從西南方打了勝仗回到京城洛陽，親友們都高興地向他表示祝賀，他說：「漢武帝時的伏波將軍路博德，開拓了七個郡那麼多的土地，但得到的封地只有數百戶。我的功勞比他小多了，也被封為伏波將軍，封地多達三千戶。如今，匈奴和烏桓還在北方不斷侵擾，我打算向朝廷請戰。男兒應該戰死在邊疆荒野的戰場上，不用棺材斂屍，只用馬的皮革裹着回來埋葬，怎麼能躺在牀上，死在兒女的身邊呢？」後來他又多次出征，直到六十三歲時患了重病，在軍中死去，實現了他「馬革裹屍」的誓言。成語「馬革裹屍」，本意是用馬皮把屍體裹起來，指英勇犧牲在戰場。

◎ 老當益壯

東漢名將馬援曾在北方經營畜牧業，因為管理得法，發展很快，許多人都來投奔他。他有幾千頭牛和羊，還有大批糧食，但是他不看重這些財物，常把經營得來的錢分給大家，自己卻過着比較樸素的生活。他說：「積累資財，就在於用它來幫助別人，否則，只不過是一個守財奴罷了！」他經常語重心長地對他周圍的人說：「丈夫為志，窮當益堅，老當益壯。」意思是，大丈夫立志，越是窮困，越要堅強；越是年紀大，越要不服老。人們聽了，都很佩服他。馬援在這裏說的「老當益壯」，後來成了成語，常用來形容年歲越老，志氣越壯，幹勁越足。唐代王勃《滕王閣序》中的名句「老當益壯，寧移白首之心？窮且益堅，不墜青雲之志」，就是出自這個典故。

◎ 畫虎不成反類犬

公元 41 年，馬援受命率軍南下交阯，平定當地叛亂。他的兩個姪子馬嚴、馬敦都喜歡對朝政説長道短，並和一些遊俠互相來往。馬援聽説後，特地從交阯寄信對他們加以告誡。信中説：「我希望你們聽到別人過失，像聽到父母的名字，可以聽，但不能説出。議論別人短長，評議朝政，這是我最討厭的，至死也不願意你們有這樣的行為。龍伯高為人厚道謹慎，不隨便議論是非，謙虛節儉，清正廉明，我喜歡而又尊重他，希望你們向他學習；杜季良豪俠仗義，敢於為朋友兩肋插刀，父親去世，遠近聞知，都來弔喪，我喜歡而又尊重他，但不希望你們向他學習。因為學龍伯高學不到家，總可以做一個謹慎的人，所謂刻天鵝不像，總可以像個鴨子。而學杜季良學不成，就會墮落下去，就像人們説的畫老虎畫不好，只能像是一條狗啊！」成語「畫虎不成反類狗」，也作「畫龍不成反為狗」，比喻好高騖遠，結果事與願違，不如不做。

◎ 夢筆生花

李白，字太白，號青蓮居士，又號「謫仙人」，唐代偉大的浪漫主義詩人，被後人譽為「詩仙」。他爽朗大方，愛飲酒作詩，喜交友，有《李太白集》傳世，存詩九百餘首，代表作有《望廬山瀑布》《行路難》《蜀道難》《將進酒》《早發白帝城》等。李白的詩，既豪邁奔放，又清新飄逸，而且想像力豐富，意境奇妙，語言輕快，人們認為他的才能不是一般人所可比擬，就編造了一些神奇的傳説加到他身上。五代時的王仁裕講了這樣一個故事：李白年輕的時候，有一次做夢，夢見自己所用的筆筆頭上開了花，以後就文思泉湧，作的詩文又快又好，終於名聞天下。成語「夢筆生花」，比喻寫作能力大有進步，也形容文章寫得很出色。

◎ 朝齏暮鹽

韓愈，字退之，祖籍昌黎（今河北省昌黎縣），因此也被人稱為韓昌黎，唐代傑出的文學家、思想家。韓愈幼時就成了孤兒，由兄嫂撫育，早年流離困頓，卻有讀書經世之志。唐憲宗時，韓愈被起用為國子博士，生活很清苦，但他不改其樂，刻苦讀書，曾在《送窮文》裏這樣描述：「太學四年，朝齏暮鹽。」意思是在國子監工作的四年裏，天天都是早餐用腌菜下飯，晚飯蘸鹽進餐。「朝齏暮鹽」後用來形容飲食簡單，生活清苦。韓愈鄙薄六朝駢體文風，推崇古體散文，其文質樸無華，氣勢雄健，是唐代古文運動的倡導者，宋代蘇軾稱他「文起八代之衰」，明人推他為唐宋八大家之首，有「百代文宗」之名。他提出的「文道合一」「氣盛言宜」「陳言務去」「文從字順」等散文寫作理論，對後人很有指導意義。「陳言務去」，意思就是陳舊的言詞一定要去掉。《新唐書》稱讚說：「自愈沒，其言大行，學者仰之如泰山北斗云。」意思是說，自從韓愈死後，他的學說極為盛行，學者們對他像泰山、北斗星一樣敬仰。成語「泰山北斗」後用來比喻道德高、名望重或有卓越成就為眾人所敬仰的人。

◎ 殘膏剩馥

杜甫，字子美，自號少陵野老，唐代偉大的現實主義詩人，在中國古典詩歌中的影響非常深遠，被後世尊稱為「詩聖」。杜甫的詩作多涉筆社會動盪、政治黑暗、人民疾苦，反映當時社會矛盾和人民疾苦，記錄了唐代由盛轉衰的歷史巨變，表達了崇高的儒家仁愛精神和強烈的憂患意識，因而被譽為「詩史」。杜甫一生寫詩一千五百多首，其中很多是傳頌千古的名篇，對中國文學和日本文學都產生了深遠的影響。律詩在杜詩中佔有極重要的地位，他擴大了律詩的表現範圍，不僅以律詩寫應酬、情感、羈旅、宴遊、山水，而且用律詩寫時事，運用自如，縱橫恣肆，極盡變化之能事。杜甫關心民生疾苦的思想和他在樂府方面所取得的成就直接影響了中唐時期的新樂府創作，是新樂府詩體的開路人。他的五七古長篇，亦詩亦史，展開鋪敘，而又着力於全篇的迴旋往復，標誌着中國詩歌藝術的高度成就。《新唐書》這樣評價杜甫：「至甫，渾涵汪茫，千匯萬狀，兼古今而有之。他人不足，甫乃厭餘，殘膏剩馥，沾丐後人多矣。」意思是說，杜甫的詩歌雄渾開闊無比深廣，融合千萬風格為一體，古今詩體兼善，其他詩人不足之處，在杜甫這裏都補足而有餘。即便是他的殘脂餘香，也澤潤了許多的後代詩人。「殘膏剩馥」後用來比喻前人留下的文學遺產。杜甫死後即受到韓愈、元稹、白居易等人的大力揄揚，北宋以後更受到廣泛重視。王禹偁、王安石、蘇軾、黃庭堅等人對杜甫推崇備至，宋代還出現了以杜甫為宗的江西詩派。

◎ 筆掃千軍

杜甫《醉歌行》中有兩句詩:「詞源倒流三峽水，筆陣獨掃千人軍。」這是詩人在稱讚他姪子杜勤的文章和書法：文思敏捷，文勢浩瀚，好像倒流的三峽之水；書法遒勁，草字縱橫，如同掃盪千人大軍。其實不啻於夫子自道。南宋詩人吳沆説:「凡人作詩，一句只説得一件事物，多説得兩件。杜詩一句能説得三件、四件、五件事物；常人作詩，但説得眼前，遠不過數十里內，杜詩一句能説數百里，能説兩軍州，能説滿天下，此其所為妙。」成語「筆掃千軍」，形容筆力雄健，如同有横掃千軍萬馬的氣勢。

◎ 廣廈萬間

公元759年秋天，杜甫棄官到秦州（今甘肅省天水市），又輾轉到了巴陵（今湖南省岳陽市），後來又到了成都。760年春天，杜甫求親告友，在成都浣花溪邊蓋起了一座茅屋，總算有了一個棲身之所。不料到了第二年八月，大風破屋，大雨又接踵而至。當時安史之亂尚未平息，詩人由自身遭遇聯想到戰亂以來的萬方多難，長夜難眠，感慨萬千，寫下了《茅屋為秋風所破歌》這首膾炙人口的詩篇。杜甫對當時的環境作了這樣的描述：八月秋深時，狂風怒號，捲走了我屋頂上好幾層茅草。茅草亂飛，渡過浣花溪，散落在對岸江邊。有些纏繞在樹梢上，有些飄落到池塘裏。南村的一羣兒童欺負我年老沒力氣，竟然當面做「賊」，毫無顧忌地抱着我的茅草跑進竹林去了。我嘴唇乾燥也喝止不住，回來後拄着枴杖，獨自歎息。一會兒風停了，天空中烏雲像墨一樣黑，深秋的天空陰沉沉，漸漸黑了下來。我的被子已經蓋了很多年，又冷又硬，像鐵板似的。孩子睡覺姿勢不好，把被子都蹬破了。這個時候屋外下雨，我的屋頂漏水，屋內連一點兒乾燥的地方都沒有，眼看着房頂的雨水像麻線一樣不停地往下漏，我卻毫無辦法。自從安史之亂之後，我睡眠的時間就很少，長夜漫漫，屋漏牀濕，我要怎樣才能熬到天亮啊！最後，杜甫感歎道：如果能得到千萬間寬敞高大的房子，能夠讓天下貧寒讀書人都得到庇護，讓他們開顏歡笑，房子在風雨中也不為所動，安穩得像山一樣，那該多好啊。唉！什麼時候眼前能出現這樣的房屋，到那時即使我的茅屋被秋風吹破，我自己受凍而死，我也心甘情願啊！成語「廣廈萬間」就是從這兒來的，意思是有很多寬敞的屋子，形容受到保護、得到賙濟的人很多。

◎ 生不逢時

溫璋，唐初名臣溫大雅（即溫彥弘）六世孫，唐代官吏，為政嚴明。公元 867 年，溫璋接任京兆尹，曾說：「罪無輕重，惡無大小，除惡務盡，犯意方絕，此謂之能治者。」五代孫光憲所撰《北夢瑣言》記載：溫璋有一次見一烏鴉三度挽鈴報案，判斷「是必有人探其雛而訴冤也」，就派人隨鴉出城，果然在樹下捕獲到抓雛鳥的人。溫璋「以禽鳥訴冤，事異於常，乃斃捕雛者而報之」。因為抓了一隻小烏鴉，居然就要了人家的命！女詩人魚玄機以笞殺侍女綠翹事，被溫璋判了死刑。公元 870 年八月，同昌公主得病亡故，唐懿宗悲痛不已，怒殺醫官及其家屬，下獄者三百人。溫璋上書，以為刑罰太重，涉及面過寬，唐懿宗大怒，貶溫璋為振州司馬，責令三日內離京。溫璋歎曰：「生不逢時，死何足惜？」當晚服毒自盡死。唐懿宗得知溫璋死訊，還氣着說：「惡貫滿盈，死有餘辜！」成語「生不逢時」，用來比喻遇不到好時機，命運坎坷。

◎ 得其所哉

春秋時期有一個叫子產的人，出身於鄭國貴族，輔佐鄭簡公、鄭定公二十餘年。在從政期間，他進行了自上而下的改革，國家秩序井井有條，人民生活安定。鄭國雖不大，其他國家也不敢侵略鄭國。關於子產，流傳着很多有趣的小故事。有一次，有人送了一條活魚給子產，子產便叫手下把它養在池塘裏。那人表面答應後卻把魚煮來自己吃了，然後報告子產說:「按照您的吩咐，我把魚放到了池塘。剛放進池塘裏時，它還要死不活的；可是不到一會兒便搖擺着尾巴活動起來了；突然間，一下子就遊得不知去向了。」子產高興地說：「得其所哉！得其所哉！」意思是說，它去了它應該去的地方啦！它去了它應該去的地方啦！那人從子產那裏出來後說：「誰說子產聰明呢？我明明已經把魚煮來吃了，可他還說『它去了它應該去的地方啦！它去了它應該去的地方啦！』」孟子對此評論說:「君子可欺以其方，難罔以非其道。」意思是說，對正人君子可以用合乎情理的方法來欺騙他，但很難用不合情理的事情來欺騙他。成語「得其所哉」，指得到理想的安置，也形容因某事而稱心快意的情緒。

◎ 掀天揭地

寇準，字平仲，北宋政治家，兩度擔任宰相。寇準為人耿直敢言，正氣凜然，在政治上有着巨大的影響。無論是做地方官，還是擔任中央要職，始終貫穿着鮮明的愛民思想。在其施政時，百姓的利益往往得到體現，這使他贏得了百姓的衷心愛戴。寇準最突出的成就在於力勸宋真宗親征，在澶淵之戰中擊退遼軍的進攻。1004 年秋，遼軍大舉南下，邊書告急，京師震動，宋廷君臣驚慌失措，部分主政大臣主張遷都以避風險。寇準力排眾議，堅持要求真宗皇帝親征。寇準推舉參知政事王欽若鎮守天雄軍（治今河北省大名縣東北），雍王趙元份留守汴京，要求朝中文武隨軍出征。宋真宗親自到澶州城，但不敢過河。寇準與大將高瓊力促真宗渡河，命令衛士把皇帝車駕駛向澶州北城。宋真宗到澶州北城時，北宋軍民士氣大振。宋真宗象徵性地巡視後即回到南城行宮。寇準在北城負責指揮作戰，迫使遼國停戰求和。寇準以政治家的敏銳眼光看到了當時制度中的一些缺陷，對其進行大膽的抵制與改革，成為宋朝改革派的先驅。寇準在地方任職時政績也非常顯著。他在被貶雷州期間，傳播中原文化，指導當地居民學習中州音，促進了當地人與中原的交流；傳授先進的農業生產技術，帶領雷州人民興修水利，促進當地經濟發展。南宋辛學在《〈寇忠湣詩集〉後序》中稱：「萊公兩朝大臣，勛業之盛，掀天揭地。」意思是說，寇準曾經在真宗、仁宗兩朝當過重臣，功業之大，驚天動地。成語「掀天揭地」，形容聲勢非常浩大，或巨大而徹底的變化。

◎ 孤注一擲

北宋初年，宰相寇準建議宋真宗御駕親征，在澶淵之戰中逼迫遼國講和，從此真宗對寇準非常信任。大臣王欽若很嫉妒寇準。有一天上朝，寇準先退，真宗目送他退出，王欽若趁機奏道：「皇上敬重寇準，是因為他對國家有功嗎？」真宗說：「是。」王欽若說：「澶淵之戰皇上不感到恥辱，卻說寇準對國家有功，為什麼呢？」真宗很驚訝，問：「為什麼這樣說？」王欽若說：「在自己城下與敵結盟，《春秋》以此為恥；澶淵之舉，就是城下之盟。皇上以萬乘之尊卻與敵結城下之盟，還有什麼恥辱能與之相比！」真宗聽後變得不高興。王欽若說：「皇上聽說過賭博嗎？賭徒快把錢輸光時，就盡其所有去賭，這叫孤注一擲。陛下就是寇準的一把賭注，這也太危險了。」從此，真宗對寇準漸漸疏遠，並降了他的官職。成語「孤注一擲」的意思是把所有的錢一次押上去，決一輸贏，比喻在危急時用盡所有力量作最後一次冒險。

◎ 兩袖清風

于謙，明朝名臣、民族英雄、軍事家、政治家。太監王振掌權時，作威作福，肆無忌憚地招權納賄，百官大臣爭相奉承。求見王振的人，必須獻納白銀百兩；若能獻白銀千兩，始得款待酒食，醉飽而歸。而于謙每次進京奏事，從不帶任何禮品。有人勸他說:「您不肯送金銀財寶，難道不能帶點土特產去？」于謙瀟灑一笑，甩了甩他的兩隻袖子，說：「只有清風。」還特意寫詩《入京》以明志:「絹帕麻菇與線香，本資民用反為殃。清風兩袖朝天去，免得閭閻話短長。」意思是說，絹帕、蘑菇、線香等土特產，本來應該是老百姓自己享用的，卻被官員們搜刮走了。我兩手空空進京去見皇上，免得被百姓閒話短長。後來王振藉故陷害于謙，把他投到司法部門判處死刑。百姓聽說後，一時間羣情激憤，聯名上書。王振便編了個理由給自己找台階，稱犯法的是另一個叫于謙的人，司法部門把這兩個人弄混了，於是把于謙放出來。「土木堡之變」後，英宗兵敗被俘，于謙力排南遷之議，堅請固守。明代宗即位，于謙升任兵部尚書，率師二十二萬，列陣北京九門外，抵禦瓦剌大軍。瓦剌太師也先挾英宗逼和，于謙以「社稷為重，君為輕」，不許。也先見無隙可乘，被迫議和。與瓦剌和議後，于謙仍積極備戰，挑選京軍精鋭操練，又遣兵出關屯守，邊境得以安寧。他憂國忘身，口不言功，平素儉約，居所僅能遮蔽風雨，但因個性剛直，招致眾人忌恨。1457 年，英宗復辟，大將石亨等誣陷于謙謀立襄王之子，致使其含冤遇害。《明史》稱讚其「忠心義烈，與日月爭光」，他與岳飛、張煌言被後人稱為「西湖三傑」。成語「兩袖清風」比喻做官廉潔。

◎ 撲朔迷離

花木蘭最早出現於南北朝一首敘事詩《木蘭辭》中。她生活在北魏時期，當時北方以遊牧為生的柔然國不斷南侵，北魏政府被迫不斷徵兵進行防衛。在徵兵的名冊中，花木蘭的父親名列其中，但是木蘭看到父親年紀大了，身體又不好，而弟弟年齡還小，就想女扮男裝，代父從軍。她把自己的想法和父母說了，她的父母起先堅決不肯，但後來被她的孝心所感動，並且一時之間也沒有辦法可想，就同意了。她早晨告別爹娘，隨軍開拔，晚上就住在了黃河岸邊。在蒼茫的暮色中，在黃河的轟鳴和戰馬的嘶叫中，木蘭做好了奮戰報國的準備。隨後的十年中，花木蘭身經百戰，取得了無數戰功。戰後皇帝想要賞賜她，封她為官，但她拒絕了賞賜，也不願為官，和戰友一起回到故鄉。當木蘭再從閨房走出的時候，戰友們都楞住了。沒想到朝夕相處十二年的木蘭竟是一位女子。木蘭調皮地對他們說：「雄兔腳撲朔，雌兔眼迷離，雙兔傍地走，安能辨我是雄雌。」意思是，兔被捉起雙耳懸空時，雄兔四腳亂蹬，雌兔雙眼半閉，但當兩隻兔子在地上一起跑，誰還能分辨出它們是雌是雄呢？戰友們對這位愛祖國、孝父母的女英雄更加敬佩了。成語「撲朔迷離」，後來形容事物錯綜複雜，不容易看清真相。唐代白居易在《戲題木蘭花》中云：「怪得獨饒脂粉態，木蘭曾作女郎來。」杜牧也寫有《題木蘭廟》一詩：「彎弓征戰作男兒，夢裏曾經與畫眉。幾度思歸還把酒，拂雲推上祝明妃。」這說明木蘭的故事在唐代已經膾炙人口了。

◎ 暴戾恣睢

盜跖（zhí），相傳是春秋時期的一個大盜，跖是名。《莊子》說，孔子與柳下季是朋友，柳下季的弟弟就是盜跖。盜跖部下的士卒有九千人，橫行天下，以武力侵犯諸侯，破室入戶，趕走人家的牛馬，擄取人家的婦女，貪求財物，忘記親友，不關心父母兄弟，不祭祀祖先。凡是盜跖所經過的地方，大國嚴守城池，小國閉城自保，百姓為其所苦。盜跖的手下問：「做強盜也有規矩和準則嗎？」盜跖回答說：「到什麼地方會沒有規矩和準則呢？準確推測屋裏儲藏着什麼財物，這就是聖明；率先進到屋裏，這就是勇敢；最後退出屋子，這就是義氣；能知道可否採取行動，這就是智慧；事後分配公平，這就是仁愛。以上五樣不能具備，卻能成為大盜的人，天下是沒有的。」《孟子》一書中也提到了盜跖，說：「雞鳴而起，孳孳為善者，舜之徒也；雞鳴而起，孳孳為利者，跖之徒也。欲知舜與跖之分，無他，利與善之間也。」意思是說，雞叫便起牀，孜孜不倦地行善的人，是舜一類的人物；雞叫便起牀，孜孜不倦地求利的人，是盜跖一類的人物。要想知道舜和跖有什麼區別，沒有別的，利和善的不同罷了。《史記》中則說：「盜跖日殺不辜，肝人之肉，暴戾恣睢，聚黨數千人，橫行天下，竟以壽終，是遵何德哉？」意思是說，盜跖天天在屠殺無辜的人，割人肝，吃人肉，兇暴殘忍，胡作非為，聚集黨徒數千人，橫行天下，竟然能夠長壽而終，這是遵行什麼道德呢？成語「暴戾恣睢」，形容兇殘橫暴，想怎麼幹就怎麼幹。

◎ 雞犬升天

西漢時期，有位著名的思想家、文學家名叫劉安，繼承了父親的封位為淮南王。據晉朝葛洪《神仙傳》記載，劉安看了許多書，偏偏對道教的書籍入了迷，產生了煉丹成仙的念頭，於是他四處去尋訪有仙方神術的道人。有一天，他聽說有位仙翁名叫八公，就不辭辛苦地去尋找，堅持不懈地找了很久，終於感動了八公。有一天，八公來到劉安家，把煉製仙丹的方法傳授給他，並告訴他，仙丹煉成，吃下後就可升天成仙了。劉安每天都虔誠地靜心修煉，後來真的煉出了仙丹。這時他覺得身體輕盈，飄飄欲仙，知道升天成仙的時刻到了，就沐浴更衣，焚香禱告，然後把仙丹吃了下去。吃下去後，劉安覺得身體輕飄飄的，低頭一看，原來自己早已站在雲端了。劉安成仙後，灑落在院子裏的仙丹被雞和狗吃了，它們也都飄然升空，成了神仙。劉安在雞和狗的簇擁之中，慢慢地就消失了。後來用「雞犬升天」比喻一個人做了大官，同他有關係的人也跟着得勢。

◎ 路人皆知

司馬昭是三國時魏國人，他的父親司馬懿是魏國的重臣。魏明帝曹叡臨死前，託付曹爽與司馬懿輔佐齊王曹芳治理天下。曹爽與司馬懿互相排擠，經過激烈的權力爭鬥，司馬懿盡誅曹爽一黨，魏國軍政大權自此落入司馬氏手中。司馬懿死後，大兒子司馬師廢除了已經成年但遲遲未能親政的曹芳，另立十三歲的曹髦為帝。但沒過多久，司馬師就病死了，臨終前把一切權力交給了弟弟司馬昭。司馬昭總攬大權後，野心更大，總想取代曹髦。他不斷鏟除異己，打擊政敵。年輕的曹髦知道自己即便做傀儡皇帝也休想長久，遲早會被司馬昭除掉，就打算鋌而走險，用突然襲擊的辦法，除掉司馬昭。一天，曹髦把跟隨自己的心腹大臣找來，對他們說：「司馬昭之心，路人皆知也。吾不能坐受廢辱，今日當與卿等自出討之。」意思是說，司馬昭的想法，連路人都知曉。我不能白白忍受被推翻的恥辱，我要你們同我一道去討伐他。幾位大臣知道這樣做等於是飛蛾投火，都勸他暫時忍耐。曹髦不接受勸告，親自率領左右僕從、侍衛數百人去襲擊司馬昭。誰知大臣中早有人把這消息報告了司馬昭。司馬昭立即派兵阻截，把曹髦殺掉了。後來，人們用「司馬昭之心，路人皆知」來說明陰謀家的野心非常明顯，已為人所共知。

◎ 刮地以去

唐朝時，李固烈任滄州刺史。他貪贓枉法，欺壓百姓，胡作非為。後來朝廷要合併滄州，罷免了李固烈。因此，他十分不滿，在離開滄州治所時，將糧食和錢幣搜刮一空，裝滿了幾大車，準備運走。這事被手下一個軍官知道了，一傳十，十傳百，許多軍官都非常氣憤，一起去找李固烈評理。他們說：「我們同你一起駐守滄州，辛辛苦苦這麼多年，為你賣命還不夠嗎？你卻要把所有的財貨都拿走。你看看，戰馬瘦得一陣風都能吹倒，士兵也病弱不堪一擊，你卻一點也不可憐我們，恨不得把地皮都刮了去，我們怎麼活呀？」李固烈陰險地笑了笑，說道：「你們怎麼活，我管不着。我這點兒東西不算什麼。」眾將士一聽，肺都氣炸了，忽地把他圍起來。一個軍官上前問道：「這些東西你是拿走呢，還是留給我們兄弟？」李固烈平時對下屬就十分苛刻專橫，見這個軍官如此逼問，就訓斥說：「你們還敢造反嗎？這些東西我就是要拿着走，看誰敢攔？」說着就去撥劍，結果被手下圍攻，亂劍砍死。成語「刮地以去」，意思是連地皮都刮走了，形容貪官污吏千方百計搜刮民財。也作「刮地皮」。

◎ 賣官鬻爵

鄧琬，南朝宋大臣。由於當時的皇帝劉子業荒淫無道，皇族諸王奪位鬥爭劇烈，鄧琬統帥九江部眾興兵進攻建康。後來宋明帝繼位，鄧琬為了謀取更大利益，另外擁立劉子勛稱帝，自封左將軍、尚書右僕射，他的兒子鄧粹也被升為員外郎。鄧琬本性庸俗愚蠢，貪得無厭，對於金錢財物喝酒吃飯，都親自管理，現在大權在握，為了攫取更多財富，他們父子更是瘋狂地出賣官職、爵位。他還妄自尊大，以為自己了不得，來訪問他的客人，有等上七天不能見到他的，大小事務他全部委託給手下，這些小人們橫行霸道，作威作福。普通士人和百姓無不氣憤，這樣從內到外已呈現分裂的態勢。沒過多久，鄧琬就兵敗被殺。成語「賣官鬻爵」，意思是指當權者出賣官職、爵位以聚斂財富，形容政治腐敗。

◎ 傅粉何郎

何晏，三國時期曹魏大臣、玄學家，東漢大將軍何進之孫。曹操娶了何晏的母親尹氏，一併收養何晏，對他非常寵愛，並將女兒金鄉公主嫁給他。何晏容貌俊美，而且喜歡修飾打扮，面容細膩潔白。因此魏明帝曹叡疑心他臉上搽了一層厚厚的白粉。一個夏日，魏明帝叫人把何晏找來，賞賜他熱湯麵吃。不一會兒，他便大汗淋漓，只好用自己穿的衣服擦汗。可他擦完汗後，臉色顯得更白了，魏明帝這才相信他沒有搽粉。成語「傅粉何郎」，用來形容人面容白淨漂亮，甚至也用來形容一些潔白的物品。何晏與夏侯玄、王弼等倡導玄學，競事清談，遂開一時風氣，為魏晉玄學的創始者之一。他還喜歡服食五石散，說：「服食五石散（寒食散），不只能治病，也覺得精神很清爽。」秦承祖《寒食散論》說是由何晏帶動了魏晉時候的士人服食五石散。239 年曹芳繼位後，由大將軍曹爽與太尉司馬懿輔政，曹爽一向與何晏等人親近友好，馬上引薦提升何晏等人成為自己的心腹。249 年二月，司馬懿乘曹爽陪同曹芳拜謁魏明帝高平陵時，發動政變，曹爽最終向司馬懿投降，交出權力。司馬懿以謀逆罪將曹爽與何晏等一同誅滅三族。

◎ 爭長黃池

春秋戰國時期，吳王夫差征服越國後，成為東南無與匹敵的強國，欲北上中原與諸國爭霸。公元前 482 年，吳王夫差與晉定公爭奪中原霸主之位。兩國召集了一些諸侯小國來到黃池（今河南省封丘縣西南）會盟，晉國方面由趙鞅陪同晉定公出面，吳國則由吳王夫差親自帶兵至黃池，魯國魯哀公按約前來，另外還有周王室代表單平公（春秋時期單國國君）作為見證人。卻沒想到會盟尚未開始，越王勾踐已趁吳國空虛派兵攻入吳國都城，殺死太子友。噩耗傳來，夫差為了不影響爭霸的大好形勢，祕密處決報信的吳兵，強忍悲痛參加會盟，並以武力逼迫晉國承認吳國霸主地位。黃池之會並沒有給吳國帶來實際利益，反而加速了吳國的滅亡。會盟之後，夫差急忙帶兵回國，並派人向勾踐求和。勾踐估計一下子滅不了吳國，就同意了。公元前 473 年，勾踐第二次親自帶兵攻打吳國。這時的吳國已經是強弩之末，根本抵擋不住越國軍隊。最後，夫差自殺，吳國滅亡。這段歷史故事被後人稱為「爭長黃池」或「黃池之會」，「長」是盟長，成語「爭長黃池」指比較高低，力爭佔據上風。

◎ 髮指眦裂

樊噲（kuài）是西漢的開國元勛，官任大將軍、左丞相。公元前 206 年，劉邦滅秦入咸陽以後，項羽駐軍鴻門（今陝西省西安市臨潼區新豐鎮鴻門堡村），想消滅劉邦的軍隊。劉邦知道自己勢單力薄，就和張良率領一百多隨從到鴻門謝罪，樊噲跟着一起去。項羽在鴻門設宴，喝酒喝到正酣的時候，項羽的謀士范增授意項羽的堂弟項莊拔劍在席上獻舞，想趁機刺殺劉邦。張良出帳把行刺之事告訴了樊噲，樊噲持劍盾闖入項羽營帳，對項羽怒目而視，「頭髮上指，目眦盡裂」，意思是頭髮直豎起來，眼眶都快撐裂了。項羽握劍坐直身子問：「這個人是誰？」張良說：「他是沛公的參乘樊噲。」項羽讚道：「是位壯士！」於是賜給樊噲一杯酒和一條豬腿。樊噲一飲而盡，把豬腿放到盾牌上，用劍切成小塊兒，片刻就吃光了，然後又斥責項羽對待劉邦不公平，會讓天下人心寒。項羽默然不語，劉邦藉機逃脱。「髮指眦裂」這個成語便由此而來，形容一個人非常憤怒。

◎ 吳下阿蒙

呂蒙，字子明，三國時期名將。呂蒙一開始隨孫策為將，以勇敢聞名。孫權統事後，呂蒙漸受重用，但不愛讀書。一次，孫權對呂蒙説：「你如今身居要職掌握重權，不可以不學習。」呂蒙推脱軍務繁多，沒有時間。孫權説：「我難道是想要你研究儒家經典而成為學識淵博的學者嗎？只是要你粗略地閱讀，了解以往的事罷了。你説你事務繁忙，誰比得上我處理的事務多呢？我常常讀書，自己感到有很大收益。」呂蒙聽從孫權的建議，開始學習，日積月累，他讀的書，超過了宿儒耆舊。公元 210 年，周瑜病死，魯肅接任。魯肅到陸口，途經呂蒙駐地，於是去拜訪呂蒙。酒到酣處，呂蒙問魯肅：「您身負重任，與關羽結鄰，打算用什麼計謀，來防備意外的變故呢？」魯肅倉猝回答説：「具體情況因時而定。」呂蒙説：「如今孫、劉雖然聯盟，然而關羽實為熊虎之將，豈可不預先訂好計謀策略？」於是，呂蒙詳盡地分析當時的利害，並提出應對之策。魯肅聽後，大驚，越席而起，靠近呂蒙，親切地拍着他的背，讚歎道：「呂子明啊，我真沒想到你的才幹謀略竟能達到如此的水平。以你如今的才略，已經不再是僻居吳下一隅的阿蒙了！」呂蒙説：「士別三日，當刮目相看。」意思是説，幾天不見一個人，再見時就應當重新看待。從此，二人結為好友，過從甚密。魯肅去世後，呂蒙代守陸口，設計襲取荊州，擊敗關羽，使東吳國土面積大增。成語「吳下阿蒙」和「刮目相看」就是從這兒來的。「吳下阿蒙」比喻人學識尚淺。「刮目相看」意思是去掉舊的看法，用新眼光看待。

◎ 如水投石

謝良佐，字顯道，蔡州上蔡人（今河南省上蔡縣），人稱上蔡先生或謝上蔡，北宋官員、學者。謝良佐年輕時已經小有名氣，為在學問上做出一番成就，他二十九歲時專程到河南扶溝向時任扶溝知縣的程顥求教學問。他初見程顥，程顥待以客人之禮，但謝良佐卻說：「我是來拜師問學的，願做先生的弟子。」程顥就把他安排到一個小屋居住。那間屋子非常簡陋，房頂漏雨，四壁透風。時值寒冬臘月，北風怒吼，大雪紛飛，謝良佐晚上沒有蜡燭照明，白天沒有炭火取暖，飯也吃不飽，但他對此毫不在意。在冰天雪地的艱苦環境中，他苦思勤學一個多月，大有收穫。謝良佐與游酢、呂大臨、楊時為師兄弟，號稱程門四先生。楊時《龜山先生語錄》記載，謝良佐為人誠實，但聰悟不及楊時。程顥就經常誇楊時聰明，說謝良佐「如水投石」，意思是說他就像水澆石頭一樣，一點也澆不進去，但也表揚他頑強執着，嚴於律己。由於謝良佐堅持不懈地學習程氏理學，後來成了一個重要的思想家，並創立了上蔡學派，是心學的奠基人、湖湘學派的鼻祖，在程朱理學的發展史上起到橋樑作用。公元 1101 年，謝良佐被人推薦，受到宋徽宗的召見，被派往書局任職。他認為宋徽宗的年號「建中」與唐德宗的年號相同，很是「不佳」，還說皇帝「不免播遷」，因此得罪了徽宗，被關進監獄，廢為平民。成語「如水投石」，比喻聽而不聞，也比喻說了半天毫無反應或者毫無效果。

◎ 日月入懷

東漢末年，孫堅隨大將軍朱儁（jùn）鎮壓黃巾起義。由於作戰英勇，孫堅不斷得到升遷，實力也不斷壯大，手下有數萬軍隊。有一次，孫堅遇到一個女子，十分愛慕，想娶她為妻。但是女子的家人擔心孫堅是一個奸猾狡詐的人，不同意她嫁給孫堅。女子說：「孫堅有權勢，你們不要得罪他，假如他待我不好，是我命苦。」在她的堅持下，兩人結婚了。後來孫堅待她很好，生了四男一女。孫堅夫人懷孕時夢見月亮、太陽入她的懷中。她對孫堅說：「第一次懷孕夢見月亮落到懷裏，第二次懷孕夢見太陽落到懷裏，這是為什麼啊？」孫堅興高采烈地說：「日月是陰陽的精華，富貴的象徵，我們的子孫肯定興旺發達，大富大貴！」後來長子孫策子承父業，率軍渡過長江，佔據會稽、吳、廬江等六郡，建立了孫氏政權。次子孫權於公元 229 年稱帝，成為三國時吳國的第一位皇帝。「日月入懷」，舊稱生貴子的吉兆，後用來形容心胸開闊，也比喻光彩奪目。

◎ 草菅人命

胡亥，即秦二世，秦始皇第十八子，公子扶蘇之弟。胡亥早年隨中車府令趙高學習獄法。公元前 210 年，秦始皇病死，胡亥在趙高和丞相李斯的扶植下，承襲帝位。即位後胡亥實行殘暴的統治，人人自危。胡亥登上帝位之前就害死了自己的長兄扶蘇，做了皇帝後對其他兄弟姐妹更是殘忍有加。在咸陽街市，他將十二個兄弟處死。另一次在杜郵（今陝西省咸陽市東）又將六個兄弟和十個姐妹碾死，現場慘不忍睹。將閭等三人也是胡亥的兄弟，最終被逼自盡。胡亥對其他不聽話的文武大臣更是毫不留情，蒙恬兄弟被殺，右丞相馮去疾和將軍馮劫自盡。在胡亥即位的第二年，胡亥效法自己的父親秦始皇，也巡遊天下。在巡遊途中，趙高陰險地對胡亥說：「陛下這次巡遊天下，應該趁機樹立自己的威信，把那些不聽從的官吏誅殺，這樣您才能有至高無上的威信。」胡亥就連連下令誅殺異己，連幫助他登上帝位的李斯也沒能逃過。胡亥繼續大量徵發全國的農夫修造阿房宮和驪山墓地，調撥五萬士卒來京城咸陽守衛，結果刑者相半於道，死人堆積於市。除了常年的無償勞役兵役，農民的賦稅負擔也日益加重，最終導致了陳勝吳廣起義的爆發。公元前 207 年七月，劉邦帶領的起義軍攻下武關。趙高與其婿咸陽令閻樂合謀，發兵包圍望夷宮，胡亥被迫自殺。西漢政論家賈誼評價說：「故今日即位，明日射人，忠諫者謂之誹謗，深為之計者謂之妖言，其視殺人若艾草菅然。」意思是說，胡亥頭天當上皇帝，第二天就用箭射人，把忠心進諫的人說成誹謗朝廷，把有遠見卓識的人說成妖言惑眾，他把殺人看做割草一樣。司馬遷則說：「始皇既歿，胡亥極愚，酈山未畢，復作阿房，以遂前策，云『凡所為貴有天下者，肆意極欲，大臣至欲罷先君所為』。誅斯、去疾，任用趙高。痛哉言乎！人頭畜鳴。」意思是說，秦始皇死後，胡亥極其愚蠢，但卻登上了帝位。秦始皇的陵墓還沒有完工，又重新開始建阿房宮，以完成始皇的遺願，說什麼「凡是貴有天下的人，都是由着自己的性子滿足私願，那些大臣還想終止先王的工程」。他殺死了李斯和馮去疾，任用專權的趙高。真是可悲可歎啊，明明是人，卻做出禽獸的行為。成語「草菅人命」的原意是把殺人看得像除草一樣不在乎，任意害人性命；比喻輕視人命，濫殺無辜。「人頭畜鳴」指雖然是人，但像畜類一樣愚蠢；也比喻人的行為非常惡劣。

成語典故歌

侯君明　侯詩彤　石瑞怡　編著

責任編輯　黃嗣朝　覃人月
裝幀設計　姚雙林
排　　版　黎　浪
印　　務　劉漢舉

出版　中華書局（香港）有限公司
香港北角英皇道 499 號北角工業大廈一樓 B
電話：(852) 2137 2338　傳真：(852) 2713 8202
電子郵件：info@chunghwabook.com.hk
網址：http://www.chunghwabook.com.hk

發行　香港聯合書刊物流有限公司
香港新界荃灣德士古道 220-248 號
荃灣工業中心 16 樓
電話：(852) 2150 2100　傳真：(852) 2407 3062
電子郵件：info@suplogistics.com.hk

版次　2025 年 6 月初版
© 2025 中華書局（香港）有限公司

規格　16 開（230mm×160mm）

ISBN　978-988-8913-36-7